红与黑

Le Rouge et le Noir

Stendhal

[法] 斯当达　著

罗新璋　译

中国友谊出版公司

图书在版编目（CIP）数据

红与黑 /（法）斯当达著 ；罗新璋译. — 北京 ：
中国友谊出版公司，2016.11（2022.2重印）
ISBN 978-7-5057-3901-7

Ⅰ. ①红… Ⅱ. ①斯… ②罗… Ⅲ. ①长篇小说－法
国－近代 Ⅳ. ①I565.44

中国版本图书馆CIP数据核字(2016)第271034号

书名 红与黑
作者 [法]斯当达
译者 罗新璋
出版 中国友谊出版公司
发行 中国友谊出版公司
经销 新华书店
印刷 天津丰富彩艺印刷有限公司
规格 880×1230毫米 32开
16.375印张 395千字
版次 2017年6月第1版
印次 2022年2月第11次印刷
书号 ISBN 978-7-5057-3901-7
定价 49.80元
地址 北京市朝阳区西坝河南里17号楼
邮编 100028
电话 （010）64678009

如发现印装质量问题，可联系调换
电话 （010）59799930-601

Beyle

译书识语

名著须名译。名译者，名家所译也。对广大受众，本书译者愧非名家；只在同行中，薄有虚名，恒以“没有翻译作品的翻译家”（traducteur sans traductions）相戏称。性好读书，懒于动笔，只译得《特利斯当与伊瑟》《列那狐的故事》及《栗树下的晚餐》等中短篇，《红与黑》为生平第一部长篇译著。朝译夕改，孜孜两年，才勉强交卷，于译事悟得三非：外译中，非外译“外”；文学翻译，非文字翻译；精确，非精彩之谓。试申说之：

一、外译中，是将外语译成中文——纯粹之中文，而非外译“外”，译成外国中文。此所谨记而不敢忘者也。

二、文学翻译，非文字翻译。文学语言，于言达时尤须注意语工。“译即易”，古人把“译”声训为“换易言语”之“易”；以言文学翻译，也可以说，“译”者，“艺”也。译艺求化，只恨功夫不到家。

三、艺贵精。但在翻译上，精确未必精彩。非知之艰，行之维艰耳。

比起创作，翻译不难。难在不同言而同妙，成其为名译也。

罗新璋

一九九三年十二月十四日

目录

上卷

下　卷

红与黑

一八三〇年纪事

敬告读者

本书行将付梓之际，适值重大的七月事件[1]，弄得人心惶惶，大家的思路不大肯朝想象这一路走。我们有理由相信：原稿当写于一八二七年[2]。

1　一八三〇年七月二十七—二十九日，史称“光荣的三天”，巴黎民众起义，攻占王宫，查理十世逊位，但胜利果实旋为大资产阶级窃取，引出以路易·菲力普为首的七月王朝。

2　据斯当达专家考证：起意写作《红与黑》，当在一八二九年十月二十五—二十六日之夜；全书，至少是上卷，完稿于一八三〇年五月初。之所以说“写于一八二七年”，是表示与时政无涉，但小说副标题又作“一八三〇年纪事”，无异于掩耳盗铃。

上卷

真实，严酷的真实[1]。

——丹东

1 一个半世纪以来，斯当达专家翻遍丹东（1759—1794）著作，没有找到类似的句子。卷首题词，只表示作者对这位法国大革命领袖的崇敬；同样，小说中亦屡次提到丹东，玛娣儿特小姐还把主人公于连比拟为丹东。又，书中各章题目下的题词，除英文、意大利文外，法文的大多系斯当达假托，有时虽署上梅里美、缪塞等人名，但查无实据，无从加注，亦无须加注。

第一章　小城

置千百生灵于一处，
把坏的剔除，
笼子里就不那么扑腾了。
——霍布斯

弗朗什－孔泰地区，有不少城镇，风光秀丽，维璃叶这座小城可算得是其中之一。白色的小楼，耸着尖尖的红瓦屋顶，疏疏密密，星散在一片坡地上；繁茂粗壮的栗树，恰好具体而微，点出斜坡的曲折蜿蜒。杜河在旧城墙下，数百步外，源源流过。这堵城墙，原先是西班牙人所造，如今只剩下断壁残垣了[1]。

维璃叶北面，得高山屏障，属于汝拉山区的一条余脉。每当十

1　译按：《红与黑》曾是译者喜读的一部小说。此书已有赵瑞蕻（作家书屋，一九四七），罗玉君（上海平明，一九五四）、郝运（上海译文，一九八六）、闻家驷（北京人文，一九八八）四家译本；影响数罗译本最大，前后印行逾一百五十万册。不才如我，从未想过要译此书，而竟译了此书，当别有际会耳！一九九一年一月三日，浙江文艺出版社刘微亮君初次来访，询及傅译版本，随后谈及译事，临末，即邀我为该社重译《红与黑》。这颇令我为难，当时手上正在译他书。殊不料刘君一言九鼎，两天后即试签合同一份；不过我同时声明：她回杭州后，如社方不同意，合同尽可废止。不久，出版社寄来正式合同，势成骑虎，只得勉力为之。尝为小文，其中说道：初译，不管译得怎样，总是“词必已出”；复译，就没这么便宜。尤其前面已有三四个译本，翻译时，碰到有些字句，真是相避为难，暗合为忧。好在这四家于我都是师辈；古人云：“主善为师”，犹恐不及，谅不至责我罪我。此开篇第一段，除第一句外，多有借取罗译本字句之处，特示对原译者的尊重与敬意。近闻，与我同时或稍后，至少还有四家在译《红与黑》，可谓极一时之盛矣！我想，数辈译者的努力，目的只是一个：为我国读者提供一个可读的本子；当然，最好的情况是，提供一个与原著相称，甚至堪与原著媲美的译本。——九三年二月一日

再按：拙译初版以来，已届十年。癸未岁末，零四年初，曾以三月工夫，与原文校读一过，续有补正，是为修订本。——零四年八月二十三日看校样时追记

月，浚汛初临，维赫山起伏的峰峦，便已盖上皑皑白雪。山间奔冲而下的急流，流经维璃叶市，最后注入杜河，为无数锯木厂提供了水力驱动；这是一种简易作坊，大多数居民与其说是市民，还不如说是乡民，倒借此得到相当的实惠。然而，这座小城的致富之源，却并非锯木业，而是靠织造一种叫“密露丝”的印花布，使家家殷实起来：拿破仑倒台以来，城里的房屋差不多已修葺一新。

一进城，就听到噪声四起，震耳欲聋；那响声是一部外表粗粝、喧闹不堪的机器发出来的。二十个笨重的铁锤，随着急流冲击水轮，忽起忽落，轰隆轰隆，震得路面发颤。每个铁锤，一天不知能冲出几千只钉子。铁锤起落之间，自有一些娟秀水灵的小姑娘，把小铁砣送到大铁锤之下，一转眼就砸成了铁钉。这活儿看起来挺粗笨，初到法瑞跨界山区来的游人见了，不免少见多怪。别看这钉厂把大街上的行人震得晕头转向，假如这旅客进入维璃叶地界，问起这爿光鲜的厂家，是谁家的产业，别人准会拖腔拉调地回答：“嗬！那是属于我们堂堂市长大人的。”

维璃叶这条大街，从杜河岸边慢慢上扬，直达山顶。游客只要在街口稍事停歇，十之八九，准会看到一位身材高大的男子，行色匆匆，一副要事在身的样子。

一见到他，路人纷纷脱帽致敬。他头发灰白，服装也一身灰，胸前佩着几枚勋章。广额鹰鼻，总的说来，相貌不失为端正。第一眼望去，眉宇之间不仅有一市之长的尊贵，还兼具半老男子的和蔼。

但巴黎客人很快便会对他沾沾自喜的神情，看不入眼，发觉他那自得之态，不无器局褊狭与临事拘执的成分。最后会感到，此人的才干，只在向人索账时不容少给分文，而轮到要他来偿债，则能拖就拖。

他就是维璃叶市的市长，特·瑞那先生[1]。市长先生步履庄重，穿

---

1 译按：“特”乃法文 de 字的音译；de 系法语介词，表示起源、由来、所属，用在贵族姓氏，则表示拥有某采邑或地产。傅雷先生可能受吴语影响，所译《欧也妮》《高老头》等作品，译 de 为“特”；其余各家，为更接近原文发音，往往译作“德”。傅译本影响较大，本书为适应读者阅读习惯，权从“特”。敝意，贵族之为贵族，不以其“德”称，而因其享有“特”权。故译作“特”，自有一定道理。

过街道，走进市政厅，便在旅人眼中消失了。假如这外地人接着溜达，再走上百十来步，便会看到一座外观相当漂亮的宅邸，从与屋子相连的铁栅栏望进去，是一片姹紫嫣红的花园。远眺天边，则见勃艮第山脉峰峦隐约，赏心悦目。竞逐蝇头微利的俗气倘令人觉得憋闷，那么对此情景，自有尘俗顿忘之感。

遇到当地人，便会告诉他：这就是特·瑞那先生的府邸。正是靠铁钉厂的大宗赢利，维璃叶市长才盖起这座巨石高垒的漂亮邸宅；整幢房屋，还是新近才完工的。他的祖上，相传是西班牙人，算得上是旧家世族；据称远在路易十四把维璃叶收入版图之前，就已定居于此了。

一八一五年[1]，特·瑞那先生夤缘得官，当上了当地市长，从此，他对自己的实业家身份常感愧恧。须知花园各部分的护墙，也是靠他铁业经营得法才起造得起；如今，这鲜丽缤纷的花园，层层平台，迤逦而下，已一直伸展到杜河之滨。

在德国，诸如莱比锡、纽伦堡、法兰克福等工业城市，这类明丽怡人的花园，多似繁星环抱；而在法国，却难望找到。弗朗什－孔泰地区内，谁家的庭院围墙造得越长，石基垒得越高，就越受四邻尊敬。瑞那先生家的花园，围墙重重，格外令人叹赏，尤其因为有几块圈进来的地皮，是出了金价买来的。且说雄踞杜河岸边的那锯木厂，一走进维璃叶，劈面就会看到。那屋顶上，你会注意到有块横板，上面写着“索雷尔”三个大字。该厂六年前的原址，如今已划入瑞那先生家的花园，正用来造最下层第四道平台的护墙。

索雷尔老头，是个固执己见、不可理喻的乡民。市长先生虽很高傲，可为了叫老头儿把锯木厂迁走，也不得不跟他多次打交道，摸出大把大把的金路易。至于那条推转轮锯的公共水流，瑞那先生凭他在巴黎的关系，才得以喝令河流改道。不过这份恩典，也是在一八二几

1 一八一五年，拿破仑倒台，王政复辟，暗示保王党得势。

年大选之后，才谋取到的。

市长是用杜河下游五百步远的四顷地，换得索雷尔这才一顷的小块地。这个地段，虽然于索雷尔老爹（他发迹后，地方上都这样称呼）的松板买卖更有利，但他门槛精，利用邻居的急性子和地产癖，居然敲到一笔六千法郎的巨款。

这桩交易，事后颇遭当地精明人的奚落。有一次，一个礼拜天，这事也有四年了（il y a quatre ans de cela）[1]，瑞那先生身着市长的礼服，从教堂出来，老远瞧见索雷尔老爹身旁围着三个儿子，望着他暗笑。这一笑，在市长心里投下一道阴影；此后，他不免常想，那次换地，本来可用更便宜的价钱做成的。

每年春上，有一帮泥水匠，穿过汝拉山谷，前往巴黎。在维璃叶，如想赢得众人敬重，最要紧的是造围墙时切不可用这伙泥水匠从意大利带来的图样。哪位业主一时不慎，用了这种新花样，就会永远落个"没头脑"的名声；这在明哲稳健的人眼里，就体面扫地了。而在弗朗什－孔泰，臧否人物左右舆论的，正是这批不偏不倚的聪明人。

事实上，这类聪明人言论霸道，令人生厌。大凡在巴黎这个号称伟大的共和之邦住惯的人，再到内地小城来栖身，就会觉得不堪忍受，原因就该到这个坏词儿里去找。专横的舆论——这算什么舆论？——无论在法兰西小城镇，还是美利坚合众国，其愚顽都是一样的。

1　当指一八二六年，因本书主要写于一八三〇年上半年。据斯当达专家 P. -G. Castex 推断：于连约于一八二六年秋，进市长府当家庭教师，主要情节都发生在此后四年之内。

第二章　市长

权势！老兄，盖可忽乎哉？足以引起傻瓜的敬重，孩童的惊诧，阔佬的嫉妒，贤哲的轻蔑。

——巴纳夫

杜河之上，大约百步之高，沿山坡有一条公共散步道。道旁修一条长长的挡墙，实属必要；这对沽名钓誉的地方长官特·瑞那先生来说，真是万幸之事！山川形胜，此处成了法兰西最美的景点之一。但是每当春上，雨水刨出条条沟壑，路面给冲得坑坑洼洼，简直无法通行。人人都感不便，倒成全了特·瑞那先生：修筑一堵六米高、六七十米长的挡墙，他的德政自可流芳百世。

为这堵挡墙，特·瑞那先生御驾亲征，三赴巴黎，因为此前一任的内务部长公开表示，他死也要抵制维璃叶造这条步行道。如今，路墙已砌得有一米多高了，而且，好像为了气气所有的前任和现任部长，此刻正用大块石板在装贴墙面。

有多少次，前胸靠着青灰色的累累巨石，心里犹念昨宵抛别的巴黎舞场，一面纵目四望，俯瞰这片杜河流域。在那一方，在河左岸，有五六重曲折的岩壑，巉岩间依稀能见无数细小的溪流。这些小溪，遇到多处落差，便像瀑布似的飞泻而下，汇于杜河。山里的阳光，十分酷热。烈日当空的时候，游人坐在这平台上寂然凝想，梧叶桐影便足可荫蔽他的清梦。这些梧桐长势很快，绿得发蓝的浓荫，是市长派人在长长的路墙后面运泥壅土的结果，因为不顾市议会的反对，他径自把散步道拓宽了两米（虽然他是保王党，我是自由党，这件事还得称赞于他）。无怪乎维璃叶丐民收容所走运的所长——瓦勒诺先生，跟市长所见略同，都认为这片平台，堪与巴黎近郊的圣日耳曼－盎蓝长道（terrasse de Saint_Germain_en_Laye）相媲美。

至于我，对这条“信义大道”，只有一点责难，尽管有十七八块大理石上镌刻着路名，而这些路牌，又为特·瑞那先生赢得了一枚勋章；我所要指责于当局者，是路政上的蛮横做法：替壮健的梧桐修枝打杈，甚至削去冠梢。梧桐本应长得亭亭如盖，像在英国看到的那样；现在却给修剪得低低的、圆圆的、平平的，跟菜园里的蔬菜一个模样。但是，市长大人的意志违逆不得；凡市府辖区内的树木，一年两次，必遭无情的剪削。当地的自由党人声称，也许是言过其实，说自从助理司铎马仕龙做下规矩，剪枝所得，归他所有，一班替公家干活的园林工人，下手就更狠了。

这位年轻司铎，是省城贝藏松前几年派来的，用以监视谢朗神父和附近几位本堂神父。有一位已故的老军医，他曾参加过征意战争，退伍后息隐维璃叶——照市长的说法，此人生前既是雅各宾党，又是拿破仑派。某天，竟敢当面对着市长，抱怨说不该定期刈夷嘉木。

“我喜欢树荫，”特·瑞那先生答复的口气，高傲得适可而止，因为对方是得过荣誉勋章的外科大夫，“我喜欢树荫，我的树只有这样修剪，才能树茂荫浓。我想不出，一棵树除非像胡桃树那样有用，倘不能提供收益，种了干吗？”

在维璃叶，“提供收益”是权衡一切的金科玉律。这四个字，概括了四分之三以上居民的习惯想法。

“提供收益”，在这座风光绝胜的小城，成为决定一切的理由。外地人来到这里，进入凉爽而深秀的山谷，醉心于林壑之美时，首先会想到，当地居民对美一定特别敏于感受。其实，家乡风物之美，他们固然谈得不少，不能说不受重视，但那是因为能招揽游人，游人花钱能喂肥客店老板，客店老板则通过纳税，给小城提供收益。

这天，秋日晴朗，特·瑞那先生由妻子挽着，沿着信义大道闲步走去。特·瑞那夫人一边倾听丈夫语调庄重的谈话，两眼却盯着三个孩子的一举一动，不无担心。大儿子约莫有十一岁，常常跑到路墙那边，样子像要爬上去。只听得娇音嫩语的一声喊："阿道尔夫"，孩子才放弃胆大妄为的打算。特·瑞那夫人，看上去是位年约三十的少妇，依旧相当娟秀。

"他说不定会后悔的，这位巴黎来的漂亮人物，"特·瑞那先生气呼呼地说，脸色显得比平时苍白，"要知道我在宫里也不是没有三朋四友……"

关于内地生活，不才尽管可以写上两百页，想我还不至于那么蛮不讲理，忍心让读者诸公受罪，领教一番内地人极其啰唆而又老于世故的谈话。

这位令维璃叶市长头痛的巴黎人物，不是别人，正是阿拜尔先生。两天前，居然给他动出脑筋，不仅进入监狱和丐民收容所，而且还参观了市长等社会贤达开办的赈济医院。

"不过，"特·瑞那夫人怯生生地说，"既然你们办慈善事业，清正廉明，那位巴黎先生能找什么茬儿呢？"

"他是专门来散布流言的，然后再写成文章，登在自由党的报纸上。"

"那种报纸，你不是从来都不看的吗？"

"但是那些雅各宾派的大作，老有人在提起，分散我们精力，妨碍我们行善做好事。至于那个本堂神父，我是一辈子也饶不了他的。"

第三章　穷人的福星

一位品德高尚、不要阴谋的神父，
是一村的造化。

——弗勒利

维璃叶的本堂神父，已年届八旬；由于山区空气清冽，身体像铁打一样结实，性格也如铁一般刚强。这里应该交代一下，作为本堂神父，他有权随时出入监狱、医院，甚至丐民收容所。阿拜尔先生是由巴黎方面介绍，来见这位神父的。来人很机敏，选准清晨六点，抵达这座喜欢打听的小城；而且一到，便直奔神父的住处。

信是特·拉穆尔侯爵写来的，侯爵身为法兰西贵族院议员，是富甲一省的大财主。谢朗神父看着来信，颇费沉吟。“想我偌大一把年纪，在这里人缘也不错。”临了，他低声自语道，“谅他们还不敢把我怎么样！”便转过身来，望着巴黎来客。虽说神父年事已高，两眼依然炯炯有神，闪耀着神圣的光辉，表示只要是高尚的事，即使担点风险，也乐于助成。

“请随我来吧，先生。不过当着狱卒，尤其是收容所看守的面，希望你对看到的一切，不要妄加评论。”阿拜尔先生明白，他遇到了一位热心人。于是跟着这位可敬的神父，参观监狱、收容所、济贫院等处，提了许许多多问题，听到奇奇怪怪的答复，即便如此，他也一点儿没责怪的意思。

这次参观，一连持续了几小时。神父想请来客一同回家吃中饭，阿拜尔先生推说有信要写，实际上是不愿更多连累这位好心的陪伴。

三点光景，两位先生视察完丐民收容所，又折回监狱。这时，在大门口碰到一名狱卒；那是个身高六尺的彪形大汉，生了一双罗圈腿，相貌本来就不雅观，加上凶神恶煞的样子，面目显得格外可憎。

“啊！先生，”他一见神父便问，“跟您在一起的这位，可是阿拜尔先生？”

“是又怎样？”神父答道。

“我昨天接到一道严令，是省长专差宪兵连夜骑马送来的，吩咐不准阿拜尔先生踏进监狱。”

“我要明白告诉你，努瓦虎，”神父说，“这位同来的客人，正是阿拜尔先生。我不是有这份权力吗？不论白天晚上，随便什么时候，都可以进入监狱，愿意叫谁陪就可以叫谁陪。你说是不是？”

“是的，神父先生，”狱卒低声下气地说，像巴儿狗怕挨揍，不由得垂下头来，“不过，神父先生，我也有妻儿子女的，一有告发，我就会丢掉饭碗，可我全靠这差事养家糊口哩。”

“我要是丢了差事，一样也会不高兴的。”善良的神父说来很动感情。

“那可不一样呀！”狱卒紧接着说，“您嘛，神父先生，谁都知道您有八百法郎收入，那块好地……”

事情的经过就是这样。两天里，你言我语，添油加醋，竟有了二十种不同说法，挑起了各种仇恨情绪，把个小小的维璃叶搅得满城风雨。此刻，瑞那先生与他夫人有点语言争论，也是由此而起的。这天上午，市长先生由丐民收容所所长瓦勒诺陪同，上神父家兴师问罪，表示他们的老大不满。谢朗先生在这里无根无蒂，觉出他们话里的分量。

“好呀，你们两位！我活到八十岁上，竟成了附近第三个给革职的神父。我在这里已经待了五十六个年头。来的当初，这儿还是区区小镇。城里的居民，差不多全由我来施礼。我天天为年轻人主婚，就连他们爷爷奶奶的婚礼，当年也是我主持的；维璃叶，就是我的家。看到这个来客，我心里也想过：巴黎来的这个人，可能真的是个自由党，眼下自由党人不是满街走吗？但是，那又能碍着我们穷人犯人什么事呢？”

瑞那先生的责问，特别是收容所所长瓦勒诺的非难，越来越咄咄逼人。

“得啦，那就革我的职吧，”老神父声音颤巍巍地嚷道，“可是我还得住在这儿。谁都知道，四十八年前，我继承了一份田产，每年有八百法郎的收益。我就靠着这笔进款过活。你们两位听着，我嘛，任职多年，没有什么来路不明的[1]积蓄，也许就因为这个缘故，丢掉差事我也不怕。”

瑞那先生与夫人，生活得相当和美。这时，瑞那夫人娇怯怯地问了一句：“这位巴黎先生，能碍着囚犯什么呢？”瑞那先生不知如何回答是好，正想发发他的威风，忽听得妻子一声惊叫：原来看到二儿子爬上平台的胸墙，在墙头上奔跑起来。要知道这堵墙比一旁的葡萄园要高出五六米。瑞那夫人怕吓着儿子，一分神会摔下去，所以连话都不敢对他讲。孩子觉得自己十分了得，嬉皮笑脸地好不快活。后来瞧见母亲脸色煞白才跳下来，朝她奔去。这一下，可结结实实挨了顿骂。

经这件事一打岔，夫妻俩也随之改变了话题。

“我一定得把锯木匠索雷尔的儿子于连雇来，”瑞那先生说，“这几个孩子越来越淘气，得叫他来管管。他是个年轻修士，反正跟这差不离吧，拉丁文特棒，要是肯来教，孩子的功课准能上进；因为，此人个性很强，这是本堂神父说的。我出三百法郎，兼管膳宿。只是对

1　译按：《红与黑》初版于一八三〇年十一月。一八三一、一八三五、一八四〇年，斯当达重读旧作时，对文字都略有修改增补。此手改本在作者死后，留存于友人陶那多·菩奚手里（通称“菩奚本”），现珍藏于米兰市立图书馆。本译本所据原版为一八三〇年初版本文字，菩奚本改而善者，译者也酌情收入，此处即是一例。谢朗神父说自己没有什么“来路不明的”收入，对假公济私改易河道的瑞那市长和不择手段聚敛钱财的丐民收容所瓦勒诺所长就不无讽喻意味。“来路不明的”一语，系作者一八三一年七月重读旧作时所加。为避免时时打断读者阅读兴趣，下面行文中不再一一注明；出于同样原因，凡可加可不加的注，也尽量少加。

他的品德，叫人有点放心不下，他是老军医的宠儿。老军医得过荣誉勋章，推说是表亲关系，就寄居在索雷尔家；这老军医很可能是自由党的密探。他说有哮喘病，咱们山区的空气，有益于养病；只是这一层，并未得到证实。他参加过破屋那八代[1]的历次意大利战役；据说，后来拿破仑称帝，他还签名表示过反对。是这个自由党，教于连念拉丁文的，还把随身带来的一大摞书留给了他。按说，咱们家的孩子，我根本不会考虑要木匠的儿子来照看，但是正好在我们吵翻的前一天，神父告诉我，说索雷尔家的这孩子研习神学已有三年，还打算要进神学院。这么说来，倒不像是自由党分子，竟是个拉丁文人才了。”

“这样安排，好处还非止一端。”瑞那先生一副老谋深算的神情，瞟了他夫人一眼，“瓦勒诺为他的敞篷马车，刚配备两匹诺曼底骏马，就神气活现的。可他的孩子，就没有家庭教师噢。”

“说不定他会把我们这位抢走呢。”

“这么说，我的计划你是赞成的喽？”瑞那先生对他夫人的慧心巧思，报以微微一笑，“好吧，事情就这么定吧。”

“啊，老天！你这么快就拿定了主意！”

“我就是这脾气，想必神父已经领教到了。不必躲躲闪闪，我们周围尽是自由党。那帮布商就在嫉妒我，我心里明白得很；其中有两三位眼看要成巨富了，听便！我倒愿意让他们见识见识，瑞那家的少爷，由家庭教师带领散步，那才气派呐。我爷爷常讲，他小时候就有家庭教师。不过，这样一来，得多花一百银币；但是，身份攸关，这笔费用该打入必要的开支。”

这突如其来的决定，倒使瑞那夫人上了心事。她那亭亭玉立的身姿，秾纤得衷，照山里人的说法，也曾是当地的美人儿。又有那么一种淳朴的情致，步履还像少女般轻盈。风韵天成，满蕴着无邪，满蕴着活力，看在巴黎人眼中，甚至会陡兴绮思。如果知道自己有这种优

1　拿破仑姓“波拿巴”（Buonaparté），“破屋那八代”为“波拿巴”的意大利文读法。意在嘲谑。

点，瑞那夫人一定会羞得无地自容的，因为她从未有过搔首弄姿、忸怩作态的念头。收容所的阔所长瓦勒诺先生，据说曾向她献过殷勤，结果一无所获；此事给她贞淑的品德增添了异样的光彩。须知这位瓦勒诺，脸色红润，颊髭浓黑，长得身高马大，粗壮健硕，又兼为人粗豪、放肆、聒噪，在内地也算得是上台面的人物了。

瑞那夫人非常腼腆，表面上性情平易，看到瓦勒诺一刻不停地走动，大声喧哗地说道，觉得很不受用。维璃叶地方的所谓娱乐，她都退避三舍，因此得了个名声，说她太傲，矜持于自己的出身门第。别人的毁誉，她并不在意，看到家里来客越来越少，反倒高兴。不过，有一件事，我们不必为她掩饰，那就是在太太们眼里，她不过是傻瓜一个：因为对丈夫一点儿不会耍心眼，本来可以要丈夫替她从巴黎或贝藏松捎几顶漂亮帽子来的，这类良机，她都白白放过了。在她，只要能在自己美丽的花园里安闲徜徉，就无所抱怨了。

她心地淳朴，从来没想到要去品评丈夫，嫌他讨厌。在她，虽未明言，但想象中，夫妇之间也不见得会有更温馨的关系了。她尤其喜欢听丈夫跟她谈教育孩子的事；瑞那先生希望大儿子当军官，二儿子能做法官，小儿子进教会。总之，在她认识的男子中，瑞那先生比他们都强，没他们那么讨厌。

妻子对丈夫的这一评断，不是没有道理的。维璃叶市长之所以博得为人机智、谈吐高雅的美名，是因为能讲五六个从他伯父那里听来的笑话。已故特·瑞那上尉，大革命前曾在奥尔良公爵的步兵团效力。这位老伯一到巴黎，便可随意出入亲王的沙龙，从而得以拜识特·蒙德松夫人，拜识名噪一时的特·尚莉夫人，以及王宫建筑师杜克雷先生。这几位人物，都一再出现在现任市长瑞那先生搬弄的掌故里。但是，这些琐闻，微妙难言，讲久了，倒成了苦差事，如今也只有逢到重大场合，市长先生才叙说叙说有关奥尔良王室的轶事珍闻。此外，只要不谈钱财，瑞那先生都不失君子之风；他被认为是维璃叶最有贵族气派的人物，实属理所当然。

第四章　父与子

事若如此，其罪在我？

——马基雅维利

“我太太倒真是很有头脑！”第二天一早六点光景[1]，维璃叶市长这样自语着，朝索雷尔老爹的锯木厂走下去。“索雷尔家这小神父，听说拉丁文特有天分。我跟太太说起雇他，无非是为保持我们的身价地位。并没想到，我要是不请，说不定那个瞎折腾的收容所所长，也会有同样想法，把于连从我手里抢走。果真如此，以后瓦勒诺谈起自己孩子的家庭教师来，口气不知该有多狂呢！……这家庭教师，请来之后，是不是还穿一身黑袍？”

瑞那先生心里揣着这疑问，远远望见一个乡民：那人个子不高，还不满六尺，一大早就在忙乎着丈量木材。杜河沿岸堆着大批木材，把拉纤道都给占了去。乡民见市长走来，并不显得很高兴，因为木材这么堆放，堵塞道路，本属违章。

此人，就是索雷尔老爹。瑞那先生提出，要聘用他的儿子于连；这提议有点怪，老木匠始而惊愕，继则欣喜。不过，他听的时候，拉长着脸，装得很淡漠；这一带山民最擅长装聋作哑，以掩饰他们的精明。在西班牙长期统治下做惯了顺民，他们至今还保留着古埃及佃农的这种面部表情。

1　译按：上章开头说，阿拜尔先生于“清晨六点”抵达维璃叶，此处，市长大人也于一早“六点光景”出门办私事；第十二章开头，“才五点钟”，于连就向瑞那先生请了三天假，等等。据称，法国王政复辟时期，承袭大革命余绪，晨兴绝早，就开始一天的活动。

索雷尔老爹的回答，先来上他背熟的一长串客套。颠来倒去搬弄这套废话，伴着呵呵傻笑，越发加重了他长相上原有的那种虚假狡诈之态；同时，老头儿拼命寻思，想弄明白，为什么这位显赫人物，会把他的无赖儿子弄到家里去。恰恰是他最不喜欢的于连，瑞那先生竟肯出重金雇用，光工资一年就有三百法郎，外加膳宿，甚至四季衣服。这最后一项，是索雷尔老爹灵机一动，临时提出来的，而瑞那先生居然一口答应，同样照准。

这项要求，引起市长的警觉。“按理说，索雷尔老爹对我的提议，应当大喜过望，心满意足才是，然而却不然；显然，有人跟他提过。假如不是瓦勒诺，又会是谁呢？”瑞那先生催索雷尔老爹当场把事情定下来，但是不成。这乡下佬诡谲多端，一味婉拒。推说回家要跟儿子商量商量，好像在内地，有钱的老子真会向一文不名的儿子去讨主意，而不只是当幌子而已。

所谓水力锯木厂，就是依河而造的一座敞棚。棚顶，由四根粗柱托起；棚的中央，约莫三四米高的地方，可以看到一把上下起落的大锯，同时安有一个极简单的装置，把木材朝锯子推进去。河水的冲力，推动水轮，水轮带动机械，起到双重作用：一种是使锯子上下起落，一种是把木材缓缓推向锯子，锯成薄板。

索雷尔老头走近作坊，拉直嗓门喊于连，可是没人答应。只见两个儿子，魁梧得像巨人，举起笨重的铁斧，劈去枞树的枝杈，然后把整段整段的木材送到锯上去。哥儿俩正全神贯注，斧头对准墨线砍下去，削去大块大块的木片，所以没听见父亲的喊声。老爷子朝敞棚走去。进到棚里，在锯子边，没找到于连，却见他在离地两三米高的地方，骑在一根横梁上。于连没去照看机器，却在那里埋头读书，这是索雷尔老头最恨不过的了。于连身子单薄，不宜干力气活，比不上两个哥哥，这还情有可原；唯独读书成癖，最最可恶，因为老头儿自己一字不识。

他又喊了两三遍，于连还是没答应。比锯子噪声更碍事的，是这小伙子全部心思都放在书本上，竟一点没听到他爸吓人的喊声。临了，老头儿不顾年迈，轻轻一跳，踩在正要锯开的树干上，再一步，跳上托着棚顶的横梁。一拳挥去，把于连手上的书打掉，飞进河里；第二下，出手也同样狠，一掌扇在于连头顶，打得他摇摇晃晃，险些掉下三四米去，摔在正在转动的杠杆之间，只差把他碾碎；亏得老头儿动作利落，伸出左手，一把将他揪住。

“好呀，懒鬼！叫你看锯子，你偏看这种混账书？晚上到神父家耗时光去，再看也不迟呀！”

于连给这一巴掌打得晕头转向，鼻血直流，还是连忙回到锯旁，坐在他的法定位置上。他眼泪汪汪，为的是失落了心爱的书本，皮肉上受点苦倒还在其次。

“下来，畜生，我有话对你说。”

这道命令，由于机器的噪声，于连还是没听到。他爸已经下到地上，不想再费劲爬到机械上去，便找了根打核桃的长竿子，去敲于连的肩膀。等于连脚刚着地，索雷尔老头就粗手粗脚，把他拱在自己面前，往家里赶。“天知道，他会怎样训我！”小伙子心里嘀咕。一面走，一面看河水，书就掉在那里，教人好不痛心；这是所有书中，他最喜欢的一本：《圣赫勒拿岛回忆录》[1]。

他两颊红红的，低头看着地。小伙子有十八九岁年纪，外表相当文弱。五官不算端正，却很清秀；鼻子挺尖；两只眼睛又大又黑，沉静的时候，显得好学深思，热情如火，此刻却是一副怨愤幽深的表情。深栗色的头发，发际很低，所以前额不高，发起怒来，便呈凶恶之状。人的相貌，固然千差万别，就勾魂摄魄而言，恐怕无出其右了。他身腰很好，只略嫌瘦削，看上去壮实不足而轻捷有余。少年时

1　即《拿破仑回忆录》，由其副官拉斯卡斯根据拿破仑流放圣赫勒拿岛期间的言谈编撰成书，于一八二三年问世。此处，斯当达把自己对这部著作的浓厚兴趣转嫁于其小说主人公于连身上。斯氏一八二四年在《英国通讯》中曾言及：欧洲晚近二十年所出诸书，以此书最为有用。下文多次提到“那本书”“那本给他勇气的书”“启示录”，俱暗指这部回忆录。

代，他常常遐想出神，加上脸色十分苍白，他爸总以为养不大，即使活下来，也定是家里的累赘。一家人都瞧他不起，他就恨上了父亲和兄长。礼拜天，在公共广场嬉闹，他只有挨揍的份儿。

他的漂亮面孔，赢得妙龄少女的几声赞许，还是近年来的事。给众人当作无能之辈而备受奚落的于连，就崇拜敢于争一日之长，向市长抗言不该剪伐梧桐的老军医。

这位军医有几次还要出钱给索雷尔老爹，才买得他儿子的读书时光，好给于连讲拉丁文，讲历史；而所谓历史，仅限于老军医自己所知的一些，即一七九六年拿破仑的征意战役。临终前，老军医把自己的荣誉勋章，半饷的余款，以及三四十本书，统统遗赠给了于连。这些书中，最珍贵的一本，刚才已掉进河里，掉进市长凭借其权势使之改道的公共河流。

于连刚走进家门，就感到肩膀被父亲有力的手按住，他浑身一哆嗦，等着挨揍。

"老实回答，不许撒谎。"老头儿粗声粗气，冲着于连耳朵使劲嚷嚷，同时用手一拨，像小孩子摆弄铅皮兵一样，将他身子拨转过来。于连又黑又大的眼睛，含着一泡泪水，劈面碰见老木匠灰溜溜恶狠狠的小眼睛，老木匠恨不能把儿子的心思一眼看透。

第五章　讨价还价

尽量拖延，挽救局面。

——恩尼乌斯

“能回答，就老实回答，不许撒谎，你这只知啃书本的狗东西。瑞那夫人，你是怎么认识的？跟她说过什么话来着？”

“我从没跟她说过话，”于连答道，“除了在礼拜堂，我从来没见过这位太太。”

“那你眼睛准盯着她看，不要脸的东西！”

“绝对没有的事！你知道，在礼拜堂里，我眼睛只看天主。”于连补上一句，带点虚伪的表情，这样可以免得再挨耳光。

“不管怎么说，这里面必定有什么名堂。”狡猾的乡下佬顶了一句，停了一会儿，又说，“你的事儿，别人就甭想弄清楚，要不得的伪君子。得啦，我可以甩掉你这个包袱了；没你，我的轮锯只会转得更顺溜。神父还是谁，受了你笼络，给你谋了个好差事。滚去把铺盖卷收拾好，回头领你上瑞那先生家，给他们孩子当家庭教师去。”

“叫我去，有什么好处呢？”

“管吃，管穿，还有三百法郎的薪水。”

“当用人，我可不干。”

“畜生，谁跟你说去当用人，难道我乐意叫自己儿子去当用人？”

“那我跟谁一起吃饭呢？”

一句话把索雷尔老头问住了，感到再谈下去，保不定会说错话儿。他就索性发脾气，把于连骂得狗血喷头，说他嘴馋贪吃，接着扔下他不管，跑去跟另外两个儿子商量。

过了一会儿，于连看到他们仨支着斧头，在那里密谈。看了半天，仍猜不出究竟，便溜到轮锯的另一边，免得自己给他们发现。这个意想不到的消息，会使他的命运为之改观，倒要好好想想，但觉得此刻无法审慎考虑，因为一心揣想着瑞那先生漂亮的府第会何等纷华盛丽。

“这一切我宁可放弃，”他转念又想，“也不能降格跟用人一道吃饭；爸要是强迫我，我就去死。我手头有十五法郎八个苏的积蓄，还不如今夜就逃。走小路不用怕宪兵，两天就能到贝藏松，去入伍当兵；不得已，就越过边境到瑞士去。不过这么一来，前程就谈不上了，抱负也完了，更甭提教士这份权尊势重的美差了。”

与佣共食的羞恶心理，在于连并非与生俱来的；为了出人头地，再难堪的事，他都肯做的。这种厌恶情绪，是读卢梭的《忏悔录》[1]读来的；他就是凭借这本书，臆想着世界的千态万状。此书，可与拿破仑大军的《帝国军报》及《圣赫勒拿岛回忆录》鼎足而三，成为他的全部经典。为这三部书，他可以舍生忘死。别的书籍，他一概不信。听了老军医一句话，便认定天下其余的书，都是连篇累牍的谎言，都是宵小之徒以求荣进的杜撰。

于连除了一颗炽热的心，还有一副常见痴子才有的惊人记忆。他看出，自己日后的出息，都要仰仗谢朗神父；为了博得这位老教士的欢心，他把拉丁文的《新约》背得滚瓜烂熟。默思得（M.de Maistre）的《教皇论》，他也能背得。但无论《新约》，还是《教皇论》，要谈信仰，他都甚为淡薄。

1　译按：《忏悔录》第二部第七章讲到卢梭初次拜访柏尚华夫人，夫人留他午餐，“我就老实不客气，留了下来。一刻钟之后，从她们的言谈中得知，原来是请我到下房去吃饭。柏尚华夫人人倒极好，只是识见有限，不懂对才智之士应予应有的尊敬”。卢梭推说临时想起有事要办，经夫人的女儿挽留，客人才“赏光”，跟她们母女同桌共餐。下面第二十四章提到的《新爱洛绮丝》，亦为卢梭所著的书信体小说。

索雷尔和他儿子，仿佛彼此有过默契，这天都回避着互不说话。黄昏时分，于连到神父家去上神学课，对这项出格的提议，他认为还是保持谨慎，不露口风为好。心里想：也许是个骗局，要装得忘记才对。

瑞那先生在第二天一清早，就派人来叫索雷尔老爹。老头儿让人家等了一两个钟头才到，一进门就连连道歉，频频鞠躬。表示过种种异议之后，索雷尔才弄明白，他儿子将跟先生太太同桌用膳，遇有宴请，才单独与几位少爷在另外房间进餐。看到市长大人急切的心情，索雷尔本来就爱节外生枝，这时就愈发吹毛求疵，加上心里不无疑虑和惊异，便提出要看看儿子来后的卧室。房间十分宽敞，家具也十分雅洁，几个用人正忙着把三个孩子的床具搬进去。见此情形，这乡下佬灵机一动，这次更有把握了，马上提出要看看给他儿子穿的衣服。瑞那先生打开写字台，取出一百法郎。

"你把这笔钱拿去，让你儿子上杜朗先生的铺子定做一身黑礼服。"

"万一我把他从府上领回去，"乡下佬这时把客套礼数都忘了，"这身黑礼服还能归他吗？"

"那不成问题。"

"唉，那敢情好！"索雷尔拖长了声音说，"这里还有一桩事，要合计合计，就是你先生能出多少钱。"

"怎么！"瑞那先生吼了起来，"昨天不是已经谈妥了吗？我出三百法郎。这数目已经很高，甚至太高了点。"

"这是你出的价，我不否认，"索雷尔老头一字一句，说得更慢了。他突然福至心灵——只有对弗朗什－孔泰农民不甚了解的人，才会感到惊讶——眼睛直勾勾看着瑞那先生，补上一句，"咱们在别处，可以要到更多。"

一听这话，市长脸色大变。不过，他马上镇静下来。经过长长两个小时的钩心斗角，那是每个字都不能随便说的，乡下佬的奸猾，终于战胜有钱人的精明，因为阔佬不一定非诡诈才有活路。最后，有关于连新生活的诸多条款都一一谈定：年薪不但定为四百法郎，而且还得在月初预付。

“得啦！那就算三十五法郎。”瑞那先生说。

“您市长大人又有钱又大方，凑个整数儿，”乡下佬用谄媚的口吻说，“就给三十六法郎吧。”[1]

瑞那先生愤然作色：“好，一言为定，别再啰唆了。”口气很硬。乡下佬心里明白，不能再一意孤行，现在该打住了。接下来，风势变了，瑞那先生看出索雷尔老头急于要代儿子领钱，这第一个月的三十六法郎，他就无论如何不肯先交。市长先生蓦地想到，自己在讨价还价中的手段，等会儿大可以向太太吹嘘吹嘘。

“刚才给的一百法郎，请你退出来，”瑞那先生发起他的老爷脾气来，“杜朗先生还欠着我点儿钱呢。你儿子来了，我会领他去选衣料的。”

见市长先生态度强硬，索雷尔不敢造次，又恭恭敬敬客套起来，足足啰唆了一刻钟。临末，看没什么别的便宜可占了，便抽身告退。老头儿最后一鞠躬，用这句话结束：

“我这就把犬子送到公馆来。”

市长先生的下属，每当想讨个好，就把他的住宅称作“公馆”。

回到锯木厂，索雷尔满处找儿子，也没找到。前途未卜，心存疑惑，于连半夜里就出门了，想给书籍和荣誉勋章找个存放之处，便把所有这一切，统统送到他朋友家。那朋友叫傅凯，是年轻的木材商，住在俯临维璃叶的高山上。

等于连一露面，做父亲的就骂开了：“懒骨头，你吃了我那么些年，天知道，我垫的饭钱，你将来顾不顾面子，会不会还我！把你的破烂提上，给我滚到市长家里去。”

1　译按：法国当时通行三法郎和六法郎的硬币。年薪已从三百增至四百，再换一个法子，按月计算，月薪给三十五，凑成整数为三十六，这样年薪就增为四百三十二法郎了。“讨价还价”，此之谓也。

没挨打，于连颇感意外，便匆匆走了。一俟看不到父亲可怕的身影，就立刻放慢脚步。他觉得到礼拜堂弯一下，对自己的虚伪手段，也许不无好处。

“虚伪手段！”这话你觉得奇怪？须知这个可憎的字眼，这位年轻的乡民也是摸索了一阵，才若有所悟的。

还在孩童时期，于连看到第六团的龙骑兵，身披长长的白大氅，头戴饰有黑鬣毛的亮银盔，他们刚从意大利凯旋，把坐骑往他家的窗栏上一拴。从那时起，他对当兵这一行，就疯魔上了。之后，老军医跟他讲起拿破仑战役，大败奥军于洛迪桥、阿尔科拉、里沃利等地，听得他热血沸腾。他注意到，老人谛视自己的十字勋章时，眼睛里依然闪着灼热的光芒。

但是，于连十四岁那年，维璃叶开始造礼拜堂；对区区小城而言，这礼拜堂算得美轮美奂了。尤其是那四根大理石柱子，于连见后，徊徨三叹。其柱子名播遐迩，是因为治安法官与助理司铎为此结下了深仇大恨。这位年轻司铎，是贝藏松派来的，被认为是圣公会的密探。治安法官，为了一点纠葛，险些丢了差事，至少公众都这么说。谁叫他胆敢跟教士抗衡的呢？须知这位教士几乎每隔半个月就要上贝藏松，据说是去觐见主教大人的。

这一时期，膝下儿女成群的治安法官，判了几宗案子，看来有欠公正：误判都是针对看《立宪报》[1]的那部分居民。实权势力一方，大获全胜。其实，所争也不过是三五法郎的小数目；其中有一笔小款子，罚到于连教父的头上。这位制钉匠，怒不可遏，大声嚷道：“世道真的变了！二十多年来，大家都把治安法官当正派人，如今怎么说呢！”成为于连忘年交的老军医，正是在这时去世的。

于连马上收篷，从此缄口不谈拿破仑；并宣布要去当教士，常看到他在乃父的锯木厂里，捧着神父借他的拉丁文《圣经》暗诵默

1 《立宪报》，当时的进步报纸。

记。这位善良的老人，见于连进步神速，惊叹不已，常整夜整夜教他神学。于连在他面前流露的纯是一片宗教热诚。看他脸那么苍白，那么温顺，像个女孩子，谁能猜到这样的外貌之下竟藏着百折不挠的决心，哪怕九死一生，也要活出个名堂来，求个飞黄腾达。

照于连的想法，要想飞黄腾达，第一步就得离开维璃叶，所以，对故乡就深恶痛绝起来，这里的所见所闻都使他心灰意冷。

少年时代，常有遐思万千的时候。想得最为快意的，便是有朝一日，能有幸被引见给巴黎的美女，以自己什么辉煌的事功，博得她们的青睐。怎见得就没一位美人儿看上他呢，拿破仑寒微时，不是就为玉丽珠辉的约瑟芬所钟爱？多年以来，于连几乎无日不想，谅拿破仑当年也是默默无闻、穷无分文的下级军官，还不是凭手上的一把剑，终于成为世界的主宰。这个想法，使他在痛苦中——他把自己的痛苦想得很深重——深感慰藉，在高兴时则倍感欢快。

大兴土木修建教堂与治安法官徇情判案，这两桩事，一下子擦亮了于连的眼睛。他由此产生一个想法，一连疯癫了几个礼拜，就像一颗狂热的心自以为石破天惊，得了第一等的好主意，抱着不放。

“拿破仑为世人称道之时，正是法兰西遭强邻侵凌之日；那时武功成了时务，缺少不得。如今，四十岁的司铎，就有十万法郎的年俸；论收入，等于拿破仑名将的三倍。他们也需要有人帮衬。就说这位治安法官吧，头脑如此聪明，为人素来正派，已经到了这把年纪，却怕得罪一个三十出头的年轻司铎，竟至于做出使自己名誉扫地的事。由此可见，应该去当教士。”

有一次，于连进修神学已有两年，正感怀一种新的宗教虔诚，不料让一直在他内心燃烧的烈焰迸突了出来，泄露了天机。那是在谢朗先生住处，神职人员聚在一起晚餐，好心的神父把他当作神童介绍给大家，他却忘乎所以，把拿破仑大大颂扬了一番。事后，他把右手绑在胸前，推说是搬大木头，不慎手臂脱了骱；两个月里就悬着手臂，教自己不舒服。只有经过这样的惩罚，他才能原谅自己。这个十九岁的年轻人，外表十分文弱，看上去至多不过十七岁，此刻腋下夹着一个小包，正走进维璃叶宏伟的教堂。

他发觉教堂阴暗而空寂。这时适逢节日，所有彩窗都遮着深红色的帷幔，阳光映照之下，令人目眩神夺，一派庄严的宗教气氛。于连不禁战栗了一下。他独自坐在教堂的长凳上，这条长凳最为漂亮，上面刻有瑞那家的爵徽纹饰。

跪凳上，于连注意到有一张字纸摊在那里，好像要让人看似的。他的视线落到纸上，读道：

“路易·尚雷尔在贝藏松伏法，行刑经过及临终详情……”

纸片破残不全，背面有一行字，开头二字是：“起步。”

“这张纸是谁放在这儿的呢？”于连叹了口气，“可怜的倒霉虫！他的姓，后面两个字倒跟我的一样……”随即把纸片揉成一团。

出门的时候，在圣水缸旁，于连以为看到一摊血，其实是洒在地上的圣水，因光线透过绛红窗幔，照在上面，才显得殷红如血。

于连对自己心存畏怯，终究觉得是可耻的事。

“难道我真是懦夫？”他对自己说，“拿起武器来！”

老军医讲起浴血战斗，屡屡引此《马赛曲》语，于连听来，觉得英气勃勃。想到这里，他立刻挺直腰板，快步朝瑞那先生家走去。

虽说决心十足，但是，还隔着二十步路，一看到那高门华屋，先就胆怯得不行。铁门洞开，煞是气派，他只得硬着头皮走进去。

因走进这户人家而感到心慌意乱的，倒不只于连一人。瑞那夫人原极羞怯，一想到这陌生人，由于职务关系，要时时置身于她和几个孩子之间，就感到踌躇不安。小孩子惯常睡在她卧室里。这天早上，看到他们的小床搬进家庭教师的套间，就不知流了多少泪。她求丈夫把小儿子斯丹尼斯拉斯－萨维耶的床搬回她房里，也只是徒费唇舌。

女性的细腻，在瑞那夫人身上，已达于极点。在她想象中，家庭教师是个粗俗讨厌、蓬首垢面的人物。之所以请他来管教孩子，就因为他懂拉丁文，为了这种荒古的语言，说不定小孩子还会挨打呢。

第六章　烦闷

我已不知自己是谁，在做什么。
——莫扎特《费加罗》

每当远离男人的目光，瑞那夫人便任活泼与优雅的天性尽情流露。这天，带着这份活泼优雅，从客厅的落地长窗出来，朝花园走去，看到大门旁站着一个乡下小伙子——模样差不多还是个孩子，面色非常苍白，脸上依稀带着泪痕，身穿雪白的衬衫，腋下夹着一件干净的紫花呢短外套。

这乡下小伙子，皮色那么白嫩，眼睛那么和顺，竟使爱想入非非的瑞那夫人，以为说不定是小姑娘扮的男孩子，来向市长讨什么恩典的。这可怜家伙站在大门口，显然是不敢伸手去拉门铃，她不由得怜惜起来。瑞那夫人走过去，霎时间倒把家庭教师要来的这桩烦心事忘了。于连对着大门，没看到有人走来；耳边忽听到柔美的声音，禁不住浑身一凛：

"你来这儿干吗呀，孩子？"

于连急忙回过头来，看到瑞那夫人明慧可人的眸子，心中的怯意先就去掉了一半。俄而，惊异于她的美丽，便把什么都忘了，甚至连为什么到这儿来也忘了。瑞那夫人把刚才的问话又重复了一遍。

"夫人，我是来当家庭教师的。"临了，才这么回答出来。他为自己还挂着眼泪难为情起来，一边尽量抹去。

瑞那夫人一时里说不上话来，两人离得很近，四目相视。于连从来不曾见过一位穿得如此漂亮，特别是容颜如此娇艳的女人，这么轻声软语地跟他说话。瑞那夫人望着乡下小伙子脸颊上的大颗泪珠，那脸颊刚才还那么苍白，现在已涨得通红。她不觉大笑起来，像少女一般欢快之中带点儿疯劲。她笑自己，想不到竟会这么开心。怎么，来人就是家庭教师！她曾把家庭教师想成是一个穿得又脏又破的教士，来管教和打骂她孩子的。

末后，她问："怎么，先生，你懂拉丁文？"

"先生"这一尊称，使于连受宠若惊；他沉吟了一下，不好意思地答道："是的，夫人。"

瑞那夫人高兴之下，大着胆子对于连说：

"我几个小孩，你不会过分训斥他们吧？"

"我，训斥他们？"于连听了觉得奇怪，"为什么呀？"

"你会好好待他们的，是不是，先生？"她停了一下又说，语气里含有更多的感情，"你能答应我吗？"

再次听到人家郑重其事喊他"先生"，而且还出自一位服饰如此讲究的夫人之口，在于连是万万没想到的。他少年时代的幻想里，觉得自己除非身穿漂亮的军装，否则任何名媛贵妇都不屑与他一谈的。至于瑞那夫人一方，看到于连鲜亮的皮色，又大又黑的眼睛，漂亮的头发，发觉自己完全想错了。尤其是于连的头发，比平时更为卷曲，因为刚才路过广场上的喷泉，他把头在水池里浸了一下，想借此凉快凉快。瑞那夫人尤感快慰的，是发现这迟早要来的家庭教师，有如少女一般的腼腆；她曾为孩子捏了一把汗，怕教师管束太严，样子太凶。以前的种种担心，与眼前的事实迥然不同，对性情平和的瑞那夫人而言，算得上是件事儿了。临了，她回过神来，自己也觉得奇怪，怎么会站在大门旁，和这个差不多只穿件衬衣的少年男子挨得这么近。她很不好意思，便说："咱们进去吧，先生。"

瑞那夫人有生以来，还从未领略过这样一种清然纯然的愉快之感，也从未遇到这样一位可意的人来驱散她的疑惧。这么说来，一向由她细心照料的宝贝孩子，不会落到又邋遢又唠叨的教士手里了。刚走进门厅，她侧过身去，见于连怯生生地跟在后面。看到这么华美的住宅，于连惊愕之状，落在瑞那夫人眼里，就显得别有一番可爱之处。她简直不敢相信自己的眼睛，尤其因为觉得家庭教师按理该穿黑礼服才是。

“不过，先生，你懂拉丁文，可是真的？”她又停下来问，因为大喜过望，生怕别弄错了。

这句话，大大刺伤了于连的自尊，一刻钟以来那种飘飘然的感觉，顿时消失殆尽。

“不错，夫人，”他竭力摆出一副冷面孔，“我拉丁文的程度，可以说与本堂神父不相上下；有几次，承他好意，还夸我比他强哩。”

瑞那夫人觉得，于连的表情里带有某种恶意，看他在两步远的地方站住，便走过去低声对他说：

“开头几天，小孩子功课不懂，你不会打他们吧？”

声调如此柔和，差不多近乎恳求，而且出诸这样一位美妇人之口，顿使于连忘了自己拉丁语内行的身份。瑞那夫人的脸蛋离得很近，他都能闻到女式夏衫的香气，对一个穷小子来说，此事实在非同寻常。于连满脸通红，叹了口气，乏力似的说：

“不用担心，夫人，我一切都听你吩咐。”

瑞那夫人为孩子担的那份心，总算放了下来；直到此刻，她才发现于连的确非常漂亮。这副近乎女性的相貌和局促不安的窘态，在一位自己也极腼腆的妇人眼里，并不觉得有什么可笑。男性之美，通常认为必须带点雄壮之概，反会使瑞那夫人望而生畏。

“先生，你多大岁数了？”她问于连。

“快十九了。”

“我的大儿子已十一岁，”瑞那夫人接口说，情绪完全安定了下来，“他差不多可以跟你做伴了，你要跟他讲道理。有一回，挨了他父亲打，那孩子就足足病了一个礼拜，其实，也只轻轻打了一下而已。”

“跟我真是天渊之别呀，”于连心里想，“就在昨天，我爸还揍我呐。这些有钱人，真是好福气！”

家庭教师心里的些微波澜，瑞那夫人已能觉察得到；她把他一时的感伤认作羞怯，便想鼓励鼓励他。

“你叫什么名字，先生？”问话的声调和神情是那么柔媚，于连心醉神迷而茫然不解。

“我叫于连·索雷尔，夫人。这是我一生里第一次走进一份陌生人家，所以心里很惶恐，需要你多多照应；初来乍到，有些事也求你多多包涵。因为穷，我从来没进过学校。除了我的表亲——得过荣誉勋章的外科军医，还有谢朗神父，我从来没跟外人说过话。我的人品谢朗先生可以担保。我两个哥哥三天两头打我，如果他们在你面前说我坏话，你千万别信。我有什么过错，也要请夫人你原谅，我永远不会有坏心思的。”

这段话很长，于连越说越有信心，开始端详起瑞那夫人来。女性的风韵倘若出自天性，不求风韵而风韵自现，那才美妙绝伦。于连对女性之美尚少识见（qui se connaissait fort neu en beauté féminine），所以敢发誓说，瑞那夫人才不过二十妙龄。蓦地，他萌发一个大胆的念头，想拿起她的手来亲一下，但随即对自己的念头害怕起来。少顷，他心里嘀咕："我还是怯懦，没有胆量。须知这一举动，对我会有好处，能减轻对我的蔑视；像这样一位美貌的夫人，对一个刚刚离开锯木厂的苦工，多半会瞧不起的。”也许“漂亮小伙子”的称呼，给他增添了点勇气，因为这半年来，每逢礼拜天，于连常常听到年轻姑娘这么称他。正当他内心这么交战着，瑞那夫人嘱咐了几句，开导他一上来该怎么对待孩子。于连因为拼命克制自己，脸色变得煞白，只窘促地说：

“绝对不会，夫人，我绝不会打你孩子的，我可以对天发誓。”

说话之间，他斗胆抓起瑞那夫人的手，举到自己的唇边。这个动作，使她大吃一惊；略一思索，更觉不成体统。这天很热，她的披肩遮着光胳膊，于连把她的手举到唇边——举手之间，玉臂全露。她随即痛责自己，怪自己没有当即施以眼色。

瑞那先生听到说话声音，便从书房走出来。他拿出在市政厅主婚时那种庄严与和蔼相兼的口吻，对于连说：

“没见孩子之前，我有话要跟你先谈一下。”

他把于连让进书房，要妻子也留下，女主人原想让他们两人单独去谈的。瑞那先生关上门，庄重地坐下。

“听神父先生说，你年轻有为。这儿，大家都会尊重你的。要是我满意，日后少不得会帮你成家立业。你那些亲朋好友，包括你的父亲和兄长，希望你不要再见，因为他们的谈吐举止，对我的孩子不太合适。这里是第一个月的三十六法郎，你要保证，这笔钱，一个子儿都不能给你父亲。”

瑞那先生对那老头儿十分恼火，因为这场交易中，老头儿的刁滑胜他一筹。

“现在，先生——因为我已吩咐下去，这儿大家都叫你先生，你会感到进入上等人家的好处——现在，先生，你这身短打，不宜让小孩子看到。家里的用人看到他没有？”瑞那先生问他夫人。

“没有，亲爱的。”夫人答道，带着若有所思的神情。

“那再好没有，把这个穿上，”说着，递去自己的一件燕尾服，小伙子愣了一愣，“现在，咱们一起上杜朗先生的呢绒铺去。”

过了一个多钟头，瑞那先生领着一身黑服的新家庭教师回来，发现妻子还坐在原来位置没动。看到于连再次出现，她已安之若素，打量他衣服时，也忘了害怕这回事。于连压根儿没想她。虽则对天命人事心存戒惧，但他此刻，就跟小孩子的心情一样。三小时之前，他还在教堂里战战兢兢，打那以来，好像已经历了几个年头。他注意到瑞那夫人神情冷淡，心里明白她在生气，为的是他胆敢吻她的手。由于穿了一套与平日大不相同的服装，他忘乎所以起来，同时又想掩饰心头的喜悦，举手投足反显得莽莽撞撞，疯疯癫癫。瑞那夫人望着他，满眼惊异。

"先生，你如果想得到孩子和用人的尊敬，就得放稳重点。"瑞那先生嘱告道。

"大人，"于连答道，"穿上这身新装，我浑身不自在；我原是乡下穷人，一向只穿短打。你如允许，我想暂时回房间去独自待一会儿。"

"新物色来的这个人，你觉得怎样？"瑞那先生问他夫人。

几乎是出于本能，瑞那夫人肯定连自己也没意识到，她竟向丈夫隐瞒下真实的想法。

"对这个乡下小伙子，我不像你那样如获至宝。你待他体贴入微，只会引得他傲慢无礼，不出一月，就该把他打发走了。"

"好吧！即使是打发走，也不过破费我百把法郎，到那时，维璃叶人已看惯瑞那家的少爷，外出由家庭教师带领。假如让于连仍穿得像个小工，咱们的目的不是白白落空了吗？一旦叫他开路，刚才在呢绒店替他定做的一身黑礼服，当然得扣下。至于裁缝店里买的成衣，他现在穿在身上的那套，就让他穿走，赏他算了。"

于连在自己房里消磨的一些时间，依瑞那夫人的感觉，只是片刻工夫而已。三个孩子得知新来了家庭教师，围着母亲问长问短。最后，于连出场了，他完全变了一个人。说他稳重，还不够；应该说，他就是稳重的化身。一一介绍给孩子之后，他开始讲话，那神气连瑞那先生看了都吃惊。

"各位少爷，我来这儿，"他结束开场白时说，"是来教你们识拉丁文的。想来你们都知道什么叫背书。这是部《圣经》，"他说着拿出一本三十二开黑面精装的小书，"书中特别讲到吾主耶稣的事迹，通常把这一部分称之为《新约》。以后，我会经常布置功课，要你们逐段背诵。现在你们就先来考考我吧。"

最大的孩子阿道尔夫，把书取了过来。

"请随便翻开一页，"于连接下去说，"无论哪一段，你只要说出第一个字，我就可以把这本作为吾人行为准绳的圣书一直背下去，背到你叫我打住为止。"

阿道尔夫翻开书，念出一个字来，于连随即将整个一页背了下来，流利得像讲法语一样。瑞那先生颇为得意，瞟了夫人一眼。孩子看到父母惊讶之状，也都睁大了眼睛。有个仆人走到客厅门口，听于连拉丁文说个不停，起初呆呆站着，后来不见了人影。过了一会儿，夫人的贴身侍女，厨娘，都跑来站在门边；这时，阿道尔夫已翻了七八处，于连都背得一样流畅。

"啊，我的天，多漂亮的小修士。"厨娘大声嚷道，她是个极虔诚的老姑娘。

瑞那先生出于自尊，有点坐立不安了，倒不是要考考教师学问的深浅，而是忙于搜索枯肠，想找出几个拉丁字来撑撑自己面子。临了，好歹念出贺拉斯的一句诗来。于连懂的拉丁文，只限于一部《圣经》。他皱皱眉头说：

"我准备献身的圣职，不允许我阅读这样一位世俗诗人的作品。"

瑞那先生趁机又引了几句据说也是贺拉斯的诗句，还向孩子解释贺拉斯是何许人。但三个孩子对于连钦佩不已，根本不理会父亲的讲解，眼睛只盯着于连。

下人都还站在门口，于连觉得这项当场试验应尽量拖长才好。便对最小的孩子说：

"小少爷斯丹尼，也可以翻开《圣经》，指一段给我背。"

小斯丹尼便神气十足，挑了一段，结结巴巴念出起头一字，于连接下去背了一整页。使瑞那先生大感得意而了无缺憾的是，正当于连咿咿呀呀背诵之际，备有诺曼底骏马的瓦勒诺与专区行政长官莫吉鸿两位先生不期登门来访。这个场面，使于连当之无愧获得"先生"之尊称，下人对他更是不敢怠慢。

当天晚上，瑞那先生府上可谓群贤毕至，全维璃叶都想一睹奇才。于连一一应对，神情看上去有点抑郁，对客人则敬而远之。他的名声很快传遍全城，瑞那先生怕他给人抢走，几天后，提出要签一份为期两年的合同。

"先生，恕不从命，"于连冷冷答道，"你倘要辞退我，我还能不走？这合同拴得住我而约束不了你，并无公平可言，我只得拒签。"

于连处事得体，进门不到一个月，连瑞那先生也对他尊重有加。本堂神父既已跟瑞那与瓦勒诺两位失和，于连昔日对拿破仑的狂热，这一天机就无从泄漏了；而于连自己提到拿破仑，言下总似不胜厌恶之慨。

第七章　缘分

必先伤其心，方能动其情。

——一现代人

三个孩子把个于连佩服得五体投地，但于连对他们却一点也不喜欢，他的心思在别处。不管小家伙多顽皮，于连倒从来没有不耐烦过。冷淡，公正，无动于衷，但却颇受爱戴，因为他的到来，可以说把公馆里的长日沉闷扫了出去：作为家庭教师，他堪称称职。但于连对所厕身的上流社会，只有仇恨和厌恶；之所以如此，或许从他在饭桌上忝陪末座，可以找到解释。有几次盛宴，他强自克制，才没有露出对周围的憎嫌。特别是圣路易节那一回，瓦勒诺在瑞那先生家大放厥词，于连险些儿要发作出来，便推托要照看孩子，一人溜到花园里去了。“廉洁奉公，说得多好听！”他愤愤不平地嚷道，“还说什么唯有清廉才是美德。可此公自从掌管赈济款以来，自家的财产倒翻了两三倍，大家还对他表示赏识、尊重，真是将肉麻当有趣！我敢打赌，就连救济孤儿的钱，他也要刮；比起别的穷人来，没爹没娘的小可怜儿，苦难更重，岂容侵夺！啊，畜生！畜生！我也跟孤儿差不多，见弃于父亲，见弃于兄长和家人。”

圣路易节前几天，于连独自在小树林里散步，一边念着经文。这片小树林俯临信义大道，俗称“观景台”。这时，他远远望见两个哥哥从一条幽僻的小径走来，想避已避不及。这两个粗坯，看到弟弟一身漂亮的黑服，整洁的外表，以及对他们毫不掩饰的轻蔑，不禁妒火中烧，上来便是一顿揍，把他打得七荤八素，头破血流，才扬长而去。瑞那夫人，正跟瓦勒诺和莫吉鸿一起散步，碰巧走近小树林，看到于连直挺挺躺在地上，还以为他死了。见瑞那夫人惊惶之状，瓦勒诺便大发醋意。

其实，瓦勒诺的疑心疑得早了一点。于连看瑞那夫人觉得异常秀丽，也正因为秀丽，他才恨她：这是使他几乎覆辙的第一道暗礁。他尽量少跟女主人说话，免得神魂颠倒，像第一天那样捧起她手来吻。

瑞那夫人的贴身侍女艾莉莎，也少不得对这位年轻教师倾心起来，时常在太太面前提起。艾莉莎的恋情，惹得府中另一男仆暗妒起于连来。一天，于连听到这听差冲着艾莉莎说："打那邋遢先生进门之后，你就懒得理我了。"这种侮蔑，真冤枉了于连。但出于英俊后生的本性，于连此后对自己的仪表倒格外留意起来。瓦勒诺的忌恨也随着潜滋暗长。他公然扬言：过分爱俏打扮，于年轻修士，大非所宜。其实，于连的服装，跟教士的道袍，也相差无几。

瑞那夫人发觉，于连跟艾莉莎说话多了一点，接着了解到，这类交谈多半因于连衣物不足引起的。他只有两三件衬衫，得经常送出去洗，才能替换。在这类琐事上，艾莉莎对他就不无用处。于连的捉襟见肘，瑞那夫人先前是不曾想到，如今却牵肠挂肚起来。很想有所馈赠，但又怕冒失，心里只觉得左右为难，于连第一引起她的就是这种为难之感。此前，于连的名字，对她是一种纯属精神上的愉悦。想到于连的困窘，瑞那夫人心痛如绞，忍不住对丈夫说，应该送点衣物给他。

"真是开玩笑！"丈夫回答，"怎么，送礼给一个好好干活，我们也感到满意的人？只有当他工作怠慢，要提提他的劲头，才需要送礼。"

这种处世之道，瑞那夫人感到不是味儿，换了于连到来之前，根本不会注意到的。每次看到于连十分简朴，却相当整洁的衣着，心里不免要想："真难为了这孩子，不知是怎么对付过来的？"

渐渐的，对于连的缺这缺那，不但不以为怪，反而十分怜惜。

瑞那夫人，是那种头半个月里会被人当作傻瓜的内地女人。她毫无人生经验，也没多少话要说。但生性优雅而自视颇高，那种人所共有的追求幸福的本能，在她身上，往往表现为对凡夫俗子的不屑理会，因为造化弄人，打发她与凡庸之辈为伍。

她那淳朴的天性和灵敏的头脑，要是能多受一点教育，就大足称道了。但是，这位独养女儿，是在修女院教养长大的；那些修女是狂热的“耶稣圣心会”会员，对反对耶稣会的法国人恨之入骨。瑞那夫人还算有头脑，把修女院学来的一套，因其荒谬，很快就忘得一干二净。但这一空白，却没有别的东西来填补，结果变得一无所知。身为大宗财产的继承人，从小惯受奉承，加之又有狂热的殉教倾向，所以养成一种内向的性格。表面上她极其迁就，善于克己，维璃叶那些做丈夫的，都把她当作开导妻女的闺范，这也成为瑞那先生骄傲的资本；其实，她惯常的行为方式，也只是心高气傲、睥睨万物的结果而已。即使说一个高傲的公主全不把身边贵族子弟放在眼里，但对周围的关注程度，依然远远胜过这位外表十分谦和、性情十分温柔的女子对她丈夫一言一行的关切。于连到来之前，瑞那夫人的心思全放在几个孩子身上。他们生点小病，偶感不适或略觉快乐，把她这颗敏感的心全占了去；她这颗心，只有早先在贝藏松“圣心会”时期，才崇敬过天主。

如果有个孩子发烧，她会急得仿佛孩子就要死去似的，只是她不肯对别人说罢了。结婚的头几年，出于倾诉心曲的需要，她常把这类忧急事儿告诉丈夫，可是得到的却是哈哈一笑，两肩一耸，再加上几句数落女人痴心的老生常谈。这种一笑了之的态度，尤其是涉及孩子的病痛，真好比是一把匕首在剜瑞那夫人的心。这类嘲笑，与早年在修女院听到的甜言蜜语，真大相径庭。她的教育是由苦难完成的。这类苦楚，因为生性高傲，即使对好友戴薇尔夫人也绝口不提。在她想象中，所有的男人，都跟她丈夫，跟瓦勒诺和专区长官莫吉鸿一个样。他们粗鲁，除了金钱、地位、荣誉之外，对一切都麻木不仁；凡与自己相左的看法，就不分青红皂白，盲目仇视。男人的天性，在瑞那夫人看来，就是如此，就像穿靴子戴毡帽一样天经地义。

瑞那夫人虽则在这利欲熏心的社会圈里生活了多年，但对见钱眼开的人，依旧是看不惯。

乡下小伙子于连之所以走运，可以从这里找到原委。瑞那夫人对这颗高尚而骄傲的心，深表同情；感受一新，殊觉甜蜜。于连的稚拙无知和举止粗野，瑞那夫人很快也就予以原谅。稚拙无知，也不无可爱之处；至于举止粗野，就更有劳她去纠正。她发觉，于连的谈天，还值得一听，尽管讲的都是寻常事儿，比如说，有条狗跑过街，被乡下人急驰而过的大车当场压死，好不可怜。这幕惨相，只引得她丈夫轰然一笑；这时，于连两道弯弯的浓眉，就紧蹙了拢来。瑞那夫人慢慢觉得，慷慨、高尚、人道，只存在于这年轻修士身上。这些优秀品德，在美好的心灵中激起的全部同情，甚至钦佩，她全倾注给了于连一人。

如果在巴黎，于连对瑞那夫人的态度，可以立时变得简单起来：因为爱情在巴黎，不过是小说的产物。年轻的家庭教师与他腼腆的女主人，对他们的处境，大可以从三四本小说里，甚至从戏院的情歌中，得到某种启示。言情小说会给他们规定该扮演的角色，指明该仿效的榜样；而这榜样，浮华的于连，迟早会如法炮制的，虽说这样做来未必有什么乐趣，甚至未必乐意。

在阿韦龙省或比利牛斯省的小城，由于气候炎热，一桩区区小事，就可以闹得满城风雨。而在我们这阴沉的天空下，情形就大不相同：一个贫苦少年，他之所以野心勃勃，是因为他敏感的心灵渴求着要有钱才能得到的享受，他又天天与一位三十年华的少妇朝夕厮守，而这女子又规规矩矩做人，兢兢业业教子，小说里的行为是从不去模仿的。在内地，一切都是徐徐进行，不知不觉中做成的，其实，这样倒更其自然。

想到年轻教师的贫寒，瑞那夫人常会难过得落泪。一天，于连见她眼里泪光莹莹，便问：

“哎，夫人，难道有什么不顺心的事吗？”

"噢，没有，我的朋友，"瑞那夫人答道，"请你叫上孩子，咱们一起散步去。"。

女主人挽起他胳膊，紧紧偎依着，于连好生纳闷儿。她这是第一次称他为"我的朋友"。

散步快要终了，于连注意到她脸色绯红。她放慢了脚步。

"说不定人家告诉过你，说我在贝藏松有个姑妈，非常有钱，指定我为唯一的继承人，"瑞那夫人眼睛没看他，只自顾自说，"姑妈送我许多东西……我几个孩子近来读书……大有进步……为表示我的一点谢意，请你接受一份小小的赠礼。其实不过是几个路易，给你添几件衬衣。不过……"说到这里，脸红得更厉害了，一下子打住了话头。

"不过什么，夫人？"于连问。

"不过，这事不必跟我丈夫说。"她低着头往下说。

"我固然微不足道，夫人，但我并不低三下四，"于连收住脚步，挺起胸膛，眼睛里闪烁着怒火，"这一点，夫人有欠考虑，钱的来路，倘对瑞那先生有一丝隐瞒，那我这人连用人都不如了。"

瑞那夫人怔住了。

"到府上以来，三十六法郎，市长先生已给过我五次，"于连继续说道，"我的收支账，随时可以给瑞那先生和任何一位看，甚至也可以给恨我的瓦勒诺看。"

听他说了一通，瑞那夫人脸色发白，浑身战栗，散步也随之结束，因为彼此都找不到别的话题。于连这颗高傲的心，爱瑞那夫人的可能，已变得微乎其微。至于瑞那夫人，对他敬重有之，钦佩有之，还因此而受他的责备。自己无意中使他受辱，为弥补起见，觉得可以对他更关切一点。取这新姿态，她倒过了七八天快话时光。亏得这番努力，于连的气消了不少，但要说其中有什么个人情好的成分，倒也实在看不出。

"自然，有钱人就是这样，"于连心里暗想，"他们得罪了人，以为只要装模作样一番，就什么都弥补过来了。”

瑞那夫人总觉得心里堵得慌，尤其因为她还太天真，虽则曾打定主意，结果还是把自己想有所馈赠而遭回绝的事告诉了丈夫。

“怎么？”瑞那先生像给叮了一下，“遭下人拒绝？你居然咽得下这口气？”

听到“下人”两字，瑞那夫人急得直叫。

“夫人，我说这话，跟已故孔德亲王是一个意思。孔德亲王向他的新夫人介绍手下侍从时说：‘所有这些人，都是我们的下人！’贝尚伐《回忆录》中，有一节讲到尊卑上下的妙文，记得我给你念过。凡不是贵族缙绅而寄食于你门下并领取薪俸者，就是你的下人。我这就去开销于连两句，再当面扔给他一百法郎。”

“噢，亲爱的，”瑞那夫人听了浑身战栗，“求求你至少别当着那班仆人的面。”

“不错，他们会眼红的，而且有理由眼红。”市长先生说着走开了，心里掂量着这个数目。

瑞那夫人跌坐在椅子里，难过得几乎要晕过去！“他跑去羞辱于连，都怪我不好。”她对丈夫顿时大起反感，用双手蒙着脸，发誓今后再也不对他说什么掏心肝的话了。

重新看到于连的时候，瑞那夫人浑身哆嗦，胸口揪紧，连半句话都说不出来。窘促之中，她抓起他的双手，紧紧握着。

“哎！我的朋友，”她终于说出话来，“你对我丈夫还满意吗？”

“怎么会不满意呢？他不是给了我一百法郎吗？”于连苦笑了一下。

瑞那夫人望着他，信疑参半。

“让我挽上你的胳膊。”她临了这么说，语气里有一种于连从未见过的勇气。

女主人挽着他，一直走进维璃叶的书店，不顾这爿书店背着自由党的恶名声。她挑了十个路易的书，分给三个小孩。不过，她知道，这些书正是于连想看的。在书店里，她要孩子当场把各自的名字写在所得的书本上。正当瑞那夫人为自己敢用这种方式弥缝补救而深感快慰，于连却对铺子里琳琅满目的书籍惊讶不已。他从不敢跨进这样一个世俗的去处，心里不禁怦怦直跳。他根本顾不上去猜度瑞那夫人的心思，只一心在琢磨，像他这样一个年轻的神学士，能用什么妙法觅几本书来看看。最后，他得了个主意，觉得只要略施小技，有可能说动瑞那先生，借口为了给孩子做作文，需要本省名流贵绅的传记。用了一个月的心计，这个想法看来可望成功。过后不久，在一次偶谈中，他给高贵的市长出了一个难题：就是到书店办预约借阅，做成这自由党老板一笔生意。瑞那先生口头上同意，认为让他长子 de visu[1] 某些著作，不失为明智之举，因为孩子日后进军事学校，说不定在言谈中会听到人家提到。但于连看出市长先生很执拗，不肯再往前走一步了。猜想其中必有缘故，但一时无法探明究竟。

“我后来想，先生，”一天，家庭教师对市长先生说，“一个像瑞那这样名门望族的姓氏，出现在书店肮脏的登记册上，的确很不相宜。”瑞那先生的神色顿时大为开朗。“对于一个可怜的神学士来说，”于连用更谦卑的口吻说，“要是有一天，人家在租书登记册上看到他的名字，于他名声也不雅。那些自由党徒会借端攻击，说我借了什么要不得的书。谁知道，他们会不会在我名字后面，添上些歪书的名目？”

于连越说越离谱了。看到市长脸上又显得为难的神情，样子还有点生气，就顿住不说了，心里想：“我算把他捏在手里了。”

几天后，最大的孩子阿道尔夫问起《每日新闻》上预告的一本书，这时瑞那先生也在场，年轻教师说：

“免得雅各宾派拿去做文章，同时也使我能回答大少爷的问题，我看可以用府上下人的名义到书店办预约借阅。”

“这主意倒不坏。”瑞那先生显得很高兴。

1　拉丁文，意为：看看。

"不过应该定个规矩，"于连装出庄重的，甚至苦痛的样子，这种表情对一个眼看自己渴望已久的事快要办成的人，最适合不过了，"规定不能让那仆人借小说。这类危险读物，一旦弄到家里，就会引坏太太的贴身侍女，更不要说那听差本人了。"

"也不能借宣传小册子，你忘了。"瑞那先生很矜持地补上一句，他很想掩饰自己的赞许之情，觉得家庭教师想出来的折中办法不无高明之处。

于连这一时期的生活，不乏这类小题目上的钩心斗角。脑子里考虑的，尽是交锋的得失，顾不到瑞那夫人偏私的感情，那是只要他肯费点心，就能从她心里读到的。

他昔日的处境，在市长府上，又重演了。在这儿，如同以前在他父亲的锯木厂一样，他极端鄙视周围的人，同时也为周围的人所憎恶。每天，无论是专区长官，还是瓦勒诺先生，抑或是市长家其他朋友，对眼前发生的事都要讲述一番；于连看出，他们的议论，跟实际情形多么不同。某一事迹，于连认为值得称道的，却遭周围那些人非难。他心里总不服："一帮怪物！"或"一群蠢货！"。有趣的是，尽管他自视甚高，但对他们讲的事，却常常茫然不解。

历来，只有同老军医谈话，他才推心置腹；他仅有的一点知识，不是关于拿破仑的意大利战役，就是耳食所得的外科手术。凭着少年气盛，他沉醉于谛听开刀的细节，哪怕是痛入骨髓的手术。他心里想：

"我要是在场，绝不会皱一皱眉头。"

瑞那夫人第一次想同他谈谈孩子教育以外的事，他却大谈特谈外科手术，吓得瑞那夫人脸白如纸，求他别再往下说了。

除此以外，于连一无所知。因此，生活在瑞那夫人身边，只要是单独相对，两人之间便出现奇特的沉默。他在客厅里，尽管举止谦恭，但瑞那夫人从他眼神里，看到了自负，自恃在智力上胜过所有上她家来的客人。碰巧，有时只剩下他们俩，瑞那夫人立即看出他在发窘。她心里很不安，因为凭女性的本能，知道这种窘相绝非什么温柔的表征。

老军医算得见过世面，讲起过上流社会的情形，不知怎么会留下这么一个印象：凡与女子单独相对而无话可说，于连就觉得十分歉疚，好像这冷场是他一人的过错。所以每当两人面对面在一起，他就感到百倍难受。在这种情况下，一个男人应对女子讲些什么，他脑子里塞满了最夸张、最不切实际的想法；心慌意乱之下，他的想象，净给他出些要不得的主意。他如坠五里雾中，无法摆脱难堪的沉默。因此，每逢陪瑞那夫人母子作长时间的散步，内心的苦痛更深，脸就板得更紧了。他为此十分瞧不起自己。有时没话找话，不幸得很，说出来的话往往十分可笑。更糟的是，他意识到自己的荒唐，而且还加以夸大；但他看不见的，是自己眼睛的表情。他的眼睛非常漂亮，显出热情的灵魂，就像出色的演员一样，能把微妙的含义赋予原本没有这层意思的事物。瑞那夫人发现，跟他单独在一起时，他永远说不出一句得体的话来，除非突然发生点儿什么，分了他的心，不暇考虑怎么措辞的时候；既然家里的来客，没什么新知卓见有裨于她，那就不妨领略领略于连这方面智慧的闪光，亦颇有味道。

随着拿破仑垮台，风流倜傥之举已在内地生活里排除尽净。人人都怕地位不保。奸猾之徒，就钻进教会去找靠山；而两面派，甚至在自由党里也很得势。一般人就更加苦闷了，除了读书、务农，别无乐事可言。

瑞那夫人，从她虔诚的姑妈那里，当能继承大笔财产。她是十六岁上嫁给贵族瑞那先生的；这些年来，别说爱情，就是跟爱情有一星半点相似的感情，既没体味到，也没能看到。只有她的忏悔师，善良的谢朗神父，鉴于瓦勒诺不断的追求，才跟她提到“爱情”两字，但神父把爱情描述得污秽不堪，以致此字的含义，在瑞那夫人看来，简直就是放荡下流。她偶尔读过几本小说，书中所写的爱情，她都看作是一种例外，甚至认为是出格的。靠了无知，倒能怡然自得；心里无日不已地惦记于连，良心上却能不受一点咎责。

第八章　小小风波

于是就有叹息，因压抑而更深邃，
还有偷偷地一瞥，因偷觑而更甜美，
还有火一般的羞红，尽管不是出于
犯罪。

——《唐璜》第一章第七十四节

瑞那夫人秉诸天性，加上眼前的幸福，心情好得像天使般的温柔，只有想到侍女艾莉莎，心头的甜蜜才有点变味。这位姑娘新近得了一笔遗产，去向谢朗神父做忏悔时，吐露出想嫁给于连的打算。神父真心为弟子鸿运高照而高兴，哪知于连对提婚之议，一口回绝，使教士极为惊讶。

"我的孩子，你对自己的心思，也要检点检点，"教士皱着眉头说，"这笔财产，可保温饱而有余。假如是为了舍身奉教而不屑一顾，我当然要向你致贺。我在维璃叶当本堂神父，于今已有五十六年；然而，据种种迹象看来，我的职务，就要给斥革了。这件事，很伤我的心，不过好歹每年还有八百法郎收入。我讲这一细节，是想告诉你，不要对神父一职抱什么幻想。如果想攀附权势之辈，永生天国的希望，就没有份儿了。要想发迹，势必去刻薄穷民，奉承区长、市长、名流，投他们所好，为他们效劳：这种行为，社会上称为处世之道，对一个世俗中人，与灵魂的得救倒也并非完全水火不容。但处于我们的地位，就应该有所选择：不是追求尘世的富贵，就是向往天国的福祉，别无折中之道。小朋友，你回去，好好考虑考虑。三天之后，给我一个肯定的答复。我很难过，看到你性格深处郁积着一股热情，表明你还没有那种教士必备的克制功夫和舍身精神。以你的聪明，我可以预言你前途如锦；不过，允许我说句老实话，”善良的神父说到这里，眼角噙着泪水，“作为一名教士，对你的灵魂能否得救，我不无担忧。”

于连为自己动了感情而深感羞愧：这是他有生以来第一次看到自己受人关爱。他乐极而涕，便跑到维璃叶后山的大树林，哭个痛快。

“为什么我会这样呢？”临了，他自问道，“我感到，我可以为善良的谢朗神父百死而不悔，然而，他刚才向我指明，我不过是蠢材一个。我要瞒骗的，无过于他了，而他却把我看透了。他所说那郁积的感情，正是我求富贵的热望。原想放弃五十路易的年金，他会对我的虔诚，说句其志可嘉的好话，可偏偏在这当口，他认为我不配当教士。”

“今后，我就凭自己性格中坚毅可靠的那部分为立脚根底。”于连继续想道，“谁还能说我曾号啕大哭以求一快，曾对说我是蠢材的人表示过敬爱！”

三天后，于连终于找到了托词，他本该一上来就想到的。这个托词，纯系诽谤，但诽谤又怎样？他故意闪烁其词，向神父表白，内中有一个不便明说的理由——因为涉及第三者，使他一开始谈到婚事，就不拟考虑。这无异于说艾莉莎品行不端了。谢朗神父在于连的神态中发现有一种热衷浮华的情状，这种凡俗之心与年轻修士身上的虔敬之道，是大相径庭的。

“小朋友，”谢朗神父又说，“与其做一个没有信仰的教士，还不如老老实实做个博学多识、受人尊敬的乡绅。”

于连对这些劝诫，回答得很得体，至少在措辞上，他夸夸其谈，把一个怀有宗教热忱的年轻神学士所能使用的词汇全都用上了；但他说话的声调和眼底包藏不住的火焰，却向谢朗神父敲响了警钟。

展望于连的未来，似不宜做太坏的评估：圆滑与审慎兼具，把一套虚伪的论调编得滴水不漏，在他这个年纪，已属不恶。至于声调和手势，是因为他一直与乡民为伍，还没见过大场面。以后，一旦有机会接近大人先生[1]，那无论是姿势还是措辞，就会粲然可观了。

瑞那夫人感到纳闷儿的是：其侍女新近得到一大笔钱，却不见她心情更快活。只看到她三天两头去见神父，回来时总眼泪汪汪的。后来，艾莉莎就自己的婚事跟女主人提了个头。

瑞那夫人听后，以为自己得了病。人像发热一样，夜不成眠。只有看到侍女或于连在侧，才觉得活了过来。她日夜都想着他们，想着他们婚后的幸福光景。一个小家庭就靠五十路易来维持，固然是穷，但在她心目中却颇具迷人的色彩。那时，于连很可能到专区首府布雷去当律师，离维璃叶只十五里路；在这种情况下，偶尔一见的希望还有。

瑞那夫人真以为自己快要疯了。她告诉了丈夫，后来果真病倒了。当天晚上，侍女进来服侍，她发现那女孩在抽泣。这一晌，她恨透了艾莉莎，刚才还数落了她几句，这时便请侍女原谅自己脾气不好。不想艾莉莎泪水冒得更凶了，说要是太太允许，她想把自己的不幸事儿说一说。

"那你就说吧。"瑞那夫人答道。

"唉，太太，想不到他会拒绝；一定有人跟他说了我的坏话，他也就信了。"

"是谁拒绝呀？"瑞那夫人气都透不过来了。

"还有谁，太太，除了于连先生，"侍女抽噎着说，"神父先生也拗他不过。因为神父觉得，他不该拿当过女佣为借口，回绝一个正经姑娘。说穿了，于连先生的父亲，也不过是个木匠；连他本人，没进太太家之前，又是什么样儿呢？"

后面的话，瑞那夫人都没听进去。她亢奋已极，神智几乎不管用了。她让侍女把于连回绝的话说了又说；据说态度之硬，已无翻悔的余地。

1 大人先生：旧时指有身分、有地位的人。有时带讽刺意味。——编者注

“我愿意替你做一番最后的努力，”女主人对侍女说，“由我出面，跟于连先生说说看。”

第二天午饭后，瑞那夫人心里不无快意，去为她的情敌做说客；谈了一小时，看到艾莉莎的婚议和财运一再遭到婉拒。

于连慢慢脱出刻板的应答，对瑞那夫人的好言规劝，能很机智地挡回去。几天陷于绝望，瑞那夫人抵御不住了，任幸福的激流洋溢她的心田。等恢复神智，在卧房安歇下，便遣开众人，这时，她自己都大吃一惊。

“莫非我爱上于连了。”她终于这样自问。

这个发现，换了别的时光，她一定会愧疚不已，坐立不安，而此刻，对她不过是很别致的人生一境，而且好像有点事不关己似的。风波过后，直觉得心疲身软，连最强烈的感情也无能为力了。

瑞那夫人想做点针线活儿，不料却昏昏沉沉睡过去了。一觉醒来，倒也并不十分惊恐。她太幸福了，再不把事情往坏里看。天真，淳朴，这位善良的内地女子，决不至于为了感受新的情致或忧苦，而折磨自己的灵魂。于连到来之前，她整个身心都给一大堆家务事吸引了去——在远离巴黎的地方，这就是一个贤妻良母的命运。瑞那夫人对于激情，跟我们对彩票的看法一样：肯定会上当，只有疯子才去碰这种运气。

晚餐钟响，于连领了小孩回来；瑞那夫人听到于连的声音，脸顿时涨得绯红。自从心有所爱以来，她学乖了，把脸红的原因，说成是头痛得厉害。

“女人就是这样，”瑞那先生呵呵一笑，“这些机器，这里那里，时时需要修补修补！”

这类打趣的话，瑞那夫人虽然早已听惯，但说话的声调，还是觉得非常刺耳。为了消闲遣闷，转而打量于连的长相，即令他是天底下最难看的男人，此刻也会讨得她的欢心。

瑞那先生刻意模仿宫廷显贵的习尚，每当春回大地，初逢佳日，就率全家搬到苇儿溪小憩。这个村子由一则中世纪的传闻，事关嘉白丽哀（Gabrielle）凄艳的遭遇而遐迩闻名。当地有一座哥特式古老礼拜堂，如今已断垣零落，却不失为一大景观。离废墟几百步远处，瑞那先生拥有一座古堡，内有两对塔楼和一座仿蒂琉璃宫庭院的花园。花园四边，广植黄杨；园内小径，栗树夹道——而且，栗树之属，一年都要修剪两次。旁边有块地，种的是苹果树，是闲行漫步的好去处。果园尽头，有八九棵挺拔的胡桃树，枝叶茂密，绿荫蔽空，离地高可十余米。

看到这几棵树，瑞那夫人常止不住要赞赏几句，她丈夫则说："这些树真可恶，麦子在树荫下就是不长，每棵树叫我少收几担粮。"

村居景色，这一次对瑞那夫人似乎有一新耳目之感。赞之赏之，竟至陶醉。洋溢的感情，给了她急智和决断。到苇儿溪的第三天，瑞那先生因公务赶回城，瑞那夫人便出资，雇来一批工匠。是于连给她出了个主意，铺设一条沙石小路，以环绕果园并连接高挺的胡桃树，这样孩子清晨散步，鞋子就不会给露水沾湿。这个方案从设想到施工，还不到二十四小时。这天，瑞那夫人跟于连一起，指点着工人干活，过得很愉快。

维璃叶市长从城里回来，大感惊异：路已经修好了！丈夫的到来，瑞那夫人也大感惊异：因为她已忘了还有他这个人！此后两个月中，市长先生一讲起此事就非常生气，说她胆大妄为，这么大的改造工程，未经与他商量就擅自做成了；不过，瑞那夫人是自掏腰包，这点还觉得差强人意。

长日易度，白天瑞那夫人跟孩子们在花园里跑来跑去，捕捉蝴蝶。他们用薄纱做大网罩，去捉可怜的"鳞翅目昆虫"；这个佶屈聱牙的学名，还是于连教给她的。因为瑞那夫人托人特地从贝藏松购来戈达尔的生物学著作，于连跟她讲了不少有关这类昆虫的奇异习性。

这些可怜的蝴蝶，他们都狠狠心，用别针钉在一张硬纸板上，这也是于连想出来的办法。

瑞那夫人与于连之间，终于不愁没有话题了。以前，碰到沉默，于连像活受罪，现在就不必担这份儿心了。

他们话头不断，而且兴致极好，虽然谈的都是无伤大雅的事。生活变得活泼，忙碌而愉快，颇合大家口味，只除了艾莉莎，觉得活儿多得干不完。侍女说："即使在狂欢节，维璃叶有舞会，太太也没这么用心打扮过。现在倒好，她一天要换两三身衣服。"

我们无意于讨好任何人，但也不必讳言，瑞那夫人肤白如雪，她为自己剪裁了几件袒胸露臂的轻衫。身姿匀称，披上薄罗单衫，真是娇艳惊人。

"夫人，你从没这么年轻过。"维璃叶的友人来苇儿溪赴宴，见到女主人时都这么说（这在当地算得是一种恭维）。

说来奇怪，读者诸公也许不信，瑞那夫人这么着意打扮，似乎并无直接的目的，只是兴之所至而已。她不暇多想，时间不是消磨在跟孩子和于连一起捉蝴蝶，便是与艾莉莎共同制新衣。她只回了一次维璃叶，因为想去采购密罗兹运来的夏季新装。

回苇儿溪，瑞那夫人带来一位有亲眷关系的少妇。这位戴薇尔夫人是瑞那夫人从前在圣心修道院的同伴；瑞那夫人婚后，跟戴薇尔夫人不知不觉热络了起来。

戴薇尔夫人听女主人表妹讲的一些趣事——真乃是疯头疯脑的想法——常常大笑不止。女主人说："我独自一人的时候，就想不出这类念头。"这些出人意表的想法，即巴黎人所谓的风趣，瑞那夫人面对丈夫，就像做了什么蠢事一样，会觉得难以启齿，而跟戴薇尔夫人，就勇气大增。刚开始讲还有点腼腆，等两位夫人一起坐久了，瑞那夫人神情就活跃起来，长长的一上午一眨眼就过去了，彼此过得非常愉快。知情识趣的戴薇尔夫人在这次拜访中，发觉她表妹虽不像从前那么无忧无虑，但生活肯定比从前快活得多。

至于于连，到了乡间，像回到了童年，跟他学生一样兴高采烈，跑着跳着去捉蝴蝶。受过种种约束，玩过种种机谋之后，如今洒脱自在，远离他人的视线，而且凭本能觉得对瑞那夫人不必畏惧，尽可纵情于生活的欢快之中。尤其青春年少，置身于世上最美的群山之间，其乐何如！

戴薇尔夫人到后不久，于连就觉得可以与她做朋友，便急巴巴地领她到新修沙径的尽头，大胡桃树的底下，把这一带的秀丽景色，指点给她看。以风光而论，这儿如果不比瑞士的山川或意大利的湖泊更美，至少也不相上下。向前走几步，沿着陡斜的山坡，很快就能登上一片高峻的悬崖。悬崖周边，都是橡树；崖石外突，几乎遥临河面之上。于连站在悬崖峭壁之上，快活，自在，甚至可说是家中之王，陪伴着两位女性朋友，沉醉在她们对美景的礼赞之中。

“我觉得这仿佛就是莫扎特的音乐。”戴薇尔夫人称赏道。

维璃叶周围的乡野，不可谓不美，但兄长的嫉妒，父亲的横暴与呵责，在于连眼里，已无由见其妍丽。在苇儿溪，就没有这些苦痛的回忆，而且生平第一次，没碰到什么仇敌。瑞那先生留在城里的日子——这是常有的事——于连就可以放胆读书了，不像从前，只能在夜里看书，还得小心提防，把花盆扣过来罩住灯光。很快，夜晚也不用苦读，可以安心睡觉了。白天，在教课之余，他夹了那本书来到岩壑之间，那本作为他行为的唯一准则，使他为之怦然心动的书。书中不仅有幸福时的陶醉，也有失意时的慰藉。

拿破仑关于妇女的言论，对其治下某些流行小说的评说，使于连第一次获得某些有关的见解；其实，这些见解，对跟他同龄的年轻人，早已算不得新鲜了。

酷暑来临。晚上，到离房子不远处一棵繁茂的菩提树下乘凉，已成习惯。大树底下，浓荫幽深。一天晚上，于连一边讲，一边比画，向两位少妇侃侃而谈，自觉津津有味。他说着挥动起手臂来，不意碰到瑞那夫人的纤纤素手，那手是搁在花园漆椅的椅背上的。瑞那夫人把手很快缩了回去，但于连想，他有责任叫这只手不缩回去。想到有一种职责要履行，事若不成就会徒留笑柄，甚至滋生自卑，于是，所有乐趣，顿时从他心头散佚无余。

第九章　乡野一夕

盖兰画的狄多女王，堪称秀媚的素描。

——斯特隆伯克

第二天，重新见到瑞那夫人，他的目光有点异样，打量起她来，仿佛是打量一个要与之一决雌雄的怨仇。这目光与头天晚上是那么不同，瑞那夫人一时摸不着头脑：自己待他一向很好，而他好像在生气。她注目不移，盯着看他。

戴薇尔夫人在跟前，于连就可以少说话，多想心事。这一整天，唯一的事，就是重温那本启示录，以砥砺心志，振作精神。

他先把上课的时间大大缩短，稍后，瑞那夫人露面了，正好提醒他要着意呵护自己的荣誉。他暗下决心：今天晚上，得捏住她的手，逼她非同意不可。

红日西沉，渐渐接近那关键时刻，于连的心跳得有点异样。黑夜来临。看到夜色特别黢暗，不免暗中窃喜，心头像搬掉了一块大石头。天空浓云密布，热风吹过，乱云飞渡，似乎预示暴雨将临。两位女友走来走去，一直散步到很晚。她们今夜的种种做法，于连都觉得有点怪。风起云动，于某些细腻的心灵，似能弥增情致。

大家终于入座，瑞那夫人坐在于连的一旁，戴薇尔夫人坐在她女友的身边。于连尽想着下一步行动，找不出什么话来说。谈话越来越没劲了。

“日后，第一次去赴决斗，难道也这么哆哆嗦嗦，愁眉苦脸不成？”于连心里想道。他对人对己都充满猜忌，对自己的心情，更不可能不清楚。

他心事重重，觉得天大的危险，也比现在这样可取。他盼了又盼，希望突然发生什么事，使瑞那夫人遽离花园，回屋了事！他强自克制自己，连嗓音都变了；稍后，瑞那夫人也语带颤音，不过于连没觉察到。职责对怯懦之战，酷烈已极，他已无暇旁顾。古堡的大钟刚敲过九点三刻，但他还不敢有所行动。于连对自己的怯弱大为气恼，暗忖："十点整，我就把白天所想、今夜该做的事做出来，不然，就上楼毙了自己！"

等候，焦躁，尤其到最后一刻，紧张万分，不能自已。他头顶上的大钟，"哇哇哇"敲十点钟了。像催命符似的钟声，每一下都敲在他心头，震得他浑身战栗。十点的最后一响余音未绝，他已伸出手去抓瑞那夫人的手，瑞那夫人忙缩了回去。于连不太明白自己在干什么，只重新去把那手抓住。虽说他心里萍翻桨乱，但握着的那手，其凉如冰，也叫他吃惊不小；他抖抖索索，紧紧捏住。那手想抽回去，最后挣扎了一下，终于还是留在了他手里。

他的心头于是弥漫着幸福，倒不是因为爱瑞那夫人，而是可怕的折磨已算过去。免得戴薇尔夫人有所觉察，他认为自己应该说说话；这时，他的嗓音显得洪亮而饱满。而瑞那夫人的语声，恰恰相反，很动感情，以致她的女友以为她别是病了，提议回屋里去。于连觉得情况不妙："如果瑞那夫人回客厅，我又会像白天一样惶惶无主。这只手捏着的时间还太短，不能就此认为已经胜券在握。"

那手已听之任之，任于连紧紧握着，这时戴薇尔夫人再次提议大家回客厅去。

瑞那夫人刚站起来又坐下，有气无力地说：

"说真的，我倒确实有点不舒服，不过，在外面透透空气，或许会好一点。"

于连的艳福，因夫人一语而又得重温。他此时快活已极，高谈阔论，忘了作假；两位女友聆听妙音，觉得天底下最可爱的男子非他莫属。尽管突然之间他口角流利起来，但还是缺少点勇气。这时狂风骤起，预示暴雨将至。戴薇尔夫人怕风，已露倦意，于连生怕她要独自回客厅，这样他势必跟瑞那夫人单独相对。这股敢作敢为的莽撞劲儿，在他也是一时之间才有的；他感到此刻对瑞那夫人连句最简单的话，都没力气说。女主人言语之间只要略示责备之意，那他就算出师失利，前功尽弃。

幸亏这天晚上，他语带感情的夸夸其谈，博得了戴薇尔夫人的好感；戴薇尔夫人觉得他平时笨口拙舌像孩子，缺少点风趣。至于瑞那夫人，就让手留在于连掌中，不思不想，听其自然。菩提树甚高，相传系大胆查理[1]亲手所植；在这菩提树下度过的几小时，对瑞那夫人来说，不啻是一个幸福的时代。菩提树枝密叶稠，风声飒飒，三点两点雨点滴在近地面的树叶上，滴滴答答，听来觉得分外悦耳。于连没留意到这一可以使他放心的情况：瑞那夫人要起身帮表姐扶正被风刮倒在她们脚边的花盆，便把手抽了回去，等她重新坐下，就毫不作难地把手向于连递了过来，好像两人之间已有默契似的。

半夜的钟声，已敲过了许久。最后得离开花园，各自归寝。瑞那夫人浸润在爱的幸福里，浑浑噩噩，几乎毫无自责之意。她快活得夜不成眠。而于连则睡得极沉，因为这一整天，怯懦与傲岸之战，弄得他疲惫不堪。

第二天清晨五点，他给人唤醒过来，几乎已把瑞那夫人忘得一干二净，她要是知道，不晓得会怎样难受呢。他的职责——一种英雄的职责，业已完成。这样一想，便心满意足，把房门紧紧锁上，怀着一种前所未有的喜悦，专心阅读他那位豪杰的辉煌战功。

午餐铃响，他正读着拿破仑大军的战报，把昨晚的得意事儿全忘了。下楼去客厅时，他带点轻浮地提醒自己：应该对这个女人说，我爱她。

---

1 大胆查理（Charles le Téméraire，1433—1477），法国勃艮第公爵，以胆大妄为著称，后在与路易十一交战中阵亡。

原以为会遇到一双多情的眼睛，不料却看到一张威严的面孔：瑞那先生两小时前刚从维璃叶回来，毫不掩饰他的不满，因为于连整个上午都没招呼孩子的功课。每当这位显要人物发起脾气来，而且自认为可以把脾气发给别人看时，这张脸真是奇丑无比。

丈夫一句句尖酸刻薄的话，瑞那夫人听了，都心如刀割。至于于连，几小时来在他眼前展示的杀伐征战，令他神往，都想痴了，因此一上来，并没怎样在意瑞那先生那些难听的话。到了最后，才很唐突地答了一句：

"我生病啦。"

不要说维璃叶市长，换一个不爱生气的人，这答话的腔调，也能把人气死。瑞那先生很想当场开销，叫他立刻滚蛋。之所以有所顾念，是因为他立有一条诫则：凡事慎勿操之过急。

"这不识抬举的蠢货，"他转念想道，"靠我家造就了他一点名声，如今瓦勒诺会聘请他，或者艾莉莎会嫁给他，无论哪种情况，他都会在心里笑话我。"

尽管这些考虑不无精明之处，瑞那先生的不满，还是在辞色上表露无遗，于连也慢慢怒形于色。瑞那夫人急得差点儿掉下泪来。午餐甫毕，她就要于连让她搀着出去散步，很亲热地靠着他。瑞那夫人作种种譬解，于连只压低声音答道：

"阔佬就是这种架势！"

瑞那先生这时在他们旁边走动；见他在跟前，于连更火了。他突然发觉瑞那夫人靠着他胳膊，样子有点过分，心里十分反感，便一把把她推开，抽回自己的手臂。

这无礼的举动，亏得瑞那先生没看到，但被戴薇尔夫人注意到了，见她女友两眼已盈盈欲泪。这时，有个乡下小姑娘为抄近路，在果园的一角穿行，瑞那先生赶过去，连连掷石子撵她。

"于连先生，求求你，克制一下。你想，我们谁没有发脾气的时候。"戴薇尔夫人急口说道。

于连冷冷看了她一眼，目光中流露出极端的鄙夷。

这眼神，使戴薇尔夫人一惊；她要是能猜透其中的含意，恐怕更要惊骇了——那就是刻意寻求报复的朦胧意愿。毋庸置疑，正是这类屈辱的遭遇，造就众多罗伯斯庇尔式的叛逆分子。

“你那位于连好凶，我看了直害怕。”戴薇尔夫人低声对她女友说。

“他有理由生气，”瑞那夫人答道，“他教书以来，几个小孩都有惊人的进步。即便一上午不教，又有什么了不得的？看来男人都那么不近情理。”

瑞那夫人破天荒第一次对丈夫有种报复的欲望。于连对有钱人的恨意，眼看就要爆发出来。幸而，瑞那先生这时把看园子的唤了来，两人一起用一团团蒺藜，把斜穿果园的便道堵住。后半段散步里，于连备受体贴，但他闷声不响，一句话都没说。等瑞那先生一走开，两位太太推说累了，一人挽起他一条胳膊。

于连夹在两位少妇中间，他苍白而高傲的脸色，阴沉而果决的神气，与她们羞红的脸颊、慌乱的眼神，形成奇异的对照。他鄙视这两个女人以及一切温柔的感情。

“真是！”他暗想，“连五百法郎的积蓄都没有，怎么完成我的学业！唉！见鬼去吧！”

他一心想着正经事，两位太太那些体贴话，他耳朵里偶尔刮进一两句，只觉得空洞、痴想、浅薄，一句话，女人气十足，不称他的意。

瑞那夫人为免得冷场，没话找话，说她丈夫从维璃叶赶回来，是因为向佃农买来了一批玉米皮。（当地的床垫，都塞玉米皮。）

“我丈夫不会过来了，”瑞那夫人加了一句，“他在指挥花匠和听差，到屋里换床垫去了。二楼的床，玉米皮上午都已换过，现在他在三楼。”

于连一听，脸色都变了，眼神怪怪的，看了瑞那夫人一眼，接着脚下加紧几步，把她拉到一旁。戴薇尔夫人看着他们走开去。

“夫人，请你救我一命，只有你能办到。因为你知道，那个听差跟我是死对头。我应该向你坦白：我有一幅头像，藏在床垫里面。”

听到这句话，轮到瑞那夫人急白了脸。

“只有你，夫人，此刻能走进我的卧房。床垫靠窗的角落里，你摸的时候当心，别给人看到，可以摸到一只小纸盒，黑纸板做的，表面很光滑。”

“里面藏有一幅头像！”瑞那夫人几乎要站不稳了。

于连看到她神色沮丧，觉得大可利用一下。

“我还有一个恳求，夫人，那幅头像求你别看，这是我的一个秘密。”

“一个秘密。”瑞那夫人跟着说了一遍，声音幽微欲绝。

虽说在恃财傲物、见利动心的环境中成长，但爱已在她心中注入了豪情。她自己创痛正深，出于忠人之事的单纯想法，为了不辱使命，向于连提了几个有必要弄清楚的问题。

“这么说，”她走开去时跟他核对，“是一个小圆盒，黑纸板做的，表面很光滑。”

“是的，夫人。”于连狠巴巴地答道。遇到危险，男人就会拿这种腔调。

瑞那夫人爬上古堡的三楼，脸色刷白，像去赴难一般。更糟的是，她感到自己快要晕倒了。但想到于连的这个忙一定要帮，又有了气力。

“我得把盒子拿到手。”她自语道，一边加快了脚步。

她听到丈夫跟听差就在于连房里说话。幸亏他们拐进孩子的卧房去了。她赶紧掀起褥子，把手伸进草垫，因为动作过猛，擦了一下手指。平时疼不得一点点，此刻却丝毫不觉得，因为差不多就在同时，她摸到了一个光滑的小纸盒，马上攥在手里，一溜烟跑了开去。

担心给丈夫撞见的恐惧刚刚消失，这盒子引起的憎恶之感，又使她难过得死去活来。

“这么说来，于连真是情有所属了。我手上拿的，就是他心上人的头像喽！”

瑞那夫人坐在前厅的一把椅子上，妒意发作之下，痛楚万分。不知就里，倒也有好处，惊恐减轻了伤痛。于连一露面，就一把夺回纸盒，连谢也不谢，话也不说，直奔自己房里，点火一烧了之。他面如死灰，力不能支，刚才的危险未免给夸大过头了。

“拿破仑的头像，”他摇摇头，暗自想道，“篡位称帝，居然藏在一个痛恨此举者的家里！给瑞那先生发现，那还了得，这个极端保王党，性情又暴躁！更不慎的是，头像背后的白纸板上，我还写了几行字，崇拜之情，可谓溢于言表，不容有怀疑的余地！而且每次感情冲动，还都注上日期！前天还发作过一次呢！”

“我身价大落，毁于一旦，”于连望着纸盒烧去，自语道，“而名声，是我的全部财富；有身价，才有活头……再说，这又是怎样的生活，我的天！”

一小时之后，疲惫，自怜，他心肠变软了。见到瑞那夫人，便拿起她的手，怀着从未有过的挚情连连吻着。她快活得脸都红了，但几乎在同一刻，妒火也冒了上来，就把于连推开去一点。于连的铮铮傲骨，近日里大受打击，此刻就愣头愣脑的，像个傻子。瑞那夫人在他眼里无非是个有钱的阔太太，想到这里，就不胜轻蔑地放下她的手，径自离去。他走到花园里，踱来踱去，想着自己的心事，不一会儿，唇上才浮出一丝苦笑。

“我在这儿散步，优哉游哉，像一个可以随便支配自己时间的闲人！若不去照管孩子，就难逃瑞那先生的责备，等会儿理又在他那一边了。”于是急忙朝孩子房里跑去。

他很喜欢最小的那个孩子。孩子的亲近，平抚了一点他惨痛的情绪。

“总算这个孩子还没看不起我，”于连想，但他立刻把痛苦稍减，看作是软弱的又一表现，并引以自责，“这些孩子捋我的顺毛，就像喜欢他们昨天刚买来的小猎犬一样。”

第十章　立巍巍壮志　发区区小财

热情最会伪装，须知欲盖反而弥彰；
犹如乌云越黑，越是显示有可怕的风暴。
——《唐璜》第一章第七十三节

瑞那先生从古堡各卧室，一间间走过来，最后又回到孩子的房间，后面的听差搬着草垫。市长突然进房，对于连来说，不啻是满满的水杯里又加上一滴水，顷刻就要旁溢。

他一个箭步，冲上前去，脸色比平时更苍白更阴沉。瑞那先生忙收住脚步，看看身旁的仆人。

“先生，你以为跟别的教师，你几个孩子会有同样的进步？如果答复是否定的，”于连不等瑞那先生回答，便接着说，“那你怎么敢责备我，说我耽误他们功课？”

瑞那先生先是一惊，等回过神来，从这乡下小伙子异样的口气里，推断他大概另有高枝可攀，打算离开此地了。但于连越说越气。

“先生，不靠你，我照样有饭吃。”他又补上一句。

“看到你情绪这么冲动，我真的很惋惜。”瑞那先生有点吞吞吐吐。两个下人在十步之外，忙着铺床。

“这种话我不想听，先生，”于连忘乎所以地说道，“你想想看，刚才你说的那些话，多么难听，而且还当着太太们的面！”

于连的要求，瑞那先生知道得太清楚了，艰难的盘算真有痛彻肺腑之感。于连也真是气疯了，直嚷嚷道：

“离开府上，先生，我知道该上哪儿去。”

一听此话，瑞那先生仿佛已看到于连在瓦勒诺府高坐堂皇。

“好吧，先生，”市长终于叹了口气说，神气像是要动一次痛苦的手术，“我接受你的要求。从后天起，也就是下月初，我每月向你支付五十法郎。”

于连真想笑出来，一时愣在那里无言以对：他的怒气全消了。

“这畜生我还太看得起他了！”于连心里想，“无疑，这是卑劣的灵魂所能表示的最大歉意了。”

几个孩子看到这场面，吓得目瞪口呆，急忙跑到花园里，去报告母亲，说于连先生怒气冲冲，不过他以后每月有五十法郎了。

于连出于习惯，跟着孩子走过去，连看都没看瑞那先生一眼，把东家栽在那儿干生气。

“瞧，瓦勒诺又叫我多花一百六十八法郎，”市长心里嘀咕道，“这家伙供应给孤儿院的伙食，我非得说两句硬话开销他。”

过了一会儿，于连跟瑞那先生又面对面碰上了：

“我有心事，要去跟谢朗神父谈。现有幸禀告阁下，不才想告几小时的假。”

“唉唉，亲爱的于连！”瑞那先生堆出一副虚伪不过的笑脸，“就去一天吧，你要是愿意，再加明天一天也不妨。上维璃叶，可以骑花匠的马去。”

“果不出所料，”瑞那先生忖道，“准是给瓦勒诺回话去了，而对我，他还都没什么承诺呢，不过，得让这小伙子头脑冷静下来才好。”

于连很快出门，爬上后山的大树林，从苇儿溪穿过这片树林，也可以抵达维璃叶。他不想马上去见谢朗神父。谁高兴再去演一场假戏呢！他有必要看清自己的灵魂，回顾一下激荡的情绪。

“我打了个胜仗，”一旦置身林间，远离众人耳目，他这样自语道，“我真的打了个胜仗！”

这句话可以见出他处境之妙，也给他心灵几许平宁。

“瞧，我现在薪俸每月有五十法郎了，这位瑞那先生一定很怕。

但怕什么呢？”

一小时前，于连正怒气冲冲，对付这个走运的权势人物；现在，揣摩这权势人物所惧何来，倒使他心情完全平静了下来。他徜徉林间，有那么一刻，对迷人的美景几乎为之心醉。光溜溜的岩石，昔日从山上大块大块崩落到林中；如今挺拔的榉树，长得差不多跟巨岩一般高。岩体的影子下，凉爽宜人，而三步之外，就是烈日的炎威，令人不敢直晒。

于连在岩阴下，喘了口气，接着再攀登。沿一条依稀可辨的羊肠小道，走不多久，便登上百丈悬崖，顿有遗世独立之感。身凌绝顶，他止不住会心一笑。他所企慕的，不正是这样一种境界吗？高山之上，空气纯净，他心灵上感受到一种静穆，甚至欢乐。维璃叶市长，在他眼里，代表着世界上所有阔佬和劣绅；但于连觉得，今天他给惹起的仇绪，不管势头多猛，却了无个人恩怨在内。只要不见瑞那先生，不出一个礼拜，就会把他，把他的古堡、他的狗、他的孩子和他的整个家庭，统统忘光。“他被迫作了最大的牺牲，却不知是什么缘故。怎么！一年多得五十多埃居[1]。片刻之前，刚逃过生平最大的危险。想不到一天里，打下两个胜仗；应该说，第二个胜仗，不是我的功劳，但一定得猜出个中原因。不过，伤脑筋的事，明天再想不迟！”

于连挺立在峭崖上，仰望晴空：八月骄阳，光照四极。岩下的田野里，传出悠长的蝉声；蝉鸣一停，周围一片寂静。脚下方圆八十里的乡野，尽在望中。雄鹰不时从他头顶上的绝壁间飞掠而出，在长空悄然盘旋，画出道道圆圈。于连的眼睛，不由自主跟着鸷鹰转。稳健而有力的搏击，令人震慑，他渴慕这种力量，渴慕这种孤高。

这就是拿破仑的命运。日后，也会是他的命运吗？

1 埃居（Ecu），法国古银币，约合三法郎。一百六十八法郎，合“五十多埃居”。

第十一章　长夜悠悠

就连朱丽娅的冷淡也含有温情，她发颤的纤手从他手中抽了回去，但却又留下那令人心颤的轻轻一压，那么温婉，那么飘忽，飘忽得使你的心灵久久捉摸不定。

——《唐璜》第一章第七十一节

于连觉得有必要在维璃叶露一下脸。走出本堂神父的住宅，正巧碰到瓦勒诺先生，便急忙把加薪的事说了一说。

回到苇儿溪，直到天全黑了，他才下楼到花园去。这一整天，感情上险波迭起，弄得他神情很疲惫。想到两位夫人，不禁犯愁："跟她们有何可说？"只怪他缺乏自知之明，没看到自己也只是琐琐小事的水平，而这类琐琐小事通常正是女人家的兴趣所在。于连的言谈，戴薇尔夫人，甚至瑞那夫人，也时常觉得费解；而她们讲的话，他也往往一知半解。这就可见魅力的作用，恕我大胆说一句，可见激情的伟大，这股激情现在正撼动着这野心勃勃的年轻人。在这怪人的心里，几乎天天都有风暴。

今晚，于连走进花园，是准备听听两位漂亮表姊妹的感想。她们等他都等得不耐烦了。他挨着瑞那夫人，在老位子上坐下。未几，夜色已十分浓重。那只白嫩的手，他早就看到搁在就近的椅背上，很想去抓过来。那手有点犹豫，最后还是缩了回去，表示出不高兴的意思。于连本想就此作罢，兴冲冲地说着话儿，没想到这时听见瑞那先生走过来的脚步声。

早上那些难听的话，言犹在耳，于连暗想："这家伙财运亨通，百事如意，待我奚落他一番，就当着他的面，捏住他老婆的手！对啦，就这么办，谁叫他鄙薄我！"

于连生就是急脾气，此刻更沉不住气。他心里惶惶不安，顾不上考虑别的事，只盼瑞那夫人心甘情愿把手递给他握。

瑞那先生谈起政局，十分气愤：维璃叶有两三位实业家，现在财富超过了他，要来竞选中跟他搅局。戴薇尔夫人侧着耳朵在听；于连可听得火起，把椅子往瑞那夫人那边移了一移。幸而一切动静都给黑夜遮了过去。于连大着胆子，拿手去就那条露在轻衫外的玉臂——一时心猿意马，管束不住自己心思——竟用脸颊去挨近那柔美的臂膀，甚至双唇也贴了上去。

瑞那夫人浑身一激灵：与丈夫仅四步之隔！她急忙把手递给于连，同时把他推远一点。瑞那先生对无能之辈或激进之徒大发横财，愤愤不平，于连则对任他握着的手狂吻不止，至少瑞那夫人认为狂得可以。这多事的一天里，可怜的女人曾拿到确实证据，得知这个她感情上喜欢——虽然心里未必承认——的男子，却爱着别人！于连外出的时光，她曾陷于极度的悲痛，瞎想了好一阵。

"怎么！我动情了，"她自忖，"萌生了爱！我，一个有夫之妇，会坠入情网！这种暗中的痴情，对丈夫都从未有过，想起于连却情思不断。实在说来，他不过是个孩子，对我十分尊敬罢了。这种疯疯癫癫的情致，也就昙花一现而已。即或我对这年轻人有点感情，又干我丈夫甚事？再说跟于连说的，都是些心驰神往的事，我先生听了会烦的。他嘛，只关心自己的公事。反正，我也没拿他的什么去给于连。"

这颗朴实的心，没有半点虚伪和矫饰，但在她从未体验过的激情冲击下，不免有点迷糊。她自欺欺人而尚不自知，不过，道德的本能业已受惊。她正心绪纷乱不宁，于连来到了花园。听到他说话的声音，差不多在同时看到他在自己身旁落座。多么美妙的幸福，她顿觉魂飞魄荡。半个月来，这种生活，对她与其说是一种诱惑，还不如说是一种惊喜。一切都是从未想见到的。转而一想："难道只要于连在此，一切过错都不存在了？"思之骇然，于是把手缩了回来。

狂热的吻，在她是从未领受过的，使她顿时忘了他可能爱着另一个女人。倏忽之间，在她看来，于连也不再有什么过错。疑神疑鬼的惨痛情绪才中止，一种梦想不到的幸福就露出头来，搅得她情思荡漾，简直欣喜若狂。这个夜晚对所有人说来都是美好的，除了维璃叶市长，为的是忘不了新发迹的实业家。于连是既不想他勃勃的野心，也不思他难以实现的宏图。美色怡人，这在他还是破天荒第一遭。他徜徉于缥缈而甜蜜的梦境，这种与他性格格格不入的梦境，一边轻轻抚摸着这只他悦慕不已的纤手，迷迷糊糊听着夜风轻拂菩提树叶的婆娑声和远处传来杜河边上磨坊里狗叫的汪汪声。

但这种情感，只是一时的兴会，而非激情。回到自己房里，他唯一觉得痛快的，就是重新捧起他心爱的那本书。一个人在二十年华，当想人生在世，有所作为，才最最重要。

隔了一会儿，他放下书来。由于尽想着拿破仑的赫赫战功，对自己的小小战果，也看出了点新的意味，心里想："是的，我打了一个胜仗，但应当乘胜追击。趁这妄自尊大的贵族向后撤退之际，得把他的傲气彻底打垮，这才是道地的拿破仑作风。我应当提出请三天假，去拜访傅凯这位好朋友。瑞那先生要是拒绝，我就摊牌说不干了，看来他会让步的。"

瑞那夫人可真是目不交睫，一夜难安。她觉得直到如今，还没有真正生活过。于连热情如火的吻，印在她手上的幸福感，使她别无所思。蓦地，她心头浮出"奸情"这个词儿。举凡朝欢暮乐、荒淫无耻等等恶俗的景象，纷纷涌入她的脑际。她心目中于连那温馨而圣洁的形象以及对爱情的憧憬，都因这一意念而黯然失色。未来给涂上了可怕的色彩，她看到自己落到不齿于人的地步。

这是个可怕的时刻。她的灵魂飘到了陌生的境域。隔夜还在体味从未领略过的幸福，现在一下子陷入了酷烈的折磨之中。她从没想到会伤痛如许，弄到神昏智乱的地步。有一刻，想去向丈夫坦白，说：怕自己爱上于连了。至少，这还是在谈于连吧。幸亏她记起结婚前夕，姑妈给她的告诫：危莫大焉，若把自己的隐情全告诉给丈夫，因为丈夫毕竟是一家之主。她痛苦已极，不停绞着双手。

她往复于苦楚的矛盾之中。忽而担心于连不爱她，忽而凛于可怕的犯罪感，仿佛明天就要给拉到维璃叶广场示众，挂的牌子上向公众揭举她的奸状。

可叹瑞那夫人了无人生经验；即使在完全清醒、理智健全的时刻，她也分不清，在天主眼里有罪与在公众面前受辱有何不同。

照她的想法，通奸这罪恶必然会带来种种羞辱。她刚把这可怕的想法放过一边，才得些许安宁，遐想着跟于连还像过去那样天真烂漫地朝夕相处该是多么甜美，突然于连另有所爱的可恶念头又来纠缠不休。于连怕丢失头像，怕头像惹祸而急得面色发白的情状，还如在眼前。她第一次在于连那沉稳而高贵的脸庞上看到了恐惧。对她或她的孩子，于连还从没这样动过情。这份额外的痛苦，已大到一个人所能忍受的极限。瑞那夫人不觉大叫一声，吵醒了她的侍女。顿时，她看到床边出现一盏灯，认出是艾莉莎。

“会是你，他爱的？”狂乱中，她失声喊了出来。

侍女发现女主人神色慌乱，惊惶之中倒没大留意这句奇怪的问话。瑞那夫人自知失言，便对她说：“我有点发烧，大概说胡话了，你陪陪我吧。”感到需要约束自己，人一下子倒清醒了过来，痛苦也不怎么觉得了。半睡眠状态下失控的理智，又恢复了正常。免得侍女老盯着自己，瑞那夫人便要她读报。这姑娘用单调的声音读着《每日新闻》上的一篇长文章，瑞那夫人却暗自下了一个贤淑的决心：等再看到于连，就对他冷若冰霜。

第十二章　出门访友

巴黎净是些漂亮人物，
而刚毅之士却在内地。
——西哀耶斯

第二天一早，才五点钟，在瑞那夫人露面之前，于连已从她丈夫那儿获准三天假期。与自己本意相反，于连还想见她一面，只为她那秀美的纤手动人思念。他下楼到花园里等了许久，还不见瑞那夫人倩影。不过，于连要是真有爱心，就会看到二楼上半掩的百叶窗后面，她前额抵着玻璃，正在那儿张望出了神。末了，她还是不顾自己天大的决心，决计到花园里转一圈。早起鲜艳的容光，一改她平时素白的脸色。不过，这淳朴的女人，心里显然很不平静。一种拘谨的，甚至是怨怒的情绪，改变了她清雅的神态，正是这种安详从容、超凡脱俗的表情，才给她那天仙般的容颜平添不少妩媚。

于连急忙走近去。她匆忙披上的一条披肩下，雪腕全陈，于连看了赞赏不已。夜来的烦扰，使她对外界的一切更加敏感；清晨的凉爽，似乎愈发增添她姿肤的光泽。她美得娇羞，美得动人，而又充满灵性，在下层阶级是难觅难见的；这对于连仿佛是一种昭示，唤醒了一种尚未萌动的感受能力。于连贪婪的目光，不期发现美艳如许，大为倾倒，忘了原本期待的那友好的问候。不过，女主人的故示冷淡，使他吃惊不小，甚至看出意在要他退回原地。

愉快的笑意顿时从他唇上消失。他记起自己在社会中，尤其在有钱的贵夫人眼中的地位。倏忽之间，脸上只剩下性高气傲和自怨自艾的表情。他觉得冤透了，动身时间推迟了一个多钟头，只换来这场白眼。

“只有傻瓜才会生别人的气，”他心中自责，“石头往下掉，是因为有分量。我难道是个长不大的孩子？真不知是什么时候养成的好习惯，这样尽心竭力，就冲着他们出了钱！如果要教他们看得起，也教自己看得起，就该让他们明白，我就因为穷才跟他们的富打交道。但我的心，他们再霸道也奈何不得。而且境界之高，绝非他们区区毁誉可及。”

这类感想纷纷涌进年轻家庭教师的心里，他那说变就变的脸，摆出一副孤傲与凶恶的神色。瑞那夫人倒慌了手脚。她原想在见面时，装得志洁行芳，冷若冰霜，这时一变而为关切，而之所以关切，就因为看到对方突然变脸。晨起互致问候，今天天气好等空话一说完，两人同时觉得无话可说了。于连还没让痴心冲昏头脑，马上想出个办法，要教瑞那夫人明白，他跟她的情谊还淡薄得很。他只字不提就要出门一趟。只向她行了个礼，转身就走。

从他目光里，见出一种阴鸷的傲慢，而那目光隔夜还是那么可爱。正当瑞那夫人愣在那里，望着于连走远去，她大儿子从花园深处跑来，搂着告诉她说：

“我们放假了，于连先生出门旅行去了。”

一听这话，瑞那夫人浑身冰冷，像要死去一般。好呀，讲道德，讲道德，现在自食其果了！而她的软弱，更加重了她的不幸。

这最新事态，占去了她全部心思。她那贤淑的决定，是这可怕的一夜苦思的结果，现在早给抛到了九霄云外。眼前的问题是，对这位可意郎君，不是什么推三阻四，恐怕要失之永远了。

早餐桌是非到不可的。更糟的是，瑞那先生和戴薇尔夫人谈来谈去，就谈于连出门这桩事。维璃叶市长已注意到，于连来请假时，说话的口气很硬，量必有诈。

“这乡下小伙子，兜里肯定揣着别的聘约。现在，每年的薪金已加到了六百法郎；别人，哪怕是瓦勒诺先生，要付这个数目，也多少会给吓退的。昨天，维璃叶那方面想必是提出要求宽限三天，来考虑此事。为避免给我正式答复，今天早上，这位小先生就进山去了。跟一个嚣张跋扈的雇工都要赔笑脸，看我们落到了什么地步！”

“我丈夫还不知他自己伤人伤到了什么分上，既然连他都认为于连要走，还有什么好怀疑的呢？”瑞那夫人心里忖道，“唉！一切已成定局！”

为了能哭个痛快，又免得戴薇尔夫人问长问短，她推说头痛得厉害，要上床休息。

“女人就是这么回事，”瑞那先生旧调重弹，“这些复杂的机器，总有些地方要出毛病。”说罢，带着嘲讽的神气走了开去。

命运的拨弄，使瑞那夫人陷于可怕的激情之中。她这厢受着痴情的折磨，于连却兴致极高，走入秀峰迭见的山路。他要翻过苇儿溪北面的大山脉。山间小路在高大的榉树丛中渐走渐高，蜿蜒在一面大山坡上；高山的北边，便是杜河流域的溪壑。走不多久，我们的旅人就看到在他脚下，山冈参错，导引杜河折向南流。放眼遥望，是勃艮第和博若莱一带肥沃的原野。这位年轻的野心家，不管他的心灵对山河之美多么迟钝，面对开阔如许的壮丽景色，也不由得时时驻足观赏。

最后，他终于登上山顶。贴着山边，抄一条近路，就能下到一个孤幽的山谷；他的朋友，年轻的木材商傅凯，就住在那里。傅凯，还是任何别人，于连并不急于想见。大山顶上，巉岩壁立。他好像一头鸷鸟，厕身在不毛的危石之间，老远就能看到走近来的任何人。他发现在一堵巉岩的腹壁有个小小的洞穴。跑去一看，亦一方藏身之处，随即钻了进去。他眼中闪出快乐的光芒，喟叹道：“藏在这儿，世人就伤害不到我了。”他突生一念，何不在此痛痛快快把自己的想法写下来。这些想法，无论在哪里，对他都是十分危险的。取一块方石板权充书桌，他下笔如飞，周围的一切都不存在了。临了，他才注意到，落日已在博若莱的远峰叠嶂后闪着余晖。

“干吗不在这儿过一夜呢？”他自语道，“我有面包，我有自由！”一听到自由这个伟大的词儿，他的心就激奋起来。虚伪成性的他，即使在傅凯那里，也是不得自由的。两手支颐，想入非非做他的美梦——得此自由，不亦快哉！他觉得有生以来还没像在这山洞里过得这么惬意。他无思无虑，看着夕阳斜晖一道一道消逝。暮色漫漫，心里也迷迷茫茫的，幻想着日后初到巴黎的种种情状。首先遇见的，当然是一位美女，以姿色与才情而论，比他见过的内地女子不知要强出多少。他发疯般地爱她，而且也为她所爱。如果与她暂别，那是为了去博取荣誉，为了更值得让人爱。

一个年轻人混迹于巴黎社交界，受教于可悲的现实，即使有于连那样丰富的想象，编出来的故事不管多浪漫，也只会受到冷酷的嘲弄：伟大的行动，将随着不能实现的希望，同归于尽，代之而起的，是平庸的现实，可概见于这句俗话：“谁不守住他情妇，一天之内，难免不受两三次骗！”而乡下小伙子却觉得他与英雄业绩之间，万事俱备，只欠机会。

这时，黑夜已经驱除白昼，于连还有七八里路要走，才能下山到傅凯住的村子。离开小山洞之前，他生了一堆火，把刚才胡乱写的字纸，全部烧毁，不敢掉以轻心。

午夜一点钟，于连敲响大门，把他朋友吓了一跳。于连发现傅凯正忙着记账。这是一个高个子年轻人，其貌不扬，一脸粗相，而且鼻子特长，不过这不讨人喜欢的外表也无掩其忠厚。

“想必跟瑞那先生吵翻了，才突然跑到这儿来？”

于连把隔夜发生的事，拣可说的说了一说。

“跟我一起干吧，”傅凯说，“我看，瑞那先生、瓦勒诺先生、莫吉鸿长官、谢朗神父等人物，你都已见识过，也领教过他们的手段；现在你完全有资格去参加投标。你算术比我好，来替我管账吧。我这买卖，赚头不错。我一个人不可能什么事儿都管到，又怕找个同伙是骗子，所以眼看有好生意，也不能天天去做。两三个礼拜之前，我挑米梭·特·圣阿芒赚了六千法郎，彼此已有六年没见面了，这次在蓬塔利埃卖货时碰巧遇到的。这六千法郎，或者少说些，三千法郎吧，你老兄为什么不能来赚呢？因为那天倘有你在场，为能采伐那片树林，我就可以叫个高价，他们当场就会让我承包的。跟我合伙一起干吧！”

这个提议，有拂于连的本意，因为扰乱他的狂放梦想。两个朋友像荷马笔下的英雄，自己准备夜宵，因为傅凯一直单身独过。吃夜宵的时候，傅凯把账本拿给于连看，证明他的木材生意获利颇丰。于连的才智和性格，傅凯一向是十分看重的。

等于连独自躺在松板小屋，心里筹想："不错，在这儿可以挣几千法郎，然后，再去当兵或当教士，这样要有利得多。至于当兵还是当教士，得看那时法国的时势再定。积上一笔小钱，所有零零碎碎的难题都可以迎刃而解了。僻居深山，正可治治我可怕的无知。有好些事你不懂，而沙龙里的常客还特别在意。傅凯不想结婚，但又一再说，生活孤独，抑郁寡欢。显然，他找一个没资金的人合伙，是希望有个终身伙伴，永不分离。"

"难道我要欺骗好朋友吗？"于连生气地嚷道。伪诈与寡情，是他通常的救命法宝。但这次，感念知己情深，他不允许自己有半点不地道。

猝然间，又高兴起来：他有理由拒绝了。"怎么！要我缩手缩脚，浪费七八年光阴！一来二去，我就二十八了；而在这个年纪上，拿破仑的生平大事，最辉煌的，业已完成！为贩卖木材四处奔波，幸得几个低级骗子开恩，等我无声无息地挣了几个钱，谁保得定我还会有扬名天下的雄心？"

第二天早上，于连用极冷静的口气答复傅凯，说从事圣职的志向使他难以从命。善良的傅凯原以为合伙的事已经谈定，听了回话，愣了半天。

"但你好好想过没有，"傅凯苦口婆心地说，"这是讲合伙，要是喜欢别的办法，那我每年出你四千法郎，如何？你却偏要回瑞那先生府上去，可他把你看得如同鞋底上的污泥一般！你手头一日有两百金路易，谁能拦着不让你进神学院？说得再过头一点，我可以负责为你觅得本地最好的圣职。因为，”傅凯压低声音补上一句，“某某先生，某某大人，他们烧的木材，都是我供应的。我送去的是上好的橡木，他们付的只是白木价钱，而这实际上是最好的投资。”

于连矢志不改，傅凯怎么也劝不动，最后认为他不要有点神经。第三天一清早，于连告别好友，在山林溪壑之间消磨了一整天。那个小山洞，他又去光顾了一下，但内心的平宁已不复可得，那是给傅凯的提议赶跑的。像大力士海格力斯一样，如今他要选择的，不是善与恶，而是碌碌无为的安闲舒服呢，还是少年气盛的英雄美梦。“由此可见，我还不具备真正刚毅的性格，”这种疑虑，最使他痛苦，“看来我不是成大人物的料，花八年工夫混一口饭吃，我都担心会壮气消尽，无复行非常之事的魄力了！”

第十三章　网眼长袜

小说，是一面镜子，鉴以照之，一路行去。

——圣雷阿尔

于连望见残阳斜照的苇儿溪旧堂遗址，才记起，自前天以来，一次都没想过瑞那夫人。“那天临走，这娘们提醒我，彼此间隔着一大段距离，直把我当木匠的儿子。毫无疑问，她是要借此来表示懊悔，恨头天晚上不该让我握她手！……不过，的确好看，她那只手！这女人顾盼之间，多么妩媚！多么高贵！”

有可能跟傅凯一起经商致富，对于连思考问题亦有方便，不必再像以前那样，因为激愤，因为明显感到自己穷，感到自己社会地位低，而想到斜路上去。他仿佛站在高高的岬角上，浩魄雄襟，评断穷通，甚至凌驾于贫富之上；不过他的所谓富，实际也只是小康而已。虽然他远不具备哲人的深刻，来鉴衡自己的处境，但头脑却很清醒，觉得经此短暂的山林之行，自己与以前已大不相同了。

瑞那夫人要他讲讲旅行见闻，他只简单说了一说，令他惊异的是，女主人倾听时那种极度惶恐的神情。

傅凯曾几次打算结婚，几次恋爱失败；两人夜话，谈到这个题目，自是说来话长。傅凯往往高兴得过早，过后，发现自己并非对方情有独钟的人。这类叙述，于连听来感到吃惊，却也增长不少见闻。他平时与人落落寡合，一味钻在自己的猜想和猜疑中，也就远离了一切可以给他教益的机会。

于连外出的那几天，生活对瑞那夫人只是一连串的苦难；苦难虽然各种各样，但对她都是难以忍受的。这一回，她真的病倒了。

“尤其你这样不舒服，”戴薇尔夫人见于连回来，对瑞那夫人说，“今晚就不要到花园去了，那儿空气潮湿，会加重病情的。”

戴薇尔夫人看到她女友穿上巴黎新到的网眼长袜和小圆头淑女鞋，大感诧异；瑞那夫人平常因服饰过于简朴，还时时受到丈夫数落。三天来，瑞那夫人唯一的消遣，是将一块漂亮的布料，裁成一身时新的夏装，并要艾莉莎赶紧缝制。这件衣服，在于连到后不多一会儿才刚刚完工，瑞那夫人马上就穿上了身。至此，戴薇尔夫人已无可怀疑，心里想：“原来她坠入情网了，这不幸的女人！”她那稀奇古怪的毛病，也就不难明白了。

戴薇尔夫人看瑞那夫人跟于连说话时，脸上红一阵，白一阵，焦虑的目光，盯着年轻教师的眼睛。女主人的心都提了上来，时时刻刻在等他做出解释，宣布去留。哪知这题目，于连根本没涉及，因为他压根儿没想过。心里斗争了半天，瑞那夫人才敢开口，发颤的声音，听得出激荡的情绪。

“你是不是要丢下这里的学生，另有高就？”

瑞那夫人的眼神和游移的声调，于连不免感到讶异。他暗想道：“这女人爱上我了。以她的高傲，对自己一时的软弱，事后一定会埋怨不已的。她一旦不怕我撂挑子，就又会傲慢起来。”彼此的立场，迅如闪电，于连一下子就看清了，便支吾其词地答道：

“这些孩子着实可爱，尤其出身高贵，丢下他们真有点舍不得，但这一步或许不得不走。一个人不是对自己也有应尽的责任吗？”

说到“出身高贵”（这是他新近学到的一句贵族用语）四字，于连心里大起反感。

“在这女人眼里，”他思忖，“我么，就不属于出身高贵之列。”

瑞那夫人耳听他说话，心里在赞赏他的才华，他的英俊。他言语之间表示有可能离去，瑞那夫人听了心如刀割。于连外出期间，维璃叶的友人，凡来苇儿溪宴聚，都争相向她道贺，说她丈夫有幸发掘了一位奇才。倒不是因为知道孩子的学业大有长进，而是听说此人能把《圣经》倒背如流，而且背的还是拉丁文，这使苇儿溪居民深为叹服。这种钦佩之情，也许可以流传个上百年。

于连不与人说话，这一切自然无从知道。瑞那夫人头脑若稍微冷静一点，就会想到应对他鹊起的声誉恭维一番的；而于连的自尊心一旦得到满足，对她自会更加和蔼，更何况她的新妆十分讨人喜欢。瑞那夫人自己对这身漂亮衣裳也很满意，听了于连几句夸奖就更高兴了，表示愿意到花园去转转；但没走几步，就说体力不胜，走不动了。也不顾于连倦游回来，就挽臂而行，然而，这非但没给她增添什么劲道，反而连原有的一点气力也消失殆尽。

天全黑了。刚落座，于连就凭此前的特权，大着胆子把唇吻印在邻座美人的玉臂上，并把她的手拉了过来。此时心里想的，不是瑞那夫人，而是傅凯对他情妇的大胆作风；再者，"出身高贵"这几个字，还重重压在他的心头。邻座美人紧紧握了握他的手，也不能使他感到一点快意。这天晚上，瑞那夫人用种种暗示表露她的深情，甚至形迹太露了点；于连非但不感到得意，甚至丝毫谈不上感激。美丽，高雅，娇嫩，也几乎不能使他动心。心地纯良，无怨无恨，无疑能使人永葆青春。可叹世间多数娇美女子，往往红颜先老！

整个晚上，于连都神情懊丧。此前，他只对命运和社会感到愤愤不平；而今，傅凯给他提示了一条并不高贵的致富之路，他对自己也生起气来。他一味想着心事，虽则不时向两位太太说句把话，最后竟不知不觉放开了瑞那夫人的手。此举弄得可怜的妇人惊惶不已，甚至看成是命运的谶兆。

要是确知于连情意缱绻，她的德行或许能获致抗拒的力量。但她心里战战兢兢，时时刻刻都怕失掉他。情动于衷，行失其当，她竟把于连心不在焉搁在椅背上的手，朝自己这边抓了过来。这个动作，唤醒了小伙子的勃勃野心，恨不得让那些骄横的贵族老爷都来见识见识；须知每当张筵设席，他只配跟少爷敬陪末座，而贵人缙绅看起他来，总露出一副居高临下的笑脸。“这女人不敢再瞧不起我了，”他想道，“在这种情况下，我应对她的美貌表示赏识，有义务做她的情人！”像这样的念头，在傅凯这位好朋友向他作坦诚的倾谈之前，他脑子里是根本不会有的。

这个突然的决定，使他情绪马上欢快起来，心里想：“这两个女人中，非得到手一个不可。”他发觉自己更愿意追求戴薇尔夫人，倒不是因为她更可人心意，而是她总把自己看作是位以才学受人尊敬的家庭教师，而不是腋下夹一件呢上装的小木匠，像瑞那夫人初次见到的那样。

然而，正是那小工模样，满脸涨得通红，站在大门外逡巡不入的情状，瑞那夫人想起来才最觉得有意思。

对自己的处境审视之下，于连觉得不该存征服戴薇尔夫人的念头；瑞那夫人属意于他，戴薇尔夫人也许已觉察到。那只好再回到瑞那夫人这一方。他叩心自问：“这位夫人的性格，我又有多少了解？无非是这么一点：这次出门之前，我去握她的手，她缩了回去；今天，我把手抽回来，她却抓了过去，而且紧握不放。好啊，真是好机会，把她对我的轻蔑，统统回敬过去！天晓得她有过多少情人！她之所以宠我，无非因为彼此见面容易。”

这就是，唉，文明过度的不幸！一个年轻人，在二十岁上，要是受过教育，他的心灵离任情适性就有千里之遥；而谈不上任情适性之概，爱情又往往沦为令人生厌的重荷。

“我尤其应在这女人身边得手，”于连小小的虚荣心还在寻思，“等他年发迹了，逢到有人非难我曾是区区一家庭教师，我就可以表示，那是为了爱情，才屈就教席的！”

于连重新挣脱瑞那夫人的手，得由他——去抓她的手，并紧握不放。回客厅时，差不多已是半夜，瑞那夫人轻声问他：

“你要离开我们，你要走，是吗？”

于连叹了口气，说：

“我实在该走，因为我爱你爱得像发狂，这当然是个错……尤其对年轻教士来说，错莫大矣！”

瑞那夫人身子靠着于连胳膊，那么放任，以致脸上都能感到于连面颊的热气。

同一个夜晚，对两人来说，真大异其趣。瑞那夫人神情亢奋，不能自禁。轻佻女郎往往过早解得风情，对爱的烦恼，早已习而相忘，真到了动情的年纪，新鲜感反没有了。不比瑞那夫人，没读过什么小说，爱的幸福，微妙难传，对她都是新奇的。没什么愁郁的事来扫她的兴，更不要说未来的威胁了。在她的憧憬里，十年以后也会跟目前一样幸福。至于道德观念，誓忠丈夫等等，几天前还弄得她辗转不安，此刻即使想起也属枉然，像打发一个讨厌鬼那样给撵走了。“我又不会给于连什么便宜，”瑞那夫人自我安慰道，“以后的相处也会跟这个月一样。他永远是个朋友而已。”

第十四章　英国剪刀

二八佳人，艳如玫瑰，却去搽脂抹粉！
——波利多里

在于连方面，所有的快意都给傅凯这提议打消以尽，现在是连个主意都拿不定了。

“唉！我性格里或许缺少点刚强，在拿破仑麾下，也不会是个好兵。不过，”他转而一想，“在女主人身旁，暂且逢场作戏，也可消愁解闷。”

所幸，即使是这么桩小事，于连的内心，跟他放肆的言辞，也相去甚远。他见到瑞那夫人先就有点怯意，因为她的新装太漂亮了。这身衣服，照于连的眼光，即使在巴黎也是开风气之先的。他自视很高，不允许把什么事都委诸偶然，凭一时的兴之所至。根据傅凯倾谈所及，以及从《圣经》中读到关于爱情的一点可怜知识，他特地制定了一个周详的作战计划。尽管自己不肯承认，他心里还是很慌乱，得把方案写出来才踏实。

但就在第二天早晨，有一刻工夫，瑞那夫人和他单独待在客厅里，问道：

“你除了叫于连，还有没有别的名字？”

对这句讨好的话，我们的大好佬竟不知如何回答是好！因为这一情况，不在他计划的预料之内！如果没有订计划写方案这类蠢事，凭他活络的头脑，是完全应付得过来的，而意外的变局，更能激发他见机行事的本领。

他这时傻愣愣的，自己还夸大了这种笨拙。瑞那夫人很快就予以原谅了。他的笨拙，她视为是一种率直的表现，自有其可爱之处。此人大家都觉得他很有才气，在她眼里，所缺少的，正是坦诚。

戴薇尔夫人有时对瑞那夫人说："你那位家庭教师，别看他小小年纪，我觉得大大可疑。看他样子好像时时刻刻都在动脑筋，一举一动都用了心机的。这可是个阴险家伙。"

瑞那夫人上面这句问话，于连不知何言以答，大为苦恼，尤其深感羞辱。

"一个像我这样的人，吃了败仗，就该扳回来！"趁走进隔壁房间的机会，他认为自己有责任，给瑞那夫人一个吻！

无论对他还是对她，没有比这个吻更不得体，更不愉快，更不谨慎的了！他们差点儿叫人撞见。瑞那夫人以为他疯了。她大吃一惊，尤其觉得有失体统。这桩蠢事，使她陡然想起瓦勒诺来。

"跟他单独在一起，谁知会发生什么事儿？"她的道德观念又冒出头来，因为爱情躲了开去。

她细思量，巧安排，让身边总留个儿子。

这一天，于连很不好过。他的全部工夫都用在实施他的引诱方案，但做得很不高明。看起瑞那夫人来，每次目光里都带着探询的意味。不过，他还没蠢到看不出自己不讨人喜欢，更不要说能勾魂摄魄了。

瑞那夫人见他既笨拙，又莽撞，惊愕了半晌。"这是爱的羞怯，活脱是个才子！"她百词慰解，心里有说不出的愉快，"艾莉莎情笃意深，他会一点不动心，可能吗？"

为接待布雷专区行政长官莫吉鸿先生的来访，瑞那夫人在午饭后，回到客厅，坐在一个高高的小型壁毯绷架前做手工活。戴薇尔夫人坐在她旁边。就是这样一个显眼的位置，而且还是光天化日之下，我们的英雄觉得有机可乘，把靴子伸过去，想踩瑞那夫人的秀脚；而她那来自巴黎的网眼长袜和漂亮瘦鞋，显然正吸引着那位风流长官的目光。

瑞那夫人担惊受怕之余，故意让剪刀、绒团、绷针等失手掉下。这样一来，可遮掩于连的轻举妄动，好像是他看到剪刀下坠，慌忙想用脚去挡似的。碰巧这把英国剪刀跌断了，瑞那夫人连连表示惋惜，还怪于连当时坐得不够近。

“剪刀滑下来，你比我先看到，应该能够拦住。你这倒好，白热心一场，反重重踩了我一脚。”

这番说辞，可以瞒过行政长官，却瞒不过戴薇尔夫人。她想：“这小伙子人虽长得漂亮，动作却够愣的！这类过错，照省城的规矩，也是不能原谅的。”

瑞那夫人伺机也关照他：“放谨慎点儿，我命令你。”

于连觉出自己的笨拙，大为气恼。他盘算了半天，该不该对“我命令你”这句话生气。真是迂到了家，才会这么想：如果涉及孩子的教育问题，她可以对我说“我命令你”；但事关情爱，前提就是平等。没有平等，何论爱情……于是，山环水复，尽想些关于平等的醒世恒言。高乃依的这句诗，是几天前刚跟戴薇尔夫人那学来的，他愤愤然一再吟诵：

……爱情
造就平等，不用再把平等追寻

于连有生以来还不曾有过相好的，却一心要扮荒唐的唐璜角色。他这一天的表演，真是蠢得要命。总算还有这点自知之明：他为瑞那夫人，也为自己所讨厌。看到日落西山，想到夜色昏朦中又要去花园里陪坐，不免忧心忡忡。于是，便对瑞那先生说，他要回维璃叶去见谢朗神父。晚饭一吃完就动身，挨到深更半夜才回来。

在维璃叶，碰上谢朗神父正忙于搬家。神父终于给撤职了，接任的是助理司铎马仕龙。于连在场，能为善良的神父助一臂之力。他想到应该写封信给傅凯，告以：内心那不可抗拒的奉教志向，一度阻止自己接受他好意的提议，现在看到这样的不平事儿，也许不进教会对拯救自己的灵魂更有利。

于连简直要为自己的精明喝彩：就维璃叶本堂神父去职一事，为自己留出了条后路，一旦可悲的谨小慎微压倒豪情壮志，他还可以回过头来，考虑做生意，经商致富。

第十五章　鸡叫

爱情一字，拉丁文作 amor，起始于爱慕，终极于死亡。但在此前，是无尽的怅惘，忧伤，悲泣，欺骗，罪恶，懊丧。

——《爱情礼赞》

于连常无端地自以为很机敏。他果真机灵，那么，在第二天，对自己维璃叶之行所产生的效果，就该额手称庆了。原来，他的怯头怯脑，因人一走，大家都忘了。这天，他心情还是怏怏不乐。黄昏时，刚有个荒唐想法，就马上告诉了瑞那夫人，也真匆遽得可以。

那时大家在花园里刚坐定，不等天黑透，于连就把嘴凑近瑞那夫人耳际，顾不得会不会连累美人，就对她说：

"夫人，今夜两点，我到你房里去，有话要对你说。"

于连提心吊胆，生怕这请求会给接受下来。扮演引诱良家妇女的角色，他心里也不轻松；要是顺着自己性子，他宁愿在房里躲几天，再也不见这两位太太的。他明白，自己昨天的一着高招，已把前一天的好印象破坏完了[1]，现在真不知该怎么办才好。

这种放肆的话语亏他敢提出来，瑞那夫人回话的口气，的确十分生气，并没夸大。从她简短的答话中，于连咂摸出轻蔑的含意。虽然回答得很轻，他确信听到了一个"去"字。于连推说有事要吩咐孩

1　原文如此。

子，径自到他们房间去了。回来后，就坐在戴薇尔夫人身边，故意与瑞那夫人隔得远远的，这样可免得去握她的手。谈话都是正经题目，于连应付得很好，中间偶有短暂的沉默，也够他伤脑筋的。他暗暗发急："怎么会想不出个点子来，逼她一逼，让瑞那夫人做出点亲热的表示；正是这类毫不含糊的表示；使我在三天前相信，她是属于我的！"

于连把事情几乎推向绝境，沮丧已极。不过，话得说回来，要是事情顺顺当当的，或许更教他为难。

到半夜分手时，他心情悒悒，相信戴薇尔夫人在鄙薄他，瑞那夫人也不会对他好到哪里去。

他情绪恶劣，心里深感屈辱，一点睡意都没有。放弃任何伪诈，放弃一切计谋，与瑞那夫人得过且过，像小孩子一样满足于每天或许能有的一点点快乐，这种想法，离他已有十万八千里远了。

他绞尽脑汁，想出许多妙着，旋即觉得荒谬绝伦。总而言之，其苦万状。这时，古堡的大钟，正敲响两点整。

钟声使他惊醒过来，如同鸡叫惊醒司门神圣彼得一样。看到已到紧要关头，该面对这桩烦难事了。说实在的，打那放肆的提议照知之后，他连想都没去再想！那提议接受时就没听到好声气！

"我对她说过，两点钟到她房里去，"他一边起身，一边自语，"我可能毛手毛脚，粗里粗气，像个乡下佬的儿子——这层意思，戴薇尔夫人已暗示得相当清楚了，但我至少不是软骨头！"

于连有理由为自己的胆量得意，他从未勉强自己做过这样为难的事。打开房门，他浑身战栗，两条腿都软了，不得不倚在墙上。

他没穿鞋，走近瑞那先生的房间，贴门谛听，里面的鼾声清晰可闻。这真叫人无可奈何了。至此，退无可退，再没什么借口可以不去她房间了。但是，天哪！他去干什么？他并没有什么计划，纵然有，心绪紊乱如此，也无法依计而行呀。

最后，神情比赴死就义还要痛苦百倍，他走进一条狭小的甬道，由此可直达瑞那夫人的卧房。他的手哆哆嗦嗦推开房门，发出怕人的响声。

房里有一星微光：壁炉下面点着一盏守夜灯。于连没料到还有这桩不便。见他进来，瑞那夫人慌忙从床上跳下来。“啊，你疯了！”她喊道。房里顿时一阵混乱。于连忘了徒劳的计划，恢复了天然本性：不能博得这样一位美妇人的欢心，实在是人生的大不幸。对于她的责备，他只是跪在她的脚旁，紧紧抱着她的双膝。她的话说得极难听，他涕零如雨。

几个钟点以后，于连走出瑞那夫人的卧室，用小说家言，他是心满意足，别无所求了。事实上，他可谓旗开得胜，这有两方面原因：一是缘于他所引发的爱，再者，是对方诱人的姿色给他意想不到的感应；光凭他的笨拙劲儿，是万难得胜回朝的。

但即使在蜜爱幽欢的时光，他仍摆脱不掉古怪的傲气，还想扮一个惯于征服女人的角色：兀自大动，以示殷勤，反而减去自己原本的可爱之处。他不去注意那被他激起的欢情，以及那使欢情更胜的娇羞，却不断想着职责的念头。他给自己定下一个理想的范本，怕稍有偏离，就会落下可怕的悔恨和永久的笑柄。总而言之，强烈的意识，既造就于连成为超卓之士，也适足以妨碍他去体味匍匐在她脚边的快慰。正如同一个年方二八的妙龄少女，天生有令人销魂的姿色，但为了赴跳舞会，竟去涂脂抹粉，真是荒唐之至。

瑞那夫人一见于连出现，就吓得魂不附体，接着就心惊肉跳。于连的眼泪和绝望，搅得她心乱如麻。甚至到她对于连已拒无可拒之际，还把他推得远远的，而且真是出于羞愤，可随即又投身在他怀里。这种种做法，事先并无什么计谋可言。她相信自己罪无可赦，该入地狱，为了秘密遮掩地狱的惨象，频频予于连以狂热的抚爱。总之，就人生乐事而言，于我们的英雄已一无所缺，甚至连刚征服的女人身上那暖人的潮热也不少，假如他懂得消受的话。于连走后，使她神魂失措的云情雨意并未消歇，同时令她撕心裂肝的悔恨交迸也未中止。

“天哪！所谓幸福、爱情，就是这么一回事吗？”这就是于连回房后最初的感慨。渴望已久的东西，一旦如愿以偿，心灵反陷于惊讶惶惑之中。心里本来一直有所企望，现在已无可企求，而刚过眼的烟云，尚未成为甜蜜的回忆。像一位受检阅回来的士兵，于连认真检点自己的行为，把细节一一回想过来，“职责攸关，我该做的，有没有什么缺失？我这角色，是不是扮得很成功？”

是何角色？一个在女人面前惯于炫耀自己的角色！

第十六章　新的一天

他用唇去吻她的樱唇，还用手梳理她的乱发。

——《唐璜》第一章第一七〇节

亏得瑞那夫人过分激动和惊恐，没觉察到于连的笨拙，倒给他留住了面子。转瞬之间，于连已成了她在世上的一切。

等看到曙光初透，便催他快走：

"噢！天哪，我丈夫要是听到一点动静，我就完了。"

于连倒还有时间咬文嚼字，记得问了这么一句话：

"人生还有什么可憾的吗？"

"啊！此刻觉得可憾事真多呢！但认识你，真无憾可言。"

于连不急于回屋，故意拖到天亮，做出不以为意的样子，觉得这样才有气概。

他抱着一个荒唐的想法，要显得像个此中老手，对自己的一举一动都用心加以推敲。这番心计倒也有一点好处：早餐时光，重新见到瑞那夫人，他的举止堪称谨慎的典范。

至于瑞那夫人，则不能看到他而不满脸通红，而不看他又一刻都活不下去。她察知自己怔忡不宁，想加掩饰却适得其反。于连只抬眼看了她一下。起初，瑞那夫人还赞赏他知所谨慎。不久，发觉这飘忽一瞥竟是可一不可再的，不禁惊恐起来："他不要不爱我了，唉！对他说来，我老得多了。比他大出十岁去呢！"

从饭厅出来，到花园去的时候，她紧紧握着于连的手。这一爱的表示，非比寻常，于连一阵惊喜，侧身看她，不免眼角传情，因为在用早餐的时候，他觉得她非常婉丽，虽说当时只管低着头没看她，其实工夫都用在暗中玩味她那迷人的姿色。这含情的一瞥，对瑞那夫人真是莫大的安慰，虽然还不足以消除她所有的不安；而她的不安，却差不多完全消除了她对丈夫的愧疚。

早餐中间，这位做丈夫的毫无觉察，而戴薇尔夫人却不然：觉得瑞那夫人已濒临失足的边缘。这一整天，出于亲情，她敢于单刀直入，不惜用隐语，把她表妹所面临的险境，描绘得十分秽恶。

瑞那夫人急于想跟于连单独待一会儿，问问他是不是还爱她。女主人虽则不改温婉的秉性，可有好几次，差点儿要表示出来，叫她这位女友不要招人嫌。

当夜，进花园的时候，戴薇尔夫人巧作安排，自己正好坐在瑞那夫人与于连之间。瑞那夫人本来还存着甜蜜的想头：抓起于连的手放在唇边偷吻，其乐何如！——不想竟连说句话都不可得！

这桩拂意事，使她益发焦躁。有一情况，她想起来更后悔不迭，就是昨夜于连摸到她闺房来，她曾责备他做事太唐突，此刻却怕他今夜不再来。瑞那夫人早早离开花园，回房待着，又耐不住，便走去耳朵贴着于连房门谛听。虽则疑惑与热情交相煎逼，到底还是不敢推门而入。如此行事，岂不下贱之甚。内地不是有句俗话叫“自送上门，丑不可闻”吗？

府中的仆人，还没有全睡。为谨慎起见，她最后还是回到自己房里。两个钟头的等待，不啻两个世纪的折磨。

于连对他所谓的职责，一向是恪守不渝的；凡定下要做的事，就按部就班，一一做去，绝无丝毫差池。

时钟刚敲一点，他便悄悄溜出房间，确信男主人已睡得很沉，便走进瑞那夫人房里。这一夜，在情妇身边欢愉更胜，因为他没有时时刻刻想着要扮演什么角色。所以眼睛能看到娱目之色，耳朵能听见悦耳之音。瑞那夫人说起自己年纪，更增加了他几分自信。

"哎！我大出你十岁，你怎么会爱我呢？"她胸无城府，连说了几遍，因为这个想法，无形中对她是个压力。

想不到会有这种隐忧，而且看来还是实在的，这倒使于连几乎忘了怕闹笑话的惶恐。

因出身微末，怕被她看作下等情人的蠢见，也随之消失。于连情欢逾常，他那羞怯的女主人随之放下心来，从而也感到一点欢快，恢复了一点识力。幸亏这天他没有那么多假模假样，不比隔夜，把赴约幽会当作一场征战，而不是一桩快事。她要是看出他在硬扮角色，这可悲的发现，会把她所有的乐趣都剥夺一尽。因为除了年龄不相称外，她看不出还有其他原因可以导致可悲的结局。

瑞那夫人从未想到有什么爱情观之类，在内地，一谈到婚恋问题，除贫富悬殊之外，年岁差别，的确是插科打诨、夹枪带棒的现成题目。

几天之内，于连以其血气方刚的全部热力，爱得发疯发狂一般。

"应当承认，"他心里想，"她的灵魂像天使一般善良，而姿色更是天下少有。"

扮演角色的想法，他差不多全忘了。说到动情处，甚至把自己的担忧也告诉了她。这种呢喃私语，把他引发的激情，推到了巅峰状态。"这么说来，我并没有走运的情敌。"瑞那夫人喜滋滋地想道。她壮起胆子问他，那幅他十分关切的头像，画的是谁？于连赌咒发誓，说那是一个男人的头像。

等一个人静下来能想点事儿的时候，瑞那夫人不觉惊异：想不到世上竟有这样的快活。

"啊！"她心里想，"早十年认识就好了，那时我还可算得是美人儿呢。"

年龄这类想法，跟于连根本不沾边。于他，爱情仍是野心之属：一种占有的快乐。想他一个被人瞧不起的穷小子，竟然占有一位如此高贵这般娇艳的少妇！于连倾倒的情状，以及看到她艳色娇姿的欣喜，终于使瑞那夫人对年岁差别一点稍感宽慰。在比较开化的地区，一个女人到三十岁已经很懂为人处世了。瑞那夫人只要略略通点人情世故，就会对他的爱能维持多久，感到心惊胆战了，须知这类爱情，仅仅维系于色授魂与，维系于情场得意。

于连把野心一抛开，也会忘乎所以，赞赏起瑞那夫人的帽子和衣衫。那种香气，他闻了又闻，再闻也闻不够。他打开衣柜的玻璃门，一站半天，里面的一切，他都觉得华美、工巧，大为叹赏。瑞那夫人依偎在他身旁，凝视着他，而他，凝视着这些足可构成一份彩礼的珠宝衣物。

“我很想嫁给这样一个男人呀！”瑞那夫人有时这么想，“多么热烈的灵魂！跟他在一起，生活该多美妙！”

对于连来说，女性武库的骇人装备，还没有近观的机会。思忖：“即使在巴黎，想来也不会有更美的东西了！”所以，对眼前的艳福，也找不出任何反对的理由。瑞那夫人对他衷心赞佩，为他神魂颠倒，常常使他忘了那套无比实用的理论。正是那种理论，在偷情之初，害得他缩手缩脚，几乎变得非常可笑。有些时刻，尽管他虚假成性，觉得跟这位爱慕他的贵妇人，老实承认自己对一大堆小玩意儿不知有何用处，自是一种逸趣。情妇的门第，似乎也抬高了自己的身价。瑞那夫人这方面，对这位才华横溢，他年必有出息的年轻人，在一些小关节上略加指点，也觉得意趣无穷。不是连行政长官和瓦勒诺先生也不禁要说他几句好话吗；在她看来，这一点上，他们倒还不算太蠢。至于戴薇尔夫人，观感并不相同。个中情形，她已猜到八九分，感到无可为力，自己明智的劝告，反招这个迷乱失贞的女人厌恶，还不如一走了之。她离开苇儿溪时，也没作任何解释，别人也觉得不问为妙。瑞那夫人跟她道别，还流了几滴泪，但事过不久，似乎倍感快慰，因为这一走，她跟情郎可以朝夕厮守，几乎整天不离左右了。

于连也特别愿意陪伴这位相好，体味到一份温馨，因为每当独处时久，傅凯那要命的提议，又会来搅乱他的心绪。新的人生开头几天里，他这个从来不曾爱过，也从来没被爱过的人，会心血来潮，觉得做个坦诚君子亦人生快事，差点儿要向瑞那夫人和盘托出：时至今日，野心一直是他生活的要义。傅凯的提议，引得他心痒难挠；他很想向女主人讨教讨教，只因发生了点小小的口角，阻塞了开诚布公之路。

第十七章　首席助理

唉！青春的恋爱就像阴晴不定的
四月天，太阳的光彩刚刚照耀大地，
片刻间就遮上了黑沉沉的乌云一片。
——《维洛那二绅士》

一天黄昏，夕阳西下的时候，于连在果园深处避嚣习静，坐在女主人身旁，陷入了深思："这样甜蜜的时光，能延续久长吗？"他的心思，想到立身处世之难，感叹人生苦悲，童年才结束，对贫寒子弟，又开始艰难的少年岁月。

"啊！拿破仑真是当年上天为法兰西青年派来的使者！他的地位，谁取代得了？"于连失声自语道，"没有他，生而不幸的人能有什么作为？即使比我有钱也没用，勉强有几个子儿固然可以受到良好的教育，但还没富到可以在二十岁时买个替身去服兵役，使自己能全身心投入事业中去。"他长叹一声，又补上一句，"不管怎样，有了这段不可磨灭的回忆，教我们永远也快活不起来了！"

猝然间，他看到瑞那夫人双眉深锁，露出冷冷的轻蔑之状。这类感慨，女主人觉得匹配下贱，只有当用人的才会有。她是在富贵圈里长大的，认为于连理所当然亦该如此。她之爱他，千倍于自己的生命，根本不计及金银钱财。

她这些想法，于连又怎么猜得到。这一皱眉，又把他唤回到了现实的土壤。他很有急智，马上利口巧辞，把话圆过来，使这位坐在近旁草坪上的贵妇意会到，他刚才所说的，不过是重复这次出门从他木材商朋友那里听来的说法，俱是些异端的论调。

“对啦！别再跟那些人混在一起了。”瑞那夫人的口气，依然带点冷冰冰的意味；她此前的表情一直是最温柔不过的。

她的皱眉蹙额，或许可看作是对自己行为不检的悔咎，这对于连的幻想，不啻是当头棒喝。他暗忖：“她很善良，很温柔，对我也很关切，但她是在敌对营垒里长大的。他们特别害怕有雄心的人，此辈虽受过良好教育，却再无余钱去干一番事业。瞧那些贵族会落到什么地步，假如允许我们握有同样的武器，彼此进行较量的话！比如说我吧，竭智尽忠，为人正派——至少不让于瑞那先生——一旦当上维璃叶的市长会怎样？看我不收拾助理司铎和瓦勒诺，以及他们所有的鬼蜮伎俩！公理将在维璃叶大行其道！碍我路的，绝不是他们的才干。他们无非靠不断地摸索钻营。”

于连那份闲情，在这一天，本可望持续下去。只怪我们的英雄不敢开诚布公。关键是要有勇气迎战，而且还得及时出击。瑞那夫人对于连的话感到震慑，是因为在她那社交圈里，常听人说：罗伯斯庇尔辈的卷土重来，是大有可能的，尤其因为下等阶级中出了一批受过上等教育的有为青年。瑞那夫人把这种冷冰冰的神态保持良久，仿佛故意要做给于连看。于连那些不中听的话，她先就反感，拐弯抹角，扫了他一下，说完又有点惴惴不安。这份忧虑明显表露在她脸上，而每当她心情舒畅，远离俗客的时候，她的脸容总是十分清纯端雅的。

于连再也不敢放任自己胡思乱想了。热情稍退，头脑冷静下来之后，他觉得自己去瑞那夫人房间，有失谨慎。她来找我，岂不更好？万一她在屋里走动而给用人看到，找个二十种说法，推托干净，还不容易！

不过这样安排，也有不便之处。傅凯寄来的书，于连作为神学生，自己是绝不可能去向书商购求的。到了夜里，他才敢打开来看；无人打扰，才觉惬意。伫候玉人来，即使在果园口角之前，也是无法静下心来看的。

正是靠了瑞那夫人，于连倒对这些书有了新的体会。他敢于向她提问，问及许许多多琐事，一个不是出身于上流社会的青年，不管人家把他想得天分多高，也不可能懂得这些事，而不懂这些事，实质内容就无从理解。

这种爱的教育，得之于一位胸无城府的妇人，真是万幸。这样，于连能够直接看到当今社会的真相。他的头脑，不至于被过去，如两千年前的记载，或距今仅六十年，即伏尔泰与路易十五时代的陈述所蒙蔽。他感到说不出的高兴，遮在眼前的一道帷幕落下了，终于弄明白了正在维璃叶发生的许多事。

摆在眼前的，是以贝藏松省长为中心人物，策划了两年的计谋，情节相当复杂。这个计谋有巴黎函牍为之撑腰，而且还是显要人物的手谕。事关委任特·穆瓦罗先生——当地最虔诚的人物——为维璃叶市长的首席助理，而非二号助理。

竞争对手是一位有钱的制造商，现在的问题是，非要把这位巨富压下去，只能给他个副手当当。

当地上层人士到瑞那先生府上宴集之际，于连常听到一些藏头露尾的话，其中的意思，现在总算明白了。这个特权阶层为首席助理的人选忙得不可开交，而城里的其他人，连自由党人都猜不到有这宗事呢。此事之所以重要，谅必大家知道，维璃叶大街的东侧需缩进三四米，因为这条路已定为王家大道。

话说特·穆瓦罗先生有三幢房子属缩进之列。他倘若当上首席助理，继而——如果瑞那先生当选为国会议员——升为市长，那他就会打马虎眼，对伸出在公共道路上的房子，做一些可有可无的修整，又可维持百年之久了。特·穆瓦罗先生虽则奉教虔诚，廉正清白，但大家相信他是能够通融的，因为他有一大堆孩子要养。在应该缩进的房子里，就有九幢属于维璃叶最有权势的家族。

这一类阴谋诡计，在于连看来，比丰特努瓦战役，关系更重大；一七四五年，法军在比利时小镇丰特努瓦击溃英荷联军一事，他是从傅凯寄来的一本书中刚看到的。近五年来，晚上去本堂神父家读书，知道了许多使他吃惊的事。但谨慎与谦卑是神学士的首要品德，所以遇事也就不便多问。

一天，瑞那夫人吩咐她丈夫的当差，也就是于连的对头，去办一件事。

“不过，太太，今天是月底最后一个礼拜五。”回答的口气相当奇特。

“先去了再说。”瑞那夫人又嘱咐一遍。

“对啦！”于连过后问，“他是去那个干草仓库吧，那儿原先是教堂，新近又恢复做礼拜。但究竟是干什么的？这桩神秘事儿，我一直参不透。”

“这是一个公益组织，可是有点怪，不许女人进去，”瑞那夫人答道，“我所能知道的，就是里面的人彼此都称兄道弟。就说眼前的例子吧，这个当差到那里是去找瓦勒诺先生，别看瓦勒诺骄横颟顸，当差圣尚跟他可以没上没下，你我相称，瓦勒诺不仅不生气，还用同样的腔调跟他对答。如果你一定要知道他们干些什么，其中的细节，待我问问莫吉鸿先生，或者瓦勒诺先生。我们还替每个仆人付二十法郎，求个太平，不要有朝一日来抹我们的脖子。”

时光过得飞快。于连回味着相好的媚姿绰态，怡然自得，不怎么想起他那不可告人的勃勃野心。跟女主人既不能叹苦经，也不能说道理，因为分属对立的两垒。这种无奈的情形，无形中反增添了在她身边的愉悦，也加强了她左右他的潜力。

几个孩子非常懂事，有孩子在眼前，他们只能用冷静而理智的语言交谈。这种时光，于连显得极其温顺，两眼闪着爱的光芒，一面凝眸望她，一面听她讲说上流社会的情形。有时，讲起修路或供应方面的巧设机关、尔虞我诈，瑞那夫人说到半当中，突然会理路不清，不知所云。于连正听得出神，就嘟嘟囔囔埋怨起来，她便用亲昵的手势，像哄自己孩子一样哄他。因为有些日子，她蓦地产生一种幻觉，觉得她之喜欢他，就像喜欢自己的孩子一样。她不是老在回答他那些幼稚的问题吗？这些简简单单的事，换了世家子弟，在十五岁上就全懂了。但隔了一会儿，她又会对他钦佩得像对自己的师长。他的才能，已到了使她吃惊的地步。每天，她都相信能看得更分明一点：这个年轻的教士，定是他日的伟人。在她眼中，他就是教皇某某某，他就是首相黎塞留。

“等你名扬天下的时候，不知我还看得到看不到？”她问于连，“造就伟人的地盘已有了。朝廷和教会，都亟需人才哪！”

第十八章　国王驾幸维璃叶

难道你们只配像一具没有灵魂、
没有热血的尸体，给扔在那里？
——大主教在圣克莱芒教堂的演讲

九月三日晚十点，一个宪兵沿大街纵骑飞奔上来，把维璃叶全城都惊醒了。他传来一条消息：国王陛下将于礼拜天驾临维璃叶，而当天已是星期二。省长授权，也就是说下令，组织一支仪仗队，务必穷极奢华。一名专使急驰苇儿溪，瑞那先生当夜就赶回维璃叶，发现全城都欢腾开了。各人有各人的打算，好些无事忙就抢先去租阳台，以便凭眺御驾入城的盛典。

这仪仗队，归谁率领好呢？瑞那先生马上看出，为照顾那些拟议中需缩进的房屋，有必要委任穆瓦罗先生担任统领。这样，穆瓦罗先生就师出有名，可以谋取首席助理的要职。他的虔诚是无可指责的，迥出其类的，只是他这辈子不曾骑过马。此人三十六岁年纪，腼腆得无以复加，怕从马上摔下来，也怕当众闹笑话。

清晨五点，市长就派人把他请来。

"先生，想必看得出来，我此刻听取您的高见，就像先生已经身居要职了，那是众望所归，凡正派人都希望先生来荣任的。我们这个不幸的小城里，发达的是实业，成巨富的都是自由党人，他们渴望权势，便什么都会拿来当枪炮使。我们要以王上的利益为重，以朝廷的利益为重，尤其要以圣教的利益为重。仪仗队统领之职，依尊见，托付给谁为好？"

穆瓦罗先生尽管非常怕骑马，最后还是像殉教赴难一般，接受了这份殊荣。“到时我会好自为之的。”他向市长担保。剩下的时间，只够料理军装事宜了，这些军装还是七年前有位亲王巡幸时曾经用过一回。

早晨七点，瑞那夫人带着于连和几个孩子从苇儿溪赶回来。看到客厅里挤满了自由党人的太太——这次倒主张各党一致了；她们请瑞那夫人向市长大人求情，把她们的夫君安插在仪仗队里。有一位太太还说：要是她丈夫落选，他一定会心情抑郁，招致破产之祸。莺飞燕散，她们很快给瑞那夫人打发走了。女主人显得异常繁忙。

故示神秘，不肯说明所为何事，这使于连不仅讶异，而且生气。“我早就料到了，她府上一有迎驾的荣耀，爱情就退避三舍了。”想到这里，心里不无苦涩，“这阵热闹，已使她头昏目眩。等门第观念不再冲昏她头脑，她自会重新来爱我的。”

说也奇怪，他对她倒更依恋了。

府里一时拥进大批装潢匠。于连等候半天，连跟女主人说句话的机会都不可得。一次瑞那夫人从于连房里出来，拿着他的一套衣服，这才算找到个机会。此刻只有他们两人单独在一起，于连想跟她说话，但她不想听，匆忙逃了开去。“我真够蠢的，去爱这样一个娘们儿。夤缘攀附，使她变得跟她丈夫一样疯狂。”

实际上，她更疯狂。她的一大愿望——就怕于连不悦，一直没跟他说——是想看到他能脱去那身丧气的黑外套，哪怕一天也好。以她那样的淳朴，竟会使出如此手段，的确叫人佩服：她先后求得统领穆瓦罗和主政长官莫吉鸿的同意，委派于连当仪仗队员，而不再考虑其他五六个年轻人，他们都是殷实厂商的公子，其中至少有两人，品行堪称楷模。瓦勒诺先生打算把他的敞篷马车借给城里最有姿色的女流，借以炫耀其诺曼底骏马，但居然同意让一匹马给于连，虽然于连是他最恨的人。所有仪仗队员，都有自备的或借来的天蓝色漂亮制服，两肩饰有银质的上校衔肩章，那在七年前曾光鲜过一次。瑞那夫人想弄一套崭新的军装，而时间只剩了四天，需派人先到省城贝藏松去定做，再取回来。配备包括制服、马刀、帽子，总之，一个仪仗队员的全部行头。最有意思的是，她认为于连的服饰不该冒冒失失在维璃叶做。她有意叫他以及全城的人，都大吃一惊！

编组仪卫和顺应民情的事才告一段落，市长又忙于张罗盛大的宗教典仪。王上驾经维璃叶，不会不去朝礼一下名闻遐迩的圣克莱芒遗骸，安奉在离城六七里路的布雷－勒奥教堂。内廷希望出场的神职人员多多益善，这样事情就更难筹措了。马仕龙，这位新上任的本堂神父，正不遗余力要阻拦谢朗先生露面。瑞那先生认为此举不妥，解释了半天也枉然。特·拉穆尔侯爵已指定护驾随行而来，因为他祖上曾历任本省省督。侯爵与谢朗神父是三十年的知交，他到了维璃叶，必定会问起老友的近况。一旦得知神父去职，他会带上一大帮随从，到神父隐退的小屋上门拜访。这样一来，教人多难堪！

“谢朗神父夹在我的班底里，那我在维璃叶，在贝藏松，就算丢尽了脸，”马仕龙神父抗辩，“那是个詹森派的异端，我的老天！”

“不管你怎么说，亲爱的神父，”瑞那先生反驳道，“我可不愿让堂堂维璃叶市政府受拉穆尔侯爵的羞辱。侯爵的为人，你可能有所不知。他在当朝，深思远虑，极有识度；但到了这里内地，就会变成一个刺儿头，讽刺挖苦，无所不用其极，教人下不了台。而且，仅仅为图快一时，他也会教我们在自由党面前出尽洋相。”

经过三天磋商，直到星期六的后半夜，马仕龙的骄矜之态开始软化，因为市长已由谨小慎微，变得大刀阔斧了。于是，需拟一封措辞委婉的信，敦请谢朗神父光临布雷－勒奥教堂，参加圣骸瞻拜典礼，如果他不因高龄与衰迈而不良于行的话。谢朗神父复信提出一项要求，为于连谋取一份邀请，以便以助祭的身份随行。

礼拜天的大清早，成百上千的乡民从邻近的山区赶来，把维璃叶街道挤得水泄不通。这天天气晴朗，阳光明媚。临了，到三点光景，万众躁动，原来看到离维璃叶十里之外的悬崖上烽火骤起，宣告帝舆已进入本省辖地。接着，钟声四起，划归本城的一尊西班牙旧炮，连发数炮，以示欢庆。居民中倒有一半爬上了屋顶。所有妇女都俯在阳台上观瞻。这时，仪仗队出动了。光洁耀眼的制服，博得众人啧啧称羡。各人都在队伍里认自己的亲朋好友。穆瓦罗先生紧张的样子，成了大家嘲笑的对象。只见他伸出谨慎的手，随时准备去抓马鞍架。但有一件显眼的事，使众人忘了其余一切。那就是第九排排头的骑兵，是个英俊后生，颀长身材，起初看客没认出他是谁来。不一刻，有的人就怒不可遏，叫了起来，另一些人则惊讶得说不出话来，引起一种普遍的激奋情绪。大家终于认了出来，这个骑在瓦勒诺先生诺曼底骏马上的青年，不是别人，乃是木匠的杂种，于连这小子！这一下，所有的叫嚷都冲着市长来了，自由党人鼓噪得尤其凶。怎么！就因为乔装成教士的小工匠是他家娃娃的家庭教师，身为市长就敢胆大妄为，委派这小子当仪仗队员，而把某某殷实业主排挤在外！

“从粪土堆里钻出来的这小无赖，你们这些大人先生真该好好教训他一顿才是！”一位银行家太太说。

“这家伙很阴险，看他还挂了一把马刀，”旁边一个男人接口说，“他会翻脸不认人，划破他们脸的。”

贵族阶层的议论更可怕。那些阔太太猜测，这不合时宜之举，市长一人是否定得下来。市长瞧不起出身低微的人，一般说来，大家还是公认的。

正当众议哗然，于连自己却觉得无疑是天下最幸福的人。他天生胆大，所以骑马的姿势比山城里大多数小后生都优雅。他从女士们的眼神里看出，大家都在谈论他。

他的肩章格外璀璨，因为是簇新的。他的坐骑，时时扬起前蹄，昂然直立，他特别感到得意。

骑经旧城墙的墙根时，一尊小炮突发一炮，把他的马惊出了队列，更教他喜欢不尽。真是万幸，他没有摔下来，感到自己不愧是英雄。他就是拿破仑麾下的传令官，正挥师猛攻敌方的炮兵阵地！

但是还有一个人，比他更幸福。她从市政厅窗口见他经过，接着登上敞篷马车，迅速绕个大弯，赶上看到那马带他跃出行列，吓得她心惊胆战。然后，其马车飞快从另一扇城门出去，拐入国王就要经过的蹕道，在红尘十丈中，相隔二十步之遥，尾随着仪仗队。市长向国王陛下恭诵颂词之际，成万乡民频频高呼："吾王万岁！"一个钟头之后，听毕所有献词，国王行将入城，那尊小炮又连发数炮。这时，出了桩意外事儿，不是出在曾在莱比锡和蒙米赖[1]显过身手的炮兵身上，而出在未来的首席助理穆瓦罗身上。大道如砥，路上只有一个泥坑，谁知坐骑把此公软绵绵地放倒在坑里，酿成一场小小的风波，因为非得把人拖出来，王上的銮驾才能通过。

国王停驾在新落成的教堂前。这天，辉煌的教堂里，四壁高悬绛红的帷幔。主公将在此进膳，御驾随后再去瞻礼驰名的圣克莱芒遗骸。王上才进教堂，于连就飞骑返回瑞那府。一到就叹着气，急忙脱下漂亮的天蓝色军装，卸下军刀和肩章，重新穿上那身皱巴巴的紧身黑衣裳。他翻身上马，不出几分钟就赶到布雷－勒奥。这座教堂高踞山丘之巅，环境幽美。"宗教狂热引来了这么多乡民，"于连想，"维璃叶已挤不动人了，在这座古修道院周围围观的，又有上万人之多！"大革命时期杀人放火，这座古迹已摧毁殆半；王政复辟时期，重加修缮，壮丽更胜于往昔，而宗教奇迹的传闻，也开始不胫而走。等于连找到谢朗神父，先就受一番埋怨。神父交给他一袭黑道袍，一件宽袖的白法衣，于连很快换上，尾随谢朗先生去见年轻的阿格德主教。这位新任命的主教，是拉穆尔侯爵的侄子，已指定由他导引王上瞻仰圣骸，可是这位主教遍地找不着。

教士团已等得很不耐烦。一行人站在古修道院阴森的哥特式回廊里，敬候他们的主持。这次共召集二十四位本堂神父，庶几仿佛布雷－勒奥的旧教务会；旧教务会，在一七八九年大革命前，就由二十四位议事司铎组成。本堂神父相聚，对主教的少不更事足足感叹

1　莱比锡，德国东部城市。蒙米赖，法国东部城市。拿破仑分别于一八一三年与一八一四年在两地击败联军。

了三刻钟。后来觉得最好由教务会长老前去谒见主教大人，敬告国王即将驾到，亟宜速趋祭坛恭候。谢朗神父年高德劭，公举为长老。他尽管对于连老大不满，还是示意于连随行同去。于连身披宽袖白法衣，倒也很相宜。而且不知用了教会里什么梳理法，已把美丽的鬈发，梳得平平整整，但犹有一疏忽，在长长的道袍下，依稀能见到仪卫踢马的马刺，弄得谢朗神父加倍生气。

走到主教的住处，几个身高马大、穿金着银的男仆，对高龄的神父以不屑的口吻答称："主教大人不能谒见。"谢朗先生解释说，他以教务会长老的尊贵身份，自有权随时可进谒司祭的主教，那些仆役只觉得他可笑。

于连性高气傲，对下人的无礼，甚感拂意，就沿着修道院的静室跑了个遍，每扇门都推了一推。有一扇狭长的门，他一使劲，倒开了，随即进到一间净修室，周围尽是主教大人的随身侍从，都身穿黑礼服，颈挂金链条。见他神色匆匆，以为是应主教召见，就放手允行。于连前行几步，进到一间哥特式大厅，厅堂极暗，四壁都嵌有深黑色橡木护壁板；尖拱形的窗子，除一扇外，俱用砖石封死。泥水活做得很毛糙，一无掩蔽，与古代华美的细木护壁板，形成可悲的对照。这个大厅，系勃艮第公爵大胆查理于纪元一四七〇年为赎罪而修建的，在当地文物界颇负盛名。大厅的左右两侧，各置一长溜硬木祷告席，刻工极精，嵌木图案，色彩各异，从中可看到《启示录》里种种神奇景象。

昔日的华丽，给裸露的砖块和白刺刺的石灰减损不少，不无萧索的景况，于连看了不免感慨系之。他肃然站停。大厅的另一端，靠近唯一一扇透光的窗旁，有一座活动镜台，四边镶有桃花心木框子。见一年轻后生，身穿紫袍，上罩镶花边的白法衣，未戴帽子，站在镜前三步远的地方。这件家什，置于此处，未免有点不伦不类，无疑是从城里运来的。于连觉得这后生面有愠色，只见他右手对着镜子，庄重地作着赐福的手势。

“这是怎么回事？”于连心里想，“难道是一种仪式准备，要这年轻教士来做？也许是主教的秘书……说不定会像那些穿号衣的仆从一样无礼……管他呢，且待我上去试试。”

于连沿着长长的大厅，往前走去，步子很慢，目光望着那孤单单的窗子，看到年轻后生还在演习赐福的动作，手势极为徐缓，了不停歇，不知做了多少遍。

等走近了，那人脸上怏怏之色，也看得更分明了。那宽袖的白法衣，镶有一圈花边，极尽富丽，使于连走到离镜台几步远处，就身不由己停下步来。

“职责攸关，我应该说话。”他命令自己。大厅之美，入目动心，但一想到人家会说出难听的话来，先就觉得非常扫兴。

那年轻后生在穿衣镜里看到他，便回过头来，一改怒容，用极温和的口气问道：

“那么，先生，已经整理好了？”

于连一时摸不着头脑。等那后生转过身来，于连才看到他胸前挂的十字架：原来此人就是阿格德大主教！“这么年轻，”于连想，“最多不过比我大六七岁……”

而自己还带着马刺，更惭愧得无地自容。

“启禀大人，”于连羞怯地说，“我受教务会长老谢朗神父奉派……”

“啊，谢朗先生，有人向我举荐过，”主教话说得非常客气，于连心下大悦。“不过，请原谅，先生，我以为你是去取主教峨冠的。巴黎动身时，装箱子不当心，把帽顶上的银丝网压瘪了。就这么戴，有碍观瞻，”年轻主教显得很犯愁，“而且一再耽搁，我已等了很久。”

“倘若大人允准，我这就去把峨冠取来。”

这时，于连这双俊眼起了作用。

“那就偏劳了，先生，”主教措辞斯文，听来舒服，“因为马上要用。有劳教务会诸位伫候，实在很过意不去。”

于连走到大厅中央，回头看见主教又在做赐福的手势。“这是什么意思？”于连问自己，“想必是教会里的一种预习，为等会儿的典礼作准备。”他走回那间修行的密室，看到侍从之类，手里拿着那顶峨冠。在于连炯炯双眸逼视之下，他们不由得把主教礼帽奉上。

于连拿到帽子，颇有得色。穿过大厅时，放慢脚步，手里毕恭毕敬捧着峨冠。他发现主教坐在镜前，右手按说够累的了，还不时做着赐福的手势。于连帮主教把帽子戴正。主教晃了晃脑袋。

“啊！戴得很稳，”他对于连说，颇表满意，“请稍稍离开一点，好吗？”

于是主教快步走向房中央，接着转身，缓步朝镜子走去，脸上又现愠色，庄重地做着赐福的手势。

于连一下子怔住了。他很想问个究竟，但又不敢。主教突然停住，看着于连，目光已无凛然之色。

“你看我的帽子怎样，戴得合适吗？”

“非常合适，大人。”

“是不是太靠后了？靠后了，会带呆相。但也不能压着眼睛，像军官戴的高筒帽。”

“我觉得这样戴非常合适。”

“王上见惯年高德劭、老成持重的教士。所以，特别因为我的年纪，不要造成举止浮扬的印象。”

主教重新开始，一面走去，一面频频做大幅度的动作。

“显而易见，”于连终于敢自作解事，“他是在演习赐福典仪。”

过了一会儿，主教说：

“现在一切俱妥。先生，请速去通知教务会长老及其他各位。”

少顷，谢朗先生带着两位年事最高的神父，从一扇雕饰繁复的大门进来，这门于连原先倒没看到。但是这一次，按地位，于连留在最后。其余教士都挤塞在门边，于连只能从他们肩上望见主教。

主教缓缓穿过大厅。走到门槛边，随行的教士便列班成行。乱腾一阵之后，行列开始前进，同时唱起赞美诗。主教走在最后，介于谢朗先生与另一位老年神父之间。作为谢朗神父的随员，于连斜欠着身子，挤到主教大人身旁。一行人沿着布雷－勒奥修道院长长的甬道走去。尽管外面阳光亮得晃眼，甬道里却又阴又潮。最后终于走到内院口的柱廊。于连见白烛银台，华丽纷纭，不觉魂销魄夺。主教的年轻有为，激起于连的雄心壮志；主教的温文尔雅，又博得于连的无上欢心。这种礼数，与瑞那先生矜心作意的客气，即使在言和意顺的日子，也不可同日而语。于连心里想："越是接近社会的上层，越能见到文雅的风度。"

主教一行人从侧门进入教堂，突然，一声巨响，震得古教堂拱顶里隆隆之声不绝于耳，于连以为要塌下来了。原来还是那尊小炮，由八匹快马刚拖到，莱比锡参战炮手立刻架好，一分钟之内连发五响，好像普鲁士人就在面前。

不过，庆典的炮声，于连已入耳不闻，也不再想拿破仑及其武功。"年纪轻轻，就当了阿格德大主教！"他心里想，"但，阿格德[1]在哪儿呢？年俸有多少呢？说不定有二三十万。"

主教的仆从这时上场，齐举一顶富丽堂皇的华盖，谢朗先生抓过一根撑竿，其实交由于连擎着。主教在华盖下站定。平心而论，其容色行止堪称老成。我们的英雄真大为赞赏。"一个人只要知机识窍，就没有什么做不成的事！"他心里想。

王上终于驾到。于连得在近处一瞻帝王威仪，自感洪福不浅。主教致长长的颂词，情见乎词，当然也没忘了稍带一点诚惶诚恐，对王上愈益显得毕恭毕敬。

布雷教堂的盛典，记叙的文字已自不少，此处就不再费词。总之，一连半个月，省里的所有报纸，连篇累牍，全是这方面的报道。于连从主教的演说里，得知国王乃大胆查理的后人。

1　阿格德，法国东南部濒临地中海的城市。

事后，于连受委，去审核这次典礼的账目。特·拉穆尔侯爵为侄子捐了主教职位不算，还十分豪爽，承担这次活动的全部费用。仅布雷－勒奥典礼一项，所费即达三千八百法郎之巨。

主教与国王互致颂答之后，国王便置身华盖之下，然后，跪向祭坛旁的拜垫上，状极虔诚。唱诗班后面，是神职人员的祷告席，高出地面两级。于连坐在下面一级台阶上，靠近谢朗先生的脚边，仿佛罗马西斯廷教堂里牵裳曳袂的侍从挨着红衣主教一样。这时齐声诵唱感恩之词，香雾缭绕，枪炮齐鸣，乡民都陶醉于欢乐与虔敬之中。这样的一天，足以抵消雅各宾报纸三个月的宣传。

于连离王上只有六步之遥，见国王正一片至诚专务祈祷。他第一次注意到一个目光很有神的小老头，身上的礼服几乎没有繁缛的丝绣。但在简素的服饰上，佩有一条天蓝色的勋绶。他紧邻国王，比其他大臣都近，那些亲贵重臣，衣服上铺金绣银之盛，照于连的说法，简直连料子都遮掉了。于连觉得他骄恣跋扈，大有目无余子之概；稍后才得知，此人便是特·拉穆尔先生。

“侯爵大人，大概不会像这一位英俊主教那样彬彬有礼，”于连暗想，“哎，当了教士，才能使人变得和善、明达。不是说王上是来瞻仰遗骨的，圣克莱芒会在哪里，怎么没看到呢？”

身旁一个小教士告诉他，令人敬仰的遗骨奉安于大堂顶部，供在灵堂内。

“灵堂是怎么回事呢？”于连想。

但他不愿多问。这时，更提足了精神。

凡君主莅临瞻仰，按礼节仪制，主教一般不必由议事司铎伴随。但阿格德大人上灵堂去时，招呼了一下谢朗神父，于连也就大胆跟上。

爬上长长一道楼梯，才见到小小一扇正门，不过哥特式的门框倒镀得金碧辉煌，像是日前才完工的。

门前跪着二十四位绮年少女，都是出身维璃叶的阀阅世家。门开之前，主教也跪在这群俏丽少女之间，高声祈祷，其漂亮的花边、动人的风采、年轻而和悦的相貌，尽令少女看不足。见此情景，使我们的英雄连最后一点理智也失却了。此刻，他真可以为捍卫宗教裁判而舍身拼命，而且确是心悦诚服的。门突然开了，只见小小的灵堂灯烛辉煌。祭坛上点着上千支白烛，分成八排，各排之间，花束成行。圣殿门口，香雾氤氲，点的都是极品线香。灵堂窄小而高敞，重新描金之后焕然一新。于连注意到，祭坛上的白蜡烛，有的竟高可五尺。这群年轻姑娘见了，不禁啧啧连声。灵堂的前厅，只有二十四位少女，两名教士，外加于连，准予进入。

少顷，国王莅临，扈从只有拉穆尔侯爵和御前大臣。侍卫一律留在门外，俱各下跪，按剑致敬。

王上见了拜垫，与其说是即行跪下，还不如说是直扑下去。于连身子贴着涂金门，只有在这时，才从一位少女的玉臂下，窥见圣克莱芒动人的塑像。雕塑藏于祭坛之下，身披罗马年轻士兵的服饰，颈上有一道很宽的伤口，血好像还在流淌。噫！真可谓极造艺之盛事矣！临终的眼，微微合拢，满含感恩之情。一撮刚长出来的短髭，装点着那张可爱的嘴巴；嘴作半开半闭状，好像还在默默祈祷。于连身旁的少女，看了热泪盈眶，一滴珠泪正好滴在他手背上。

祈祷的那一刻，庄严肃穆。方圆十里之内，各村各镇，钟声四起，远远传来，隐隐可闻。阿格德主教请求国王允其致辞。他言辞简短，异常动人；结语朴实，效果更佳。

“年轻的信女，你们目睹当今最伟大的君王，跪在万能之主的仆人面前；此情此景，应当铭记在心，永生不忘！主的仆人，在尘世荏弱无力，受尽迫害，被杀身亡，如你们所见，圣克莱芒的伤口还在流血，但从天国传来了捷音。是不是，年轻的信女，你们会永远铭记今日此刻。你们将痛恨异端邪说。永远忠诚于主吧，忠诚于伟大、仁慈、法力无边的主！”

词毕，主教站起身来，威严逼人。

“你们能许诺否？”有若得到神示，他伸出前臂问道。

“我们许诺。”姑娘们涕泗涟涟，齐声回答。

“我谨以法力无边的天主名义，接纳尔等许诺。”主教用高亢的声音加上一句。盛典到此结束。

国王本人也感极而涕。过了好久，于连的头脑才冷静下来，探问当年罗马向勃艮第公爵，即世称仁心菲利普移赠的圣骸，究竟放在何处。答曰：藏在美妙的蜡像之中。

王上恩出格外，凡陪侍同进灵堂的少女，各赐大红缎带一条，上绣“万世辟邪，永生敬神”字样。

特·拉穆尔先生则赏乡民葡萄酒一万瓶。自由党人找到一个理由，入夜在维璃叶张灯结彩，灯火辉煌，强过保王党人百倍。王上回銮之前，还曾晤见特·穆瓦罗先生云云。

第十九章　多思则多忧

日常发生的事，其奇奇怪怪的一面，
往往掩盖了激情造成的真正不幸。
——巴纳夫

于连在拉穆尔侯爵住过的房里，归整家具，拾得一张折成四叠的厚纸。在第一页末，读道：

谨呈法兰西贵族院议员，王室授衔骑士，暨等等，拉穆尔侯爵大人阁下

这份呈文，字迹粗劣，只够厨娘的水准。

侯爵大人：

我一生信奉教理。九三年，可憎的回忆，围城期间，我在里昂，甘冒枪林弹雨之险，去领圣体。每当礼拜天，还上教堂望弥撒。复活节瞻礼，我也从不缺席，哪怕在九三年，可憎的回忆。我的厨娘，大革命前我雇有用人，她每礼拜五都做斋饭。我在维璃叶颇孚众望，而且，我敢说乃当之无愧。遇有迎神游行，我同神父和市长一起，走在华盖之下。凡重大节日，我都擎一支自费购买的大蜡烛。有关上述这一切的证件，均存巴黎财政部。请侯爵大人恩准具陈人经营维璃叶的彩票行，特此奉恳，因为该职

司不久就会空缺，现任主管已病得不轻，而且在议员选举时胡乱投票之类。

特·肖任拜启

呈文边上，有一条批语，署名为特·穆瓦罗。批语是这样开头的：

“递本呈文之良民，我咋（昨）天有辛（幸）与大人提及”云云。

“这么说来，连肖任这个小人也起着开导作用，在指点我该走什么路了。”于连暗想。

国王驾幸维璃叶之后的一礼拜内，当今王上啦，阿格德大主教啦，拉穆尔侯爵啦，一万瓶葡萄酒啦，可怜的穆瓦罗摔下马、想得勋章没到手、摔这跤可得养一个月才能出门啦，等等，相继成为众人的话题，也引发无数的流言，愚蠢的解说，可笑的议论，等等。甚嚣尘上的，是认为把木匠的儿子于连塞进仪仗队，是极端不当的事。关于这个题目，最好听听布商大佬的议论，他们没日没夜在咖啡馆鼓吹平等，把嗓子都喊哑了。据说，这件要不得的事，是傲慢的瑞那夫人一手做成的。理由吗？但看索雷尔小神父那双俊眼和那张嫩脸就足以说明一切了！

回苇儿溪不久，最小的孩子斯丹尼发起高烧来。这一下引得瑞那夫人悔恨不迭。她第一次这么日夜焦虑，责怪自己不该相爱。犹如神灵显迹，似向她点明所犯过错之大。虽然禀性诚笃，但直到此刻，她没曾想到自己在天主眼里罪孽会有如此深重。

从前，在圣心修道院时期，她敬奉天主曾达于狂热的地步；在眼前这情况下，她害怕神谴的心理也不相上下。她忧心如焚，这般惶恐，简直无理可喻。于连发觉，晓之以理，非但不能使她宽怀，反而惹她生气，视作魔鬼的语言。因为于连也很喜欢小斯丹尼，跟她谈谈孩子的病倒还投合。但病情不久就严重起来。抱恨终日，瑞那夫人竟至于辗转反侧，夜不成眠。整天板着脸，不说一句话，若要开口，那准是向天主与世人认罪了。

“我求求你，”单独相对时，于连对她说，“千万不要跟任何人说。你的苦楚，说给我一人听吧。如果你还爱我，就别声张。因为你就是说出来，斯丹尼的烧也不会退的。”

好言劝慰，全不管用。只怪他不明白瑞那夫人的想法。瑞那夫人认为：天道忌全，为了使主息怒，就得恼恨于连，否则只好眼看儿子死去。正因为对情人恨不起来，所以才这么深自痛苦。

“你先避一下吧，”有一天女主人对于连说，“看在天主分儿上，离开这宅子吧。你在这儿，会断送我儿子性命的。”

“这是主对我的惩戒，”她低声又说，“主是公道的，我唯有低首归心。我犯的罪太可怕了，从前一直没引起良心责备！这是主弃绝我的第一个暗示，我该加倍受罚。”

于连深受触动。他看不出其中有任何做作或虚夸之处。“她以为爱我会要了她儿子的命，而这可怜的女人爱我又远胜于爱她儿子！是呀，无可怀疑，悔恨会把她折磨死的；由此可见出感情的伟大。但是我，这么穷，这么不懂事，这么没教养，有时举止又这么粗鲁，怎么能激发出这样一种爱呢？”

一天夜里，孩子病得更凶了。清晨两点，瑞那先生来探望。孩子热度很高，小脸烧得通红，连父亲都不认得了。突然间，瑞那夫人跪倒在丈夫脚边，于连看出她会全部招认，毁了自己的。

幸亏瑞那先生觉得她举止乖张，很不耐烦。

“我走啦，再见！再见！”他一边说，一边忙不迭要走。

“不，你听我说，”女主人跪在他面前，想把他拦住，“我把实情都告诉你吧。孩子是死在我手里的。是我生下他来，又要了他命。现在老天来惩罚我：在天主眼里，我就是凶手。我该毁掉自己，辱没自己。也许做出这种牺牲，才能消得天怒人怨。”

瑞那先生倘有点想象，个中情形就全明白了。

“胡思乱想，”他嚷嚷着甩开他女人，她正拼命想抱住他膝头，“全是胡思乱想！于连，等天一亮，就派人去请大夫。”

说完，回房睡觉去了。瑞那夫人跪倒在地上，人懵懵懂懂的，于连想去扶她，她像抽风一般，忙把他推开。

于连瞠目不知所措。

“这就是通奸的报应！”他心里想，“那些刁猾的教士……还倒真有理了呢。世事会这样吗？他们作恶多端，反倒得天独厚，对罪恶有了真切的了解？事情会这样奇怪……”

瑞那先生走开已有二十分钟，于连一直看着他所爱的女人。她头靠在孩子的小床边，一动不动，像失去知觉似的。“这个很有天分的女人，掉进了苦海，就因为认识了我。”他心里想。

“一小时一小时过得很快。我能为她做点什么呢？得当机立断。这事牵涉到的，不仅仅是我一人。那些臭男人和他们无聊的做作，与我何关？我能为她做点什么呢？……离她而去？那无异于让她一人去面对苦难。这个木头丈夫，帮不了忙，只会害她。他那粗鄙性子，说出几句难听的话来，真可以把她逼疯，逼得从窗口跳下去。

“如果撇下她，不再监守在旁，她会统统向丈夫招供的。谁知道，也许不顾她带来的偌大陪嫁，这做丈夫的会扬锣捣鼓地大闹。她可能统统告诉……天哪！……告诉马仕龙那坏东西；马仕龙身为神父，借口这六岁孩子生病，整天待在这屋里，不会没有意图的。她在伤痛中，加上对主的敬畏，会忘了所知关于此人的种种，而只看到他是个教士。”

“你快走开。”瑞那夫人睁开眼来突然喝道。

“只要于你有利，我会万死不辞，”于连答道，“我从来没这么爱过你，我的天使；或者不如说，正是从这一刻起，我才开始像应当应分的那样爱你。远离了你，而且明明知道你是因我而这么痛苦的，我何以自处呢？但是，现在的问题不是我痛苦不痛苦。你要我走，可以，亲爱的。但是，我一走，不再守着你，不再介于你与你丈夫之间，你就会把一切都告诉他，那你就毁了你自己。你要想到，他会用卑鄙的手段，把你扫地出门。整个维璃叶，整个贝藏松，都会谈论这桩丢人事。他们会把所有过错都推到你头上，叫你忍辱负重，一辈子都抬不起头来……”

“那我正求之不得呢，”她挺身嚷道，“让我受苦吧，再好不过啦！”

“不过，这事一闹大，也会教你丈夫倒霉的！”

“我就要糟蹋自己，自甘卑污，这样，或许可以救我儿子。这般丢人现眼，人人都看得见，或许可算得是当众赎罪？依我的浅见，我对主能做的牺牲，也无过于此了……或许天主会矜怜我拳拳之忱，而饶了我儿子！只要你指得出还有更凶的惩罚，我马上扑上去。”

“还不如让我来惩罚自己呢。我也是有罪的。要不要我去进苦修会？那里的生活，严刻自律，可以抚平你的主……啊！天哪！斯丹尼的病，但求我来生……”

“啊！原来你也喜欢他，你！”瑞那夫人立时站起来，扑进他怀抱。

随即，又不胜厌恶地把他推开。

“我相信你！相信你！”她跪下来继续说道，“唉，我唯一的朋友！为什么你不是斯丹尼的爸爸呢！那样的话，我爱你胜过爱你儿子，就不是什么可怕的罪过了。”

“你允许我留下来吗？今后，我就像弟弟那样喜欢你，可以吗？这才是唯一合乎情理的赎罪方法，可以消弭万能之主的怨怒。”

“而我，”她倏地站起来，把他的头捧在手里，跟她的眼睛隔开一点距离，“而我，把你当弟弟来喜欢，可以吗？我做得到吗？”

于连听后，眼泪涌了上来。

“我听你的话，”他倒在她脚边，“不管你下什么命令，我都听你的；我现在只有这条路了。我头脑昏乱，一点主意都想不出。如果我一离开，你向丈夫招认，就会毁了你自己，连带把他也毁了。闹了这桩笑话，他这辈子就休想当议员了。我留在这里，你会认为你儿子的死是我引起的，你会痛不欲生。要不要试一试，我暂时走开，看看有什么影响？如果你愿意，为我们的过错，我来惩罚自己，离开你一个礼拜，如何？你指定一个地点，我去躲一个礼拜。比如说，到布雷－勒奥修道院去。但是，你得发誓，我不在期间，你一个字都不能对丈夫说。你记着，你要说了，我就回不来了。”

她应许，他走了，但不到两天就给叫了回来。

“没有你在眼前，我简直没法信守诺言。要是你不在这里，时时刻刻用目光命令我守口如瓶，我会跟丈夫说的。啊，这可怕的生活，每一个钟点，都像漫漫一整天。”

最后，苍天见怜，对这位可怜的母亲发了慈悲：斯丹尼慢慢过了危险期。但是坚冰已经打破，她的理智已知罪孽之大，心里再也不能恢复平宁。歉疚之感，盘踞不去，在一颗这样真诚的心里，是当然的事。她的生活，摆动于天堂与地狱之间：看不到于连，就像掉进了地狱；匍匐于他脚边，无异于进了天堂！

“我已不存任何幻想了，”她对他说，甚至在敢于纵情欢娱的时光也这么说，“我咎由自取，无可挽回。你还年轻，受了我的诱惑，老天会饶恕你的；但是我，该下地狱。我从某种迹象看出来了。我着实害怕：谁看到地狱会不怕？不过内心深处，我一点也不后悔。要我再失身的话，我还会如法炮制的。只要上天别在今世惩罚我，别惩罚到我孩子头上，我就心满意足了。”换了别的时候，她又会狂呼道，“至少你，我的于连，你很快活，是吗？你感觉我爱得深不深？”

于连生性多疑，又自负不浅，尤其需要一种肯于牺牲的爱；但面对一种如此伟大，如此分明，而且时时刻刻都在做出的牺牲，他也顶不住了。他对瑞那夫人不胜慕恋。“她尽管是贵族，而我，一个木匠的儿子，却为她所爱……我在她身边，并不是一个身兼情人的仆人。”担忧一去，于连重又堕入爱的疯狂，连带着又产生致命的怀疑。

“我们能在一起消磨的日子也有限，”女主人看到于连对她的爱似有怀疑，便排解道，“至少，我要使你非常快活！咱们得抓紧点！

也许明天，我就不再属于你了。如果上天罚到我孩子头上，即使我愿意为你活在世上，事实上也办不到了，我不能不这样想，是我的罪孽害了他们的性命。受到这样的打击，我会活不下去的。即使想活也不成，我会发疯的。”

“唉！你的过错我能揽过来，由我一人来担待，那多好，就像你上次那么慷慨，对斯丹尼的病，愿以身代一样！”

于连对女主人的感情，因这场严重的精神危机，性质都变了。他的爱情，不再仅仅是对美貌的倾倒，不再仅仅是对拥有娇姿艳质的得意。

经此劫难，他们的欢情，具有一种更高的品位；两人的情焰，程度也更炽烈。娱情悦意，充满疯狂。以世俗的眼光看，他们似乎更销魂了。但是，相恋之初那种偷闲一刻的甘美，了无云翳的欢快，易于得到的佳趣，再也寻觅不来。那时节，瑞那夫人唯一的担忧，是怕于连爱得不够热烈；现在，他们的欢娱，有时带有犯罪的色彩。

在最快活，表面上也最舒泰的时刻，瑞那夫人会突然像抽风一般，攥住于连的手，惊呼：“啊！我的天，我看到了地狱！多怕人的刑罚！我真是罪有应得！”她缠着他不放，像常春藤攀附在墙上一样。

于连竭力想使这颗躁动不宁的心平静下来，往往都徒劳无功。女主人抓起他的手，狂吻不已。接着又阴森森地遐想起来：“地狱，地狱对我也许是一种恩典：死前，在这世上还可以同他一起过上几天。可是，地狱就在现世，那就是孩子的死……然而，以这为代价，我的罪孽或许就可赎清……啊，伟大的主！但愿不要用这样的代价，换得你的饶恕。可怜的孩子并没违连你；我，只有我，才是唯一的罪人：我爱上一个男人，可叹这男人不是我丈夫。”

于连后来看到，表面上，瑞那夫人也有心情比较平静的时候。她力图一切由她一人承当，不愿荼毒意中人的生活。

在爱恋、悔恨、欢娱的交叠中，日子过得如闪电一般快。于连也浑浑噩噩，失去遇事三思的习惯。

话说艾莉莎姑娘有桩小小的官司，要去维璃叶出庭。几经接触，发现瓦勒诺对于连很不善。她本来就恨这个家庭教师，不免常常谈起。

“我把实话说出来，先生，你就会断送我的！”一天，她对瓦勒诺说，“你们东家之间，碰到大事情，都是一个腔调。我们穷苦的底下人，多说了几句闲话，做东家的就永远饶不了了……”

听了这几句门面话，瓦勒诺很好奇，就迫不及待，用了一点手段，叫她择要说来，结果得知一桩最伤他自尊的事。

对这位当地最高贵的女人，六年来，瓦勒诺可谓殷勤备至，更倒霉的是，还闹得满城风雨。瑞那夫人对他一百个瞧不起，多少次弄得他面红耳赤下不了台。而这高傲的女人，竟挑了一个装成家庭教师的小工当情夫！最让丐民收容所所长气不过的是，堂堂市长夫人对这个情郎还特别多情。

“而且，”贴身女仆叹了口气说，“于连先生没费一点事儿就把太太搞到手了。对太太，他也不改常态，依然是冷冰冰的。”

艾莉莎是到了乡间，才有了确切的把握，但她相信，两人之间往来由来已久了。

“没错儿，就为这个缘故，于连先生那时才一口回绝，不肯娶我，”她说起来，不无怨怒，“而我，还糊涂到向瑞那夫人讨主意，求太太去跟家庭教师说句好话。”

就在当天晚上，瑞那先生接到城里寄来的报纸，附有一封长长的匿名信，提供出大量的细节，告诉他府上发生的一切。信是写在浅蓝色信纸上的，于连注意到瑞那先生看信时脸色刷白，还向自己投来厌恶愤怒的目光。市长的心绪缭乱不堪，整个晚上都未见平复。于连有意巴结他，想请教勃艮第名门望族的谱系问题，但终归谈不起来。

第二十章　匿名信

不要太恣意调情，血液中的火焰一旦熊熊燃烧，最坚强的誓言也就形同干草。

——莎士比亚《暴风雨》

半夜时分，大家离开客厅之际，于连捉了个空，对女主人说：

“今晚别见面了，你丈夫起了疑心。我可以打赌，他边看边叹气的那封长信，准是封匿名信。”

幸亏于连一回房，就把门上了锁。瑞那夫人有个糊涂想法，以为这个警告，只是不想见她的推托。她真昏了头，还按往常时刻到他房门口去。于连一听到甬道里有响动，就立即吹灭了灯。有人在使劲推他的门，是瑞那夫人，还是妒火中烧的丈夫？

第二天一清早，祖护于连的那厨娘送来一本书，封面上用意大利文写着：Guardate alla pagina 130[1]。

这种冒失的做法，于连收到了书，还心有余悸。他马上翻到一百三十页，发现用别针别着一封信。信是匆遽中写就的，拼法错误也顾不到了，还有泪水漫漶之处。瑞那夫人平常拼写都较注意，小处这一出入，对他也有触动，把这桩吓他一跳的不慎之举，也淡忘了一点。

今晚你不愿见我，是吗？有时候，真觉得看不透你的

1　意大利文，意为：见130页。

心。你的目光，令我畏怯。我怕你。我的天！会不会你从没爱过我？果真如此，倒不如让我丈夫发现我们相爱，把我禁闭起来，关在乡下，隔断与孩子的往来！或许这正是天意所在。那我很快就会死的。而你，将是一个地道的恶魔。

你不爱我了？对我的痴情，我的悔恨，感到厌倦了？你这个没信仰的家伙！想断送我？教你一个简便的办法。去吧，把这封信在整个维璃叶张扬开来。或者，省事些，就交给瓦勒诺此人也可。告诉他：我爱你。——不，别说这样不敬的话。告诉他：我仰慕你！我的人生开始于见到你的那天。告诉他：即使在疯疯癫癫的少女时代，你赐予我的那种幸福，也是连做梦也未想到的。为你，我已牺牲了自己清白的一生；为你，我还牺牲了自己的灵魂。你想必知道，我的牺牲远不止于此。

但他懂得什么是牺牲，他瓦勒诺？把这些话告诉他，就为了气气他，说：我什么恶人都不怕；于我，世上只有一种不幸：那就是看到唯一使我对人生有所依恋的人——变心。偷生何益？奉献生命，从此不必再为孩子提心吊胆，对我说来，真是快事一桩！

不用怀疑，亲爱的朋友，假如是匿名信，那必定出自那个讨厌鬼；此人用粗声大气的嗓门，跃马越沟的奇谈，虚骄自大的得意，还有对他优胜处的喋喋不休，来纠缠我已达六年之久。

匿名信到底有没有？坏东西，这正是我要跟你考量的，不过，你做得对。我要把你紧紧抱在怀里，也许这是最后一次——这样就无法冷静商讨问题了，像我一个人独自思考时那样。今后，再要寻点快活，就不易了。对你，是一桩拂意事吗？是呀，特别是未收到傅凯寄来有趣的书的那些日子。箭在弦上，非做出牺牲不可。不管有没有匿名信，明天，我要告诉丈夫，说我接到一封匿名信。眼下该给你一笔重酬，找个说得过去的借口，立刻把你遣回你父兄家。

唉！亲爱的朋友，我们就要分开半个月，也许一个月！好吧，我说句公道话：你一定会深感痛苦，不会亚于我的。总之，唯有此法，才能抵消匿名信的恶劣影响。我丈夫收到的匿名信，涉及我的，这也不是第一封了。唉！我一向都付之一笑！

此举的目的，是要我丈夫相信，信是瓦勒诺写的；我不怀疑，就是他搞的名堂。你离开此地，务必要到维璃叶去住。我会想出办法，使我丈夫也想到要去那里住上半月，以此向那些蠢货表明我与他之间，关系并未冷淡。到了维璃叶，你要广交朋友，哪怕是自由党人。我知道，那些太太都会来追你的。

切勿跟瓦勒诺闹翻，也不要像你有一天说的，去割他耳朵，相反，该跟他眉开眼笑。关键是要让维璃叶人相信，你要改换门庭，去瓦勒诺府或别人家，教他们孩子去了。

我丈夫最气不过的，就是这事。要是他忍了，也好啊！至少，你人在维璃叶，有时还能见面。我几个孩子都很喜欢你，他们会去看你的。天哪！我觉得我更喜欢我的孩子了，就因为他们喜欢你。这就够我歉疚的了！不知这一切，如何了局？……我也迷惘了……总之，你得明白该怎么做人。尽量和气一点，客气一点，对那些粗坯也不要露出鄙夷不屑的样子，我跪下来求你还不行么！要知道，我们的命运，要由他们裁定。一刻都不要怀疑，对你的处置，我丈夫自会以舆论为转移。

现在要你为我准备一封匿名信：以耐心为武器，拿剪刀当装备。任取一本书，把你看到的下面这些字从书中剪下，再用胶水一一贴在附上的浅蓝信纸上，这信纸乃瓦勒诺先生之物。要提防会搜查你的房间，故剪剩的书页，务必烧掉。如找不到现成的词，那就耐心点，一个字母一个字母地拼起来。免得你多受罪，我把信拟得很短。唉！你要是不再爱我，正如我担心的那样，那你一定会嫌信太长了！

匿名信

夫人：

你那夜去明来之事，神人共知；妄想息事宁人之徒，已受警告。算我对你还有一点情意，奉劝你跟乡下小伙子及早一刀两断。这件事上你如果还有三分聪明，你丈夫就会相信：他收到的告发信，乃是圈套一个；咱们何妨让他发昏下去！要知道，你的秘密已捏在我手中。发抖吧，不幸的女人！从今以后，要你来就来！

等你把此信（所长讲话的声气，不是依稀可辨吗？）的字句贴完走出房来，我会迎上来跟你会合的。

然后，我去村里，回来时面色惊慌。事实上，也真弄得我惊惶不已。老天爷！这在搞什么名堂？凡此种种，都因为你猜测来了匿名信！总之，我会神色大变，把信递给丈夫，说那是一个陌生人交给我的。你嘛，领孩子到大树林那条路上去散步，一直到吃晚饭再回来。

站在悬崖高处，你可以望见塔楼上的鸽巢。事情顺利，我就挂一块白手绢；否则，任何标记都不留。

出去散步之前，薄情郎，难道你的聪明肚肠就想不出办法跟我说一句你爱我？不管发生什么事，有一点是确然无疑的：到最终分手之日，我不会苟延残喘，多活一天的！啊！坏妈！我刚写下这两个字，这两个空无意义的字，亲爱的于连！这两个字的含义我体会不到。此刻我心心念念想的，唯你一人。故我自己写下这两个字来，免得受你责备。眼下，看来已到失去你的关头，瞒着不说又有何用？是的，你会觉得我心太狠，但是，别让我在所爱面前说谎吧！我一生中，瞒骗的事也只嫌其多。得啦，假如你不再爱我，我也原惊你。此信，我已无暇再看一遍。那些在你怀里度过的幸福时光，即使要我以生命去换取，我也在所不惜。你会知道，我将为此付出更大的代价。

第二十一章　与主人的谈话

> 唉！这都是我们生性脆弱的缘故，不是我们自身的过错；因为上天造下我们是哪样的人，我们就是哪样的人。
>
> ——《第十二夜》

于连像小孩子一样快乐，花了一个钟头，才把字一个个粘好。他走出房间，就碰到他的学生和他们的母亲。她接过信去，像一桩平常事儿，显得很有胆识；见她这般镇静，于连反吃了一惊。

“胶水干了吗？”她问。

“就是这个女人吗？前不久给悔恨搅得神昏意乱的？她此刻又有什么妙计？”高傲如他，当然不屑置问。但是，她也许从未像现在这样的讨他喜欢。

“如果大事不好，”女主人说话的口气，还是那么镇静，“我的一切，都不再属于我。这盒子，你到山里找个地方埋好，也许哪一天，会成为我唯一的财源。”

说着，交给他一只摩洛哥羊皮的红色首饰盒，盖面是一块玻璃，满盒都是黄金，还有几颗钻石。

“现在，你们走吧。”她对于连说。

瑞那夫人亲了亲孩子，对最小的一个亲了两遍。于连肃立一旁。她快步从他身边走开，连看都不再看一眼。

瑞那先生从拆开匿名信那一刻起，他的生活就像天塌地陷一般了。一八一六年，他差点儿要跟人决斗；打那以后，他的心情还没受过这么大的震荡。而且，说句公道话，当时挨枪子儿的下场，也不会像今天这样惨痛。他拿着信，翻过来覆过去看个没完："这不是女人的笔迹？真是这样，会是哪个女人写的呢？"他把维璃叶方圆内所认识的女人，在脑子里过了一遍，也无法确定该怀疑谁。"也许是哪个男人口授的？那么，这男人又是谁呢？"想到这里，还是同样的没把握。相识者中，大多数人都嫉妒他，当然也就恨他。"应该去问问我老婆。"习惯使然，他就这么想；立时，从他瘫坐的那把扶手椅里站了起来。

刚站起来，"天哪！"他拍着自己脑门，"尤其是她，特别得提防；眼下，她才是我真正的仇敌。"气愤之下，眼泪都涌了上来。

铁石心肠，是内地人实用的处世之道。此刻，瑞那先生最怕的两个人，恰恰是他两个最好的朋友，正是平日狠心的报应。

"除了他们，也许还有十几个朋友。"他一一考量下来，估计从每人处能得到多少安慰，"全都一样！全都一样！"他狂怒不已，"看我倒霉，他们高兴都来不及呢！"聊以自慰的是，觉得自己遭人嫉妒，不为无因。城里，他的邸宅富丽堂皇，不久前曾叨皇恩临幸驻跸；而苇儿溪的古堡，也已大事修葺一新。古堡的外墙，一律刷成白色，窗户都配上漂亮的淡绿色百叶窗。想到那份奢华，一时里又大感安慰。古堡形胜，十里之外都能望见；相比之下，邻村近廓的那些所谓别墅或古堡，由于日晒雨淋，一片暗灰色，就相形见绌了。

能指望的，只有一位朋友会一掬同情之泪，那就是教区的司库，不过此人是遇事只会掉眼泪的蠢货。然而，所剩也只这点儿巴望了。

"还有什么不幸可以跟我的相比！"他吼了起来，"真叫孤独呀！"

"可能吗？"这个大可怜悯的人自语道，"我倒霉时，竟没个朋友可以商量商量？我现在有点神志不清，自己都能感觉得到！啊！法尔戈！啊！杜克洛！"他痛呼道。这是两个童年时代的朋友，一八一四年，由于自己倨傲而渐加疏远。两人都不是贵族，是他发誓想要改变与他们称兄道弟的口气。

叫法尔戈的那位，人很聪明，心地也好，原先在维璃叶做纸张生意，后来在省城盘下一家印厂，办起一份报纸。圣公会执意要他破产：报纸被查封，印刷执照也给吊销。落到了这个地步，在相隔十年之后，法尔戈破题儿第一遭给瑞那先生写信求援。维璃叶市长认为应该用古罗马人强直的态度作复："倘蒙朝中重臣垂询所及，或拟答告：内地印厂，慎勿心慈手软，使之破产可也。印业正宜与烟草同归国家专营。"这封写给知交的信，当时在维璃叶传诵一时；今天瑞那先生想起其中的措辞，便觉字字诛心。"谁会想到，以我的地位、财产和勋衔，竟有悔不当初的一天！"他抚胸呼天，时而责己，时而怨人，过了沉痛的一夜，亏得他没想到要去偷探妻子的动静。

"我跟茹伊丝过惯了，"他心里想，"我所有的事情，她都知道，如果明天还我自由，重新结婚的话，一时里倒还找不到可以替代她的人。"这样想来，倒宁可认为太太是清白的。据此，便觉得不宜意气用事，何妨通权达变。妻子受谤这类事，也不是没见过！

"哎，怎么！"他突然喊出声来，走路的步子也跌跌撞撞的，"把我当受气包，任她和奸夫来捉弄我，好像我是个废物，跟要饭的差不多！难道要让整个维璃叶来嘲讽我的宽厚？对沙米亚（这是当地人所共知的一个戴绿头巾的丈夫），什么难听的话没说过呢？一提起他的大名，谁不咧开嘴笑？他是个好律师，但是他的辩才还有谁去提？啊！沙米亚！大家管他叫贝尔纳的沙米亚，用挑他做乌龟的那人名字来恶心他。"

瑞那先生在另外的时候又想，"谢天谢地，幸亏我没有女儿！对这个为娘的，不管我用什么方式惩戒，都不会妨碍几个孩子的前程。我可以把这乡下小伙子和我老婆一起捉住，双双杀死；出了人命，以悲剧告终，这桩风流案就不会留下笑柄了。"这个念头颇合他的心意，就细细到到地想了下去。"刑法是站在我这边的。哪怕出了天大的事，圣公会和陪审团里的朋友自会帮忙。"他拿出猎刀来看，刀刃锋利无比，但一想到要流血，先自怯缩三分。

“或者把这个肆无忌惮的教书匠痛打一顿，赶走了事。不过，这样一来，在维璃叶，甚至在全省，就会闹得沸沸扬扬！法尔戈的报纸被查封之后，我还使刑满出狱的主笔，丢了有六百法郎进款的差事。听说这个文丐又在贝藏松抛头露面，他很可能施其狡狯，把我取笑一通，而我却无法拖他上公堂。拖他上公堂！……这无赖会旁敲侧击，暗示他说的是真情实事。像我这样一个出身高贵、地位显赫的人，总会见恨于平民。到时，我的大名会登上巴黎那些可怕的报纸。唉，天哪！真是险恶！眼看瑞那古老的姓氏，落入嘲讽的泥淖……万一出门旅行，还得改名换姓才行。怎么！得抛弃这个造就我荣名和权势的姓氏？那真倒透了霉！

“假如我不杀老婆，让她出丑，把她赶走，那她贝藏松的姑妈会把全部财产直接传给她。我老婆就会捎带于连去巴黎逍遥。而维璃叶的人迟早都会知道，我还是一样被看作受了老婆骗。”这不幸的男子，看到桌上的灯火渐暗，晓光初露，便到花园里去呼吸新鲜空气。此时，他主意差不多已经打定，决定暂不声张，尤其因为想到声张出去，会让他维璃叶的好朋友们大开其心！

在花园里转了一圈，平静了些许。“不，”他嚷道，“太太不能丢，她对我太有用了。”他设想，家里没有老婆成何体统。他除了 R 侯爵夫人，没有第二个亲戚，可是这位侯爵夫人，不但年迈，而且痴呆，再加为人刻薄。

一个大有深意的想法浮上他的心头，但实行起来，需要有相当魄力，却远非这可怜虫所具备的。退而求其次，他想：“老婆现在先留下，哪一天她惹了我，我就责备她行为不检点，我知道自己会这么做的。她面子上下不来，咱们难免闹翻，但事情发生得早了一点，姑妈的遗产还没继承到手。这一下，我还不给人家取笑！我太太喜欢她的孩子，最后会把财产全留给他们，而我，却成了维璃叶的笑柄。‘怎么，连对付老婆这点本事都没有！’看来疑心归疑心，不必去弄个水落石出。但这样一来，不是捆了自己手脚，以后倒不便去指责她了？”

过了一会儿，瑞那先生受到伤害的虚荣心又发作了，把在维璃叶娱乐场所或贵族俱乐部的弹子房里听到的种种说法，努力回想起来；常有哪个爱说怪话的家伙，趁押赌注的间歇，把某个戴绿头巾的丈夫当作话题，拿来取笑。现在想来，这些戏言都谑近于虐，好不残忍。

“天哪！我老婆为什么不死掉，这样一来，我就不会成为笑柄了。为什么我不是孤寡一人！那我可以到巴黎去，在上等社交圈混上半年。”鳏居的想法给了他片刻的快意，接着，又转回来想用什么方法，去查明真相。何不等半夜里大家都睡了，在于连的房门前撒上薄薄一层麸皮？第二天早晨在光线下，就能看出脚印来。

“这个办法不太高明，”他旋即吼道，“艾莉莎这坏妞会看出来，于是阖府的人，马上会知道我在吃醋。”

在娱乐场所还听到一个故事：有个当丈夫的，拿根头发丝，用一点蜡，像贴封条似的，分别粘在妻子与风流小生的门上，从而证实了这桩背兴事。

犹豫了半天，觉得后一种查法肯定最好，大可一试，不料在小径拐弯处，碰上那个恨不得见其死掉的女人。

她刚从村里回来。她是去苇儿溪教堂望弥撒的。有一个传说，在头脑冷静的哲学家看来觉得不可靠，但她却极为相信，认为现在大家去的那个小教堂，就是当年苇儿奚领主大人古堡里的圣堂。瑞那夫人每当在教堂里祈祷，这个想法总缠绕不去：想见丈夫在打猎时，似乎是偶然失手，一枪打死了于连，晚上还拿死者的心做在菜里，让她吃个不明不白。

“我的命运，取决于丈夫听了我的话，做何感想，”她思忖道，“过了这性命交关的一刻钟，也许就再没机会跟他说话了。他可不是一个听从理智行事的明白人。我只能靠自己这点儿浅见薄识，预料他会说出什么话，做出什么事来。咱们共同的命运，得由他来决定，他有这个权。但也看我手段如何，能不能点拨这执着一念的人。激愤之下他会瞎来，多半看不清事理。伟大的主！我得有点才干，有点镇静功夫才行，但到哪里去找呢？”

瑞那夫人走进花园，望见丈夫的当口，真很神奇，顿时恢复了镇静。见他头发散乱，衣着不整，知道他一夜未曾合眼。

她把一封已经拆开，但信纸重又叠好的信交给他。他呢，也不看信，拿一双疯子般的眼睛，直勾勾盯着他太太看。

“这封信很恶毒，”妻子对丈夫说，“我打公证人花园后面走过，有个其貌不扬的人交给了我，他说他认识你，还受过你的好处。我只求你一件事，就是把那位于连先生打发回他自己家，事不宜迟。”这句话，瑞那夫人说得匆遽了点，或许说得略早了点；因为既然非说不可，想想都觉得可怕，那就早说早完。

看到丈夫色喜，她也心头一乐。从丈夫凝视她的目光里，她明白于连全猜对了，心想：“眼前这桩不幸事儿并非捕风捉影，能使丈夫转悲为喜，真是多大的本领，多大的谋略。要知道这小伙子还是个没什么阅历的人！往后，还有什么地位他会爬不上去？咳！只怕他身显名荣之后，就把我忘了。”

对钦慕的人赞佩之余，自己也愁怀一宽，烦忧顿消。

瑞那夫人对自己做的手脚，大为赞赏。“谅我也不见得配不上于连。”她自语道，心里感到一阵说不出的甜丝丝的快意。

瑞那先生怕担责任，所以一声不吭，仔细查阅第二封匿名信，假如读者还记得，这封信是用胶水把一个个印刷字贴在蓝信纸上的。“真是变着法儿来捉弄我了。”瑞那先生心里嘀咕，感到非常疲倦。

“一波未平，一波又起，这新招来的侮慢，也要查明，而且老是因我女人而起！”他很想发作出来，把她大骂几句，但想起贝藏松有遗产可继承，才好不容易隐忍住了。心里恨不得拿什么东西出出气，就把这第二封匿名信搓成一团，大步跑了开去，觉得跟妻子离得越远越好。过了一会儿，又走回到他女人身旁，心情平和多了。

“关键是要有决断，辞退于连，”女主人立刻跟丈夫说，“说到底，他不过是木匠的儿子。你多破费几个钱，赔补他就是了。何况他有学问，谋职不难，比如说到莫吉鸿长官或瓦勒诺府上去，他们都有孩子。这样，你也没什么对不起他的……”

“你说这话，完全像个傻女人，”瑞那先生嚷道，声音煞是可怕，“一个女人家，能指望她有什么见识呢？什么事有道理，什么事没道理，你从来都不关心，那人情礼俗怎么会懂呢？你什么都漫不经心，懒懒散散，就忙着捉蝴蝶玩儿！女人不强，真是家门的不幸……”

瑞那夫人由他去说。他一说说了很久，照当地人的说法，是出了口恶气。

末了，她说：“先生，我要说的话，是任何一个女人在名声——也就是她最宝贵的东西——受到损害时，都会说的。”

这是一次难堪的谈话。在整个过程中，瑞那夫人雷打不动，一直非常冷静，因为知道谈话的结局，关系到她还能不能与于连同住在一个屋顶下。她在寻思，怎样转移丈夫盲目的怒火。丈夫贬损的话，她木然不觉，因为根本没听，心里在想于连：“我这样子，他会满意吗？”

“这乡下小伙子，我们对他很照应，送了他不少礼，也许真是无辜的，”女主人最后这么说，“但我第一次受到这样的侮慢，也不能不怪他……先生！刚才看到那一纸无耻谗言，我就拿定主意，不是他，便是我，总得有一人离开你府上。”

“你难道唯恐天下不乱，非要把你我的脸都丢尽不可？好叫维璃叶那些人看咱们笑话？”

“这倒也是。看到你发迹，人家都眼红；你精于管理，善于把手里的事，家道和市政，搞得兴兴旺旺……也罢！我去劝于连向你告个假，上山到木材商那儿过个把月；这木材商待小木匠倒还真够朋友。”

“你别轻举妄动，”瑞那先生接口道，态度相当冷峻，“我首先求你，别跟他说话。你惹他发火，会弄得我也跟他失和。要知道，这位先生年纪轻轻，人十分警觉。”

"这小伙子一点手腕没有，"瑞那夫人说，"他或许有学问，这你最清楚不过了，但骨子里，是个地地道道的乡下人。他还回绝艾莉莎，不肯娶她；我知道这事后，就对他没好印象。这是稳到手的一笔财产。他的借口是艾莉莎有时偷偷去见瓦勒诺先生。"

"啊！"瑞那先生耸眉竖眼地说，"怎么，于连还跟你讲这种事？"

"不，只是泛泛而谈。他常跟我讲到要献身于圣职，不过，请相信，对这些小民百姓来说，有口饭吃，才是最大的心愿。他言语之间表明：艾莉莎那些私下走动，他也不是不知情的。"

"可是我，我，却不知道！"瑞那先生又愤然作色，一字一顿地说，"我家里发生的事，我竟不知道……怎么！艾莉莎和瓦勒诺之间有点什么？"

"唉！那是老话了，"瑞那夫人含笑说，"或许并没什么见不得人的事。还在早些时候，你的至交瓦勒诺，得知维璃叶人认为他对我有点柏拉图式的爱情，他也并不怎么生气。"

"这个想法，我倒也有过，"瑞那先生握拳狠捶自己的头，他把蛛丝马迹，一一发现了出来，"但是，你什么都没对我说，是不是？"

"为咱们所长小小一点虚荣心，值得让两个好朋友反目成仇吗？上流社会的妇女，哪个没收到他的信，那些写得极其风雅，甚至带点儿风流的信？"

"他给你写过？"

"写过不少。"

"把那些信立即拿来，立即照办！"瑞那先生神气十足，身子顿时高出一截。

"我不会这么办的，"回答他的，是一种轻柔的声调，甚至带点娇媚，"等哪一天你想通了点，再拿给你看。"

"立即照办，真见鬼！"瑞那先生嚷嚷道，他愤怒得带点醉意，十二小时以来，还没这么痛快过。

"你能发誓吗？"瑞那夫人正色道，"绝不为这些信，跟收容所所长吵嘴？”

“吵嘴也罢，不吵嘴也罢，反正我可以不让他管孤儿院，但是，”市长怒气冲冲地继续说道，“信在哪里，我立即就要。”

“在我写字台的抽屉里。但是放心，钥匙我不会给你的。”

“我不会砸开？”他嚷嚷着朝妻子的卧室跑去。

这是一张名贵的写字台，桃花心木上带有一圈圈纹轮，还是从巴黎专程运来的。平时只要看见上面有点脏，就不惜用上衣下摆去擦干净。此刻，他当真拿一把铁凿，把抽屉砸开了。

这时，瑞那夫人连奔带跑，爬上鸽楼的一百二十级楼梯，在小窗子的铁栏杆上，扎上一条雪白的手绢，天底下最幸福的女人，要数她了！眼里噙着泪水，朝山中的大树林望去。“毫无问题，”她心里想，“于连正在哪棵枝叶茂盛的山毛榉下，探望这报喜的暗号呢。”她侧耳细听，怪蝉噪鸟啼；如果没这些讨厌的声响，巨岩那边必有一声欢快的呼喊凌空传来！她贪婪的眼睛，望着一大片深绿色的斜坡，那是密密匝匝的树梢，简直像一片草坪。“他怎么连这点聪明劲儿都没有，”她不禁怅怅，“想不出个暗号来，告诉我：他也跟我一样欢欣呢？”后来，怕丈夫会找上来，她才从鸽楼上下去。

她发觉丈夫气呼呼的，还在浏览瓦勒诺那些无伤大雅的字句，这类措辞是不宜于情绪激动时看的。

瑞那夫人趁丈夫大惊小怪的间隙，插了句话：

“我还是那个想法，让于连出门一次为好。拉丁文方面不管有多大本领，他毕竟是个乡下人，时常粗里粗气，不知分寸，每天，他自以为很有礼貌，向我说一大堆恭维话，不但夸张过头，而且俗不可耐，大概是看什么小说背来的……”

“他从来不看小说的，这我清楚，”瑞那先生琅琅说道，“你以为我是瞎了眼的当家人，连自己家里发生什么事都不晓得？”

“也罢！这些可笑的恭维话，如果不是看来，而是他自己想出来的，那就更糟。他就会在维璃叶，用这种腔调来谈论我……而且，话不必扯得太远，”瑞那夫人的神情装得好像突然有所发现似的，“他会在艾莉莎面前说，这就差不多等于在瓦勒诺面前说了。”

“嚯！”瑞那先生大喝一声，猛捶一拳，桌子和房间都晃动起来，“铅印字的匿名信和瓦勒诺的亲笔信，用的是同一种纸！”

“总算水到渠成……”瑞那夫人心里默想。这一发现，使她也一怔，再无力气多说一句话，便远远退到客厅一隅，落在一张长沙发里。这一仗，到此已算打赢。对那个推定为写匿名信的人，瑞那先生要找上门去论理，女主人煞费苦心，才劝阻住。

“你怎么不想想没有充分的证据，就向瓦勒诺兴师问罪，不是太鲁莽了点？你遭人忌妒，先生，能怪谁呢？只能怪你的才干：市政方面的治理有方，房屋居舍的富有情调，结婚时我带来的陪嫁，尤其是我们可望从我姑妈那儿继承到一笔可观的遗产，而那数目又被人家夸大到湖天海地的地步，凡此种种，把你奉为维璃叶的第一号人物。”

“还有出身，你忘了。”瑞那先生说到这句话，脸上才稍露一点笑容。

“不错，你是省里最卓越的贵族之一，”瑞那夫人赶紧补上一句，“倘使王上特立独行，对待门第能公道持正，那你肯定能荣进贵族院。以你这样尊贵的地位，去授人以隙，落个话柄，让眼红的家伙说三道四去，值得吗？

“跟瓦勒诺去谈他的匿名信，就等于在整个维璃叶，怎么说好呢？等于在整个贝藏松，在全省宣布：这个市侩，被瑞那先生，也许是偶一不慎吧，引为知己，居然皇然自大，渎犯世家。你刚搜到的那些信，如果能证明我对瓦勒诺的追求有过表示，私通款曲，你就可以把我杀死——我也百死不足蔽其辜，但千万别对瓦勒诺怒气相向。你要想一想，周围那些人只等有个借口，就会向你的优越地位群起而攻之。再要想一想，一八一六年的那几桩逮捕案，你都出过力。那个逃到屋顶上的家伙……”

这段往事，回想之下，犹觉苦涩。瑞那先生忍不住嚷起来：“想一想，想一想，我只想你对我既不尊重也欠友善……我至今还没当上贵族院议员呢！”

“我想，我的朋友，”瑞那夫人堆着笑脸说，“我将来会比你有钱，嫁给你也十二年了，就凭这个名分，我总该能说句话吧，尤其在今天这件事上。如果那位于连先生比我更重要，”她装出不胜怨尤的样子，“那好办，这个冬天我准备到姑妈家去过。”

这句话，说得非常成功，态度坚决而礼数周全，足以使瑞那先生拿定主意。但是，他照内地人的习惯，还翻来覆去讲了半天，把所有理由又提一遍，瑞那夫人让他说去，听出他声调里火气还没全消。此人已发了整整一夜脾气，再加上这两个钟头无谓的唠叨，精力已都耗尽。末了，他定出了对付瓦勒诺、于连，甚至艾莉莎的计策。

这场压轴戏中，有一两次，瑞那夫人对这男人真实不伪的不幸，几乎要感到几许同情，因为到底是彼此厮守了十二年的伴侣。但是，真正的激情，必定是自私的。况且，她时时刻刻盼着丈夫供认昨夜曾收到匿名信，而做丈夫的却压根儿不提。瑞那夫人心里总有点不踏实，不知信中向左右她命运的人暗示了些什么。因为，在内地，凡是方针大计，都是丈夫拿的。一个做丈夫的叹苦经，只会招人笑话，不过，这种笑话在法国闹的危险已越来越小了。而做老婆的，如果丈夫不给她家用钱，就会落到出去做工，每天才挣十五个子儿来，并且好心人即使想雇用，也还不是没有顾虑的。

土耳其后宫的嫔妃，只能施出全身解数去博得苏丹欢心；苏丹是万能之主，后妃想玩弄点小花招，窃取他的权势，那是无望的。而主子的报复虽可怕而残忍，但亦勇武而爽快：给一匕首，了结一切。到了十九世纪，丈夫要杀死妻子，会借手于公众的鄙视，教所有客厅对她闭门不纳。

瑞那夫人回到自己房里，明显感到自己处境之险恶。看到屋内凌乱不堪，实在觉得刺眼得很。她放细软的箱匣，暗锁都已给砸开；地板也有好几块给撬了起来。“他倒真是不留情面！”她自语道，“这彩木嵌花地板，他一向那么喜欢的，竟糟蹋成这样子。哪个孩子穿了湿鞋子进房，他都会气得脸红脖子粗的，现在是永远完了！”她对自己过快的胜利刚才还有点负疚之感，一看到这残暴的场面，又给撂得远远去了。

打晚餐铃之前，于连才领孩子回家。端上餐后甜食，用人退去之际，瑞那夫人沉着脸对于连说：

“你曾向我表示，想去维璃叶住半个月。瑞那先生愿意给假。你什么时候走都可以，全随你的便。不过，免得孩子虚耗光阴，他们的课卷每天派人给你送去。”

“那是当然的，”瑞那先生用酸溜溜的声音说，“假期我不同意超过一个礼拜。”

于连看东家一脸忧戚，可以想见他苦恼之深。

有一刻，客厅里只剩他们两人，于连问女主人：“他还没有拿定主意吧？”

瑞那夫人就把早晨以来的事很快说了一遍。

“详细情形，今晚再讲吧！”她含笑补上一句。

“女人之坏，于此可见！”于连不禁想到，“不知出于什么情趣，什么本性，她们要这样来欺骗我们男子！”

“我发觉，爱使你眼明心亮，同时又盲动胡来，”于连口气有点冷淡，“你今天的举措，令人佩服，但是，想要我们今晚相见，能说是谨慎的吗？这房子里，可谓仇敌遍布。试想艾莉莎对我那种发狠的怨毒。”

“那种怨毒，可以比之于你对我发狠的冷漠。”

“即便冷漠，见到你因我而身陷险境，我自有责任来救你呀。万一瑞那先生问到艾莉莎，瑞那先生只要一提头，艾莉莎就会一五一十全说出来。怎知你丈夫不手执利器，躲在我房门旁呢……”

“怎么！居然连这点勇气都没有了！”瑞那夫人说话时，那种贵族小姐的倨傲之态全然溢于言表。

“我永远不会下作到吹嘘自己的勇气，”于连冷冷说道，“那才是低能呢。事实是事实，让人家去说吧。不过，”他捏着她的手补上一句：“你想象不出我多么爱恋于你。在这次酷虐的分离之前，倘能前去向你郑重道别，你可以想见我会多么快活！”

第二十二章　一八三〇年的风尚

语言是给人用来掩盖思想的。

——马拉格利达神父

于连才到维璃叶，便深深自责，觉得对瑞那夫人不够公道："如果由于软弱，她跟丈夫较量败下阵来，我自可把她当弱女子那样瞧不起。哪知她应付裕如，倒像个圆滑的外交家，使我不禁要同情起败将来，虽说这败将原是我的仇敌。而我的居心行事，倒透着小市民气，我的好胜心就有忍辱受屈之感，因为瑞那先生好歹是个男子汉。在济济多士的男子汉群里，我虽忝为其中一员，但充其量不过是蠢材一个。"

谢朗神父革职之后，连带给逐出教长住宅；当地自由党的名流争相提供住处，谢朗神父都一概谢绝。他租的两间房，到处堆满了书。于连要叫维璃叶人见识见识当神父是何等身价，便到父亲家里取了十二块松板，亲自扛在肩上，沿着大街送过去。又向一位老相识借来锯子刨子，立时做成一个书橱，把谢朗神父的书整整齐齐排好。

"我原以为浮华世界已把你腐蚀得差不多了，"老人说着，高兴得泪花滚滚，"那身光鲜的仪卫制服给你招来了多少冤家！这么一来，算抵过了那桩孩子气的蠢事。"

瑞那先生曾关照于连住到他维璃叶府上去，所以无人疑心发生了什么事。于连到后的第三天，看到一位并非等闲之辈，即堂堂行政长官莫吉鸿，排闼直入，走进他的房间。经过足足两小时的闲聊和抱怨，什么人心险恶啦，经手公款的人有欠廉洁啦，可怜法兰西大难临头啦，等等，于连到最后才依稀明白此公的来意，当时两人已经站在楼梯口了。这位半失宠的家庭教师，怀着适当的敬意，送日后某幸运省的省长出来，忽然，这位未来省长关心起于连的前程，夸他淡于名利，等等。最后，莫吉鸿先生和蔼如慈父，双手抱住于连，建议他改换门庭，离开瑞那先生，去为某位高官效劳，因为那长官家里也有孩子要教育，而且东家会像菲利普王一样感谢上苍，不过不是感谢上苍赐予他子女，而是赐予他孩子有缘亲近于连。“给他们当家庭教师，年薪可得八百法郎，还不是逐月支付，那样做不够贵族气派，”莫吉鸿先生补充说，“而是按季预付。”

现在轮到于连答话了。于连等这说话机会已等了一个半钟头，都有点不耐烦了。他的答复可谓完美无缺，尤其冗长得像主教的训谕；你可以作各种理解，但是没有一句是说得明明白白的。里面既有对瑞那先生的尊崇，也有对维璃叶公众的敬重，更少不了对遐迩闻名的行政长官的感谢。这位长官遇到一位比自己更花言巧语的对手，吃惊不小，想套一句确凿的话出来，只是白费了半天力气。于连得意之下，觉得机不可失，宜多加操练，把答复的话，换一套措辞，又说了一遍。从来没有一位博辩纵横的大臣，看到议会聚议既久行将结束之前，阁员纷纷醒来神旺气健之际，独自滔滔不绝说了一大堆话，却滴水不漏没多少内容。等莫吉鸿先生转身一走，于连高兴得像疯子，哈哈大笑起来。为了施展一下伶牙俐齿的谈锋，当下给瑞那先生修书一封，长达九页，详述来客所谈的一切，最后作卑谦状，请东家多多指教。“那位礼贤下士的人姓甚名谁，莫吉鸿这混蛋居然没告诉我。”他思忖道，“敢情是瓦勒诺，见我流放到维璃叶，想必看出他的匿名信奏效了。”

快信发出后，于连快活得像猎人趁秋日晴朗，一早就钻进猎物充盈的原野一样，出门去见谢朗神父，想听听神父的高见。但在到神父住处之前，上天有意为他安排一桩快事，让他半路上幸遇瓦勒诺先生。他对瓦勒诺并不隐瞒痛心事：一个像他这样的穷孩子，本当矢志于上天感召他的圣职，但在下界，光有志向并不能解决一切。为了使自己有资格在救世主的葡萄园里耕耘，又不至于过分配不上那些学问深湛的同道，他尤需要深造；而要进贝藏松神学院，两年的期限所费不赀，就需要有点积蓄，而要有点积蓄，拿按季付的八百法郎年薪，自然比逐月要吃掉的六百法郎，易于为功。不过，从另一方面说，上天把他安插在瑞那家的少爷身边，尤其感应他对孩子一种特别眷恋的感情，难道不是指点他，不教他们而去教别的孩子，似非所宜……

帝政时代注重办事雷厉风行，现在则强调要能说会道，于连可以说把谈玄说理的本领发挥到了极致，以至到最后，他对自己的腔调都感到厌烦了。

于连刚回屋，就看到瓦勒诺府的一名当差，全身号衣，手持一张请柬，请他当天中午赴宴，那当差为找他，在城里已跑了个遍。

此公的家，于连从未去过。仅仅在几天之前，还尽在想用什么办法痛打他一顿，而不致涉讼吃官司。虽然宴请订于午后一点，于连觉得提前半小时就上公事房拜谒收容所所长，更显得尊敬。只见瓦勒诺雄踞在一大堆卷宗纸夹之间，以示身价不凡。他浓黑的颊髭，密实的头发，斜戴在头顶心上的希腊式便帽，硕大无朋的烟斗，铺金绣银的拖鞋，胸前纵横交叉的粗金链，以及一个内地金融家自以为正交上桃花运的所有饰物，丝毫震慑不了于连，反而使他想起那一顿挂在账上的痛打。

于连希望能有幸引见给瓦勒诺夫人，但夫人正在梳妆，不能见客。作为补偿，得个方便，先看所长先生如何穿着起来。然后，他们一起走进瓦勒诺夫人的上房。她眼角含着泪珠，把孩子一一介绍给于连。这位夫人，是维璃叶的名媛之一，生就一张男子汉的宽脸盘，为了今天的盛宴，还涂脂抹粉，特地化妆一番。她竭尽夸张，努力表现母性的一面。

于连由此想到瑞那夫人。他什么都不信的脾气，只有经过比较，才肯接受；这时，回想起瑞那夫人的种种，他感动得心都软了。这种心情，在看了丐民收容所所长的房子之后，更形强烈。主人领他参观居室，一切陈设都是上等的，簇新的，还把每件家具的价钱报给他听。但于连觉得其中有某种不光彩的东西，嗅到财路不正的气味。府里所有的人，包括仆人在内，都显得壁垒森严，一致对付外人的轻蔑。

警官、税务官、征税人和其他两三位公职人员，各偕夫人到来。随后，又来了几位有钱的自由党人。听差来禀报，宴席已摆好。于连早已觉得不痛快了，这时不免要想，餐厅的隔壁就是收容来的贫民孤儿，也许正是克扣了他们的肉食，才置办起这些恶俗不堪的奢华物品，借以炫耀显摆。

“他们这时或许正在挨饿。”于连暗想道。他喉咙发紧，觉得食不下咽，几乎说不出话来。过了一刻钟，情况更糟了，断断续续传来几句民间小调，应当承认，词儿有点下流，是个关禁闭的穷鬼唱的。瓦勒诺先生瞪了当差一眼，那穿号衣的当差马上退出，一会儿哼小曲的声音就停了。这时，一名侍役给于连在一只绿色玻璃杯里斟上莱茵葡萄酒，瓦勒诺夫人特别提醒说，这酒值到九法郎一瓶，还是产地的价格呢。于连举着绿酒杯，对瓦勒诺先生说：

“那下流的小曲倒不唱了。”

“可不！想必不唱了，”所长得意扬扬地答道，“我已经吩咐下去，叫那帮要饭的安静一点。”

这句话，对于连说来，刺激太大了。他的举止，虽说已合身份，但心肠还适应不过来。顾不得时常玩弄的虚与委蛇这一套，此刻觉得有颗很大的泪珠正沿脸颊往下淌。

他竭力借绿玻璃杯以为掩饰，但要他去赞颂莱茵美酒，那可绝对办不到。“不准他唱！”他默念道，“主啊！这种事焉能容忍！”

幸亏没人注意到他廉价的感情用事。税务官哼起一曲颂扬王上的歌曲。唱到叠句，众人应和，一片喧嚷。“是啊！”于连的良心感叹道，“你用肮脏的手段捞肮脏钱，也只配在这种场合，跟这批狐群狗党一起享用！你可以谋到一个两万法郎的肥缺，但你大吃大喝的时光，非得下令不准蓬头垢面的穷光蛋哼小曲儿；你宴开不夜，用的钱却是从他可怜的口粮中刮来的；你们在这边欢宴，他却更加倒霉了！——噢，拿破仑！在你那时代，靠打仗出生入死，就可以青云直上，那多痛快！现如今却去加重穷人的苦难，岂不卑鄙！”

应该承认，对于连这段独白中表露的软心肠，我的评价不高，他看来可以跟戴黄手套的阴谋家引为同调，他们自诩能把一个大国搅得天翻地覆，而要擦破自己一点点皮就万不愿意了！

于连的魂，突然给唤了回来，他有他的角色要扮。人家请他吃饭，置身嘉宾座中，绝不是让他来胡思乱想和一言不发的。

一位退休的花布商，也是贝藏松学院与于泽斯学院的通讯院士，从餐桌的另一端跟于连攀话，问外界盛传他研读《新约》有得，成绩惊人，此说是否属实。

顿时，四座寂然。一本拉丁文《新约》，像变戏法一样，到了身兼两院院士的大学者手里。按于连的答告，院士随便翻开书来，念出半句拉丁文。于连接着背下去：他的记性始终如一，准确可靠。大家啧啧称奇，加之酒足饭饱，鼓噪的劲头更足了。于连瞅了一眼太太们红扑扑的脸蛋，有几位容颜不恶。刚才唱歌的税务官，其娇妻颇得于连青睐。

“说实话，我很歉愧，当着这些太太的面，耽搁这么多时间背拉丁文，”他看着税务官的娇妻说，“如果吕丕尧先生（即身兼两学院院士的那位）肯发善心，随便念出一句句子来，不要我接着背拉丁文，那我可以当场就翻成法文。”

第二考考下来，他的荣名可算登峰造极。

席上有几位有钱的自由党人，同时也是幸运的父辈，因为他们的子女有可能获取奖学金，因这点根由，所以在听了上次布道后突然宣布改宗信教了。尽管政治上有了这步妙招，瑞那先生还是不愿在府上招待他们。这些好好先生，曾耳闻于连的大名，再就是国王入城那天见他骑马的雄姿，当下成为捧场喊好最热闹的朋友。“这种圣经文体，实在说来他们一点不懂，”于连想，“不知要到什么时候，这些傻瓜才会听厌？”然而，恰好相反，这种文体，就因为奇崛古怪，他们才觉有趣，听了哈哈大笑。但于连自己已经烦了。

钟敲六点时，他正儿八经地站起来，说利果利奥新神学中还有一章，他得回去弄熟，明天要背给谢朗神父听。“因为卑职，”他说得很风趣，“是要别人背书给我听，我也背书给别人听。”

顿时哄堂大笑，赞不绝口：这种机趣，正对维璃叶人的胃口。于连已经站起来作离席状，其他人顾不得礼数疏略，也跟着站了起来：一个人秉有异能，就有如许影响。瓦勒诺太太盛情挽留，于连又待了一刻钟，说是要于连听听她孩子背教理问答。几个小孩背得颠三倒四，错得有趣，当然只有于连一人听得出来，不过也懒得去纠正。于连想：“连基本教义都不知道，天晓得是怎么学的！”他最后郑重道别，以为可以脱身走了，但不，还得硬着头皮听孩子背一首拉封丹的寓言诗。

“这位作家是个没有道德的人，”于连对瓦勒诺夫人说，“他写有一则关于约翰·舒亚教士的寓言，竟敢对最可敬畏的事，极尽嘲谑之能事。他这一点，历来颇遭优秀注家的讥弹。”

临走之前，于连接到四五份人家请他去作客的邀约。“这后生倒真能为本省增光！”欢快的宾客众口一词地嚷道。他们甚至谈起可用投票方式，从市政基金里拨出一笔津贴，资助他去巴黎深造。

这一冒失的主意还在餐厅里喧嚷不绝，于连已经脚步轻健地跨出大门。“啊！混账！混账！”他低声连骂三四声，同时，欢畅地吸了一口新鲜空气。

这时，他觉得自己是十足的贵族，虽则长期以来，在瑞那府，从人家对他表示的礼貌背后，觉察出一种带轻蔑意味的微笑和自恃身份高贵的傲慢，曾大大刺痛他的心。见此场面，他不能不感到极大的不同。“都忘了吧，什么刮囚徒小钱啦，不准穷鬼哼小曲啦，”他一边走一边想，“瑞那先生请客人喝酒，会想到要把酒价相告吗？而这位瓦勒诺喜欢列举他的财富，几次三番，不厌说了又说。只要他夫人在场，每次谈起他的房子，他的田产，总不忘强调是你的房子，你的田产！”

这位夫人，喜好财宝之心，表面上就看得出来。席间有个当差打碎了一只高脚杯，她气势汹汹，发作了一通，说成套杯子凑不全了，那仆人也口不择言，回敬起来。

“好一伙不要脸的东西！”于连心里骂道，“他们即便把搜刮来的钱财分一半给我，我也不愿跟他们一起生活。说不定哪一天，我会露马脚的；他们太叫人反感了，我会掩饰不住鄙夷的神态的。”

不过，依照瑞那夫人的嘱咐，他还参加好几次同类的宴会，一时里成了时髦人物。他穿仪卫服的事，也已得到谅解，或者与其说，倒是这件冒失事儿，他才真正走红起来。不出几天，维璃叶关心的，是想看看，在争夺博学家教的斗法中，得胜的到底是瑞那先生，还是收容所所长。他们两位，加上马仕龙，形成多年来横霸全城的三头政治。嫉妒市长的大有人在，自由党人更有理由抱怨了，但瑞那先生毕竟出身名门，生来高人一等。不比瓦勒诺，他的先人只给他留下六百法郎年金。年轻时，老穿一身苹果绿的破衣裳，他硬是从这种叫人看了觉得可怜的状况，爬到今日御骏马、佩金链、翻巴黎行头这样一种令人艳羡的荣华光景。

这个社会，对于连是全新的。在滚滚人流中，他相信发现了一个正派人：此人是几何学家，尊姓葛罗，据称是雅各宾派。于连曾立意逢人只以假话搪塞，但面对葛罗先生，他对自己这一戒律产生了怀疑。

从苇儿溪方面，他经常收到大包大包的作业。他得到劝告，说应该常去看望老父，既然有此必要，即使很不愉快，也唯有顺从了。总之一句话，他的名声，挽回得相当可以了。一天早晨，蒙眬中觉得有两只手捂住他眼睛，他一凛，醒了。

原来是进城来的瑞那夫人。她快步奔上楼梯，把几个孩子留在下面，照应他们带来的宠物——一只小兔子，因此抢先一步来到于连的卧房。这是甜蜜美妙的一刻，所憾者是短促了点。等孩子捧着兔子来给他们的大朋友看，瑞那夫人业已避开。于连情绪很高，欢迎全体来客，包括那只小兔子。他觉得好像是跟家人久别重逢，他感到喜欢这群孩子，乐意跟他们叽叽喳喳说话。他们柔和的声音，单纯而高贵的小样儿，他不由得感到惊奇。在维璃叶的这段时间，所见所闻都是庸俗的排场，讨厌的看法，他需要把这一切都从记忆里洗涮净尽。世间永远是匮乏之忧，永远是贫富之争。他去赴宴的那些人家，主人谈到烧烤珍馐时，有些话真叫说的人丢脸，听的人恶心。

“你们是贵族，的确有理由值得骄傲。”他对瑞那夫人说。他把硬着头皮去参加的那些宴请，都讲了一讲。

“这么说来，你走红啦！”想到瓦勒诺夫人每次等于连去，非涂脂抹红不可，觉得很好笑，“我想，她在打你的主意啦。”

早餐很精致可口。有孩子在场，表面上似有不便，实际却增进了彼此的欢快。这些可怜的孩子，与于连相见之下，不知怎样来表示他们的高兴。下人们少不得已告诉他们，说人家肯多出两百法郎，请于连去教瓦勒诺的孩子。

早饭吃到半中间，斯丹尼，他大病之后脸色还很苍白，忽然问母亲，他的银刀银叉，还有喝牛奶的大口杯，能值多少钱。

“问这个干吗？”

“我想卖掉了，可以把钱给于连先生，这样，他留在我们这里，就不会上当。”

于连把孩子一把抱了过来，眼里含着热泪。做母亲的更是止不住泪水涟涟。于连把斯丹尼抱在腿上，跟他解释，不该用“上当”这个词儿，因为用在这场合，是下人们的说法。看到自己已博得瑞那夫人高兴，他便找些生动的例子来逗孩子，说明什么叫“上当”。

“我明白了，”斯丹尼说，“就是乌鸦发傻，让衔在嘴里的干酪掉在地上，给狐狸叼走了，狐狸专会拍马屁。”

瑞那夫人一听乐坏了，连连吻着孩子，这样，身子就不免略略斜靠在于连身上。

冷不防门开了：原来是瑞那先生。他严厉而愤懑的脸容，与给他冲散的甜蜜而愉快的氛围，形成了尴尬的对照。瑞那夫人顿时吓白了脸，觉得百口莫辩。于连抢先开口，声气琅琅的，向市长先生讲述斯丹尼打算卖掉银子奶杯的事。而这故事，肯定是不中听的。首先，瑞那先生有个好习惯，一听“银子”两字就要皱眉头。“提到这种贵金属，”他常说，“总是要我掏腰包的开场白。”

然而，这会儿，不仅仅是银钱出入，而是疑窦陡增。他不在的时候，家里一团和气，但这种欢快气氛，碰到这个爱慕虚荣的人，并不能圆融局面。他妻子夸于连能用有趣而巧妙的方法，向学生灌输新鲜知识，瑞那先生马上接口说：

“是的，是的，我知道，他这样做，无非叫孩子讨厌我。他很容易做得比我可爱百倍，可我，毕竟是一家之主。这年头，大势所趋，尽向合法的权势泼脏水。哎，不幸的法兰西！”

瑞那夫人才不肯花那个心思，去推敲丈夫对她的态度有什么微妙的变化。她刚看出，跟于连有可能一起待上十二个小时。她在城里有许多东西要买，而且明白表示一定要下馆子吃饭；不管丈夫横说竖说，她还是这个主意。小孩子一听下馆子，都美不滋儿的。不是吗？连现代的假道学一说到下馆子，也会觉得口角生香，津津有味！

瑞那夫人走进第一家时装店，丈夫就把她丢在那里，自己拜客去了。回来时，他比早上还悒悒不乐，认为全城都在议论他与于连。事实上，公众言谈中那些不堪入耳的话，还没有人向他透露，引他怀疑。跟市长先生一再提及的，无非是想知道，于连是留在他府上拿六百法郎，还是接受丐民收容所所长的八百大洋。

这位所长在社交场合碰到瑞那先生，往往故示冷淡。瓦勒诺的这做法不能不算乖巧，因为，在内地，难得会有莽撞的举动，强烈的感情至为罕见，往往都是深藏不露的。

瓦勒诺是离巴黎几百里之外，大家称为“魁兄”的那种人，生性粗鄙，厚颜无耻。一八一五年以来，他左右逢源，那些好德行更是有增无减。在维璃叶，可以说，他是在瑞那先生的麾下横霸乡里的；但人要活跃得多，又不知害臊，样样都要轧一脚，不停地走动、写信、讲话，即使有点委屈难堪，也不往心里去，谈不上什么个人尊严，终于在教会人士眼里，已与市长的资望旗鼓相当了。有这么一种传说，瓦勒诺对当地的杂货商说：“把你们之中最蠢的两个人交给我。”对吃法律饭的说：“把你们之中最无能的两个人指给我。”对行医的说：“把你们之中最会招摇撞骗的两个人举出来。”他把各行各业的渣滓结集拢来，对他们说：“这天下是我们的了！”

这帮人的作为，瑞那先生甚感拂意。瓦勒诺的滥俗可厌，可谓刀枪不入，马仕龙神父当众戳穿他的谎言，他都面不改色。

就在身发财发的过程中，瓦勒诺觉得，在有些小事上就得横横心，来个蛮不讲理，抵制明摆着的事理；他当然清楚，人家有权向他指明真相的。因阿拜尔先生来此参观，收容所所长惊恐了起来，接着就加紧活动，到贝藏松跑了三次。每趟邮班，他都寄出好几封信，有些信则托晚上摸黑找他的来客带走。促使谢朗神父撤职一事，他或许做错了，正是由于这一报复行为，好几位出身名门的信女才把他看成是恶人。而且，帮过这次忙之后，他就完全依附于弗利赖代理主教，接办了几桩奇怪的差事。他的政治生涯走到这一步时，快意当前，写了那封匿名信。不过，最难办的，是他夫人扬言，要延聘于连来家；这至多只能说这位夫人爱好虚荣。

鉴于目前处境，瓦勒诺预料到，跟昔日的盟友瑞那先生难免要摊牌。瑞那先生会说出难听的话来，这个他倒不在乎；但市长大人会向贝藏松，甚至巴黎写信，哪位部长的表亲可能突然光临维璃叶，把丐民收容所抢走。于是，瓦勒诺想到应该靠拢自由党，有鉴于此，才有好几位自由党人士承邀出席于连背书的那次宴会。这样他可以引为奥援，对付市长。但是选举可能就要举行，显然，保收容所和投反对票是水火不相容的两件事。这种政治上的明争暗斗，瑞那夫人已猜得八九不离十；当她搀着于连手臂，从一家铺子走进另一家铺子，就把其中的奥妙讲给家庭教师听。两人款款行，轻轻谈，不知不觉间，走到了信义大道，消磨去几个钟头，这儿差不多跟苇儿溪一样安静。

在此期间，瓦勒诺竭力避免跟他昔日的靠山闹翻，倒先自拿出一副了无惧色不避斧钺的样子。他的这一套倒居然奏效，但市长的脾气却更坏了。

爱财，尤其是爱小钱，往往使人变得贪婪、小气。虚骄心理与爱财观念交战之下，还没有人像瑞那先生走进馆子时这么愁眉苦脸的。同时，恰巧相反，他的孩子也从来没有这么兴高采烈过。这个对照，适足以惹他生气，火冒三丈。

“看来我在自己家里成了多余人啦！”瑞那先生尽量把话说得很威严。

瑞那夫人作为回答，就把丈夫拉到一旁，说明有必要遣走于连。适才度过的快乐时光，使她恢复了必要的从容与坚毅，可以实施她半个月来筹思已久的方案。可怜的市长一听，更加惶惑了，因为他知道维璃叶人公然拿“寡人好货，喜欢金币”开他玩笑。最近，圣母会、圣体会、圣约瑟会等五六次募捐活动中，瓦勒诺一掷千金，慷慨得像钱是抢来的，而他，则谨饬有余，丰采不足。

募捐的修士颇有慧心，把维璃叶和附近一带乡绅的名字，按认捐数目，依次排列在化缘簿上，而瑞那先生名列榜末，已不止一次了。他声辩自己“毫无进账”，也属徒然。教士在这上面可不开玩笑。

第二十三章　长官的苦恼

能挺过难熬的这片刻，
自可趾高气扬一整年。
——卡斯蒂

让这个渺小的人物留在他渺小的烦恼里吧！他实际只要一个奴才，为何把个热血男儿请到家里来呢？只能怪他自己不长眼睛，不知选择了！十九世纪通常的做法是：凡声势赫赫的贵族，遇到有情有义的男儿，不是虐杀，放逐，监禁，就是百般侮辱，巴不得他自个儿犯傻，痛苦而死！碰巧在这儿，身感痛苦的，不是有情有义的男儿。在法国，小城市的大不幸，连纽约等地的民选政府也一样，是不能无视世上还存在像瑞那先生那样的人。一个两万居民的城市，制造舆论的便是这帮人，而舆论在法治国家，更是可怕。一个品德高尚、慷慨豪爽的人，或许还是你的朋友，但住在百里之外，要评断你的为人，就只能根据贵城的舆论，而这舆论却由碰巧生在富裕而温和的贵族世家那些蠢货造成。才华出众之辈，就活该倒霉了！

吃过晚饭，一家老少立即返回苇儿溪，但第三天早晨，于连看到他们全家又来到维璃叶。

不出一小时，他就讶然发觉，瑞那夫人有什么诡秘之事要瞒他。他一露面，女主人就中断和丈夫的谈话，似乎希望他走开。于连很知趣，不用人家再次暗示。他的神态，变得冷漠而矜持，瑞那夫人也已觉察到，但不急于作解释。“难道她已替我找了个后任？”于连想，“就在前天，还对我那么亲昵！但人家说，那些贵夫人，行为大都类此。就如同帝王一样，对公忠谋国的宰辅刚恩宠有加，不意退朝回府，已有贬黜的诏书恭候在那里了！”

于连注意到，他一走近便打住的谈话中，常提到一座大房子，属于维璃叶市政府的产业，房子又老又旧，但宽敞合用，坐落在教堂的对面，最繁华的商业地段。“旧房子与新情人，有什么共通之处？”于连暗想。他把弗朗索瓦一世的两句妙诗反复吟哦，聊以排遣愁怀。这两句诗，此刻觉得很有新意，还是不到一月之前，瑞那夫人教给他的。当时，多少山盟海誓，多少耳鬓厮磨，而这两句诗却句句都给坐实！

美人慧黠心常变，
痴汉意诚情自专。

瑞那先生乘了驿车，去省城贝藏松。这趟出门，是商议了两个钟头才定下来的，他显得心事重重。回来时，把一个灰色大纸包往桌上一扔。

“瞧，这桩蠢事！”他对妻子说。

一个钟头以后，于连看到一个贴招贴的杂役来把这一大包东西拿走。他急忙尾随而去。“到第一条街的犄角，我就可以知道其中的奥秘了。”

他好不焦急，站在贴招贴的杂役背后。只见那人用一把大刷子，在招贴背面刷上糨糊。招贴刚贴好，好奇心切的于连就读到一份详尽的告示：原来是采用公开投标方式，出租瑞那夫妇谈话中常提到的那所大房子。开标时间定在第二天午后两点，假座于公共议事厅，以第三支蜡烛熄灭为止。于连大失所望。他觉得期限太近了：参加投标的人怎么来得及通谕周知呢？而且，招贴的日期，还倒填了半个月。他跑了三处，把这张招贴各看一遍，还是不得要领。

他专程去看了拟议中出租的房子。看门人没看到他走近来，正神色诡秘地对邻居说：

“呸！呸！白费劲。马仕龙神父已答应出三百法郎，但市长不理这个茬。代理主教弗利赖就把市长召了去。”

于连走来，似乎碍事，两位朋友顿时缩口不语了。

开标场面，于连自不能错过。成群的人挤在一个昏暗的大厅里，彼此用奇特的眼光相互打量。所有的眼睛都盯着一张桌子，于连看到桌上有只锡盘，点了三个蜡烛头。执达员喊道：“三百法郎，诸位先生！”

“三百法郎，太不像话了，”一人低声对身旁的人说，于连正好站在他们两人之间，“至少值八百以上，我想压过这个提价。”

“别自讨苦吃。跟马仕龙、瓦勒诺，还有主教和可怕的弗利赖那帮人作对，会有你什么好处？”

“三百二十。”另一人喊道。

“蠢货！”旁边一人冲口而出，“市长的奸细正好在此。”他指着于连补上一句。

于连急忙回头，想示以颜色，但这两个弗朗什－孔泰人已顾左右而言他了。他们故作镇定，于连也只得泰然处之。这当口，最后一个蜡烛头熄灭了，执达员拖长了声音宣布：房子以三百三十法郎的租金成交，租予省政府的特·圣冀罗署长，为期九年。

市长一离开大厅，就议论纷纷了。

“这三十法郎，是葛洛佐冒冒失失挑市里赚的。”一人说。

“不过特·圣冀罗不会饶他的，”旁人答道，“葛洛佐迟早会尝到苦头的。”

“真他妈卑鄙！”于连左边的一个壮汉说，“这所房子，我愿为我的工厂花八百法郎租下来，而且，还觉得便宜呢。”

“得啦！”一个属自由党的小老板答道，“特·圣冀罗不是圣公会旦的人物吗？他的四个孩子不是全得了奖学金？真是苦命的人哪！所以维璃叶市政府要开恩，额外送他五百法郎津贴，还不是这么一回事！”

“据说这件事市长都拦不住，”第三个人提醒大家，“他是极端保王党，那不假，但他倒不偷不抢。”

“不偷不抢？得了，又飞又抢的，倒是鸽子了！”另一人接口道，“一切好处全进了公家的大腰包，到年终分配，大家利益均沾。索雷尔那小子可得注意，咱们走开为妙。”

于连回来，心绪极为恶劣，发现瑞那夫人也闷闷不乐。

“你去看投标了？”她问。

“是呀，夫人，我在那儿有幸当了市长的奸细。”

“他要是听我的话，早该出门走开才好。”

这时，瑞那先生走了进来，他的心情也十分恶劣。晚餐桌上，没有人说一句话。瑞那先生吩咐于连跟几个孩子一起回苇儿溪。一路凄然。瑞那夫人安慰丈夫道：

“你也该习以为常了，亲爱的。”

傍晚，阖家围炉而坐，寂然无语。听劈柴发出的噼啪声，成了唯一的消遣。这是最和睦的家庭也会遇上的闲愁时光。突然，有个孩子欢叫一声：

“门铃响了！门铃响了！”

“真见鬼！要是特·圣冀罗借口道谢，来跟我纠缠，”市长嚷道，“那我就把事情点明，这太过分了。他该去感谢瓦勒诺，我是受损害的一方。假如混账的雅各宾派报纸抓住把柄做文章，也用‘九五之尊’[1]来挖苦我，我能说什么呢？”

一个长得十分漂亮、留着浓黑颊髯的男子，这时，在仆人引领下走了进来。

“市长先生，在下是谢罗尼莫。这里有一封信，是驻那不勒斯使

1 一八三〇年一月七日，诗人巴泰雷米因政论小册子，被马赛市法官梅兰朵判处罚款一千法郎。梅在判决词中用当地方言“九五”（nonante-cinq，即九十五）一词，而遭巴泰雷米及自由党人的嘲弄，谑称梅为“九五之尊”。

馆的随员特·博凡西爵士先生，在我动身之际，托我面交的。那不过是九天前的事。”他望着瑞那夫人，神情愉快地说，“夫人，令表兄，也即我的好朋友，特·博凡西先生说，你会讲意大利文。”

那不勒斯客人的豪兴，把这个沉郁的夜晚变成一个欢快的良宵。瑞那夫人执意要他吃了夜宵再走。这一下，全家都鼓动了起来。她想尽力排遣于连的悲苦，使之忘掉日间两次听人喊他“奸细”的不快。谢罗尼莫是著名歌唱家，为人极易相与，同时性情又非常愉快；这两种品德，如今在法兰西几乎不再能得兼了。吃完夜宵，谢罗尼莫与瑞那夫人一起唱了一小段二重唱，还讲了几个有趣的小故事。凌晨一点了，于连提议小孩子该上床睡觉去，他们都叫了起来。

“再讲一个故事吧。”老大说。

“那就讲个我自己的故事，Signorino[1]，”谢罗尼莫接下来说，“那是八年前，我跟你们一样，还是那不勒斯音乐院的年轻学生，我的意思是年纪跟你们一样大。不过，我没有你们的好福气，在漂亮的维璃叶城里，当大名鼎鼎市长大人的公子。”

瑞那先生听了这话，不觉叹口气，看了妻子一眼。

“曾格雷厉 Signor[2]，”年轻歌唱家故意加重他的意大利口音，念得滑稽唐突，几个孩子都扑哧一声笑了出来，“曾格雷厉显僚是位非常严厉的教授。音乐院里没人喜欢他。但他乐意大家在进退应对上，做得像很喜欢他那样。我是一有机会，就私出校门，上圣－嘉礼乐小剧院，去听天仙般的音乐。哦，天哪！怎样才能凑足八个子儿买张门票呢？那是好大的一个数目呀，”歌唱家睁圆了眼睛瞪着孩子，孩子都相视而笑，“圣－嘉礼乐剧院的乔伐诺经理，有一次听我唱了一段。我当时才十六岁。‘这孩子，是个宝！’他夸我道。

“‘我来雇你，你愿意不愿意，我的小朋友？’他向我提议。

“‘你能给我多少钱呢？’

1 意大利文，意为：少爷。
2 意大利文，意为：显僚。

“‘每月四十个金杜卡。’我的少爷，这合到一百六十法郎啦。我简直像看到天堂向我敞开了大门！

“‘好倒好，’我对乔伐诺说，‘但是曾格雷厉真格非常严厉，怎么让他放我呢？’

“‘Lascia fare a me。’”

“让我去办！”大孩子把意大利文翻了出来。

“一点不错，我年轻的爵爷。乔伐诺先生对我说：‘Caro[1]，首先，这里有一份小小的合同要办。’我当场签了字，他摸出三个金币给我。这么多钱，我还从来没见过。接着，他告诉我如此这般。

“第二天，我去求见可怕的曾格雷厉。他的老当差领我进去。

“‘找我有什么事，你这坏蛋？’曾格雷厉问。

“‘Maestro[2]，我已深悔前非。我以后出音乐院，再也不爬铁栏杆了。我会加倍用功的。’

“‘要是不怕糟蹋我所听到的最美的男低音，我就禁闭你两个礼拜，只给吃硬面包，喝白开水，你这淘气鬼。’

“‘Maestro，’我继续说，‘我立志要成为全校的楷模，credete a me[3]。不过，我要向你求个情，如果有人请我到外面去演唱，求你代我回绝。拜托了，就说你不答应。’

“‘你想，哪个见鬼的会要你这样的坏蛋？难道我会答应让你离开音乐院？你想跟我开玩笑不成？快滚！快滚！’说着要朝我屁股踢来。‘当心落到关禁闭吃硬面包。’

“一小时后，乔伐诺先生来见院长。

“‘我来求你帮我发笔财，’剧院经理说，‘请高抬贵手，把谢罗尼莫借给我。让他到我剧院来演唱吧，那么到今年冬天，我就有钱嫁女儿了。’

---

1 意大利文，意为：亲爱的。

2 意大利文，意为：大师。

3 意大利文，意为：请相信我。

“‘你要这坏蛋干什么？’曾格雷厉问，‘我不同意，你弄不到手的；再说，即使我答应，他本人也不愿离开音乐院，他刚才还在我面前赌咒发誓呢。’

“‘如果事情仅仅取决于他本人的意愿，’乔伐诺郑重其事地说道，从口袋里掏出我的合同，‘carta canta[1]！这儿是他本人的签字。’

“曾格雷厉一听，勃然大怒，拼命拉铃。‘把谢罗尼莫给我赶出音乐院去！’他火冒三丈，大声吩咐下去。于是，我给赶了出来，逗得我仰天大笑。当天晚上，我就登台演出，唱了 *del Moltiplico* 这支曲子。小丑波利希奈要结婚，扳着指头计算成家该置办些什么，他每算必错，越算越糊涂。”

“啊！先生，请你就唱唱这曲子，让我们饱饱耳福。”瑞那夫人说。

谢罗尼莫唱了起来，所有人都笑出了眼泪。直到清晨二点，谢罗尼莫才离开这一家人去睡觉，让他们还沉醉于他高雅的举止，亲切的谈吐和欢快的情绪之中。

第二天，瑞那夫妇交给歌唱家他去法国王宫所需的函件。

“看来，欺诈满天下，”于连自语道，“就说这位谢罗尼莫吧，他到伦敦去应聘，收入有六万法郎。当初要是没有圣－嘉礼乐剧院经理的这点手段，他那超凡的歌喉，或许要推迟十年才为世人所赏识，所赞美……说真的，我宁愿做谢罗尼莫，也不当维璃叶市长。谢罗尼莫在社会上虽不那么受尊崇，但没有像今天招标碰到的这种烦恼，他的人生是愉快的。”

有一件事，于连自己都感到惊奇：不久前回维璃叶，独自在瑞那府度过的那几个礼拜，对他竟是一段快乐的时光。除了对出席招待他的宴会感到厌烦和不快外，他在这座寂静的房子里，不是可以随便读、随便写、随便想，而不受打扰吗？他可以沉醉于辉煌的驰思，不至于时时刻刻给拉回到残酷的现实，强迫自己去探究卑劣的人心，再

---

1 意大利文，意为：有纸为凭。

用虚伪的言行，行其欺诈的勾当。

“幸福，不就近在咫尺吗？过这样的生活，无须多少花费。我可以随自己选择，或者娶艾莉莎为妻，或者去跟傅凯合伙……一个人经过长途跋涉，刚爬上陡峭的山峰，坐在山顶休息片刻，自会觉得无比惬意。如果要一直坐下去，他还会觉得快活吗？”

瑞那夫人近时想的，常常和实际适得其反。尽管她下决心守口如瓶，结果还是把投标一事的原委告诉了于连。“我发过的誓，看到他竟会全都忘掉！”她私下也纳闷儿。

如果看到丈夫身蹈险地，她会毫不犹豫，宁可牺牲自己，去救他一命的。这是一颗高尚而浪漫的灵魂，对她说来，见义而不勇为，便会种下悔恨的根苗，像犯了罪一样难过。然而，在有些阴郁的日子，想到自己突然成了寡妇，那就可以嫁给于连，这伉俪情深的幻景，一时竟驱赶不走。

比起她的丈夫，于连倒更喜欢她的孩子，虽说于连管教甚严，但颇得学生喜爱。瑞那夫人很清楚，嫁了于连，就得搬迁，而苇儿溪的绿荫芳菲确也令人割舍不得。她想象自己移居巴黎，孩子还能受到这份人人称羡的教育。几个孩子，她，于连，全都会非常幸福。

这真是婚姻的怪异后果，亦十九世纪文明的一大功绩！婚后生活的幽寂沉闷，足以使爱情荡然无存，如果婚前算有爱情的话。不过，有位哲人说过：在相当富裕而无须劳作的家庭，婚姻很快会把安闲的享受变成深切的厌倦。而女子中，只有天生枯索的心灵，才会不解风情。

以哲人之见，自可这样回护瑞那夫人，但维璃叶人并不作如是观，现在全城都在议论她的风流韵事，只有她本人不知道罢了。这在小城也算得大事一桩，所以这年秋天，大家过得不像往年那么烦闷。

秋季和初冬，转眼就过去了，该离开苇儿溪返城了。维璃叶的上流社会，看到他们的贬责，对瑞那先生不起作用，开始有点愤愤然。有一批正人君子，专以暗箭伤人为乐事，借以消解平日道貌岸然的寡趣；他们不出一个礼拜，就使瑞那先生大起疑心，变得坐立不安，虽然他们的措辞都极有分寸。

瓦勒诺紧锣密鼓，一着不松。他把艾莉莎安插在一个颇有地位的贵族人家，那里已有五个侍女。据艾莉莎说，她怕冬天没着落，所以对新东家只要市长家工钱的三分之二。这姑娘很有慧心，她既向告老的谢朗神父，也向新来的本堂神父作忏悔，以便把于连艳情的始末根由同时告诉两位神职人员。

于连到维璃叶的第二天，清晨六点刚过，谢朗神父就把他叫了去：

“我什么都不想问。我只求你，需要的话，就命令你，什么都别对我讲。我的要求是，三天之内，你必须动身去贝藏松神学院，或去贵友傅凯家，他一直为你预备着一个美满的前程。一切我都已预为筹划，一切都已安排妥当，但是你必须走，一年之内不得回维璃叶。”

于连未置可否。他在考虑：谢朗先生的这份关切，是否冒犯他的尊严，说到底，谢朗先生毕竟不是自己的生身父亲。

末了，他对神父说：“明天，在同一时刻，我有幸再前来拜候。”

谢朗神父指望慑服这年轻后生，便滔滔不绝，讲了半天。于连从姿态到表情，都做低服小，一声不吭。

最后，他得以脱身，跑去告知瑞那夫人，发现她正陷于绝望之中，为的是丈夫刚跟她把话说得相当明白。瑞那先生生来性格软弱，再加贝藏松的遗产在望，已决意把妻子看成白璧无瑕。丈夫刚告诉她，维璃叶的舆论有点怪。错在公众方面，给一些心怀嫉恨的人引入了歧途，但这又有什么办法？

瑞那夫人有一刻还抱着幻想：于连大可接受瓦勒诺的聘请，留在维璃叶。但她已不是一年前那个单纯、羞怯的女人了，一往情深的痴情，摧肝裂胆的悔疚，已擦亮了她的眼睛。耳听丈夫说话，她立刻很痛苦地说服自己：一次至少是短暂的分离，已势在必行。“离开了我，于连又会陷于狂悖的打算之中，对一个一无所有的人，这本是极自然的事。而我，天哪，虽有很多钱，却得不到幸福。他会把我忘了的。

可爱如他，必然有人会爱他，他也会爱别人。啊！我多不幸……我能抱怨什么呢？老天是公道的，我的品德不足以制止我的罪孽，上天便使我失去了识见。本来，大不了花几个钱，就可以买通艾莉莎，真是再容易不过了。我竟没费心去想一想，爱的奇情幻想占去了我全部时光。如今完了。”

于连感到惊异的是，他把自己要走这个可怕的消息告诉瑞那夫人，瑞那夫人倒并没私心发作，加以反对。显然，她在强自克制，不让自己流出泪来。

“我们都应该刚强一点，我的朋友。”

她剪下自己的一绺头发。

“我不知道以后会怎样，”女主人说，“不过，如果我死了，答应我永远不要忘记我的孩子。无论是远远照应，还是就近照拂，务必把他们教育成人，教育成正派人。再来一次革命，所有的贵族都会给抹脖子的；孩子他爸，因为有屋顶上打死乡民这桩公案，或许就得流亡国外。这个家，要烦请你照应……把你的手伸过来。再见吧，我的朋友！这是我们之间的最后一刻了。大灾大难之后，我希望自己能有勇气，面对公众，保住自己的名声。”

于连原以为会大哭大闹一场，想不到告别竟这么简朴，不由得大为动情。

“不，我不接受你这样的告别。我先走，既然他们希望我走，你也希望我走。但是三天之后，半夜里再来看你。”

瑞那夫人的人生，顿时为之一变。这么说来，于连真的很爱她，既然他出诸本意，想到要再来看她！离别的伤痛，顷刻变成强烈的欢欣，一种她从未感到过的欢欣。一切对她又变得轻松起来。有了重见情人的把握，这最后的离别也全无惨痛的光景。从这一刻起，瑞那夫人的举止，一如她的容颜，显得高贵，坚毅，得体，完美。

瑞那先生不一会儿就回来了，样子十分生气。终于，跟太太说及两个月前收到的那封匿名信。

“我要把这封信拿到游乐场去，让大家见识见识，看看瓦勒诺这混蛋搞的什么鬼！是我把他从讨饭袋里提拔出来，做成维璃叶的一个大阔佬。我要叫他当众出丑，再跟他一决雌雄。真是欺人太甚了！”

“那我得当寡妇了，天哪！”瑞那夫人想。但差不多同时，又规劝自己：“这场决斗，我有能力挡开。我要是不阻止，简直就是谋杀亲夫的凶手了。”

她从没用过这样巧妙的手段，去哄丈夫爱面子的心理。不到两个钟头工夫，她使丈夫认识到——而且总是用他自己找到的理由，对瓦勒诺应表示更多的友谊，甚至把艾莉莎再请回家来。瑞那夫人真要有点雅量，才下得了决心跟这位造成她不幸的姑娘见面。但这个主意倒是来自于连的。

经过几次三番的指点，瑞那先生总算自己拿了主意，虽说想到这一层有点肉痛，即对他面子上最不好过的，就是在整个维璃叶闹得沸反盈天、议论纷纷之际，于连还留在城里，去当瓦勒诺府的家庭教师。对于连来说，丐民收容所所长聘金优厚，固然是利之所在；但为瑞那先生的声誉计，倒恰好相反，于连宜离开维璃叶，进贝藏松或第戎的修道院。但是怎样才能左右他的抉择？他此后又怎么生活？

瑞那先生看到立即就要破费钱钞，比他夫人还要绝望。这次晤谈，对她，像厌倦人生的烈性女子，服一剂曼陀罗麻醉以死；即使她今后有所活动，也纯属惯性使然，自己已是万事不关心了。正是出于这种心境，路易十四临终之际才会说：“想我堂堂国王……”真是感慨良深！

翌日清晨，瑞那先生又接到一封匿名信。笔调极尽戏侮之能事，指桑骂槐之言，痛诋极毁之语，每一行里都有。这份大作，当是出诸某位嫉妒他的下属之手。此信又挑起他跟瓦勒诺决斗的念头。他勇气陡增，竟想立即付诸行动。他独自出门，走进枪械店，买了两把手枪，吩咐装上子弹。

“总之，”他自解道，“即使拿破仑严苛的吏治卷土重来，我从无中饱私囊之举，自可扪心无愧。充其量，只是闭眼不管而已，但我写字台里有一大堆信件可以证明，此乃不得已耳。”

瑞那夫人看到丈夫憋着一肚子火，甚感惊骇；又勾起她亡夫守寡的不祥念头，好不容易才推了开去。她跟丈夫关在房里密议，白说了几小时，新收到的匿名信使丈夫铁了心。最后，妻子总算成功，把丈夫要打瓦勒诺耳光的勇气，化为给于连六百法郎的豪情，这笔钱相当于连进神学院一年的膳宿费。当初怎么会有这该死的念头，想到请个家庭教师到家里来，瑞那先生连连咒骂产生这倒霉想法的日子，倒把匿名信这件事忘了。

他陡生一念，稍稍感到一点安慰，只是还没告诉妻子，那就是：若略施手腕，利用少年人心思活络，再送上一笔小数目，希望于连能拒绝瓦勒诺的重金礼聘。

瑞那夫人煞费口舌，向于连证明：为照顾她丈夫的面子，放弃收容所所长公开开价八百法郎的职位，他便可以问心无愧地接受一点赔补。

“不过，”于连一再说，“我从来没——连一会儿也没——打算接受瓦勒诺的聘请。你已使我太习惯于高雅的人生了，以致不堪俗流，那些人的粗鄙我会受不了的。”

穷，这个紧迫的现实问题，以其无情的铁腕，逼使于连降志就范。他凭着傲气，幻想把维璃叶市长的赠金，权充借款接受下来，再出具一份契据，言明五年后连本带利一次归楚。

瑞那夫人有几千法郎，一直藏在一个小山洞里。她赔着小心，提议相赠予他，但她预感到，会遭到愤然拒绝的。

“你难道想使我们的情谊，”于连质问，“变成可憎的回忆吗？”

于连终于离开了维璃叶。瑞那先生大喜过望：正当要从市长手里接钱的当口，于连自感太轻贱，当即回绝。这一下，瑞那先生高兴得眼泪都涌了出来，扑上去跟于连抱头勾颈。于连要对方出一份品行证书，市长急切之中，竟找不到更漂亮的词句来称颂于连的操行。我们的英雄，手头已积有五个金路易，打算再向傅凯要同样一笔数目。

他心情非常激动。这维璃叶，留下他几多情爱。但才走出维璃叶三四里路，心里只想着另一种快乐，那就是去贝藏松一瞻首府风貌，看看这座军事名城的雄姿。

爱情的幻灭，是最难忍受的。这短短三天的离别，瑞那夫人靠一种绝望的爱才聊以排遣。生活之所以还过得去，因为在她与极端的不幸之间，还存有与于连最后面晤一次的希望。她屈指计算还有多少小时，多少分钟，分隔着她与他。终于，在第三天夜里，她远远就听到约定的信号。冲破千难万险，于连终于出现在她的面前。

这时，她心里只存一个念头：这是我跟他的最后一面。对这位相好的殷切，她毫无反应，好像只剩一口气的活尸。即使她迸出一句话，说她爱他，也是笨嘴拙舌的，倒似乎证明与此相反的意思。长此久别的想法，折磨着她，恁怎么也摆脱不开。禀性多疑的于连，有一会儿，以为自己已给遗忘，扔出几句刻薄话，回答他的，只是默默流淌的大颗大颗的泪珠和近于痉挛的握手。

"但是，天哪！叫我怎么相信你呢？"于连这句话，是用以回答他蜜友冷淡的抗辩的，"对戴薇尔夫人，对泛泛之交，你都表现出百倍的友情。"

瑞那夫人一下子愣住了，不知如何回答是好。

"天下不会有比我更不幸的人了……我巴不得赶快死去……我觉得自己心里冷得像冰……"

这是他得到的最长的答话。

曙色初露，动身在即，瑞那夫人顿时止住了眼泪。她看他把一根长绳拴在窗口，没有说话，也没有回吻。于连无望地对她说：

"我们的关系，总算到了你所巴望的状态。从今以后，你的生活，可以无悔无憾。小孩子有点病痛，也不至于看到他们如进了坟墓。"

"你不能和斯丹尼吻别，我总觉得是种缺憾。"她冷冷地说。

于连临行，对这个活尸毫无热情的拥抱，感触甚深。两脚走了十几里路，心里还不能想别的事。他神情怫然，在翻过山头之前，只要还能望见维璃叶礼拜堂的尖顶，总是频频回首。

第二十四章　省会

多么嘈杂，多么繁忙！一个二十年华的小伙子，头脑里对未来存有多少想法！在爱情上，焉能不分心！

——巴纳夫

最后，他望见远山上黑墙如堵，那是守卫贝藏松的寨堡。“要是派我到这座兵家必争的名城来当少尉，负责卫戍事宜，”他叹口气说，“那光景会是多么不同啊！”

贝藏松不仅数得上是法国最美的城市，而且出了不少仁人志士。但于连乃一介乡野小民，与杰出人物无缘。

他在傅凯处找了一套城里人的服装，就以这身打扮走过吊桥。脑子里尽想着一六七四年围城[1]的史实，很想在关进神学院之前，先对此地的城墙和寨堡凭吊一番。有两三次，他差点儿给哨兵逮住，因为闯入了工兵部队划定的禁区，只为里面的干草每年可以卖到十三四法郎。

高高的城墙，深深的堑壕，黑黑的大炮，煞有看头，他流连几个小时。最后，步入林荫道，走过一家很气派的咖啡馆，把他看愣了，啧啧称羡。没错，他念道：“咖啡馆。”字体粗大，横写在两扇大门之上，但他不敢相信自己的眼睛！他打起精神，克服虚怯心理，大胆走了进去。见是一个大厅，长约三四十步，屋顶高可两丈。这一天，一

1　路易十四于一六七四年围城二十四天，终于从西班牙手中夺回贝藏松。

切的一切，对他都如梦似幻。

在那一头，见有两局台球赛。侍者大声报着分数，打球的人围着球台转来转去，四周挤满了看客。他们口吐烟雾，把众人裹在蓝色的轻霭里。那些人，高高大大的身坯，又宽又圆的肩膀，持重的举动，浓密的颊髯，长及膝下的外套，吸住了于连的注意。这些旧时 Bisontium[1] 的高贵苗裔，说起话来，声高气粗，俨然一副威凛的斗士模样。于连屏息鹄立，钦羡不已，由此想见贝藏松这大都会的恢宏与壮丽。看到那几个神态倨傲、高声报分的侍者，自忖实在没胆量敢向他们要一杯咖啡。

但是，坐在账台后面的小姐，已经注意到这年轻乡民可爱的模样，他站在离火炉三尺远的地方，腋下夹着个小包袱，正在端详一座白石膏的国王胸像。这位小姐，是弗朗什－孔泰人，高挑个儿，匀称身材，穿着足以使咖啡馆增色生辉。她用只有于连一人能听到的娇音，已经连喊了两声："先生！先生！"于连回过头来，遇到一双蓝莹莹的大眼睛，极其温柔，方明白对方是在招呼自己。

他急步走向账台，走向漂亮小姐，像去冲锋陷阵一般。但，急行无好步，包袱掉地上了。

我们这位内地人，给巴黎的中学生看到了，不知会怎样可怜他。巴黎的学生到十五岁，在咖啡馆进进出出已会派头十足，不过，十五岁上算得有模有样，到十八岁反而变得平庸起来。内地人常内心热切而行止羞涩，但有时候这种羞怯心理一克服，倒能叫人懂得表现自己的意愿。于连向那位肯屈尊跟自己说话的漂亮女郎走去的时候，心里想："我应该对她说实话。"怯意一去，倒变得奋勇起来：

"小姐，我还是生平第一次来到贵城贝藏松。想要一份面包和一杯咖啡，钱我照付。"

那姑娘嫣然一笑，面颊飞红。她为这英俊小伙子担心，不要招那些打台球的人嘲笑与戏谑。一受惊吓，他就不会再来了。

1　拉丁文，意为：贝藏松。

"坐在这儿，靠着我。"她指着一张大理石桌子。这桌子，差不多完全给伸向厅内的桃花心木大账台所遮蔽。

姑娘从账台里俯出身去，得以一展婀娜的身姿。于连凝眸一望，所有的想法顿时起了变化。美丽的小姐在他面前放下一只杯子，几粒方糖和一个小面包。她迟疑莫决，没有马上唤侍者来上咖啡，因为她明白，侍者一来，就无法跟来客悄悄密语了。

于连漫想开来，把眼前这位活泼快乐的金发美人，与常常使他心动神驰的若干往事，相互参较。想到自己曾是别人钟情的对象，他的羞怯心理几乎一扫而空。美丽的姑娘在片刻之间，已从于连的眼神里看出他的心思。

"烟斗的气味很呛人，这样，你明儿早晨八点以前来用早餐，那时差不多只有我一人。"

"请问芳名？"于连很腼腆地微微一笑。

"阿梦妲·碧娜。"

"过一小时，给你送来这样的一个小包，可以吗？"

美人儿阿梦妲想了一想。

"这里耳目不少，你这要求可能会连累我。不过，我写个地址给你，你拿去贴在包裹上。放心送来好了。"

"我叫于连·索雷尔，"年轻人说，"这贝藏松，我既无亲戚，也无朋友。"

"啊！我明白了！"她快活地说，"你是来进法科学校的？"

"可惜，不！"于连答道，"他们要送我进神学院。"

莫大的失望，阿梦妲顿时容光暗淡。她喊来一名侍者，此刻她才有这份勇气。侍者给于连斟咖啡，连看都没看他。

阿梦妲在账台上向客人收款。于连对自己敢于搭话，颇为自得。这时一张台球桌旁，忽起争执。球客们又叫又喊，你一言我一语，声震大厅，一片喧哗，使于连大感意外。阿梦妲好像懵在那里，双目低垂。

"你愿意的话，小姐，"他突然很有自信地说，"你就说，我是你表亲。"

这威凛的口气，阿梦妲听来喜欢。"倒不是个没出息的家伙。"她想。下面的话，她说得很快，也不看于连，因为她的眼睛正注视是否有人走近账台：

"我是商栗人，靠近第戎那边，你就说你也是商栗人，是我母亲方面的表亲。"

"一定遵命。"

"夏季，每星期四下午五点，神学院的学生要列队经过这咖啡馆门前。"

"我经过的时候，你如果还想我，手里就拿一束紫罗兰为号。"

阿梦妲看了他一眼，大为讶异。这一看不要紧，将于连的勇气化作了冒失；不过他说下面这句话时，脸上还红得很厉害：

"我感到我已爱上了你，而且是一种最强烈的爱。"

"哦，你说得轻一点。"她神色惊惶地说。

于连想这里可照搬《新爱洛伊丝》里的句子；此书他看的是一个零落不全的本子，在苇儿溪找到的。他的记性帮了大忙；他一口气背了十分钟《新爱洛伊丝》，阿梦妲小姐听得惊异不置。正当于连得意于自己的无畏无惧，那美丽的弗朗什－孔泰姑娘突然装出冷冰冰的神情。原来她的一位相好出现在咖啡馆门口。

此人吹着口哨，晃着肩膀，朝账台走来，他瞪了于连一眼。于连好走极端，此刻脑子里充满了决斗的念头。他面色陡然发白，把杯子往前一推，露出决然的神态，把他的情敌看个仔细。正当这情敌低着头，熟练地在账台上给自己斟酒的时候，阿梦妲以目示意，叫于连低下头去，于连就照办。有两分钟，他一动也不动坐在位子上，面如死灰，心里在拿主意，盘算着将要发生的事。此时此刻，他倒真是好样的。那情敌对于连的目光，甚感惊异；他把一杯烧酒一口气喝光，对阿梦妲说了句话，两手往松垮垮的礼服侧袋一插，吹着口哨，乜了于连一眼，朝台球桌边走去。于连怒不可遏，倏地起立，但他不知道怎样才能表示傲慢。把小包袱往旁边一放，竭力装得吊儿郎当的，大摇大摆，也朝台球桌走去。

谨言慎行的嘱告，全无济于事："刚到贝藏松，就跟人决斗，那教士的前程就完了。"

"那有什么关系，免得落下话柄，说我放过了个不逞之徒。"

阿梦妲看到了他的勇迈之气。他这股蛮劲儿，和幼稚的举止，形成绝妙的对照。转瞬之间，她喜欢他，远胜于那个穿礼服的魁梧汉子。她站起身来，眼睛像是盯着街上的行人，快步走去，置身在于连与台球桌之间。

"不准你这样斜眼看那位先生，他是我姐夫。"

"跟我有什么相干？他也这样看过我。"

"你想叫我倒霉吗？不错，他看过你，说不定还会来跟你说话呢。我对他说过，你是我娘家的亲戚，是从商栗来的。他是弗朗什－孔泰人，足迹从未出过多勒，那是去勃艮第的第一站。所以，你爱怎么说就怎么说，不用担心。"

于连还有些踌躇。她很快又添油加醋，好在女掌柜脑瓜儿灵，谎话连篇：

"不错，他看过你，那时他正向我打听你来着。他跟谁都是粗里粗气的，不是存心想侮辱你。"

于连的眼睛一直盯着那个冒牌姐夫，看他买了一个筹码，走向远处一张台球桌，听见他用粗嗓门咄咄逼人地喊道："让我先来！"于连很快绕过阿梦妲，朝台球桌走去。阿梦妲一把抓住于连胳膊：

"来，先把钱付了。"

"也是，"于连想，"怕我不付账就走了。"阿梦妲跟他一样心慌意乱，脸涨得通红，慢条斯理地找钱给他，压低声音，反复叮嘱道：

"立即离开咖啡馆，不然，我就不喜欢你了。要知道，我很喜欢你。"

于连果真走了出去，但故意慢吞吞的。他反复思量：“我是不是也该吹口哨瞪那粗坯一眼？”心里疑疑惑惑的，就在咖啡馆前的马路上往来蹀躞，等了一个钟头。那人始终没露面，于连只得开路。

他到贝藏松才不过几小时，已经有了这桩恨事。从前老军医不顾自己的痛风症，曾教他几招剑术，这是他用以泄恨的全部本领。假如除了打耳光，他还知道可用别的方法表示愤懑，那就不会有刚才受窘这回事了。不过，真的拔拳相向，对手是这么一个大汉，肯定会把他打得趴在地上。

“像我这样的可怜虫，既无靠山，又无钱财，”于连自忖，“进神学院和坐铁栏杆，本无多大差别。我应该换上黑外套，把便服存在哪家客店。万一能从神学院溜出来几个钟头，就可以穿得跟城里人一样，去跟阿梦妲小姐相会。”想法固然高明，但走过一家家客店，都不敢进去。

临末，他往回走，重新经过贵宾旅社，他恍惚不定的眼神与一个胖女人的眼睛碰个正着。这胖太太还相当年轻，脸色红润，人乐呵呵的。他走过去，把自己的事跟她说了个大概。

“当然可以，漂亮的小神父，”贵宾旅社的老板娘说，“你的便服我给你收着，还会常常掸掸灰的。这种天气，毛料衣服搁着不动可不行。”她拿了一把钥匙，亲自领他到一间房里，要他把留下的东西写个单子。

“哦，天哪！你这模样多俊哪，我的索雷尔神父，”胖女人看到于连朝厨房走来，嚷嚷道，“我这就给你准备一份儿好吃的，而且，”她压低声音，“只收你二十个子儿，别人可得付五十个子儿。这样，免得把你的荷包挤瘪了。”

“我有十个金路易呢。”于连回答的口气，不无小小的得意。

“啊！老天爷！”好心的老板娘满脸惊恐之状，“别高声嚷嚷。贝藏松城里，坏蛋不少。一眨眼，你的钱就给偷掉了。尤其别进咖啡馆，那里尽是坏蛋。”

“真是！”这话正合于连的想法。

“除了我这儿，别处都别去，我会给你预备咖啡的。请记住，在这儿，你永远能找到一个好朋友和一份二十个子儿的好饭菜。我希望，事情就这样说定了。你去桌边坐好，我就过来亲自侍候。”

“我实在吃不下，”于连说，“我心里太毛躁了，因为出了这店门，我就得进神学院了。”

那好心的女人，直到把他口袋塞满了吃食，才放他走。临了，于连上路去那可怕的地方，老板娘则站在门槛上给他指路。

第二十五章　神学院

三百三十六份八十三生丁的午餐，
三百三十六份三十八生丁的晚餐，另加
可可茶，承包下来，能赚多少呢？
——贝藏松的瓦勒诺

大门上的镀金铁十字架，他老远就已望见。慢慢走近去，觉得两腿发软。“那真是人间地狱，一进去就出不来了！”临了，他才下决心拉响门铃。铃声铃铃铃响起来，好像在荒山野地里一样。过了十分钟，才有一个面色灰白、身穿黑袍的人来开门。于连看到有人来，立即低头垂目。这个看门人，相貌很古怪。凸出的绿眼珠，像猫眼一样滴溜滚圆。眼皮一动不动，表明他不论遇到什么事，都不会有一点恻隐之心。薄薄的嘴唇，在前牙上形成半弧形。不过，这相貌，倒不是罪恶的表征，只能说是十足的麻木不仁，年轻人看了更会觉得可怖。于连朝这张虔诚的长脸偷偷扫了一眼，推测他只有一种情感：所说的事，凡与天国无涉的，都表示极度的蔑视。

于连强迫自己抬起眼来，心跳气喘地解释说，他希望能拜见神学院院长彼拉先生。那黑衣人一语不答，只示意叫他跟在后面。他们登上两层楼，楼梯很宽，一侧挡着栏杆，凹凸不平的踏级从靠墙的那头歪斜下去，好像随时都会倒塌的样子。一扇小门，很费劲才给推开，门顶上有一个公墓里常见的黑漆木质大十字架。看门人让他走进一间又矮又暗的房间，石灰刷白的壁上，挂着大大两幅因年深月久而变暗发黑的画像。于连给独自留在那儿。他沮丧已极，心怦怦直跳，要是敢哭出来那会痛快多了。整幢房子里，笼罩着死一般的寂静。

一刻钟之后，在于连感觉上像是漫长的一整天——脸色阴森的看门人，出现在房间另一头的门槛上，也不屑于开口，只示意他往前走。于连进去的那间房间，比第一间还大，但光线极暗。墙壁也刷了白石灰，但没有家具。只是靠门的角落里，于连走过时看到有一张白木床，两把草垫椅，一把松木的小靠椅还没有坐垫。房间的另一头，靠近小窗的地方，看到有一个人，披着破旧的道袍，坐在一张桌子前；小窗的玻璃已经发黄，窗台上摆着几只很脏的花瓶。那人样子像在生气，从一堆方块纸里，抽出一张小纸片，写上几个字，再在桌上排好。他没发觉于连在场。于连木然站在房中央，看门人把他留下，就自己关门走了。

这样过了十分钟，那穿着破旧的人还兀自在写。于连十分紧张，惊恐莫名，几乎不支，好像就要倒下来了。哲人见了会说，也许未必说对："这是丑怪对天生爱美之心留下的强烈印记。"

那写字人，终于抬起头来，于连一时没注意到，而且看到之后，还直愣愣愣在那里，好像遭那可怕的目光一击，已经毙命似的。于连两眼模糊，依稀看见一张长脸，脸上满是红斑，除了额角，显得像死一般苍白。在红腮白额之间，是一对乌黑的小眼珠，连天不怕地不怕的人看了也会心惊胆战。又密又短、乌黑发亮的头发，把宽阔的前额，呈露得格外分明。

"请你走近来，行不行？"那人终于不耐烦起来，说道。

于连步履不稳地走去，好像快要摔倒，脸色从没这么苍白，走到离铺满方片纸的小桌还有三步远处停下。

"再近一点。"那人又说。

于连再向前走，伸着手，好像在找什么可以扶靠一下的东西。

"你叫什么名字？"

"于连·索雷尔。"

"你来迟了。"那人重新用可怕的目光盯着他。

于连受不了这目光，伸出手去好像要抓什么，不意直挺挺倒在地板上。

那人打了几下铃。于连只是眼睛看不见，身子挪不动，耳听得脚步杂沓，朝他走来。

别人扶他起来，按着坐进那把白木靠椅。他听见那可怕的人对看门人说：

“看来是发羊角风，他就缺这一手了。”

等于连睁开眼来，那红脸人依然在写，看门人已经不见。“此刻得拿点勇气出来。”我们的英雄默筹于心，“特别得把刚才的感触掩盖过去。”他这时突然一阵心痛，“假如我有什么意外，天知道人家会怎么想。”最后，那人停下不写了，斜睨了于连一眼。

“你有精神回答我话吗？”

“可以，先生。”于连一丝半气地说。

“啊！这就好。”

黑衣人半起半坐，吱吱咯咯拉开松木桌的抽屉，很不耐烦地在里面找信；找出信来，他缓缓坐下，又看了于连一眼，那神情像是要把他仅剩的一丝命脉都勾去似的。

“你有谢朗先生推荐，他是教区里最好的神父，德行最高的君子，跟我是三十年的莫逆之交。”

“啊！不胜荣幸，原来你就是彼拉先生。”于连气息奄奄地说。

“不敢，不敢。”神学院院长接口答道，很生气地看了他一眼。

他的两只小眼睛陡然一亮，嘴角的肌肉不由得抽动一下，那表情像老虎开荤之前先咂咂味道。

“谢朗的信很短，”他像自言自语似的，“Intelligenti pauca[1]：时下的人，用笔都不简练。”

他接着高声念道：

---

1 拉丁文，意为：妙语不在言多。

“兹介绍本教区于连·索雷尔来尊处。我为他施洗，说来快有二十年了。乃父是有钱的木匠，对他却分文不给。于连会是吾主葡萄园里出色的园丁。记性，悟性，都不错，尤善内省。他献身圣职的志向能持之以恒吗？是真心诚意的吗？”

“真心诚意！”彼拉神父把这四字重念一遍，感到惊异；他看了于连一眼，不过，目光已不那么不通人情了。“真心诚意！”他又放低声音念了一遍。然后接着念信：

“我向你提出为于连·索雷尔申请奖学金，经过必要的考试，他自具资格，受之无愧的。我教过他神学，就是博舒哀、亚尔诺、福禄利诸人的旧派神学，堪称上乘的神学。此人如觉不合适，烦请遣回我处；丐民收容所所长，此公你也认识，愿出八百法郎聘他为家庭教师——感谢天主，我的内心很平静。那可怕的打击，今已习而相安。Vale et me ama[1].”

彼拉神父读到信末的签名，放慢声音，叹了口气，才念出“谢朗”两字。

“他很平静，”不禁感慨系之，“不错，有此操行，才有此报偿。倘遇类似情况，祈求主也能施予我同样的嘉勉。”

他仰望上天，画了个十字。看到这神圣的动作，于连觉得恐惧心理稍减；极度的恐惧，使他一踏进这所房子，心都凉了。

“我这里有三百二十一位立志献身圣职的人，”彼拉神父最后说，语调严厉，但并无恶意，“其中只有七八位，得到像谢朗神父这样的人物推荐。因此，在三百二十一人中，你是第九位。不过，我的庇

1 拉丁文，意为：手此，诸希心照。

护，不是施恩和宽宥，而是加倍的鞭策和严明，以防止沉沦和堕落。去把那扇门锁上。”

于连勉强移动脚步，总算没倒下来。他注意到，在进出的门旁，有一扇小窗，朝着田野。看到嘉木庭树，仿佛旧友重逢，真是一隅风光也慰怀。

“Loquerisne linguam latinam.”[1]于连走回来时，彼拉神父问道。

“Ita,pater optime.”[2]他答道，神志清醒了一点。可以肯定，这半小时里，依他看来，彼拉先生不比世界上任何一人更值得尊敬。

两人就用拉丁文谈下去。神父的眼睛里，表情渐趋温和，于连也恢复了几分镇静。“我真怯弱，”他暗想道，“竟给这种道德的幌子唬住！焉知此人不是马仕龙之流的骗子？”于连感到庆幸，他所有的钱几乎全都藏在了靴筒里。

彼拉神父就神学问题考了考于连，对他学识的渊博感到吃惊。特别问了一下《圣经》，更惊讶得有增无已。不过，问及宗派学说时，发觉于连一无所知，甚至连圣哲罗姆、圣奥古斯丁、圣博纳梵渡、圣伯希等名字都不知道。

“是啊，”彼拉神父想，“这正是偏于新教教义的要不得之处，当着谢朗神父的面，我也不是没诘责过。毛病出在对《圣经》钻之弥深，过了头了。”

那是因为于连刚跟他谈到《创世记》和《摩西五经》[3]成书的真正年代，其实，彼拉神父并没问到这个题目。

“对《圣经》这样无穷尽的证义，”彼拉神父想，“倘不是引向私家诠释，就是说引向令人头痛的新教教义，岂有他哉？而且，除了这类疏

---

1 拉丁文，意为：你会说拉丁文吗？

2 拉丁文，意为：会一点，尊敬的神父。

3 《圣经旧约》的前五卷，即《创世记》《出埃及记》《利未记》《民数记》及《申命记》，相传出于摩西之手，故称《摩西五经》。近代考证则认为，此五记是在纪元前九世纪至前六世纪，根据多种资料编纂而成。

漏的学识，对能纠偏匡正的圣父行述却一无所知。”

神学院院长问到教皇的权能，原以为顶多听到几句古代自主教派的名言，不承想这年轻人把默思得《教皇论》全书背了出来，真使他惊愕不已。

“谢朗真是个怪人，”彼拉神父心里想，“指定他看这本书，是教他去加以嘲讽吗？”

神父又提了几个问题，想弄清于连是否确实信奉默思得的学说，但那是枉费唇舌。年轻人的回答，全靠的记性。这时，于连觉得自己精神很好，已能挥洒自如。经过长久考问，他感到彼拉神父的严酷只是徒有其表。实际上，神学院院长如果不是十五年来定下对神学士要临之以威的原则，早就为于连的逻辑严密去拥抱他了，因为他觉得于连的对答，十分清晰、准确、不枝不蔓。

“这是一颗大胆而健全的心灵，”彼拉神父忖道，“惜乎 corpus debile[1]。”

“你常这样摔倒吗？”他指着地板，用法文问于连。

“这还是第一次，看门人的尊容令人胆寒。”于连答话时，脸红得像小孩。

彼拉神父几乎要笑出来。

“这就可见出奢靡世界对你的影响了。显然，你已看惯笑脸，而笑脸乃是虚伪的舞台。奉告你，真理是严正的。我们在尘世的使命，不也是严正的吗？应当时时警醒，你的良知要提防这个弱点：世象浮华虚妄，切不可太动心。

“要是你的推荐人，不是谢朗神父这样的人物，”彼拉神父神色怡然地重新说起拉丁文来，“我很可以用此世界的浮华语言与你交谈，因为红尘十丈，看来你已习染甚深。至于全额奖学金一事，我可以告诉你，这是难而又难的。不过，堂堂谢朗神父在神学院谋不到一份奖

1 拉丁文，意为：体质太弱。

学金，那他五十六年使徒般的辛劳也所值无几了。”

说了这番话之后，彼拉神父叮嘱于连，不经他的同意，不要加入任何秘密团体或会社。

“这我可用名誉担保。”于连像个本分人，神情大悦地说道。

神学院院长听了笑了一笑，算是第一次有了笑脸。

“你这句话，不当在这儿说，”他告诫道，“因为会叫人想起俗世的虚荣；世上许多人出于虚荣，才做下错事，时常陷入罪恶。遵照庇护五世教皇 Unam Ecclesiam[1] 谕旨第十七条，服从我是你的神圣义务。在教门中，我是你的尊长。进入这修道院，亲爱的孩子，聆听就是服从。你手头有多少钱呢？”

“这就涉及正题了，”于连暗想，“所以叫‘亲爱的孩子’，原来如此。”

“三十五法郎，我的神父。”

“这笔钱派了什么用场，都要作仔细记载，以后向我报账。”

这一艰难的谈话，持续了三小时之久。最后，于连才奉命去叫看门人。

“领于连·索雷尔到一〇三室去。”彼拉神父对那人说。

于连得以单人独住，算是受到特别器重。

“把他的箱子也搬去。”神学院院长补上一句。

于连低头一看，箱子正好就在自己面前；他对视了三小时，竟没认出来！

一〇三室，在这幢房子的最高一层，是八尺见方的一间小室。进到房里，他注意到，房间朝着城墙，再远，就可望见秀丽的原野，杜河的那一边就是城区。

“真是景色宜人呀！”于连脱口而出。说是这么说，这句话的含意，他倒未必领略得到。到贝藏松还没多久，而刺激之深，已把他的

1　拉丁文，意为：唯一教会。

精力消耗殆尽。斗室里只有一把木椅，他在靠窗的这把椅子上一坐下来，就沉沉睡去了。晚餐的钟声，晚祷的钟声，他一点都没听到。人家也把他忘了。

第二天早晨，第一抹晨曦把他照醒过来，这才发觉自己原来一直躺在地板上。

第二十六章　世界之大或富人所缺

这天壤下独我孤零，无人念我。眼看鼠辈发财致富，他们一是卑鄙，二是心狠，我可没有这种德行。他们恨我，是因为我易发善心。啊！我活不久了，不是饿死，就是痛苦而死，因为看到那些狠心的家伙，真太不受用了。

——杨格

他急忙刷一下衣服，赶下楼去，已经迟到了，受到学监一阵严斥。于连不想为自己辩解，只交叉两臂搁在胸前，不胜愧疚地说：

“Peccavi,pater optime.”[1]

这第一炮，大获成功。修士中有些精明人，便看出他们要对付的，不是一个初出道的嫩角色。休息的时候，于连成了众人打量的对象。但在他身上，只发现矜持与沉静。按照他自定的戒规，把三百二十一个同学统统看成仇敌，而在他眼里最危险的，莫过于彼拉神父。

几天之后，于连需选定一位忏悔师，人家交给他一份名单。

“嗨，笑话！把我当作什么人了？”他心里想，“他们以为我不会听话听音？”他最终选了彼拉神父。

1　拉丁文，意为：我知罪认错，尊敬的神父。

没料到，这一步却关系重大。有个很年轻的小修士，也是维璃叶人，从第一天起，便自封为于连的朋友，他告诉于连：如果当初选神学院副院长卡斯塔奈德，做法上就谨慎得多。

“卡斯塔奈德神父把彼拉先生当敌人对待，”小修士凑近于连耳朵说，“人家怀疑彼拉先生是詹森教派[1]。”

我们的英雄，自以为谨言慎行，其实他初期的举措，像选择忏悔师，就糊涂透顶。富有想象的人，往往很自负，而自负易致迷误，把意愿当作事实，比如他，就认为自己已是很练达的伪君子了。他甚至狂妄到责备自己以做低服小之术，当作克敌制胜之道。

“唉！我也只此法宝！换了另一个时代，”他自忖道，“面对强敌，凭我漂亮的行动，就足以解决立身处世的问题。”

于连对自己的行为沾沾自喜之余，环顾左右，发觉从外表看，个个都堪称纯粹的道德君子。

有八九位修士生活在圣洁的气氛中，或像圣丹兰丝见过显圣，或有类似圣方济在维尔纳山得神宠爱无上的幻觉。但这都是天大的秘密，友朋辈都替他们隐讳不传。这些视幻见圣的可怜后生，差不多一直住在病房里。其他一百来人，怀着坚定的信仰，孜孜矻矻，勤修苦练，持戒精严，弄到几乎病倒，却也没有多大长进。有两三个确有真才实学，出类拔萃，其中一人叫夏泽尔，但于连故示疏远，他们当然更不会来套近乎。

其他二百多修士，都是粗俗之辈。尽管拉丁文一天读到晚，却未必能解得其中意。他们差不多都是农家子弟，与其辛辛苦苦，翻地刨土，还不如在这儿念念有词，混口饭吃。基于这番观察，在开头几天，于连就自诩，能很快取得成功。“聪明人是各行各业都需要的，因为毕竟事情要人去做，”他自慰道，“在拿破仑麾下，我能升大将军；在

---

1 詹森教派，法国天主教教派，以奉持教规严刻著称，认为原罪败坏人性，崇尚虔诚，坚信圣宠。还认为教会的最高权力不属于教皇而属于主教会议。后被罗马教皇英诺奉十世斥为异端，下谕禁绝。

未来的神父中间，应能当大主教。”

“这些可怜虫，从小就干活，”他恣意想道，“到这儿之前，喝的是发酸的牛奶，吃的是粗黑的面包，住在茅草屋，两个月才能吃到一次肉。就像古罗马士兵，把打仗当休息一样，这些乡下粗坯，到了神学院正是好不快乐逍遥。”

于连从他们死气沉沉的眼里，饭前只看到期待饱吃一顿的生理需要，饭后只看到塞饱肚子之后的心满意足。他就得在这批人中崭露头角。但于连不知道，别人也不肯告诉他，那就是：在神学院所学教理、教会史等课程考第一名，在他们看来，只是一种出风头的罪恶。从伏尔泰以来，从实行两院制以来，这种政体，归根到底，只是相互猜疑和个别考查，在老百姓中造成猜忌的恶习。法国的教会似乎明白，书籍才是宗教真正的敌人。在教会眼里，虔心服从，才头等重要。做出学问来，即使是神学方面的，他们也觉得可疑，这当然不无道理。像西哀耶斯或格雷古瓦[1]那样卓绝的人物，他们要转向另一个阵营，有谁能阻挡得住？栗栗危惧的教会，唯以教皇为依恃，当作唯一的救星。只有教皇才有本领，借教廷举行的煌煌盛典，去麻痹自省精神，慑服世上苦闷病态的灵魂。

于连对各种实际情况，粗粗有了些了解，但神学院里的一切言论都力图掩饰真情，所以他的心境常很抑郁。以他的勤奋，很快学会不少东西，对将来当神父固然有用，但在他看来却十分虚浮不实，所以毫无兴趣。他真觉得更无别事可做了。

“我难道被整个世界遗忘了？”他不免要这样想。但他有所不知，彼拉先生收到过几封盖有第戎邮戳的信，都已阅讫付火。这些来信尽管措辞十分得体，字里行间却透露出如火一般的热情。一种深切的悔恨，似乎跟这份情爱在较劲。“这样更好，”彼拉神父想，“这少年爱的，至少不是一个不信教的女人。”

1　西哀耶斯（1748—1836）与格雷古瓦（1750—1831），原为神父，后均成为推动法国大革命的活动家。

一天，彼拉神父打开一封信，字迹有一半浸了泪水，已漫漶不清，原来是一封诀别信。“最后，”信末对于连说，“上天宠信有加，赐我知恨，当然不是恨那个使我失足的人——他永远是我此生之最亲——而是恨我的过失本身。牺牲已然做出，我的朋友。不过，泪水也没少流，就像你能看到的那样。我心牵魂系的小生灵，也是你十分喜爱的，他们的前途，比什么都重要。从此，公正而可畏的主，不会因他们母亲作孽，而施报在他们身上。别了，于连，愿你能公正待人。”

结束的字，几乎无从辨识。写信人留了一个第戎的地址，但望万勿回复，至少复信的措辞，不要使一个改邪归正的女人读了脸红。

于连的忧思，加上包饭铺以每顿八十三生丁高价而供应的低劣伙食，已开始损及他的健康。正是在这种情况下，一天早晨，傅凯遽然来到他的房间。

“我总算进来了。为了见你，贝藏松我已经来过五次，当然这不能怪你，每次都碰到一张冷板板的木头面孔。为此，我派了一人守在你们神学院的门口。真见鬼，你怎么老不出来？”

“这是我给自己定下的规矩。”

“我发现你大有变化。好了，到底又见到你了。两枚锃亮的五法郎银币叫我明白，自己真是蠢货，没在第一次来就摸出来。”

两个朋友一谈开就没完。不料于连脸色大变，当傅凯提道：

“顺便说一句，你知道吗？你学生的母亲，现在变得非常虔诚了。”

言者无意，正好触着对方心事，这种轻描淡写的口气，对那魂飞魄荡的心灵，恰恰造成一种奇特的印象。

“是的，老弟，虔诚到近乎狂热的地步。据说，她还屡次远行朝圣。那马仕龙神父，就是长期在暗中刺探谢朗动静的那位，这下落了个终身之耻：瑞那夫人对他不敢领教，宁愿上第戎或贝藏松来做忏悔。”

“她到贝藏松来了？”于连连额角都红了。

“不是经常来的吗？”傅凯的答话，带着盘问的口气。

“你身边有《立宪报》吗？”

“你说什么？”傅凯反问。

“我问你，有没有带《立宪报》，”于连的语气，极其平静，“这儿，每份卖到三十个子儿呢。”

“怎么！连神学院里，也看进步报，也有自由党！”傅凯嚷了起来，“喔，可怜的法兰西！”他学着马仕龙甜俗的腔调和虚伪的语气，补上一句。

如果说，来自维璃叶的那个小修士——看来还像个孩子，在于连进修道院的第二天说的一句话，未能使我们的英雄觉察出重大的隐情，那么，傅凯的来访，造成的印象就很深了。回想入神学院以来，他的举措，可谓错上加错，只有苦笑而已。

事实上，他一生中的大事，都是经过精心谋划的，只是他疏于细节，而神学院里那些狡黠之徒却专门注意琐琐小事。因此，同道中，已认为他有自由思想。而他恰恰在许多小关节上露了破绽。

在他们看来，他沾染上了一个恶癖：用自己的头脑去思考，去判断，而不是盲从权威与先例。彼拉神父，对他没有任何帮助可言。在告解亭之外，没跟他说过一句话；即使在告解亭里，也是听得多，说得少。他当初要是选了卡斯塔奈德神父，光景就会大不一样。

于连一旦觉察到自己的愚蒙，就不再有无所事事的烦闷了。首先想弄清楚危害有多大。他本来一直以孤高而执拗的沉默来摒拒同窗，为此，稍稍改变了一下沉默寡言的习性。这样一来，人家倒可以报复他了。他这厢表示亲善，别人则报以轻蔑，甚至冷笑。他这才明白，踏进神学院以来，没有一小时，特别在休息时间，不产生于他有利或不利的影响，不是增加仇敌对头，就是赢得几个道德君子或斯文修士的好感。要弥补的弊端太多了，担子不轻。从今以后，于连得时时提起精神，戒惧自己，关键是要养成一种全新的性格。

比如说，眼睛的表情，就给他惹了不少麻烦。在这等地方，垂下眼帘，不是没有道理的。“想我在维璃叶多么自负！”于连暗自思量，

“那时以为，这就是生活，其实，只是准备生活。现在，才算进入社会，发现周围布满了真正的敌人，这情形直到我的角色扮完为止。难矣哉，每分每秒都得饰行欺世！以其艰巨而论，连大力士海格力斯都要相形见绌！近代的海格力斯，就是希克斯特五世[1]；此公装作谦谦君子，一连十五年，瞒过了四十名红衣主教，而他们是识得他少年时暴烈而倨傲的性情的。”

“学问在这儿真是分文不值！”他想起来就怨愤，“教理、教会史等课程，取得好成绩，只是虚好看。教的那些内容，给像我这样的傻瓜听了，正好堕其术中。唉，我唯一的长处，是进步快，有法子掌握那些无聊玩意儿。那些废话有什么价值，难道他们心里不清楚？说不定会跟我一样看法？而我还蠢到引以为骄傲。名列前茅，只给我招来一批死敌。夏泽尔比我有学问，每次做作文，总不忘说两句糊涂话，给发落到第五十名；如果他得第一，准是一时疏忽的结果。啊！彼拉先生肯指点一句，哪怕就是一句，对我会有多大用处！”

迷障一破，那些长时间的苦修仪规，诸如一周五次的诵经，圣心堂的唱诗等等，向来觉得沉闷得要死的，如今变成最有意思的活动了。于连严于律己，但做法上不求过分，不期望像院内那些模范修士，每时每刻都要做出有意思的行动，以证明自己是完美的基督徒。神学院里，食用带壳溏心蛋，吃法上另有一功，可以看出一个人在灵修方面的进步。

诸君看了或许会窃笑，那就不妨回忆回忆戴利尔神父，去路易十六宫中一位贵妇家赴宴吃鸡蛋时的种种失态。

于连的初步目标，是但求 non culpa[2]，就是说，一个年轻修士要达

1　费力克斯·裴亥第，即后来的希克斯特五世。在当主教的十五年里，一直支着拐杖，装得病病歪歪的，一五八五年遴选教皇，四十名红衣主教想他会不久于人世，达成协议，共同选他。哪知此公一登上教皇宝座，就扔了拐杖，精神十足，对内对外革故鼎新，大有一番作为。

2　拉丁文，意为：无过。

到这种境界，无论是踱步徐行，还是举手投足，以眸相人，一点不露浮薄的俗态，但也要表明他还不是一个认定今生虚空、专骛永世的宗教狂。

走廊的墙上，于连常发现有用木炭写的字句，诸如“六十年的苦修，比起天国的万世喜乐或地狱里的刀山火海，那又算得什么”这类句子，他不再小看，反觉得要时时出现在眼前才好。“这辈子，要我做什么呢？”他自问自答，“无非是把天国里的位席卖给善男信女。这位置怎么变成有形的，让他们看得见呢？那就得凭我的不同于尘俗中人的外表。”

于连时时刻刻检点形骸，努力了几个月，还是不脱思索的神态。眼的表情和嘴的抿拢，还不足以表明那种不言自明的信念，那种准备相信一切，忍受一切，甚至不惜以身殉教的信念。比起那些粗鄙不文的农家子弟，于连看到自己在这方面落了后手，心中无限恚恨。他们没有思索的神情，当然是自有缘故的。

为了在外貌上能显出狂热而盲目的，准备相信一切、忍受一切的信念，他哪有不肯吃的苦？这种外貌，在意大利修道院常能看到，奎尔契诺在教堂的壁画上，已为我们世俗凡人留下了完美的典范[1]。

逢到重大的节庆，神学士有酸菜烧腊肠可吃。于连对这美味无动于衷，同桌的人看来，这就构成他的一大罪状。同桌的人看他虚假得发蠢，真可恶之至！没有比这件事给他招来更多的仇敌的。“瞧这小市民，这傲慢家伙，竟装得看不起这道好菜，酸菜烧腊肠！去他的，这无赖！这目中无人的家伙！该入地狱的坯子！”

“唉！这些年轻乡民，算是我的学友，他们的无知，倒是大好事，”于连情绪沮丧的时候，感叹道，“他们进神学院，不像我带来那么多世俗思想需要导师去清除。我是不管做什么，他们从我脸上就能看出来。”

于连迹近妒忌，便以特有的专注，端详神学院里那些粗俗的农家

1 奎尔契诺（1591—1666），意大利画家，参看藏于罗浮宫博物馆，弗朗索瓦·特·阿基坦公爵卸盔脱甲穿道袍的画像，编号一一三〇号。——原注

子弟。他们脱下粗呢短衫，换上黑色道袍的时候，所受到的教育，仅仅限于对金钱，像弗朗什－孔泰人称之为硬通货的金钱，抱有一种无穷无极的敬意。

硬通货之称，是对现金这个概念表示敬重的一种强劲说法。

人生的幸福，对这些修士，就像伏尔泰小说里的人物一样，主要在于美餐一顿。于连发现：他们几乎所有人，对穿一身细呢服装的人，有一种天生的敬畏。有了这种情绪，对我们法庭所谓“分配公平”，才能给予恰如其分，甚至偏低的评估。他们之间常常这样说：“跟‘大佬馆’打‘官司’，能占到什么便宜？”

“大佬馆”也者，是汝拉山区的说法，系指阔佬。那么，对最富有的政府，他们有多崇敬，就可想而知了。

一听到省长大人的名字，若不含笑表示敬意，在弗朗什－孔泰农民眼里，是失礼的事。而失礼，对于穷苦百姓，就会有眼前报：没面包吃。

起始，于连这种蔑视的情绪把自己也憋得够呛，继而才生出怜悯之心：大部分同学的父亲在冬日傍晚，收工回到茅屋，找不到一片面包，也没有板栗和土豆。“这又有什么可奇怪的呢，”于连心里想，“如果在他们看来，好福气，就是第一有好饭吃，第二有好衣穿！我那些同学当然会信仰坚执了，他们把教士这行当，看作是吃得好穿得暖这种福气的长保永享。”

一次，于连偶尔听到一个年轻修士，此人常有些怪念头，对同伴说：

“想我为什么不能当教皇，像希克斯特五世一样？他当初也不过是个猪倌。”

“要知道只有意大利人才能当教皇，”那朋友答道，“不过，代理主教，议事司铎，也许还有主教，肯定是从我辈中抽签决定的。夏隆的主教，那位P某，他的尊大人乃区区箍桶匠，跟家父倒是脚碰脚。”

一天，教理课上到一半，彼拉神父派人来叫于连。可怜的小伙子能暂离这个使他身心都感到沉重的环境，好不高兴。

但发现院长的接待，与他进神学院那天一样可怕。

“这张纸片上写的是什么，你给我说说清楚。”院长目光逼人，于连恨不得钻到地下去。

于连念道：

“阿梦妲·碧娜，长颈鹿咖啡馆，八点以前。说是从商栗来的，是我母亲的表亲。”

于连感到大祸临头。这个地址，是卡斯塔奈德神父的喽啰偷去的。

“我到这儿来的那天，感到心惊胆战，”于连答话时，只敢望彼拉神父的额角，因为顶不住他那威凛的目光，“谢朗先生跟我说过，这个地方充满诽谤和恶意；同学之间，相互窥探和告发，还受到鼓励。说是天意如此，让年轻教士看到人生的本相，引起他们厌恶现世，厌恶浮华。”

“你这小坏蛋！居然敢当着我的面夸夸其谈？”彼拉神父十分光火。

“在维璃叶，”于连冷静地说下去，“我哥哥妒性发作，就揍我……”

“言归正传！”彼拉神父气得直嚷嚷。

于连丝毫没给吓住，继续讲他的故事：

“我到贝藏松那天，将近中午，饥肠辘辘，就走进一家咖啡馆。心里对这种红男绿女的地方，充满了嫌恶，但我想，这儿吃中饭，也许比饭馆要便宜。有位太太，像是店铺的女掌柜，看我不懂人情世故的样子，动了怜惜之情，对我说：‘贝藏松到处是坏人，我真替你担心，先生。万一遇上什么麻烦事儿，尽可找我帮忙，八点以前送个信来。如果神学院的看门人不肯替你跑腿，你就说，你是我的表亲，商栗地方人’……”

“这些啰啰嗦嗦的废话，都要去核对明白。”彼拉神父气得坐不安席，在室内踱来踱去。

“让他回房去！”执事跟着于连，把他锁进房里。于连立即翻检自己的箱子，那张要命的纸片，明明是藏在箱底的。箱子里什么都不缺，只是翻乱了一点，可是，钥匙一直在身边，须臾未离呀。“真是运气，”于连譬解道，“亏得我蒙在鼓里那阵子，一次没外出过，卡斯塔奈德先生几次准我方便行事，那份好意，现在我才懂。万一我心一活，换了衣服，去见美人儿阿梦妲，那我就完了。此中情形，他们刺探到了，想做文章又没做成，不免大失所望，但又不肯善罢甘休，所以就去告了一状。”

两个钟头以后，院长又派人把于连叫去。

“算你没撒谎，”院长的眼神，已不像刚才那么严凛，“但留着这样一个地址，是不慎之举，你想象不到事情会严重到什么地步。苦命的孩子！也许，十年后会给你带来祸害。”

第二十七章　涉世之初

时至今日，天哪，还得遵守救世主的约法。谁触犯了，就该谁倒霉。

——狄德罗

关于于连这一时期的生活，请读者见谅，这里只讲几桩明了而确切的事。这倒并非乏善可陈，而是他在神学院的所见所闻，与本书所愿保持的温和色调，相去甚远，显得过于黯黑。现代人经历一点坎坷，回忆起来犹心有余悸，对什么都扫兴，连读个故事的兴致都会提不起来。

于连于伪诈矫饰，虽屡加尝试，却少有建树，有些时候，他自己也感到厌恶，甚至泄气。毫无成绩可言，而且还不是走的正道！外界只需稍稍给点帮助，就能使他心定志坚。有待克服的障碍本不很大，只是他太孤单，犹如大海里的一叶弃舟。“有朝一日，我自会成功，”他心里想，“但要在这恶劣的环境中过一辈子！那些馋鬼，只想着咸肉煎蛋，等晚餐桌上去狼吞虎咽；要不，就是卡斯塔奈德神父之流的人，哪怕罪恶滔天，也还觉得不够心狠手辣！他们必有大权在握的一天，但是，得花多大的代价啊，我的天！”

“人的意志坚强无比，这点到处都能见到，但是这样一种厌恶情绪，光靠意志就能克服吗？比较起来，大人物的重任还是轻而易举的，即使要冒天下之大不韪，乘危行险也未始不美，而我周围的一切，除我之外，谁知其丑？”

这正是他一生中最艰难的时期。到驻贝藏松的联队去入伍当兵，对他说来是最容易不过的了！就是拉丁文教师也可当得，为维持生计，所需本不太多！不过，这么一来，便不会再有他所设想的事业与前途，那岂不等于死亡。现从他烦闷的长日里挑出一天来，略述几个细节：

这天早晨，他自言自语道："我太自负了，经常暗自庆幸，觉得自己跟其他年轻乡民有所不同。唉，算我多活了几天，才明白与众不同，必生仇恨。"

不久前，一桩失着事对他刺激很深，使他懂得了这个大道理。他赔出一礼拜工夫，想博得一位有圣者气息的同学好感。当时正陪那同窗学友在院子里散步，一边低眉顺眼，听他痴人说梦般的蠢话。突然，天色骤变，雷电交加，那个圣洁的学生一把推开于连，失声嚷道：

"听着，这世界上，人各为己，我不愿给雷打死。老天可以把你劈死，因为你是个异教徒，是个伏尔泰。"

于连气得咬牙切齿，望着闪电烨烨的长空，恨声说道："暴雨浇头，我还昏昧不醒，给大水淹死也是活该！看你还有能耐骗得了别的傻瓜！"

铃声响了，这一课是卡斯塔奈德神父讲教会史。

那些农家子弟，都给父辈的辛劳和穷苦吓怕了。这天，卡斯塔奈德神父在讲课中，对他们说：政府这个在他们看来十分可怕的庞然大物，正是凭借天主派到尘世来的代表——教皇之力，才名副其实，具有实权。

"努力用你们圣洁的生活和由衷的服从，以副教皇的恩典，成为他手中的棍子，"他补上一句，"你们有了美差，就可以自己发号施令，远离任何监督；这个终身职务，薪俸的三分之一，由政府拨付，其余部分，就靠听你们布道的善男信女进奉。"

下课之后，卡斯塔奈德先生站在院子里，向围在身边的学生说：

"对一个本堂神父，可以这样说：其人有多大本事，职位就有多大好处。我，就是此刻跟你们说话的我，知道有些山村教区，那里的额外收入，比城里的神父要多得多。即使钱一样多，那还有鸡呀蛋呀，新鲜黄油呀，以及许许多多实物。在当地，本堂神父是公认的头号人物，没有哪次盛宴，他会不在邀请、不在款待之列的。”

卡斯塔奈德先生刚上楼回房，那些学生就三五成群，分了好几组。于连一无所属，像只癞皮狗给扔在一边。他看到各组都有一人把铜币抛向空中，如果正反给他猜中了，别人就断定，他不久便能谋得一个收入丰厚的职位。

还流传若干掌故。某位年轻教士，接受圣职还不到一年，向老教士的女用人送了一只兔子，就擢升为本堂神父的副手，没过几个月，因本堂神父弃世，他就顶了那个美缺。另一个人，老年神父瘫痪之后，他顿顿饭都去侍候，以优雅的姿势帮病人切鸡肉，居然给指定为他的后任，那教区可是个富庶的大镇。

神学院的学生，和其他行业的年轻人一样，热衷于这类事出非常、异想天开的小算盘儿，而且大大夸大了略施小计的效用。

“这类谈话，我必须习惯起来。”于连想。他们不谈香肠和肥缺，就谈教义的世俗方面，议论主教和省长的纠葛，市长和堂长的不和。于连看出存在一个第二天主，比真正的天主更可畏、更有权，那就是教皇。他们窃窃私语的时候，把声音压得很低，不让彼拉神父听到，说教皇之所以不自找麻烦，去任命法国所有的省长市长，是已请法兰西国王代劳，因为教皇已把法兰西国王称为教会的长子。

就在这个时期，于连觉得，他读默思得的《教皇论》颇有心得，大可利用一下。果然，他的造诣引起同学的惊异，然而这又成为他的一桩倒霉事。他往往把他们的看法，陈述得比他们本人还清楚：先声夺人，这就犯忌。谢朗先生对于连，正像对他自己一样，有其失虑之处。他使于连养成正确推理，不信空话的习惯，但却忘了告诉他，对一个小人物，这习惯便会自取其咎；须知自作解人，便会得罪庸众。

于连长于辩论，又多了一桩罪咎。他的同学，苦苦思索之下，终于找到一个绰号，叫他马丁·路德，以示对他的憎恶。他们说：“他之所以如此骄狂，就是仗着这种恶魔般的逻辑。”

有几位年轻修士，肤色更鲜嫩，长得也比于连漂亮，但于连有一双白净的手和掩饰不住的洁习。这个优点，在命运拨弄之下进入这阴森地之后，就不成其为优点。与肮脏的农家子弟为伍不要紧，怎料他们竟声称他生性放纵。我们的英雄遇到的种种倒霉事儿，生怕叙述出来会使读者厌倦。比如说，同学中几个身强力壮的家伙，常想揍他，他不得不备一副铁夹钳，摆出要动用的架势。在探卒的报告里，架势也者，就给说得很玄乎，不像话语，含义比较清楚。

第二十八章　迎神赛会

人人都深受感动。由于信徒悉心照拂，到处都丝幔迷空，细沙铺路，天主仿佛降临在狭窄的哥特式街道上。

——杨格

于连尽管收敛、装傻，也属枉然，依旧不能取悦于人：他太与众不同了。“然而，”他不免有点怨艾，“所有这些教师，都很精明，堪称一时之选，怎么会不喜欢我的躬谦呢？”他曲意迎合，装作相信一切，轻信一切，似乎只瞒得一人。那人，便是大教堂的司仪长夏斯·裴纳神父。十五年来，大教堂方面曾许以议事司铎一职；等待期间，夏斯神父在神学院讲授布道术。这门功课，在于连盲目行事的那段时间，是常考第一的课程之一。有鉴于此，夏斯神父对他颇表好感，下课之后，很乐意挽着他手臂，在花园里绕行几圈。

“他有什么意图？”于连自问道。他讶然发觉，夏斯神父谈起大教堂的祭器，可以一连讲上几个钟点。除了丧事灵帏，还有十七件绣金镶银的祭披。他们对特·吕邦普莱庭长夫人，企盼甚殷；这位老太太，已届九十高龄，她的结婚礼服至少已保存了七十个春秋，用的是昂贵的里昂绸缎，外加金丝绣花。“你想想看，我的朋友，”夏斯神父突然止步，瞪着眼睛说，“这些衣服竖放着，就能站住，可见金线之多。贝藏松人普遍认为，庭长夫人的遗嘱一执行，大教堂的库房里就能增添十几件祭披，还不算大典穿的四五套法衣。照我估计，远不止于此。”夏斯神父压低声音补充说，“我有理由相信，庭长夫人还会遗赠我们八只精美的镀金银烛台，据说是勃艮第公爵大胆查理购自意大利的，庭长夫人的祖上，当年曾是公爵的宠臣。”

“此君拿旧衣古物饶舌半天，究竟是什么意思？”于连暗想，“巧于经营如斯，等这笔遗赠等了差不多有一个世纪之久，还一点不显山露水。他对我一定有疑心！他的精明，远在他人之上；其他人有一点小算盘，不出两个礼拜，我就能猜得八九不离十。啊，我明白了，他壮心不已，只是十五年来一直郁郁不得志。”

一天晚上，正在上剑术课，彼拉院长把于连叫去，对他说：

“明天是 Corpus Domini[1] 瞻礼。夏斯神父要你帮忙，布置大教堂。那你就去吧，听从命令。”

彼拉院长又把他叫回来，大有怜悯之概，说道：

“这得看你自己了，会不会趁机在城里转转。”

“Incedo per ignes.”[2] 于连答道。

第二天一早，于连前往大教堂，一路上两眼低垂。看到街道和热闹起来的早市，心里自是喜欢。各到各处，为了迎神赛会，都在装点门面，结彩挂帏。他在神学院过的那些日子，现在想来，恍若一瞬。思绪悠悠，想到了苇儿溪，想到了美人儿阿梦妲·碧娜，此刻倒有可能见到她，因为离她的咖啡馆并不很远。他远远望过去，见夏斯神父已站在大教堂门口。他是个面带喜色、性情开朗的胖子。这天，他显得很得意。“我等了好久了，亲爱的孩子，”他老远看到于连，便大声嚷道，“欢迎，欢迎。今天的活，既耗时，又烦难。咱们先吃顿早饭，可以长长力气。第二顿，到十点钟，等他们做大弥撒的时候再吃。”

“我希望，先生，”于连的神色很庄重，“一时半会儿也别让我单人独处。请看一下，”他指着头顶上的大钟，“我到达的时间，是五点差一分。”

“啊！想不到神学院那些小坏蛋叫你这么害怕！你心地真不赖，

1　拉丁文，意为：圣体。

2　拉丁文，意为：我暗中有些对头。

还想到他们，”夏斯神父说，“宽阔的林荫道，因为路边篱笆上长刺，就不漂亮了吗？过路人还不照样走路，让毒刺留在那里去枯死。好吧，动手干吧，干活要紧！”

夏斯神父说对了，这天的活的确很烦难。头天晚上，教堂里有隆重的葬仪，所以先期什么都不能准备，得在一个上午，把所有哥特式大柱子，披上高达三丈的红缎绣帏。主教大人特地雇驿车从巴黎请来四位张挂帷幔的工匠，但光靠匠师还应付不过来，而且，他们非但不能为贝藏松的笨伯同行鼓劲，反而轻嘴薄舌，弄得这批同行益发笨手笨脚。

于连看出，得由他来爬高梯了。他身手轻捷，可谓胜任愉快。接下来该他指挥城里来的师傅了。夏斯神父十分高兴，望着于连从这部梯子跳到那部梯子。所有的柱子都披上锦缎之后，接着要在主祭坛的大华盖上，安放五大团羽翎花球。冠状的木顶，鎏金飞彩，富丽堂皇，托在下面的，是八根意大利大理石雕成的螺旋形圆柱。但是，要到天帏之上，华盖中央，就得走过一条挑檐，那木头已很有些年头，给虫也蛀得差不多了，而且离地有四丈之高。

看到这段险路，巴黎的几位工匠，刚才兴致还挺高，这时一个个都快活不起来了。他们站在底下张望，议论了半天，就是没人敢往上爬。于连拿起羽翎花球，三脚两步，爬上梯子，在华盖中央，冠状瓣饰里一一放妥。他从梯上刚下来，夏斯神父就把他一把抱进怀里。

“Optime[1]，”善良的神父大声夸道，“我一定向主教大人禀报。”

十点钟的那顿早餐，气氛至为欢洽。夏斯神父从未看到他的教堂有这般富丽。

“亲爱的弟子，”他对于连说，“我母亲从前就在这座大教堂管租赁座椅，可以说我是在这里面长大的。罗伯斯庇尔的恐怖体制，使生

1　拉丁文，意为：特棒。

灵涂炭；那时我才八岁，逢私邸举行弥撒，我能勉充辅祭，当天的膳食就由宅主供给。说到折叠祭披，那就没人能比得上我，上面的金丝银线从没折断过一根。拿破仑下诏恢复宗教信仰后，我有幸负责管理这座庄严的大堂。一年有五次，能看到这教堂装饰得这么漂亮，但从没像今天这样辉煌璀璨，一幅幅锦披系得这么牢，在柱子上贴得这么紧。”

“好不容易，要对我说出他的秘密来了，”于连想，“他是情不自禁谈起自己来的，所谓需要倾诉一下。”但是，此人虽一分激奋，到底也没失言，一句都没有。“不过他活没少干，好酒也没少喝，性情倒是快活的，”于连自语道，“真是个好人！是我的好榜样！他的确是一只鼎（这是他跟老军医学来的一句俗语）。”

当大弥撒唱起 Sanctus[1] 颂歌，钟声骤起之际，于连拿起白色法衣，想跟随主教参加蔚为壮观的迎神游行。

“还有小偷呢，我的朋友，那些贼伯伯，你怎么没想到，”夏斯神父喊起来，“游行的一走，教堂里就空无一人了。我们得守着，你我都不能走。围绕柱基的金线银饰，如果丢失一两条，就算我们运气。这也是特·吕邦普莱夫人的赠物，是她的曾祖，就是那位有名的伯爵传下来的。全部是纯金，一点不掺假，”神父显然来了精神，附耳对于连说，“你就巡守北面一侧，不要走开。南面一侧和正殿，归我来。特别要注意那些告解亭，有些女人给小偷当耳目，在那儿窥伺我们转背的空隙。”

等他讲完，时钟已敲十一点三刻，跟着教堂的大钟响了。那口钟撞得满满堂堂，钟声洪亮而庄严，于连大为感动。他神思飞越，远离尘世……

几个化装成圣约翰[2]的小孩，在圣体前抛撒玫瑰花瓣。玫瑰和供香的香气，使于连的心情亢奋之极。

1　拉丁文，意为：圣哉。

2　圣约翰，耶稣十二使徒之一。耶稣受难时，曾侍于十字架旁，接受临终嘱托。

大钟的声音，庄严洪亮。按理，于连应想起冲撞钟挣半法郎的二十名壮汉，或许还得加上十五位到二十位信徒的帮忙。他该想到绳索和钟架的磨损，大钟本身的危险，据说每隔两百年要坠落一次。该想想有什么办法，克扣撞钟人的工钱，用赦罪这种不影响教会钱袋的圣宠之类，把他们打发走。

于连没有转这类聪明念头。他的灵魂，受到雄浑磅礴的钟声激荡，翱翔在广阔的想象世界。他既成不了好教士，也当不了好管事。像这样易于感动的心灵，至多能造就一个艺术家。在这等地方，也可见出于连的卓异之处。神学院的同学中，约有四五十人，经过长者指点，相信篱笆后面的确潜伏着民众的仇恨和过激的情绪，比较注意实际生活，听到教堂的大钟，便会想到撞钟人的工钱。他们会拿出数学家巴莱穆的才干，按徒众激动的程度，考量付撞钟人如许工钱是否值得。如果让于连来筹算教堂的开销，他的想法会不受目标的限制，宁可从维修费上省下一笔四十法郎的支出，也不会在工钱里克扣下二十五生丁的小钱。

这一天，晴空万里，迎神的队列缓缓行经贝藏松，在社会贤达、地方名流竞相搭建的街头祭坛前不时驻足停步。这时，教堂里一片肃穆。光线幽暗，阴凉宜人，弥漫着鲜花和香烛的芬芳。

长长的殿堂里，静谧，寂寥，清凉，更有助于于连的遐想。他无须担心夏斯神父会来打扰，因为教堂的另一端就够这位神父忙的。于连的灵魂仿佛已撇下自己的皮囊，任其迈着缓慢的步子，在北面的侧殿巡游。他心里特别宁静，知道告解亭里有几个虔诚的信女。眼睛在看，但视而不见。

这时，眼前的景象，把他散漫的心思拉回了一半：两个服饰考究的妇女，一个跪在告解亭里，另一个紧靠着她，跪在一把椅子上。于连虽然视而不见，但是，或许出于模模糊糊的责任感，或许出于赞赏她们素雅而高贵的穿着，他注视了一下，发现告解亭里并没有神父。“奇怪，”他想，“这两位漂亮太太，如果很虔诚，为什么不去跪在迎神祭坛前面；如果是上流社会中人，何不占个便宜，坐在哪个阳台的前排位子上？嗯，这套连衫裙做工不错！非常雅致！”他放慢脚步，打算看个仔细。

跪在告解亭里的那位，在一片肃穆之中，听到于连的脚音，略略转过头来，突然轻轻叫了一声，就晕了过去。

这位夫人不省人事，朝后倒去的当口，她身旁的女友马上扑过去扶住她。夫人往后仰倒之际，于连正好看到她的颈项。链式项链上亮晶晶的大珍珠，他太熟悉了，突然在他眼前一亮。一认出瑞那夫人的发式，他怦然心动！正是她！托住她头，不让她身子完全倒下的妇人，不折不扣，是戴薇尔夫人。于连身不由己，忙冲过去，扶住她们，不然，瑞那夫人会把她女友也拖倒的。他看到瑞那夫人脸色刷白，面无表情，头在肩上晃动，便帮戴薇尔夫人把这可爱的脑袋扶靠在草椅上，自己则跪在一旁。

戴薇尔夫人转过脸来，认出是他：

“快走开，先生，快走开！”口气里充满了怨怒，“尤其别让她再看到你。准是看到你，她才吓成这样的。你来之前，她一直很快活。你的行为太恶劣了。快走开。如果你还有一点羞恶之心，就离得远远的吧！”

这几句话，说得辞色凛然。于连一阵心软体疲，也就走了开去。想到戴薇尔夫人，他思忖：“她还一直在恨我。”

就在这时，导引迎神队伍的那些教士，他们鼻音浓重的赞诵之声，已在教堂里回荡开来：大队人马回来了。夏斯神父招呼于连，连喊几声，他都没听见。神父最后自己走来，从一根柱子后面把于连拖出来，原来于连半死不活地瘫在了那儿。神父想把于连引见给大主教。

“啊，你不舒服，我的孩子。”神父见他脸色苍白，几乎不能举步。“你干活脱力了！”神父让他搀着自己的胳膊走。“来，坐在小凳子上，这是给洒圣水的人置备的，你坐在我背后，我替你遮一下。”

两人这时就坐在大门旁。“你镇静一下。主教大人驾到之前，还有足足二十分钟，你想法恢复过来。主教走过时，我会把你提起来，虽然我一把年纪，这点劲道还有。”

但是，主教走过的时候，于连浑身打战，夏斯神父只好放弃替他引见的想法。

“别太难过，”神父安慰他说，“再找别的机会吧。”

当天晚上，夏斯神父派人给修道院的小教堂送去十斤蜡烛，说是于连细心照管和熄灭蜡烛时手脚麻利所节省下来的。没有什么比这更虚妄不实的了。这可怜的孩子自己也像蜡烛一样濒于熄灭。见到瑞那夫人之后，他脑子里一片空白，什么念头都没有。

第二十九章　初次提升

他了解自己所处的时代，了解自己所在的地区，于是发财成了富翁。

——《先驱报》

教堂里意外一遇之后，于连一直沉于痴想而不能自拔。一天早上，严厉的彼拉神父把他叫了去。

“这是夏斯神父写来的信，说了你几句好话。你的行为，总的说来，我还相当满意。你有极冒失，甚至糊涂的一面，虽然表面上看不出来。不过，直到如今，可以说，你心地善良，甚至见义勇为，才智也有过人之处。总之，在你身上可以看到一星火花，是不容忽视的。

“兢兢业业效力十五年之后，我就要离开这修道院了。我的罪责，是听任神学士按自己的意愿行事；你忏悔时说到的那秘密团体，我也是不闻不问，既不保护，也不阻挠。离任之前，我愿为你略效微劳。要是没有阿梦妲地址在你房里找到、被人告发一事，早在两个月之前我就会着手的，因为你当之无愧。我现在指派你为新旧约课的辅导教师。”

于连感激涕零，很想跪下来感谢天主。不过，他还是取了一种更见真情的姿态：径朝彼拉神父走去，抓起神父的手送到自己唇边吻着。

“这是干吗呢？”院长面带愠色。但于连的眼神，比他的动作，表达了更多的意思。

彼拉神父端量于连时的那种惊异之状，显出他经过悠长的岁月，已不惯于人情细微了。凝视的目光，泄露了院长的真情，连声音都变了：

“也罢！是的，我的孩子，我对你有点依依不舍。上天知道，这有违我的本意。按理，我应力主公正，对任何人既不恨也不爱。尘劳万端，你的仕途将会艰苦备尝。我看到，你性格中有不合俗众之处。忌妒与怨谤，会紧随不舍，永远跟着你。不管老天爷把你安置在什么地方，你的道伴不会看到你而不见恨于你。假如他们装作亲善，那肯定是在设计陷害。对此，补救之道，唯有信赖天主。为了惩治你的性高气傲，就该让你招人嫉恨；而守正不阿，依我看，是你唯一的生路。只要你毫不动摇，皈依真理，你的对手迟早会慌乱自溃。”

久矣夫，不闻这种友声，所以我们得原谅于连这个弱点：热泪盈眶。彼拉神父向他伸开双臂，这一时刻，对他们两人，都无比甘美。

于连欣喜若狂。这次任命，在他是初次升迁。好处当然很多，而真正体会到其好处，还是几个月后的事。先就弄得一刻不得清闲，整天与学生厮混在一起，而那些学生，至少是烦人的，大多数简直叫人受不了。光是他们的喧嚷，就可以把个斯文团体搅得一片混乱。这些农家子弟，吃饱穿暖之后，非大声嚷嚷，不足以表示其欢欣；非声嘶力竭，把肺里的气量全部吼出来，不足以表示其兴致淋漓！

现在，于连可以单独用膳，或几乎是独自吃饭，时间比其他修士晚个把钟头。另有一把花园钥匙，花园空关着的时候，可以独自进去散散心。

于连大感惊讶的是，旁人对他的恨意，似有所减弱；这倒与预料相反，本以为嫉恨只会加深。以前不愿搭理人的私衷，由于过分显露，树敌不少，如今却不再是高傲得可笑的标志了。在周围的俚俗之辈看来，这正是他身份尊贵的正当情感。仇绪恨意，明显衰减，尤其在一伙年轻同学之间，他们降而成为他的学生，但他都相待以礼。渐渐的，他也拥有了自己的徒众，喊他“马丁·路德”，就显得不入调了。

但是，把他的友与敌，指名道姓，报出来有什么意思呢？这一切原本就是丑恶的，唯其意图越真，才显得越发丑恶。这些人横竖是民众的灵修指导，缺了他们，民众会成什么样子？报纸能代替得了神父？

于连有了新的身份以后，神学院院长为了避嫌，没有旁人在场，绝不与他谈话。此举在师生双方，都可谓临事以惧，但尤其寓有探测之意。彼拉这位严格的詹森派，曾立下一条一成不变的准则：要看一个人是不是真有价值，且在他的欲望前面，在他的事业前面，设下重重障碍。若真有本领，自会克服困难或绕过障碍的。

这时已到狩猎季节。傅凯出了个主意，以于连家人的名义，给神学院送来野猪和麋鹿各一头。两头死兽，给撂在厨房与饭厅之间的过道上。所有修士吃饭路过，都会看到。这成了相互探询的一大题目。野猪虽是死的，小修士看了还直害怕，只敢碰碰獠牙。七八天里，大家只谈此事，不谈别的了。

这份礼，把于连家划入了受尊敬的阶层，给嫉妒鬼以致命的一击。财大气粗，自是高人一等。夏泽尔和一些出挑的修士都来输诚称臣，言辞之间几乎带点埋怨，怪于连没把他家的富有及早告知，害得他们对钱财不免失敬。

这时招募过一次新兵，于连作为神学士，得以免于应征。此事使他感慨万端。“咳，眼看良机又失掉了。要是二十年前，一种英雄的人生，就在我面前展开了！”

一次，他独自在神学院的花园里散步，听到修围墙的泥瓦匠相互闲聊。

“哎，走吧，又在招兵啦。”

“那家伙在台上时，才敢情好！小小泥水匠，可以当伍长，可以升大将，这是大家都看到过的。”

“你现在再去看看！跑去的，都是些要饭的。有几个子儿的，都留在本乡本土了。”

“生来穷，终身穷，就是这么回事儿。”

“啊，不知道确实不确实，他们说，那家伙死了？”另一个泥水匠插进来说。

“还不是那些大佬倌说的，信不信？那家伙叫他们着实害怕了一阵。”

“真天差地远去了，他那个年月多有出息呀！说是伤在那些元帅手里！娘的奸臣！”

听到这番议论，于连略感安慰。他喟叹着走开去：

“唯有这位皇帝，民众犹在追忆。”

考期到了。于连对答如流；他看到，夏泽尔很想扬才露己。

典试官，都是了不得的弗利赖代理主教亲自点的将。第一天考下来，他们十分气恼，明知于连是彼拉神父的宠儿，但在成绩单上，只得把他的名次排在第一，最差也是第二。神学士中纷纷打赌，说全院的考榜上，于连会名列第一，而得第一，就有上主教府赴宴的荣耀。但是，考“拉丁教父”[1]这课目快终场时，有位考官相当圆滑，问了于连对圣哲罗姆，以及他热衷的西塞罗的看法之后，讲到贺拉斯、维吉尔等世俗作家。这些作家的不少名篇，于连瞒着同学已背得滚瓜烂熟。他考得太顺利了，一时忘了自己身处何处，在考官一再提问下，不觉来了精神，背了几首贺拉斯的颂歌，还加以串讲。引他上钩之后，过了二十分钟，考官突然把脸一沉，冷一句热一句，责备他浪费光阴去读渎神的作品，在脑袋里塞进许多无用甚或有害的思想。

“我糊涂，先生，你说得对。”于连的语气，非常谦抑。他承认这是条妙计，自己上当了。

这一诈术，即使在神学院里，也认为是卑鄙的，但这并不妨碍弗利赖神父利用权势，在于连名字旁写下第一百九十八名。弗利赖神父

1 古代分布于欧洲西部与北非西部的基督教教会，经典和礼仪主要使用拉丁文，教父的著述也用拉丁文，故称“拉丁教父”。圣哲罗姆为其代表人物之一。古罗马雄辩家西塞罗（公元前106—前43）及古罗马诗人贺拉斯（公元前65—前8）、维吉尔（公元前70—前19），与基督教无关，为世俗作家。

是个机变百出的人物，贝藏松的圣公会，经他一调理，组织完备，网络森严；他送往巴黎的函件，足以使法官、省长，甚至卫戍长官，不寒而栗。他好不得意，借于连气气他的詹森派死对头彼拉神父。

过去的十年，他操心的大事，是把神学院院长的职务从彼拉神父手中夺过来。这位神父，一向把规劝于连敦品厉行的准则拿来律己，为人淳挚，奉教虔诚，不耍手段，恪守职责。但老天爷在震怒之余，却赋予他一副郁怒记恨的性格，受点侮慢和嫉恨，就痛彻骨髓。若有冒犯情事，在这颗炽热的心里，一桩都不会忘怀。有好多次，他恨不得能辞去圣职，但他相信，上天把他安置在这位子，是为有益于众生。"我遏止了耶稣会和神灵派的势头。"他常这么想。

考试期间，兴许有两个月，彼拉神父没跟于连说过一句话。然而，当收到宣布会考结果的公函，看到他视为全院之荣耀的学生名列一百九十八名，却病了整整一个礼拜。使这严厉的个性聊感安慰的是，多方设法之下，他还能监视到于连的行踪。看到于连既没有发怒，也无报复行为，更未见消沉，心里颇感欣慰。

几个星期之后，于连接到一封信，浑身一震：信上盖的是巴黎邮戳。"瑞那夫人到底记起了她的诺言。"他心里想。一位具名保罗·索雷尔的先生，自称是他的亲戚，给他寄来一张五百法郎的汇票。信上还特意加了一句：于连如继续研读优秀拉丁著作，成绩超卓，则每年还将寄上同样数目的款子。

"是她，是她的善良！"于连大为感动，"她想表示安慰。但是，为什么一句友好的话也没有呢？"

关于这封信，他误会了。瑞那夫人，在她朋友戴薇尔夫人摆布下，整个儿陷于深深的悔恨之中。她常常不由自主想起这位奇才，与他的遇合，搅乱了她的生活，但她力戒向他致书驰函。

要是用神学院的话来说，这笔五百法郎的赠金，可以视若奇迹；而且可说，上苍借弗利赖其人，把这份厚礼赐予于连。

十二年前，弗利赖神父手拎旅行箱，来到贝藏松，这只小得不能再小的旅行箱，根据传闻，装下了他的全部家当。如今，他已富甲一省。在发迹过程中，有一片地产，他买下了一半，另一半，是拉穆尔侯爵承继的祖业。于是，这两个人物打起了一场不小的官司。

拉穆尔侯爵，尽管在巴黎地位显赫，在朝廷身居要职，但还是觉得，跟贝藏松一位有能力左右省长任免的代理主教斗法，仍然要担风险。侯爵本来可在预算允许的范围内，借某个名义，奉恳一份五万法郎的恩俸，而把这笔五万法郎的小官司送给弗利赖神父，但他有点不服气。他认为自己有理，真是打官司的好由头。

不过，请允许我问一句：哪个法官，没个儿子，没个侄子外甥，要人家提携一把的？

为了点醒愚顽起见，弗利赖神父在接到初审判决后一个礼拜，借了主教大人的四轮马车，御驾亲征，把荣誉勋章授予他的辩护律师。对方的这一招，拉穆尔侯爵得知后有点吃惊，感到自己的律师不大中用，便向谢朗神父求教，谢朗神父就把彼拉神父推荐给他。

侯爵与彼拉神父的关系，到本故事发生时，已持续多年。彼拉神父把他过激的性格也带进这桩公案。他不断会见侯爵的律师，研究案情，认为其曲在彼，便公然站在拉穆尔侯爵一方，对抗有权有势的代理主教。代理主教觉得这种桀骜不驯，是对他的冒犯，而且竟出诸一个小小的詹森派神父！

“这宫廷贵族自以为八面威风，倒要看看他究竟有多大能耐！”弗利赖神父对两三心腹道，“拉穆尔大人对他贝藏松的讼师，连块不起眼的牌牌都拿不出，这下甚至还要撬掉他的位置。不过，人家写信告诉我，说这位贵族议员没有一个礼拜，不佩上他的蓝色绶带到掌玺大臣的客厅里去炫耀一番，不管这掌玺大臣是什么东西！”

尽管彼拉神父多方活动，拉穆尔侯爵跟司法大臣，特别是与其下属交谊甚笃，苦心经营了六年，所能做到的，也只是使这场官司不至于彻底输掉。

这桩案子，两人都十分起劲，侯爵与彼拉神父信函交驰，对神父的才识终于大为赞赏。尽管地位悬殊，他们的通信渐渐有了友朋交谈的口气。彼拉神父告诉侯爵，教区里诸公欺人太甚，逼得他非辞职不可。算计于连的诡谋，照彼拉神父的看法是极其卑鄙的，所以一气之下，把这件事告诉了侯爵。

这位大贵人，虽然富可敌国，却毫不吝啬。他想有所赐赠，至少想偿还因案件所花的邮资，但彼拉神父一概拒绝。这回算得了个主意，给院长的高足寄去五百法郎。

拉穆尔侯爵还费神，亲自拟了一封汇款函。由此而想到神父本人。

一天，神父接到一封短简，说有要事相商，请他立即去贝藏松市郊的一家客店。到了客店，见到侯爵的管家。

"侯爵派我送他的马车来，"那人说，"他希望你看了这封信，四五天内就能得便去巴黎。请先定一个日期，我利用这段时间到侯爵在弗朗什－孔泰的领地去走一趟。然后，在你觉得合适的日子，咱们一起动身去巴黎。"

信很简短：

> 吾公宜跳出内地轧轹圈，来京城习静为好。现特奉派敝车趋候，盼于四天内告知定夺。至下周二，本人一直在巴黎恭候。倘蒙首肯，当可先期代为接受巴黎市郊最佳教职。吾公未来教区内最富有之一员尚无缘拜识尊颜，然其忠诚远出吾公想象之上。此人谓谁，特·拉穆尔侯爵是也。

严厉的彼拉神父对这所仇敌遍布的神学院，十五年来倾注了全部心力，不知不觉间已有很深的感情。侯爵的来信，犹如到达一位外科医生，来施行一次痛苦难忍，但却是势在必行的手术。撤职的事，已无疑义。为此，神父与总管约定，三天后再晤面。

在这四十八小时里，他委决不下，烦躁不安。最后，决定给拉穆尔侯爵写一封信；同时，亦拟函致主教大人——此函堪称教士文体中的杰作，只是稍嫌冗长了点。就措辞之得体，语气之恭顺而言，可叹为观止。不过，这封信，为使他的冤家对头弗利赖在上司面前难堪个把钟头，把荦荦大者的冤情，直至小事情上的倾轧，都列举无遗。如柴堆遭偷，狗被毒死，等等，等等。彼拉神父逆来顺受，于兹已有六载，最后逼得他只有离开教区一途。

信写完后，他派人去喊醒于连，于连同所有的神学士一样，晚上八点就已就寝。

"主教府邸，想必你知道在哪里吧？"彼拉神父用漂亮的拉丁文对他说，"拿上这封信，去送交主教大人。我不隐讳，这是派你到狼群中去。所以，眼睛要尖，耳朵要灵。你答话的时候，一句谎不能撒。但是，你要想到，盘问你的人，真正的乐趣，或许在于能加害于你。我很高兴，孩子，在我们分手之前，能给你指点一点经验。因为，不瞒你说，你送去的这封信，是我的辞呈。"

于连愣在那里，作声不得，他实际上是喜欢彼拉神父的。他缜密的心思徒然嘀咕着：

"这正派人一走，圣心派就会降我的职，甚至把我扫地出门。"

他不能只想自己。为难的是，想要说一句措辞婉转的话，却一时智穷。

"哎，我的朋友，你怎么还不走？"

"听人家说，院长大人，"于连怯怯地说，"你管事多年，身无余财。我手头倒有六百法郎。"他哽咽得说不下去。

"这笔款子也应登录，"卸任院长冷冷说道，"快去主教府，时间很晚了。"

事有凑巧：这天晚上是弗利赖神父在主教的客厅当值，主教到省长公署赴宴去了。这样于连就把状告弗利赖的信交给了弗利赖本人，不过我们的英雄并不认识他。

于连看到这位神父胆大妄为，把致主教的函件当即拆开，大为吃惊。代理主教漂亮的面孔，顿时显得一惊，又夹杂着快意，接着就变得疾言厉色起来。于连见他仪表不俗，趁他看信之际，便细加端详。眉宇之间要不是精明过于外露，这脸相会显得更端庄持重，而这副好相貌如稍不收敛，其精明就大有狡诈之态。他鼻子前突，形成一条笔挺的直线，不幸的是，这样一来，使原来十分高贵的侧影，竟与狐狸的尊容有着不可救药的相似。此外，这位显得专心在看彼拉辞呈的神父，穿着十分讲究，于连对此颇有好感，他还没见过别的教士穿着有这么讲究的。

弗利赖神父的特殊才干，于连到后来才知道。他以噐为笑言，取悦主教；主教是个可爱的老人，生来就该住京城巴黎的，现在来到贝藏松，简直就是流放。主教已年老眼花，却偏偏喜欢吃鱼。大凡主教吃鱼，鱼刺就由弗利赖代为剔去。

于连悄没声儿的，瞧着那神父把辞呈又看了一遍。突然间，轰隆隆隆，房门开了。一个穿铺绣号衣的仆人疾步走来。时间之快，只够于连朝门口转过身去，见到一个矮老头，胸前挂着一个显示主教身份的十字架。他赶紧跪下：主教报以慈祥的一笑，从他身边走过，那位俊美的神父尾随而去。客厅里只留下于连一人，这倒可消消停停赞赏主教家的气派。

贝藏松的大主教，是个很有才情的人，虽长年迁徙，饱经忧患，却并不消沉。如今行年已七十有五，十年后会发生什么，也已懒得去管。

“那个神学士，目光很机警的，我走过时好像看到来着，是谁呀？”主教问，“按我的规矩，他们到这时候不是该睡了吗？”

“这一位是硬给叫醒的，我可以担保。大人，他带来了一个重要消息：就是你教区里唯一的詹森派递来了辞呈。这位不好缠的彼拉院长，总算识相，懂得了言外之意。”

“也好！”主教笑道，“不过，我怀疑，你能找到抵得上他的后任。为了让你见识见识此人的分量，明天我请他来吃晚饭。”

代理主教很想就后任的人选有所进言，但主教不想谈正事，便说：

“在安插新人之前，得先了解一下旧人何以要走。去替我把那个神学士叫来，须知真言往往出自孩子之口。”

于连应召进去。他想：这样倒要面对两个审判官了。他觉得自己的胆量从来没这么大过。

他进去的当口，两个高大的内室侍役，穿着比瓦勒诺所长还要讲究，正在服侍主教更衣。主教觉得在谈彼拉神父之前，应该考考于连的学业。他刚问了一点教义，就已感到惊讶。很快就谈及人文知识，提到维吉尔、贺拉斯、西塞罗等人。——“这几个名字，”于连想，“害我得了个一百九十八名，也没有什么可损失的了，何不炫耀一番？”这次他成功了，主教本人就是位非凡的人文学者，听了大为中意。

刚才在省府宴席上，有位年轻姑娘——她是颇有名气的——朗诵了《玛特兰娜》一诗[1]。主教谈起文学，很快就把彼拉神父以及别的公事都置之脑后，与神学士讨论起贺拉斯是否富有。他背了几首颂歌，但他的记性时而有点偷懒，于连马上把诗背全了，当然神态十分谦退谨慎。主教为之惊叹的，是于连不改闲谈口气，就能背诵二三十行拉丁文诗句，好像讲神学院的平常事一样。涉及维吉尔和西塞罗，两人一谈就谈了很久。最后，主教不禁对年轻神学士大加夸奖。

“为学如此，至矣极矣。”

“主教大人，”于连答道，“贵神学院就有一百九十七名学生，比我更加有资格得到大人的夸奖。”

“此话怎讲？”主教听了这个数字，感到纳闷儿。

“我此刻有幸说给大人听的话，都有正式材料为凭。神学院今年的年终考试，我的答题恰巧就是刚才得到大人嘉许的那些。我的成绩，只得了个一百九十八名。”

“啊！原来是彼拉神父的高足！”主教看着弗利赖神父笑道，“咎由自取，应该料到呀。不过，这倒是真刀真枪的。”他对于连说，“是

1 《玛特兰娜》，法国诗人苔菲娜·盖（1804—1835）于一八二四年创作的诗作，颇得斯当达好评。

不是，小朋友，人家把你喊醒了派到这儿来的？”

“是的，主教大人。我独自一人出神学院至今只有一次，就是圣体瞻礼那天，去帮夏斯·裴纳神父布置大教堂。”

“Optime[1]！”主教道，“怎么，把羽翎花球搁上华盖顶，忠勇可嘉的，就是你吗？这桩事年年弄得我胆战心惊，生怕手下哪个人会丢了性命。小朋友。你日后必定大有出息，但我舍不得看你先饿死在我这里，断送你的辉煌前程。”

主教吩咐下去，马上就端来了饼干之类，还有马拉加葡萄酒。于连大大享用了一番，弗利赖神父也朵颐大嚼，因为他知道主教爱看大家吃得高高兴兴、津津有味。

夜阑兴浓，主教谈了一点教会史。看到于连浑然不知，他便讲起在君士坦丁大帝治下罗马帝国的道德风尚。信奉异教的结果，是世风每况愈下，困惑与疑虑交并；十九世纪那些忧郁而厌倦的心灵，也同样受到这种情绪的困扰。主教在谈话中注意到，于连甚至连塔西佗的名字都不知道。

面对主教惊讶之色，于连老实回答：神学院的藏书室里根本不收这位史家的著作。

“我委实很高兴，”主教欢快地说，“你替我解决了个难题。这十分钟里，我一直在寻思：你陪我度过了一个愉快的晚上，而且，是事前所没想到的，真不知如何致谢是好。想不到神学院的学生之中，竟有如此博学之士！尽管礼物不尽合符教规，我想送你一部《塔西佗》。”

主教派人去取来八卷装帧极精的书，并要亲自在第一卷的扉页上，用拉丁文为于连·索雷尔题词。主教自命为精通拉丁文的好手。临了，他一反交谈时的语气，郑重其事地说：

“年轻人，假如你聪明懂事，日后你会得到我教区里最好的教职，而且离主教府不出百里之远。不过，你得聪明懂事。”

1　拉丁文，意为：了不起。

于连捧着书，走出主教府，正值午夜钟响，他吃了一惊，没想到时间过得这么快。

主教说了许多话，却只字未提及彼拉神父。上德礼贤下士的态度，尤使于连受宠若惊。想不到温文尔雅如许，与平时那种天然的独尊之概，竟相得无间。于连重新看到脸色阴沉的彼拉神父，见他已等得很不耐烦，这一对照，印象显得格外强烈。

“Quid tibi dixerunt？”[1]彼拉神父老远望见他，就高声问道。

于连想把主教的话译成拉丁文，但越翻译越糊涂。

“还是说法语吧，把主教的原话说出来，不要增一字，也不要减一字。”卸任的院长口气很粗重，手势也有失文雅。

“主教送给年轻神学士这么一份礼，也算得奇怪的了！”彼拉神父翻着装帧精良的《塔西佗》说。书口的烫金，好像惹他厌恶。

听完详细的禀报，钟敲两点，他才允许得意门生回房去睡。

“你的塔西佗，第一卷留在这儿，我要看看主教大人的赞词，”他说，“这一行拉丁文，等我走后，就是你在这学府的护身符了。”

“Erit tibi, fili mi, successor meus tanquam leo quaerens quem devoret.”[2]

第二天早晨，于连发觉同学跟他说话时，态度有点特别，于是他更加审慎。“彼拉神父一辞职，后果就显出来了，”他心里想，“辞职的事全院都知道了，而我又给看作是他的宠儿。他们的态度之中，必定有轻侮的成分。”可是倒没看出来。相反，经过宿舍，遇见什么人，对方眼里并无仇恨的影子。“这是怎么回事？想必是个圈套，得严加防范。”后来，维璃叶来的小修士笑嘻嘻地向他点穿了：“Cornelii Taciti opera omnia.”[3]

这句话，在场的人都听到了，大家争相向于连道喜，不仅祝贺

1 拉丁文，意为：他们跟你说了些什么。
2 拉丁文，意为：对你而言，孩子，我的后任将是一头专想吃人的怒狮。
3 拉丁文，意为：塔西佗全集。

他得到主教这份厚礼，而且有幸晤谈达两小时之久。甚至连一些细节，他们也知道了。以此为始，妒意渐息，谄谀骤起。即使是卡斯塔奈德神父，昨天对他还是眼高于顶，今天却过来挽起他胳膊，要请他吃饭。

这是于连性格有亏的地方：对粗鄙之辈，他们的傲慢无礼固然使他痛苦，而他们的曲意逢迎同样惹他厌恶与不快。

中午时分，彼拉神父向全体学生告别，没忘了做一番峻切的训谕："你们是祈求尘世的荣华，社会的实益，发号施令的快意，藐视法律和肆无忌惮的兴味呢，还是希望求得灵魂的得救？你们之中，即使是后知后觉者，只要睁开眼来，也能分清何去何从这两条路来。"

他转身刚走，耶稣圣心派的信徒就到小教堂去唱 Te Deum[1] 了。离任院长的训谕，神学院里没人当一回事。"他对免职，牢骚不少。"到处听人这么说。身居这个要职，自有富商巨贾来巴结拉生意，所以没一个神学士会头脑简单到相信，辞职是出于院长的本意。

彼拉神父住进贝藏松最好的客店，借口有些莫须有的事要办，想再盘桓两天。

行前，大主教特设晚宴款待。为戏弄代理主教弗利赖，谈话之间，尽量让彼拉神父扬才炫博，一展所长。上最后一道点心的时候，怪怪奇奇，巴黎传来消息说，彼拉神父已任命为 N 教区的本堂神父，那是个奢靡繁华之地，离京城才十五里路。善良的主教，诚诚心心，向彼拉神父表示祝贺。主教从辞职的前前后后，看出一种精心安排。他忽来佳兴，对神父的才识评价极高，并为他用拉丁文写了一份考语，说了许多好话；弗利赖神父想表示异议，主教都不容他开口。

当天晚上，大主教把他对彼拉神父的赞誉带到吕邦普莱侯爵夫人府上。这对贝藏松的上流社会，是件大新闻，虽觉得恩出格外，但都猜度不出。在他们看来，彼拉神父已稳坐主教宝座，最有心机的家伙

---

1 拉丁文，意为：感恩颂诗。

认为拉穆尔侯爵业已擢升枢密大臣。也在同一天，他们才敢耻笑弗利赖在上流社会的飞扬跋扈。

第二天早晨，彼拉神父为侯爵的案子去见法官，街上的人前呼后拥跟着他，商贾都站在自己的店门口行注目礼。众人第一次对他这么敬重。这位严厉的詹森派，看到这一切不免愤慨。与他为侯爵物色的律师磋商很久之后，便动身上巴黎赴任去了。有两三位同窗旧友前来送行，陪他上车，看到四轮马车上的爵徽，赞叹不已。彼拉神父一时心软，告诉他们：他主管神学院达十五年之久，今天离开贝藏松，只带得五百二十法郎的积蓄。几位朋友跟他含泪道别。他们事后议论道："这个谎，善良的神父完全没必要撒，显得太可笑了。"

庸碌之辈，财迷心窍，是不可能了解彼拉神父正是从信仰中，获取必要的力量，这六年来才能孤军奋斗，对抗玛丽·雅拉姑克[1]、耶稣圣心会、耶稣会会士及其主教的。

---

1 玛丽·雅拉姑克（1647—1690），圣母往见会的修女，以受圣心感召，屡见异象而著名。因宣扬圣心崇拜，遭詹森派反对。

第三十章　野心家

只有公爵的头衔，才算得显贵；侯爵，岂不可笑？听见喊公爵，人家才会回过头去瞻望。

——《爱丁堡评论》

拉穆尔侯爵亲临迎接彼拉神父，丝毫没有大人物降贵屈尊之态，一般大人物貌似彬彬有礼，深于世故者知道骨子里是惺惺作态。偏于客套，无异浪费时间。而侯爵要参与机务，的确没有一点点时间可浪费。

近半年来，他一直在暗筹密划，想组成一个上至国王下到平民都能接受的内阁，而内阁出于感恩，自会晋封他为公爵。

侯爵多年来，一直要贝藏松的律师，关于他那件弗朗什－孔泰的诉讼案，提供一份简明的报告，而终不可得。这位名律师怎么解释得清呢，既然他本人都没把这案子弄明白。

而彼拉神父交给侯爵的一小方纸，把一切都说清楚了。

侯爵用了不到五分钟，把客套寒暄等话头说过，便转入正题：

"亲爱的神父，表面看来我家道兴旺，但实在无暇认认真真照料两件看来虽小，实际却很重要的事：我这份家和一应事务。这份家业，也只能大致管一管，看来还可以有相当发展；我也照料一己的欢娱，那是应该先予考虑的，至少我是这样看的。"他补充后一句话时，从彼拉神父的眼神里看到了惊讶。神父虽然为人通达，但看到一位老者对寻欢作乐在言辞上毫不避讳，不免有点吃惊。

“在巴黎，勤勉工作的人，当然有，”侯爵大人继续说，“不过都住在六层楼上。我只要对谁略示关切，他就有能力在三楼租一套公寓，他太太也会今非昔比起来；于是，便不再卖力做事，不再奋发有为，除非为了充当或显得是个场面上的人物。一朝有了面包，他们就忙于这种不急之务了。

“我那几件案子，确切说来，就其中的每一件，我的律师都为之殚精竭虑，疲于奔命，前天，还有一位死于肺病。不过，为处理我的一般事务，先生，你可以相信，我三年来，从未放弃物色人选的努力。这个人选，在替我抄抄写写之余，肯认真想想他所做的事，就可以了。不过，讲了这许多话，还只是个开场白。

“我很敬重你，而且我敢说，虽则是初次见面，我们很有缘分。不知你愿不愿意屈尊来当我的秘书，年薪八千法郎，或者加一倍也可以？我不会吃亏的，这你尽请放心。教区的那个美差，我负责替你保留在那儿，万一你我彼此冰炭不投，你还有条退路。”

神父表示婉谢，但谈话快完时，看到侯爵拙于应付的窘状，倒有了个主意：

“我在神学院的暗角落里，留了个可怜的年轻人。我的判断如果不错，小人肆恶起来，就没他的好日子过。他倘若只是个普普通通的神学士，那早就给 in pace[1]。

“眼前，这年轻人还只懂拉丁文和《圣经》。但很可能有一天，得展长才，或光耀于布道传经，或显能于指导灵修。他能有多大作为，现在还看不出来，但他怀有神圣的热忱，前途正未可限量。我本打算举荐给主教，如果有朝一日我们哪位主教在待人接物方面，能得阁下作风之一二。”

“你那位年轻人是什么出身？”侯爵问。

“有人说是我们山区一个木匠的儿子，不过我宁肯相信他是哪位

1 拉丁文，意为：幽禁。

阔佬的私生子。我见他收到过一封匿名信或化名信，附有一张五百法郎的汇票。”

“啊！原来是于连·索雷尔！”侯爵嚷道。

“他的名字，大人怎么会知道？”神父颇感惊讶。他对自己这样提问有点不好意思，侯爵却答道：

“这一点么，就不能奉告了。”

“那么好吧！”神父说，“你不妨试用一下，请他来当你的秘书。此人有气魄，有头脑，大可一试。”

“为何不试一试呢？”侯爵说，“不过，他会不会给警察局局长或别人收买去，来我这里做坐探？问题的症结，是在这里。”

彼拉神父说了好话，担保无虞，侯爵便拿出一张一千法郎的大票：

“请把这路费寄给于连·索雷尔，叫他快点来。”

“一眼可以看出，大人是久住巴黎的，”彼拉神父说，“想必你不知道，压在我们这些可怜的内地人，尤其是与耶稣会作对的教士头上的专制横逆有多厉害。他们会不放于连，找出种种巧妙的借口，推说他病了，邮路把信丢了，等等。”

“就在这几天里，我请宰辅出面，致函主教，总成了吧？”侯爵道。

“我忘了提醒一桩事，”神父说，“这年轻人，出身虽低微，可是心高智大，一旦伤了他的傲气，纵然身在这儿，也无济于事。他会藏巧于拙。”

“我倒喜欢这种禀性，”侯爵说，“让他与我儿子做伴，还不可以吗？”

几天之后，于连收到一封信，笔迹生疏，盖有沙隆地方的邮戳，附有一张向贝藏松商号兑现的汇票，并通知他立即前往巴黎。信末的签名，是个假托的姓氏。但于连拆开信来，心里一怔：一片树叶落在他的脚边——这是与彼拉神父约定的暗号。

不到一个钟头，于连就应召到了主教府，受到慈父般的接待。主教引贺拉斯的诗句，祝他鸿运高照，召赴巴黎；恭维话说得很巧妙，于连为表示感谢，势必要做点解释。然而，他什么也说不出，首先此中内情他也一无所知，主教对他反而益发器重。主教府一位小教士已急函市长，市长赶忙亲自送来一张签好字的路条，只有持有者的姓名空着没填。

当天晚上，午夜之前，于连到了傅凯家。傅凯老谋深算，对摆在好友面前的前程，是讶异多于欢欣。

“这件事，对于你，”这位拥护自由党的选民说，“无非是最终在官府谋个差事，卷进了某项活动，在报上受人诋毁。你受困蒙辱之时，便是我得知故人消息之日。应当记住，甚至单从经济方面考量，也宁可自己做主，做一笔好的木材生意，赚个百把路易，而不去领取朝廷的四千法郎，即使朝廷由智者所罗门当权。”

于连从中看出乡下有产者器识有限。他终于要到安邦定国的舞台上去一显身手。想象中的巴黎，济济多士，他们诡诈百出，口蜜腹剑，但同时也像贝藏松大主教和阿格德大主教一样，温文尔雅。到巴黎去的欢快，遮过了眼前的一切。他在朋友面前，装的是将顺意旨，听命于彼拉神父一封信，由不得自己做主。

第二天，快近中午时分，他到了维璃叶。春风得意，他是世上最幸福的人了。他打算重见瑞那夫人一面。不过，先去了他最初的恩人——善良的谢朗神父家；迎接他的是一种严苛的态度。

“你以为欠我什么情吗？”谢朗先生径直说道，不理会他的致敬问候，“等会儿跟我一起吃午饭，趁吃饭时光，派人给你另外租匹马来，你骑了就离开维璃叶，不要见任何人。”

“聆听就是服从。”于连拿出神学士的腔调答道。接下来谈的，仅限于神学经典与优秀拉丁著作。

于连骑上马，走了四五里路，望见一片树林，趁没人看见，便钻了进去。待到红日西沉，他央人把马送回。稍晚，他走进一户农家，要乡民把一部梯子卖给他，并扛上梯子跟他一直走到一座小树林，这树林下临信义大道，俯瞰维璃叶城。

“我是个逃避兵役的可怜虫……或者说是个走私犯，”那乡民在告别时跟于连说，“但又有什么关系呢？反正梯子卖了好价钱，再说我自己这辈子也不是没干过明目张胆的事儿！”

这天夜里，天很黑。约莫凌晨一点光景，于连扛着梯子，走进维璃叶城。他往下走去，想尽快到达河滩，那湍急的河流深可丈许，高墙夹峙，流经瑞那先生家美丽的花园。于连借梯子，很容易就爬了上去。“那些看门狗会怎么待我？”他想，“全部问题——就在这里！”狗狗固然叫开了，朝他直奔而来，他轻轻吹了一声口哨，几条狗就走来在他腿旁磨蹭。

从这座平台爬上那层平台，虽然所有的铁栅门都关着，他还是轻轻易易走到了瑞那夫人卧房的窗下。朝花园的窗户，离地也只八九尺高。

百叶窗上有个鸡心形的洞眼，这于连知道。但洞眼里不见房内守夜灯的光亮，这倒使他犯愁。

“哎！”他暗自思量，“瑞那夫人今夜没住在这房里！那么，睡在哪里呢？全家人应当在维璃叶呀，既然几条狗都在这儿。但是，在这间没灯的房里，要是碰到瑞那先生或别人，那真要闹笑话了。”

最谨慎的办法，莫如知难而退，但于连嗤之以鼻。“如果遇上陌生人，我拔腿就逃，梯子就丢下不管了。万一是她呢，会怎么待我？她沉溺于悔恨之中，变得十分虔诚，这我不怀疑；不过，她对我总还有若干怀恋，不是不久前还给我写过信？”这个理由，决定了他的行止。

心里惴惴然的，他抱定宗旨，不是完聚，就是完蛋。朝百叶窗掷了几粒石子，毫无反应。他把梯子靠在窗旁，爬上去敲百叶窗，开始轻弹几下，继而略使点劲。“别看天黑，人家照样会向我开枪的。”于连想。这个念头，把他疯狂之举一变而为有无胆量的问题。

“这间房间，今晚没住人？”他想，“要不然，不管是谁睡在里面，也该给吵醒了。现在，用不着悠着什么劲儿了，唯一该当心的，是不要让睡在隔壁房里的人听到。”

他下地来，把梯子靠在一百叶窗边，重新爬上去，从鸡心形的洞眼伸进手去，算他运气，很快摸到铁丝，这铁丝连着关百叶窗的搭钩。他把铁丝一拉，不由得心喜莫言，感到百叶窗已不再扣住，用力一推就松开了。“应当慢慢打开，先让她听出我的声音。”等百叶窗推到可以伸进头去，他压低嗓门说：“我不是贼。”

他侧耳细听，没什么声息搅扰房里深沉的寂静。壁炉架上，确实没点守夜灯，连豆样大小的灯光也没有，这可不好。

“当心挨枪子儿！”他略思片刻，就大着胆子用手指敲玻璃窗；没有回音？就敲得更响！“一不做，二不休，哪怕把玻璃敲碎。”他正用力敲的当口，在浓重的黑暗中，仿佛瞥见有一团白影子从室内掠过。临了，事无可疑：那影子正极其缓慢地在走过来。突然，一面脸颊贴在他睁着一眼在张望的玻璃上。

他霍然而惊，往后一仰。但夜色漆黑，即使仅一块玻璃片之隔，也无法认出是不是瑞那夫人。他怕对方一惊，喊出声来；又听到那几条狗在他梯子底下转悠、低号。“是我，”他提高嗓音一再说，“你的朋友。”没有回答，白色的幽灵消失了。“求你开一下，我有话跟你说，我太苦恼了！”他使劲敲，玻璃都要给敲碎了。

这时听得清脆的咔嗒一声，窗子的插销拔开了。他推开窗子，轻身一跳，就站在了房里。

白色的幽灵走了开去。他一把攥住胳膊：是个女人。他的全部勇气，顿时化为乌有。如果是她，会说什么呢？听到一声小叫，他知道就是瑞那夫人。该怎么应付好？

他把她抱在怀里；她惊颤不已，都没力气把他推开。

“您不要命啦，跑来干吗？”

她喉咙发紧，勉强说出这么几个字来。于连听出，她的确在生气。

“够惨的了，一别十四个月，我特地来看您。”

“出去，立刻离开我。啊！谢朗先生干吗拦着不让我给他写信呢？不然，这种可怕的局面就可以防止了。”她把他推开去，力气异乎寻常的大。“我已深悔前非。上天垂怜，点醒了我，”她断断续续说道，“出去！赶快走！”

“受了十四个月的苦，不跟您说几句话，我是不会就走的。我想知道您做了些什么。啊！我那么爱您，还值得您信任吧……我什么都想知道。”

由不得瑞那夫人，这威严的口气对她就有镇魂摄魄之力。

于连一直动情地搂着她，顶着她想挣脱的撑拒，这时手臂一松，把她放开了。此举使瑞那夫人略感放心。

“我去把梯子拉上来，”他说，“免得误事，说不定哪个用人给吵醒来，出去查夜。”

“啊！出去，正好出去。”她真的在生气，“别人跟我有什么关系？神目如电，看到您来纠缠，天主又要开罪于我。您真不地道，滥用了我的好意，我对您有过感情，但现在已谈不上。您听见了吗，于连先生？”

他梯子提得极慢，免得弄出响动来。

“你丈夫在城里吗？”说这句话，不是抬杠，而是出于以往的习惯。

“求求您，别这样跟我说话，否则我把丈夫叫来。不管发生什么事，我没立即把您赶走，已够罪过的了。我着实可怜您。”她这样说，意在刺伤他的傲气，她知道那是摸不得碰不得的。

她拒不以你我相称，这种决绝的态度，把于连尚存指望的脉脉温情破除无余，但他亢奋的心情反给撩拨到近于发狂的地步。

“怎么！您不爱我了，这不可能！”这发自肺腑之言，很难叫人听了无动于衷。

她没回答，而他，悲苦地哭了。

事实上，他连说话的力气也没有了。

“这么说来，唯一爱过我的人把我彻底忘了！那活着还有什么意思？”此刻，已无劈面遇到蛮汉的担心，全身的勇气已离他而去，除了爱，一切都从他心头消失了。

他悄悄地、久久地流着泪。他握着她的手，她想抽回去，扭动了几次，还是留在他的手里。满室漆黑，两人并排坐在瑞那夫人的床边。

“这跟十四个月前的情景，多么不同呀！”这么一想，眼泪更多了，“是啊，人类的一切情感都会给离别摧毁的。”

“您的情形怎样，说给我听听吧。”于连哽噎着说，对她的沉默，感到有点窘迫。

“毫无疑问，”瑞那夫人声音僵硬，语气之间略含责备的意味，“您离去那时节，我迷误的事，城里人都知道了。您的行为里，也有不少轻率大意的地方！过了一些时候，正当我深自绝望之际，谢朗神父来看我。他白费很多时间，想讨我一句实在的话。一天，他出了个主意，领我去第戎教堂，那是我初领圣体之地。在那儿，是他起头先说……”瑞那夫人泣不成声，“多可耻的时刻呀！我全承认了。神父为人非常善良，不以他的震怒来增加我的负担，反而陪我一起伤心。那段时光，我天天给您写信，但不敢寄出，都小心收藏起来。独自太痛苦的时候，就关在房里，重读我写的那些信。

“后来，谢朗先生要我把信都交给他……有几封，措辞比较慎重的，我已先期寄给了您，可是一直没有回音。”

“从来没有过，我可以发誓，在神学院，你的信，我一封都没收到过。”

“天哪，半中间给谁劫走了呢？”

“想想我的痛苦吧，在大教堂见到你那天之前，我简直不知道你是不是还活在世上。”

“天主开恩点醒我，深知自己对天主、对孩子、对丈夫，真是罪孽深重，”瑞那夫人继续说道，“丈夫对我的情爱，从来没像我当时认为您对我的那么深。”

于连一下子扑到她怀里，这倒不是依计而行，完全是出于一时冲动。但瑞那夫人还是把他推开，说话的口气还是相当硬。

“尊敬的谢朗神父使我明白：嫁给瑞那先生，也就要把我所有的感情，甚至包括我当时还不知道，在发生那要命的关系之前从未体验过的那些，也都赋予他……自从交了信——那些对我无比亲切的信——做出这一重大牺牲之后，我的生活过得即使不算快活，至少相当平静。劝您也别来搅乱，做我的朋友吧……做我最好的朋友吧。”于连连连吻她的手，她感到他还在哭。“别哭了，哭得我心里难受……您也说说，您做了些什么。”于连无言以对。“我想知道您在神学院生活得怎样，”她又重复一遍，“说完，您就走。”

于连不假思索，便讲了初期所遇到的种种诡谋和嫉妒，以及当了辅导教师后比较安宁的生活。

“就在那时，”他接下去说，“经过长期的沉默，无疑，沉默的用意，就是要我懂得我今天才弄明白的意思：就是您已不再爱我，我对您已如同陌路……”瑞那夫人捏了捏他的手。“就在那时，您寄来了一笔五百法郎的款子。”

“我从没寄过。”瑞那夫人矢口否认。

“那封信盖的是巴黎邮戳，署名是保罗·索雷尔，想必是要叫人无从猜测。”

那封信会是谁寄的呢？你一言，我一语，争了起来。气氛随之一变。瑞那夫人和于连于不知不觉间已放弃一本正经的口吻，恢复了温婉友好的语气。他们谁也看不见谁，可见夜色之浓，但说话的声调，足以说明一切。于连伸出胳膊去搂他旧相好的腰肢，这举动带有很大的危险。她想搿开于连的手臂，但于连非常乖巧，讲起一段趣事，把她的注意力引开去。胳膊于是好像给遗忘了，得以留在那儿。

那封附有五百法郎的信，对其来源做了多种推测之后，于连又接着讲他的经历。讲到过去的生活，他多了几分镇定，但和眼下的遭遇相比，往昔的苦楚已不足多论。他的心思全在想这次夜访会怎么收场。“您快走吧。”她辞色不耐的样子，不断催促道。

“如果我这样给撵走，真是莫大的耻辱！留下的悔恨，会叫我一辈子辗转难安，”他暗自忖道，“她是再也不会给我写信的了。天知道，这个地方我什么时候还能再来！”就在这一刻，他心中所有圣洁的观念，都消失以尽。在这间曾令他销魂的房间里。在夜色浓重的包围中，坐在自己爱慕的女人身旁，差不多是把她搂在了怀里，察知她一直在流泪，从胸部的起伏感到她正在抽泣，不幸的是，他变得像个冷酷的政客，工于算计，冷若冰霜，就像当初在神学院的院子里，遇到比他厉害的同学拿他肆意取笑、当众打发一样。于连添枝加叶，尽量把故事拖长，讲起离开维璃叶之后的不幸人生。“这么说来，离别一年，在几乎没有任何可唤起回忆的地方，”瑞那夫人想，“他仍时时怀念在苇儿溪度过的幸福时光，而我却唯恐不能把他忘掉。”她抽泣得更厉害了。于连看到自己编的故事已经奏效。他懂得该拿出最后一招：便单刀直入，提到刚收到巴黎寄来的一封信。

“我向主教大人已经辞了行。”

“怎么！你不回贝藏松了？你要永远离开我们了？”

“是的，”于连断然答道，“是的，我要抛离这地方，想不到在这儿，甚至给我生平最爱的人都忘了。离开这儿，永不再来！我要上巴黎去……”

“你要上巴黎去！”瑞那夫人失声叫了出来。

她语音哽塞，心绪缭乱，这对于连倒是种激励。他要做一番可能对他极为不利的尝试，因为她失声惊叫之前，昏黑莫辨，他不知他说的话产生了什么效果。此刻，不容游移了。徒滋悔恨的担忧，对他是种极大的反拨力。他站起身来，冷冷地说：

“是的，夫人，那我就永远离开了。祝您幸福，永别了！”

他朝窗走去几步，窗子已给打开。说时迟，那时快，瑞那夫人奔冲过去，扑进他怀里。

这样，费了三小时的口舌，于连终于求得他头两个钟头所企盼的美事。柔情重温，瑞那夫人的内疚也暂告消退，如果这一切发生得早一点，就是天上人间的幸福，现在靠手腕得来，不过是一点快意而已。于连不听他相好劝阻，硬要点亮那盏守夜灯。

“这次相见，”他对她说，“你难道不愿让我留下一点回忆？你迷人的眸子里那点恋情，周围黑漆漆的，对我不是白白丢失了吗？你这只漂亮的手，那么白嫩的皮肤，我不是也无法看到吗？你要想一想，今天一别，可能会很久不见！”

想到离别，瑞那夫人泪如雨下，便什么也不忍心拒绝了。这时，天已黎明，维璃叶东边山上的杉树，轮廓渐次分明起来。于连沉湎于欢娱之中，非但不走，反而要瑞那夫人留他在房里躲一天，到这天夜里再走。

“为什么不可以呢？”她答道，“在劫难逃，再次堕落，连我自己都要看不起自己了，还怕什么造成我终身的不幸，”她把他紧紧搂在心口，“我丈夫跟原先不同了，他起了疑心。他认为我要了他，对我很生气。这里只要有点响动给他听到，我就完了，他会把我当不要脸的女人给赶出去的！”

“哎！你这句话，活脱是谢朗神父的口气，”于连说，“我去神学院之前，你是不会讲出这种话来的，那时你多爱我哟！”

他语气透着冷峻，倒收了效：瑞那夫人很快忘了丈夫骤然而至的险情，而汲汲于于连对她爱情表示怀疑这一更大的危险。这时，朝日辉焕，房间已照得很亮，于连看到这娟秀的女人躺在自己臂弯里，甚至匍匐在自己脚边，他大感骄傲，大为得意。而这个他唯一爱过的女人，几个钟头之前，还为可畏的上帝和妻女的职责而惊悸不安。苦熬一年，心诚志坚，但在他勇敢的进逼面前，还是招架不住！

过了一会儿，屋子里有了响声。有桩事刚才没想到，使瑞那夫人惊慌起来。

“可恶的艾莉莎就要进房来了，这部梯子怎么办？藏到哪儿去？”突然，她活泼起来，“搬到顶楼上去吧。”

“但是得经过用人的房间。”于连表示吃惊。

“我把梯子先放在甬道里，再去找那用人，把他支开去办桩事。”

“你得先想好一个说法，万一那用人经过甬道，看到梯子呢。”

“不错，我的乖乖，”瑞那夫人吻了他一下，“你呐，赶快躲到床底下去，怕我出去的时候，艾莉莎进来。”

这种骤发的欢情，于连未尝不感到惊奇。他想：“身临险境，她非但不慌，反而来了兴致，因为忘了悔恨这回事。这女人真了不起！啊！能左右得了这样一颗心，也够荣耀的！”于连暗自高兴。

瑞那夫人去拿梯子，看来太重了。于连正想跑去帮忙，看那身段似娇娜不胜，不料突然间，她独自把梯子拎了起来，像拎把椅子一样。她很快把梯子搬到四楼的甬道，靠墙放好。再去喊那用人，等用人穿衣服的工夫，自己爬到鸽棚上去。过了五分钟，回到甬道，梯子不见了。怎么回事呢？要是于连已离开这楼，这点危险根本吓不倒她，但此时此际，她丈夫倘若看到这梯子，事情就不堪设想了！瑞那夫人跑来跑去，到处找。最后发现梯子在屋顶下，是用人扛去藏在那里的。这情况很离奇，换了以前，她早战栗不安了。

“过二十四小时，等于连走后，发生天大的事，也没什么大不了了，”她想，“那时，无非是后怕加后悔罢了。”

她思绪迷离，觉得自己该离弃人生，那也没什么！上次分离，她本以为是永无尽头的，不想他又回到了自己身边，她又重新见到了他，而为了见此一面，他的所作所为，又包含几多情爱！

向于连说了梯子事件之后，女主人问道：

“万一用人把发现梯子的事告诉我丈夫，那该怎么回答？”她迷迷梦梦地想了一会儿，“他们要找到卖梯子给你的乡下人，至少也得二十四小时。”说着，她扑进于连怀里，死劲搂着他，“啊！死吧，就这样死吧，”她一面吻他，一面嚷道，“但是不该把你饿死。”她笑着说。

“你过来，我先把你藏在戴薇尔夫人房里，她的房间一直锁着。”瑞那夫人到甬道的一端去张望，于连一溜烟跑了进去，“有人敲门，你不要随便开，”她锁门时嘱咐道，“常常是小孩子来闹着玩。”

“叫他们到花园里去，就在这窗子底下，我可以看看他们，高兴高兴，”于连说，“让他们叽叽喳喳说话。”

“好呀，好呀。”瑞那夫人嚷着走开去。

过了一会儿，她又回来了，捧了橘子、饼干，还有一瓶马拉加葡萄酒，只是面包没偷着。

“你丈夫在干什么？”于连问。

“为买卖上的事儿，跟乡下人在订条款。”

八点敲过，屋子里热闹了起来。要是见不到瑞那夫人，大家会到处找的，所以她万般无奈才离去。她去去又回来了，而且顾不得谨慎不谨慎，端来一杯咖啡：她怕他饿死。早饭后，她果然把孩子领到戴薇尔夫人房间的窗下。于连发觉他们长高了许多，但模样不过尔尔，或许是他的观念变了。

瑞那夫人跟他们谈起于连。大孩子的答话中，对从前的家庭教师，还有几分情分，几分惋惜，但两个小的，已把他忘得差不多了。

瑞那先生这天早上没出门，一刻不闲，在楼里上上下下。他想把新收的土豆卖出去，忙着跟乡下人谈交易。一直到傍晚，瑞那夫人片刻不得脱身，无法照料她的囚徒。晚饭铃响过，桌面已摆好，亏她想得出，要偷一盘热汤给他。她小心端着汤，悄悄走近他房门，不意跟早晨藏梯子的用人打了个照面，那用人也在甬道里轻手轻脚走过来，像在谛听。多半是于连太大意了，在房里走动出了响声。用人讨个没趣，讪讪地走开了。瑞那夫人果断地走进于连房间，于连见到她，倒突然一惊。

“你害怕了，”她对他说，“我嘛，什么危险都不怕，而且连眉头都不皱一皱。我怕的，只有一桩事，就是等你走后，我又孤苦一人。”说罢，跑了回去。

“啊！”于连亢奋之余，心想，“这颗优美的灵魂后悔起来，才是唯一可怕的。”

终于到了傍晚，瑞那先生上俱乐部去了。

瑞那夫人推说头痛得厉害，便回自己房里，赶忙把艾莉莎打发走，一边很快起床，去给于连开门。

于连确实饿得要命。瑞那夫人跑到贮藏室去找面包。于连突然听到一声惊叫。瑞那夫人回来后告诉他：她摸黑走进贮藏室，到放面包的柜子前，伸出手去，却碰到一个女人的手臂。原来是艾莉莎，她惊叫起来，就是于连刚才听到的一声喊。

“她在那儿干什么？”

“偷甜点心吧，或者就在偷窥咱们，”瑞那夫人显得满不在乎，“不过运气不错，找到了一个馅饼，还有一个大面包。”

“那是什么？”于连指着她围裙的口袋说。

原来，瑞那夫人忘了，吃晚饭时，她口袋里已塞满了面包。于连发疯发狂一般，把她紧紧抱在怀里。她从没像眼下显得这么美。“即使在巴黎，”他迷迷糊糊地想，“也难碰到更超卓的个性了。”她既笨拙又勇敢，笨拙是因为不习惯伺候人，勇敢倒是真的，除了怕他世界那别样可畏的危险。

正当于连朵颐大嚼，瑞那夫人取笑这草草杯盘，因为她不喜欢一本正经的谈话，突然有人使劲推门——准是瑞那先生。

“你为什么关起门来？”丈夫嚷道。

时间紧急，于连连忙钻到长沙发底下。

“怎么！你穿得好端端的，”瑞那先生进房来说，“这时吃晚饭，还锁着门！”

这个问题，在平常日子，做丈夫的以不测之威临之，一定会使瑞那夫人手足无措，但此刻，她觉得丈夫只要略弯一弯腰，就能瞧见于连了，因为瑞那先生一进门就坐在于连刚坐过的椅子上，面对着长沙发。

头痛是现成的挡箭牌，可以应付一切。随后，丈夫细细讲起在俱乐部赢的一盘台球。“赌十九法郎，真不得了！”他补充说。瑞那夫人看见，在三步远的一张椅子上，有一顶于连的帽子。她益发冷静，开始脱衣服，瞅准时机，很快绕到丈夫背后，把长袍往椅子上一扔，盖住了帽子。

等瑞那先生走开，她要于连把神学院的生活再讲一遍："昨天，我没听进去，你讲的时候，我尽想怎样鼓起勇气来，把你赶走！"

她真是太大意了。两人畅谈嬉笑，到凌晨两点，突然被一阵密集的捶门声打断。还是瑞那先生。

"快开门，屋里有贼，"他叫道，"圣尚今天早上发现一部梯子。"

"一切都完了，"瑞那夫人失声嚷道，扑进于连的怀抱，"他来杀咱们的，他才不相信有贼呢。我死也要死在你怀里。活得不称心，死就死得痛快点。"她不理会怒气冲冲的丈夫，只拼命抱住于连不放。

"斯丹尼还要他娘呢！"于连以威凛的目光发令道，"我从厕所窗子跳下去，逃到花园里，好在狗都认得我。把我的衣服卷成小包，马上往花园里扔。我们加紧，让他破门进来好了。尤其是，一个字都不能招，我跟你说明白。宁可让他疑神疑鬼，也不能留下一点把柄。"

"跳下去会摔死的！"这是她唯一的回答，也是唯一的担忧。

她把于连送到厕所窗口，随即把他的衣服藏好，最后才给怒不可遏的丈夫开门。丈夫看看房间，看看厕所，一句话没说就走了。衣服一扔下去，于连马上接住，飞快朝杜河边的花园低处跑去。

跑着跑着，听见一颗子弹呼啸而来，接着是一声枪响。

"这不是瑞那先生，"于连想，"他枪法太差，没这么准。"几条狗不声不响，跟他一起跑，第二枪看来打中一条狗的腿，只听见那狗哀叫声声。于连从平台的护墙跳下去，沿墙根跑了五十来步，然后换个方向逃走。他听见你喊我叫，语声嘈杂，看到那用人，他的对头，放了一枪。有个佃农也跑来，在花园的另一头砰砰乱放枪。不过于连已到了杜河岸边，穿起衣服来。

一小时后，他离开维璃叶已有四五里路，走上了去日内瓦的道。"他们假如起疑，"于连想，"必定会到往巴黎去的路上追我。"

下卷

她并不漂亮，也不搽脂抹粉。

——圣勃甫

第一章　乡村情趣

噢，田园风光，何时方得赞赏！

——维吉尔

他进客店吃中饭，店老板问：

“先生想必是等驿车上巴黎？”

“有车，无论今天或明天的，都可以。”于连说。

他装得不在乎的样子，这时驿车到了。车上有两个空位。

“怎么？是你呀，可怜的法尔戈。”日内瓦来的旅客，招呼跟于连一起上车的那位。

“我以为你已搬到里昂附近，定居在罗纳河畔幽美的山谷里了呢。”法尔戈说。

“还说去定居！实在是逃都来不及呢！”

“怎么！逃都来不及？你，圣冀罗，长得一副聪明相，难道犯了什么法？”法尔戈笑道。

“说来也差不离。内地这种烦人的生活，只好逃开。我喜欢清新的树林，宁静的乡野，你是知道的。你过去常说我心游物外，想入非非。我历来不喜欢听人家谈政治，而现在政治却来赶我了。”

“你是哪个党派的？”

“我无党无派，这就是我的失着处。我的政治，全在这里：性喜音乐、绘画，读得一本好书，就是一大幸事。我快要四十四了。还能活多少年？十五年，二十年，三十年最多了吧？怎么样！依我看，再过三十年，我们的部长会更加机敏，当然廉明并不让于今天的大臣。

英国的历史不失为鉴镜，从中可以看到我国的未来。横空出世，迟早会冒出个国王来，一心想扩大他的权势；而当议员的野心，争一席之地的尊荣，和像米拉波挣几十万家财的私欲，则搅得内地财主睡不安枕。他们自称是当自由党，爱天下民。至于那些保王党，一心想进贵族院，当王室侍从，怀着这种欲望四处奔竞。国家好比一条大船，人人都想去掌舵，只为掌舵的报酬丰厚。而普通的乘客，难道连一点点立锥之地都不可得了？”

“讲讲你的遭遇吧！以你与世无争的性格，应该无往而不适的。是不是近期的选举，把你扫出了内地？”

“我的倒霉事儿，由来已久。四年前，我四十岁，拥有五十万法郎的资财，而今天，年纪大了四岁，钱倒可能少了五万：花山别墅一脱手，势必要蚀掉这个数目。那别墅面临罗纳河，论地势真可说无与伦比。

“在巴黎，我对所谓的十九世纪文明强迫大家客串的无尽喜剧，深感厌倦，渴望一种雍和而淳朴的生活。我在罗纳河附近的山区买了块地，天底下再也找不出比那儿更美的地方了。

“头半年，村里的教士和邻近的乡绅，都来巴结讨好。我张筵设席，招待他们，说明我之所以离开巴黎，是为了这辈子再也不谈政治，也不再听人家谈政治。你知道，我一向不订任何报纸。邮差送来的信越少，我越高兴。

“可惜，这种做法不中教士的意，我很快成了当地一大目标，各种不识相的请求，不好缠的事情，接踵而至。我本打算每年捐两三百法郎救济穷人，但他们以圣约瑟会、圣母会等宗教团体的名义强来索取，我硬是不给。于是他们对我百般辱骂。我也糊涂，居然生起气来。早晨想出去领略领略山色美景. 就不会碰到什么不顺心事儿，弄得我无情无绪，尽想那伙人，尽想他们的恶言恶语。比如说，祈年赛会吧，出巡行列唱的歌，大概是希腊古曲，我很喜欢听，但我的田亩就是得不到祝福，因为教士说，这家主人不敬神。有个老虔婆死了一头牛，她说是因为邻近有个鱼塘，这鱼塘是属于我这个不敬神的人，这个来自巴黎的高士。过了一礼拜，发现我的鱼全都肚皮朝天，给人拿石灰毒死了。种种恶作剧，团团缠着我。治安法官，人倒是正派人，就怕丢差使，老是判我无理。宁静的田野，对我不啻是地狱。一旦看我见弃于作为乡村教会首领的助理神父，也得不到自由党头目退休上尉的支持，我就成了众矢之的。甚至一年来一直靠我接济的瓦匠，也来欺侮我；连车匠替我修农具时，也明目张胆进行敲诈。

“为了有个靠山，能赢几场官司，我入了自由党。但是，像你说的，见鬼的选举到了，有人要我的选票。”

“选一个不认识的人？”

“倒不是不认识，而是太认识了。我悍然拒绝。这个冒失的举动，后果很可怕！这一下跟自由党也反目成仇，处境更难熬了。我相信，要是助理神父心血来潮，说我谋杀女用人，说不定自由党保王党两派里会跑出二十个人来，作证说亲眼看到我作案的。”

“你光想住在乡下，而不想讨好乡邻，甚至不愿听他们的唠叨，真是大错特错……”

“好了，现在这个错总算补救过来了。花山别墅正在标价出售，逼不得已，我情愿损失五万法郎。不过我很高兴，终于可以离开这个伪善与烦恼的地狱。要找乡村的寂静与平宁，在法兰西，唯一地方，却就在巴黎的五层楼上，面对红尘十丈的爱丽舍大街！不过，我又担心，由于向教区提供圣饼，会不会在所住的胡勒区，重新开始我的政治生涯。”

“拿破仑在台上，就不会碰到这类事了。”法尔戈两眼灼灼，既是愤慨，又是惋惜。

“那敢情好！但是你那位拿破仑，皇位怎么没能保住呢？我今天吃的苦头，都是他造成的。”

听到这里，于连更入神了。一听第一句话，他就明白，拿破仑派法尔戈，就是瑞那先生小时候的朋友，一八一六年上被市长一脚踢开的；而哲学家圣冀罗，该是省里一位署长的兄弟，那位署长就善于用低价把公共房产拍卖到手。

“而所有这一切，都是你那位拿破仑造成的，”圣冀罗继续说，“一个正派人，本与世无争，到了四十岁，手头积蓄也有五十万，竟无法在内地安身，求个太平。那些教士和乡绅，还非把人赶走不可。”

“啊！别说他的坏话，”法尔戈嚷道，“法兰西还从来没像他在位的十三年里，受到各国这般的尊崇。那时所做的一切，确乎震古烁今，伟大得很！”

“你那皇帝，愿魔鬼把他带走吧，”四十四岁的男子继续说道，“他只有驰骋在疆场上，只有在一八〇二年整顿财政时，才堪称雄才大略。以后的作为，有什么值得称道的呢？他搞的显官近臣，煊赫排场，以及蒂琉璃宫的觐见盛典，无非是君主政体下无聊玩意儿的翻版。这一版再修改修改，还可以风行一二百年。贵族和教士想开倒车，率由旧章，但是要叫老百姓买账，他们还缺少个铁腕人物。”

“老兄这番高论，真不愧当过印厂老板。[1]”

“是谁把我从自己的田地上赶走的？”印厂老板愤愤道，“还不是那些教士！拿破仑通过教务专约把他们重新请回来，待他们，跟国家待一般医生、律师、天文学家不同，也跟待一般老百姓不同；抑或作者张冠李戴？一般老百姓，国家就根本不管他们的死活。要是拿破仑没封什么男爵伯爵，今天还会有这么多骄横的贵族吗？当然不会有了，时世已经变了。除了教士，就数乡间的小贵族最叫我生气了，是他们逼我进自由党的。”

谈话无了无休。这个话题，法国还可以谈上半个世纪。因为圣冀罗一再说他在内地无法安身，于连腼腆地插了句话，举瑞那先生作为反证。

“敢情，年轻人，你是个好人，”法尔戈高声说道，“他为了免做

1 译按：上卷第二十一章，称法尔戈盘下一家印厂，后来给吊销执照，那么他是“当过印厂老板”的。此处，法尔戈却以此身份称圣冀罗，难道“哲学家圣冀罗”也开过印厂？

鱼肉，才做了刀俎，而且是可怕的刀俎。不过，我看瓦勒诺已把他挤对得可以。你认识那家伙吗？那才是十足的坏蛋。等到哪一天瑞那先生看到自己给撤职，取而代之的就是那个瓦勒诺，看你东家会怎么说？”

“那时，他就跟他的罪恶面面相觑了，”圣冀罗说，“这么说来，维璃叶你很熟了，年轻人？好得很！拿破仑，让他和他的帝制骗局都完蛋吧，是他做成了瑞那与谢朗的两头政治，从而引出瓦勒诺与马仕龙的称霸局面。”

这次谈话涉及阴暗的时政，于连听了颇感吃惊，方从偷香窃玉的绮思里分出心来。

巴黎已远远在望。乍见巴黎，竟无多大感触。瞻望自己的前途，他所设想的种种空中楼阁，还得跟刚在维璃叶度过的二十四小时所留存的忆念，争斗一番，才能破空而出。他发誓对密友的孩子决不丢下不管，万一教士得势，推行共和而迫害贵族，他宁愿放弃一切，也要保护他们。

维璃叶的那晚，他把梯子搁在瑞那夫人卧室的窗边，要是房间里是个陌生人，或者就是瑞那先生本人，那会是什么结局呢？

但最初两个钟头，他的旧相好诚心要赶他走，而他摸黑坐在她身旁哓哓申辩，想来也怪甜蜜！像于连这样的心灵，这些回忆，会终身魂牵梦萦。这次幽会的其余细节，则已与十四个月前两心相知的最初时节，融浑一片。

于连从深情的梦想中惊回，因为车子已开进卢梭街，在驿舍的院子里停住。这时，有一辆双轮轻便马车走近来，他吩咐车夫：

“上麻尔蔓枞。”

“在这个时候，先生，去干吗呢？”

“不关你的事！走吧。”

任何真正的痴情，千思万想，总是围着痴情本身打转。在巴黎，一个人一旦疯魔什么，常常显得滑稽可笑，比如你的邻居总认为别人老在打他主意，个中原因就在于此。于连到达麻尔蔓枫的激奋心情，此处不赘。总之，他掉了眼泪。怎么！今年[1]砌的几堵难看的白墙，岂不把这座美丽的花园划小了？——是的，往事已矣；但对于连，正如对后世的人一样，阿尔科拉、麻尔蔓枫和圣赫勒拿[2]，都是拿破仑遗迹，无分轩轾的。

当天晚上，于连进戏院之前，犹豫再三，他对这种堕落场所，颇有些特别的想法。

同样，一种深切的疑虑，妨碍他去欣赏生气勃勃的巴黎，而只对他崇拜的英雄所留下的史迹，格外动心。

“行啊，我算到了阴谋与伪饰的腹地！弗利赖神父的几个靠山，在这儿倒是实权人物。”

他原先的计划是，见彼拉神父之前，把该看的都看到。到第三天晚上，探究未来的好奇，压过了这一打算。神父用冷峻的语气，向他解说在特·拉穆尔侯爵府，等待他的是怎样一种生活。

“经过几个月，如果你不顶正用，就仍回神学院，当然是正大光明地回去。侯爵是法兰西最大的贵族之一，你就住在他府上。你要穿黑衣裳，样子像是居丧，而不是当作教士。我会给你联系一所神学院，每礼拜去三次，继续读你的神学课。每天中午，你安坐在藏书室，侯爵会教你为诉讼或别的事宜起草信件。他在来件上，旁批一两言，提示复信的内容。我曾夸下海口，说不出三月，你就能复信，呈送侯爵签字的信件，十封中有八九封已能通过。晚上八点，你把侯爵的书桌归整好，到十点钟，就自由了。

“很可能哪位老夫人或谄谀之徒，会暗示你，只要把侯爵的来往

---

1 一八三〇年，瑞典银行家哈格曼买下麻尔蔓枫行宫，依古堡的原先界域造起围墙，把约瑟芬所造的附属建筑划出在外。

2 阿尔科拉，意大利城市，一七九六年十一月拿破仑大败奥军于该城。麻尔蔓枫，原为拿破仑妻子约瑟芬的产业。拿破仑在两次流放之间，从厄尔巴岛逃回和去圣赫勒拿岛之前，均到过麻尔蔓枫。圣赫勒拿岛，拿破仑一八一五年十月十五日至一八二一年五月五日逝世前的流放地。

信件给他们看一看，你就能得到许少好处，或者更露骨些，把大把金子塞到你手里……”

“啊！先生！”于连羞红了脸。

“这倒奇怪了，”神父苦笑了一下，“穷得像你这样，又在神学院过了一年清苦日子，还能志高行洁，义愤填膺，那真要闭眼不问世事才行！”

“难道是血缘关系？”神父好像在低声自语，“真奇怪，侯爵会认识你……也不知是怎么回事，”他瞧着于连补充道，“薪水一上来，他先开一百路易。此人做事，全凭一时兴致，这是他的缺点。他还会跟你发小孩脾气。他要是感到满意，你的薪金日后可加到八千法郎。”

“不过，你得明白，”神父用尖刻的口气说，“他出大钱，并不是因为你眼睛漂亮，关键是要派得上用场。换了我，就会谨言慎行，尤其对自己不知道的事，决不妄议。”

“噢，我帮你打听了一下，”神父说，“忘了告诉拉穆尔先生的家庭情况。侯爵有两个孩子，一儿一女。儿子已十九岁，人物漂亮，是一种狂人，到了中午，还不知午后两点要干什么。人倒是有才情，有胆量，参加过西班牙战争。侯爵希望，不知是什么道理，你跟这位年轻的诺尔拜伯爵能做个朋友。我曾介绍说，你精通拉丁文。或许想请你教他儿子说几句关于西塞罗和维吉尔的现成评语。

“我若处在你的位置，就决不让这公子哥儿开我的玩笑。他有什么请托的事，尽管措辞十分客气，但总带点挖苦意味，我在迁就他之前，至少得让他把要求再说上一遍。

“不瞒你说，拉穆尔少爷一上来会不把你放在眼里，因为你不过是一介平民。而他的祖上是朝中显贵，由于涉嫌政治阴谋，于一五七四年四月二十六日，在格雷佛广场，斩首处决，死焉有荣。你呢，只是维璃叶一个木匠的儿子，再说，还是他父亲花钱雇来的。这些差别，你自己去掂量吧。这个家族的历史，在莫赫利著作中自能寻到。来他们家吃饭的清客，不时会提一提这段掌故，称之为微妙的暗示。

“言归正传，诺尔拜·特·拉穆尔伯爵，身为骠骑兵上尉，日后少不得会成贵族院议员。少爷取笑你的时候，要注意应对的方式，不要事后跑来向我叹苦经。”

“我觉得，”于连憋红了脸说，“对一个瞧不起我的人，根本不必搭理。”

“他那种瞧不起，你还想象不出是什么样子。那恰恰是一种过甚其词的恭维。你要是犯傻，就会上当；你要想发迹，就该让自己上当。”

“到了那一天，这一切我都适应不了，重返一〇三号斋室，多半会给看成不识好歹吧？”

“那是肯定的，”神父回答说，“所有巴结这份贵戚权门的人，都会对你加以诽谤。不过，到时我会出面，对他们说：Adsum qui feci[1]。此事是我决定的。”

于连有点难过，注意到彼拉先生用的是一种尖酸的，甚至是恶意的口吻，而这口吻却把他话里愿意挺身而出的好意. 都抵消掉了。

事实上，神父对自己喜欢于连，良心上颇感不安，这样直接干预他人的命运，不免存着一点宗教恐惧心理。

“你还会看到，”神父补充道，仍用刚才那种好心没好气的腔调，好像在了却一桩烦难的义务一样，“你还会看到拉穆尔侯爵夫人。这是一位高挑个儿的金发美妇，虔诚，高傲，十分讲礼貌，十二分的琐细无聊。她的尊大人，是舒纳老公爵，曾以贵族偏见有名于时。这位贵夫人，可说是贵媛命妇骄纵性格的突出缩影。她不隐瞒祖上曾参加过十字军东征，而且就看重这样的家世。发财是很久以后的事，你觉得奇怪？我们不是在内地了，我的小朋友。

“你在她的沙龙里，会看到好些达官贵人，他们讲起王子皇孙，

1　拉丁文，意为：我将这样做。

口气极其轻慢不敬。至于拉穆尔夫人，每次提到哪位亲王，尤其是哪位公主，为表示尊崇，声音总放低一点。我当然不会劝你当着她的面，说菲力普二世或亨利八世是怪物。须知他们是一国之君，这就赋予他们不管在什么时候都受人尊敬的权利，尤其是受你我这类没有门第的人尊敬。不过，话又得说回来，我们是教士，因为她会把你当教士看待；因为是教士，她就把我们看作是为她灵魂得救所必不可少的侍仆。”

“先生，”于连说，“看来巴黎我会待不长的。”

“那最好不过。但是，你得注意，像我们穿道袍的人，只有靠名公巨卿，才能有出息。你性格里，至少依我看，有某种不可捉摸的东西，你不发迹，就会发霉，没有折中的余地。这点，你应明白。别人跟你说话，你面露不愉之色，人家自然看得出来。在这样一个重社交的地方，你得不到人家尊敬，那就该你倒霉了。

“如果不是拉穆尔侯爵一时兴起，略加照应，你在贝藏松会落到什么地步呢？总有一天，你会明白，侯爵这一着非同寻常，只要你不是狼心狗肺，对他和他全家，自会感恩戴德，终生不渝。有多少可怜的神父，论学问比你强得多，当年在巴黎就靠做弥撒挣十五个子儿，到梭邦神学院宣讲挣十个子儿过日子！……去年冬天，跟你讲过红衣主教杜布瓦这个坏东西早年的情形，想必你还记得。你还不至自负到自以为比杜布瓦还有才干吧？

“拿我自己来说吧，我是个散淡的人，资质也平平，本打算终老神学院；也曾稚气十足，想与神学院相依为命。哎，谁想得到！我提出辞呈的时候，也正是将要给人撤职的当口。我当时的手头情况，你知道吗？不多不少，统共五百二十法郎；没有一个朋友，至多两三个熟人。特·拉穆尔先生，我跟他本来素昧平生，是他把我从困境中擢拔了出来。凭他一句话，人家就给我一个教区。区里的教民都是殷实人家，跟粗俗的恶习根本不沾边，而进款之多，尤使我感到歉愧，因为酬劳与辛劳简直不成比例。我之所以唠唠叨叨讲了半天，为的是叫你明白，做事要稳重点。

“再说一句：我不幸脾气暴躁，很可能日后闹到你我不讲话的地步。

“如果因侯爵夫人的高傲，或她儿子的戏侮，你在这家无法待下去，那么，我建议你到离巴黎三十里的哪个神学院去修完你的学业，而且，宁可往北走，不要朝南去。因为北方，文明多而不义少。还有，应当承认，”他压低声音接着说，“巴黎内外的报纸，足以使那些小霸王心惊胆战。

“如果你在爵府无法存身，而还乐于跟我见面，那就请到我的教区来做我的副手，教区的收入可以与你平分。”他打断于连感激的表示，接着说，“我得到这个美差，以及其他，也是托你的福。在贝藏松，你还情出格外，提议愿对我有所馈赠。幸亏我那时还有五百二十法郎，如果一文不名，那就得靠你接济了。”

神父的声调已不像刚才那么严刻。于连十分羞愧，感到眼泪就要夺眶而出，恨不得投入这位老友的怀抱。情难自抑之下，尽量装出刚强的样子说：

“我还在摇篮里的时候，就招父亲的恨，这是我的大不幸。如今，我不再抱怨命运，先生，你就是我的重生父母。”

“好呀，好呀，”神父大窘，就把神学院院长的一句口头禅，拿来现成应用：“孩子，永远不要说‘命运’一词，应该说‘天意’。”

街车停下来了。车夫走到大门前，拉起铜门环：这儿就是拉穆尔府。免得过路人弄错，门楣上的黑色大理石，刻着公馆名称。

这份炫耀，于连大不以为然。“他们对雅各宾怕得要死！在每道篱笆后，以为都可以看到罗伯斯庇尔带着车子来捉人。惊恐万状的样子，真可以把人笑死，同时，又在房子上大事张扬，倒不怕发生骚乱，好让暴徒认出府主，打家劫舍！”他把这想法告诉了彼拉神父。

“天哪！可怜的孩子，恐怕不久你就得当我的副手，你怎么会有这种可怕的想法！”

“这想法实在再单纯不过了。”于连说。

门丁庄重的仪态，尤其是庭院的整洁，于连为之赞叹不已。这是一个阳光灿烂的日子。

“这房子好不壮丽！”他对同来的神父说。

伏尔泰逝世前后，圣日耳曼区造起一批公馆，拉穆尔府即是其中之一。房子的正面，看起来平板无奇。一时的流俗，与永恒的美，如此天差地远，实未曾有过。

第二章　初见世面

真是可笑而又动人的回忆：我年方十八，初次进入沙龙，觉得那么孤单无靠！哪个女人瞟我一眼，就会觉得手足无措。越想取悦于人，便越是笨手笨脚。对一切的一切，都形成最错误的看法。要么无缘无故地倾心相与，要么把哪个端详我的人认作死敌。不过那时，生性羞怯虽带给我不少苦痛，但是，一个美好的日子，终究是美好的！

——康德

于连站在庭院当中，独自发怔。

“你要机灵一点，”彼拉神父嘱告道，“你刚才的想法倒够惊世骇俗的，但你实际上还是个孩子！贺拉斯说的 nil mirari[1]，到哪里去了？试想，这群仆人看到你在这儿存身，就会变着法儿奚落你。他们把你看成同道，你的地位一旦高于他们，他们就会愤愤不平。表面上一团和气，给你出谋划策，指点帮忙，其实底下是唯恐你不捅个大乱子。”

“那就较量较量吧。”于连咬咬嘴唇，又恢复了多疑的习性。

他们两位在进到侯爵书房之前，先在二楼穿过几个客厅；这些客厅，噢，读者诸公，华丽固无论矣，但非常憋气。假如原封不动奉送给你，你

1　拉丁文，意为：不动声色。

一定不肯去住的，那是议事沉闷得叫人打哈欠的地方。但于连却来了精神。“住得这么美轮美奂，怎么还会怏怏不乐呢！”他心里这么想。

最后，两位客人来到这富丽宅第中最简陋的一间房间。房里勉强有点光亮：见到一位矮小的干瘪老头，眼睛炯炯有神，戴着金黄色假发。神父转过身来，为于连作介绍。那位就是侯爵大人。于连简直认不得，只觉得他彬彬有礼，已不是布雷－勒奥修道院见到的那个神态倨傲的大贵人。于连觉得，他假发套上的头发未免太茂密了点。仗着这一观感，怯意顿消。侯爵的祖上，还是亨利三世的知己；但于连觉得，这位名门之后气派不大，长得精瘦样儿，十分好动。但很快发现，侯爵的谦恭有礼，更甚于贝藏松的大主教，与之交谈，十分愉快。这次接见，统共不超过三分钟。出来的时候，神父对于连说：

“你刚才盯着侯爵看，好像要给他画像似的。对他们所说的礼数，我不甚了了，不久你知道的就会比我多。不过，你那种大胆直视，我总觉得不够礼貌。”

他们又坐上街车，车夫赶到林荫道旁停下。神父领于连接连走进许多宽敞的大厅。于连注意到，这类大厅里都没有家具。他正望着一座华丽的镀金摆钟，上面的一组雕像，依他看，题材颇淫逸不雅。这时，走过来一位穿着漂亮的先生，堆着一脸笑。于连点了点头，略略致意。

这位先生对他一笑，随即把手搭在他肩上。于连一惊，急忙退后一步，脸都气红了。彼拉神父，尽管一向老成持重，也笑出了眼泪。原来这位，是裁缝师傅。

神父出门的时候，对于连说：“我让你自由两天吧。两天之后，你才可以去拜见拉穆尔侯爵夫人。你刚刚来到这个花花世界，换了别人，会把你当小姑娘看。你如果注定要堕落，那就立刻堕落吧，省得我怜痛爱惜，为你操这份儿心了。后天早上，裁缝师傅会把两套衣服送过来。帮你试穿的徒工，你要给五个法郎。此外，千万别让这些巴黎人听出你的口音来。你只要开口说句话，他们就有诀窍来取笑你，这就是他们的本领。后天中午，你到我住处来……走吧，去堕落吧……我忘了告诉：你得去定做长筒靴、衬衣和帽子，地址在这里。”

于连看了一下写这几个地址的笔迹。

“这是侯爵的手笔，”神父说，“他是个勤快人。事事都预先考虑，宁可自己动手，省得颐指气使。把你留在身边，就是希望这类麻烦事儿，你可以为他分劳。这就要看你机灵不机灵了，这人急性子，往往话说半句，关键在于你是不是能把事情一一办妥。这日后会自见分晓的。你要诸事留神！”

于连照指定地址，一句话也不消说得，走进一家家能工巧匠的铺子。他注意到，接待人员，都毕恭毕敬。皮鞋店老板把他姓名记入簿册时，写作：于连·特·索雷尔先生，加了一个表示贵族身份的“特”字。

在拉雪兹公墓，遇到一位热心人，此人十分殷勤，言论更其自由，自告奋勇给于连指路，去凭吊奈依元帅墓；拿破仑的这位名将没立墓碑，当是出于高明的韬略。分手时，这位自由党人热泪盈眶，几乎紧紧把他抱在怀里，这可好，于连的怀表不翼而飞了。经一事，长一智。到后天中午，他去见彼拉神父，神父对他注视良久。

“你大概要变成公子哥儿了。”神父神色严正。于连身姿显得十分年轻，穿一身黑服，像戴重孝似的，实在说来，仪表可谓得体。只是善良的神父自己太乡气，看不出于连走路时还摆动肩膀，这在内地是看作风雅而神气的姿势。见到于连，侯爵对他的风度，观感与神父截然不同，甚至提议：

“如果让索雷尔先生去学跳舞，你老不反对吧？”

神父一愣。

“噢，不反对，”他补充说，“于连并不是教士。”

侯爵两级一跨，爬上一部狭窄的暗梯，亲自把我们的英雄安顿在一间漂亮的顶楼里，这里可以俯视爵府的大花园。他问于连在内衣店定做了几件衬衫。

“两件。”这类琐事劳这样一位大贵人过问，于连感到无比惶恐。

“很好，很好，”侯爵正色说道，口气威严而紧切，没有商量的余地，倒使于连三思，“很好！再去定做二十二件。这是你头一季度的薪水。”

从顶楼下来，侯爵唤来一名老仆：“阿三[1]，这位索雷尔先生以后归你侍候。”

几分钟之后，于连已独自安坐在华美的藏书室里。人生难得此刻，真甘美无比。这种兴奋心情为怕被人看见，便走去躲在一个幽暗的壁角里；从这一隅，得以赏心悦目，遍观烫金发亮的书脊。他心里想：“所有这些书，都任我浏览。我在这儿，还会有什么不高兴呢？拉穆尔侯爵待我真是皇恩浩荡，即以其百分之一而论，也足以使瑞那先生自惭形秽而有余[2]。

“不过，这些抄件还有待完成呢。”等这项工作做完，于连才敢走近藏书。当找到一部伏尔泰的集子，他几乎欣喜欲狂。便跑去把藏书室的门打开，免得被人撞见。然后，把八十卷本一一打开，不亦快哉！书册装帧精美，不愧为伦敦优秀装订匠的杰作。其实，无须如此精致，就能让于连叹为观止了。

过了一小时，侯爵进来，查看抄件，惊奇地发现，于连写“cela”，连写两个“l”，成了“cella”[3]。“神父跟我说，此人如何如何有才学，看来也许是个神话！”侯爵大失所望，很委婉地对他说：

“你拼写方面，不十分有把握吧？”

---

1 译按：以阿三译 Arsène，令人绝倒。语音相近，身份也相当，乃赵瑞蕻先生首创，特为表出之。（见赵译《红与黑》，作家书屋一九四七年刊本第四五六页）

2 “侯爵待我真是皇恩浩荡”句译法，略脱出前贤窠臼。清人徐洪钧言：读书贵神解，无事守章句。译者之于是书，每日晨起必精读原著，于本源欠求会通；个别译法，谨传心得，不蹈故常。前辈译家已给后人留下诸多宝贵经验，译事既有常规可循，亦宜另拓新境。得失尽付高明评说。

3 此处，斯当达很大方，把自己的“独创”拨归主人公。相传斯当达十八岁进陆军部工作，第一天就写下这个错字。Cela，意为“这”。

“也许。”于连随口答道，根本没想到自己的笔误。看到侯爵这么和善，他大为感动，不禁回想起瑞那先生那副傲态。

“弗朗什－孔泰来的这位小神父，学到这个程度，看来时间都白费了，”侯爵心里想，“只怪我太需要有个办事可靠的人以为臂助。”

“Cela只有一个1，”侯爵对他说，“以后凡是抄件，拼写没把握的字，最好查查字典。”

六点钟的时候，侯爵把于连唤去，看他穿着长筒靴，脸上便明显露出不悦的神色：“我应该怪自己，忘了相告：每天五点半，你该穿着整齐。”

于连瞧着侯爵，不明白是什么意思。

“我的意思是要穿上长筒袜。以后阿三会提醒你的。今天，我代你致歉吧。”

说罢，拉穆尔先生领于连走进一座金碧辉煌的大厅。遇到同样的场合，瑞那先生绝不会错过机会，三脚并作两步，抢先进入客厅。受他旧东家虚荣心的影响，于连加紧脚步，一脚踩在侯爵脚上，痛得侯爵摇头咋舌，因为他本来就有痛风症。“啊！没想到此人还这么莽撞！”侯爵心里想。他把于连介绍给一位身材高大、仪表威严的妇人。原来是侯爵夫人。于连觉得她样子傲慢不礼，有点像布雷专区行政长官莫吉鸿的夫人光临圣查理节宴会的架势。客厅极尽奢华，于连简直有点恍惚，拉穆尔先生说些什么，他都没听清。侯爵夫人爱理不理地瞟了他一眼。宾客中于连认出有年轻的阿格德大主教，真有说不出的高兴，几个月前，在布雷－勒奥修道院举行的典仪上，主教曾降贵屈尊，跟他有过交谈。于连心虚情怯，凝视的目光分外柔和；年轻主教看到了想必有点惊愕，却懒得去认这内地人。

客厅中雅集诸君，在于连看来，多少有点郁闷和拘谨。巴黎人说话声音都低低的，也不把一点点小事情加以夸大。

有个漂亮后生，脑袋很小，留着髭须，脸色苍白，身材很单薄，约莫到六点半才进来。

“你老是叫人家等。”侯爵夫人让他吻着手说。

于连马上明白，这位就是拉穆尔伯爵。乍见之下，就觉得这位少爷很可爱。

他暗想：“可能吗，会是他用无礼的嘲谑，叫我在爵府存身不得？”

端详之下，于连发现这位伯爵足蹬长筒靴，还上踢马刺，“而我，就该穿便鞋，显得像个下等人！”大家随即入席。于连听到侯爵夫人提高嗓音说出一句严厉的话来。差不多在同时，看到有位年轻姑娘，一头金栗色的秀发，体态娉婷婀娜，走来坐在他对面。她一点不讨他喜欢。不过，仔细打量之下，于连私心承认，这么美的眼睛倒还从没看到过。这双眼睛，透露出一颗非常冷漠的灵魂。后来，发现这眼神里有一种厌倦的表情。在察言观色的同时，时时不忘要显得威风逼人。“瑞那夫人的眼睛也很美，颇得众人赞誉，”他暗想道，“但和这双眼睛毫无相同之处。”于连阅历尚浅，还分辨不出，不时在玛娣儿特——听别人这样称呼她——眸子中闪耀的，是机智的光芒。而瑞那夫人眼睛发亮，那是热情的火花，或者出于对劣迹的义愤。晚宴临结束时，于连才找到一个适切的字眼，以形容侯爵千金眼睛之美，曰：顾盼见光彩。除此以外，她的相貌，酷似乃母；于连越来越不喜欢侯爵夫人，后来索性连看也不看了。相反，觉得诺尔拜伯爵，从各方面看，都令人倾倒。于连简直给迷住了，没有因为伯爵比自己更富有更高贵而暗生妒意与嫉恨。

于连发觉拉穆尔侯爵坐在那里，似有厌烦之状。

上第二道菜时，侯爵对儿子说：

“诺尔拜，这位于连·索雷尔先生，是我刚罗致门下的幕友，想要大大栽培他一下，假如 cella 能办到的话。对他，你要多加照应。”

侯爵转身对邻座说：“他现在当我的秘书。他写 cela，有两个 l，来个加倍！”

席上诸人都朝于连望去，于连正向诺尔拜点头致意，似过分谦抑了点，不过，一般说来，大家对他的眼神还感满意。

想必是侯爵谈起过于连所受的教育，因为有位宾客，引贺拉斯来考他。于连心里想："正因为谈贺拉斯，我才在贝藏松大主教面前一炮打响。谅他们所知也只此作家。"这么一想，心中有了把握。这种情绪变化，十分迅捷，因为他刚断定，拉穆尔小姐绝不会是他心目中的女子。进神学院以后，他把所有人都看成坏坯子，再不轻易为他们吓倒。饭厅的陈设如果不那么豪奢，他会镇静得多。具体说来，是两面大镜子使他感到不自在，镜子每面高达八尺，他谈贺拉斯时，可从镜子里看到他的诘难者。以内地人而言，他的语句不算长。他的羞缩不安，或者对答如流时的春风得意，给他原本就漂亮的眼睛，更增添了神采。他被公认为令人愉快的少年。这类考查，使严肃的宴席，多出几分情趣。侯爵递了个眼色，要诘问者再难一难于连。"敢情他真略知一二？"侯爵想。

于连一边思索一边回答，已经不那么羞怯，可以卖弄一下，当然不是卖弄机智——不知巴黎人的措辞方式，机智是卖弄不起来的——而是卖弄新奇的想法，尽管表达得不够优雅，也不够切题，但大家看出，拉丁文他是精通的。

于连的对手，是碑铭科学院院士，碰巧还是懂拉丁文的。他发现于连人文素养甚佳，便不怕他受窘，想法给他出难题。舌战犹酣，于连终于忘掉饭厅的富丽，围绕拉丁诗人畅叙己见，那是对方在任何书本上都看不到的。对方倒是正派人，居然对年轻秘书恭维有加。幸而，这时饭桌上开始争论贺拉斯的穷通问题：一说他很有情趣，纵情声色，忘怀得失，写诗就像莫里哀和拉封丹的文友瞎掰儿（Chapelle）为了自娱；一说他是个穷光蛋桂冠诗人，像诽谤拜伦的骚色（Southey）一样，侍奉宫廷，写写给皇上祝寿的谀诗。他们谈到奥古斯都与乔治四世治下的社会状况。这两个朝代，贵族的权势极大——但在罗马，贵族的部分权能这时眼生生被保护文艺的梅赛纳抢去，而梅赛纳只是区区一骑士；而在英国，贵族把乔治四世的权限缩小到近乎威尼斯的一个总督。宴席一开始，侯爵就感到昏沉烦闷，听到争论，才脱出昏昏然的状态。

像骚色、拜伦、乔治四世等现代人物的名字，于连是初次听到，当然茫无所知。但只要提及罗马史实，那是可从贺拉斯、马夏尔、塔西佗等人的作品中获知的，他就无可争辩地高人一头——这点大家都看出来了。于连与贝藏松大主教有过一次名噪一时的论辩，他从这位高级神职人员那里偷得不少观点，此刻就毫不客气据为己有，而这些论旨绝不是最不受赏识的。

等平章诗人谈到意兴阑珊时，侯爵夫人才看了于连一眼，她有一条宗旨：凡是能逗丈夫高兴的，俱加赞赏。“别看这年轻教士外表笨拙，内里或许腹笥甚宽。”院士对旁座的侯爵夫人说，于连也隐约听到了。这类现成说法，正适合女主人的聪明程度，就把院士对于连的评语接受下来，庆幸邀院士来吃饭感到满意。“总之，此人能逗我丈夫高兴。”侯爵夫人心里想。

第三章　第一步

在这片广袤的谷地，阳光明媚，万头攒动，看得我眼花缭乱。无一人认得我，个个都强过我，吓得我坐立不安。

——雷纳律师的诗

第二天一清早，于连正在藏书室誊抄信件，玛娣儿特小姐从一扇侧门进来，门面上画着一排排书脊，真是遮掩得好。于连对这个创意大为赞赏，玛娣儿特却为在这儿遇见他，感到吃惊，显得怫然不悦。她发际留着卷发的纸卷儿，于连觉得她脸色绷硬，神态高傲，差不多带点男子气。拉穆尔小姐的一大秘密，就是常到父亲的藏书室来偷书，而不留一点痕迹。于连在场，害得她今天早晨白跑一趟，更加气恼的，是想来找伏尔泰的《巴比伦公主》第二册。——此书对一向受君权教育和宗教教育的人来说，真是最好不过的补充读物；而圣心会标榜的，正是君权教育和宗教教育！可怜这姑娘，才十九岁，已要文笔警醒尖刻，才会对一部小说感兴趣。

诺尔拜伯爵到三点光景，才在藏书室露面。他是来查阅一份报纸，以便晚上用来谈论政治。他见到于连，落落大方，不过，他已把这人忘了。他对于连倒很够意思，邀他一起去骑马。

"家父放咱们假，到晚饭前一直有空。"

于连听出"咱们"两字的含义，更觉他可亲了。

"我的天，伯爵先生，"于连说，"如果要砍一棵八丈高的大树，再把枝杈去掉，锯成薄板，我敢夸口，这我对付得了。可是骑马，我这辈子统共只骑过六次。”

“那好，就骑第七次吧。”诺尔拜回答。

实际上，于连记起上次国王驾幸维璃叶的入城典礼，自信骑术还相当高明。但是，从布洛涅森林回来，行经巴克街的街心，他想躲一辆轻便马车，不意摔了下来，沾了一身泥巴。幸亏还有一套替换衣服。晚餐桌上，侯爵跟他闲谈之际，问起骑游的事。诺尔拜赶紧笼笼统统，答了几句。

“伯爵先生对我照应周详，心里非常感谢，”于连接口说，“这份情意，我全领了。承他雅爱，把最温驯最漂亮的马让给了我，但总不至于把我拴在马背上；谁知差了这一着，走到桥边那条大道中央，不才我摔了个大马趴。”

玛娣儿特小姐忍俊不禁，“扑哧”一声笑了出来。她还好意思探询起细节来。于连的答话，简单明了。言谈颇有风度，只是不自知罢了。

“我看这小教士必定大有出息，”侯爵对院士说，“一个内地人，在这种场合，还能保持本色！以前没见过，以后也不会见到，而且，是向女士太太们讲他的倒霉事儿！”

于连讲述他的厄运，令听者大悦，以致晚餐终席时，话题已变了，玛娣儿特小姐还净向哥哥打听这背兴事儿的详情。她接二连三提问，于连几次与她四目相对，敢于直来直往，虽然问题并不是向他提的。他和兄妹两人最后相视大笑，简直像住在深林里三家村的一伙年轻人。

第二天，于连出去听了两堂神学课，回来后接着誊抄了二十封复信。进藏书室发现他座旁有个后生，衣着很讲究，仪表却很鄙俗，满脸妒忌之色。

侯爵这时进来了。

“你在这儿有何公干，唐博先生？”口气很不客气，问新来的人。

"我以为……"年轻人谄媚地一笑。

"不，先生，你不该以为。你不过是试用，是一次不妙的试用。"

年轻的唐博满脸愠怒，站起来转身就走。他是院士的侄儿，有志于从事文学。院士是侯爵夫人的朋友，他向侯爵讨得个情，录用其侄儿当秘书。唐博原在一间边房办公，得知于连得宠，便想来沾点光，这天早上就把自己的文具搬来藏书室。

午后四点，于连略一踌躇之后，仗着胆气去见诺尔拜伯爵。这位少爷正骑上马要出去，不免有点为难，不过他十分讲礼数。

"我想，"他对于连说，"你该尽早进骑马学校。这样，过几个礼拜，能与阁下一起走马，不亦快哉！"

"希望你肯赏脸，接受我的谢意，感谢诸多关照。请相信，先生，"于连一本正经地说，"承蒙厚待，在下非常领情。如果贵骏没有因我昨天的不慎而受伤，此刻恰又闲着，那么我希望今天能再骑一回。"

"说真的，亲爱的于连，一切风险都得由你自己承担。你得这样设想：出于谨慎的考虑，所有反对的理由我都已向你提过。事实是此刻已四点钟，我们没时间可耽误了。"

于连一骑上马，便问年轻伯爵：

"应该注意些什么，才不致摔下来？"

"要注意的事很多呀，"诺尔拜大笑道，"比如说，身子要朝后仰。"

于连跃马前进。他们已到了路易十六广场。

"啊！这冒失鬼，"诺尔拜说，"这里车水马龙的，而且车夫都是些鲁莽家伙。你一跌倒，双轮马车就会从你身上碾过去，赶车的舍不得猛勒缰绳，怕把马嘴勒伤。"

诺尔拜看到于连有二十次险些摔下马来，但到骑游结束，居然安然无恙。回到家里，少年伯爵对他妹妹说：

"我要向你介绍一个天不怕地不怕的大好佬。"

这天早晨，少年伯爵听到用人在院子里刷马，曾拿于连坠马的事肆意取笑。晚餐的时候，诺尔拜伯爵从餐桌的另一端跟他父亲说话，盛赞于连剽勇无畏，当然，说到于连的骑术，能够夸奖的，也只有这一点了。

尽管颇受照拂，于连很快便感到在这户人家，自己十分孤立。一切习俗，看来都稀奇古怪，他动辄得咎。而他的差池，就成了府上仆役的趣谈。

彼拉神父已到自己教区上任去了。他想："于连如果是株脆弱的芦苇，就任其枯萎吧。要是个有作为的人，那自会脱颖而出。"

第四章　拉穆尔府

他在这儿做什么？他会喜欢这儿吗？
他想讨这儿的人喜欢吗？

——龙沙

如果说，在拉穆尔府高雅的客厅里，于连觉得一切都是奇特的，那么，肯瞟他一眼的人，对这个面色苍白、身穿黑服的后生，同样觉得古怪。拉穆尔夫人跟丈夫提议，逢到宴请显要人物，最好找个差使派他外出。

“我倒想试到底，”侯爵答道，“彼拉神父认为，对我们身边的人，不该伤他们自尊。人所恃者，唯不移之志，如此而已。此人除了他那张陌生面孔，别的没什么不合适，而且他知道装聋作哑，不会多事的。”

“为了理清楚这里的人际关系，”于连想，“凡到这客厅来的人，应记下他们的名字，并对他们的性格作下一考评。”

首先记下的，是府上的五六个常客。事有凑巧，他们都在巴结自己，以为他是侯爵跟前得宠的人，侯爵是凭性子要宠谁就宠谁的。这几个常客都是些穷人，多少有点低三下四。这个阶层，今天只有在贵族的客厅里还能看到。不过，要说他们还有什么值得称道之处，那么可说，他们并非对所有人都低三下四的。他们中有的人宁可给侯爵痛骂，也不愿听侯爵夫人一句气话。

爵府的大小主人，性格上都骄气十足，无聊有余。时常为了解解闷气，会对人肆意侮慢，所以不能指望有真正的朋友。但是，除掉下雨的日子和百无聊赖的时光——这种时光毕竟不多，通常总算彬彬有礼。

那五六个对于连另眼相看的马屁精，如果不来拉穆尔府趋候，侯爵夫人便会面临难熬的孤独时刻；而对豪门贵妇来说，孤独最是可怕：意味着走了背运。

侯爵对太太十分周到。他总留着一份心，使她的沙龙座上客常满。但贵族院的议员例外，因为侯爵觉得，这批新兴同僚作为朋友来他府上还不够高贵，作为下属加以接纳又不够有趣。

这点奥秘，于连到很晚才参透。当局的施政，是中产阶级谈论的话题，但在侯爵这一阶层，只有到形势危急之际，家里才会谈起。

寻欢作乐的需要，即使在这个烦闷的世纪里，仍然有很大的魔力，甚至在宴客的日子，侯爵只要一离开客厅，众人旋即作鸟兽散。只要不嘲笑天主、教士、国王、权臣、御用艺人、现存秩序，只要不赞颂贝朗瑞、伏尔泰、卢梭、反对派报纸以及所有敢说点真话的人，特别是只要不议政，你就可以无所拘束无所不谈。

即使你有家资十万、蓝色勋绶，也斗不过此类客厅宪章。思想活泼一点，就被认为是粗俗不堪。尽管谈吐高雅，礼貌周全，力求取悦于人，但每张脸上都能看出无聊的表情。年轻人来叨陪致意，就怕语言之间使人怀疑有什么思想，或泄漏出看过什么禁书，于是，说过几句关于罗西尼歌剧和今天天气好之类的门面话，便噤声不语了。

据于连观察，活跃谈话的，通常靠两位子爵和五位男爵。他们都是拉穆尔侯爵流亡国外时的老相识，每人每年有七八千法郎的进款，其中四人支持《每日新闻》，三人倾向于《法兰西新闻报》[1]。他们之中有一位每天都要讲点宫中逸闻，妙不可言是他的口头禅。于连注意到：他胸佩五枚十字勋章，其他几位一般只有三枚。

再者，前厅配有十名身穿号衣的侍应。整个晚上，每隔一刻钟，就来送一次冰水或热茶。夜半时分，还有一顿佐以香槟酒的消夜。

---

1 《每日新闻》和《法兰西新闻报》均为保王党报纸。不同的是，《每日新闻》支持波林尼雅克出任首相，《法兰西新闻报》则保现任首相维莱尔。

于连有时留到最后，原因盖在于此。不过，他不大明白，客厅金碧辉煌如此，谈话又琐琐平庸如彼，这些人居然能一本正经听得下去。有几次，他仔细观察那些畅谈者，想看看他们是否觉得这类言谈无聊。“我背的默思得，”他想，“话说得比这些人要动听百倍，可我还觉得挺乏味呢。”

精神上感到这种压抑的，并非只于连一人。有的来宾喝下不少冰冻饮料，快慰自适；其他人，则为了晚会之后，可以扬言：“鄙人刚从拉穆尔府出来，得知俄罗斯新近……”如此等等。

于连从一位门客那里得知：布基依男爵从王政复辟以来，一直搁浅在副省长任上；五六个月前，拉穆尔侯爵夫人使他一举升为正职，以可怜男爵二十余年来竭效忠之至意。

这桩大事，重新激起这批大人先生的热忱。从前，他们为点小事就要怄气，现在任怎样也不动怒了。怠慢的意思难得会直白表露出来，但于连在饭桌上，曾有两三次，无意中听到侯爵夫妇简短的交谈，其内容对坐在他们近旁的来宾是很不受用的。豪门贵族势焰之盛，对未予舆辇之荣者的后裔，率直不伪，从不掩饰轻蔑之概。于连注意到，一提起十字军，他们脸上就现出端肃与庄敬交并的表情。通常所谓的敬意，总是带一点讨好的意味。

在这豪奢与无聊的环境中，于连除了注意拉穆尔先生，对其余什么都不感兴趣。有一天，他很高兴地听到侯爵抗言，说布基依得以晋升，他侯爵大人不是没出过力。这是给侯爵夫人提个醒。于连是从彼拉神父处得知事情的原委的。

一天早上，神父与于连在侯爵藏书室，一起研究跟弗利赖那场打不完的官司。

“神父先生，”于连率然问道，“每天与侯爵夫人共进晚餐，是我应尽的义务呢，还是对我特别的开恩？”

“这是莫大的荣耀呀！”神父为之愕然，“那位N院士，十五年来对侯爵夫人殷勤备至，也没为侄子唐博先生争到这个面子。”

"对我来说，先生，这正是我职务中最难堪的事。连在神学院，尚且没这么无聊。我有时看到拉穆尔小姐在打哈欠，按说，对爵府的那些朋友，她早该习惯他们的殷勤讨好了。我真担心不要在宴席上打瞌睡。求你替我说说情，准我到偏僻的小客店，吃四十子儿一顿的便宜晚饭。"

神父不失为骤然显贵的人，觉得能与爵爷共餐，是十分荣耀的事。他正以此开导于连，忽闻轻微的声响，两人转过头云，于连看到拉穆尔小姐在听壁脚，不禁涨红了脸。她是来找书的，自然什么都听到了。贵族千金对于连倒看重了三分。"这个人倒不是生来下跪的，不像那老神父，"她心里想，"天哪！那老头儿长得多丑呀！"

晚餐席上，于连都不敢正眼看拉穆尔小姐，还是她有意来跟他攀谈。这天府上宾客盈门，她请于连饭后稍留。那些巴黎小姐，不喜欢上年纪的男子，尤其对穿着马虎之辈。于连无须多少眼力就能看出，布基侬的同僚留在客厅里，正好成为拉穆尔小姐取笑的对象。这天晚上，不管是否有意做作，她把这批老厌物刻薄得可以。

拉穆尔小姐是这个小团体的核心人物。这群人，差不多每晚都聚集在侯爵夫人的大靠椅后面。其中有特·匡泽诺侯爵、特·凯琉斯伯爵、特·吕茨子爵，以及两三位年轻军官，都是诺尔拜兄妹的朋友。他们都挤在一张很大的蓝色长沙发上。与沙发相对的另一头，是光艳照人的玛娣儿特，于连则悄没声儿地坐在低矮的小草椅上。这不起眼的座位，逢迎之徒还羡慕不置。诺尔拜跟乃父的年轻秘书讲几句话，或者在晚会上提到他一两次，他占这位子就算师出有名了。这天晚上，拉穆尔小姐问于连，贝藏松城堡所据的山头有多高。于连真说不出这座山比蒙马特高地是高还是低。听这小团体里人的说笑，他常为之绝倒。他觉得，类似的妙语，自己一句也想不出。就像一种外国语，听是听得懂，说却说不出。

玛娣儿特一方的朋友，和这天来到大客厅的嘉宾，一直处于敌对状态。爵府的常客，就因为熟，首先成为目标。于连的专注可想而知：他对什么都感兴趣，无论是事情的本身，还是取笑的方式。

“啊！戴柯立先生大驾光临，”玛娣儿特放言无忌，“他光着头没戴假发，难道想凭他的绝顶聪明，登上省长的宝座？脱帽露顶王公前，准是想表明他脑瓜儿里的想法高明透顶！”

“此公相识满天下，”匡泽诺侯爵说，“我大伯是红衣主教，他也常去趋候。他能对每个朋友编一套谎言，连续几年不出纰漏，而此类朋辈，他有二三百个之多。他善于为友谊增添养料，这是他的本领。像你们看到的那样，大冬天，才早上七点，他已浑身溅满泥浆，立在哪位朋友家的门口了。

“他时常与人吵翻；失和时，会一口气写上七八封信。过后，又言归于好，为了表达情满于怀的友谊，他又会写上七八封信。正是这种君子之风，心无芥蒂，坦诚相见，才是他最了不起的地方。每当求人帮忙，这个花招就使出来了。我大伯手下一位助理司铎，讲起戴柯立王政复辟以来的轶事，特别风趣。我哪天把那位司铎给你们请来。”

“呸，我才不信这些话呢！这都是小人之间出于职业上的妒忌。”凯琉斯伯爵说。

“戴柯立先生的大名，将会彪炳史册，”匡泽诺侯爵又说，“是他协同蒲拉特神父、泰列朗亲王和波佐·迪·博尔戈先生，导致王政复辟。”

“此公曾倒腾过几百万钱财，”诺尔拜伯爵说，“我真不懂他为什么跑到这儿来受家父的呲，有时还很叫人下不了台。那天，家父从饭桌的这一头向那一头的他喊话：‘亲爱的戴柯立，卖友求荣的事，你客串过几回啦？”，

“他真有出卖朋友的事？”拉穆尔小姐问，“然而，谁又没有背信弃义？”

“怎么！”凯琉斯对诺尔拜说，“孙克磊这位大名鼎鼎的自由党人，府上也接纳。真见鬼，他上这儿来干什么？我该过去跟他说话，让他说话，据说他极有机智。”

“且看令堂大人怎么接待他？”匡泽诺说，“他那些想法太出格，太大度，太独立不羁……”

“请看，”拉穆尔小姐说，“就是这位独立不羁的好汉，向戴柯立鞠起躬来竟一躬到地。他握着戴柯立的手，几乎要举到唇边去吻呢。”

“那必定是戴柯立与当局的关系好到非我们所能想象了。”匡泽诺接口道。

“孙克磊到这儿来，是为了谋求进法兰西学院，”诺尔拜说，“匡泽诺，看他怎样向L男爵行礼。”

“他跪下来都不会这么矮。”吕茨应声说。

“亲爱的于连，”诺尔拜说，“你是聪明人，你是从高高山上下来的，千万别像这位大诗人低低的行礼，哪怕是见天主他老子！”

“啊！这位是一等一的聪明人，南橛男爵。”拉穆尔小姐学着刚才当差进来通报的腔调。

“我相信尊府的底下人也在取笑他。南橛男爵，什么名字！”凯琉斯说。

玛娣儿特小姐道：“名字有什么关系？那一天，此公对我们说：你们设想一下，第一次听到通报米汤公爵这个名字会是什么情形；贱名只是大家尚不习惯罢了……”

于连离开沙发周围的一群人。揶揄奚落的微妙之处，他还不大能领略，认为笑话要说得入情入理，才能引人发笑。这班少年，说话只是刻薄，于连听来觉得刺耳。他那种内地人的古板，或说英国式的拘谨，竟以为是妒性发作，这一点他肯定是看错了。

“诺尔拜伯爵，”于连心里想，“我曾见他为给顶头的上校写一封短短二十行的信，竟起了三次稿；像孙克磊那样的书翰，他这辈子能写出一封来，就够他得意的了。”

人微言轻，不受注意，于连相继走近几伙客人，又远远跟着南橛男爵，想听听他有什么高论。此人才高八斗，心犹恐栗；于连发现他只有说出三四句刻薄话后，精神才稍振。他的机智，似乎是间断性的。

男爵可没一语惊人的本领。他至少要说四句话——每句写下来该有六行长，才能语惊四座。

“此人东拉西扯，全无谈笑风生之致。”有人在于连背后议论。于连回过头去，听见喊那人夏尔伟伯爵，于连高兴得脸都红了。这是当今世界最机敏的人。他的名字，常见诸《圣赫勒拿岛回忆录》和拿破仑口授的史实里。夏尔伟伯爵说起话来，要言不烦；他的俏皮话，有如电光一闪，准确，生动，而且犀利。什么事经他一说，就把争论推进了一步。他言之有物，听他谈话，大是乐事。不过，在政治上，二三其德，可谓不识人间还有羞耻事。

“我嘛，我标榜特立独行，”夏尔伟对一位佩三块牌牌的先生说，显然在嘲弄他，“为什么我的见解，非要同六个星期前一样呢？假如这样，我的观点，就成了统治我的暴君了。”

四个年轻人环围着他，神色凝重，显然不喜欢这类调侃。伯爵自感话说过头了。幸亏他瞥见谨厚的巴朗先生，这是个道貌岸然的伪君子。伯爵跟他攀谈起来，客人围了过来，预感到可怜的巴朗要倒霉了。巴朗先生虽说相貌奇丑，但靠他的说教与德行，经历人世之初难以尽述的艰辛之后，居然讨了一个有钱老婆，讨来后过世了；接着又娶了一个更有钱的女人，她从不在社交场所露面。巴朗面子上虽不好看，一年的享用倒有六万法郎之巨，门下也有了一批清客。夏尔伟伯爵不留情面，当他的面大放厥词。两人周围很快围上一圈，有三十来人。在场的人都莞尔而笑，连那几个神色凝重的青年在内，他们可是本世纪的希望所在呢。

“他何以来拉穆尔府？还不是自取其辱！”于连思忖。他向彼拉神父走去，想问个明白。

巴朗先生悄悄溜走了。

“好呀，”诺尔拜说，“刺探家父的奸细走啦，现在只剩下小瘸子奈丕矮了。”

“难道这就是谜底？”于连想，“不过，既然如此，侯爵为何还要招待巴朗先生呢？”

严厉的彼拉神父，在客厅一角听到当差通报来客的姓名，皱了一下眉头。

“这简直是个强盗窝，”他像巴齐勒[1]那样说道，“来的都是些败类。”

这只能怪正言厉色的神父不懂高等社会的奥妙。但是，他从詹森派朋友处，对衮衮诸公已有确切不移的看法，他们或是靠巧为党派效劳，或是靠暴发不义之财，才进得这类客厅。这天晚上他心头壅塞，对于连的提问回答了好几分钟，后来忽然打住，后悔说了人家坏话，认作是自己的罪过。脾气暴躁，每多尖刻，视宣扬天主的仁慈为己任，他在尘世的生活，就是一种战斗。

“瞧，彼拉神父那副尊容！”于连走近长沙发时，听到拉穆尔小姐这么说。

这句话，于连觉得就像冒犯了自己，不过平心而论，她说得不无道理。彼拉神父无疑是客厅里最正派的人，但他瘢痕处处的脸，因受良心的责备，这时变得非常之丑。“行呀，那就以貌取人吧，”于连想，“彼拉神父心细如发，为了点小事而深自咎责，样子才这么狞厉，而奈丕矮这个不齿于人的奸细，他的脸上却一派宁静平和的气象。”不过，彼拉神父为自己教派的利益已做了很大的让步，还专门雇了一个仆人，现在穿着也整齐多了。

于连注意到客厅里有点异样：所有目光都转向门口，说话的声音也低了一半。当差通报大名鼎鼎的特·托利男爵驾到；在最近一次选举中，此公成了众矢之的。于连走上前去，想看个仔细。托利男爵曾主持一个选区；他灵机一动，想把选某一派的选票调包，换成别的小方片，张张填上他中意的名字。做手脚的时候，被几个选民看个正着，马

---

1 巴齐勒，博马舍《费加罗的婚姻》中的人物。斯当达可能误记，台词“这简直是个强盗窝”，剧中为霸尔多洛想到巴齐勒时所说。参见该剧第一幕第四场。

上对他大加恭维。因此之故，这好家伙至今还灰头土脸的。刁钻促狭之徒，便含沙射影，说什么“该服苦役”之类的话。拉穆尔侯爵见到他，态度也冷冷的。可怜的男爵一转眼就溜走了。

“他之所以急急要走，准是到空得（M.Comte）[1]先生家学本领去了。”夏尔伟伯爵说得众人哄堂大笑。

这天晚上，陆续趋候拉穆尔（相传侯爵要组阁了）府的，有几位沉静的大贵族，不少阴谋家，大都声名狼藉，不过全都绝顶聪明。那个小唐博，就在这些人中初试锋芒。他的见解未必精辟，但补救之道，就像我们马上会看到的，是说起话来振振有词。

“这家伙为什么不判他十年徒刑？”于连走近去时，唐博正在大放厥词，“是蛇蝎就该扔入土牢，让毒虫在暗角落里完蛋，不然，毒液散发出来，危莫大矣。罚一千大洋，顶什么事？他穷无分文，最好不过，反正他依附的党派会汇账。对他就该罚五百法郎，关十年地牢。”

“哎！他们谈的这个怪物是谁呢？”于连想。他同僚激昂的语调，猖獗的手势，于连只有佩服。院士的宝贝侄子那张瘦精精皱巴巴的脸，此刻显得十分猥琐。于连听听就知道了，他们说的是当代最伟大的诗人[2]。

“啊，畜生！”于连几乎要大声喊出来。出于义愤，眼泪涌了上来，“啊！小无赖！这番话，得叫你吃不了兜着走。”

“不过，他们只是一批急先锋，替侯爵领导的党派卖命而已，”于连想，“遭他诽谤的那位名人，如果肯卖身投靠，不说出卖给庸庸碌碌的奈瓦尔内阁，就算投靠时时轮换的哪位还算廉正的总长，那多少勋章，多少干俸，还不由他得？”

彼拉神父远远里向于连招了招手，为拉穆尔侯爵刚向他面授机宜。但于连这时正低眉顺眼听一位主教的抱怨，等到能够脱身，走近

---

1 空得，当时的魔术大师。

2 指贝朗瑞，曾于一八二八年被判刑和罚款。

他的忘年交时，发现神父被可恶的小唐博缠住了。这小畜生对神父恨得牙痒痒的，以为于连得宠全仗神父，所以也来献媚讨好。

“那个老废物，不知死神什么时候才能给我们清除掉？”文痞咬牙切齿，用这种措辞，谈论那位备受尊敬的霍兰德勋爵[1]。他的特长，是能熟记要人名流的资历，刚对英国新王登基后，那般炙手可热的人物，很快评论了一番。

彼拉神父拐进旁边一个客厅，于连跟了进去。

“侯爵不喜欢舞文弄墨之徒，这点我要提醒你注意；他对此极为反感。懂拉丁文，如果可能，还要懂希腊文，懂埃及史、波斯史，等等，他就会夸奖你，庇护你，把你当饱学之士。千万别用法文写东西，尤其不要妄议你不在其位的重大问题。一旦喊你狗屁文人，就够你倒霉的了。卡斯特利公爵批评达朗佩和卢梭时说过：‘此辈囊无千金，却想纵论天下大事！’你身居爵府，这句名言怎能不知道？”

“看来什么都瞒不过的，”于连想，“这里也跟神学院一样！”他用夸张的文笔，写过八九页东西：那是对老军医盖棺论定的颂词；按他的说法，是老军医把他栽培成人的。“那小本子，”于连心里想，“一向是锁得好好的。”他上楼到自己房里，把手稿付之一炬，再回到客厅。议论风生的无赖都已走掉，只剩下戴勋章的几位。

在下人们搬来时台面已摆好的餐桌旁，坐着七八位名媛贵妇，一个个都非常假仁假义，年纪在三十至三十五之间。娇姿艳色的特·菲华格元帅夫人一进来，就为自己姗姗来迟而连连致歉。此时已过半夜，她走去坐在侯爵夫人身旁。于连深感激动：看她明眸善睐，顾盼神飞，大有瑞那夫人的风采。拉穆尔小姐那一伙，还聚着很多人。她和几位朋友正在嘲弄情场失意的特·泰磊伯爵。泰磊伯爵是独生子，他的先人就是靠借款给各国君主镇压百姓，得以大量聚财而闻名于时的犹太人。乃父弃世不久，留给儿子每月十万银洋的进款和一个臭名

---

1 霍兰德勋爵（1773—1840），英国新闻记者。一八一四年拿破仑兵败被俘，受到英国政府虐待，勋爵曾表示抗议。

昭著的姓氏。这种特殊的境况，造成一个人，要么性格特别单纯，要么意志特别坚强。

不幸的是，这位伯爵是个好好先生，所抱的各种奢望都是他的马屁鬼引出来的。

凯琉斯先生认为，是周围人的鼓动，泰磊伯爵才向拉穆尔小姐求婚的。（匡泽诺侯爵也在追求这位千金，他晋升公爵已指日可待，且每年有十万法郎的年金。）

“哎！你们可别怪他有这股子劲呀。”诺尔拜用可怜巴巴的口气说。

可怜的泰磊伯爵，最缺少的可能就是意愿了。就性格的这一方面而论，他有资格当号令天下的国王。他不断听取众人建议，但哪一种主张，他都没有勇气贯彻始终。

拉穆尔小姐说：“单是他那张脸，一看就令人发噱。那是困惑和失意的奇怪混合；有时，还能看出一点自命不凡的气概，和财大气粗的专横——身为法兰西的首富，尤其自恃长相不错，年纪还不到三十六，当然会有这种架势。”

“此人非常放肆，但骨子里却非常胆怯。”匡泽诺侯爵说。

凯琉斯伯爵、诺尔拜伯爵和两三个留小胡子的年轻人，尽拿泰磊伯爵寻开心，而这阔佬竟木然不觉。最后，时钟敲一点钟了，他们才把他请走。

“这种天气里，在门口恭候的，还是府上的阿拉伯名马吗？”诺尔拜问他。

“噢，不，是一对新马，价钱要便宜得多，”泰磊答道，“左边一匹，花了我五千法郎；右边一匹，只值一百路易——但是，你可以相信，这匹马只在夜里才套，跑起来却跟另一匹非常合拍。”

听了诺尔拜的高见，泰磊伯爵觉得像他这样的人爱马成癖，是理所当然的，只是不该让马淋在雨里。他先动身，过了一会儿，其余各位也走了，一边还拿他取笑不断。

听到他们下楼时的笑声，于连想：“如此这般，我算看到了自己处境的另一极端。想我一年没二十金币进款，却和每小时有二十金币进账的人平起平坐，而此公在众人那里还受尽奚落……这类见闻，倒是医治贪欲的良药。”

第五章　敏感的心灵与虔诚的贵妇

听惯了平淡无奇的空话，一旦听到
稍微活泼一点的想法，就会觉得粗野。
谁说得新锐别致，就该他倒霉！
——福勃拉

试用几月之后，到爵府总管送来第三季度薪俸的时候，于连已很受器重。拉穆尔先生曾委派他兼管布列塔尼和诺曼底的两处田产，为此于连常出远门。跟弗利赖神父打出名的那场官司，有关函件，也由他主管。此中方略，彼拉神父业已指点过他。

侯爵阅处文件，随事制宜，旁批数语；于连根据批语拟成的函件，侯爵差不多封封签字照发。

神学院的教长埋怨于连不够勤奋，但并不因此不把他看成佼佼者之一。头绪纷繁的工作，于连都以有志不舒的勃发劲儿去料理，他从内地带来的鲜嫩皮色也很快消退以尽。苍白的脸色，在年轻的神学士同学眼里，反倒成了一种美德。比起贝藏松的同窗，他们远不是那么可恶，看到一枚银币也远不是那么卑躬屈膝。他们都以为他有肺病。侯爵曾赏他一匹马。于连担心骑马出去给人撞见，对外便说，他是遵医嘱，才做跑马运动的。

彼拉神父曾领他去过几个詹森教团。有一发现，令他惊讶：在他头脑里，宗教思想，是跟伪善和发财观念密不可分的；而这些奉教虔诚的人，严于律己，口不言利，他大为赞赏。有几个詹森教徒还把他引为知己，时进忠告。一个新的天地展现在他面前。詹森派教徒中，他结识一位阿尔泰米拉伯爵。此人身高六尺，是在本国被判处死刑而逃亡出来的自由党人，而且笃信宗教。笃信宗教和热爱自由，两者成为怪异的对照，予于连很深的印象。

与诺尔拜少爷的关系，已趋冷淡。年轻伯爵觉得，其友朋跟于连开开玩笑，就遭反唇相讥，无乃太尖刻了点。有过一两次龃龉之后，于连决定再也不跟玛娣儿特小姐说话了。拉穆尔府的人，对他依然彬彬有礼，但他自知地位已一落千丈。俗谚云：是新凡百好。他只能用内地人的见识，来解释这现象。

也许他比刚来的时候眼睛更亮了一点，或者初入巴黎社交场的兴奋感已烟消云散。

只要一放下工作，就烦闷不堪。身处上流社会，周旋进退，自有一套绝妙的礼仪，但这礼仪又因地位不同而极有分寸，极有差等——在礼的仪制下，导致情的枯索。一颗敏感一点的心，自能看出其中的矫揉造作。

当然，我们可以责备内地人言谈平庸，不够礼貌，但他们答话的时候，总带一点热忱。拉穆尔府固然未伤于连的自尊，然而，通常到一天终了，他真想大哭一场。在内地，你进咖啡馆时绊了一跤，侍者就会对你表示关切；如果摔得狼狈不堪，他会大表同情，把你听了禁受不住的话说上十遍。而巴黎人，则特别当心，躲到一边去偷着笑，让你始终是个局外人。

于连算不得可笑，却做出不少可笑的事，这里暂且略过不表。过于敏感，反干了不少笨事。他所有的闲暇时光，都用于防范上：天天去练习射击，成了剑术名家的一位高足。一有空，不像从前那样用来读书，而是跑到骑马场，要来最调皮的马骑。他同骑马师并辔出游，十次倒有九次给摔下马来。

他埋头工作，凡事守口如瓶，加上为人聪明，侯爵觉得他很合用，慢慢把棘手一点的事都交他办。侯爵身居要职，政务空闲之际，便来料理私事，亦显得精明过人。由于消息灵通，买卖公债，总交好运，置进许多房产森林。只是很容易动肝火，不惜破费几百金币，去打区区几百法郎的官司。心高气傲的阔佬，他们做买卖是为了寻乐，而不是求利。侯爵深感爵府里需要有个僚佐，银钱上的事能够料理得一清二楚，他想过问时便可一目了然。

拉穆尔夫人尽管生性谨饬，有时也要笑话于连。一颗敏感的心，常会有出其不意的举动，这正是名媛贵妇最怕的，因为有悖于体统。侯爵为于连说了两三次情："他在你的客厅里或许是可笑的，但在我的公事房里却是可贵的。"于连这一边呢，相信已握有侯爵夫人的秘密。只要一通报特·拉茹麻男爵到来，侯爵夫人便放下身份，觉得事事有趣。这位男爵面无表情，是个冷冰冰的人。又矮又瘦又丑，但穿着非常讲究，时间都消磨在宫廷里，通常是对什么事都不说句什么话的。这就是他考虑事情的方式。拉穆尔夫人如能招他当女婿，那将是她感情生活里的一桩幸事。

第六章　说话的腔调

他们崇高的使命，是对老百姓日常生活里的芝麻人事，做出冷静的评判。他们的全部智慧，是用来防止因小事而发大火，防止因讹误远传而小题大做。

——葛拉修斯

于连新来乍到，由于生性高傲，不爱问三问四，所以倒也没闹什么太大的乱子。一天，路遇急雨，他躲进圣奥诺雷街一家咖啡馆。这时，有个穿粗呢礼服的高个子，看到他阴鸷的目光有点惊奇，也回看了他一眼，眼神完全像先前刚到贝藏松碰到的阿梦妲小姐的情人。

于连对上次受辱轻易放过，犹时时痛切自责，面对这放肆的目光，自然气涌难平。他走过去，要求做出解释。穿礼服的人立刻报以满口脏话。咖啡馆的顾客都围了拢来，过路的行人也在门口停住了脚步。出于内地人的防范心理，于连随身总带一支小手枪。他把手伸进袋里握住枪把，不免有点紧张。不过他很审慎，只反复说："先生，请问府上地址？你才不在我眼里呢！"

这两句话，他说了又说，引起围观人群的惊诧。

"咳，你老骂骂咧咧干吗，该把地址给他呀！"穿礼服那人，听到旁人再三撺掇，便朝于连脸上扔去五六张名片。幸好一张也没打中他脸。他曾约束自己：除非给碰到了，才开枪回敬。那人走了开去，犹时时回头，频频挥拳以示威胁，口里还谩骂不休。

于连发觉自己出了一身冷汗。“嗨！这么个坏蛋都可以把我气得够呛！”他愤愤然想道，“这种受辱之感，怎样才能去除呢？”

他恨不得立刻就决斗。但碰到了个难题：偌大一个巴黎城，哪里去找证人？他没有一个朋友，相识倒有几个，通常交往了五六个礼拜，就各自西东了。“我这人不合群，这就是报应。”他心里想。最后想起去找隶属前九十六团的退休中尉，名叫黎艾凡的，他常找这可怜虫练习剑术。于连跟他很坦率，如实以告。

“证人我愿意当，”黎艾凡说，“不过有个条件：要是你没把对方打伤，就得当场跟我再决斗一场。”

“一言为定。”于连欣然答应。

他们按名片上的地址，跑到圣日耳曼区的中心地段，去找特·博华西先生。

此时是清晨七点。等当差进去通报，于连才想起，此人[1]可能是瑞那夫人的年轻亲戚，在驻罗马或那不勒斯使馆供过职，还为歌唱家谢罗尼莫写过介绍信。

于连已向体貌丰伟的当差递去一张昨天掷给他的名片，外加一张自家的名片。

他和证人足足等了三刻钟，才给领进一间十分气派的厅房，看过去，见一个穿得像玩偶的高个子青年。他脸上的线条，具有希腊式的完美与无谓。头呈狭长形，漂亮的金发高高耸起，像座金字塔。头发精心烫过，鬈曲优美，一丝不乱。九十六团的中尉想道：“原来为把头发烫成这德行，这该死的花花公子才叫我们等老半天。”花花绿绿的便衣，家常穿的晨裤，就连绣花拖鞋，一切都无可挑剔，十分精致。他的容貌，高贵而空虚，反映出他思想的合宜与空泛：恰是和蔼可亲的雅范，又是唐突和嘲谑的对头，言行举止的庄重自不必去说。

九十六团的中尉指点道：昨天朝他脸上扔名片，这会儿又久候不

1 此人在上卷第二十三章，姓氏作 de Beauvaisis；在此处，斯当达写成 de Beauvoisis。译名悉按原文音译。

至，可说是再次的侮辱。于连听了，冲进博华西先生的房间。他样子上故意装得蛮横无理，当然同时也想显得很有教养。

博华西先生温文尔雅的仪表，矜持、自负而又得意的神情，加上房内精雅绝伦的陈设，使于连大为惊异，骤然间忘了要撒泼耍横的念头——这并非昨天那个人。面前是一位气度高华的绅士，不是在咖啡馆碰到的那个粗坯，他惊讶得说不出话来。便把人家掷给他的名片，递上一张去。

“不错，这是鄙人名字。”那时髦人物说。才早晨七点，于连就穿着庄重的黑礼服，倒并没引起他特别注意。“只是我不懂，凭良心说……”

这最后一句话的腔调，把于连的火气又撩拨了起来。

“本人此来，是找阁下决斗来的。”他一口气把事情的始末根由说了一遍。

夏尔·特·博华西先生经过充分考虑，对于连服饰的裁剪款式相当满意。一边听一边想：“这是斯多卜的手艺，一看就知道的。这件背心，式样高雅，靴子也不错；但是一清早就穿黑礼服！……一定是为了能更好躲避子弹。”特·博华西骑士思忖道。

心里这么盘算过后，便施以周全的礼数，几乎以平等的态度对待于连。谈得很久，事情很微妙，但于连终究不能不顾这明显的事实：面前这位出身名门的青年，与昨天侮辱他的粗坯，毫无共同之处。

不过于连不肯就此罢休，就一再解释，以拖延时间。他注意到这位骑士颇为骄矜自专，谈到自己，不称“我”，而称“特·博华西骑士”，所以对于连仅仅称他为“先生”，心下大感拂逆。

他须臾不离庄重之态，而且庄重之中还带有既自负又谦逊的神情，于连看了非常赏识。发卷舌音的方式尤为奇特，也够于连惊奇的了……但是，无论如何，找不出茬儿可以跟他吵架。

年轻的外交官很风雅地提出决斗，但九十六团的退休中尉，一小时来一直端坐一旁，两腿分开，两手按在腿上，肘弯朝外，断言其友人于连先生无意于寻衅，因为已知名片是他人盗用的。

于连离去的时候，情绪灰恶。博华西骑士的马车停在院子里，等在石阶前。于连碰巧抬头一看，认出车夫就是昨天那人。

才看到，便揪住他短大衣，把他从座位上拽下来，用马鞭猛抽——这不过是一刹那的事。两个当差跑来保护他们的同伴，于连为此挨了几拳；与此同时，于连掏出手枪，装上子弹，放了一枪，他们拔腿便逃——这一切，都发生在一分钟里。

博华西骑士走下楼梯来，庄重之中犹带欢愉之色，用大贵人的口吻连连说："所为何来？所为何来？"显然也很好奇，但外交官身份尊贵，不便表露更多的兴趣。了解到事情的经过，他冷静的神情中带上一点调侃的意味——外交官的脸上不应没有这种表情，然而姿态的高傲还是无可争辩的。

九十六团的中尉看出，博华西先生似有意决斗。他马上放出手段，为他的朋友保留发难的优先权。

"这一下，"他嚷道，"要决斗得事出有因。"

"我也认为事出有因，"外交官说，"把这个流氓给我赶走，换一个上来。"他对管事的说。

车门打开，博华西先生坚请于连及其证人赏脸坐他马车。他们一起去找骑士的一位朋友，这位朋友指点一个清静去处。一路上谈得十分欢快。唯一显得奇特的是，堂堂外交官还身穿睡衣。

"这两位先生，虽然出身高贵，倒并不乏味，不像来拉穆尔府赴宴的那些人，"于连心里想，"我明白了缘由，在于他们敢于不拘于世俗礼节。"言谈之间，提到昨晚芭蕾舞中令人刮目相看的几位舞星。两人闪烁其词，提到几则颇吊胃口的绯闻逸事，于连和他证人却茫无所知。于连还没蠢到强不知以为知，便大大方方承认自己孤陋寡闻，骑士的朋友喜欢他这种坦率，便把那些轶闻细细道来，说得妙趣横生。

有一件事使于连惊诧不已。马路中央，为了圣体瞻礼那天的出巡行列，修有一个临时祭坛，他们的马车到这儿耽搁了一下。两位先生说了几句笑话。照他们的说法，本堂神父的尊大人，就是他顶头的大主教。这种话在拉穆尔府是谁也不敢说的，侯爵企盼要当公爵呢。

决斗顷刻之间就结束了：于连臂中一弹。伤口用手帕包好，手帕是浸过烧酒的。博华西骑士十分客气，请于连允许他就用坐来的车子送他回府。于连报出拉穆尔府这地址，年轻外交官和他朋友交换了个眼色。于连雇的马车还等在那里，但于连觉得这两位先生的言谈，比起善良的中尉，不知要有趣多少。

“天哪！决斗决斗，不过如此吗？”于连想，“那车夫给找到，总算运气！不然，咖啡馆受的侮辱，还得忍受下去，那多倒霉！”他们妙趣横生的谈吐，一刻都没断过。于连至此才明白，外交上的故作姿态，对于有些事，也不为无用。

“看来，语言无味，与贵人之间的谈话，并无必然的联系，”他心里想，“他们拿圣体游行开玩笑，敢于语涉不经，讲起艺坛绯闻，可谓绘声绘色。但从不议政，是他们谈话中唯一的欠缺，而这欠缺，给优雅的语调、恰到好处的措辞，弥补了过来。”于连不由感到一种深切的仰慕，“要是能时相过从，真不胜快慰！”

一分手，博华西骑士就忙着去打听，但得来的消息并非十分光彩。

他很想知道对方是何许人，前去造访是否有失身份？但所得到的些许信息，实在谈不到令人鼓舞。

“真是糟糕！”他对证人说，“跟拉穆尔侯爵手下的秘书决斗，况且是为了车夫盗用我的名片，此事更承认不得了。”

“的确，是会贻笑大方的。”

当天晚上，博华西骑士和他的朋友到处散布：那位索雷尔先生，照说是个很不错的后生，实底子是拉穆尔侯爵一位知交的私生子。这件事，毫不费力就传开了。一旦事已成事，少年外交官和他朋友就可屈尊枉驾，趁于连卧床养伤的半个月里，拜访了几次。于连坦白说，他迄今为止，只去过一次歌剧院。

"这太可怕了，"他们说，"现在能去的，只有那一场所。等你伤好，第一次出门，就该去看《奥利伯爵》。"

在歌剧院，博华西骑士把于连介绍给著名的歌唱家谢罗尼莫。谢罗尼莫当时非常走红。

于连对骑士几乎到了首肯心折的地步。少年得志的那种自尊自大自负，自有其神秘之处，于连都为之神摇目夺。比如说，骑士说话，有点格格不吐，那是因为他有幸见到的一位权贵说话也有这种贵恙。于连还从未遇到集滑稽风趣与仪表非凡于一身的人，而其仪表之美，倒是值得内地穷小子学习的。

看到他与博华西骑士一起出入歌剧院，因这段交往，人家常提名道姓说起他来。

"不错呀！"拉穆尔先生一天对于连说，"你原来是弗朗什－孔泰地区一位豪绅的私生子，那位豪绅据信还是我的密友？"

"那是因为博华西先生不愿跟一个木匠的儿子决斗，才这么说的，"于连想加以驳正，表明自己从未助长这种流言。侯爵打断于连的话：

"我知道，我知道，此说正中下怀，现在该由我来给这个故事固本培元了。不过，我倒有一事奉恳，那只消花你半个钟点：每逢歌剧院有演出，到晚上十一点半，社会名流陆续散场出来，请你去前厅走动走动。我看你还有点内地人习气，亟宜去掉。再说，拜识几个大人物，广交声气，即令是打个照面，也没有坏处啊。也许有一天会派你去办什么交涉呢。你有时间到票房去转一下，让他们认识认识你，你的入场券，他们已给送来了。"

第七章　风湿痛

我得到提拔，并非因为有功，而是因为东家有风湿痛。

——贝托洛蒂

这种随便的、近乎友好的口气，读者或许会感到惊异。只怪我们忘了交代：六个礼拜以来，侯爵因为风湿痛，卧床不出，一直在家静养。

拉穆尔小姐陪母亲到崖河看望外婆去了。诺尔拜伯爵来看父亲，是待不上一会儿就走的；父子之间感情很好，但见了面，却无话可说。暂与骨肉远，转与僚属亲；拉穆尔先生没想到于连还颇有思想。他要于连为他念报，不久，年轻秘书已能为他选出感兴趣的段落。这时，有张新出的报纸，最为侯爵深恶痛绝。他发誓再也不看了，却免不了天天要谈到——于连觉得很好笑。侯爵对当今时事容易动肝火，便要于连读读古罗马李维的著作。于连看着拉丁文，当场口译成法文，侯爵听来觉得很有意思。

一天，侯爵用客气得叫于连受不了的口气说：

"亲爱的于连，请允许我送你一身藏青色的礼服。哪一天你高兴穿了来见我，你在我眼里就是舒纳伯爵的胞弟，也就是我老友舒纳公爵的公子。"

于连对此中机窍，不甚了了。当天晚上，就改穿藏青礼服，去拜会侯爵。侯爵待他一如爵爷。于连这颗心，自能感知礼貌的真假，但还难分辨其中的上下高低。可以发誓说，倘无侯爵这一奇招，自己就休想会被奉若上宾。“真是天才独到！”于连心里想。他起身告辞之际，侯爵再三表示歉意，称自己抱病在身，不克远送。

“他是不是拿我寻开心？”这怪想法，在于连心中盘桓不去。于是前去请教彼拉神父。彼拉神父不像侯爵那样温文尔雅，吹了一声口哨作为回答，接着乱以他语。

第二天早上，于连身穿黑服，拿了卷宗和待签的信件去见侯爵，侯爵待他如旧。晚上，穿上藏青礼服，言谈口气完全换过，跟日前一样客气。

“既然承你的情，来看望病中的老头儿，而不觉得太厌烦，”侯爵说，“那就请你讲讲你生平盛事，如实说来，无须顾忌，只要讲得清楚，讲得有趣。人呀，要会寻快活！”侯爵继续说，“活得有趣，才最实在。谁也不可能天天上战场救我命，天天送我百万厚礼。此刻卧榻旁如有李活络[1]在，倒可以每天替我消除个把钟头的病痛和烦闷。流亡时期，在汉堡曾跟他常见面的。”

于是，侯爵向于连讲起李活络和汉堡人的掌故。据说李活络说出一句俏皮话来，要四个汉堡人合起来才听得出妙处。

拉穆尔先生与世人的交往，缩小到了只限于这一个小神父。他本意只想激一下将，不料竟激起于连的傲气。既然要他实话实说，于连决定和盘托出，除了两桩事按下不提：一是他的狂热崇拜，知道侯爵一听那人姓氏就会生气的；二是他的毫无信仰，这对日后要当教士的他，太不合适了。说说与博华西骑士的纠葛，倒是现成题目。侯爵听到车夫在咖啡馆破口大骂一节，笑出了眼泪。这些日子，是宾主相得的大好时期。

拉穆尔先生对于连的怪脾气很感兴趣。起初，于连的可笑之处，他觉得大可玩味而加以姑息；不久之后，对这年轻人的某些错误看法，他认为取委婉的方式加以纠正，似乎更有意思。“别的内

1 李活络（Rivarol，1753—1801），法国作家，善嘲谑讥讽，一七九五年曾流亡汉堡。

地人，一到巴黎，觉得一切都大可赞美，唯独他觉得事事可憎，”侯爵想，“那些人过分做作，他倒不怎么矫饰。只有笨伯才会把他当笨伯呢。”

这个冬天，气候严寒，风湿痛不见好转，前后拖了几个月。

“有的人喜欢漂亮的猎犬，割舍不得，”侯爵自忖道，“我吗，对这小教士忠心依依；这有什么不好意思承认的呢？他很有个性。我把他当自己儿子，不就得啦！有何不妥？这一时的想法，果能持之久远，无非在立遗嘱时，送他一颗钻石，合五百金币的事。”

侯爵便置于连于自己的保护之下。一旦对他坚毅的性格有所了解，就每天委以新的差事。

于连骇然发现，这位显贵，有时对同一桩事，往往会做出相反的指示。

长此以往，不要弄出说不清道不明的事来。从此跟侯爵一起办公，于连总带上一个记事本，把所有决定记录在案，并请侯爵过目签字。于连还用了一个文书，把与某事有关的各项决定，誊录在一专用本上，同时把来往信件的抄本也一并附上。

这个主张，初看可笑，麻烦之极。但不出两个月，侯爵便体会到其中的好处。于连还建议雇用一位银行出身的职员，凡他经管的地产收支，都记成复式账。

采取了这些措施，侯爵对自己的产业一目了然，也提起了兴致，新做了两三笔投机生意，而无须借用别人名义；别人出面，势必要从中渔利。

“你为自己支取三千法郎吧。”一天，他对年轻的僚属说。

“大人，这样我的品行就会有可议之处。”

“那么，依你说，该怎么办？”侯爵有点生气。

“有劳大人开一张单据，并且亲笔写入登录本，凭这张单据，我去支取三千法郎。再说，建立这样的财务制度，还是彼拉神父的主意。”

侯爵写单据时，一脸苦相，就像蒙卡德侯爵要听他管家普瓦松[1]报账。

晚上，于连穿上藏青礼服出场，公事便搁过一边，绝口不提了。我们的主人公，崖岸自高而苦痛深永；侯爵的宽厚，他自觉十分投合，所以很快对这可爱的老者产生一种知遇之感。于连倒并非像巴黎人说的那样情深意长，只不过不是行同禽兽而已。老军医故世之后，还没人善心善意跟他说过话。他很惊异，察觉到侯爵为顾全他要强的心理，礼数婉转深至，为老军医所不及。他终于明白，老军医对自己荣获十字勋章的那份自豪，远胜于侯爵之于其蓝色绶带，原因盖在侯爵乃借勋贵老父之荫庇。

一天，上午的召见已接近尾声，身穿黑衫、聆取指示的于连说了句风趣话，逗得侯爵神情大悦；侯爵把他又留了两个钟头，一定要把经纪人刚从交易所拿来的钞票，分与几张，以示奖勉。

“侯爵先生，请听我一言，希望这一恳求无违于我对你的深深敬意。”

“有话尽管说，我的朋友。”

“请大人海量包涵，允许我拒绝这份好意。这笔款子赠予穿黑衫之徒，固非所宜；对穿藏青礼服之辈，也宠幸逾分。”说毕，他鞠躬如仪，也不多看一眼，便扬长而去。

此举大有意味，当晚侯爵就讲给了彼拉神父听。

“亲爱的神父，我得向你承认一件事：于连的身世我已获悉，现准许你不必再守口如瓶。”

“今天早上，于连的这一招颇有贵族气派，”侯爵想，“而我，就要擢拔他当名副其实的贵族。”

过了一些时候，侯爵终于能出门了。

“你去伦敦逍遥两个月吧，”他对于连说，“这里的各类信函，连

1 蒙卡德和普瓦松，阿兰伐《市民学堂》（1728）一剧中的人物。

同我的批语，会通过信差和其他途径带给你。你一一作答，然后把原信塞在复信里，寄还给我。我算了一下，这样也只慢五天。”

在驰往加来（Calais）的驿车上，于连甚感惊讶：派他去办的事，毫无实际意义。

踏上英国领土时，他那份憎恨，甚至痛恶的情绪，这里就暂且按下不表。他对拿破仑的狂热，诸位谅已知悉。他把每个军官都看成是赫德森·劳爵士，把每个贵族都当作是巴瑟斯特勋爵——圣赫勒拿岛上的卑鄙勾当，俱出于后者的主使，因而得到连任十年内阁大臣的酬庸[1]。

在伦敦，他算领教了上流社会的臭得意。他结识的几位俄国贵族青年，曾向他指点迷津。

“亲爱的于连，你真是得天独厚，”他们对他说，“你的外貌生来冷峻，与现实仿佛隔有千里之遥，那是我们费了半天劲也学不到的。”

“你对所生活的时代，还不了解，”柯拉索夫亲王对他说，“人家的期待如斯，你就要反其道而行之。我敢担保，这是当代的唯一信条。劝你不要发昏，也不要作假，因为别人正等你做出发昏或作假的事，这样一来，反其道而行之的训诫就无法实施了。”

一天，菲茨－福克公爵邀请于连参加晚宴，也请了柯拉索夫亲王。于连在客厅里备受赞誉。宴会前，有个把钟头的等待。于连周旋于二十几位宾客之间，他的言行举止，至今尤为驻伦敦使馆的二秘三秘传诵不绝。他的神态，真是千金难买。

于连不顾纨绔朋友的反对，执意要去探望名家腓力普·范温；在英国哲学家中，洛克之后，一人而已。监狱里，找到这位哲人正要服满第七年刑期。“在这个国家，贵族阶级可不开玩笑，”于连想，“何况，范温已名誉扫地，受尽诋毁……”

于连觉得哲人豪气犹存，贵族阶级的恼怒，适可供囚徒遣愁破闷。“这一位，是我在英国看到的唯一的快活人。”于连走出监狱时

1　拿破仑囚禁圣赫勒拿岛时期（1815—1821），巴瑟斯特兼任殖民事务大臣，曾指使该岛总督赫德森·劳方便行事，苛待囚徒。

作如是想。

“对暴君最有用的，莫过于神授观念。”范温对他说，其他愤世嫉俗的论调，此处从略。

于连回到法国，拉穆尔侯爵问：“英国之游，给我带来什么有意思的看法？”他却默而不言。

“不管有意思没意思，看法总有吧？”侯爵追问道。

“第一，”于连答道，“在英国，每天发一个钟头神经的人，才是最清醒的人；而这最清醒的人，又为自杀的魔鬼所缠绕。自杀魔鬼，是这个国家的神灵。

“第二，无论何人，一踏上英国领土，他的聪敏才智，就减损了四分之一。

“第三，天下没有一处风景有像英国那样幽美雅致，赏心悦目，动人心弦。”

“现在该我说了，”侯爵接口道，“第一，在俄国使馆的舞会上，你为什么要说，有三十万二十五岁的法国人热切盼望打仗？这种说法对各国君王，你以为是中听的吗？”

“跟我国那些大外交官，真不知该说什么才好，”于连答道，“他们又特别喜欢争论严肃问题。如果照搬报纸上的论调，他们就把你当傻瓜。要是你敢于谈点切实而新鲜的见闻，他们就惊呆，就无言以对，第二天清晨七点，就派使馆的一秘来转告，说你持论不识大体！”

“说得不错，”侯爵笑道，“不过，我敢打赌，高明的先生，你去英国所为何事，恐怕还没猜到。”

“恕我失敬，”于连说，“此行是为了每礼拜去大使府邸参加一次晚宴，从为人来说，这位王上特派全权大使是最风雅不过了。”

“此行是为了获取这枚十字勋章的，你瞧，就在这儿，”侯爵道，“我还无意让你早早脱去黑衫，虽说已习惯与穿藏青礼服的人用更有趣的口吻说话。没有新命令之前，请记住：每当我看到这枚十字勋章，你便是我友人舒纳公爵的幼子，这位公子六个月来已在为外交界服务，只是他本人不自知罢了。请注意，”侯爵打断于连称谢的表示，一本正经补充道，“你的身份，目前我还不想有所变更。无论对保护人还是当事人，这总是一种过错，一种不幸。几时你对我的诉讼案感到厌烦了，或者我觉得你不再合用，我会替你谋得一个好教区，像我们的朋友彼拉神父那样的一个教区，此外，就什么也不谈了。”说到这最后一句，侯爵的口气很不客气。

这枚勋章，使于连大为得意，说话也多了，觉得在平时交谈中，自己已不像从前那样常受轻侮，常受攻讦。其实，在热烈的谈话中，这些话一般人注意不到，只有他才认为可以解作不大礼貌。

这枚勋章想不到还招来一位稀客：就是瓦勒诺先生的来访。他是来巴黎谢恩，感谢内阁封他为男爵，并借以夤缘攀附。他不日就将被任命为维璃叶市长，以取代瑞那先生。

瓦勒诺先生告诉他，有人不久前发现瑞那先生还是雅各宾党，于连心里只暗暗好笑。事实是正在筹备的改选中，这位新晋男爵的候选人资格，由内阁提名，而受保王党控制的该省选区，瑞那先生却为自由党人所拥戴。

于连想探听一点瑞那夫人的近况，却一无所得；旧日的嫌隙，男爵好像还耿耿于怀，所以不露一点口风。选举在即，瓦勒诺要于连劝说乃父投他一票，于连答应写信回去。

“骑士先生，你或许可以为我引见拉穆尔先生。”

“固然，我可以引见，”于连心里想，“但是，像他这样一个坏蛋……”

他答道：“在拉穆尔府，我实际上只是个无名小卒，还不配为你引见。”

于连是无事不对侯爵言的，当晚，就说了瓦勒诺的期望，以及此人一八一四年以来的所作所为。

“不但明天你要为我引见这位新晋男爵，”拉穆尔先生神情肃然，接口说，“后天我还要邀他来吃晚饭。不久要任命一批省长，瓦勒诺是其中之一。”

“情况既然如此，”于连冷冷说道，“我便要为家父谋求丐民收容所所长的职位了。”

“好极了，我同意，”侯爵又恢复欢快的神色，“我以为你会说教一番呢。你老练多了。”

瓦勒诺先生告诉于连，维璃叶彩票局局长刚死，这个位子给了肖任先生，于连觉得很有趣，他以前在拉穆尔侯爵的卧室里曾拾到过这老蠢材的一封求情信。在请侯爵为彩票局长一职致财政大臣函件上签字时，于连背了几句求情信里的话，引得侯爵哈哈大笑。

肖任先生的任命刚发表，于连得知省议会曾为葛罗先生谋求此职。葛罗先生是著名的几何学家，为人慷慨，自己年入才一千四百法郎，却借六百法郎给刚刚去世的局长一家，以济急难。

于连对自己做出这种事，深感骇怪。“这不算什么，”他譬解道，“要想出头，要干的不平事儿正多着呢，而且还要会用动听的言辞善加掩饰。可怜的葛罗先生！该得勋章的是他，而到手的却是我！勋章是内阁给的，我就得按内阁的旨意办事。”

第八章　抬高身价的荣耀是什么

> “你的水喝了不解渴。”口渴的精灵说。——“要知道这是迪亚－巴克尔最清冽的井水了。”
>
> ——贝利谷

一天，于连从塞纳河畔的微矶郧庄园回来。那是一块好地，拉穆尔先生最为关切，因为在侯爵所有田产中，唯有这块地曾属于彪炳史册的博尼法斯·特·拉穆尔。于连进了爵府，见侯爵夫人母女俩已从崖河回来。

于连现在已然是个公子哥儿，晓然于巴黎的应接之道。见到拉穆尔小姐，态度十分冷淡，好像全不记得她曾兴致盎然地问过他摔大马趴的事。

拉穆尔小姐觉得他长了个子，面色更苍白了。他的身段和举止，已无丝毫乡气，谈吐则不然，使人觉得过分严肃，过分正经。尽管讲究实际，但由于他争强好胜，言谈之间倒没有低三下四的样儿，只是觉得他还把好些事儿看得过分重大。但大家看出，他是一个说话算数、足资取信的人。

“他缺少的是潇洒，而不是机智，”拉穆尔小姐对父亲说，同时拿送于连勋章一事取笑乃父，“我哥哥求了您一年半了，他毕竟是拉穆尔家的人！”

“不错，但于连有机智奇策，你说的拉穆尔家那人，就没有这种高明。”

当差通报雷兹公爵驾到。

玛娣儿特感到忍不住要打哈欠；每次见到公爵，总好像又看到父亲客厅镀金的古玩和旧日的常客。想到又要开始巴黎的社交，觉得十分厌烦。而在崖河，却又时时怀念着巴黎。

“我也十九岁了，”她暗自思量，“照这帮镀金草包的说法，这是幸福的年纪。”她一眼扫过八九本新出的诗集，都是她这次去南方期间积起来堆在客厅里的壁桌上的。比起匡泽诺、凯琉斯、吕茨等朋友，她更见聪明，这是她的不幸。提起诗歌，普罗旺斯，南国的晴空，他们能说些什么，她全猜得出。

这双美丽的眼睛，流露出深深的厌倦，更糟的是，因无法觅得欢乐而郁结着绝望。她目光落到于连身上，心想：“至少这一位，不同于别人吧！”

“于连先生，”她的口气，轻快、简洁，毫无女性的柔媚，是上层社会年轻女子惯用的腔调，“于连先生，今晚雷兹先生家的跳舞会，您去不去？”

“小姐，不才还无此荣幸得以拜见公爵大人。”（以他内地人的骄矜，说出这句话和这个头衔，好像灼了他的嘴巴。）

“公爵请家兄代邀，务请屈尊。若去的话，倒可为我详细说说微矶邺的情况，也许明年开春我们要去那儿。我想知道那古堡是不是还可住得，周围的风光是不是像传说的那么美。浪得虚名的事，有的是！”

于连不置可否。

“跟我哥哥一道去参加跳舞吧。”她断然说道。

于连恭恭敬敬鞠了一躬：“这么说来，甚至在跳舞会上，也得向这个家庭的成员汇报。谁叫我是人家雇来的办事员呢？”他的情绪更恶劣了，“天知道我对大小姐说的话，会不会有碍她父母兄长的打算？简直是个霸主的小朝廷！只要你做个高明的废物，而且还不许你埋怨。”

“这位大小姐真不讨人喜欢！”于连看着拉穆尔小姐走开去，心里这么想。她是给母亲喊走的，去见与乃母相好的几位夫人。“她时髦过分了，轻裙薄衫，整个肩膀都露在外面……她的脸色，比出门前还苍白……淡黄头发，都淡到没有颜色，阳光好像能直射无碍呢！……不过，行礼的姿势，看人的神态，多么高傲！气度更像皇后！”

拉穆尔小姐在她哥哥要离开客厅之际，把他叫了过去。

接着，诺尔拜伯爵朝于连走来，说：

“亲爱的于连，今夜该上哪儿接你，好一起赴雷兹府的跳舞会？公爵特意嘱咐我，务必陪同前去。”

“何来如许恩典，在下心中有数。”于连答道，深深打了一躬。

诺尔拜的语调堪称客气，甚至关切，并无可訾之处，于连只好借感恩戴德的答话，来发发自己的坏脾气。他觉得自己的门面话里，有种低声下气的况味。

当晚赴跳舞会，看到雷兹府排场之大，使他吃惊不小。进门的一个院子，铺天盖地，搭了个大帐篷，紫红的布幔上缀满黄金打成的星星：辉煌灿烂，无逾于此了！帐篷之下，院子变成广种柑橘树和夹竹桃的园林。因为花盆埋得很深，柑橘树和夹竹桃好像直接从地里长出来似的。宝马香车行经之处，都铺上了细沙。

这座芳林，在我们这位内地佬看来，觉得非常独特，做梦也想不到会有如许靡丽，顷刻之间，逸兴遄飞，早把一肚子肮脏气抛到九霄云外去了。赴跳舞会的车上，诺尔拜喜上眉头，而于连悒悒寡欢，但一进院子，两人的情绪，却倒了个个儿。

诺尔拜置身繁华奢靡地，唯独对照料欠周的几个小细节特别在意。他评估每样东西的费用，及至发觉总数相当可观，于连注意到他神色颇含妒意，情绪也显恶劣。

至于于连，刚走进舞众翩跹的第一个客厅，就心迷神醉，惊叹不置，激动之余几乎怯于举步。这时，第二客厅的门口，人群挤挤挨挨，他都无法前进一步。但见客厅的装修，仿阿尔汗布拉宫而得其铱丽。

“应该承认，她是舞会的皇后。”一个小胡子青年说道，肩膀都要抵住于连胸口了。

旁边一人答道：“整个冬天，号称头号美人的芙梦小姐，眼见自己退居其次了。你看她的神气多怪。”

“她真不惜使出全身解数以讨人喜欢。你看，这场八人对舞，她独舞时的媚笑，凭良心说，真是千金难买呀！”

“拉穆尔小姐可谓胜券在握，春风得意，她自己全感到了，但一点都不露出来。谁跟她讲话，她都怕唯恐有取悦于人之嫌。”

“了不得呀，真谓诱人有术！”

于连费了好大劲，也没能看到她那迷人模样：七八个高个儿汉子挡住了他的视线。

“矜持高贵之中不无撒娇之处。”小胡子又说。

“还有，这对蓝莹莹的大眼睛，在正要泄露真情的一刹那，却慢慢儿垂落下来，”他身边一人说道，“真的，没有比这更曼妙的了！”

“你看，美丽的芙梦小姐站在她旁边，就显得姿色平平了。”第三个人说道。

“这种骄矜之态，仿佛是说：哪个男子配得上我，我自会对他情意殷殷。”

“可是有谁配得上高雅的玛娣儿特呢？”第一个人说，“除非哪位王太子，长相英俊，头脑聪明，身材匀称，战场上的英雄，年华至多不过二十。”

“那只有俄国沙皇的私生子了……据说为促成这门亲事，要封他一个藩国呢。或者干脆就是特·泰磊伯爵，他那副尊容，倒真像沐猴而冠的乡巴佬……”

门口松散了些，于连才得以走进去。

“这批玩偶把她说得如此了不得，倒值得我好好研究研究，”他心里想，“这样，也可明白这些人心目中的天生佳丽，到底美到什么程度。”

正当他举目四顾，玛娣儿特看到了他。“职责在身，我得行动起来。”于连心里想。这时，只有他脸上还留着点忧烦的神色。受好奇的驱使，他欣然走上前去。看到玛娣儿特那件领口很低的裙衫，兴致陡增，这对他的尊严来说，并不很值得恭维。“她的美，有种青春气息。”他品味着。有五六个年轻人隔在于连和玛娣儿特之间，其中就有刚才在门口横发议论的几位。

“先生，您整个冬天都在巴黎，今是这跳舞会，在冬季舞会中要算是最绚丽的了，是不是？”玛娣儿特问道，可于连没吭声。

“这场顾隆[1]四组舞，真是出神入化，这几位夫人也跳得婉转自如。”

年轻人纷纷回过头去，想看看她一定要逼出一句答话来的幸运儿是何许人。

可是听到的答话，未免令人泄气：

“小姐，我可不是高明的裁判。我过的日子，无非抄抄写写。这样豪华的舞会，我还是第一次开眼界。”

几个小胡子听了都为他寒碜。

“您是有识之士，于连先生。”玛娣儿特接着说，对他越发感兴趣了，“您看这类舞会，这类庆典，神态那么超脱，像卢梭一样。这类疯癫事儿，只能使您惊异而不能使您动心，是吧？”

听到这个人名，于连联翩的想象，顿时涣释，美丽的幻影，也从心头驱散。慢慢嘴角露出一丝轻蔑的表情，这也许有点过分。

“卢梭自以为有见识，可以评判上流社会，在我看来，不过是个迂夫子，”于连答道，“上流社会，他并不了解；他的心态，跟小人得志一样。”

“他写的《民约论》，可不同凡响呀。”玛娣儿特的口气，颇为

1　顾隆，编舞大家。

崇敬。

“尽管鼓吹共和，号召推翻君权，只要哪位公爵在饭后散步时转个方向，陪卢梭的朋友走上几步，足可教这位突然大紫大红的作家忘乎所以。”

“啊，是的，特·卢森堡公爵在蒙莫朗西采地，就曾经陪库安德先生朝巴黎的方向走了一段路。”拉穆尔小姐举出《忏悔录》里的掌故，对自己引经据典、炫耀学问，第一次感到愉悦和得意。她陶醉于自己的博学，好像法兰西学院院士发现费赫特利乌斯王的存在一样[1]。于连的目光，锐利而峻切。玛娣儿特一阵兴奋，但对方的冷淡，使她慌了神儿。历来都是她弄得别人张皇失措的，今晚的情形对她就大可惊异了。

这时，匡泽诺侯爵急急朝拉穆尔小姐走来。有一会儿，跟她只隔着三步路，因为人多挤不过来。侯爵望着她，对这道人墙只好苦笑。他的近旁，是年轻的伍弗莱侯爵夫人，玛娣儿特的一位表姐。丈夫挽着她胳膊，他们新婚才半个月。伍弗莱侯爵也年少翩翩，怀着一股痴骏的爱，这门亲事虽由公证人按门第撮合而成，他仍觉得新娘十分美丽。伍弗莱先生只等享高寿的伯父呜呼，就可以荣升为公爵了。

匡泽诺侯爵无法穿过人群，只能含笑望着玛娣儿特；玛娣儿特睁着天蓝色的大眼睛，打量着他和周围的人。“没有比这伙人更平庸的了，”她心里想，“瞧这位匡泽诺，还有意要娶我。不错，他温文尔雅，彬彬有礼，举止像伍弗莱一样完美。只要不令人头痛，这些先生尚属可爱。将来，他也会带着这种沾沾自喜的神态，陪我参加舞会。结婚一年之后，我的车马，我的衣饰，巴黎郊外的别墅，一切都会尽善尽美，足可以叫嫁给新贵的女人，比如说罗华维伯爵夫人，妒忌得要死。但，以后呢？……”

1 指法兰西学院院士洛朗迪，因误读拉丁文，又妄加穿凿，发掘出一个子虚乌有的费赫特利乌斯王，贻笑大方。

这一前景，好不烦人。

匡泽诺侯爵终于得以走近来跟玛娣儿特说话，但玛娣儿特想着心事，没听进去。侯爵的说话声和舞会的嗡嗡声，混成一片。玛娣儿特的目光不知不觉跟着于连转，于连已经走远去，神态真可谓敬而远之，骨子里有的是傲慢，有的是不满。远离走动的人群，在一个角落里，玛娣儿特瞥见了阿尔泰米拉伯爵，他在本国被判了死刑，想必读者业已知悉。路易十四年间，他有位亲戚曾嫁与孔棣亲王；这件往事，多少起点保护作用，使他逃过圣公会的暗探。

“我看只有死刑才能抬高一个人的身价，”玛娣儿特自忖，“天下只有这桩事，是有钱买不来的！”

“啊！我刚说了句妙语！可惜没在适当场合说出来，为我增光！”玛娣儿特讲究机趣，不愿在谈话中引用事先想好的妙语，但她又特别自负，不能不对自己这句话大感得意。她脸上烦闷的表情已为欢快的神色所取代。匡泽诺侯爵一直在跟她说话，以为所谋可成，更加滔滔不绝。

“我这句妙语，哪个混蛋反对得了？”玛娣儿特想，“谁来说三道四，我就这样回敬：子爵的头衔，男爵的头衔，可以买到。勋章，可以奉送；我哥哥不是刚到手一枚，他又有何功劳？军衔，可以获取；十年戍边或者有个当陆军大臣的亲戚，不就可以像诺尔拜那样当骑兵上尉？偌大财富……这当然是最难的，因而也最有价值。唉，奇怪！这和书本上说的，正好相反……再说，想发财，娶银行家罗希尔特的千金就是——确实，此语大有深度。唯有死刑，才是谁也不想去求来的！”

“阿尔泰米拉伯爵，你认识吗？”玛娣儿特突然问匡泽诺先生。

她的神情好像刚从天边回来。这句问话，跟可怜的侯爵五分钟来的谈话，风马牛不相及，即使他性情和易，也不免困窘。不过他是聪明人，而且是出名的聪明。

“玛娣儿特有点怪，这是美中不足的地方，”匡泽诺心里想，“但是，她能给丈夫带来显赫的地位！真不知道拉穆尔侯爵有什么手腕，能交好各党各派的头面人物，免遭灭顶之灾。再说，玛娣儿特的怪，也可以看作是才。有高贵的血统，偌大的财产，怪才非但不可笑，反显得与众不同！而且，只要她愿意，聪明、禀性、机灵，集三者之长，自是一个可意人儿……”一心不能二用，侯爵回答玛娣儿特时，神不守舍，好像背书一样：

“这落魄的阿尔泰米拉，有谁不认识呢？”接着把阿尔泰米拉荒唐可笑的未遂阴谋讲了一遍。

“荒唐之至！”玛娣儿特自语似的说，“但他到底干了一番事业。我倒要见识见识真正的男子汉，烦你把他领来。”她对匡泽诺侯爵发话，侯爵大感拂逆。

阿尔泰米拉伯爵对拉穆尔小姐高傲的、甚至放肆的神态，甚为倾心，毫不掩饰自己的钦慕之情。在他看来，巴黎的美人儿中，玛娣儿特可以数数的了。

“她要是坐在宝座上，该多美啊！”阿尔泰米拉对匡泽诺先生说。死刑犯毫不推阻，就跟了过来。

上流社会里有不少人，把密谋拟于不伦，觉得大有雅各宾气息。还有什么比失败的雅各宾，更叫人嗤之以鼻的？

玛娣儿特的目光，跟匡泽诺先生一样，对阿尔泰米拉的自由主义论调，含着讥讽的意思，不过，听他高谈阔论，倒觉得挺有味儿。

“密谋家来到众目睽睽的跳舞会，倒是相映成趣。”她想。见他髭须浓黑，觉得他的容貌像一头将息中的雄狮。但很快就看出他只执着一念：功利，和颂扬功利。

除了在本国建立两院制政府一事外，年轻的伯爵认为没有别的活动更值得他关注的了。尽管玛娣儿特是舞会中最迷人的姑娘，他还是欣然离去，因为见到进来一位秘鲁将军。

可怜的阿尔泰米拉对欧洲失望之余，只得抱这样的想法：南美各国一旦强大起来，就会把米拉波子爵传播过去的自由思想，送还给欧洲[1]。

一群小胡子像阵旋风，走近玛娣儿特。她已经觉察到没能笼络住阿尔泰米拉，对他的离去殊觉怏怏。看到他跟秘鲁将军谈话，乌黑的眸子闪闪发亮。拉穆尔小姐就对身边的法国青年，用莫测高深的目光扫了一眼，那种严肃的神情是她任何一位情敌都学不来的。她想："虽会有人悉力营救，他们之中有哪一位肯自投罗网，给判处死刑的？"

这奇特的目光扫过不晓事之辈，以为受了青睐，其他人则深感不安。他们怕千金小姐冲口说出什么尖刻的话来，令人难以置答。

"出身高贵，自具种种优秀品质；而一个人不具备这些品质，我又看不入眼：于连这例子就让我悟出这点道理，"玛娣儿特想，"但是，出身高贵，又会销蚀一个人舍身求法的美德。"

这时，有人在她旁边说："这位阿尔泰米拉伯爵，是圣纳扎罗-毕蒙泰亲王的次子；他们的祖先曾营救过康拉丹，但康拉丹还是在一二六八年被斩决了。毕蒙泰家族，可算是那不勒斯的名门望族。"

"妙呀，"玛娣儿特想，"我的名言警句信而有证了。出身高贵，会剥夺一个人的性格力量，而不具备性格力量，就不会落到给判处死刑！看来我今晚净在这里想歪理了。既然我跟别的女人一样，只不过是个女人，那么，有舞跳就跳舞！"匡泽诺侯爵求她跳快步舞，都求了个把钟头，她这才俯允下来。为了排遣一下刚才的苦苦思索，玛娣儿特索性做出千娇百媚的样儿，使匡泽诺大快于心。

但是，不论是跳舞，还是取悦于最漂亮的贵胄子弟，她都无法开心起来。她已经风头十足，没法更红了。她是舞会上的皇后，这点她当然看得出，但心情还是很冷漠。

1 这一页，于一八三〇年七月二十五日发排，八月四日印刷。——出版者原注
译按："出版者原注"，据考证，系斯当达本人所加。"七月二十五日发排，八月四日印刷"，在今天看来，印刷周期可谓神速了。但斯当达加此注，旨在抱怨。因为七月二十七、二十八、二十九日三天，巴黎发生七月革命，印刷工人丢下活计上街垒去，延误了工期。

一小时后，匡泽诺送拉穆尔小姐回原来位子。她心里想："跟他这样的人过日子，生活会多么暗淡无光！阔别巴黎半载，到这个令所有巴黎妇女都为之眼红的舞会还找不到快活，那么，还能在哪儿找到呢？"她忧郁地想，"再说，我在这儿备受尊重，而且这个阶层的人，都堪称一时之选；除了几位贵族院议员，或许再加一两个于连那样的人，更无其他市井小民。还有什么好处，命运没给我呢？身世，财富，青春！唉！一切都有了，只差幸福了。"她越想越愁。

"我有很多长处，但最成问题的，还是今晚他们跟我谈到的那些。聪明，相信我算得上聪明，因为看得出，他们都忌惮我三分。要是敢于涉及什么严肃的话题，不出五分钟，他们就会跟不上趟，从我翻来覆去说了个把钟头的话里，好像突然有了什么重大的发现。生来美丽，是我的长处；只要能换得到，有才无貌的斯达尔夫人是什么都肯牺牲的。而事实上，我却烦闷得要死。嫁了人，改了姓，姓了匡泽诺，难道就不会像现在这样烦闷了？"

"可是，天啊！"她接着往下想，几乎要哭出来，"这不是个完人吗？匡泽诺堪称本世纪教育的杰作。你朝他看看，他总能想出一句叫人听了舒服，甚至觉得风趣的话出来。他算是好样的了……不过，于连这个人真怪，"她自语道，愤愤之色取代了阴郁的眼神，"我跟他说过，我有话跟他说，而他居然面都不露！"

第九章　舞会上

奢华的服饰，明亮的烛光，芬芳的香水，多少漂亮的玉臂，多少美艳的裸肩！鲜花簇簇！罗西尼的乐曲令人销魂，希赛利的绘画……真浑不知身在何处！

——《郁泽利游记》

“你脸上气不顺的样子，”拉穆尔侯爵夫人对女儿说，“我得告诫你：在舞会上这样很不雅观。”

“我只感到头痛，”玛娣儿特犟头倔脑地答道，“场子里太热了。”

这当口，像是印证拉穆尔小姐的说法，上了岁数的托利男爵突感不适，跌倒在地，不得不把他抬出去。说是中风，真是件扫兴事。

玛娣儿特毫不理会。在她已是一定之见：凡老家伙和好说丧气话的人，历来是连看都不看一眼的。

还是自去跳舞，躲开中风之类的话题。其实倒不是中风，因为过了两天，男爵又在社交场露面了。

跳完舞，又想起来：“怎么于连先生老是不来？”她少不得四下张望，瞥见他在另一个客厅。怪事，他淡漠的神态好像消失了，也没了英国式的矜持，凝然不动声色在他本是最自然不过的。

“原来他跟我的死刑犯阿尔泰米拉伯爵在神聊！”玛娣儿特思量道，“看他的眼睛，阴沉沉火辣辣的，样子像位微服私行的王子，顾盼之间更显得高傲了。”

于连跟阿尔泰米拉说个不停，慢慢走近玛娣儿特。玛娣儿特直眼看着他，想从他容貌里找出些高超之处来，所谓高超之处，发扬起来，就能予人以判处死刑的荣光！

经过她身边时，于连正对阿尔泰米拉伯爵说：

“是的，丹东真是个大丈夫。”

“噢，天哪！他敢情是丹东式人物，”玛娣儿特心里想，“不过，他长相高贵，而丹东却奇丑无比，简直像个屠夫。”于连还没走远，她毫不迟疑地喊住他，想问他一个问题。提这问题对一个年轻姑娘是颇为奇特的，她不仅意识到，而且还引以为豪：

“丹东不是嗜杀成性的家伙吗？”

“在某些人看来，不错，”轻蔑之情，溢于言表，他目光如炬，与阿尔泰米拉谈话的热劲儿还在，“但不幸的是，对出身高贵的人来说，他不过是塞纳河畔梅利地方区区一律师，也就是说，小姐，”于连带着恶意说，“丹东开始时，也跟我在这儿见到的贵族院议员彼此彼此。不错，丹东在美人儿眼里有一大欠缺：容貌奇丑。”

最后这句话，说得很快，口气有点特别，肯定也不是很礼貌的。

于连说完，等了片刻，上身略向前倾，谦恭里带着一股傲气，像是说：“你们付了工钱，我就该有问必答；我靠薪俸为生的。”他都懒得抬眼看一下玛娣儿特，倒是玛娣儿特睁着美丽的大眼睛，直定定望着他，像是他的仆人。冷场有顷，他望着她，像下人等主子有什么吩咐。四目对视，玛娣儿特一直用奇异的目光盯着他，他却装出匆遽的样子走开了。

“他，真长得漂亮，却赞颂起丑人来！”玛娣儿特脱出迷梦状态，心里这么想，“他倒一言既出，从不反悔！跟凯琉斯或匡泽诺，就是不一样。家父在舞会上模仿拿破仑的神态，可谓惟妙惟肖；于连神态中有点什么，跟这相差仿佛。”她把丹东已置之脑后，“说真的，今晚，我感到十分无聊。”她挽起哥哥手臂，不管他有多少愁绪，硬逼他陪自己到舞池转一圈。她起意想再听听于连跟那判死刑的谈些什么。

人群稠密。她终于寻到他们。这时，与她相隔两步，阿尔泰米拉正走近托盘，要去取冰水。他半侧着身还在跟于连讲话，瞅见包着绣衣的胳膊在取旁边一杯冰水。那针绣似乎引起他注意，便把身子整个转了过去，想看看这胳膊属于谁人。立时，他高贵而坦诚的目光，略略露出不胜轻蔑的表情。

“请看此人，”阿尔泰米拉低声对于连说，“他便是敝国大使阿拉采俚亲王。今天早上，亲王向贵国外交大臣奈瓦尔先生提出要引渡我。瞧，就是在那边打惠斯脱的那位。奈瓦尔先生倾向于交人，因为一八一六年上，我国曾押解给法方两三个乱党。假如法方把我递解给我国国王，不出二十四小时，我就会给绞死的。而捉我的人，必在这些漂亮的小胡子中。”

“无耻之徒！”于连半高不低地嚷出声来。

玛娣儿特一字不漏，听着他们谈话，烦闷顿消。

“还不算那么无耻，”阿尔泰米拉伯爵接着说，“跟你谈到我，无非是就近取譬，以求生动。请看那位阿拉采俚亲王。隔不上五分钟，就要瞧瞧他那‘金羊毛’勋章；看到自己胸前的劳什子，就乐不可支。这可怜虫，真是生错了时代。一百年前，‘金羊毛’是显赫的荣誉；不过，他要是生在那时，也不会有他的份儿。如今在名门望族中，只有像阿拉采俚这样的人，才会为一枚勋章喜欢不尽。为得到这枚勋章，哪怕要吊死全城的人，他都在所不惜。”

“真花了这么大的代价？”于连不安地问。

“倒也不尽然，”阿尔泰米拉冷冷答道，“也许就在他指使下，把当地三十来个有钱的业主当成自由党，给扔进了河里。”

“真是畜生！”于连骂了一句。

拉穆尔小姐侧着脑袋听得津津有味，因为挨得很近，她的秀发几乎要擦着于连肩膀。

“你还年轻！”阿尔泰米拉答道，“我跟你说过，我有个姐姐，嫁在普罗旺斯。她善良，温柔，现在还很漂亮，是个贤妻良母。她尽责尽力，笃信宗教而不是假装虔诚。"

"他说这些话，是什么意思？"拉穆尔小姐心里寻思。

"她现在的生活很美满，"阿尔泰米拉伯爵继续说，"在一八一五年上，她也生活得很快活。那时，我躲在她的领地上，在昂蒂布附近。可想得到？听到拿破仑部将奈伊元帅被处决，她竟高兴得手舞足蹈！"

"这可能吗？"于连听了汗毛一凛。

"这就是派性，"阿尔泰米拉又说，"十九世纪里，不会再有什么真正激动人心的事了。所以法国人才这么无聊，才会没有凶残之心，而干出凶残之事。"

"太糟糕了，"于连叹道，"至少犯罪也得求个痛快。犯罪，也只有这点可取，也只有这个理由才能略加开脱。"

拉穆尔小姐完全忘了自己身份，几乎横亘在阿尔泰米拉和于连之间。乃兄对她向来是唯命是从的，让她挽着手臂，举目望着客厅别的地方，装得神态自若，好像是给人群挡住才走不过去。

"你说得有道理，"阿尔泰米拉说，"现在的人，做什么事都不觉得痛快，都不再去想，连犯罪在内。可以拿来当凶手判刑的，在这个舞会上，也许就能指出靠十个来。他们干的勾当，自己忘了，大家也忘了。[1]

"有的人看到自己的狗狗，爪子破了，会心痛得掉下泪来。等他们死后，在拉雪兹公墓下葬，照你们巴黎人肉麻的说法，鲜花缤纷撒在棺木上，谀死的诔词会告诉你，他们集骑士的美德于一身，其先祖在亨利四世朝还曾有一番作为。尽管阿拉采俚亲王拼命使劲，如我有

1　这是一个愤懑者的牢骚话——莫里哀对《伪君子》一剧的批语。——原注

译按：这条"批语"系斯当达的假托。《伪君子》一剧原名为 tartufe，也即剧中主人公达尔杜夫的名字。莫里哀此剧一出，"达尔杜夫"遂成伪君子的别名。后面第十三章引有达尔杜夫的四句台词。

幸不被吊死，还能在巴黎靠家产享清福，我一定要好好宴请你，同时再请上八九位备受尊敬而且毫无悔意的刺客。

“在这个宴席上，唯阁下与我，是手上未沾鲜血的。但我会被当作嗜血成性的雅各宾而遭鄙视，甚至仇恨，而你也会被看不起，原因很简单，谁叫你出身平民而想混迹上流社会！”

“说得太对了！”拉穆尔小姐脱口而出。

阿尔泰米拉看到是她，不胜讶异，于连却连看都不屑一看。

“请注意，我策动的那场革命之所以功败垂成，”阿尔泰米拉伯爵继续说，“就因为我不愿砍掉三个脑袋，分七八百万现金给党人，这笔巨款就在钱库里，而钥匙就在我手上。首义前，王上跟我一直你我相称，现在是巴不得把我吊死了。假如我砍掉三个脑袋，发掉钱库巨款，国王反会赐我最高勋章，因为我至少执掌半壁天下，敝国说不定还会有一部宪章……世事原是一局棋。”

“这么说来，”于连双眼冒火，“那时你不谙此道，要是如今……”

“你是不是想说，如今我会砍人脑袋，不当吉伦特温和派，像你那天话中暗示的那样……”阿尔泰米拉神情忧伤地说，“我可以明白告诉你，决斗杀人，比借手刽子手，要漂亮得多。”

“当然！”于连说，“为了达到目的，可以不择手段。我倘若不是这样微不足道，而有几分权势，就会吊死三个人，去救四个人的命。”

于连双目灼灼，露出敢作敢为的热忱，和对世人浅见薄识的蔑视。拉穆尔小姐离他很近，两人眼睛遇个正着，于连眼中的蔑视，非但没易为和悦之色，反而变本加厉了。

玛娣儿特觉得受了冒犯，但要忘掉于连已势所不能，便悻悻然拖着哥哥离去。

“我该喝点‘伴趣酒’（punch），痛痛快快跳一回，”她心里想，“挑个好搭档，不顾一切出出风头。好，这位菲华格伯爵是出名的放肆家伙。”她接受他的邀请，步入舞池。她想：“现在让大家看看，两人之中谁更放肆，不过要把他奚落个够，先得叫他说话。”很快，四组舞的下半场成了虚应故事，玛娣儿特的刻薄话，谁也不愿漏掉一句。菲华格先生弄得心慌意乱，脑子里空空如也，没有思想，只能靠说好话，赔笑脸，凑趣应付。玛娣儿特憋了一肚子气，对他非常不客气，简直当成一个仇敌。她跳舞一直跳到天亮，退场的时候累得不行。坐上马车，还剩的一点力气，正好吊住她去咂摸闲愁滋味，悲苦情怀。是呀，她受于连鄙薄，却无法鄙薄于连。

于连兴高采烈达于极点，不觉陶醉在音乐、鲜花、美女和优雅的环境里，尤其陶醉在自己的畅想里，梦想自己的荣耀和人类的自由。

“多华丽的舞会呀，”他对伯爵说，“这里真是什么也不缺了。”

“恰恰缺了思想。”阿尔泰米拉答道，脸上露出鄙夷不屑的神情，这轻蔑之意，因礼貌上宜加掩饰，反而显得更加刺眼。

“幸亏有阁下在此呐，伯爵先生。而且传播的还是密谋思想，不是吗？”

“我在这儿，是依仗我的姓氏。但是，你们那些客厅，思想最为人憎恶。思想以不超过俏皮的歌词为限，这样才能受到夸奖。但是，人会思索，他的俏皮话如果新奇有力，你们就说他玩世不恭。你们的法官，不是用这个罪名，加在作家库里埃的头上吗？不是把他，如同诗人贝朗瑞那样，关进了监狱？在你们法国，凡智力稍有可取的人，圣公会就把他送上轻罪法庭，上流社会就拍手称快。

“那是因为你们的社会已经老朽，特别注重体统……你们那些人，水平永远不会高出军旅之勇：贵国可以产生骁勇过人的缪拉元帅，但绝不会出现高瞻远瞩的华盛顿。我在法国，所见都是虚荣。说话有见地的人，不免口角俏俐，只要有一两句冒失话，主人就觉得丢了面子。”

说到这儿，伯爵的马车顺带送于连回去，就在拉穆尔府邸前停住。于连对密谋家大为倾心。阿尔泰米拉，显然是出于深刻的了解，曾称赞他：“你没有法国人的轻浮，你懂得功利原则。”于连正好在前天晚上看过卡齐米尔·德拉维涅的悲剧《马利诺·法列罗》。

"伊斯拉埃尔·贝尔蒂西奥，不是比所有威尼斯贵族更有性格吗？"我们这位叛逆的平民想道，"那些威尼斯贵族，他们的族谱可以上溯到公元七〇〇年，查理曼大帝之前一个世纪，而今晚雷兹爵府舞会上的贵族，即使门第煊赫，也只能勉强追溯到十三世纪。威尼斯贵族尽管出身非凡，但值得大家怀念的，却是伊斯拉埃尔·贝尔蒂西奥这样的普通木工。

"社会随心所欲赐予的爵位，会给一场密谋统统取消。风云际会，一个人凭他对生死的态度，一上来就划定了他应占的地位。就连聪明才智，也会失去其影响……

"在瓦勒诺和瑞那辈当道的世纪里，今日的丹东能有什么作为？恐怕连当检察官都轮不上他……

"怎么说呢？他会卖身投靠，也许当上大臣，因为伟大的丹东，终归有过盗用公款事。米拉波也出卖过自己。拿破仑在意大利就盗回几百万，不然他会像毕什格吕将军穷得一筹莫展。只有拉法耶特侯爵，与盗无涉。应该偷盗，还是卖身投靠？"于连想到这里，被这个问题卡住了，便捡起一本大革命史，来消磨夜里剩下的时光。

第二天，在藏书室拟信函时，还想着阿尔泰米拉伯爵的言谈。

"就事论事，"他瞎想了一阵之后自语道，"西班牙自由党图谋不轨时，如果把老百姓也拉进来，就不会那么容易给清除掉。"于连好像如梦初觉，突然喊出声来，"他们不过是群孩子，又自大又唠叨……跟我一样！"

"我做过什么繁难的事，有权去评断那些可怜虫呢？他们一生中，至少有过一次是敢作敢为的。我像个吃撑的，离开饭桌时说：'明天不吃了。'但这并不会影响我今天的健壮和快适。干大事干到一半，会有什么感慨……"这些高深的想法，给拉穆尔小姐突然进藏书室打乱了。丹东、米拉波、卡诺辈是不能被征服的；于连对他们伟大的品格不胜向往，以致眼睛看着拉穆尔小姐，却视而不见，没想到是她，没想到要跟她打招呼。等到他睁大眼睛终于看到了她，眼神马上暗淡了下来。千金小姐注意及此，辛酸滋味只有自己知道。

无奈，她请于连取一册韦利著的《法国史》。这本书搁在书柜的顶层，于连只得去找一部比较高的梯子。梯子靠好，取下书来，交给她时还一念也没想她。梯子拿去放回原处，脑子里还想着心事，胳膊肘撞着书柜玻璃，“哗啦”一声，玻璃跌碎在地，才把他惊醒过来。赶忙向拉穆尔小姐道歉，努力想表示得礼貌些，但也仅止于礼貌。玛娣儿特显然看出自己打扰了人，他宁肯接着想她到来之前所想的事，也懒得跟她寒暄。她看了他一阵，才慢慢走开去。于连目送她离去。眼前这素净的穿着，与昨晚华贵的打扮，真有天壤之别，大可玩味。两副容颜之不同，也差不多同样惊人。这位少女，在雷兹公爵的舞会上是那么高傲，此刻的眼神却简直近乎哀恳。“的确，”于连心里想，“这套黑裙衫，更能显出她身材之美。真大有皇后风范！但是她为什么要穿黑戴孝呢？”

“她服丧的原因，假如去问别人说不定又是蠢事一桩。”于连这时已完全脱出亢奋状态，“我得把早晨拟的信再看一遍。天知道会脱漏多少字句，写出多少蠢话。”正当他强打精神，刚看第一封信，就听到近旁绸衫窸窣，他陡然转过脸去，见拉穆尔小姐站在离书桌两步远处，嫣然一笑。她再次闯入，于连不免来气。

玛娣儿特这方，明显感到自己在这少年眼中无足轻重。嫣然一笑，聊以掩饰窘态而已。这一点她算成功了。

“看得出来，于连先生，您在想什么有趣儿的事。会不会是密谋趣闻？多亏这桩密谋，才把阿尔泰米拉伯爵给我们送到了巴黎。请略说一二，我很想知道。我可以发誓，一定守口如瓶！”听到自己说出这句话来，她大感意外。怎么！词卑言甘，乞求起一个下属来？窘状有增无已，便用轻快的口吻说：

“您平时冷冷的，是什么把您变得那么灵性，像米开朗琪罗雕塑的先知那样？”

这句尖利而唐突的问话，很不中听，引得于连大发狂态。

“丹东盗用，做得对吗？”他冲口而出，神色越来越凶，“皮埃蒙特的革命党，西班牙的过激派，他们图谋不轨，把老百姓也牵连进去，应该不应该？把军职、勋章，送给毫无军功的人，应该不应该？佩戴勋章的人，难道就不怕国王卷土重来？都灵的金库给洗劫一空，该当不该当？总之一句话，小姐，”他逼近一步，样子很可怕，“一个想扫除愚昧和罪恶的人，必须像暴风雨一样摧枯拉朽，不分青红皂白地肆意作恶吗？”

玛娣儿特感到害怕，受不了于连的目光，往后退了两步。

她瞧了他一下，为自己怕他深感羞惭，便快步走出了藏书室。

第十章　玛葛丽特王后

噢，爱情！不论多疯狂，不是都大有意趣？

——《葡萄牙修女书简》

于连把信函复看了一遍。晚餐钟响，他心里想："在这位巴黎洋娃娃看来，我一定非常可笑。把我的所思所想去如实告诉她，真是荒唐！但也许并不尽然。这种情形下说实话，符合我的身价。

"不过，为什么要问及我的私见？这样提问，不大得体。这种做法，也不合定规。乃父固然付我工资，但区区对丹东的看法，不属于尽职的范围。"

于连走进饭厅，看到拉穆尔小姐身穿重孝，一时忘了自己的恶劣情绪。全家更无一人穿黑，所以她显得特别惹眼。

整个一天，他都十分亢奋，吃过晚饭，心情才算完全平复。所幸，那位懂拉丁文的院士也在座。于连思忖："照我揣想，打听爵府小姐穿孝即令算蠢事，谅这一位也不会十分取笑我。"

玛娣儿特看起于连来，神情很特别。于连想："正像瑞那夫人以前说的那样，这就是此地女子爱娇的表现了。今天早上，我对她不够客气。她有雅兴想跟我聊聊，我没理这个茬儿，在她眼里，身价反倒更高了。反正是魔鬼，也没什么可损失的。她性气高傲，目中无人，过后准知道怎么报仇出气。那就听便吧！但和我失去的那一位，多么不同呀！那是风韵天成！何等的清淳朴实！她有什么想法，我比她本人还知道得早，我能眼看着她想法怎么产生出来。在她心里，唯一能跟我抗衡的，是怕孩子死去的恐惧，这种情感，十分自然、合情合理，即使我为之痛苦，也依然觉得其可取。我真是个蠢材，当时幻想巴黎的种种，竟妨碍我去赏识那妙人儿。

“多大的不同啊，天哪！我在这儿见到了什么？不是目中无人的自负，便是形形色色的私心，此外就什么也没有。”

餐毕离座。于连想：“别让我的院士给人拉走。”趁众人纷纷朝花园走去，于连便走近院士，貌极温顺谦恭。院士对《艾那尼》演出获得成功[1]，非常气不过，于连就顺水推舟：

“如果还是下密诏就能抓人的年月，那就好了……”

“谅他就不敢了。”院士说着，做了一个悲剧演员塔尔玛的夸张姿势。

途见一朵鲜花，于连便引维吉尔《农事诗》中的词句加以赞美，认为诗写到像戴利尔神父，就罕有其匹了。总之，把院士拍得一五一十。然后，闲闲说起：“我猜想，拉穆尔小姐大概得了一笔遗产，才为那位叔伯戴孝。”

“怎么！你还住在这份人家，竟不知道她的怪癖，”院士戛然止步说，“不过，也怪，这类事情她母亲倒会允许。咱们背后说说，这份人家恰恰不是靠性格力量辉映于世的。但玛娣儿特小姐个性特强，抵得上一家人，大家都听命于她。须知今天是四月三十日！”院士说到这儿打住了，狡黠地看了于连一眼。于连报以微微一笑，大有心领神会之概。

“听命于她，穿黑戴孝，与四月三十有何关联？”于连心里筹思，“我真比想象的还蠢。”

“我得承认……”他对院士说，眼神还在诘问究竟。

“咱们到花园里转转吧，”院士神色欢愉，看到有机会可以浮言巧语一番了，“怎么！阁下真不知道一五七四年四月三十日发生的事？”

---

1 《艾那尼》，雨果浪漫派名剧，一八三〇年二月二十五日在巴黎首演，激发古典派与浪漫派之争。

“发生在哪里？”于连讶然。

“格雷佛广场呀。”

于连听了，大为诧异，一时里没明白过来。他的性格与悲剧趣味十分投契，期待有个哀感顽艳的故事可听的好奇心，使他两眼闪出光芒，这正是说故事的人最乐意看到的。院士找到一只还没听过这故事的耳朵，喜出望外，便细说从头，告诉于连：一五七四年四月三十日，那个世纪的美男子博尼法斯·特·拉穆尔，与其友人，皮埃蒙特绅士阿尼拔尔·特·柯柯纳索，在格雷佛广场被斩决处死。博尼法斯是玛葛丽特·特·纳瓦拉王后倾慕的情人。“请注意，”院士提醒说，“拉穆尔小姐的芳名，就叫玛娣儿特－玛葛丽特。博尼法斯还是玛葛丽特之弟阿朗松公爵的嬖近，同时又是他情妇的丈夫纳瓦拉亲王的密友——纳瓦拉亲王接位后，史称亨利四世。

“一五七四年狂欢节的最末一天，王室驻跸在圣日耳曼古堡，守着可怜的查理九世，为王上行将晏驾。这时，有两位亲王被太后卡特琳娜·特·梅迪契幽禁在宫里，这两位亲王的好友博尼法斯，亲自督率二百骑兵去营救，进逼到宫墙之下。坏在阿朗松公爵临事畏怯，博尼法斯才落入刽子手的魔爪。

“但玛娣儿特最为感动的，据她亲口告诉我，那是七八年前，她才十二岁，因为这是一个有头脑的女孩子，有头脑……”说到这里，院士举目望天，“这场政治灾难中，她最感激动的，是玛葛丽特王后躲在格雷佛刑场附近一幢房子里，敢于向办‘红差’的索要她情人的首级。当晚午夜时分，王后捧着这颗头颅，驱车到蒙马特山脚下，亲手葬在一座小教堂里。”

“会有这种事？”于连听得大为动心。

“玛娣儿特小姐很看不起她哥哥，因为，你也看到，乃兄对这段往事毫不萦怀，逢四月三十也不戴孝。那次有名的刑诛以后，为怀念博尼法斯对柯柯纳索的高谊——这位柯柯纳索是意大利人，本名叫阿尼拔尔——这户人家，男子都取这个名字。”院士压低声音说，“据查理九世本人说，在一五七二年八月二十四日惨案中，这位阿尼拔尔，是位杀人不眨眼的谋士……但，亲爱的索雷尔，你和这家人同桌共餐，这些事怎么能不知道？”

“所以呀，有两次拉穆尔小姐在餐桌上管她哥哥叫阿尼拔尔。我还以为听错了呢。”

“这含有责备的意思。奇怪的是，这种怪癖，侯爵夫人居然容忍得下……谁做这位大小姐的丈夫，就够他受的了！”

接着还说了五六句风凉话。院士眼里闪着快活和恶意的光芒，于连大起反感，心里想：“我们两人靠的都是这份人家，却在背后说主人坏话。这位院士大人不管说什么，都该见怪不怪才是。”

有一天，于连无意中撞见院士跪在拉穆尔侯爵夫人面前，为他内地的侄儿谋求烟草征税官的职位。晚上，拉穆尔小姐的使女——也像从前艾莉莎那样在追求于连——给了他这个看法：她侍候的这位大小姐之所以穿黑衣服，绝不是为惹人注意。这种古怪的举动，纯系禀性使然。这位博尼法斯－玛娣儿特是由衷钦敬的，他得到那个世纪最聪慧的王后垂青——为营救朋友而不惜肝脑涂地。多了不起的朋友！那是一位王储，即后来的亨利四世。

于连习惯于瑞那夫人天然质朴的举止，所以在巴黎女子身上，只看到矫揉造作。自己情绪一不好，就找不出话来对她们说。唯独对拉穆尔小姐是例外。

他开始有所改变，不再把气度高华的那种美，看作是心灵枯索的标记。他跟拉穆尔小姐有过几次长谈。晚饭后，拉穆尔小姐有时与他一起在花园里散步，沿着客厅那排敞开的落地长窗走过去。一天，她告诉他，说在阅读多比涅的史书和布朗多姆的著作。“居然读这类怪书，”于连心里想，“但司各特的历史小说，侯爵夫人又不准她看！”

有一天，玛娣儿特讲起亨利三世朝一女子的刚烈行为：发现丈夫移情别恋，便用匕首叫他偿命！这则轶闻是她刚从艾铎华的《回忆录》里读到的，讲述的时候，两眼闪出快意的光芒，证明她的赞赏真诚无伪。

于连面子上大感得意。一位备受尊敬的姑娘家，据院士说，还是能号令全家的，居然谦恭下士，差不多用近乎友好的态度，跟他说话。

“我想错了，这谈不上亲密，”于连转念一想，“我不过是悲剧里的一个亲信，出于倾诉的需要罢了。我被这家人认为是饱学之士，那就得去读多比涅、艾铎华、布朗多姆等人的著作。这样，拉穆尔小姐讲起什么轶事掌故，就可以提出不同看法。我才不愿意当俯仰由人的亲信角色。”

他和这位举止骄矜却又显得容易相与的少女，言谈渐渐变得有趣起来。他忘了要扮演叛逆平民的可悲角色，觉得玛娣儿特博古通今，甚至通情达理。玛娣儿特在花园里的言谈，可跟客厅里的见解截然不同。有几次，她待他热诚而坦率，与她平时高傲而冷漠的行止，形成鲜明的对照。

“神圣联盟之战，是法国历史上的英雄时代。”有一天玛娣儿特对于连说，眼里闪耀着智慧和热情，“那时候，人人为他的憧憬而战，为他的党派争胜而战，而不是像您那拿破仑时期，为挣一块渺不足道的勋章。应该承认，那时的人，不那么自私，不那么小气。我就喜欢那个时代。”

“博尼法斯·特·拉穆尔，就是那个时代的豪杰。”于连说。

“至少他有人爱，而有人爱也许是甜蜜的。当今哪个女子敢摸情人被砍下的脑袋，而不毛骨悚然？”

拉穆尔夫人把女儿喊了去。虚假，要行之有效，就该善自掩饰；但于连，像我们看到的，早已把崇拜拿破仑之情，半吞半吐泄露给了拉穆尔小姐。

于连一人留在花园里，心里想：“这就是他们比我优越的地方。他们先人的业绩，使后代能超越卑俗的感情，不用为日常衣食操心！”想到这里，不禁要叹苦经：“真是生而不幸！纵论天下大事，我配吗？组成我生活的，不过是一连串的伪诈，就因为缺少借以糊口的一千法郎。”

“先生，您在这儿出神，想什么来着？”玛娣儿特跑回来问。

问话里有点体己的意味。她跑得气喘吁吁，为的是想马上能跟他在一起。

自轻自贱，于连已受够了。仗着傲气，索性把刚才的想法如实说了出来。向阔千金叹穷身世，他为之脸红，便肆力用雄豪的口气，表明自己无求于人。在玛娣儿特眼里，于连反显得从来没有的英俊，脸上有种平时所欠缺的灵气和坦诚。

三四个礼拜之后，于连在拉穆尔府的花园里边走边想心事，脸上已不见那种目空一切的狠劲，那是常年的自卑心理在他容貌上刻下的印记。他扶送拉穆尔小姐到客厅门口刚走回来，那位千金自称因追她哥哥崴了脚。

“她靠着我胳膊，样子很怪，”于连心里想，“是我自己忘乎所以，还是她对我别有衷肠。她听我讲话，气色和顺，即使我说到自己因孤傲而颇多痛苦；而她这人，对谁一向都是趾高气扬的。她这表情给人在客厅里看到，一定会非常惊奇。可以肯定，她对别人从来不是这样和颜悦色的。”

这种奇特的友情，于连竭力不去夸大，而比之为披甲戴盔的交往。每次相见，在接续头天近乎亲昵的口气之前，两人心里差不多都要问一问：“今天，我们是友是敌？”于连明白，只要无端受到这位高傲小姐的奚落，哪怕只是一次，而不拿出些厉害给她看看，那就算完了。“要闹翻，还不如在一开始，为维护自己正当的自尊，总比受她鄙薄而反目好，因为我在个人的尊严上稍有怠忽，轻蔑的表示跟着就会来的。”

有几次，玛娣儿特自己心情不好，便想用贵夫人的口气对他发话，虽然做得十分机敏，于连还是毫不客气，顶了回去。

有一天，他突然打断她的话，正色问道：“拉穆尔小姐可有什么话，要吩咐她令尊大人的秘书？听从她的命令，恭恭敬敬照办，都是他分内的事，此外，便无可奉告了。他是雇来办事的，不是来跟她谈心的。”

于连傲慢不逊的作风和稀奇古怪的疑虑，把他在客厅里常感到的烦闷驱散一空。这客厅虽说竭尽富丽堂皇，却使人有临深履薄，开不得一点玩笑之感。

“她要是爱上我，那才有趣呢！”于连想，“不管爱不爱，好歹有个聪明姑娘做知心朋友。我看到，在她面前，全家人都战战兢兢的，而匡泽诺侯爵更怕得厉害。这年轻后生，彬彬有礼，性情又温和，为人也诚笃，兼有家世产业种种优点，我只要具备其中的一项，就心满意足了。匡泽诺爱她爱得发疯，理应娶她。拉穆尔侯爵叫我写过不知多少信，致两家的公证人，磋商婚约事宜。而我，手里捏着笔，深感屈居人下；但过了两小时，就在这花园里，战胜了这风度翩翩的年轻人！因为，芳心的向背是一目了然的，显而易见的。或许她之恨他，正在于把他当成了未来的丈夫。她太高傲了，完全做得出来。至于她对我的好意，不过是把我当作一个心腹的底下人！

“不对！不是我太狂了，就是她在追我！我对她越冷淡，越敬而远之，她就越愿意与我接近。这可能是成竹在胸，假装真做的，可是我意外出现时，就看到她眸子立刻亮了起来。巴黎女子装假能装到这地步吗？再说，装假不装假，于我何干！我有相貌，那就享享有相貌的好处。天哪，她多美啊！那蓝莹莹的大眼睛，直视我时，尤其从近处看，多么讨人喜欢！想想今春，与去年春天，是多么不同！那时我周旋于三百个恶毒而邋遢的伪君子中间，全靠性格的力量勉力支撑，那种生活是多么不幸！不过，我那时也差不多一样恶毒，并不亚于他们。”

疑心重重的日子里，于连又会想：“这个姑娘在拿我开玩笑，跟她哥哥串通一气来愚弄我。不过乃兄缺少魄力，她好像很看不上眼！她对我说过：‘哥哥就是为人谨厚，别无长处。他的念头里，没有一种是敢于背离时俗的。常常要我出来为他辩护。’她是一个才十九岁的姑娘家。这个年纪上，一个人能整天装得假模假样，虚词诡说吗？

“另一方面，每当拉穆尔小姐睁着大大的蓝眼睛，带着别样的表情注视我的时候，诺尔拜伯爵总是悄然走开。这倒令人起疑心：诺尔拜愤愤然，是不是因为他妹妹对府中的一个‘下人’另眼相看？因为我听舒纳公爵讲到我时用过这个称呼。”每思及此，愤怒就取代了其他一切感情，“这位公爵够冥顽不灵的，还爱用旧时的称呼？”

“不管怎么说，她是够漂亮的，”于连想到这里，目光如猛虎一般，“我一定要把她弄到手，然后一走了事。我脱身之际，谁要找我麻烦，那他等着倒霉吧！”

这个念头成为于连唯一的思虑，无法再想别的了。他的日子过得飞快，一天就像一个钟头。

每次打起精神想干点正经事吧，脑筋动动，便迷失在深思冥想里。过了一刻钟惊醒回来，心头怦怦直跳，脑子里乱糟糟的，迷迷惘惘想道：“她会爱我吗？”

第十一章　少女的王国

我赞美她的美貌，但害怕她的才智。

——梅里美

于连的工夫，都用在痴想玛娣儿特的美貌，或恼怒于这份人家生来的狂傲——其实在他面前，贵族小姐已忘了摆架子。假如他肯把时间用来研究客厅里发生的事，那就会明白玛娣儿特对周围为什么会有偌大影响。谁要是惹了这位小姐，她就发落一句俏皮话：分寸掌握得极好，用字又极妙，表面上看来极得体，说得又极见机，叫人越想越觉尖刻。谁给伤了面子，慢慢品味，真觉得锥心刺骨。玛娣儿特对家里其他人所渴求的一切，都视若草芥，而他们直把她看成冷血动物。

从贵族的客厅出来，就大可以眉飞色舞，向人夸耀夸耀，但也仅此而已。礼貌，就其本身而言，也只有在头几天俨乎其然像回事儿。于连经受最初的炫惑，最初的惊讶之后，才有这点感慨。“礼貌，就是不让坏脾气发出来。”于连心里想。玛娣儿特时常感到厌烦，说不定到哪儿她都会感到厌烦的。这时，琢磨琢磨挖苦话，对她就是一种消遣，一份真正的乐趣。

也许，为了在长辈、院士和五六个马屁精之外，找些更有趣的替罪羊，她才给匡泽诺侯爵、凯琉斯伯爵和两三位名门子弟以希望。他们对她也不过是新的受气包而已。

虽感为难，还得承认，因为我们是喜欢玛娣儿特的，她接到过他们之中好几位的情书，而且也偶有回复。不过得赶紧声明：她是一位超乎流俗的例外女性。对出自贵族化圣心修道院的女学生，一般就不宜以“不慎”相责。

一天，匡泽诺侯爵交还玛娣儿特一封信，那是她头天写的，落在别人眼里会有损她的芳誉的。侯爵认为这一缜密之举，有助于推进他的婚事。但玛娣儿特就喜欢在信中写点冒失的话。玩弄命运于股掌之上，正是她的乐趣所在。因此之故，她有六个星期，不高兴跟侯爵说话。

这些年轻人的情书，正好给她解闷取乐。依她看法，这些信都如出一辙，不外乎最深切的爱慕和最悒郁的忧烦。

“他们一色都是完人，有资格到巴勒斯坦去朝圣，”她对表妹说，“还有比这更乏味的事吗？我这辈子能收到的，大概都是这样的信！这类信，大约每隔二十年，由于世殊时异，才会随之一变。帝政时代，情书就不会这样无精打采。那时上流社会的青年，都见过世面，干过大事——真正称得上伟大的大事。我伯父 N 公爵，就参加过拿破仑大败奥军的瓦格拉姆战役。”

“挥刀杀敌，得有怎样的精神？难怪过来人，时常会提起。”玛娣儿特的表妹特·圣统小姐说。

“哎哟！这种故事我就喜欢听！身经战阵，真正的战阵，拿破仑的战阵，杀敌一万，才可以言威武勇敢。出生入死，可以升华灵魂，破除烦闷——我那些可怜的爱慕者似乎都深陷烦恼，而且这种苦闷，还很有影响力。他们中有谁想到要去干一番非凡之事呢？他们只是一心想跟我结亲，真是便宜了他们！我有钱，我父亲又会提拔他女婿！唉！有趣点的人，还能找到个把吗？”

玛娣儿特对世事的看法，激烈，明快，而又奇谲，以至像我们看到的，常放言无忌。她的一言一语，在她那些斯文朋友听来，时常觉得有伤大雅。如果她不是当令人物，他们也许会承认，她的言谈多了一点个人色彩，有失闺秀温柔敦厚之致。

在她这方面，对啸聚布洛涅森林的漂亮骑士，也不大公平。展望未来，她并不恐惧——恐惧倒是一种强烈的情感，而是厌恶，一种在她这年纪确乎少见的厌恶。

她还能希求什么呢？财富，身世，才情，别人夸奖、她自己也相信的姿色，所有这一切，命运之神都已丛集于她一身。

这位圣日耳曼区最令人艳羡的阔千金，同于连散步觉出乐趣之初，她的想法就如上述。于连不可一世的骄傲，她诧为异事，但很赏识这位小资分子的精明干练。“他像鞋匠之子的摩利神父一样，日后定会当上大主教的。”她心里想。

玛娣儿特的有些想法，我们的英雄是抵制的；这种心口如一，绝不是装出来的顶撞态度，反引起她的注意和深思。两人谈话中连细枝末节的事，玛娣儿特都告诉她的女友，发觉自己总无法还谈话以本来面目。

蓦地有个想法，照得她心头一亮：“爱的幸福，敢情已降临到我头上？”一天，她想到这里，喜极欲狂，快活得难以想象，“我心有所爱，情有所恋，这是明摆着的事！在我这年龄，一个聪明美丽的姑娘，如果不在爱情里，又能在哪儿找到感觉？不管我怎么肆力，对匡泽诺、凯琉斯之流，就是爱不起来。他们可谓十全十美，或许太完美了，总之，叫我感到腻烦。”

她把《曼侬·莱斯戈》《新爱洛绮丝》《葡萄牙修女书简》等作品中读到的爱情描写，在脑子里过了一遍。当然，那里写的都是一种伟大的激情，轻浮的爱情，是为她这样年纪这样出身的闺秀所不齿的。爱情的美名，她只给予爱慕英雄的情操，这种情操，只有在亨利三世朝和巴松毕埃元帅时代曾磅礴于法国。这样的爱情，遇到障碍，绝不会折节退让，相反，倒能激发人干出一番惊天动地的大事来。“现今没有像卡特琳娜王后或路易十三那样真正的宫廷，是我的大不幸！最冒险最伟大的事，我觉得自己都担当得起。假如有像路易十三那样勇敢的国君，拜倒在我脚边，看我不教他做出惊天动地的大事来！我就把他指向旺代，像托利男爵常说的那样，夺回他的王国，那就不会有宪章等事了……而且，于连与我能桴鼓相应。他缺的是什么？名望和财富。名望，他日后自会造就；财富，也不难挣得。

“反观匡泽诺，他什么都不缺，终其一生也不过是个公爵，半拉保王党半拉自由党，中不溜儿的，永远不走极端，到哪儿都是配角。

“哪一桩大事，开头的时候，不认为是走极端？只有事成之后，芸芸众生才觉得似乎是可行的。是的，爱情，以及一切爱的奇迹，将占据我整个心灵。爱情像团烈火，给人以活力，我已感到爱的火焰。只有这个恩典，上天还没给我。天地钟灵毓秀之德，不会无端把所有优点萃于我一身的。我就该享有幸福。我每天的生活，绝不该跟前一天相差无几。敢于爱一个社会地位与我相去甚远的人，就已经够伟大，够有胆量的了。他能一直配得上我吗？只要在他身上看出软弱的苗头，就把他甩了。以我这样的出身，又秉具骑士性格（这是乃父的考语，也是大家乐于推荐的），为人处世总不该像个傻丫头吧。

“如果爱上匡泽诺侯爵，岂不是犯傻？那么，我的婚姻幸福，不过是我表姐妹那种的翻版，而她们那种幸福，只叫我嗤之以鼻。婚后可怜的侯爵会对我说些什么，我又会怎样回答，这我事先都能料到。叫人发困的爱情，算怎么回事呐？还不如出家修道。说不定在我的婚约签字仪式上，也像小表妹那次一样，会使长辈大受感动，只要他们不因头天晚上对方公证人在婚约上新增条款而恼火的话。”

第十二章　莫非是个丹东

焦虑不安，是我姑母——美丽的玛葛丽特·特·瓦罗亚的性格特征；她后来嫁与纳瓦拉亲王，纳瓦拉亲王即今上亨利四世。还是可爱的公主时代，喜好嬉戏，已是她性格的全部奥秘；因此，从十六岁起，就和几个哥哥几度争吵，几度和好。但是，一个姑娘家有何可供她戏耍的呢？无非是她最宝贵的，也是她一生最看重的——名誉。

——查理九世私生子
特·安古莱姆公爵《回忆录》

“于连和我不必签什么婚约，也无须公证人证婚，一切都是英勇的行为，一切都是偶然的产物。除了他缺少高贵的身世，就完全像玛葛丽特王后之垂青年轻的拉穆尔——那个时代的杰出人物。今天出入宫廷的后起之秀，都是循规蹈矩之辈，一想到行险侥幸，就吓得面如土色；这能怪我吗？到希腊或非洲做次小小的旅行，对他们说来，简直是胆大妄为之举了，而且还得成群结队才敢走。一旦发现自己是单个儿一人，就害怕起来，倒不是怕土著的长矛，而是怕别人的嘲讽，这种惧怕真可以把人逼疯。

“我的小于连正相反，他就喜欢单枪匹马，独自行动。此人得天独厚，从没想到要去求人撑腰和帮忙！他瞧不起别人，所以我才不会瞧不起他。

“如果于连是个穷贵族，我这场恋爱只不过是一桩庸庸碌碌的傻事儿，一段平淡无奇的恶姻缘，那就非我所愿了。因为那种爱，缺乏伟大的激情所秉具的特性：有待克服的天大困难，和把握不定的事态势头。”

拉穆尔小姐通前彻后想下来，为快未有。不觉到第二天，当着匡泽诺和乃兄之面，夸奖起于连来。她滔滔不绝，越说越离谱，把他们都惹恼了。

“这精力充沛的小伙子，得提防着点，”她哥哥嚷道，“假如革命再起，他会把我们都送上断头台喊里喀喳的。”

她避而不答，拿他们害怕精力充沛这点打哈哈。实际上是怕遇到意外，怕面临意外事态而手足无措……

“诸位，你们就怕闹笑话，其实这怪物很不走运，早在一八一六年就已经寿终正寝了。”

拉穆尔侯爵说过：“在两党制的国家里，不会再有闹笑话的事儿了。”这句话的意思，他女儿倒已心领神会。她对于连的对头说：

“看来，这辈子有得你们害怕的了，但事后，人家会告诉你们；‘你们看到的不是狼，只是狼的影子。’”

玛娣儿特说完，就扬长而去。哥哥的话，她听了大起反感，也着实深感不安。但到第二天，又看成是对于连最好的赞颂。

在这无拳无勇的世纪里，见他精力十足，他们便忌惮三分。待我把哥哥的话告诉他，看他怎么回答。不过，得挑他眼睛发亮的时光说，那样的时刻，他不会对我撒谎。

“他会是一个丹东！”玛娣儿特迷迷惘惘想了半天后说，“也好！等革命再起，看匡泽诺和我哥哥能扮个什么角色？那是已经前定的了：堂而皇之地逆来顺受。他们会是英勇的绵羊，一声不吭地延颈待戮。死到临头他们唯一怕的，是怕死得不够体面。我的小于连则不然，假如雅各宾来捉他，只要有一线希望能逃脱，他就会崩了来人的脑袋。他才不管从容不从容呢！”

最后这句话，使她陷入沉思，勾起了痛苦的回忆，想大胆也大胆不起来了。从这句话，她想起凯琉斯、匡泽诺、吕茨和她哥哥讥诮的神情。他们对于连的教士神态颇有微词，说他貌似谦卑，实则假仁假义。

“但是，”玛婂儿特眼里突然闪出快活的光彩，“他们频频拿他取笑，语言之刻薄，反足以证明他是我们今冬所见诸人中的最杰出者。他有不足之点，可笑之处，那又有什么关系？他有他了不起的地方，所以他们觉得不顺眼，而他们通常还算比较善意比较宽容的。不错，他一贫如洗，用功读书是为当教士；而他们呢？已是骑兵上尉，无须再读书了——这条路当然要容易得多。

“这可怜的小伙子，为了不致饿死，才长年穿黑衫，摆出教士面孔；尽管有这种种不利，他的价值足以使他们害怕，这是清楚不过的。而这副教士面孔，我只要跟他单独待上一会儿，就消失得无影无踪了。他们那几位，有时说出一句话来，自以为语妙天下，出人意表，但试探的目光，不是首先投向于连吗？这我已经注意到了。他们也明白，他是绝对不会自己去跟他们说话的，除非问到他。只有跟我还讲讲话，因为觉得我心胸高尚。有不同看法，他才回驳他们，话不多不少，止乎礼而后已，接着又恢复恭敬从命的样子。跟我，他可以谈上几个小时，只要我略示异议，他对自己的看法就不那么坚执了。总之，整个冬天，我们没有真枪真炮交过火，只是以自己的说法引起对方的注意。再说，家父堪称人物出众，理财有方，而他就颇尊重于连。其余的人都恨他，但除了家母的教友，没人敢瞧不起他。

“凯琉斯伯爵爱马成癖，或许是装出来的。他的时间都花在马棚里，饭也常在那里吃。这份痴情，再加上那不苟言笑的习性，使他在友朋之间颇受称道，得以鹰扬于这小圈子里。”

第二天，小圈子里的人物在侯爵夫人的圈椅背后刚聚齐，于连还没露面，凯琉斯有匡泽诺和诺尔拜帮衬，一见到玛婂儿特小姐，就没头没脑的，攻击起她对于连的好评。她立刻明白此中奥妙，觉得大有意思。

“瞧他们串通一气，对付一个天才人物，”拉穆尔小姐暗想，“论身份，他没有十个金洋的收入；论地位，他处于有问才答的下风。身穿黑袍，已叫他们忌惮三分，要是戴了肩章，还不知怎样呢？”

她口角之锋利，为前所未见。论辩一开始，就对凯琉斯之流，极尽冷嘲热讽之能事。等这些漂亮军官讥诮之火给压灭后，贵族千金正经对凯琉斯说：“明天，只要哪位弗朗什－孔泰山区的乡绅发觉于连是他的私生子，给他一个正式的姓氏和几千法郎，六个礼拜之后他就跟诸位一样留起了小胡子，六个月之后也跟诸位一样当上了骑兵军官。到了那时，他性格之伟大，就不再是笑柄。我看你，未来的公爵先生，只能搬弄出这套陈词滥调：说什么宫廷贵族比内地贵族要高出一头哩。假如我再逼你一逼，使一下坏，把于连的父亲，假托为西班牙公爵，在拿破仑战争年代给囚禁于贝藏松，到临终之际，受良心责备，才认子归宗，看你还有什么退路？”

关于非婚生的种种假设，在凯琉斯和匡泽诺听来，觉得有伤大雅。玛娣儿特的论调里，他们能挑剔的，也就这么一点。

诺尔拜尽管比较顺从，但他妹妹的话，意思太显露了，他听后面色凝重——应该承认，这种面色与他和善的笑脸很不相称。他仗着胆气直说了几句。

“你有病没病，我的阿哥？”玛娣儿特面孔一板，回驳他，“本来都是戏言，扯什么道德不道德，除非你病糊涂了！

“你也来说教！难道想谋取省长的职位！”

凯琉斯的愠怒，诺尔拜的不悦，匡泽诺无言的失望，玛娣儿特很快都全忘了。一个关系重大的想法刚兜上心来，她必得有所定夺。

“于连对我还能相见以诚，”她心里想，“在他这个年纪，身为下贱，而雄心万丈，当然会觉得命苦，需要有个女友。这个女友或许就是我，但未见他有什么爱的表示。他的性格以大胆著称，如若有情，自会向我诉说的。”

这种疑惑，这种嘀咕，从此填满玛娣儿特的分分秒秒，而且每次跟于连谈过话，又能找出新的印证，从而把她深以为苦的忧烦全赶跑了。

拉穆尔小姐的父亲，很有头脑，论能力足以当国务大臣，敢于把大革命时期充公的林产重新归还教会。因此，玛娣儿特在圣心修道院念书时期，大家都竭力巴结她。这种宠溺，是补救不过来的。众人使她相信，由于家世、财产等等优越条件，她理应比旁人更幸福。这就是贵为王公仍感烦闷，以致干出许多疯狂事儿的根源。

这宗思想的不良影响，玛娣儿特也不能幸免。一个人不管多聪明，小小十岁年纪，总抵不过整座修道院的巴结奉承，何况这类甜言蜜语表面看来还都有根有据。

自从断定自己爱上于连这一刻起，千金小姐不再整日烦闷，庆幸自己置身于一种伟大的激情之中。“这种消遣有其危险的一面，”她心里想，“那只有更好！一千个好！”

“十六到二十，是人生的黄金时代，没有伟大的激情，才一直百无聊赖，虚度美好的年华。我唯一的一点乐趣，就是听听母亲的女友说长道短，而据知情人说，一七九二年逃亡科布伦茨时，她们的行止并不像今日的言谈那么正经。”

正当玛娣儿特心绪纷扰、惶惶不可终日的阶段，于连不解为什么她的目光久久凝视自己，停睇不转。他觉察到诺尔拜伯爵加倍冷淡，吕茨、凯琉斯和匡泽诺也更为高傲。不过，他早已习以为常了。这种冷遇，已碰到过几次，假如头天晚会上风头出得超过他地位所允许的限度，那就有脸色看了。要不是玛娣儿特对他另眼相看，这社交圈引起他的好奇，否则，晚饭后见这些漂亮的小胡子陪千金小姐到花园里去散步，他就不会跟出去了。

“是的，我不能假装视而不见，”于连心里想，“拉穆尔小姐看起我来，别有一种神态。但是，即使她放任自己，睁着美丽的蓝眼睛看我，总觉得那里有种探究的、冷冷的、甚至恶意的意蕴。这难道就是爱情吗？跟瑞那夫人的目光，是多么不同呀！”

一天晚餐之后，于连跟着拉穆尔侯爵进书房，很快又回到花园里。没提防走近玛娣儿特一伙时，耳朵里刮进了几句说得特别响的话。千金小姐在折磨她哥哥，于连听得清清楚楚，有两次还提到他名字。他一出现，顿时百喙俱寂，这冷场恁样也打不破。拉穆尔小姐因刚才正跟哥哥唇枪舌剑，一时里还起不了另外话题。吕茨、凯琉斯、匡泽诺，还有他们的一位朋友，对于连的态度，其冷如冰。他很识相，马上远远避开。

第十三章　焉知不是阴谋

崖断云连的谈话，不期而遇的相会，
对富于想象的人，都是彰明较著的印证，
只要他心里还剩有一点热情的火焰。
——席勒

第二天，又撞见诺尔拜兄妹在议论他。一走过去，像头天一样，两人就死不出声。这下，他的怀疑，变得漫无际涯了。“这些佻挞青年，会不会存心在捉弄我？”应当承认，这个想法，比拉穆尔小姐钟情于一个穷秘书，要可靠得多，自然得多。首先，这种人懂得什么是情？捣鬼，才是他们的强项（Mystifier est leur fort）。我嘴巴上略胜一筹，他们就心怀嫉恨。妒忌是他们的另一个缺点。思路纳入此道，便一切都迎刃而解了。拉穆尔小姐要我相信自己得到她青睐，无非是引我在她情人面前出乖露丑。

这份恶毒的猜忌，把于连的心思彻底变了个样儿。心里爱的根苗刚见萌动，就被这想法轻易毁掉了。这种爱，只是建立在玛娣儿特罕见的美貌上，或者不如说，建立在她那皇后般的仪态和美妙的打扮上。从中可以看出，于连还是一个骤发的新贵。一个有才干的乡下人进入上层阶级，据说最使他惊异的，莫过于上流社会的漂亮女人了。前些日子，使于连魂牵梦萦的，绝不是玛娣儿特的性格。他很有自知之明，知道自己一点不了解这种秉性。目之所见，无非就是外貌。

譬如说，为勉力应命，玛娣儿特怎么也不会错过礼拜天的弥撒。她差不多天天陪母亲上教堂。假如在拉穆尔府的客厅里，有谁冒冒失失忘了自己身处何地，闲闲说了句笑话，触犯王室或教廷的权益，不管是实际权益还是虚拟的权益，玛娣儿特会立时冷下脸来。她那威棱逼人的眸子，显出傲岸无情的神气，简直和她家某位祖上的挂像一模一样。

但于连确信，她卧室里总放着一两本伏尔泰的哲理著作。这是一套装帧精美的全集，他也常偷出几本去读。每次拿走一册，就把两旁的书松松开，把空当遮掩过去。但不久就发现，另有一人也在读伏尔泰。于是，用了一下修道院学得的伎俩，把几根鬃毛搁在拉穆尔小姐可能感兴趣的书上。果然，一连几个礼拜，这些书不知去向了。

拉穆尔侯爵对书店老板送来的尽是杜撰的回忆录[1]，大为恼火，便派于连去选购一些带劲点的新书。为了避免流毒全家，秘书奉命严加保管，把这些书统统放在侯爵房内一个小书橱里。于连不久注意到，这类新书只要对王室或教廷略有不敬之言，很快就不翼而飞了。看书的人，肯定不是诺尔拜。

于连把这类测试看得过分严重，认定拉穆尔小姐会是马基雅维利那种表里不一的人。而所谓的诡谲，在他看来，不无魅力，几乎可说是她精神姿容方面唯一的魅力。因对假仁假义，道德说教，不胜厌恶，从而走向另一个极端。

他这时与其说是受到爱的裹挟，不如说是受想象的激扬。

于连对拉穆尔小姐的倩影常绮思菲菲：其体态之绰约，服饰之高雅，纤手之白，玉臂之美，举止之 disinvoltura[2]，直觉得爱之不胜。把她想得美到极处，竟认作是卡特琳娜·特·梅迪契王后再世。她的性格，无论给想得多么深沉，或恁般诡谲，他都不以为过。也即马仕龙、弗利赖、卡斯塔奈德之流的最高体现——此辈巧于伪诈，才足欺

---

1 一八二九年到一八三〇年，法国出版假回忆录成风，如蓬巴杜夫人回忆录，大革命刽子手丧送（Sanson）回忆录，拿破仑随身男仆回忆录等。

2 意大利文，意为：娴雅。

世[1]——为他少年时不胜仰佩的。总之一句话，对他来说是理想的巴黎女子。

但是，还有什么比把巴黎人的性格想得很深沉或很诡谲，更可笑的？

“这三人可能在嘲弄我。”于连想。谁要是没见过他对玛娣儿特眼波报以阴冷的一瞥，那么，对他的性格就谈不上有多少了解。拉穆尔小姐吃惊之余，曾有两三次鼓起勇气，向他作友好的表示，他酸溜溜的一句刻薄话，就拒人于千里之外。

这位少女，原本生性冷淡，心烦气躁，只对机趣些的话才听得进，不料给于连突如其来的怪脾气一撩拨，倒激起她本性中全部的狂热。不过，玛娣儿特性格里也不乏骄矜的成分，看到自己的幸福要取决于他人，所以，在这种感情滋生之初，就有种莫名所以的惆怅。

于连到巴黎后，因利乘便，已大有长进，看出这种惆怅不是一般的烦忧。这位千金非但不像从前那样迷恋于晚会、看戏等消遣，反而避之唯恐不及。

歌剧院散场时，于连照例要到一下。他注意到，只要有空，玛娣儿特总由人陪着前来，虽则她对法国人的演唱早已听烦了。拉穆尔小姐待人接物一向非常得体，于连认为自己已能觉察出她有失分寸。跟朋友交谈，为求尖刻，她的戏言常出语伤人。好像对匡泽诺侯爵特别讨厌。“这小子一定爱钱如命，不然的话，这姑娘即使再有钱，他也会弃而不顾的。”于连心里想。而他，看到玛娣儿特这样有辱男性尊严，大为不平，对她加倍冷淡。有时答话，措辞也不大礼貌。

尽管于连拿定主意，不为玛娣儿特的好意所欺，但这种好感在有些日子表示得太明显了，他这才睁开眼来，发觉她艳丽非凡，有时倒弄得他局促不安。

“上流社会的这伙年轻人，他们有手腕，有耐心，必定能占上风，

---

1 此句为译者补加。

胜过阅历不深的我，”他暗自思量，“我应该走开，了结这一切！”

侯爵在下朗格多克有多处田产房屋，不久前刚委托于连经管。为此要出一次门，拉穆尔先生好不容易才同意下来。除了政务机要，于连这时已成了侯爵替身，离开不得。

“说到底，我也没给他们攥住，”于连准备行装时自语道，“不管拉穆尔小姐跟这些先生是真开玩笑，还是逗我信以为真，反正对我不失为消遣。

“如果其中没有算计木匠儿子的地方，那拉穆尔小姐的态度就不可解了。不过，要说不可解，不光对我，对匡泽诺侯爵也一样。譬如昨天，她心情不好，不惜偏袒我而数落那贵族少年，而贵族少年有钱有势，不像我又穷又没地位。这真是我最漂亮的胜仗了。等会儿在朗格多克平原上赶路，驿车里坐得无聊时，可以想想乐乐。”

他对这次出门，秘而不宣。但玛娣儿特知道得比他还清楚：他第二天就要动身，而且要离开一段时间。她推说头痛，客厅里空气闷热，更加剧了不适。她到花园里散了半天步，一再拿诺尔拜、匡泽诺、凯琉斯、吕茨以及来府里用晚餐的其他年轻人开玩笑，尖酸刻薄，逼得他们落荒而逃。于是，她却以别样的目光，凝视于连。

“这目光，也许就是演戏，”于连想，“不过，这急促的呼吸，这慌乱的神色！得了，我是什么人，去管这些事？须知这位是巴黎最卓绝最敏慧的女子。这急促的呼吸，几乎要触及我了，大概是学她喜欢的女演员费伊的样儿。”

现在只剩下他俩了，谈话很不得劲。“不是这么回事啊！于连对我像是无动于衷。”玛娣儿特暗自思量，深感不幸。

于连向她告辞时，她一把抓住他胳膊：

“再晚一会儿，我有封信给您。”她语气大异，简直叫人认不出来。

此情此景，于连倒不禁为之动情。

“您奉职效力，很受家父称许，您明天不许走，找个理由推托掉。”说完，就跑了开去。

她的身材婀娜多姿，脚的样子也娇美无比，跑起来身轻如燕，把于连看呆了。等她身影一消失，他接下来的念头是什么，可猜得着？原来她说“不许”两字的命令口气，大大冒犯了他！路易十五临终时，听到御医说“不许”——词儿是用得不好——就很不受用，而路易十五并不是一个骤然显贵的人物。

一小时后，仆人送来一封信。明明白白，是封求爱信。

“文笔，倒不算做作。”于连自语道，想借品评文笔稍抑内心的欢欣，其实他已经喜上眉梢、笑不可抑了。

“我呀，”他突然间一声嚷，情绪激动得无以自持，“瞧我一个穷兮兮的乡下佬，居然有大家闺秀来向我求爱！”

“对我来说，倒也不坏，”他竭力抑制心头的喜悦，“我知道保持人格尊严，压根儿没说过我爱她。”接着，研究起她的笔迹来：字形娟小，拉穆尔小姐写得一手漂亮的英国字体。他需要活动活动身体，松散一下狂喜的心情。

“您将远行，那就非说不可……不获面觌，情何以堪！”

这时有个想法，像什么新发现，突然袭上心来，玛娣儿特的信也搁下不推敲了，心头只觉加倍高兴。“我占了匡泽诺的上风！”于连嚷嚷道，“可我至今说的，都只是些正经事！不过，他长得很登样！还留着小胡子，穿一身笔挺的军装。此人常常能非常见机，说出一句妙语来。”

于连觉得此刻无比甘美。他在花园里没头没脑地乱跑，都要乐疯了。

稍后，他上楼进书房，通报要求见侯爵，幸好侯爵没出门。他出示几份诺曼底来的公文，不难证明，由于那儿有案子要办，他朗格多克之行只得延缓一下。

等谈完公事，拉穆尔侯爵对他说：“你不走，我反倒高兴。我喜欢总能看到你。”于连辞出，觉得这句话听来别扭。

“而我嘛，这就去勾引他女儿！把匡泽诺与他女儿的婚事，搅个不亦乐乎，老头儿还想借这门婚事做他未来的美梦呐：即令他本人封不了公爵，至少他女儿日后会有召对赐座之荣[1]。”于连突然改变主意，尽管有玛娣儿特的情书，尽管对侯爵做了解释，觉得还是应动身去朗格多克。不过这点道德的闪光，随即一闪而逝。

“我心肠太好了，”他思量道，“我，一介平民，去怜惜这高门巨族！不是舒纳公爵把我称作下人吗！侯爵偌大的家产，是怎么挣来的？还不是在宫里探得第二天有可能倒阁，就预先把债券抛出。而我呢，老天像个后娘，把我扔到社会的最底层，赐予我一颗高贵的心，却偏偏没给我千把法郎的财，就是说，没给我面包，确确实实是没给我面包。而现在快意当前，我竟拒之门外！长年跋涉在庸众之间，沙漠里热浪滚滚，才得一泓清泉，我不去解解渴，反倒加以拒绝！凭良心说，我还没这么蠢！所谓生活，就是一片自私的沙漠，人各为己，人人都在为自己打算。”

他记起拉穆尔侯爵夫人，尤其是她那些身为命妇的女友，向他投来那充满蔑视的目光。

战胜匡泽诺的得意，把他信守道德的回想破除无余。

“我倒巴不得他发火！我现在有把握叫他吃我一剑。”于连说着，做出追击一剑的架势，“在此之前，我只是个书呆子，低眉顺眼，白白耗费勇气。有了这封信，我就跟他匡泽诺一般高了。”

“是的，匡泽诺侯爵和我，咱俩的身价已经较量过了，”于连心里充满快意，慢慢道出一句话来，“占上风的，是汝拉山的穷木匠！”

“好！”他嚷出声来，“我复信的落款有了：就签上这七个字。那是叫您拉穆尔小姐知道，鄙人并没忘记自己的出身！我要叫您明白，叫您感到，您是为一个木匠的儿子，背弃了名门的后裔：其祖上居伊·特·匡泽诺，在十三世纪，曾随圣路易国王十字军东征，得以留名青史。”

于连高兴得按捺不住，再次下楼到花园去。锁在房里，觉得太

1　按宫廷惯例，公爵夫人等贵妇，进宫朝觐，国王常优礼赐座，以示厚遇。

憋，透不过气来。

“我嘛，不过汝拉山的穷乡民，我嘛，注定一辈子要穿这身晦气的黑道袍！”他翻来覆去念叨，“唉！早出生二十年，我也会像他们那样穿上军装的！那时，一个像我这样的人，不是战死沙场，就是在三十六岁上当上将军。”他手里紧紧攥着信，那身板，那姿势，俨然是个英雄，“如今，不错，凭这身黑袍，人到四十，就可以有十万年俸和蓝色绶带，跟博凡大主教一个样。”

“怎么样，我比他们有头脑！”他发出恶魔般的狞笑，“我知道在这个世纪该选什么制服。”他感到雄心倍增，对教士道袍，益发眷恋，“出身比我低的红衣主教有的是，他们都曾当权驭下！我的同乡葛朗威尔，就是现成例子。”

于连激切的情绪，慢慢平复下来，审慎的意念又冒出头来。他念着他的祖师爷达尔杜夫——对这角色他早就烂熟于心了——的台词：

这些话只能当作是一种诡计，
我才不信胡话，哪怕其甜如蜜，
除非是对我所企盼的那恩情，
真有实惠给我，才能使我确信。

——《伪君子》第四幕第五场

“达尔杜夫也是毁在一个女人手里的，他并不比别人坏……我的复信可能会拿出去给人看……那就得找补救之道，”他含着狠毒的口气，慢声说道，“信的开头，不妨引妙人儿玛娣儿特自己的话，就挑她来信中热辣辣的那几句。

“不错，匡泽诺先生会派四名恶仆向我扑来，把她的原信抢走。

“且慢，我不是没提防的，他们该知道，我有朝当差开枪的坏习惯。

“怎么着！有个家伙倒真是好样的，朝我扑过来，因为赏格有一百金币。他给我打死或打伤，好极了，他们正求之不得。这样，就可以依法把我送进牢房，法官可以天公地道，判我关到博瓦希，跟丰唐和马加隆[1]去做伴，混在四百个要饭的穷鬼当中……不过，我会同情这些人的！”他猛地站起来，大声嚷道，“第三等级的人，一旦落入他们手里，他们会心存怜恤吗？”拉穆尔侯爵的厚爱，使于连一直有感恩图报的负疚，这句话却是对侯爵知遇之恩的最后一次慨乎其言。

“且慢，诸位，你们这点小手段，我全懂。马仕龙神父和卡斯塔奈德神学院长，做起手脚来，也不见得比你们差。这封挑逗性的信，一旦给你们抢走，我就会重蹈卡隆上校在科尔马的覆辙[2]。

“稍等片刻，先生们，待我把这封性命交关的信封好，寄交彼拉神父保管。神父为人正派，又是严格的詹森派，凭这一条，就能不受利诱。不过，他会拆信的……还是寄给傅凯吧。”

应该承认，于连此刻目光狞厉，神情凶恶，大有肆虐作恶之概。这是一个倒霉虫起而向整个社会开战。

“拿起武器来！”于连大喝一声。他一步跳下府邸门前的石阶，走进街角一个代书人铺子，气势之盛，令人丧胆，“烦你副录一份。”说着，把拉穆尔小姐的信递过去。

代书人在一边抄录，于连自己握笔给傅凯作书，请他把所托之物妥为保存。“不过，”他停下笔来想，“邮局信检保不定会拆我的信，把你们要找的那封信原璧奉还……别做梦了，先生们。”他跑到新教徒开的书铺，买来厚厚一本《圣经》，把玛娣儿特的信巧藏在封套里，然后包成一包，托驿车带交傅凯手下一个工人，此人的姓名巴黎肯定没人知道。

事情办完，回到拉穆尔府，心情轻松而愉快。“现在，看我的

1 丰唐和马加隆，刊物主编。因抨击时政，于一八三〇年囚禁于博瓦希监狱。

2 卡隆上校（1774—1822），早年在拿破仑军队服役，一八二〇年涉嫌拿破仑派复辟阴谋，一八二二年为解救在押的谋反犯，在科尔马起事，以事泄被捕，判处死刑。

了！”他一进房间，把门锁上，大衣一扔，就开始给玛娣儿特写信：

“怎么，小姐！是拉穆尔小姐，叫她父亲的当差阿三，把一封十分诱人的情书，面交汝拉山的穷木匠，分明觉得我淳朴可欺……”然后，他把来信里最直言不讳的字句誊录下来。

博华西骑士办外交以审慎著称，于连复信中措辞之缜密，直不遑多让。写完信，还只十点钟。于连陶醉于幸福之中，陶醉于自己的威势之中，这种感受对一个穷鬼来说颇为新鲜。他走进意大利歌剧院时，听到正好是他朋友谢罗尼莫在演唱。音乐从未使他这样神思飞扬。他俨然如神。[1]

1 Esprit. per. pré. gui. 11. A. 30. ——原注

译按：斯当达这个谜一样的注，直要隔一个世纪，到一九三二年才为莫利斯·帕蒂里埃解开。释文当为：Esprit perd préfecture.Guizot.11 Août 1830，智者失却省职。基佐，一八三〇年八月十一日。按：七月革命之后，斯当达自荐担任省长之职。一八三〇年八月十一日，在改第二卷校样时，得到基佐政府驳回的消息，遂略记其事于本章之末。

第十四章　少女的心思

多少次心焦如焚！多少个不眠之夜！
天哪！我已落到如此不屑的地步？他会看
不起我的。但是他已经走开，已经远离。
——阿尔弗雷德·特·缪塞

玛娣儿特写这封信，心里不是没有嘀咕的。她对于连的好感不管始于何时，不久就压倒了她的傲气，而自愚蒙初开，骄傲就一直在她内心独霸天下。这颗高傲而冷漠的灵魂，生平第一次受到狂热的裹挟。但热情纵然压倒高傲，却还恪守傲气养成的习性。两个月的内心争战和新鲜感受，可以说，整个儿改变了她的精神面貌。

玛娣儿特自以为瞥见了幸福。这一远景，对一位敢作敢为又兼具慧质的姑娘，自有一种不可抗拒之力，但还须与自己的矜持与世俗的偏见，作长久的争斗。一天才清晨七点，她就跑进母亲卧房，请求许可她暂时退避微矶邺韬光晦迹。侯爵夫人拿出不屑与言的神情，劝她快回床睡觉。这是她尊重世俗和传统观念的最后一次努力。

成事不足的担忧，怕冒犯吕茨、凯琉斯、匡泽诺辈奉为神圣观念的恐惧，对她心灵的影响，倒微乎其微；他们这种人，在她看来，生来就不可能了解她。如果事关买马车置地皮，她当然会去向他们请教。她真正畏怯的，是于连可能不满于她。

“他看来超群出众，或许只是徒有其表？”

拉穆尔小姐最讨厌缺乏个性，周围这批漂亮小伙子，她看不上的，也正是这一点。他们自命为风雅中人，对不够时髦的，或想赶时髦而没髦得合时的，便冷一句热一句加以讥刺。他们嘲讽得越起劲，就越被千金小姐看不起。

“他们好勇斗狠，仅此而已。不过，怎么个好勇斗狠呢？”她自问道，“无非是决斗。而时至今日，决斗成了一种仪式。事先一切都可料到，甚至倒下去时要说的话。躺倒在草坪上，手按着胸口，对对手宽恕了事，也不忘给美人儿临终赠言，这美人儿往往是自己的一厢情愿，她或者在咽气死人的当晚就赴跳舞会去了，免得惹人多心。

“他们可以率一队骑兵，刀光闪闪，出生入死，但是遇到孤零、特殊、意料不到但确实可怕的危险，又会怎样呢？”

“唉！”玛娣儿特叹了口气，“只有亨利三世的宫里，才有无论讲身世，还是讲性格，都堪称伟大的男子汉！啊！假如于连曾在雅克纳克或蒙孔图尔[1]驱驰效命，我就不会有怀疑的余地。武功强盛的时代，法国人才不是拨一拨动一动的木头人。杀伐征战之际，容不得半点儿游移不决。

“他们的生活才不像坐牢，跟埃及的木乃伊那样，给限死在划一的、一成不变的罩子里。是的，那时晚上十一点，从卡特琳娜·特·梅迪契的舒华松府告辞出来，独自回家，比今天去阿尔及尔历险，需要有更多的勇气。那时，一个人的生活，是一连串的偶然事件。如今，文明制度和警察总监赶走了偶然，再也没有什么意外事儿了。思想突兀，必遭讥讽挖苦；行为乖僻，恐惧之下是什么卑鄙事儿都干得出来的。出于恐惧，不管你干出什么疯狂事儿，都可以得到宽宥。真是世风日下、令人厌烦的世纪！博尼法斯先祖如果从坟墓里探出他被砍去的脑袋，看到一七九三年，他十七名不肖子孙像绵羊一般束手就擒，两天后给送上断头台，又会做何感想？即使死定了，又何妨自卫一下，杀他一两个雅各宾！啊！换了法兰西英勇的年代，换了博尼法斯·特·拉穆尔的世纪，于连准是骑兵队的头，而我哥哥去当

1　雅克纳克和蒙孔图尔，一五六九年，亨利三世曾在两地击溃新教徒。

教士倒再合适不过，他品行端正，眼睛里闪耀着智慧的光芒，嘴巴上满是至理的名言。”

几个月前，玛娣儿特渴望能遇到个把不同凡俗的人而不可得。她不嫌冒昧，给社交场上的少年公子写写信，聊以自慰。这种大胆的作风，于一个年轻姑娘，似不够谨慎有失体统，在匡泽诺先生看来，在她外公舒纳公爵及外公家人看来，迹近耻辱。万一拟议中的婚姻破裂，他们当然想探明个中原因。故那段日子里，玛娣儿特每写一信，常紧张得夜不成寐。而这些信，不过是来信奉复而已。

而现在，她敢于表白自己的情怀。是她首先（多可怕的字眼）给一个社会地位低下的人写信。

万一被发现，就会落下永远抹不去的耻辱。她母亲的拜客中，哪个敢出头为她说句话？有什么遁词好让她们传开去，以稍抑沙龙里可怕的讥评？

嘴上说说已很可怕，何况白纸黑字写下来！拿破仑得知签署拜兰[1]降约时，失声叹道："事有可为而不可着笔者！"这一警世名言，还是于连告诉她的，好像预先给她一个训诫似的。

但这一切还不算什么，玛娣儿特的顾虑别有缘故。是她对玷辱门风，贻笑取侮的可怕后果，置之不顾，径自给一个与吕茨、凯琉斯、匡泽诺辈身份完全不同的人写信。

于连的性格深不可测，即使是一般关系，已足以把人吓退，何况把他当作情郎，甚至奉为主子！

"一旦他对我能为所欲为，还不知会有什么奢望呢？听便！我将像美狄亚[2]一样我行我素：'管他危险重重，我还是我。'"

她相信，于连对高贵的血统毫无敬意。甚至对她或许也毫无情意

1　一八〇八年，法国杜邦将军（1765—1838）在西班牙拜兰城兵败乞降，第一次打破拿破仑军队不可战胜的神话。

2　美狄亚，希腊神话中的公主。欧里庇得斯著有一同名悲剧，把美狄亚塑造成一个受激情控制的女子，为满足一己情感，无所不用其极。

可言！

疑虑到最后，女性的高傲抬头了。“像我这样的女孩子，命运就该不同寻常的啊。”玛娣儿特不耐烦地嚷道。在摇篮里就受到助长的傲气，这时开始跟道德观念斗法了。正在这个节骨眼上，于连要出门，加速了事情的进展。

（幸亏这种性格，世间少有。）

那晚深夜，于连刁钻促狭，想把一只很重的箱子送到门房间去，便叫来追求拉穆尔小姐贴身侍女的当差，央他搬一下。“这一招也许不会有什么结果，”于连心里想，“要是奏效，她会以为我已经走了。”开过这个玩笑，他恬然入梦。但玛娣儿特却整宵未能阖眼。

第二天一早，趁没人看见，于连溜出府邸，但八点不到，又转了回来。

他刚进藏书室，拉穆尔小姐就出现在房门口。他把复信交她，觉得应该说句话。何况，没有比在这里说话更方便的了，但拉穆尔小姐无意于听，转身就走。于连也求之不得，因为还没想好该说什么好。

“如果这一切不是她跟诺尔拜串通好来捉弄我，那么肯定是我冷冰冰的目光，燃起这位贵族千金奇异的爱。要是我情不由己，对这金发娃娃发生兴味，那就傻得可以了。”经过这番盘算，他变得更冷静、更有心计了。

“这场仗还在酝酿之中，”他接着想，“身世的倨傲好比一座高山，是她与我之间的一个要冲。我的兵力就该用在这上面。留在巴黎是一大失策。如果只是桩恶作剧，那么，推迟行期，等于自贬身价，暴露自己的弱点。走，又能冒什么风险呢？他们拿我寻开心，我就跟他们打哈哈。万一她对我真有几分真，那我就对她好上百倍。”

接获拉穆尔小姐的情书，于连的虚荣心大感得意，欣然色喜，以致未能认真想想——其实，出门才更得体。

他性格里一个致命的弱点，就是对自己的失误常耿耿于怀。因这次失策，心里很别扭，而对此小败之前那大胜，那不敢置信的大胜，倒几乎不再去想。约莫九点光景，拉穆尔小姐又出现在藏书室门口，扔下一封信，一转身就不见了人影。

于连捡起信来，想："这样下去，倒变成一部书信体小说了。对方走一步诈棋，我就示以冷淡，标榜正气。"

信上要他给予确切的答复，恳切的语气更增加他心头的快乐。他喜滋滋地写了两页，捉弄捉弄捉弄他的人。信的末尾又开了个玩笑，宣布他的行期已定在明天早晨。

写完信，他想：在花园里倒可以交信。就去了花园。望了望拉穆尔小姐卧房的窗户。卧房在二楼，旁边就是她母亲的套房，不过一楼与二楼之间还有很高一个隔层。

于连手里拿着信，在菩提树小径上来回踯躅，但这二楼非常高，拉穆尔小姐从自己窗口平视出去是不可能望到他的。菩提树经过修剪，托着圆顶，颇挡视线。"哎，怎么搞的！"于连生起自己的气来，"又是冒冒失失！假如他们存心捉弄我，看我手上拿了信，不是正好为敌所乘吗？"

诺尔拜伯爵的房间，就在他妹妹的上面。于连如果从菩提树交叉的枝杈下走出去，他的一举一动，就会给少爷及其三朋四友看得一清二楚。

等拉穆尔小姐在玻璃窗后一露脸，他便扬一扬信，她即点一点头。于连立刻跑回自己房里，正巧在楼梯上碰到艳丽的玛娣儿特。她落落大方，盈盈含笑，把信取了过去。

"那可怜的瑞那夫人，"于连想，"耳鬓厮磨了足有半年，才敢从我手里接过一封信去，那时眼里含着多少情思！我相信，她从没用这种笑眼看过我。"

于连回信的其余部分，措辞比较浮泛，难道是对轻浮的动机，感到羞愧？"但是，即以优美的晨装和高雅的身姿而论，"于连继续想道，"也是多么不同呀！哪位博雅君子在三十步之外，一眼看到拉穆尔小姐，就能猜出她在上流社会的地位。这就是所谓一望而知的身价。”

尽管玩世不恭，他还不敢坦陈自己的全部想法；瑞那夫人并没有一个匡泽诺侯爵愿为她作牺牲呀。不过，他当时也有一个情敌，就是卑鄙的专区长官夏尔戈，夏尔戈自称是出自特·莫吉鸿这门望族，好在特·莫吉鸿家族如今已绝嗣无后了。

五点钟，于连接到第三封信，是从藏书室的门缝里扔进来的。拉穆尔小姐照样转身就逃。“真是写信成癖了！”他不免苦笑了一下，“我们要谈话，方便得很！足见敌人是要拿我的信作凭证，这很明显，而且不单单要一封！”他不慌不忙，打开信来。“无非是些清词丽句。”他想，但念着念着，神色大变。信统共只有八行：

“我要与你一谈：就在今晚。半夜一点钟，你到花园去，把花匠的大梯子从井边搬来，搁在窗口，爬到我房里来。晚上月色清亮，那又何妨？”

第十五章 难道是个圈套

> 啊！一项伟大的计划，从设想到实施，这过程多么揪心！其间担受多少虚惊，经历几度彷徨！须知事关生命，事关更重大的——荣誉！
>
> ——席勒

“事态严重起来了。奇怪！其用心也太明显了一点。”于连想，“不是吗？这位漂亮小姐完全可以到藏书室来谈，感谢上天，她有着绝对的自由。侯爵怕我拿账目烦他，是从来不来的，除侯爵大人，诺尔拜伯爵是唯一能上这儿来的人，可他整天不在家。他们什么时候外出归来，我很容易就能瞅到。说到这绝色佳人玛娣儿特，即使是王储向她求婚也不会嫌太高贵，而她竟逼我去干这种鲁莽事。

“很明显，他们要我自蹈祸机，至少是想愚弄我。起初，想借我的信来断送我，哪知我信里措辞谨慎得很，于是，就要我干一桩昭昭在目的事出来。这些公子王孙不是以为我跟他们一样蠢，便把我看得跟他们一样浮。见鬼去吧！明月皎皎，借梯子爬上二楼去，都有二十五级高！时间一长，人家会看到我，甚至邻近公馆也看得到。见我爬在梯子上，够意思的了！”于连上楼到自己房里，开始整理行李，嘴里吹着口哨。他打定主意就此出门，连信都不回。

但这审慎的决定，并不能予他内心以平静。“万一玛娣儿特是诚心诚意的呢？”阖上箱子，他突然警醒，“这样，在她眼里，我成了十足的胆小鬼。我没有高贵的出身可恃，就得靠伟大的品格，这种品格不是凭好心的猜度，而要能兑现，就得拿出响亮的行动……”

他足足考虑了一刻钟。“退缩无补于事。这样，我在她眼里，成个畏首畏尾的人了。”临了，他这么想，“我不但会失去一位娇姿艳质的大家闺秀——在雷兹府舞会上，她不是公认为高等社会里最有光彩的美人儿么，同时也失去看到匡泽诺败在我手下的无上快意，须知匡泽诺侯爵本是公爵之子，不久就会晋封公爵。他是个讨人喜欢的年轻人，具有我所欠缺的一切长处：机趣，身份，财富……

“坐失良机，我会抱恨终身，倒不是为她，天下情妇有的是，‘荣誉至上。唯此唯一！’像年老的堂·狄埃格[1]所说。现在形势摆得明明白白：初遇危险，就打退堂鼓不成？上次与博华西骑士决斗，简直是开玩笑。这次可大不一样。我可以给马车夫一枪打得魂灵出窍，但这只是最小的危险；蒙耻受辱的事，绝不该落到我头上。

“事态严重起来了，我的孩子，”他学着加斯孔人欢快的土音说，“事关荣誉。从来没有一个穷鬼，像我这样被命运抛到底层，又复得这样大好的机会。我会有别的艳遇，但层次不会这么高……”

他思虑久久，步履匆匆，踱来踱去，又时不时地骤然站住。他房间里放着一尊权相黎希留的大理石胸像，目光不由得给吸引住了。那胸像神情肃穆，像是注视着他，斥责他缺乏法国人性格里应有的胆识。“伟人啊，生活在你那辉煌的时代，我还会有丝毫犹豫吗？

“往最坏处说，即令是圈套，也会给千金小姐的芳誉抹黑，连累终身。他们知道，我不是一个肯沉默的人。那就只好杀人灭口，一五七四年，在他们先祖博尼法斯时代，可以这么做，但时至今日，拉穆尔家就没人敢了。同是一个家族，今非昔比。拉穆尔小姐，谁个不羡，哪个不妒。她这桩丢脸事，明天就会传遍巴黎四百个沙龙，大快人心。

1 堂·狄埃格，法国悲剧作家高乃依《熙德》中的人物。该剧是一曲荣誉战胜爱情的赞歌。

“那些底下人已经在嚼舌根，说我如何如何得宠，这我知道，我听到他们说过……

“此外，还有她那几封信！……他们或者以为我随身带着。我在她房里给捉住，他们就会把信搜走。我一人对付他们三四个，谁知道？但这些打手，哪里去找呢？守口如瓶的底下人，巴黎哪儿找得到？法律他们也怕啊……当然，凯琉斯、匡泽诺和吕茨他们自己也可动手。那要紧关头，加上我一犯傻，只会引得他们跃跃欲试。当心别落到厄被喇（Abailard）[1]的下场，我的秘书先生。

“那么，好吧！先生们，我会叫你们留下我的印记的，像恺撒士兵在法萨罗的做法，专打你们的脸……至于信件，我可以先在稳妥处放好。”

后来接到的两封信，于连各抄一个副本，夹在藏书室一本精装的伏尔泰集子里，原信他亲自去付邮寄走。

回来的路上，惊喜与忧惧交并，他暗想：“看我没头没脑，会干出什么疯狂事儿来！”刚才倒有一刻钟，压根儿没想及当夜的行动。

“但是，要是按兵不动，日后我必定会瞧不起自己！是祸是福，我会翻来覆去猜测一辈子，而疑疑惑惑，对我是最大的痛苦。为阿梦妲的情人，我不是已有过切肤之痛？把风流罪过弄明白了，我倒比较能原谅自己；一有定论，就可以不再去想。

“怎么！跟一个具有法兰西高贵姓氏的人为敌，而我竟心悦诚服，承认自己不如人！说穿了，不去就是卑怯。一言而决，这件事就这么定了。”于连推案而起……“再说，这位小姐，还着实俊俏着哩！

“万一不是圈套，那她对我未免太痴情了！……要是捣鬼，等着瞧吧！先生们，那就看我的了，非把这玩笑坐实了，我就这么做去。

“但如果我一进她房间，就给他们捆手捆脚绑起来呢？他们很可能巧设机关的！

---

1 厄被喇（1079—1142），法国神学家。与其女弟子爱洛伊丝相恋，后遭厄，被不逞之徒哈喇一刀，以阉割废残。

“这像决斗一样，”他转而一笑，“我那剑术教师说过，不管刀劈剑刺，总有办法招架；可是善心的上帝要叫你完蛋，你就会疏于防范。再说，我用这个来回敬他们！”他从袋里掏出手枪，虽然弹药都能起爆，他还是重新换过。

趁还有几个钟头要等，便给傅凯作书一封：

老兄：

等你听说我碰到什么奇事，身遭不测，再打开附信。届时将手稿上的人名涂去，照抄八份，分寄马赛、波尔多、里昂、布鲁塞尔等地的报界。十天之后，将手稿单印出来，第一份寄送拉穆尔侯爵；隔半个月，再将余下各份趁黑夜撒在维璃叶的大街小巷。是为至嘱。

那一纸辩白，波谲云诡，写得像篇故事，只有在意外情况下，傅凯才会打开看的。于连行文之间尽可能不牵涉拉穆尔小姐，不过，把自己的处境也作了确凿的描述。

刚封好邮包，就听得晚餐钟声，心口便急剧跳荡起来。头脑还想着信的内容，心里充满一种悲壮的预感。他看到自己给仆人捉住，顿遭捆绑，嘴巴堵上，打入地窖，还特地派人监视在旁。这种贵族人家，为了保全名声，叫这段艳史以苦戏告终，就会用毒药，一了百了，了无痕迹。到那时就说他是病死的，把尸首抬回他房里。

于连像个悲剧作家，为自编故事，自伤自悼。走进饭厅之顷，着实有点惊悸。仆杂人员穿着讲究的号衣，他一一看过来，推敲他们的表情。“今晚这桩差事，选中了哪几人？”他暗自思量，“亨利三世朝的宫闱秘事，在这个家族耳熟能详，而且，时时提起，一旦觉得受辱，手段比起同等的人家，只会更毒辣。”他凝视拉穆尔小姐，想从她眼神里读出她家的计谋。只见她脸色苍白，完全是一副中世纪的表情。他从来没看到她气度恁般高华，她的确非常艳丽，非常端庄。他几乎钟情起来。“Pallida morte futura.”[1]他心里想（她面如死灰，必心怀大事）。

晚餐之后，他装模作样，到花园里走了半天，但拉穆尔小姐压根儿没露面。这当口能和她说上句话，自能释去心头的重负。

干吗不敢承认呢？他心里也不无害怕。既然他已决定赴汤蹈火，暂时沉于这种怯弱的情绪，又有什么可不好意思的。“只要到行动的时刻，提得起勇气来就行，”他心里想，“此刻情绪如何，有何关系？”接着，就去察看地形，掂了掂梯子的重量。

“真是命中注定要用这种攀登工具，”于连苦笑了一下，“这里是梯子，维璃叶也是梯子。但此一时，彼一时，多么不同啊！”他叹口气道，“那时，为心上人冒险，不必心存戒惧。而且危险的程度，也很不一样！

“即使我在瑞那家的花园给人打死，也不会成为丑类恶物，他们很容易把我的死因含糊过去。这儿则不然，在舒纳、雷兹、凯琉斯等人的客厅里，总之，各到各处，什么骇人听闻的故事，不会给编出来？我在后世只会留下一个恶魔的名声。

“不过后世也者，也只三两年的时光，”他笑一笑，聊以解嘲；但这个想法使他感到沮丧，“人家要为我辩冤，又从何辩起？即令傅凯把我的遗书印出来，不过是多出一桩我的劣迹。怎么！承显贵之家不弃，奉若上宾，恩高义厚，我却以怨报德，印了一本小册子，张扬闺帷轶事，败坏女子名声！啊！一千个不，我宁肯自己受骗上当的！”

这一夜，真是可怕的一夜。

1 意大利文，意为：死亡在即，容色惨淡。

第十六章　半夜一点钟

这座花园很大，规划颇具匠心，原来就有不少百年古树，近年始成规模。徜徉其间，颇得乡野之趣。

——马辛杰

于连正想给傅凯另拟一函，撤销前议，不料钟敲十一点了。他大声拨弄卧房的门锁，听起来好像已把自己锁在房内。然后，蹑手蹑脚出来，察看全楼动静，特别注意下人们住的五楼。似无特别情况。今晚，侯爵夫人的一位侍女做东，一班男仆聚在一起喝酒取乐。“他们这样笑语，”于连想，“谅不会参加夜间行动。那样的话，态度应持重一点。”

最后，他站在花园的一个暗角落里。“他们的计划要是瞒着府里用人，那么抓我的人必定得从花园的墙外翻进来。

“匡泽诺如果插手，头脑也还冷静的话，就会在我未进她闺房之前把我逮住；这样，对他要娶的姑娘来说，名誉影响要小得多。”

他对周围地形，仔仔细细，做了一番侦察。“事关荣誉，”他心里想，“万一出了什么差池，我不能以‘事先没想到’来原谅自己。”

夜色清朗如许，令人无可奈何。十一点光景，月亮已经升起；到十二点半，皓月当空，把公馆朝花园的墙面，照得如同白昼。

“她真发疯了。”于连心里想。钟敲一点，诺尔拜伯爵的窗子还透着烛光。于连这辈子还没这样害怕过：因只看到此举的风险，了无赴约的热忱。

他把大梯子搬来，等了五分钟——此刻还容许幡然变计。一点零五分，梯子靠上玛娣儿特窗前。他握着手枪，轻手轻脚爬上去，奇怪竟未遭袭击。临近窗口，窗子悄没声儿地自动开了！

“好不容易，您终于来了，”玛娣儿特大为激动，“您在下面走来走去，我看了有一个钟头了。”

于连大窘，一时里手足无措，心中实在没有一点儿爱的意思。他尴尬万分，想自己应该敢作敢为，便作势要拥抱玛娣儿特。

“去！”她一把把他推开。

虽遭拒绝，亦不以为忤，急忙朝周围扫了一眼。外面月光十分清亮，玛娣儿特卧房里反显得影影绰绰的。“说不定这里藏着什么人，只是我看不见。”他想。

“您外套的那边口袋，藏着什么？”玛娣儿特问，很高兴找到个话题。她别有凄苦：骄矜与娇羞，在贵族小姐身上本是极自然的情致，此刻袭上心头，搅乱她心曲。

“手枪，暗器，什么都有。”于连答道，也很高兴有话可说。

“应该把梯子提上来。”玛娣儿特说。

“这么长的梯子，还不把客厅和楼下的玻璃敲碎？”

“玻璃当然不能敲碎，”玛娣儿特想用闲常口气说话而不成，“我觉得，您可以在第一格上拴根绳子，把梯子慢慢放下去。我这里总备有绳子。”

“这分明是个怀春女子！敢说自己在恋爱！”于连想，“看她严加防范，那么镇静，那么机巧，足以证明：并不像我傻头傻脑想的那样，以为自己战胜了匡泽诺，说穿了只是步匡泽诺后尘而已。不过，又有什么关系？再说，我爱她吗？说战胜匡泽诺也行，他得知有人顶了他会非常生气，尤其气在顶他的人，不是别人而是鄙人我！昨晚他在多多尼咖啡馆看我的样子多么傲慢，竟假装不认识！后来不得已过来打招呼，神情又是那么凶恶！”

于连在梯子最上面一格拴上绳子，把木梯轻轻放下去，大半个身子俯在阳台外，免得梯子碰着玻璃。“这倒是对我下毒手的好时机，玛娣儿特房里要是真藏着人的话。”他心里这么想，但四周依然是一片深邃的寂静。

等碰到了地面，于连把梯子横放在沿墙的花坛里，花坛里种的都是奇花异草。

“瞧，好花儿给压坏了，妈会怎么说呀！”玛娣儿特责问道，“把绳头扔下去，”她十分冷静地叮嘱了一句，“别人看到阳台上挂着绳子，那就不容易说清楚了！”

“吾咋个出去？”于连嬉皮笑脸，学着土腔说。（府里有个女仆是圣多明各人，就说这种土腔。）

“您吗，就从房门出去。”她得此主意，大为得意。

“啊！这种男人，才值得我爱！”玛娣儿特心里想。

于连刚把绳子丢下花园，玛娣儿特就一把攥住他胳膊，于连以为给情敌捉住了，身子一扭，拔出一柄匕首来。刚才玛娣儿特似乎听见开窗声音。两人屏息不动。月光正照在他们身上。响声没有再起，无须再担心了。

尴尬复始，双方都很窘。于连查看过了，门上的插销已插好，他很想看看床底下，但又不敢，因为那里很可能藏个把用人。他怕事后后悔，责备自己闪失，最后还是去看个明白。

羞窘难当，玛娣儿特这时才焦虑起来。她才不愿处于眼前这种境况呢！

“我的信，您怎么处置的？”她终于找到一句问话。

“机会来了，如果有人偷听，正好打乱他们部署，免得为夺信打将起来！”于连心里想。

“第一封信，夹在一本厚厚的《新约全书》里，昨晚托邮车带到外地去了。”

其中的细节，他字字句句，都讲得清清楚楚，让可能藏在两口大衣柜里的人也能听分明，那两口红木衣柜，他刚才没敢翻检。

"另外两封，也已付邮，路线跟第一封一样。"

"天哪！干吗防范重重？"玛娣儿特大为诧异。

"何必虚言搪塞呢？"于连想，便把所有猜疑都说了出来。

"怪不得你呀，信都是冷冰冰的。"玛娣儿特冲口而出，语气里狂热的劲儿多于温柔的成分。

这点微妙之处，于连没注意到。只是你我之称，使他飘飘然，至少疑虑全消。这位俏女郎，他原不胜钦敬，便斗胆把她揽入怀里。她依违之间，就半推半就。

于连像从前刚到贝藏松想讨好阿梦妲一样，乞灵于自己的记忆，拣《新爱洛绮丝》里的绝妙好词背了几句。

"你倒真有胆量，"她没怎么留意他背的词句，径自说，"老实说吧，我有意试试你的胆量。你最初的疑心，和后来的决断，表明你实际上比我想的还要无畏无惧。"

玛娣儿特竭力对他称"你"而不称"您"；这种生疏的人称，比谈话的内容，更叫她费神。但"你"呀"你"的称呼，语调上谈不到温柔，于连听了也不特别惬意。他很纳闷儿，怎么并不感到幸福。稍后，为强求幸福之感，只得借助于理智。不难看出，自己已见重于这位高傲的少女，而她对人的赞誉，从来都不是没保留的。这样考虑下来，自尊心便大感满足，倒也不失为一种快意。

诚然，此刻咂摸到的，并非有时在瑞那夫人身边时或有之的那种心灵的陶醉。这最初的接触中，他亦无温柔的情意。那只是野心得逞后的痛快劲儿，而于连此人野心又特别大。他重新谈起他所怀疑的某某与某某，以及他想到的防这与防那的措施。说话之间，寻思怎样扩大战果。

玛娣儿特依然很窘，好像给自己此举骇住了，这时能找到个话题，就不胜欣慰。他们谈到以后见面的办法。讨论中间，于连得以一展智谋与胆识，自己也大为得意。要对付的人中，颇有几个精明角色，小唐博肯定是个奸细。然而，玛娣儿特和他于连，也非等闲之辈。

要相会，还有比在藏书室更方便的吗？这很容易谈拢。

于连接着说："这个公馆，不管我出现在哪儿，都不会引起怀疑，即使令堂大人的卧室也可去得。"因为必须经过侯爵夫人的房间，才能进到她女儿的闺房。如果玛娣儿特觉得攀梯而上较为可取，他一定乐意冒这微不足道的危险。

听他这么说，玛娣儿特对他扬扬自得之状，大起反感。"他俨然以我的主子自居！"这么思忖下来，已后悔不迭。她的理智，对自己做下的这桩绝顶荒唐事儿，厌恶已极。要是能办到，她恨不得把自己和于连一起毁掉。凭借意志之力，她暂时压下心头的悔恨，但是羞怯心，尤其是遭罪的羞耻心，使她格外伤情。落到现在这可怕的境地，亦始料之所不及。

"我得跟他说说话，"临了，玛娣儿特向自己发话，"这是情理中的事，现在是对情人说情话。"为尽到本分，她满含情意，讲起近几天来为他所做的种种安排，而这份情意，多半表现在用词上，而非声调里。

她已然决定：于连果能照她意思办，敢用花匠的梯子爬进她房里，那她就完全属于他。这类风情事儿，未见有人讲得这般冷漠，这般客套的。直到此刻，这幽会透着幽冷，冷得叫人恨起这份情来。这对一时失慎的少女，该是何等的教训啊！为了这样的片刻，值得把一生的前途葬送吗？

依违不决，拖了半天之后，玛娣儿特终于做了他可意的情妇。这种依违不决，以肤浅之见，必定认为是积怨所致，殊不知一个自矜自爱的女子，即使面对坚强的意志，也是不肯轻易让步的。

实在说来，这种欢爱带点以意为之的味道。激情式的爱，还只是一种供人仿效的榜样，而不是现实的存在。

拉穆尔小姐认为，对她自己和对她情人，算是尽了本分。"可怜这小伙子真是勇气十足，"她暗想道，"他应该得到幸福，不然就算我没人品了。”这非走不可的一步，对她说来是多么残忍，要是可能，她愿用毕生的不幸去赎取回来。

尽管撕裂似的疼痛，她强自抑制，言辞之间尚称允当。

良夜永夕，没有任何煞风景的悔恨之言与埋怨之词。但这一夜，在于连感觉上，与其说是幸福的，毋宁说是奇特的。天哪！和他在维璃叶度过的最后二十四小时，是多么不同！“巴黎的花样经，妙在能把一切都搞糟，连爱情也不放过！”蛮不讲理的劲头一上来，他就发了这通感慨。

他是站在一口红木大衣柜里作如是想的，原来隔壁房间，也就是侯爵夫人闺房，一有响动，拉穆尔小姐赶紧叫他躲进去。玛娣儿特随即陪母亲去望弥撒，侍女也跟着离开房间。于连趁女用人回来打扫之前，轻易就溜之大吉。

他骑上马，到巴黎附近的森林找了个僻静去处。漫说幸福，更多的是惊异。不过，幸福之感也不时涌上心头，就像一个年轻少尉做出什么惊人之举，刚被总司令提升为上校一样得意。于连感到自己地位上升了许多。隔天晚上还驾凌他之上的，现在跟他平起平坐，甚至等而下之了。越往远走，快意也越浓。

如果说玛娣儿特心灵里没有丝毫柔情，那是因为与他晤对，只是尽其本分——不管这话听起来多么不伦不类。这天晚上的一切，对她说来没什么出乎预料之外的，小说里讲的那种销魂她不知，有的只是伤心与羞耻。

她扪心自问：“莫非想偏了？难道我对他并不爱？”

第十七章　古剑

我现在要严肃起来——是时候了，
因为如今欢笑已被认为太严肃；美德
对恶习的嘲谑竟成了罪孽！
——《唐璜》第十三章

晚餐桌上她没露面。稍晚的时候，她到客厅转了一下，但压根儿没看于连。这态度太怪了。"不过，"他想，"他们的习俗我还不了解，此中道理，她以后自会向我说明的。"然而，好奇心盛，他研究起玛娣儿特的表情来。不必隐讳，她神情枯索，而且含有恶意。显然，已不是同一个女人，昨夜那种欢畅的情状——是真是假，姑且不论——因为太过分了，反倒不像真的。

第二天，第三天，冷漠依旧；她不看他，好像没他这个人似的。于连惶惶不可终日，头天那种扬扬自得之概，现在离他已有千里之遥了。"会不会是迷途知返，想规矩做人了？"于连心里琢磨着，"但规矩两字，对超然特异的玛娣儿特来说，未免太小家子气了。"

"日常生活里，她才不信教呢！"于连想，"她热衷宗教，是因为于他们那个阶层有用。"

"但是，就凭洁身自好这点，她难道不会痛恨自己伤名败节吗？"于连相信自己是她第一个情人。

在另外的时刻，又换过一种想法："应当承认，她举手投足之间，谈不到什么天真无邪，淳朴温柔。而心高气傲，更甚于以往。是不是瞧不起我？光凭我出身卑微这一条，就够她责备自己为我做出这种事来了。"

于连通过书籍和维璃叶犹新的记忆，增长不少见识；凭这类先人之见，梦想情妇必定温柔体贴，只要能使情郎快活，可以不再计及己身。正当他追逐着虚幻的梦境，玛娣儿特却以其虚荣好胜的习性对他怨气冲天。

这两个月来，她不再闲得发慌，也不再为闲愁所苦，而于连不察，从而失去了最有利的机缘。

“我给自己找了个爬在我上头的主子！”拉穆尔小姐满怀愁苦，这样忖度道，“此人之爱荣誉，真没法说！如果不给他面子，他会报复，把我们的关系讲出去。”玛娣儿特不曾有过情人，人生走到这一步，即使最不解风情的女子，也会陡兴温柔缠绵的意绪，而她却陷于苦思焦虑之中。

“这下他对我可以予取予求，因为他可以威胁要挟；如果把他逼急了，他会不客气，狠狠治我。”想到这一点，玛娣儿特就要给他点颜色看看。她性格里，敢作敢为是最大特质。除了拿自己的一生孤注一掷外，再也没有什么能使她感奋，能治她经常缠上的烦闷。

第三天，拉穆尔小姐还是憋着劲不看他。吃完晚饭，于连明知不顺她的心，还是跟她进了弹子房。

“喂，先生，你以为对我已有偌大权柄了？”她恨声叫道，勉强压制心头的怒火，“我的意思表露得够清楚的了，你怎么生做蛮来，非要找我说话？……告诉你，天底下还没人敢如此张狂的！”

情人之间这样谈话，也够有趣的了，两人你恨我怨，闹得不亦乐乎。彼此都缺乏忍让精神，而且又沾染了点上流社会的习气，所以不久就明确表示：从此失和，各自西东。

“我向您发誓，保证永守秘密，”于连说，“我再声明一句：一宵情缘，如果对您名声没什么影响，我可以永远不跟您说一句话。”说完，他恭恭敬敬一鞠躬，径自走了。

言而有信，他视若一种职责，不难做到，想不到的是，自己已深深眷恋起拉穆尔小姐。三天前，玛娣儿特把他藏在大衣柜里时，他的爱心无疑尚未萌动。但是，跟她彻底闹翻的这一刻起，他心里却发生了急遽的变化。

他酷虐的记性，把那晚的情景，连最小的细节，都给勾勒了出来，而在现实中，那晚他可说是相当淡然的。

宣布永远绝交的当晚，于连差点儿发疯，因为向自己少不得要承认：对拉穆尔小姐，他已欲罢不能了。

这一发现，在心底掀起极大的波澜：好恶爱憎全乱了套了。

两天后见到匡泽诺，非但没有傲视侪辈之概，反而想抱着他痛哭一场。

对新近的怆痛习而相安之后，头脑清醒了一点，他决定到朗格多克去跑一趟。收拾好行装，便上驿站。

站上的人告诉他，碰巧明天上图卢兹的驿车里还有个空位，他听了几乎要晕倒。定了座位，回到拉穆尔府，拟向侯爵报告行程。

拉穆尔先生恰好不在家。于连半死不活地走回藏书室去等。进门不期看到拉穆尔小姐，是怎么个情形呢？

一看到他，拉穆尔小姐脸色不善，这种表情他绝不会看错。

痛苦使他乱了方寸，惊艳使他不知所措，竟至一时软弱，用一种发自内心深处的委婉声调，对她说："这么说来，您不再爱我了？"

"碰到阿狗阿猫，就委身于他，我都恨死自己了。"她气恼得哭了出来。

"碰到阿狗阿猫！"于连冲口而出，同时扑向一把中世纪的古剑，那是当作古董挂在藏书室的。

他的痛苦，在跟拉穆尔小姐说话时已达于极点，及至看她流出羞愧的眼泪，顿时陡增百倍。一剑毙命，把她杀了，当是天下最痛快的事了[1]。

---

1 译按：此句与原文（Il eût été le plus heureux des hommes de pouvoir la tuer），字异意同。幸读者勿责吾以不解原文。程颐曰："善学者，要不为文字所梏，故文义虽解错而道理可通行者，不害也。"译者于此等句子，往往取其意到而不泥其字句。知我罪我，唯在明哲。施君康强言：同于所当同，异于所当异；此译则异于所当同，是为破例，盖不得已也。一九九二年三月五日午后记，时某君电告，又多出一《红》译。

正当他从古旧的剑鞘里费劲拔出剑来，玛娣儿特感到一种新异的刺激，昂然向他走去，这时眼泪也不流了。

想到拉穆尔侯爵，一种知遇之感突然兜上心来。“我要杀他女儿？多可怕呵！”他一挥手，像要把剑扔掉，“看到这戏剧动作，她准会哈哈大笑。”这么一想，又恢复了冷静。他用异样的目光，察看古剑的锋刃，好像要找什么锈斑似的；然后插入鞘筒，又以十分沉稳的态度，把剑挂回镀金的铜钉上。

这几个动作，由快转慢，前后有一分钟之久。拉穆尔小姐望着他不无惊恐。“我险些要给情郎杀死！”她心里想。

这个念头，把她带回到查理九世与亨利三世那壮烈年代。

她兀立在把剑挂回原处的于连面前，定定然打量着他，眼睛里恨意已消。应当承认，她此刻确实非常迷人，远不像巴黎那种玩偶式的女人——这个称呼，道出于连对巴黎女子的莫大反感。

“我对他又要心软了，”玛娣儿特想，“刚才我口气这么硬，再这么一张一弛，那他更可以称王称霸，以主子自居了。”她马上逃了开去。

于连看着她跑走：“天哪！她多美呵！一礼拜前，这妙人儿还发狂一般朝我扑来……那样的时光，不会再有了！只能怪自己！面临千载一时、切身有关的好事，竟莫知莫觉！……应该承认，我生来就是这种平平庸庸的倒霉性格。”

侯爵回来了，于连忙不迭地告说自己要出门。

“去哪儿？”拉穆尔先生问。

“去朗格多克。”

“对不起，你另有重任，要走，也是朝北走……甚至用军事术语来说，我要向你下达谕旨：职守府邸，严禁外出。万一要走开，也不得超过两三小时。随时待命，说不定什么时候就用得着你。”

于连一言不发，行礼告退，弄得侯爵惊奇莫解。其实，他当时的情绪，已开口不得，便赶忙躲进房里，可以由着性子，把自己的命运想得如何不济。

“是呀，我连走开一步都不行！”他忖道，“天知道，侯爵要把我在巴黎困多久。天哪！这样下去如何了得？连一个可以商量商量的朋友都没有。彼拉神父不会有耐心听我讲完第一句话的，阿尔泰米拉伯爵就想揽我参加什么密谋。

“在此期间，我非发疯不可。我觉得，我已是疯子！

“谁能指点指点我呢？我真不知自己会变成什么样子？”

第十八章　伤心时刻

她向我招认了！纤毫不漏，细枝末节都说了，她美丽的眼睛看着我，流露出来的神情却是对另一个人的爱。

——席勒

拉穆尔小姐喜容满面，想到险些被杀，觉得很畅快！心里甚至这样想："他配做我的主子，他不是差点儿要杀了我吗？社交场的英才俊士，要多少人合起来，才做得出这样一个情杀动作？

"挂剑的位置，装饰师设计得很别致；他踏上凳子，把剑挂回去的当口，正好置身于这美妙的构图，显得神采英发！总之，我还从来没爱得这么狂过！"

此时此刻，若有什么体面的办法，可以重修旧好，她一定乐于接受。但于连却把自己关在房里，重门深锁，受着无望的折磨。独自想疯了，真恨不得跑去扑在她脚下。假如他不是退避一隅而是到花园或公馆里随便走走，碰碰运气，说不定他可怕的困境，顷刻之间，就会变成强烈的欢愉。

我们可以责备他不够圆通；圆通，就不会去拔剑，就不会有这一雄姿，就不会在拉穆尔小姐眼中显得英气逼人。她这种感情用事，实在是于连的造化，时间足足维持了一整天。玛婗儿特把日前的缱绻时光想象得妙趣无穷，现在只恨时光之短暂了。

"事实上，"她心里想，"我对这可怜小伙子的热情，只从半夜一点他揣着枪从梯子爬上来，延续到早晨八点。一刻钟之后，听到圣瓦兰教堂的弥撒钟声，我已经开始在想，他会以我的主子自居，很可能用威吓手段叫我就范的。”

晚饭后，拉穆尔小姐非但没回避，反而主动跟于连说话，示意他跟着去花园，他这次倒唯命是从。这项试探，他没及格。玛娣儿特对重新燃起的爱，也无多踌躇，就将顺了事。她觉得同他并肩散步，极有情趣；尤其他那双手，早上居然要挥剑斩她，引动她的好奇，倒要看个仔细。

经过几天别扭，加上这段插曲，他们的谈话，当然不会跟以前一样。

玛娣儿特的口气，渐渐亲切起来，讲起自己的心境。这种谈话，自具别样的情趣。她甚至跟他谈起从前对匡泽诺，对凯琉斯，有过短暂的感情冲动……

“怎么！对凯琉斯也有过！”于连嚷出声来，一个遭冷遇的情人所能有的苦涩和妒意，借这句话全喊了出来。至少玛娣儿特是这样看的，但也不以为忤。

她把往昔的旧情，细细道来，口气又亲密不过，借以折磨于连。看她绘声绘色，就像叙说眼前的事一样。于连痛切注意到：旧事重提，她在感情上又有一番新的体验。

这种嫉妒，使他痛苦得无以复加。

猜想自己的情敌获得了爱，已大可痛心，而听自己所爱的女子，居然周详备至，陈述那情敌感发她的情感，岂不教人痛苦之至。

噢！于连原本傲视凯琉斯和匡泽诺，此刻对他不啻是当头一棒！他们小小的优势，经过他大大的夸张，为此而感到的痛苦，也只有自己知道！他确确实实把自己看得狗屁不如！

在他看来，玛娣儿特大可慕恋，任何语言，都不足以表达他的钦仰之情。走在她身旁，暗暗偷看她的纤手，她的玉臂，以及皇后般的仪态。他爱而不得，神情委顿，只差跪在她脚边哀告：可怜可怜我吧！

“天生丽质，无与伦比，爱我之心一去不返之后，肯定不久又会爱上凯琉斯的！”

拉穆尔小姐感情之真诚，不容有怀疑的余地，叙述时语气之真切，亦最明显不过。为了让他把不幸尝个够，她专注于一度对凯琉斯怀有的情意，有时说着说着，如状目前之景，好像现在还爱着凯琉斯似的。可以肯定，她声调里自有情意在，这一点于连看得很清楚。

即使胸膛里灌满了熔化的铅水，也不会像现在这么难受。可怜的小伙子痛苦到了这个份儿上，叫他怎么猜得着，正是因为想跟他说说话，拉穆尔小姐才津津乐道，把以前对凯琉斯或吕茨那点淡薄的感情，再翻腾出来？

于连悲苦之状，非可言喻。就在这同一条菩提树小径上，几天前，他就等钟敲半夜一点，以便爬进她的闺房，而此刻却有幸聆听她的密谈，讲她对别人的爱！一个血肉之躯的人，所能忍受的苦痛已到不能再逾越半分的地步。

这种残虐的亲昵关系，持续有一周之久。玛娣儿特有时好像故意找机会跟他说话，有时则是凑巧碰到了一起。而话题对两人都有种谑近于虐的快意，总围绕着她对别人所怀有的情意：讲她写过的情书，甚至连字句都记起来，整句整句背给他听。近几天来，她打量于连，神情近乎捉弄。见于连痛苦之状，芳心大悦。

可以看出，于连了无人生经验，甚至连小说也没读过[1]，对这位他十分爱慕、别诉衷肠的少女，只要他不那么笨拙，就会扔句冷话过去：“但得承认，虽说在下比不上那些先生，可是蒙您小姐错爱的，还是不才……”

说不定她的用意若给猜中，反倒会感到高兴。至少，成与否，全系于于连说出这想法时风度是否优雅，时机是否适切。总之，他可以用有利于自己的方式，摆脱眼前这种僵局，因为再延续下去，玛娣儿

1　译按：斯当达失言了，此处说于连没读过小说，但他跟阿梦妲和玛娣儿特都背过卢梭的爱情小说《新爱洛绮丝》！

特就会感到单调乏味了。

“您不会再爱我了，可我却爱得发狂！”一天，于连因为爱，因为不幸，说起糊涂话来。这句蠢话，可谓错尽错绝。

此言一出，拉穆尔小姐向他叙说衷曲的雅兴，涣释无余。这才使她吃惊：有这样的别扭，听了她的情史，却居然不生气；她原以为，他说这句蠢话之前已经不爱她了。“傲气无疑会冲淡他的情爱，”她心里想，“虽说他承认凯琉斯、匡泽诺、吕茨等人，出身比他优越，但他绝不是肯于服输而不思报复的人。不，我再也不会看到他跑来跪在我脚边了！”

前几天，于连痛苦不堪，反观这些公子哥儿显眼的优点，竟会天真到加以赞颂，甚至不惜加以夸大。这点变化，当然逃不过拉穆尔小姐的注意；她颇感惊讶，但不解其故，原因是于连凭他狂热的灵魂，在赞扬据信被爱的情敌之际，对他们的艳福，自己也有河润泽及之感。

他刚才这句话，太坦诚，也太愚蠢了。顷刻之间，风云突变：玛娣儿特确信自己仍为他所不弃，反倒卑其为人，彻底看他不起了。

是在一起散步时，他说出这句不智的话的；她立即离他而去，最后的一瞥里，含有几多鄙视！回到客厅，整个晚上，都没看他一眼，第二天一天，她心里都弥漫着这种鄙夷情绪。一周来，乐于把于连当作密友的情谊，于今不复存在。而且看到他，就觉得来气。对他的观感，甚至发展到厌恶的程度。目光一扫到他，轻藐之状，难以尽述。

贵族千金这一周来的心情变化，于连茫然不知，但她轻蔑的意思，还是辨别得出。所以他很识相，尽量少露面，绝不正眼看她。

但是，这样自我约束，不去看她，真比死还难受。只觉得苦难有增无已。“便是血性男儿，再勇敢也不可能支撑得更久了。”他自语道。在公馆的最高一层，独倚小窗，挨过他漫长的时日：百叶窗严掩上，借缝隙以遥望，只等拉穆尔小姐的娇姿倩影出现在花园旁！

晚饭后，看到玛娣儿特跟凯琉斯、吕茨或某位她承认曾经爱过的人一起散步谈心，可知他是什么心情？

于连从没想到痛苦会如此酷烈，就差愤切慷慨，号叫几声了！这颗坚强的灵魂，已彻底昏瞀狂乱了。

凡与拉穆尔小姐无关的一切，他都觉得可憎可厌。他连封最简单的信都拟不成了。

“你昏头啦？”侯爵面斥道。

于连心怀鬼胎，怕被识破，便推说身体不适，人家居然还相信了。幸运的是，侯爵在吃晚饭时，拿他就要抱病远行，开了几句玩笑，玛娣儿特了解到，这次外出时间可能很长。于连已经躲了她几天，那些公子哥儿，人物俊美，虽然拥有她曾爱过的这个脸色苍白、情绪悒郁的人所欠缺的一切，却没有力量使贵胄千金走出痴梦状态。

“一个寻常姑娘，就会在客厅那批引人注目的漂亮少年中寻找意中人，”她自忖，“天才的卓尔不群，就在于不让自己的想法陷于庸人的轨迹。

“于连所缺的，不过是资财，而我有的是。做这样一个人的情侣，就能不断引人注意，此生就不会默默无闻。我那些表姐妹因为怕民众，连马车夫不好好干活，都不敢埋怨一句；我不像她们，我非但不怕革命，而且还要去扮一个角色，扮一个伟大的角色，因为我识拔的那人，性格坚毅，抱负远大。他缺少什么？缺少朋友，缺少金钱？我可以给他。”但她心里多少有点把于连当下等人看待，以为什么时候她愿意，什么时候他就会爱她。

第十九章　滑稽剧场

唉！青春的恋爱就像阴晴不定的
四月天，太阳的光彩刚刚照耀大地，
片刻间就遮上了黑沉沉乌云一片！

——莎士比亚

玛娣儿特尽想着未来前途和向往扮演的独特角色，很快便怀念起以前与于连常常进行的枯燥而玄妙的讨论。高超的思想想倦了，有时也会惋惜在他身旁觅得的幸福时光；只是忆及近事，心中不能无悔，在某些时刻，甚至感到抬不起头来。

她力图说服自己："人总有弱点。像我这样的姑娘，为一个有价值的人失身，也是值得的。将来人家会说，使我动心的，不是他漂亮的短髭或跨鞍上马的风度，而是他关于法兰西未来的宏论，是他对时局的灼见；他认为，日后的政治风波会与一六八八年的英国革命非常相似。我有过心慌意乱的时候，"她为自己的恨事百般慰解，"我也是弱女子，但至少不像有的玩偶，光看外表就进退失据了。

"如果发生革命，于连为什么不能担当罗兰的角色，我为什么不能成为罗兰夫人[1]？我宁可做罗兰夫人，也不愿当斯达尔夫人：品行不端，在我们这个世纪总是一个障碍。我肯定不会再次失足，招人物议，否则，真要羞愧死了。"

1　罗兰夫人（1754—1793），法国大革命时期吉伦特派核心人物之一，共和政府内政部长罗兰之妻。雅各宾专政时期被捕，狱中写有《回忆录》一书。相传在押赴断头台途中，行经自由女神像前，发出一句有名的感叹："哦，自由！天下多少罪恶，借汝之名以行！"

玛娣儿特的想法，应当承认，并非都像上面所记的那么正经八百。

她看于连，发现他的举止，即使细小不过的，也有可意之处。

“毫无疑义，”她自责道，“我把他对我予取予求的念头，破除无余了。

“一个礼拜之前，可怜的小伙子说出那句表白爱情的话来，那爱而不得的神情，就是一个佐证。那句话里，所含的尊重和热情，灼灼可见，而我居然生起气来，应该说我也够出格的了。我不是他的女人吗？说那样的话，是挺自然的，而且应该承认，也是挺讨人喜欢的。我是烦闷无聊，才会对社交场的公子哥儿有所眷恋，这类公子哥儿恰恰是他最嫉恨的；我却跟他絮絮叨叨说个不休。我承认，说时还带点恶作剧，而他听了对我感情依旧。啊！但愿他能知道，他们对他没多大危险！跟他一比，他们显得蔫不唧儿的，都像一个模子里刻出来的。”

玛娣儿特脑子里这么想着，手上拿支铅笔在本子上随意涂抹。有幅侧面像，待勾画成，看了一惊又一喜：太像于连啦！“此实天意为之！这才是爱的奇迹！”她高兴得叫起来，“我连想都没想，便画出了他的相貌！”

她逃进自己房里，关起门来，这回非常用心，想认认真真画，而终于不成，还是信手偶得的侧面像最逼肖。玛娣儿特十分高兴，看作是伟大的激情之表征。

她画到很晚，才丢下那本子。因侯爵夫人已打发人来催她上意大利歌剧院[1]。她心里只存一念：四下张望要找于连，好让母亲邀他来做伴。

但没见到他的影儿。来包厢陪她们的，都是些庸人俗物。歌剧整个第一幕的演出中，玛娣儿特心心念念想着所爱，情绪十分亢奋。第二幕的唱词中，有一句爱的格言，唱得出神入化，直往她心里钻；而

---

1 意大利歌剧院，即滑稽剧场，位于意大利大街，一般口头上也叫意大利歌剧院。

曲调之美，真无愧契玛罗萨（Cimarosa）的盛名。剧中的女主角唱道："惩罚我吧，惩罚我情太重，爱太深！"

一听到这美妙的歌声，世上的一切对玛娣儿特都不存在了。别人跟她说话，她全不理会，母亲的埋怨，她也只勉强报以一笑。她听出了神，心情的激奋，只有于连近日对她所怀的强烈感情差可比拟。那唱词跟她的心境十分切合，仙乐般的旋律，在她不径想于连的时刻，能教她听得屏气凝神。借助音乐，她这天晚上的情绪，与以前瑞那夫人思念于连的心情庶几仿佛。理智的爱，无疑比情感的爱更清醒；这种爱，只有片刻的狂热，因为太了解自身，不断在省察自我，因为是观念的产物，所以不会目夺神摇。

回到家里，不管侯爵夫人怎么说，玛娣儿特一味推头痛，下半夜用钢琴反复弹奏这段咏叹调，尤其是使她着迷的那两句唱词：

Devo punirmi, devo punirmi,
Se troppo amai……

发疯发癫，如醉如痴之夜！诵唱之余，真以为自己已战胜了爱情。

（此页，对不走运的作者，带来的患害，将非止一端。淡于世情的人，会指责作者有伤风化。是俏雅女郎，足可使巴黎的客厅四壁生辉。即令她们之中有个别人会做出那种有损玛娣儿特芳誉的疯狂事儿，作者也决无侮慢年轻女郎之意。玛娣儿特这个人物纯属虚构，甚至可说，作者的想象是游离于社会习俗的；而在古往今来的历史里，我们的社会习俗，将赋予十九世纪文明以卓尔不群的地位。

为冬季舞会生辉增色的年轻姑娘，她们缺少的绝不是谨慎。我也不认为，我们可以责备她们过分看重资产、骏马、良田，以及保持舒适生活所需的一切。这些享用远不是那么令人讨厌的，财富通常是世人追求的目标，所以贪欲之心，也由此而生。

像于连这样有几分才气的年轻人，要想发迹，决不能靠爱情。他们得紧紧依附一个小集团，这个小集团一旦走运，社会上所有的好处都会落到他们头上。闭门读书的人，不归属任何小集团，就活该他倒霉了！纵有些微成就，甚至还不是很有把握的成就，也会受到攻讦，而贤声在外的大奸巨猾，就会掠他人之美以造就自己不败之名。哎，告诉你，先生，小说好比一面镜子，鉴以照之，沿着大路，迤逦行去。有时映现蔚蓝的天空，有时照出的却是路上的污泥。而背篓里插着这面镜子的人，你们直斥之为不道德！镜子照出污泥，你们却责怪镜子！要责怪，还不如去责怪泥泞的大路，尤其应该责怪路政监察官，为什么让潴水积成了滩。

现在大家会同意这个看法：在我们这个讲道德、重谨慎的世纪里，像玛娣儿特的这种性格是绝无仅有的；那么作者继续记述这位可爱女郎的种种疯癫事儿，也就不用那么顾忌会不会激怒读者了。）

第二天一整天，玛娣儿特都在找机会，以证明她已战胜了自己的狂热。她抱定宗旨，不去讨好于连，但于连的一举一动，都没逃过她的眼角。

于连深感不幸，尤其心境太乱，自然猜不透这么复杂的爱情把戏，更不要说看出对自己有利的情形。他为此受害不浅，痛苦之情也许从来都没这么酷烈。他的行止，已很少受头脑指引。如果哪位爱发牢骚的哲学家告诉他："这种于你有利的形势，得赶紧利用。在巴黎能看得到，凡秉持这种理智的爱，同样的心境决不会维持到两天以上。"此中含意，他未必能深切领悟，但不管情绪如何愤激，于连还知道自重自爱。第一要义应行事缜密，这他懂得。向别人诉苦，求教，以图一快，可比之于沙漠中的苦旅者，忽从上天幸得一滴清冽的甘露。他明白其中的危险，怕碰到喜欢刨根问底的人一再提问，他会泪如雨下，对答不上话来。所以他把自己关进房里。

他看到玛娣儿特在花园里来回走了很久。等她一离去，他马上下楼，走近她刚摘走一朵玫瑰的花丛。

夜色昏暗，他可以恣情一恸，而不愁被人看见。在他看来，拉穆尔小姐显然爱上了刚才同她言谈甚欢的少年军官。是的，她曾爱过自己，但她已看出自己了无足取。

“实在说来，我也真没什么可取的。”于连自己也深信不疑起来，“我这人平平庸庸，别人觉得可厌，自己也觉得可鄙。”他对自己的长处，对自己热爱的一切，大起反感。在神经错乱下，他还想用想象来评判人生大事！只有聪明人，常犯这种错。

有好几次心里浮起自杀的念头。一死了之，妙极了，像是惬意的休憩，像是向又渴又热的沙漠旅人捧去一杯冰水。

“我一死，她只会更看不起我，”他叫道，“这会给人留下多坏的印象！”

一个人一旦身陷痛苦的深渊，除了靠自己的勇气，就别无可恃。唯大天才自能说：“万事敢为先。”可是，于连没这种天才。当他仰望玛婢儿特卧房的窗子，透过百叶窗，看到她正在熄灭烛火：他记起这间温馨的闺房，这间在他一生里，唉！只见过一次的闺房！他的想象到此打住。

这时，钟敲一点。听到钟声，他自语：“我用梯子爬上去，哪怕只待一会儿。”

心中这么陡地一动，冠冕堂皇的理由就纷至沓来：“我已经倒霉透顶，还能有什么更大的不幸？”他跑去搬梯子，发现梯子给花匠用链条锁着。于连此刻像超人，力大无比，马上砸坏一把手枪，用扳机去撬开链扣。才几分钟，他已提起梯子，靠在玛婢儿特的窗前。

“她会发火，骂我，管她呢！我给她一吻，最后的一吻，然后回房自杀……好歹临死之前，我的嘴唇亲了她的粉颊嫩腮！”

他飞快爬上去，敲她的百叶窗，玛婢儿特过了一会儿才听到，想开百叶窗，却给梯子挡着。于连牢牢抓住窗框外的风钩，冒着粉身碎骨的危险，把梯子猛晃一下，向横里挪开一点。玛婢儿特这才把百叶窗打开。

他跳进房里，已经半死不活了。

“真是你呀！”她投身在他怀里……

……

于连酣快之极，什么样的笔能描摹得出来？还有玛娣儿特不相上下的欢畅！

拉穆尔小姐怪自己不好，数落自己道：

“惩罚我吧，惩罚我那可怕的骄横，”说时，把他搂得紧紧的，叫他几乎透不过气来，“你是我的主子，我是你的奴婢，我得跪下来求你饶恕，原谅我曾经想要反抗。”她挣脱他怀抱，扑倒在他的脚边，“是的，你是我的主子，”她又说了一遍，完全陶醉于爱的狂喜之中，“你要永远管束我。几时你的奴仆要反抗，你就该狠狠治她！”

过了一会儿，她从于连怀里脱出身子，点亮蜡烛，要剪发明志，把一边的头发留给他，于连费尽唇舌，才把她拦住。

“我要让自己记住，我是你的女奴，”她说，“万一我又发起狂来，迷乱失次，你就拿出这把头发，告诫我：‘这里不涉及爱不爱的问题，也不管你此刻是什么情绪，你曾发誓听命于我，名誉事大，遵命照办吧！’”

蜜爱幽欢，神魂颠倒。此中情形，不写为妙。

于连是真箇销魂，却也不失为道德君子。看到花园外面的烟囱上晓光初临，他对玛娣儿特说：“我该爬梯子下去了。我是硬要自己做这样的牺牲，以期无负于你。舍弃这销魂的时光，这种牺牲完全是为了保全你的名声。你要是知道我的心，就会明白我的确是在强自己所难，你待我会永远像现在这样好吗？既然你以名誉担保，那就够了。告诉你吧，我们初次相会之后，公馆里种种防范，不是仅仅针对窃贼的。令尊大人在花园里布了防，匡泽诺周围尽是密探，他每天晚上做了什么，人家都一清二楚……”

听到这里，玛娣儿特“扑哧”笑了出来。她母亲和当值的侍女给惊醒了，隔着门问她笑什么。于连看她脸都吓白了，她嘟嘟囔囔埋怨那侍女，并不直接回答她母亲。

“万一她们想起要推窗看看，就会见到梯子的！”于连说。

他把她搂在怀里，又紧紧抱了一下，才越窗而下：与其说是顺着梯子往下爬，还不如说哧溜一下往下滑。一转眼，已站在地上。

三秒钟之后，梯子已搁回菩提树小径，玛娣儿特的名誉保住了。于连回过神来，发觉自己浑身是血，几乎赤身露体。他滑下来时，不小心擦伤了。

极度的欢快，使他神旺气壮，强健无比。这时跳出二十条好汉来格斗，对他只是多了一桩快事。他的武艺幸亏没用上，只把梯子放归原处，再用链条拴住。他也没忘了到玛娣儿特窗下，把梯子压过花坛的痕迹抹掉。

他在暗地里用手抹着松软的泥土，忽然觉得有什么东西落在手背上：原来是玛娣儿特剪下的一束秀发，特地抛了下来。

她倚窗站着。

“这是你女奴送你的，”她的声音还相当大，“以示永远顺服的证物。我懒得用脑子了，求你替我做主吧！”

于连禁受不住，几乎又想去搬梯子，爬进她房里。最后还是理智更胜一筹。

从花园进公馆，亦非易事。他用力挤开一扇地窖门，进得楼里，还得轻轻撬开自己的房门。钥匙在他外衣口袋里。刚才心慌意乱，仓促离开香闺，把衣物钥匙都留在那里了。“但愿她能想到把这些要命的衣物藏好。”

最后，疲乏压倒欢快。朝阳冉冉上升时，他却沉沉睡去了。

午餐钟声好不容易才把他唤醒。他先出现在饭厅，不一会儿，玛娣儿特才进来。看到这位备受崇奉的丽人儿眼里闪出爱的光彩，够于连得意半天的，但很快他的临事以慎，受了悚然一惊。

玛娣儿特推托没时间，只把头发草草梳理一下，于连一眼就看出，昨晚剪发，所做的牺牲可谓幅员广大。要说一张标致的脸蛋儿能给什么毁损，那么她已然做到：一头金黄色的秀发，有半边剪得只剩半寸长的发根了。

餐桌上，玛娣儿特的言谈举止，和这头等的轻率行为，堪称互为表里。简直可以说是唯恐大家不知道她对于连的那份痴情。幸好这天侯爵夫妇只顾谈论即将举行的授勋典礼，訾议岳丈舒纳公爵不在这次获蓝色勋绶之列。饭席快散时，玛娣儿特跟于连说话当中，居然称起“我的主子”来，羞得于连连眼白都红了。

也许纯属偶然，也许是侯爵夫人故作安排，玛娣儿特这一天没有一刻单独待着的时光。晚上从餐厅走向客厅，她才找了个空，对于连说：

“别以为我找借口，妈妈方才决定，叫她一个侍女夜里睡在我房里。”

这一天像电光一闪，就过去了。于连的幸福，可谓至矣极矣。第二天一早，从七点开始，他便枯守在藏书室，希冀拉穆尔小姐光临。他给她写了一封绵绵无尽的情书。

过了好几个钟头，到吃中饭的时候，于连才见到她。这天的秀发梳得很精心。剪掉的部分，给巧妙掩盖了过去。她看了于连一两次，目光礼貌而平静，大非尊称“我的主子”的光景。

于连惊讶得连气都透不过来……玛娣儿特对自己的所作所为，桩桩件件，都自怨自艾起来。

通前彻后想下来，她断定，此人就算不是庸常之辈，至少也不十分出类拔萃，不值得为他做那么些破例的疯狂事儿。总而言之，爱已很少想到，尤其是这一天，她对情爱已感到厌倦。

至于于连，内心的激动犹如十六岁的少年。这顿午饭长得像没有止境。可怕的猜疑，无言的错愕，还有失望的情绪，相继在他心中萦回。

等能得体地离席走开，他一步冲到马棚，自己备鞍，疾驰而去。

他怕一时软弱，做出自取其辱的事来。他在梅塘树林里驰骋，心下自语："得让身体疲劳，把心脏累死。我做了什么，又说了什么，该受这样的冷遇？"

返回爵府时，他想："今天什么也不做，什么也不说，精神像肉体一样死去才好。"于连了无生气，只是行尸走肉。

第二十章　日本花瓶

这极度的不幸，他起初不知所以，只心里乱腾腾的，还感受不到什么。等头脑清醒过来，才感到创巨痛深。人生的一切乐趣，对他已化为乌有，感到绝望像尖刀利刃，痛得他撕心裂肝似的。但是，肉体的痛苦，有什么好说的？肌肤之痛，怎能同这种痛楚相比？

——约翰·保罗

晚餐钟响，于连已来不及，只匆匆套上礼服。走进客厅，看到玛娣儿特正在劝她哥哥和匡泽诺不要出城去絮伦纳（Suresnes），赴菲华格元帅夫人家的晚会。

在匡泽诺辈看来，难能有人比玛娣儿特更风致动人，更千娇百媚的了。晚饭后，吕茨，凯琉斯，还有几位朋友，相继到来。拉穆尔小姐可说是再敦兄妹之情，重践礼秩之防。虽然晚来天气甚佳，她坚称不去花园，要大家守在拉穆尔夫人的靠背椅周围，蓝色长沙发，又像在冬季一样，成了这一群的活动中心。

玛娣儿特对花园已起反感，至少觉得十分腻味：因已与于连的回忆结下了不解之缘。

背运人智短。我们的英雄走了一步笨棋，去坐在那把草垫椅上，那把小椅子以前曾是他辉煌胜绩的见证。今天没有一人跟他搭讪，他的在场好像无人看到，甚至比这还糟。玛娣儿特的朋友，坐在长沙发靠近他那一端，故意背对着他，至少他是这么认为的。

“这简直像朝中失宠遭贬斥。”他心里想，倒很想研究一下那些故意小看他的人。

吕茨先生的伯父得近王上，身膺重寄，所以这位漂亮军官每当与新来的宾客交谈，一上来便好说桩别致事吊人胃口，如他大伯清晨七点就应召赴圣克卢，晚上当憩歇宫中云云。这一细节看似随口说说，却从来不会疏漏。

于连以失恋者的严苛眼光观察匡泽诺，发觉这位良善可爱的年轻人，认定冥冥不可知的原因对万事万物都有极大影响。稍有重大的事件，别人认为事出有因、顺理成章的，他听了就会怏怏不乐，郁郁不欢。“此人多少有点神经病，”于连思忖，“这种性格，与柯拉索夫亲王所描述的亚历山大沙皇，有着惊人的相似之处。”到巴黎的第一年间，可怜这于连由于刚从神学院出来，看到这班少年风度翩翩，觉得非常新鲜，只有赞佩的份儿。他们真正的性格，直到这时才显露在他的眼前。

“我坐在这里，显得低人一等。”他突然想到。关键是要离开这把小凳子而身姿又不能太笨拙。这得想个办法，但脑子里塞满了别的念头，翻不出新花招。那只好乞灵于记忆，而他的记忆，应当承认，应对方面的善策记得并不最多。可怜这小伙子还很少临场经验，所以起身告退的样子，笨拙到了极点，大家也都注意到了。举手投足，不得其法，是太明显了。三刻钟以来，他扮演着一个讨嫌的下等角色，别人甚至懒得向他隐瞒这一点。

不过，他对几位情敌也颇挑剔，所以还不至于把自己的失着看得过分严重。他的傲气，自有前天晚上的宠遇给他撑腰。他独自走进花园时想：“他们纵比我优胜百倍，但玛娣儿特对他们中的任何人，都没像对我那样，曾两度委身相从！”

更深的事理，他参不透了。因缘凑巧，这位奇女子成全了他的幸福，而他对她的性格却茫然不解。

第二天，骑了一天的马，想使自己同所骑的马，一同累死。晚上，玛娣儿特依然坐镇蓝沙发，他不敢贸贸然挨近去。他注意到诺尔拜伯爵在公馆里遇到他，看都不看一眼，大有不屑之意。他想："这该是多大的克制功夫，他平时可是礼数特别周全的。"

于连此时能睡着就是福气。尽管体力十分疲乏，想起风情种种，便绮思连连。驰骋在巴黎近郊的森林里，骑得累死，也只累了他自己，无关乎玛娣儿特的心情；他头脑还欠明敏，没看出这样游骑终日，实际上是把自己的命运托诸渺茫难凭的偶然。

他觉得，给他的痛苦带来无限的抚慰的，就是能跟玛娣儿特推心置腹谈谈。然而，又敢对她说什么呢？

一天早上七点，他正一个人想走了神，突然看到拉穆尔小姐走进藏书室来。

"我知道，先生，您想跟我说话。"

"伟大的主，是谁告诉您的？"

"知道就是了。怎么知道的，跟您有什么关系？假如您为人不地道，尽可以断送我，至少可这样试一下。但这种危险，我不相信确实存在，即令真有这种危险，也拦不住我要坦诚相告：我已经不爱您了，先生，只怪自己受了狂想的骗……"

面对这可怕的打击，爱而不得的于连，还想辩解两句，真是可笑！失欢于人，岂是辩解两句所能了事？但理智已管不了他的行动。盲目的本能驱使他把决定命运的关键时刻尽量往后推。他觉得只要话还在说下去，事情就还没有完。但他说他的，玛娣儿特根本没听，他的声音就叫她烦，更想不到的，是他居然敢打断她说话。

道德观念和骄矜心理，在这天早上所引起的恨意，使她同样也深感不幸。把对自己予取予求的权利交给一个乡民出身的小神父，岂不可怕，每思及此，简直无地自容。这一不幸给夸大之下，她不禁自忖："这跟失身于一个下人，也所差无几了！"

对个性强悍而高傲的人说来，生自己的气，跟向别人发火，相去也只一间。在这种情况下，发发雌威，足可痛快一时。

拉穆尔小姐，三言两语之间，就对于连表示出极度的轻蔑。她颇有才智，而这才智，尤以伤害别人自尊，加深别人创痛见长。

这超群的智慧，对于连怀有强烈的憎恨：于连至今还是第一次屈服于这样的攻击。此刻他非但没想到要为自己辩护，反倒鄙视起自己来。那些话说得很尖刻，而且很有心机，足以摧垮他的自矜自夸，他听了，觉得玛娣儿特说得有理，只欠说得还不够！

在她这方面，因为前几天对他还崇拜得五体投地，借此来惩罚自己惩罚他，贵族千金的傲气也从中获得一种快意。

还是第一次，她无须动脑筋去想，就把那些刻薄话轻轻易易说了出来。那不过是重复一周来在心里嘀咕的驳倒爱情的话语。

字字句句，都使于连可怕的不幸陡增百倍。他想逃开，拉穆尔小姐却很霸道，一把攥住他的胳膊。

“哎，请注意点，”于连提醒她，“别高声大气的，让隔壁房间都听到了。”

“怕什么！”玛娣儿特傲然答道，“谁敢说他偷听了我说人坏话？您自说自话，对我抱这样那样的看法，我要治治您的翘尾巴。”

等于连能逃出藏书室，还心有余悸，连痛苦都不大觉得。“哎，她已不爱我了，”他高声自语，仿佛要叫自己明白现在的处境，“看来她只爱了我八九天，而我，会爱她一辈子。”

“这可能吗？不过几天前，她在我心里还算不得什么，真算不得什么呢！”

玛娣儿特的心头，洋溢着自傲与喜悦：就这样，一刀两断！这般强烈的偏宠，竟彻底战而胜之，她高兴万分。“叫这位小先生明白，一打趸儿明白，无论现在和将来，他都休想摆布我。”她大为得意，因为此刻，心里的确没有任何爱的意思了。

经过这样刻毒、这样屈辱的一幕之后，换一个不像于连这样痴情的人，早就不可能再爱了。拉穆尔小姐是片刻未忘自己身份，那些令人难堪的话，都是具有深心的，于连冷静回想之下，还觉得像是至理名言。

从这场惊心动魄的唇枪舌剑，于连得出的第一个结论是：玛娣儿特太傲了。他深信，他们之间的一切都完了。可是，到第二天吃中饭，见了她面，却缩手缩脚，胆怯起来。这个缺点，我们至今没贬责过他。不过，无论是大事还是小事，他都明白自己该做什么，要做什么，而且知道了就照实地做去。

午餐之后，拉穆尔夫人央他取一本书。这是一本市面上少见的发难小册子，是本堂神父早上悄悄给夫人捎来的。于连到托架上取书，撞倒了一件青瓷花瓶。这件古董，丑怪得不能再丑怪了。

拉穆尔夫人痛苦地喊了一声，立时站起，走来察看这打碎的珍稀花瓶："这件日本古董，还是我的叔婆——雪乐修女院院长传下来的，原是荷兰人送给摄政王奥尔良公爵的礼物，摄政王转赐给了他女儿……"

玛娣儿特注视着母亲的举动，这件青花瓷，她本来就觉得奇丑无比，碎了倒好。于连态度沉静，处惊不乱，看到拉穆尔小姐站在自己身旁，便小声说："这只花瓶就这样永远破残了，曾经主宰我心的那份感情也复如此。请接受我的歉意，竟干出这种糊涂事儿……"

说罢，扬长而去。

看他离去，拉穆尔夫人说："倒可以说，这位于连先生对他所干的事，还挺骄傲挺得意呢。"

这句话直落到玛娣儿特的心坎上。她暗想道："不错，我妈猜着了，此时此刻，他就是这种感情。"昨天，她把于连训了一顿，那快意到这时才算止息。"是啊，一切都完了！"她表面显得很平静，"这事对我是一大教训。错，诚然可怕，诚然丢脸，但也可以使我今后学乖点儿！"

"我说的不是实际情况吗？"于连自忖，"但对这疯丫头的爱，为什么还折磨着我？"

可是爱情，非但没像于连希望的那样冷淡下去，反而陡涨上来。"不错，她疯疯癫癫的，"于连心下自忖，"难道就不值得喜欢吗？天下难道还有比她更漂亮的人儿？凡文明高雅所能提供娱心悦目的一切，不是钟灵毓秀，都萃于拉穆尔小姐一身吗？”昔日幸福的回忆，占满他整个的心胸，急遽摧毁他理性的屏障。

这类回忆，理智是无法与之较量的，强加抑制，反觉回味犹甘。

日本古瓷打碎之后二十四小时，于连决然成了天底下最痛苦的男人。

第二十一章　秘密记录

此处所述，均为亲眼所见；看时即
或看错，告诉你时，肯定没有欺瞒之处。
——摘自致作者函

侯爵派人来叫于连。拉穆尔先生显得青春焕发，眼睛大有神采。

“咱们来谈谈你的记忆功夫，”侯爵说，“据说你的记性好得出奇。你能不能把四页东西记住，到伦敦去背出来？不过，要一字不差……”

侯爵气呼呼揉搓着当天的《每日新闻》。俨然的神色，想掩饰也没能掩饰得了。这种表情，即使在对付弗利赖案子时，于连也不曾见过。

不过，他已相当老练，觉得侯爵既然愿出之以轻松的口气，也就顺水推舟，装作糊涂。

“这份《每日新闻》也许并不十分有趣，假如侯爵大人允许，请赏脸明天听我把整张报纸背下来。”

“当真！连广告在内？”

“不错，而且一字不漏。”

“这话可算数？”侯爵突然以严正的口气叮嘱了一句。

“当然算数，大人。只是担心漏字，或许会影响我的记性。”

“我昨天忘了一桩事。我不要求你发这样的誓：决不把你将听到的内容透露出去。我深知你的为人，这一要求近乎侮辱。这我可以为你担保。等会儿带你去一个沙龙，那儿聚有十二个人，你得把每个人说的话都记下来。

“先不必担心，这绝不是你言我语的乱说。每个人轮着发言，当然，也不是说按一定的次序，”侯爵特意补充一句，又恢复他那狡黠而轻松的一贯口气，“我们说话的时候，你可以记个二十页；然后回到这儿，咱们把二十页压缩成四页。明天早晨，你不必给我背整张《每日新闻》，就背那四页。然后你立即动身；不过要像年轻人出门游历那样，一路乘驿车去。但有个要求，你的行踪不能给人发现。你要去见一个大人物。对他，得表现出更多的机智。他周围的人，你必须示以假象，因为他的秘书中，他的侍役中，有的已为我们敌人所收买，他们会刺探我们派去的使者，半路上拦截人。

“你再带上一封介绍信，信本身倒无关宏旨。

“大人阁下打量你的时候，你掏出我这只表，我借给你，这次出门用得上。你随身带着，一换一，把你的表留给我。

“你把记住的四页口述出来，公爵会亲自作笔录的。

“此事办毕——而不是在此之前——这点要注意，如果大公有所垂询，你可把所见的会议情况如实以告。

“从巴黎到那位大臣的宅第，可以帮你解解旅途寂寞的，要提起神来防冷枪，有些人巴不得能把索雷尔神父打死。这么一来，你的使命就寿终正寝了，我这里事情也要受耽搁。因为，亲爱的，你死在路上，我们怎么能得知呢？你纵然办事热心，也无法自己爬起来给我们发讣告呀。

“你现在去买一身衣服，要穿得跟两年前一样，”侯爵换成郑重的口气往下说，“今天晚上，你衣着不必太讲究。不过，旅途中，你要穿得和平时一样。你感到惊奇，疑心到是怎么回事了吧？是的，小朋友，等会儿你就去听他们高谈阔论，其中有一位可敬的人物，很可能把你的相貌特征传出去；根据你的面相，晚上你到哪家客店吃饭，跑堂的少不得会给你加点鸦片进去。”

“这样说来，宁可多走三十里，也不要抄近路，”于连说，“此行是去罗马，我猜想……”

侯爵勃然变色，一脸的不高兴，从布雷－勒奥瞻仰圣骸以来，于连还没见到他有这种表情。

“等到我认为应当告诉你的时候，先生，你自会知道。我不喜欢人家多问。”

“这不是多问，”于连也使起性子来，“我可以发誓，大人，我只是把心里想的说了出来，我在合计寻一条最稳妥的路线。”

“嗯，你刚才倒是显得心思在别处。要记住，一个使臣，特别像你这年纪的，不该摆出非要人家信任不可的样子。”

于连深感屈辱，只怪自作聪明。出于好胜心，想找个遁词，可一时又找不到。

“要知道，”拉穆尔先生接着说，“一个人做了什么蠢事，永远会推说是出于好心。”

一小时之后，于连在侯爵府候见厅恭候，神态像个跟班，服饰旧派，白领带不干不净，整个外表带着三分迂腐。

侯爵一见，就哈哈大笑。于连到此才算完全取得谅解。

“假如这年轻人出卖我，”侯爵心里想，“那还能相信谁？但是要办大事，总得要有个可以倚重的人。我儿子和他那些好朋友，论勇气，论忠心，可以以一当十；需要格斗，可以不惜喋血御座之前。他们无所不能……除了眼前需要的这种才干。他们中谁能背四页书，跑八百里路，而不被人察觉，我就服了！诺尔拜可以像他祖先一样赴义扶危，这固然也是军人本色……”

侯爵陷入了沉思。“而赴义扶危，”侯爵叹了口气说，“也许这位索雷尔同样能办到……”

“咱们上车吧。”侯爵一挥手说，好像要挥去什么讨厌的念头。

“大人，”于连说，“利用裁缝改这身衣服的空隙，我把今天《每日新闻》的第一版背了下来。”

侯爵拿过报纸来，于连背得一字不差。“特棒！”侯爵赞道，今晚他也格外圆滑，心想："这段时间，小伙子一心在背报纸，就不会注意经过哪些街道。"

他们走进一间大客厅，外观阴沉，墙面下部装了护壁板，上部饰有绿丝绒。一个愁眉苦脸的仆役，在客厅中央刚把大餐桌摆好，接着铺上绿台布，就变成一张会议桌。这台布不知是哪个政府部门的剩余物资，星星点点，沾了不少墨水渍。

宅第的主人，身材魁伟，名字没听人喊起过。看他的相貌和口才，可知此公城府很深。

按侯爵示意，于连坐到桌子下首。他故作泰然，开始削羽毛笔。眼角瞟过，谈话者当有七人，但于连只看到他们的背影。其中两人，跟拉穆尔先生，用平等口气说话，其他人似乎多少带点敬意。

这时未经通报，进来一人。"奇怪，"于连想，"这客厅里有人进来，事先都不通报。难道是因为我在场，才这样防一手？"

这时，全体起立，迎接新来的客人。他佩的勋章，等级极高，客厅里另三人也佩着勋章。各人说话，声音都很低。对这位新客人，于连只能根据相貌和仪态来判断。此人矮矮壮壮，满面红光，眼睛发亮，除了凶得像野猪，别无表情。

于连的注意力，给跟着到来的另一个完全不同的人物吸引了过去。这人高高瘦瘦，目光和蔼，举止文雅，穿有三四件背心。

于连想："这相貌活脱像贝藏松老主教。显然是教会中人，年龄五十开外，不会超过五十五，而神态之慈祥，更无出其右者。"

年轻的阿格德大主教也来了。他环顾四座，眼睛扫到于连，很是一惊。自布雷－勒奥修道院盛典以来，彼此还没说过话。其诧异的目光，弄得于连很难堪，不觉有气。"怎么？"于连暗忖，"多识一个人，多桩倒霉事？这些我从未见过的名公巨卿，也没把我吓住，而这位年轻主教的目光，倒使我胆寒！应该承认我是一个很奇特、很倒霉的人。"

过了一会儿，一阵喧哗，进来一个黑黑的矮冬瓜。他面色发黄，带点狂态，刚进门就嚷嚷开了。这位不顾别人的空谈家一到，在场的人三人一撮两人一堆，各自聚拢来，免得听他啰唆。

他们离开壁炉，走近于连坐的长桌下首。于连的神情愈来愈紧张，因为不管怎么使劲，他们说的话还是灌进他耳朵里来。而且，纵然阅历不深，他也明白，他们直言不讳的事，关系重大，而眼前这些要人又是多么希望谈话内容能绝对保密，泄漏不得！

尽管慢条斯理，于连已经削了二十支鹅毛笔，眼看要技穷了。想从拉穆尔先生目光里找点暗示，也了无所得，侯爵早已把他忘了。

“我这样做，很可笑，”于连一边削笔，一边想，“但是，这些相貌平平，受别人托付，或自肩重任的人，应该是很多疑的。我这倒霉的眼神，带点质询意味，看人又不大恭敬，必定会引起他们的不快。如果我一个劲儿低着头，又好像在搜集他们的谈话。”

他极感为难，跟着就听到不少稀罕事。

第二十二章　争论

> 啊，共和国！今天，肯为公众利益牺牲一切的只有一个人，而图享受求虚荣的，却何止千千万万。在巴黎，一个人之受尊重，是看他的车马，而不是看他的品德！
>
> ——拿破仑《回忆录》

仆人三脚两步，进来通报：“公爵大人到。”

“住嘴，你这个蠢货！”公爵进门时喝道。这句话，说得口齿清楚，威风堂堂，于连不由得想：善于对下人发脾气，就是这位大人物的全部能耐了。于连刚抬眼一看，就立刻低头。新来的这人，一眼就能猜到他的分量，担心自己直面看他，未免冒昧。

这位公爵，五十上下年纪，穿得像个阔公子，走起路来一颠一颠的。狭长脸，大鼻子，脸面前突，是副大富大贵又一无可取之相。他一到，就决定开会。

于连正在端详他的相貌，冷不防被拉穆尔先生的声音打断。只听得侯爵说：“我向各位介绍这位索雷尔神父。他记性惊人，听过不忘。他应承这项善举，是我一小时前刚跟他定的。为了证明自己的记性，他已把《每日新闻》的第一版背了出来。”

“啊！头版国外新闻里，登的是N潦倒的消息……”屋主人说道。他一把夺去报纸，用打趣的神情瞄了于连一眼，以示自己身份之高。接着对于连说：“开始吧，先生。”

顿时鸦雀无声，所有目光都盯着于连；他背得很顺畅，背到二十行，公爵就拦住说："足矣，足矣！"眼神像野猪的矮冬瓜[1]这才坐了下来。想必他是会议主席，因为他刚坐定，就指了指牌桌，示意于连把桌子搬过来。于连带着一应书写用具，安顿停当。他数了一下，坐在绿台布周围的总共十二人。

"索雷尔先生，"公爵说，"请你先退到隔壁房间去，等会儿再请你过来。"

屋主人显得惶遽不安，低声对邻座说："百叶窗没拉上。"又冲着于连愣头愣脑喊了一句，"看窗子也没用。"

于连想："少说，我已一头扎进阴谋圈里了。幸亏还不至于马上拉我到格雷佛广场去杀头。此事不无危险，但安危也罢，荣辱也罢，俱都得之于侯爵。我的荒唐事儿，说不定哪天会弄得侯爵很伤心，借此机会先期弥补一下，也是万幸！"

他心里想着自己的荒唐事儿和情场失意，眼睛认记这地方，以便记住不忘。他这时才想起，侯爵没把街名告诉车夫；侯爵是雇街车来的，实属破天荒。

于连一个人默想了许久。这间小客厅裱糊红丝绒，加有宽金线；靠墙的小几上，供着一个很大的象牙十字架；壁炉架上放有一本默思得的《教皇论》，书口烫金发亮，装帧十分精美。于连打开书来看，以免偷听之嫌。隔壁房间的说话声音，有时很响。临了，门开处，有人来喊他。

"诸位，请注意，"主席说，"从此刻起，我们就像在某某大公面前讲话一样。"他指着于连说，"这位年轻的教士先生，会忠诚于我们神圣的事业。凭他惊人的记性，我们的发言，即使是枝枝节节，他都能轻而易举复述出来。"

1　比矮冬瓜（le petit homme）先进来的戴高级勋章者，作者形容他神情"凶得像野猪"，这里作者把两个人物的特征融于一身了。据称，斯当达行文极快，一气呵成，难免偶有破绽或前后抵牾。

“现在请先生发言。”他指着那位穿三四件背心的仁厚长者说。于连觉得还是管他叫“背心先生”比较方便。他拿出纸来，振笔疾书。

（作者本想在这儿用省略号，点上一页虚点儿，但出版家认为：“太不雅观。像这样一部浮华的作品，版面有失大雅，就是自取灭亡。”

作者答曰：“政治，是挂在文学脖子上的石头；不出半年，就会把文学拖下水的。政治之于妙趣无穷的想象，犹如音乐会中的一声枪响。划然一声，尖锐刺耳，却并不厚实，跟哪件乐器的音色都不协调。这种政治，会得罪一半读者，而叫另一半读者生厌，因为他们在早晨的报纸里，已看到用另一种方式，做了更内行，更有力的叙述……”

出版家又说：“你的人物如果不谈政治，就不成其为一八三〇年的法国人。你这本书，也就不会像你奢望的那样，成其为一面镜子……”）

于连的笔录，有二十六页之多。下面只是一份平淡的摘要。因为按惯例，需把荒唐可笑之处删去；太荒唐，则可厌，亦不真（详见《法院公报》）。

慈眉善目的背心先生（也许是位主教）不时微微一笑，这时，松眼皮下的眼睛，发出异样的光彩，表情也不像平时那么迟疑。这个人物，大家请他第一个在大公（“究竟是哪位大公？”于连心里想）面前发言，显然是要他综述各方观点，权行总发言人的职司。于连觉得他言辞游移，缺乏明断，大家通常不满意一般高官的，也就是这些地方。讨论过程中，公爵甚至对他当面加以申斥。

说了几句以德服人、宽大为怀的开场白后，背心先生转入正题：

“高贵的英国，在伟大而不朽的皮特首相当政时，为阻挠法国革命，已耗资近四百亿法郎。今天的会议如果允许我坦诚谈一个可悲的想法，那么可以说，英国人不大懂得，对付一个像拿破仑这样的人物，尤其只能以善良的愿望来抗衡的情况下，唯有用个人手段，才具有决定意义……”

“啊！又来颂扬行刺了！”屋主人的语气透着不安。

“少来那套感伤的说教！”主席沉着脸说，野猪眼里闪着凶光。“往下说吧。”他对背心先生说，前额和腮帮都涨得发紫。

“高贵的英国，如今已拖垮了，”报告人接着说，“因为每个英国人在付面包账之前，先得付四百亿债款的利息，这笔巨债是用来对付雅各宾的。而现在已没有皮特这样的人了……”

“但有威灵顿公爵呀！”一位神气十足的军人说。

“诸位，请安静，”主席喊道，“假如再这么争论下去，就用不着请索雷尔先生进来了。”

“我们知道，这位先生有许多高见。”公爵面有愠色，眼睛瞪着爱打断别人说话的这位拿破仑旧部[1]。于连看出，这句话暗示某桩私事，大有攻讦意味。众人都会心一笑，而变节将军似乎怒不可遏。

“诸位，皮特这样的首相，不会再有的了，”报告人又说了一遍，脸上流露出想晓之以理而众人不察的失望情绪，“纵使英国再出一位皮特，也不可能如法炮制，把一国的百姓再骗一遭呀……”

“像拿破仑这样的常胜将军，不可能复现于法国，其原因盖出于上述种种。”爱打岔的军人嚷道。

这一次，无论主席，还是公爵，都没发火，虽然于连相信，从他们目光里可以看出很想发作的意思。两人垂下眼睛，公爵只长叹一声，谁都听见了。

但报告人倒心里有气。

“你们急着等我讲完，”他话里带着火气，把含笑的客气和含蓄的谈吐（于连认为从中可见出他的真性情），都搁过一边，“你们急着等

1　据考证，认为是影射薄尔蒙元帅（1773—1846）。薄氏曾随拿破仑征意征俄，做到少将，在滑铁卢战场上倒戈，归顺英军威灵顿，后依附路易十八。一八二九年入贵族院，任陆军部长，晋升为元帅。

我讲完，而没看到我竭力不想冒犯任何人的耳朵，不管这耳朵长得多长。好吧，各位，我尽量往短里说。

“说得俗些：英国已没一个子儿，可用来照应神圣的事业。即使皮特再世，使出全身解数，也骗不了英国的小财主了，因为他们知道，单单短短一场滑铁卢战役，就耗去了十亿法郎。既然诸位要听明白话，”报告人越说越激奋，“那么我跟你们说：‘想法自己帮自己吧！’因为大英帝国不肯出一个金币来帮你们。英国不出钱，奥地利、俄罗斯、普鲁士也只有余勇可贾，而无钱肯赔，至多跟法国打一两仗而已。

“你们可以巴望，奋激党聚集起来的年轻士兵，在打第一仗，以及第二仗时，会一败涂地，但到第三仗，哪怕你们带着成见把我看成是革命党也罢，到第三仗，你们面对的，将是一七九四年的勇士，而不再是一七九二年乌合之众的农民。”

说到这里，有三四个人同时打断他的话。

“先生，”主席对于连说，“请你到隔壁房间去，把前面一部分笔最先整理出来。”于连心里老大不乐意，走了出去。报告人刚才涉及的几种可能，正是他经常思考的题目。

“他们怕受我讥诮。”于连想。他给喊回去时，拉穆尔先生正在发言，那一本正经的神态，在熟知他的于连看来，尤觉有趣。

“……是的，诸位，特别是对这苦难深重的民族，我们可以问一句，是‘做成神像，还是桌子，抑或脸盆？’[1]——‘做成神像。’寓言家叫道。这句寓有深意的名言，诸位，好像就是针对你们而发的。靠你们自己力量，积极活动吧！到那时候，高贵的法兰西，将会像我们祖先的时代那样，像我们在路易十六上断头台前所见到的那样，重振雄风，再现光华。

“大英帝国，至少是英国的贵族，跟我们一样，对鄙俗的雅各宾

1　此句引自法国寓言作家拉封丹《雕刻家与朱庇特像》一诗。原句意思是一块大理石，可以刻成一尊神像，也可雕成桌子、脸盆之类。

恨之入骨。没有英国的黄金，奥地利、俄罗斯、普鲁士至多只能打两三仗。打两三仗，就能成功，进行军事占领？我不作如是想。姑且不论黎塞留[1]先生干的蠢事，居然在一八一七年把军事占领给白白葬送掉了。”

这时又有人打岔，被四起的嘘声止住。打岔的，仍是帝政时代的老将军。在草拟这份秘密照会中，他想能崭露头角，日后论功行赏可得枚蓝色勋绶。

“我不作如是想。”等扰扰之声平息下来，侯爵又重复了一遍。这个“我”字，说得铿锵有力，盛气凌人，于连觉得来劲。

“他这一着，实在高妙！”心里这么暗赞道，手下运笔如飞，几乎跟侯爵说的一样快，“一字之佳，足以抵过变节将军的二十次战役。”

“新的军事占领，不宜把希望完全寄托于外国，”侯爵字斟句酌地说，“《环球报》上写鼓动文章的青年里，就会出现三四千名年轻军官，出现一批名将，可比之于奥什、克莱贝、儒尔当、毕什格吕，而且是较少善意的毕什格吕。”

“生不能造成他荣名盖世，死当使他英名永垂。”主席说。

“总之，法兰西应该有两个政党，”拉穆尔侯爵接着说，“不是两个有名无实的政党，而是两个壁垒分明的政党。我们心里应该有数：谁是打倒对象。一方面，是记者、选民、舆论，总之一句话：是青年和捧青年的人。当着青年给空话捧得飘飘然的时候，我们不妨先得点好处，花销一笔预算。”

这时，又有人打岔。

“你先生，”拉穆尔先生对付插话的人神志高傲，游刃有余，“你不是花销——花销两字你要是觉得刺耳，就说鲸吞——鲸吞了国家预算上的四万法郎。又从王室经费里领走了八万法郎。

“好吧，先生，既然你将我军，我就斗胆拿你作例子。为了无负于令先祖曾随圣路易参加十字军东征，你拿了十二万法郎，至少得让

1　黎塞留，艾玛尼埃·黎塞留（1766—1822），于一八一七年神圣同盟会议上，要求英奥普俄等联军撤出法国领土。

我们看到一个团、一个连，就说半个连吧，哪怕只有五十个忠于我们事业、肯出生入死的人也好。而你手下，只有些仆役，一有风吹草动，他们就可以先把你的魂吓掉。

“诸位，王位、教廷和贵族，明天都会完蛋，要是你们不能在各省创立一支由五百名死党组成的队伍。我所谓的死党，不仅指有法国人的勇武，而且要有西班牙人的坚毅。

“这支部队的一半，应当由我们的孩子，我们的子侄，总之，是由亲贵子弟组成。跟随他们身边的，不是饶舌的小有产者，这种人碰到拿破仑卷土重来，立刻就会望风披靡，佩上三色共和标志，而是一个像卡特利诺[1]那样质朴单纯的乡巴佬。我们的贵族子弟可以调教他，相处得好，就像同胞手足一样。但愿我们之中每一个人，肯拿出收入中的五分之一，在每省拉起一支有五百死党的队伍。只有在这种情势下，你们才能寄希望于外国的军事占领。外国军队要是不能在每省找到五百友军，就绝不会孤军深入，进占第戎。

“外国的君主，只有听到你们宣告已有两万贵绅准备拿起武器，为他们打开法国的大门，才会言听计从。你们会说：出这份儿力太困难；诸位，要知道，我们的脑袋，就系于这个代价！在言论自由和贵族的存在之间，唯有死斗而已。要么沦为工人农夫，要么拿起枪来。胆小还可以，蠢事可干不得。你们得睁开眼睛看一看！

“‘组织起万千队伍’，我要引雅各宾的这句歌词来正告你们。但愿有一天，哪位贵族振臂一呼，像瑞典国王居斯塔夫感到君主制岌岌可危，率兵打出国土外三百里去，为新教君主建立功勋一样。你们还这样空言藉藉，不起而立行？不出五十年，欧洲遍地是共和国的大总统，而不见一个国王了。僧侣和贵族，也得随国王同归于尽。到那时，就只见‘候选人’去讨好狗屎不如的‘大多数’了。

“你们说，法国现在还没有一位深得民心、普受爱戴的将军，军

1　卡特利诺，雅克·卡特利诺（1759—1793），本为泥瓦匠，一七九三年旺岱农民暴乱的首领之一，在进攻南特时阵亡。

队就管保卫王室和教廷，把老兵都遣散掉了。而普奥联队里，每个团都有五十名久经战阵的下级军官，要知道，这种论调，于事无补。

“须知有二十万属于小有产者阶层的青年，热衷于投身战争，求个出身……”

“别谈这些令人不快的事了。”说话的人，神态庄重，大言炎炎，显然在神职界立身要津，因为拉穆尔先生非但不生气，反而赔着笑脸，在于连看来无疑是个重大的迹象。

“别谈这些令人不快的事了，归结到一点，就是：假如一个人有条烂腿要锯掉，他却对外科医生说：‘我这条病腿是好端端的’——这就很不中听。我借这个说法，用意在于：我们的外科医生，就是那位高贵的大公。”

“这句紧要话终于说出来了，”于连想，“今晚我得骑上快马，赶往……”

第二十三章　教士，林产，自由

天下众生的第一要则，是保种，是生存。播下毒芹，焉能指望长出麦穗来！

——马基雅维利

这位神态庄重的人物接着往下说，可以看出他颇具识见。他胪陈大端，出言吐语和婉稳重，于连听来很觉受用。

“第一，英国方面不会再拿出一个金币来帮我们忙。经济原则和休谟学说，在那里风行一时。连圣人都不会拿钱给我们用，豪爽的布鲁汉姆辈，就只会奚落我们。

“第二，没有英国的金洋，欧洲的君主不会出力打两场仗。而即令打两场仗，也远不足以对付小有产阶层。

“第三，法国有必要成立一个有军队作后盾的政党，不然，欧洲的君主连打两场仗的险也不肯冒。

“第四，我要明确提出来的是：排除教士，法国不可能组成有武装的政党。这句大话我敢说，是因为我可以提出证据。一切都应归于教士所有。

“首先，因为教士日夜操心，加上得到能人指点，而能人远离风暴的中心，在境外两千里的地方……”

“哦！是罗马，罗马！”屋主人叫了起来。

“是的，先生，是罗马！”红衣主教傲然答称，“不管你年轻时流行过什么机趣的笑话，我要大声宣告：在一八三〇年，只有教士，受罗马策励的教士，他们讲的话，小百姓才听。

“五万教士，在宗教领袖指定的日子里，可以都讲同样的话，而百姓，士兵毕竟出自百姓，听教士的声音最易感动，而世上那些小诗却未必……（这句话带人身攻击，激起一阵“嗡嗡”声。）

“教士的才能，有远胜你们之处，”红衣主教提高了嗓门说下去，“你们为在法国组织一个有武装的政党——朝这一主要目标所要采取的步骤，我们教会业已完成。”此处，他列举若干事实……“八万支枪，是谁送到旺岱的呢……

“教士只要还没收回林产[1]，他们还是什么也不拥有。战事一起，财政大臣就得通知司库，停止一切支付，但神父除外。其实，法国并不信奉宗教，倒是喜欢打仗的。谁驱使老百姓去打仗，谁就加倍得民心。因为打仗，说得粗俗点，就是饿死耶稣会教士；因为打仗，就是把这些傲慢的怪物——法国人，从外国干涉的威胁下解救出来。”

红衣主教的话，听得大家连连点头……他接着说：“奈瓦尔先生应该脱离内阁，他的名字对公众只是无谓的刺激。”

听到这句话，众人都站了起来，议论纷纷。“他们又要把我打发出去了。”于连暗想，但是连精明的主席也忘了于连在场。

所有的目光都在搜寻，于连终于认出一人，就是那位奈瓦尔首相，于连在雷兹公爵府的舞会上，跟他曾有过一面之雅。

这时，像报纸形容议会情形常说的，混乱达于极点。足足过了一刻多钟，才重新安静下来。

于是，奈瓦尔先生起立，用使徒般的声调说：

“兄弟不会做出担保，说本人对内阁并不恋栈。

“事实已经证明，本人的名字引起众多温和派的反对，从而加强了雅各宾派的力量。兄弟很愿退引，但天意微茫，能有几人测得。”说到这里，他眼睛盯着红衣主教，“不过，兄弟肩负着一个使命。上天对兄弟说：‘你或者把脑袋丢在断头台，或者在法国重建君主制，

1 教会的林产，在大革命时一律充公，王政复辟时期归还之议蜂起。

把议会削弱到路易十五治下的程度。'——而这一点，诸位，我奈某一定办到。"

说毕落座，全场默然。

"真是一个好演员。"于连想。他像往常一样，错把人想得太聪明了。经过一夜热烈的争辩，尤其是开诚布公的讨论，使奈瓦尔先生大为感奋，此刻更加坚信自己负有使命。此人素有胆量，可惜却无识见！

"我奈某一定办到"，这句漂亮话一出，全场顿时一片寂静，只听得钟敲半夜十二点。钟摆的声音，于连听来觉得带点滞重，带点阴沉，心中惘惘然似有所触动。

会议过了一会儿又开始，争论得更起劲了，尤其幼稚得令人难以置信。于连有时想："他们会毒死我的。这类事，怎么能当着一个平民的面说呢？"

钟敲两点，大家还争论不休。屋主人瞌睡已打了半天。拉穆尔先生不得不摇铃，叫人来换蜡烛。奈瓦尔首相是一点三刻走的，首相曾从身旁的镜子里不时打量于连的相貌。他一走，大家觉得自在多了。

更换蜡烛之际，背心先生低声对邻座说："天知道此公会对王上说什么！准会把我们说得很可笑，断送我们的前程。

"应该承认，今天会上他这样自负倒是少见，甚至牛气十足。入阁之前，他也常来这里。但是一做高官，脸就变了，把一个人所有的情趣都淹没了。他自己应该感到这一点。"

首相一走，拿破仑的叛将就闭目养神。这时，他谈起自己的健康，自己打仗受过的伤，然后看了看表，径自走了。

"我敢打赌，"背心先生说，"将军月下追首相去了。必定是向首相道歉，说自己不该莅会，不过，他会声称，我们是给他牵着鼻子走的。"

等困思懵懂的下人把蜡烛换毕，主席说：

"诸位，我们最后磋商一下，彼此不要强词夺理了。我们应想想照会的内容，这照会再过四十八小时，就将送到我们国外的朋友面前。刚才谈到内阁成员。我们现在可以说了：既然奈瓦尔先生已经离席，阁员的人选又关我们何事？他们日后自会来巴结我们的。”

红衣主教狡猾地一笑，表示赞许。

“依我看，把大家的立场归纳一下，想来不难。”年轻的阿格德大主教说话很冲，这还算是压抑了高涨的宗教狂热。此前，他一直沉默不语。他的眼睛，据于连观察，起初是柔和而平静的，讨论进入第二个钟头才灼灼如焚。此刻他的心情，像维苏威火山，熔岩四溢。

“一八〇六到一八一四年间，英国错只错了一个地方，”他说，“就是没有对拿破仑本人采取直接行动。此人封官赐爵、登极称帝之时，已是他天赋使命结束之日。至此，其身只宜做献祭，别无他用。《圣经》里不止一处指示我们诛暴安良之法。（这里，引了几句拉丁文原文。）

“今天，诸位先生，我们要诛除的已非一人，而是整个巴黎。全法兰西都在群起效尤，模仿巴黎。每省武装五百个人，顶什么用？再说，还要冒风险，而且是没底的事。把法兰西牵扯进只关巴黎一地的事，有何必要？巴黎，以其报纸和客厅，惹祸招灾，贻害无穷。让这个花花世界毁灭吧！

“教会与巴黎的冲突，该有个了结了。这个灾难，甚至也涉及王室的世俗利益。拿破仑治下，巴黎为什么一声不吭？问问圣霍什的大炮[1]就知道了……”

……

一直到凌晨三点，于连才跟拉穆尔先生一起出来。

侯爵又歉愧又疲累。在他还是第一次，对于连说话，语气里带点恳求的意味。他要于连担保，决不向外界透露会议上“过度的狂热”——这是他的原话，于连是因缘际会，才得叨陪末座。“不要轻易告诉我们的外国朋友，除非他硬要了解我们这批狂热的青年。政府

1　一七九五年保王党作乱，总部设在圣霍什教堂。拿破仑奉召炮击乱党，攻下教堂。

倒台，跟他们有什么关系？他们迟早会当红衣主教，可以到罗马避难。而我们，躲在自己的古堡里，就会逃不过农民的毒手。”

于连记的会议发言长达二十六页，侯爵据以拟就一份秘密照会，到四点三刻才准备妥当。

“累死我了，”侯爵说，“这份照会，结尾结得不够明晰，明眼人一眼就看得出。生乎行事，没有比这一桩自己更不满意的了。好吧，小朋友，去休息几个钟头。免得你给人劫走，我得亲自把你锁在你房里。”

第二天，侯爵把于连领进一座离巴黎相当远的孤零零的古堡。古堡主人，神态诡秘，于连判定是教士。有个人交给他一张护照，用的是假名，但总算载明了真实的去向。这他一直是佯装不知的，他独自坐上一辆敞篷马车。

对他的记性，侯爵没有任何可虑之处，秘密照会的文字，于连已给侯爵背过几遍。侯爵最怕的是，于连中途遭拦截。

离开客厅时，侯爵情见乎词，对于连说：“最要紧的，是要装得像纨绔子弟，出门去游历，消磨消磨时间。昨晚的集会上，冒牌同党或许就不止一个。”

旅程很快，只是心情郁郁不欢。侯爵的身影刚从视线里消失，于连就忘了秘密照会，忘了重大使命，只想着玛娣儿特对他的蔑视！

车过梅斯，在几里外的一个小村庄打尖，驿站长告诉他无马可换。此时已是晚上十点，于连甚感怫然，就吩咐先开晚饭。他到门前随便走走，趁人不备，悄悄溜进马棚那大院，果然不见有马。

“不过此人的做派有点怪，那粗鄙的目光老在我身上转。”于连心里寻思。

要他多加提防的话，正如我们看到的，他已不那么相信了。他考虑等吃过晚饭，就溜之大吉。为了解一点地方上的情况，他走出自己房间，想到厨房去围炉烤烤火。没想到在那儿见到大名鼎鼎的歌唱家谢罗尼莫，真高兴得无可形容。

这位那不勒斯人，坐在火炉旁的一把靠椅上，长吁短叹，嘴巴不停，一个人说的话比周围二十个既惊又诧的德国农夫还多。

“那些人把我坑了，”谢罗尼莫冲着于连说，“我答应好明天在美因茨演唱，还有七位亲王要远道来聆听。咱们还是到外面去透透气吧。”神色之间，颇有含意。

大路上走出一百步去，不致被人听见了，歌唱家才对于连道：

“你知道是怎么回事吗？驿站长是个痞子。刚才我在外面溜达，碰到一个野孩子，给了二十个子儿，他什么都告诉了我。村子的另一头，马棚里就拴着十二匹马。有个信使要路过这儿，明摆着是要从中作梗。”

“真有这种事？”于连佯装天真。

识破圈套，事情并不就完，关键是要能脱身：这事使谢罗尼莫和于连一筹莫展。末了，歌唱家说：“等到天亮吧，他们在怀疑我们。或许在打你我的主意。明天早晨，咱们要一顿丰盛的早餐，让他们慢慢准备去，咱们出去溜达的时候，拔腿就逃，再另外雇马，直奔下一站。”

“那你的行李呢？”于连问，心里想要不谢罗尼莫就是派来拦截他的。

吃了晚饭，各自归寝。于连还在睡头一觉，忽被惊醒，原来房里有两个人在说话，样子并不怎么收敛。

他认出一个是驿站长，提着一盏昏朦的灯。灯光照着于连叫人搬进房来的那只旅行箱。驿站长旁边，有个人正不慌不忙，在翻检打开的箱子。于连只看到他黑色的衣袖紧裹着胳膊。

“是件道袍。”于连暗想，轻轻抓起放在枕头下的手枪。

“别怕，他不会醒的，神父先生，”驿站长说，“他喝的葡萄酒，还是你亲自备下的。”

“连文件的影子也没有呀，”神父答道，“倒带了不少内衣、香水、发油，以及花里胡哨的小玩意儿。看来是个只顾寻欢作乐的时髦青年。信使倒可能是另一位，故意装意大利腔说话那人。”

两人走近来，在于连的旅行大衣口袋里掏摸。他很想把他们当贼杀掉。这不会有什么危险的后果。他真想动手……“莽莽撞撞，不成了蠢材，不耽误正事？”他心里想。

查完大衣，神父得出结论：“此人不是使节。”说罢走开去，真是走得好。

“他敢到床上来搜我，就该他倒霉了！”于连想，“谁保得定不是来行刺的，我可没这么好说话。”

神父刚转过头去，于连眯眼一看，那才叫他惊奇呢：原来是卡斯塔奈德神父！可不，这两人尽管想压低声音说话，但是一上来，于连对其中一人的口音，就觉得有几分熟。他恨不能把这个不要脸的混蛋，清除出人间……

“那我的正经事怎么办！”他心下自问。

神父与他的同党出去了。过了一刻钟，于连假装醒过来，大叫大嚷，把全屋的人都吵醒了。

“我中毒了，”他嚷道，“难受死我了。”他想找个借口，可以去救谢罗尼莫。但发觉谢罗尼莫喝了迷蒙酒，正昏睡不醒。

于连就怕这类玩笑，晚餐时留了一份心，只吃自己从巴黎带来的巧克力。他想叫谢罗尼莫快走，却无法把他喊醒。

“即使把整个那不勒斯王国送给我，”歌唱家说，“我也不肯放弃这一刻，舒舒服服睡一觉。”

“还有那七位君主呢？”

“让他们去等吧！”

于连只好独自先走。总算一路无事，到达大人物的府邸。他费了一上午工夫，也没求见成。幸而四点光景，大公想外出透空气，于连一见他出来，便毫不迟疑走拢去，求他广结善缘，略加布施。离大人物只两步远了，他掏出拉穆尔侯爵的表来，故意摆弄。“远远跟着我。”那人只扔出这句话，看也不看他。

这样走了半里路，大公突然拐进一家小咖啡馆。就在这下等旅舍的客房内，于连十分荣耀，向大公背了四页记录。背完之后，对方说：“再来一遍。背得慢一点。”

亲王亲自做了笔录。“下一站，你步行过去。行李车马，就丢在这儿。再自己想办法，抵达斯特拉斯堡；本月二十二日（当天是十日）中午十二点半，还到这咖啡馆来。我先走，你过半小时再出来。切勿声张！”

于连就听到这么几句话，但已够他无任钦佩的了。“处理大事，就该如此，”他暗自思量，“这位大政治家要是听到那批狂徒三天前的唠叨，不知会做何感想？”

于连只花两天工夫，就到了斯特拉斯堡。他觉得自己在那里无事可做。返回的路程，特意绕了个大圈。“如果卡斯塔奈德这鬼东西认出是我，一定会紧盯不舍，不肯轻易放过的……叫我有辱使命，把我取笑一通，对他真是大快事！”

卡斯塔奈德神父，是圣公会安插在北部边境上的警探头目，幸好没认出于连来。斯特拉斯堡方面的耶稣会士，虽然热衷于稽查，却压根儿没想到要刺探于连。于连身穿蓝色外套，胸佩十字勋章，完全是一位只注意修饰自身的少年军官。

第二十四章　斯特拉斯堡

> 痴迷！爱的全部效应和感受痛苦的全部能力，你都具备。唯一不入你掌控的，是那种销魂的浓欢，那种甜蜜的酣畅。看她睡去，我不能说：她是属于我的，连同她那天仙般的美貌和可人心意的娇弱。现在她已慑服于我的威力，上天以慈悲为怀，赋予她这副好模样，以迷惑男人的心意志行。
>
> ——席勒《颂歌》

于连不得已在斯特拉斯堡盘桓一周，尽想些建功立业、忠心报国的事，聊以自遣。是不是还在热恋中？连他自己都不知道。只觉得，在他痛苦的心灵里，玛娣儿特左右着他的幸福，就像左右着他的思绪一样。他得使出全部的性格力量，才不至于堕入绝望的深渊。凡与拉穆尔小姐无关的事，都没有心思去考虑。从前，瑞那夫人感发他的情爱，还为少年人的勃勃野心和虚荣心的小小满足，来分散来冲淡。但玛娣儿特把一切都吸走了，未来的远景里，到处都有她纤纤一影在。

这个未来，从各方面看，于连都觉得成功的希望渺茫。休看他在维璃叶那么高傲自大，目空一切，如今却落到可笑的谦卑状态。

三天前，他会痛快淋漓，手刃卡斯塔奈德神父，但此刻，在斯特拉斯堡，哪怕是小孩子跟他吵，他都会觉得竖子有理。回想生平所遇到的对手仇敌，都觉得是他于连自己理亏！

原因就在于他高强的想象力，从前不断给他描绘锦绣前程，如今却毫不放松，专门来跟他作对。

孤身羁旅，给阴郁的想法，又加重了分量。“人生得一知己，才最可宝贵！”但是，于连自问，“难道有一颗为我而跳动的心吗？即使是可共心腹的朋友，出于自重自爱，有话还不是少说为佳？”

他衷心悒悒，骑着马在凯尔近郊闲逛。凯尔是莱茵河西侧的一个小镇，由于德塞和圣西尔两位将军曾镇守于此而遐迩闻名。一个德国农民，把靠两位勇将而出名的小溪、道路、莱茵河里的小岛，一一指给他看。于连左手牵马，右手拿着圣西尔元帅《回忆录》里的精印地图在查对。这时听得一声欢快的喊声，他猛抬起头来。

原来是在伦敦结识的柯拉索夫亲王。几个月前，此公曾向他指点抬高身价的要则。柯拉索夫自有一套处世之道，并恪守不渝。亲王昨天抵达斯特拉斯堡，一小时前刚到凯尔；关于一七九六年围城的史实，他生平从未读过一行有关的记载，却能跟于连说得头头是道。德国农夫对亲王真要刮目相看了，因为懂几句法文，亲王荒谬绝伦的解说，还听得出来。于连跟这农夫的感观，真是天差地远。他看起这漂亮哥儿来，正有说不出的惊喜，尤其欣赏他上马的英姿。

于连心里暗想：“真是个幸运儿！看那裤子多合身，发式多漂亮！唉，假如我也能如此风光，她爱过我三天之后，也许不至于就厌弃。”

亲王讲完凯尔之围，对于连说：“你这副尊容，活脱像苦修派修士。我在伦敦指点过你，要老成持重，但也不宜矫枉过正。愁容满面，算不得风雅；相适宜的，是百无聊赖的神态。愁容，表明你人生有所缺憾，某事没能如愿，显得自己处于下风。而厌烦，正相反，处于下风的，是想讨你欢心而不得的那个人了。所以，亲爱的，万万混淆不得，其间出入甚大。”

那个农民咧着嘴听出了神，于连扔了一枚银币给他。

“好！”亲王夸道，“有气派，轻蔑如斯，大有贵族气派！够意思！”说完便纵马疾驰而去。于连紧紧跟上，佩服到了傻不愣登的地步。

“啊！我要是有他那功架，玛娣儿特就不会弃我而取匡泽诺了！”亲王的笑谈，于连在理智上越觉得离谱，便越看不起自己，认为自己不知赏识，深以自己缺乏风趣为苦。他对自己厌烦透顶。

亲王发现于连确实神情悒郁，在回斯特拉斯堡的路上对他说：“哎，小朋友，怎么回事？钱丢光了，还是看上了哪个女伶？”

俄国人喜欢模仿法国风尚，但总要落后五十年。他们现在还处于路易十五时代。

这句拿谈情说爱打趣的话，于连听了竟涌出两滴眼泪。“此人很讨人喜欢，何不向他讨教讨教？”失意人突然心生一念。

“确如所言，老兄。”他对亲王说，“你看得出，我在斯特拉斯堡眷恋情深，甚至有向隅之感。有位风情万种的女人，住在邻城的，发狂般爱了我三天之后，就把我甩了。美人变心，弄得我痛不欲生。”

于连用化名，向亲王描述了玛娣儿特的状貌和行为。

“不必说了，”柯拉索夫拦住道，“为了让你相信我这良医，你的心腹事，就听我口中言吧。这位少妇的丈夫，拥有偌大的家产，或者她本人就属于当地的望族；总之，她有所依恃，骄矜不过。”

于连只点点头，都没勇气更置一词。

“很好，”亲王说，“这里有三剂苦药，必须立刻服用：第一，应每天去拜望这位夫人……她芳名叫什么？”

“戴慕桃夫人。”

“呆木头（Dubois），这样一个怪姓！”亲王哈哈大笑，“对不起，在你听来当然是仙音妙曲。关键是每天要去拜望戴慕桃夫人。特别要注意，别在她面前摆出冰冷的恼火面孔。要记住，当代最了不得的守则是：别人对你期待如斯，你就适相反对，行事若彼。你得装得依然故我，跟一周前未蒙她垂青时一样。”

"啊！我那时心里很平静，"于连无望地追述着，"很有点怜香惜玉的意思……"

"借用一个地老天荒的比喻，这叫作灯蛾扑火。"亲王接口道。

"第一，每天去拜望她；第二，另起一题，追求她社交圈里的一位女子，但表面上不要显得很热衷，懂吗？不瞒你说，这角色很难演。当然，这是粉墨登场，但是，可别让人看出你在演戏，不然，你就完了。"

"她有的是聪明，而我却缺少智慧！我注定会打败仗的。"于连发愁道。

"何至于此。你只是眷恋太深，比我想象的还厉害。戴慕桃夫人的心思，全用在自己身上，像所有得天独厚的女人一样，上天给了她们太多的尊荣，或太多的钱财。她眼睛里看到的只是她自己，而不是你，所以，她对你并不了解。即使对你有过两三次感情冲动，那是因为想入非非，把你当作梦想中的英雄，而不是真实的你……

"唉，见鬼，这都是些常识了，亲爱的索雷尔，你难道还是小学生？……

"得！进这家铺子去吧！瞧这条黑领带呱呱叫，简直像百灵顿街约翰·安徒生名匠的出品。请赏脸收下，把你缠在脖子上这根难看的黑绳子扔得远远去。"

走出斯特拉斯堡头号丝绣商店，亲王又说："哎，'呆木头'夫人社交圈里有些什么人？我的天，真是个怪姓！请别生气，亲爱的索雷尔，我忍不住要发笑……言归正传，你准备追求哪位呢？"

"追求一位假惺惺的女子，她父亲是袜商，非常有钱。她的两只眼睛十分漂亮，顾盼之间，令人销魂。她在当地无疑是顶尖儿的美人儿。长于锦绣丛中，只要听到有人谈起买卖和商号，脸就会红得不知往哪里搁。不幸的是，乃父是斯特拉斯堡妇孺皆知的一位富商。"

"这么说来，一谈起实业，"亲王笑道，"你可以肯定，你的美人儿会自顾不暇，想不到你了。这个可笑的弱点，是天赐之便，应该好好利用。至少可免得你见到她美丽的眼睛，而神魂颠倒。你胜券在握了。”

于连想到的，是常在拉穆尔府走动的菲华格元帅夫人。她是一位艳丽的外国女子，嫁给元帅只一年，便当了寡妇。她一生行事，好像没有别的目的，就是要人家忘掉她是实业家女儿的身份。为了要在巴黎见重于人，她成了一帮懿妇淑女的领袖。

于连对亲王大为叹赏。能像他这样口角俏利，还有什么代价不能付的？两位朋友，谈兴极浓。柯拉索夫眉飞色舞，从来还没有一个法国人，听他这么讲老半天的。亲王不禁窃喜：法国人是俄国人的师傅，我今日里开课，居然开导起师傅来！

“你我见解，完全一致，”亲王已向于连重复了十遍，“你跟小美人儿说话的时候——我的意思是：你当着戴慕桃夫人的面，跟斯特拉斯堡袜商的千金说话的时候，不应流露丝毫的热情；相反，提笔写情书时，则要热情如焚。阅读一封措辞优美的情书，对假正经的女人，是片刻的松弛，是无上的快慰。那时，她不演戏，敢于倾听自己的心声。因此，每天得写情书两封。”

“不干，不干，”于连一听就泄气，“我宁愿粉身碎骨，也不肯瞎编三句话的。我跟僵尸所差无几，老兄，别再对我抱什么希望。让我死在路边吧。”

“谁叫你瞎编啦？我提箱里有六本情书手稿，可用来写给各种性情的女人，包括对最贤淑的女子。卡利斯基不是在里奇蒙，你知道，那是离伦敦三里路的一块平坦地，追求过一位公谊会修女，全大英帝国最标致的女人？”

于连在深夜两点离开他朋友时，已经不那么可怜兮兮了。

第二天亲王请来一位抄书人，两天之后，于连得到五十三封情书抄本，一一都有编号，是专门写给最圣洁最幽怨的女子的。

“为什么没有第五十四封信呢？”亲王自问自答，“那是因为卡利斯基遭到了婉拒。不过，袜商的千金冷落你，又有何关，既然你的举措，只求施影响于戴慕桃夫人。”

他们每天都骑马出去，亲王非常喜欢于连。他不知该怎样表白自己一见如故之情，最后向于连提亲，女方是他莫斯科的表妹，一位有钱的独养女儿。“一经结婚，”亲王接着说，“靠我的权势和你的十字勋章，不出两年，你就可荣升陆军上校。”

“要知道我这勋章不是拿破仑赐颁的，分量差远了。”

“有什么关系？”亲王说，“颁勋赐爵，不是拿破仑始创的吗？这至今还是欧洲第一枚勋章，远比别的奖牌强。”

于连差不多要接受这门亲事了，但公务在身，他得赶去见那位大公。临行，他答应柯拉索夫日后再书信联系。他收到关于秘密照会的复文，便驰返巴黎。才独自过两天，便觉得身离法国和玛娣儿特，真比死还难受。“我不会跟柯拉索夫所说的百万资产结婚的，”他心里想，“但亲王的忠告，可遵照不误。”

“总之，引诱妇女，是他的专长，他费心劳神，琢磨此道已不止十五年，因为他也三十了。倒不能说他不聪明。他为人精明、狡诈，但热情与诗意，跟他性格却格格不入。他惯于拉线搭桥，这更可证明他的判断是不会错的。

“看来非照办不可，我得去追求菲华格元帅夫人。

“跟她接近，或许令人厌烦，但可以看到她美丽的眼睛。她的眼睛，跟天下最爱我的瑞那夫人的是多么相像。

“元帅夫人是外国女子，这倒是一种新的性格，值得研究研究。

“我疯了，就要淹死了。朋友的忠告应当听从，不宜刚愎自用。”

第二十五章 洁妇的操守

倘要这样谨畏持重，才能得着点儿快活，那么，这种快活，对我已无快活可言。

——洛佩·台·维加

我们的英雄，刚刚回到巴黎，从拉穆尔侯爵的书房出来，也不管侯爵对他带回的急件面呈不愉之色，便急忙跑去见阿尔泰米拉伯爵。这位外国美男子，除了有被判处死刑这种荣耀，还以举止庄重与信教虔诚见称。这两个长处，尤其是身为伯爵的高贵出身，在菲华格元帅夫人看来觉得非常中意，所以时相过从。

于连装得一本正经，向阿尔泰米拉坦白，说自己深深爱上了元帅夫人。

“她是品德最纯洁最高尚的女子，”阿尔泰米拉答道，“只是做人有点儿假惺惺，说话有点儿野豁豁。有些日子，她用的字，我个个都懂，就是不知道全句说的是什么意思。这使我相信，我的法文程度，不像人家说我的那么好。结识这样一位夫人，你的大名就会时常有人提起，能增加你在社交场的分量。不过，”阿尔泰米拉伯爵是个极有条理的人，“咱们还是去请教请教布斯托斯，他曾拜倒在这位元帅夫人的石榴裙下。”

堂·迪埃戈·布斯托斯，像蹲在事务所的律师，只听当事人把情况解释半天，自己一言不发。他长着一张像修士一样的大圆脸，上唇留着黑髭，神态无比严肃，此外，在烧炭党里，也算得上一位干将。

“我明白了，”布斯托斯最后对于连说，“菲华格元帅夫人有没有情人？你有没有成功的希望？这是问题之所在。这等于告诉你，区区曾是她的手下败将。我现在已不复烦恼，自己譬解道：干吗去惹这样爱生气的女人呢，我下面会讲的，她报复起来也决不手软。

“我不觉得她是什么胆汁质型，这种气质是天才的气质，会给一切行为涂上热情的油彩。她罕见的美貌和娇嫩的肤色，倒是得之于荷兰人冷静安闲的天性。”

这位西班牙人的慢性子和不可变易的淡漠，使于连感到不耐，时不时短叹一声。

“我说的，你愿意不愿意听啊？”布斯托斯正色问道。

“请原谅我 furia francese[1]，我正洗耳恭听呢。”于连说。

“菲华格元帅夫人是很记仇的，连没有见过面的人，她也会咬住不放，如对律师，穷文人，那个写歌词的高磊，你知道吗？‘我有怪毛病，去爱桂茅萍……’[2]”

于连只得把整首歌听完，好不受用！西班牙人大为得意，因为他是用法文原文唱的。

这首天上人间的妙曲，还从来不曾有人听得这么耐心。一曲既终，布斯托斯说：“有个词作者，只因写过：‘一天情郎闯进小酒吧……’这首词，元帅夫人就下令要撤他的职……”

于连担心西班牙人又要唱下去了，幸好他只略加分析。说实在的，这歌词有点淫秽，有点下流。

“元帅夫人对这首歌曲恨恨不已的时候，”布斯托斯说，“我提醒她说：‘一个像她这样身份的女子，不该看这类无聊的读物。不管宗教虔诚和严正风气取得多大进展，以法国之大，总会有一种酒吧文学的。’后来，菲华格夫人敲了那词作者的饭碗，硬把那个半薪的穷鬼

1　西班牙文，意为：法国人的急性子。

2　此句原文：J'ai la marotte/D'aimer Marote. 许渊冲先生（湖南文艺版四百一十九页）译作：“我爱玛莫特，/可惜摸不得。”大匠略示小慧，亦令我辈望尘莫及！

一年一千八百法郎的位子砸了。我于是对她说：‘得当心呀，你用你的手段打击这个歪诗人，他也可以用他的歪诗来回敬你：写一首谣曲来揶揄德行。所有金碧辉煌的客厅，当然是站在你这一边的，但是好事之徒自会把他的挖苦话四处传播。’你知道元帅夫人怎么回答？‘为了主的利益，让全巴黎看我走上殉难之路吧。这光景对法兰西会一新耳目，让老百姓知道品德之可敬。这将是我一生中最美好的日子。’她的眼睛从来不曾有过这么漂亮。”

“她的眼睛可谓盈盈欲语。”于连不禁赞道。

“看来你很钟情……”布斯托斯绷着脸说，“她的体质倒不是喜欢复仇的胆汁质。如果说她喜欢伤人，那是因为身世不幸，我怀疑是有苦说不出。会不会是一个倦于自己那一行的假惺惺女子？”

西班牙人说到这里，默默看着于连，足足有一分钟之久。

“这就是问题的症结所在，”他郑重补上一句，“这里面对你或许有一线希望。有两年时间，我曾甘心充当她最卑微的仆人，所以有过充分的思考。你的整个前途，我热恋中的先生，完全取决于这个大前提：她会不会是一个倦于自己那一行的假惺惺女子，之所以刻毒，是缘于身世不幸。”

“要不然，”阿尔泰米拉终于摆脱一言不发的沉默，开口说，“就像我对你说过二十遍那样，纯粹是出于法国女子的虚荣好名。不要忘记，她父亲是一个臭名远扬的布商，是乃父的往事，不幸而造成她阴郁干枯的性格。对她说来，只有这才是福气：住在西班牙的托莱多，甘受忏悔师的折磨，那忏悔师天天向她指点迷津，探视洞开的地狱之门。”

于连告辞之际，布斯托斯神色更郑重，对他说：“阿尔泰米拉告诉我，你是咱们圈里的人。有朝一日，你会援手协助我们重争自由。所以，你这次有意逢场作戏，在下愿助你一臂之力。熟悉一下元帅夫人的文笔，对你不无用处，这里是她的四封亲笔信。”

“待我誊录下来，一定奉还。”于连接口道。

"我们说的话，你不会漏出一句让人知道吧？"

"绝不会，我以名誉担保！"于连道。

"但愿天助人愿！"西班牙人补上一句，把阿尔泰米拉和于连默默送到楼梯口。

这一幕，我们的英雄不仅觉得有趣，甚至觉得好笑。"瞧这位信教的阿尔泰米拉，"他自言自语，"竟帮我去干私通的勾当。"

刚才布斯托斯一本正经谈话的当口，于连曾注意谛听雅利格尔公馆报时的钟声。

晚餐时间快到了，马上又会见到玛娣儿特了！他回府后，经心着意，特地穿上礼服。

"一上来就干了桩蠢事，"他下楼时暗忖道，"亲王的嘱咐，应当字字照办。"

他重新上楼，回到自己房里，换了一身十分简朴的旅行装。

"现在，"他想，"最要紧的，是注意自己的眼神。"此时刚五点半，要到六点才开晚饭。他想还是先到楼下客厅去，那儿空无一人。一看到那张蓝沙发，他顿时脸颊发烧，感动得落下泪来。"简直多情得犯傻了，"他怒对自己，"必须摆脱这种情绪，不然会叫我出乖露丑的。"为了掩饰慌乱，他手里捏了张报纸，在客厅和花园之间来回踱了三四趟。

他躲在一棵粗壮的橡树后面，心里栗栗危惧的，抬起头来，仰望拉穆尔小姐的窗子。窗户紧闭，他差点儿晕过去，在橡树上靠了半天。他趔趔趄趄地走去看花匠那部梯子。

给他砸坏的链环。至今还没修好，而境遇。唉，已大不相同了。一时疯劲上来，他拿起链环，嘴唇紧紧贴上去吻着。

在客厅和花园之间踯躅良久，于连感到十分疲累。这种累乏，他深信已是成功的第一步。"等会儿让目光显得疲惫无神，就不会露马脚了。"嘉宾陆续来到客厅。每次门开，都在他心里引起死一样的惶恐。

大家入席。拉穆尔小姐最后才到，她旧习未改，总是姗姗来迟，让人久久恭候。蓦然看到于连，双颊一片绯红；他回来的事，还没人告诉她。按柯拉索夫亲王的嘱告，于连垂下眼帘去看她的手，见那手抖得厉害。他自己也慌张到无法形容，幸亏可以装累加以掩饰。

拉穆尔先生对他奖勉有加，接着，侯爵夫人也向他善言几句，说他鞍马劳顿，劳苦功高。于连时时提醒自己："不要去多看拉穆尔小姐，但也不必回避她的目光。应该显得跟一个礼拜前一样，只当没有情场失意这事……"他有理由对取得的成功表示满意，所以饭后还滞留在客厅里。他第一次对女主人格外殷切，勉强自己跟侯爵夫人的客人交谈，活跃谈话气氛。

他礼防的策略，结了善果：八点左右，当差进来通报菲华格元帅夫人到。于连立刻溜走，很快重新登场，换了一身特别考究的行头。拉穆尔夫人认为此举是对她的来客表示敬意，大为动容。便跟菲华格夫人谈起于连的这次旅差，以示自己满意之情。于连陪坐在元帅夫人一侧，他的眼睛正好给挡住，为玛娣儿特所看不到。安置定当，就按恋爱经的指点，把菲华格夫人权充他极度爱慕的对象，并以夸张的言辞抒发这种感情，揭开了柯拉索夫亲王所赠五十三封信的开场白。

元帅夫人宣称要上滑稽剧场。于连也马上赶去，与博华西骑士不期而遇。骑士领他进宫内大臣的包厢，恰好贴邻菲华格夫人那包厢。于连向她频送秋波。回到公馆，他自忖："我得专门记一本攻城日记。不然，攻到什么程度，自己也会忘的。"他强迫自己就这讨厌的题目写了两三页，而居然，真是妙不可言！不再想拉穆尔小姐了。

他出门期间，玛娣儿特几乎把他忘了。她常想："说到底，他也不过是个平常人。他的名字，只会叫我记起自己一生里最大的过错。应当回心转意，顺应世人慎其行、重其名的观念。一个女人忘了这两点，那就全完了。"跟匡泽诺侯爵的婚约商议已久，她表示可以最后谈定。匡泽诺高兴已极。假如有人告诉他：玛娣儿特的态度里，大有听天由命的成分，他一定会吃惊不小，因为他正为玛娣儿特所取姿态骄傲不置呢。

拉穆尔小姐的所有想法，一见于连，全都变了。“说真的，他才是我的丈夫，”她心里想，“真要讲慎其行，显然，该嫁给他才是。”

她料定于连会来纠缠，会露出失意的苦相，连回敬的词儿她都想好了；因为离开饭桌，他似会过来搭讪。实际上远不是这么一回事：于连在客厅里安营扎寨，连目光也不转过去朝花园看一眼——他忍痛到什么程度，只有天知道！“还是马上把事情弄明白为好。”拉穆尔小姐想，她独自往花园里走，于连也没跟出来。玛娣儿特又回到客厅的落地长窗边，看见他正专心向菲华格夫人描述莱茵河畔倾圮的古堡，如何为河光山色添姿增彩。浓艳的词句，绚丽的字藻，在某些沙龙誉之为才华的，他已运用不恶。

柯拉索夫亲王要是此刻身在巴黎，一定会大感得意：这晚会的情况，与他所预期的，毫厘不爽。

接下来几天，于连的表现，亲王也一定会首肯。

影子内阁的成员，正谋划颁授蓝色勋绶事宜。菲华格元帅夫人为她叔公力争，拉穆尔侯爵则对他岳丈也抱同样意图，于是就把力量合在一起，所以元帅夫人差不多天天到拉穆尔府来。于连从她那儿得知：侯爵将要出任大臣，他向 Camarilla[1] 献议，用一妙计，三年之内当可取消宪章而不致引起震动。

拉穆尔先生如果入阁参政，于连可望当上主教；但在于连眼里，这些权利大事，都像云障雾遮似的。这类好事，在他想念里，都模模糊糊，甚至是远哉遥遥的。可怕的失恋已把他变成一个怪人：人世的所有利害，都置于与拉穆尔小姐的关系这点上来加以权衡。他估计，经过五六年的经营，当能重新为她所爱。

这颗冷静的头脑，如我们所见，已完全错乱。昔日他叫人另眼相看的那些优点，如今只剩下一点韧劲了。柯拉索夫亲王给他规划的行

1 西班牙文，意为：王党。

动纲领，他都信守不渝，每晚去坐在菲华格夫人的靠椅旁边，却找不出一句话来说。

于连竭力要让玛娣儿特看到他的创伤已经痊愈。这种种努力，使他耗尽精神，他坐在元帅夫人的身旁，像个只剩一口气的半死人。甚至他的眼睛，因肉体受着极大的痛苦，也失去了全部神采。

几天以来，拉穆尔侯爵夫人把于连的才干捧上了天，而侯爵夫人的意见，一向就是可使她当上公爵夫人的乃夫之想法的翻版。

第二十六章　精神之恋

确然，阿德玲的待人接物中有一种雍容而冷静的矜持，她从不会越过防线而流露出天性的所欲所求。这好似一个满清官吏什么都不觉得好，至少，他的举止不会向人表示他对所见所闻感到兴高采烈。

——《唐璜》第十三章第八十四节

“这一家人对事情的看法，都带点儿狂态，”元帅夫人想，“他们都迷上了那少年神父，不过，他也只会睁着漂亮眼睛，听人说话。”

于连这方面呢，在元帅夫人的仪态里，找到了“贵族式的端庄”这一近乎完美的范例，所谓“贵族式的端庄”，除了一丝不苟的礼数，更表现为对任何热情的无涉。出人意表的举动，缺乏自律的习性，几乎跟临下之无威一样，菲华格夫人都会觉得有失体面。感情方面哪怕稍有流露，看在她眼里，便成了有损上等人尊严而应该为之脸红的“精神失态”。她最大的乐趣，是谈论王上的最近一次狩猎；最喜欢的书，是圣西门公爵记叙宫闱琐闻的《回忆录》，尤其是关于族谱的琐细章节。

菲华格夫人的绰约风姿，借助灯光，于连知道坐在什么位置欣赏最合适。他预先入座，注意转动椅子，避免跟玛娣儿特打照面。他这种故意躲闪，贵族千金非常纳闷儿。一天，便离开蓝色长沙发，坐到元帅夫人靠椅近旁的小桌子边。于连从菲华格夫人的帽檐下望过去，看到玛娣儿特近在咫尺，那两只足可支配他命运的大眼睛，一见之下，使他战栗。继而使他惊醒，一反往日那种顽钝形状，鼓起其如簧之舌，居然讲得眉飞色舞。

于连话是说给元帅夫人听的，但目的却在刺激玛娣儿特的神经。于连讲得天花乱坠，到最后把个元帅夫人听得莫名其妙。

这算得了头功。于连假如想到要锦上添花，把德国的神秘哲学、高深的教理、耶稣会的教义，都引上几句，那么，菲华格夫人会立即把他归入能重振时尚、堪当重任的大材之列。

“瞧他贫嘴薄舌的，跟元帅夫人谈得那么久、那么起劲，我才不去听呢。”拉穆尔小姐暗暗发誓。她说到做到，后半段时间里，果然不再去听，虽然心里痒痒的很难熬。

午夜时分，她拿了烛台，送母亲去卧房；拉穆尔夫人走到楼梯口，把于连大大夸奖了一番。玛娣儿特心里更加有气了，上了床竟辗转难眠。后来，靠了这个想法，才平静下来：“我瞧不起的东西，在元帅夫人眼里，居然还是盖世英才哩！”

对于于连，只有奔走活动，苦痛才能稍减。柯拉索夫亲王作为礼物送他的五十三封情书，都收存在罗宋皮做的文件夹里。于连的视线偶尔落在这文件夹上，看到第一封信的末尾，有个附注：“此第一封信，宜于初次见面后一礼拜内送出。”

“哎哟！过期了，”于连叫道，“我跟菲华格夫人见面已有很久了。”他立即着手抄第一封情书。这篇文字，全是道德说教，令人厌烦得要死。算于连运气，抄到第二页便昏昏睡去了。

几小时之后，强烈的阳光把伏案而睡的他照醒过来。他日常最难受的时刻，便是每天早上醒来，重新领略他的不幸。不过这天，他几乎是笑着把信抄完的。“难道世上真有写这种信的愣小子？”他自语道。他数了数，九行长的句子就有好几句。看到原信下面，用铅笔写有一条备注：

此信应亲自送去：骑高头马，打黑领带，穿蓝礼服。交门房时，面带愁容，目露阴郁。若遇内室女仆，做悄悄拭泪状。宜与侍女套近乎。

这一切都恪守不渝，照办不误。

“我这样做，也真够大胆的，”于连走出菲华格府时忖道，“柯拉索夫真是个坏东西。给这样一位盛德女子写情书，胆子可谓不小！她会极端瞧不起我，但也没有什么比这更让我开心的了。事实上，也只有这类胡闹，我才提得起点兴致来。是的，让称作‘我’的这个讨厌鬼，受尽奚落，才叫我痛快哩！依我心思，为能排遣一下，连犯罪事都干得出来。”

近一个月来，于连生活里最美好的时刻，就是骑马归来，送马回棚。柯拉索夫曾特别关照，对抛弃他的恋人，恁有千种托词，也不要再送秋波。但是，马蹄的嗒嗒声，她听得真，于连用马鞭叩门叫马夫的时候，有几次把玛娣儿特吸引到了窗帘背后。轻纱薄幔，于连隔着都望得见。他的眼睛在帽檐下往上瞟，可以见到她的身姿而不碰着她的视线。“这样，”他心里想，“她看不到我的眼睛，就不能算我看她。”

晚上，菲华格夫人对待于连，好像没收到他早上的信似的；这信，是他以忧郁的神情交给她府上的门房的，可说是一篇带宗教神秘色彩的哲理文字。头天晚上，一个偶然的机会，于连发现一个诀窍，可以使自己谈兴大发，讲得滔滔不绝，那就是坐在一个能直视玛娣儿特大眼睛的位子上！

拉穆尔小姐那方面呢，等元帅夫人一到，便起身离开蓝色长沙发，这意味着弃常客于不顾。匡泽诺侯爵对她心血来潮又出一招，大为沮丧。见匡泽诺脸上明摆着的失意神情，于连对自己的失恋也不觉得那么惨痛了。

生活中这桩意想不到的事，使他精神一振，说话像神仙一样，活灵活现。在巍巍若道德殿堂的心房里，顾全脸面的想法也会乘虚而入；元帅夫人上车回去的时候，心下自语：“拉穆尔夫人说得不错，这少年教士有其卓绝之处。最初几天，想必我以堂堂元帅夫人之尊把他吓住了。事实上，在这户人家遇到的人都很浅薄。一个人之有道德，多半得靠衰老之助，要人生进入冰冻期才行。这小伙子一定会看出其间的差异。他的信写得很好。词恳意切，信里要我给以指点；我怕这一请求，实际上是流露出一种连他自己都没弄清的感情。

“不过，许多人笃信宗教就是这样开始的！我看出他会有出息，是他的文笔，跟我有机会看到的其他年轻人的信函大不一样。从这年轻教士的投笺里，不会看不到一种悲天悯人的语调，一种深邃严肃的神态和足以移人的信念。他会像马西荣主教一样，布起道来有娓娓动听的功效。”

第二十七章　教会里的美差

勤奋！才干！功绩！算了吧！
还不如先加入一个帮会。

——《戴雷马克》

这样，主教职位与于连其人，第一次在元帅夫人的头脑里连在一起。而法兰西教会里的美差，迟早得由她来分配。这份恩情，丝毫不能使于连动心。此刻，与失恋无关的事，跟他八竿子也打不着。周围所见，徒增他的痛苦，譬如说，看到自己的房间，就感到不能忍受。晚上，拿着蜡烛走进卧室，每件家具，每种点缀，好像都在发出尖酸刻薄的声音，宣告他这天新的什么倒霉事儿。

“今天，得硬着头皮干桩事了，”他进房后急切地说，他很久没有这种急急之状了，“但愿这第二封信，也跟第一封一样乏味。”

想不到还有过之无不及。所抄的东西，荒唐得可以，以致到后来，就逐句照抄，不问其意义如何了。

“这封信，”他暗想，“比教外交的教授，叫我在伦敦抄录的明斯特条款还要啰唆。”

他这时才记起手头还存有菲华格夫人的几封亲笔信，忘了把原件交还一本正经的西班牙人布斯托斯了。他找了出来，这些信差不多跟那位俄国阔少的情书一样不知所云。真是空泛得很，好像无所不谈，实际上言之无物。于连想：“这文体就像风吹的竖琴。谈虚无，谈死亡，谈无穷，都是要言妙道，但究其实，只是一种怕人耻笑的恐惧心理而已。”

上面这段略加删节的独白，他反反复复说了有半个月。昏昏欲睡地抄着类似《启示录》的释文，第二天神情忧郁地把信送出，牵马回棚时望能瞥见玛娣儿特的衫裙，然后坐下来工作，晚上菲华格夫人不来爵府便上歌剧院：这便是于连单调生活里的荦荦大者。菲华格夫人来拜望侯爵夫人的日子，于连的生活就比较有趣了：可以从元帅夫人的帽檐下偷看玛娣儿特的大眼睛，于是就会有千言万语要说。原本独具一格、略带感伤的句子，几经锤炼，现在表达得更加优美动听了。

明知自己所谈的在玛娣儿特听来一定觉得无聊可笑，这就要用优雅的语调，以引起她的注意。“讲的内容越是虚浮不实，讲的方式就越要讨人喜欢。”于连想。他会厚着脸皮，把人性中的某些方面夸大到失实的地步。他很快又觉察到，为了不给元帅夫人造成平庸的印象，应该力戒把某些意思说得简明易懂。他的夸夸其谈，详略增删，完全以他要取悦的两位贵妇人为转移，从她们眼里看到是首肯还是冷漠为定夺。

总的说来，他的生活，比起无所事事的那些日子，要好过得多了。

“可是，这些面目可憎的论调，我已经抄到第十五封，”一天晚上他想道，“前十四封，都毫无错失，一一交给了元帅夫人的门房。她书桌里的信格子，都要给我塞满了。然而，她对我的态度，竟若无其事一样！这一切，会有什么结局呢？我这厢锲而不舍，她那边也会跟我一样感到厌烦吧？应当承认，柯拉索夫的朋友，那位爱上公谊会漂亮修女的俄国人，当年准是个可怕家伙，哪里见到有他这样缠人的。”

像无名小卒面对大将的运筹决策一样，于连对俄国少年向英国美女展开的攻心战一窍不通。前十四封信，只有一个目的，就是为冒昧致函请求宽宥而已。这位温静女子，也许正感到不胜寂寞，久而久之，便养成一种习惯，对乏味程度比她日常生活要轻一点的信件，就读上了瘾。

一天早晨，于连收到一份函件，认出菲华格夫人府的徽纹，急忙拆开火漆封口，这种急切的心情，几天前他自己都不会想到的。原来是一份晚宴请柬。

他赶紧翻阅柯拉索夫亲王的那堆指令。糟糕的是，应该写得简明的地方，这位俄国少年却学起法国诗人多拉的样，文笔轻飘飘的不着边际。赴元帅夫人的晚宴，究竟该持什么态度，看了半天还是猜度不出。

客厅奢靡已极，像蒂琉璃宫狄亚娜长廊一样金碧辉煌。护壁板上饰有大幅油画，画上有几处明显的涂抹。于连后来知道：女主人觉得题材似有伤风化，曾央人在该处小作修改。“真是注重道德的世纪！”于连想。

客厅里见到的来宾中，有三位曾参与起草秘密照会。其中一位，就是某某主教大人，元帅夫人的叔公，教会的大宗财物由他掌管，据说对侄女更是百依百顺。“我跨出了多大的一步呀，但于我又如浮云！”于连苦笑了一下，“瞧我居然跟主教大人共进晚餐。”

菜肴平平，谈话更使人不耐。“简直是一本蹩脚书的长目录。”于连想。人类思想中所有重大题目，为借以自重，都相继涉及了。但听了三分钟，就不禁要问：“此公是口发狂言呢，还是无知妄语？”

读者想必已经忘了名叫唐博的小文人。这位院士的侄子，未来的教授，仿佛负有使命，专用他卑鄙的谎言，诽谤拉穆尔府的客厅。

因这小人，于连得出的第一个想法是：菲华格夫人虽然没回信，但对他提笔作书的感情，看来是持宽容态度的。

唐博一想到于连走红，他阴暗的灵魂像给撕裂似的。“不过，从另一方面说，一个人再有作为，也不比傻瓜更有办法，能分身两地。”未来的教授盘算道，“如果于连在高贵的元帅夫人身边成了入幕之宾，元帅夫人自会把于连安插在教会的哪个肥缺上，一旦摆脱了那小子，拉穆尔府便是我的天下了。”

彼拉神父见于连在菲华格府走红，狠狠教训了他一顿。这是因为刚正的詹森派教徒与贞节的元帅夫人之间，横亘着教派之见。元帅夫人的客厅属于耶稣会派，以移风易俗、拥护君权高自标榜的。

第二十八章 《曼侬·莱斯戈》

他一旦看出修道院长的愚妄无知，
就不怕混淆黑白，居然还经常得手。
——列希滕贝格

俄国人的指示中断然规定：对你驰书输诚的女士，语言上不准当面顶撞；对所扮无任钦仰的角色，不论有何借口，均不得违离片刻。所拟各信，亦都以这一假设为出发点的。

一晚，在歌剧院菲华格夫人的包厢里，于连把芭蕾舞剧《曼侬·莱斯戈》[1]捧上了天。这样捧的唯一理由，是觉得这舞剧实在一无足取。

元帅夫人说："这部芭蕾，远不及普雷伏神父的原著。"

于连又惊又喜，暗想："怎么！这样一位懿风贤德的妇女会夸奖一本要不得的小说！"菲华格夫人在言谈中，一周总有两三次，对小说家深表蔑视；那类作家专门用庸劣的作品，来引坏年轻一代，而年轻人，唉，本来就容易在官能方面出偏差。

"在这类有伤风化的危险读物中，"元帅夫人继续说，"《曼侬·莱斯戈》可推首屈一指。一颗罪孽深重的灵魂，其软弱的一面和沉痛的情绪，据说都写得很逼真，而且有深度。但这并不妨碍你那拿破仑关在圣赫勒拿岛时说：这是一本写给仆人看的小说。"

1 芭蕾舞剧《曼侬·莱斯戈》，于一八三〇年五月三日首次上演。于此也是一个旁证，证明《红与黑》下部当写于一八三〇年五月以后，而不像书前"敬告读者"称，"写于一八二七年"。

一听此言，于连的精神全给唤了起来。“有人想在元帅夫人跟前毁掉我，把我热衷拿破仑的隐情相告于她。这件事一定对她大有刺激，所以才忍不住要让我知道知道。”这个发现在晚会上想想觉得蛮好玩，性情也变得乐呵呵的了。在剧场前厅向元帅夫人告辞时，元帅夫人对他说：“请记住，先生，一个人要是喜欢我，就不能喜欢拿破仑。充其量，只能把拿破仑当作是强加给我们的无可奈何的天意。再说，此人心太狠，对艺术杰作缺乏感受力。”

“一个人要是喜欢我！”于连心里默念一遍，“这句话也许不说明什么，也许说明一切。这种语言的奥秘，正是我们这些可怜的乡下孩子不懂的地方。”他抄着一封致元帅夫人的长信，心里非常想念瑞那夫人。

“这是怎么回事？”第二天菲华格夫人装得清闲问起的样子，于连觉得她装得不像，“你在信里谈到伦敦和里奇蒙，信好像是你昨晚离开剧场之后才写的。”

于连大为尴尬。他只是一行一行地照抄，没顾到写的是什么内容，显然是忘了把原信中伦敦和里奇蒙两个地名，换易成巴黎和圣克卢了。他嗫嚅着说了两句话，真怕忍不住会发噱一笑。末了，想找什么遁词，给他想出这样一个解释：“因为讨论到灵魂问题，关乎人类至高至大的利益，激奋之下，给你写信时心思有点走神。”

“我到场一转的印象已造成，”于连想，“晚会的后半部，可免得受罪坐下去了。”他三脚两步，跑出菲华格府。深夜，他把昨晚所抄那封信的原件拿出来审阅一遍，很快找到俄国阔少谈到伦敦和里奇蒙的要命段落。他很惊奇，发觉这封信差不多是情意绵绵的。

他的谈吐，表面上显得很轻浮，而他的书信，似乎很高深，反差之大，使元帅夫人对他另眼相看。那些长句子，元帅夫人读来尤觉过瘾。“这不是那种跌宕跳荡的文句，那是经不道德的伏尔泰倡导而时兴起来的。”我们的英雄在言谈中，虽然竭力摒除一切情理语，但还是带上了反君权反宗教的色彩，这当然逃不过菲华格夫人的注意。她的周围都是道德君子，但一个晚上下来往往没有一点思想，所以但凡有点新意的一切，她都深为动心，但同时又觉得这样有点不自取重，她把这个缺点称之为落下浅薄时代的印记……

不过，这类客厅，除非有所求而去，否则是不值得光顾的。于连过的这种生活毫无意趣可言，其百无聊赖想必读者也有同感。这段经历，正是我们旅途中的荒漠地带。

于连人生里这段菲华格插曲时期，拉穆尔小姐得强自克制，才能不去想他。贵族千金的内心，经受着激烈的争斗：有时候，这么个可怜兮兮的小伙子，她根本不把他放在眼里，可是，他一讲起话来，她又给俘虏了过去。她尤其吃惊的，是他那份虚情假意，他对元帅夫人讲的，没有一句不是谎话，至少是真实想法的恶劣伪装，因为他对那些问题的看法，玛娣儿特是知道得一清二楚的。这种波谲云诡的手段，她为之愕然。“然而又是多么深刻！”她心下自语，“胡吹的蠢货或寻常的骗子，如唐博之流，虽然弹的是同样的调子，其间相去何止天壤！”

然而，于连也有日子不好过的时候。每天在元帅夫人的客厅里露面，是桩极难堪的义务。为扮好这个角色，他殚精竭虑，常常在夜里，穿过菲华格府空旷的院子时，得凭性格力量和理性强制，才免于陷入绝望的深渊。

“在修道院，我都战胜了绝望情绪，”他低声自语，“想当年，荆天棘地，前景堪忧！不论有无出头之日，眼看此生得跟天底下最可鄙最讨厌的家伙朝夕相处，共度时光了。谁想得到，只过了短短的十一个月，到下一年春天，瞧我或许已是同辈中最幸运的年轻人了。”

但这类漂亮的理由，常常不敌可怕的现实。午餐与晚餐席上，一天能见到玛娣儿特两次。从拉穆尔先生口授的信稿中，得知千金小姐快要和匡泽诺先生结婚了。这可爱的后生，一天要到拉穆尔府来请两次安。一个失恋的情人，以嫉妒的眼光，对情敌的举动，自是一桩也不会看漏的。

见拉穆尔小姐厚待她的未婚夫，于连回到自己房里，不禁多情起来，盯上了自己的手枪。

“唉！”他心中自忖，“我把内衣的认记去掉，跑出巴黎一百里去，寻个偏僻的树林，了结这可憎的一生，岂不是更聪明的办法？那儿人家认不出我，死了两个礼拜，这件真事就隐去了；过了两个礼拜，还有谁想得到我？”

这个推想很有道理。但第二天，等瞥见玛娣儿特短袖与手套之间的一段玉臂，就足以使我们这位超然的哲人陷于难以割舍的忆念之中，又觉得人生之可恋。“得啦！”他自语道，“还是把俄国人的策略实施到底吧！不知会有什么结局？

“至于元帅夫人，等这五十三封信抄完，就搁笔不再写了。

“对玛娣儿特，算演了六个星期苦戏，或许无改于她愤愤之情，或许能为我求得片刻的和解。真是那样，天哪，我会高兴死的！”他想不下去了。

朦朦胧胧想了半天，等理智回复过来，他自言自语道：“这么说来，我还会有快活的一天，过后任他风刀霜剑，唉，只怪自己力薄不胜，无法取悦于她。真是毫无办法，我垮了，我完了……

“以她那样的性格，会给我什么保证呢？唉！只怪自己本事不大。仪表既不够优雅，谈吐亦嫌笨重与单调。天哪！我为什么是我？”

第二十九章　闲愁万种

为激情做出牺牲，还说得过去；
但为自己所没有的激情而舍生！哦！
可悲的十九世纪！

——冀罗岱

于连那些长信，菲华格夫人起初读来并不快活，后来才萦心在意起来，不过略感懊丧："可惜这索雷尔先生算不得真正的教士！不然，私下倒可容许有些往来。他胸前佩着十字勋章，衣着又跟世俗平民无异，明摆着会招来尖刻的质问，叫我怎么回答好？"她没把自己的想法说全：碰到刁钻促狭的女友，会推想，甚至散布，说他是我娘家方面的小表弟，获得民团授勋的小商人！

结识于连之前，菲华格夫人最大的乐趣，就是在自己芳名前署上"元帅夫人"四字。跟着，新贵那种病态的、唐突不得的矫情，把这刚冒头的意趣，压了下去。

"派他到巴黎附近哪个教区当代理主教，对我说来，真易如反掌，"元帅夫人自忖，"但是他光叫索雷尔先生，什么头衔也没有，而且还只是拉穆尔手下一个小小的秘书，这才叫人扫兴呐。"

这位畏惧流言的女性，破天荒第一次心扉为开，而她关切的事，跟她高自标榜的身份、地位，不无抵触。府上的门房老头已注意到，每当他把神情悒郁的美少年托交的信件送上去，元帅夫人平时看到用人走来脸上那种不在意不高兴之态，倏忽不见了。

她的生平大志，想能艳压群芳，而内心深处对这类成功，并不真感到快慰。这种生活方式带来的种种闲愁，自从思念于连以来，变得更难忍受了；但是，只要头天晚上跟这怪少年消磨过个把钟头，第二天家里的女用人就准保不会挨骂。元帅夫人品望日隆，足以挡拒各种措辞巧妙的匿名信。唐博这小人，向吕茨、匡泽诺、凯琉斯提供了两三则叫人抓不住摸不着的中伤材料，这几位也不辨谤言是真是假，乐于为之传播，不过也了无影响。这类鬼蜮行径，菲华格夫人才不肯费神去理会，只是把疑虑告诉玛娣儿特，玛娣儿特总对她安慰一番了事。

一天，菲华格夫人为有没有函件，自问了三遍，便突然决定给于连回话：这是对闲愁万种的胜利。为这第二封信，元帅夫人亲笔写下：送拉穆尔侯爵府　索雷尔先生启，觉得她这高贵的手，写这寒碜的称谓，大不合宜，几乎要为之搁笔。

当晚，她没好气地对于连说："你下次带几个写好尊址的信封给我。"

"我倒真是集情人与仆人于一身了。"于连想，同时深深一躬，架势十足，戏学侯爵当差阿三那老嘴老脸的模样。

他连夜就备好信封送去。第二天一大早，就收到第三封信。他只看了开头五六行，结尾两三行，而这封信，用又小又密的字写了有足足四页。

元帅夫人渐渐养成几乎天天写信的习惯。于连依然照抄俄国尺牍作为复函，这里就见出文笔夸张的好处：菲华格夫人对回信与她去信甚少关联，竟不以为怪。

专门刺探于连行踪的义务密探小唐博，倘使告诉元帅夫人说，她那些信于连根本没拆就给随便扔进抽屉，那她的自尊心还了得，非大大发作一通不可！

一天上午，爵府门房送元帅夫人的信至藏书室，正好给玛娣儿特撞见，看到那信封和于连亲笔写的地址。是门房出来时，她碰巧前去藏书室：那封信还搁在桌边。于连忙于写东西，顾不及把信放入抽屉。

玛娣儿特一把夺过信来，叫道："这叫我气不过，您把我全忘了，我是您的妻子啊！您这行为是见不得人的，先生！"

说到这里，她骇然发觉自己失态，骄纵的性格一受抑制，眼泪顿时涌了上来，气得连气都要透不过来。

于连又惊又慌，没看出此情此景对他是何等美妙、何等可喜！他扶玛娣儿特坐下，她差不多要倒在他怀里了。

见此举动，开头那一瞬间，他快活已极。但紧跟着就想到柯拉索夫的话："一着不慎，可以前功尽弃。"

他的手臂不由得僵直起来，因为这计策就有此等强人所难的地方。"这玉软花柔的娇躯，我不该贴在自己心口，否则她又会鄙薄我、欺凌我。这种性格真可怕！"

诅咒归诅咒，心里对玛娣儿特更喜欢百倍。他觉得自己手臂里搂着的仿佛是一位皇后。

于连这份不动声色的冷漠，高傲如她也为之倍感痛苦，为之肝肠寸断。她此时亦不够冷静，不能从他眼神里，揣摩他此刻对她的情意。她不敢直眼看他，怕见到轻蔑不屑之意。

一动不动地坐在藏书室的沙发上，别转头背对于连，内心的惨痛，已达到一个人为高傲和爱情所能忍受的极限。自己刚才落到了多么不堪的地步！

"保留给我的，保留给我这不幸女子的，是我这边有失身份的迎合讨好，还竟然见拒，"大感痛楚的傲气更补上一句，"见拒于谁？见拒于我爸的一个用人！"

"这叫我气不过。"她大声嚷了出来。

玛娣儿特愤然起立，走前两步，拉开于连书桌的抽屉，看到里面有八九封跟刚才门房送来一样的信，连拆都没拆，她怔住了。信封上的地址，她认出都是于连的笔迹，只是略变了一下字体。

"啊！"她怒不可遏了，"您不但跟她打得火热，还不把她放在眼里。您这一文不值的东西，竟敢戏弄元帅夫人！”

“啊！原谅我吧，我的朋友，”贵族千金扑倒在他脚边，“你要瞧不起我，随你便，但你得爱我！没有你的爱，我活不下去！”说罢，她晕了过去。

“好啊，这高傲的娘儿们，跪倒在我脚下了！”于连好不得意。

第三十章　滑稽剧场的包厢

正如最阴暗的天空，预兆着最强烈的暴风。

——《唐璜》第一章第七十三节

在风腾波涌的情感狂涛中，于连的感受是惊异多于欣喜。玛娣儿特的叫骂，证明俄派策略之高明。少说少动，是我得救的不二法门。

他只语不发，扶起玛娣儿特，把她按坐在沙发上。她眼泪刷刷涌了出来。

为了显得娴雅，拉穆尔小姐手里摆弄着菲华格夫人的书信，慢条斯理地拆开来。一认出元帅夫人的笔迹，浑身神经质地一颤。但只随便翻翻，也没细看，信大多有六页长。

“至少，您得回答我的话，”玛娣儿特根本不敢看他，用哀恳的声调说，“您知道，我很傲，这个毛病，我承认，是我的地位，甚至是我的性格造成的。菲华格夫人把您的心从我手中夺了去……我为这要命的爱情做了全部牺牲，难道她为您也做了同样的牺牲？”

一阵阴郁的沉默，便是于连的全部答复。他自忖：“想我堂堂男儿，她凭什么要人家亮出底牌？”玛娣儿特本想看信，但泪眼模糊，根本看不成。

近一个月来，她衷心悒悒，但高傲如她，绝不会承认是感情作祟。于是，借这偶然的因头，爆发了出来。一时之间，妒意与爱心压过了她的傲气。她坐在沙发上，离他很近。他望着她的秀发和白净的颈脖，猝然间竟忘乎所以，伸出胳膊去揽她腰肢，差不多把她紧抱在怀了。

她慢慢扭转头来。于连愕然看着她惨痛的眼神，简直认不出平时的她来。

于连顿觉浑身乏力，要做这样勇决的事，真难以克当啊！

“如果我贪图此刻的卿卿我我，”于连暗想，“转瞬之间，她的目光就会现出冷冷的轻蔑。”不过，此刻，她语不成声，勉强说出话来，一再向他保证，对自己的骄狂倨傲，举措失当，深表悔憾。

“傲气我也有呀！”于连喃喃说道，表情上可看出他疲惫已极。

玛娣儿特急忙转过脸来，聆听他的声音，对她几乎已是一种不存想望的幸福。此刻，她记起自己的高傲，只是为了加以诅咒。她恨不得能想出一个异乎寻常的、难以置信的办法，以证明自己对他多么钟情，对自己又多么憎恶。

“也许正因为这点傲气，您才一度对我另眼相看，”于连接着说，“正因为我有这点勇敢坚毅的大丈夫气概，此刻才得到您的看重。我之爱元帅夫人……”

玛娣儿特战栗了一下，眼睛露出异样的神情。她就要听到对她的判决了。这一反应没逃过于连的眼角，他感到自己勇气在消退。自己嘴里讲的废话，听来好像不是自己的声音。“唉！”他心里想，“倘能吻遍你苍白的脸颊而却不为你感觉到，那该多好啊！”

“我之爱元帅夫人……”他又说，声音越来越低，“但尚无确实的凭信，看出她对我是否……”

玛娣儿特凝视着他，他迎着这不可逼视的目光，至少希望自己的眼神不至于帮倒忙。他感到爱丝情缕一直渗进他内心的边边角角。他对她的爱慕，从未达到过这地步，其疯狂的程度，也不亚于玛娣儿特。玛娣儿特如有足够的镇静和胆勇，略施一下小技，他就会跪倒在她面前，悄然放弃这徒劳无益的喜剧。不过，他倒还有力气继续往下说。

但心里喊道：“啊！柯拉索夫，你为什么不在这儿！我多么需要你说一句话，指点指点我该怎么办！”这时，他的声音在说：

“不谈其他感情，单就感激这点而言，也足以使我眷恋元帅夫人。想那时，别人看不起我，只有她体谅我、安慰我……某些空洞好看的表面文章，诡谲多变，怎能尽信？”

“啊！天哪！”玛婷儿特叫道。

“那咱们谈谈。您能给我什么保证？”于连的口气凌厉而果断，好像暂时摒弃了审慎的外交姿态，“哪一种保证，哪一位神明，可以担保您此刻对我的态度，能维持两天以上？”

“是我极度的爱，如果您不爱我，就是我极度的痛苦。”她握着他手，转过身来。

这猛一转身，她的披肩便甩开了一点，于连得以窥见那迷人的肩膀。鬓乱钗横，勾起他一段温馨旖旎的回忆……

他快要让步了。“一言不慎，”他自忖道，“又会重新陷于绝望，度过漫漫长日。瑞那夫人要做想做的事，就能找出许多理由来；而这位上流社会的少女，只有摆出充分的理由证明她的心应受感动，才会让她的心感动起来。”

刹那间悟出此理，他的勇气，也在刹那间寻了回来。

他抽回给玛婷儿特紧握的双手，为示尊重，稍稍疏离一点。一个人再勇敢，也不可能做得更过分了。接着，他把散在沙发上的菲华格夫人书函，一封封收拢来，然后用一种礼貌周全的，此处却是残忍已极的态度，对她说：

“请拉穆尔小姐容我从长计议。”说毕，迅即离开藏书室。她听得他一路出去“砰砰”关门之声。

“这个恶魔倒一点不动心……”她暗想。

“但我说什么啦，恶魔？他精明，审慎，忠良，只怪自己过错多得人家想象不到。”

这种看法，持续了好久。玛婷儿特这天几乎有一种幸福感，因为她整个身心都浸润于爱恋之中。可以说，她的心还从来没被傲慢，而且是一种要不得的傲慢，搅得这么乱的。

晚上在客厅里，一听到当差通报菲华格夫人驾到，拉穆尔小姐紧张得战栗起来：那当差的声音，听来觉得阴恻恻的。她简直受不了元帅夫人的目光，便匆匆离去。于连对好不容易赢得的胜利，并不特别引以为荣，他怕自己的目光给人看出什么名堂，连晚饭都没在拉穆尔府吃。

他心中的爱，心中的快活，离交锋的时刻越远，就越见增长。他已在责备自己了："干吗去违拗她呢？万一她再也不爱我了呢？这高傲的心，是说变就变的。应当承认，我刚才对她太狠了点。"

晚上，他觉得应该到滑稽剧场去，在菲华格夫人的包厢里露一下脸。因为元帅夫人特意邀请过他，玛娣儿特少不得会知道，他是应邀到场，还是失礼未去。道理尽管很明显，他还是没有勇气在夜场一开始就混迹社交圈。应酬交际，他的快意就会去其大半。

十点钟响：非露面不可了。

幸好元帅夫人包厢里女眷如云，他给挤在门边，为太太小姐的帽子所遮蔽。这个位置，是他的造化，免得落下一个笑柄。这时台上正在演契玛罗萨的《秘婚记》，卡罗琳的绝望情绪，给唱得出神入化，他听得止不住掉泪。菲华格夫人看到他泪流满面，同他平时脸上的男子汉刚强大相径庭，使这位贵妇的心不由得深受感动，虽说这颗心久已被骤成显贵的剽劲侵蚀日深。仅剩的那点儿女人心肠使她想说说话，主要是想听听自己的娇声软语，觉得不失为一种娱慰。

她对于连说："拉穆尔家的女眷们，你看到了吗？她们在三楼。"于连顾不得礼貌，靠在包厢前面，探出身子去张望：看见玛娣儿特眼睛里泪光闪闪。

"今天不是她们上剧场的日子，"于连想，"真性急！"

是玛娣儿特硬要她母亲上滑稽剧场来的，虽然包厢的位置欠佳，这还是一个马屁虫应急替她们觅来的。玛娣儿特是想看看，于连是否跟元帅夫人在一起度过这个晚会。

第三十一章　教她有所畏惧

这就是当代文明的奇观！神圣的
爱情给你们变成了寻常事一桩。
——巴纳夫

于连匆匆走进拉穆尔夫人的包厢。他的目光先就看到玛娣儿特含泪的双眼。她也不加克制，一任珠泪盈眶。包厢里只有几个从属人员：那位让与包厢的女友，以及她的熟人。玛娣儿特伸手搁在于连手背上，好像忘了怕母亲看见。她抽抽噎噎的，对他只说得一个词儿："保证担保。"

"至少，我不能跟她讲话，"于连也大为动情，用手挡在眼前，推说包厢里光线太刺眼，"我只要一开口，她就不会怀疑我激动的心情，嗓音会给我帮倒忙，于是一切又可能完结。"

这时，他内心的斗争比起早晨来，更有过之而无不及，因为他先自激动了好一阵子。他怕玛娣儿特又骄矜起来，便径自陶醉于爱意与快意之中，决意不跟她说一句话。

依我看，这是他一种美妙的性格特征。一个人能这样克制自己，必定前程远大，si fata sinant[1]。

回公馆的时候，拉穆尔小姐执意要把于连同车带回。所幸大雨如注，侯爵夫人便叫于连坐在自己对面，连连跟他说话，弄得他无法跟她女儿说上一句话。旁人会以为侯爵夫人对于连的欢情颇多照拂呢。

1　拉丁文，意为：只要有这个命。

于连不再怕热情过头而丧失一切，索性放胆任气，夸夸其谈起来。

可以这样说吗？于连一回房，就噗地跪下，捧着柯拉索夫亲王的情书范本亲了又亲。

“哦，伟人！我一切都归功于你！”他狂叫道。

渐渐，恢复了几分冷静。他把自己比作打了半个大胜仗的将军。“形势肯定大大有利于我，”他心里沉吟道，“谁知明天会发生什么事？转眼之间又会前功尽弃。”

他急切打开拿破仑在圣赫勒拿岛口授的《回忆录》，强迫自己读了足足两个钟头。尽管只是眼睛在看也无妨，这至少是强迫自己的一着。一边做这怪异的阅读，他的头脑和心思进入一种伟大的境界，不知不觉在开动起来。“她这颗心，和瑞那夫人的很不一样。”他心里想，但也想不到更远更深的方面去。

“教她有所畏惧！”他突然吼出来，把书往远处一扔，“只有教对手害怕，才会乖乖听命，才不敢小看我。”

他心里飘飘然，在斗室里来回蹀躞。实在说来，这快意得之于傲气，而不是来自爱怜。

“教她有所畏惧！”他傲然重复道，他有理由感到骄傲，“即使在销魂时刻，瑞那夫人也总怀疑我的爱不如她的深。现在要镇住的，是一个妖姬，而且，非镇住不可。”

他知道，第二天早晨八点，玛娣儿特会到藏书室来。旦然满腔炽烈的爱，他熬到九点才去，硬是用头脑管住自己的心。他没有一分钟不在想：“要教她永远担着这份心：‘他爱我吗？’光显的地位，周围的奉承，使她太容易放心释虑了。”

于连见玛娣儿特脸色苍白，静静坐在沙发里，显得心慵意懒，无力动弹。她向他伸出手来：

“朋友，我得罪了您，您可以对我生气……”

于连没料到口气会这么简朴，差点儿流露真情。

“您要我做出保证，我的朋友，这不无道理。”她停了一会儿，本希望他来打破沉默的，只得接着说，“把我拐走吧，咱们私奔伦敦去——这样我就彻底毁了，身败名裂……”她鼓起勇气，从于连那儿把手抽回，遮着自己眼睛。矜持和妇德等感情全又回到她心里……她最后叹了一口气说：“让我身败名裂吧，这就是担保！”

“昨天我对自己感到满意，因为我有勇气严于律己。”于连自思。过了片刻，等他能把握住自己时，才用冷冰冰的口气说：

“用您的话说，私奔伦敦，身败名裂，那么事后，怎么能保证您还爱我呢？我坐在驿车里，您不觉得碍眼吗？我不是恶魔；人家对您飞短流长，在我只是多了一桩倒霉事儿。障碍不是来自您的社会地位，不幸的是，来自您的性格。您能担保爱我一个礼拜吗？”

“啊！但愿她能爱我一个礼拜，仅仅一个礼拜，我就会快活死的，”他心里低语，“未来，关我何事？生命，有何相干？这神奇的幸福，只要我愿意，此刻就可以开始，一切全取决于我。”

玛娣儿特看他独自想出了神。

她握着他手说：“这么说来，我完全配不上您啦。”

于连把她揽入怀里，但同时，职责的铁腕一把揪住他的心。“要是让她看出我这么喜欢她，我就不能得之，反将失之。”放开胳膊之前，他已然恢复一个男子汉应有的威严。

这天与以后几天，他知道怎样掩藏自己过度的欢快，有时连纤腰在抱的佳趣都拒而不受。

在别的时候，幸福的迷狂，也会压倒谨言慎行的忠告。

花园里有一架金银花棚，用来遮掩梯子的。于连常常跑到花棚边，远远张望玛娣儿特的百叶窗，一边抱怨她性格的反复无常。近旁正好有一棵粗大的橡树，匿身树后，就不至于被好事之徒看见。

此刻，和玛娣儿特一起走过这地方，使他记起那大不幸。过去的无望与眼下的得意，两相对比，连对他的性格来说也嫌过分强烈了些。他噙着泪水，把玛娣儿特的手捧在唇边吻着：“就在这儿，我想着您挨过多少时光；就在这儿，我望着那扇百叶窗，等上几个小时，期待那幸福的时刻，看到此纤纤素手来打开窗子……”

他软弱已极。他用真实的、非所能臆想得出的浓墨重彩，向她描述他当时的失魂落魄。长吁短叹，苦尽甘来，证实他眼前的欣慰……

“我在干什么？天哪！”于连突然惊醒过来，心里想，“我这是在毁我自己。”

警醒之余，他相信从拉穆尔小姐眼里看出爱的成分在减少。那纯是臆想。倒是于连自己脸色大变，苍白得像死人一般，眼睛也顿时失去了光彩。高傲之中不无恶意的表情，很快取代了最浓挚最忘情的眷恋。

“您怎么啦，我的朋友？”玛娣儿特温柔的语气里透着不安。

“我在胡扯，跟您胡扯，”于连气鼓鼓地说，“我为此而责备自己，老天知道，我非常尊重您，不愿对您撒谎。您爱我，忠诚待我，我何必用花言巧语来博您欢心。”

“天哪！这两分钟里您说的那些动听的话，都是胡编乱造的？”

“所以引起我深深的自责，亲爱的。这些门面话，是我从前为一个爱我而又令我厌烦的女人编的……这是我的性格缺点，我这样揭自己的短，请您原谅。”

苦涩的泪水流满玛娣儿特的脸颊。

“只要碰到不顺心的事，我就不由得要瞎想一阵。”于连接着说，“这时，我可恶的记性——此时此刻，我要诅咒我的记性——会搜索枯肠，提供对策，我就不分青红皂白照办。”

“是不是，我刚才无意中做了什么使您不快的事了？”玛娣儿特的神态真天真得可爱。

“有一天，我记得您经过这花棚，摘了一朵金银花，吕茨先生要，您就让他拿去了。我那时跟你们只隔了两步路。”

“吕茨先生？没有的事！”玛娣儿特口气很傲，于她原本如此的，“这不是我的作风。”

“这我可以肯定。”于连马上反驳回去。

"好吧！就算真有其事，亲爱的。"玛娣儿特酸楚地垂下眼帘。不过心里有数：她不许吕茨这么行事，已有好几个月了。

于连用一种无可言喻的温情看着她，心里想："我错了，她对我的爱并未减少。"

当天晚上，玛娣儿特笑着责怪于连对菲华格夫人居然会感兴趣："真是小市民喜欢身价骤增的贵妇人。也许只有这种心肠的女子，我的于连才无法使她疯魔。不过，元帅夫人倒把您打扮成十足的花花公子了。"她说时，一边抚弄着他的头发。

在自认为见弃于玛娣儿特的那段时间，于连已变成巴黎穿戴最考究的俊男之一。比起那些佻挞男士，他有他的胜之处：一旦穿着整齐，他的心思就放到别的事上去了。

有件事使玛娣儿特不快：于连还在抄录俄国书简，还在送交元帅夫人。

第三十二章　老虎

唉！世事何以若此，而非它？

——博马舍

一位英国旅行家讲过他与老虎相处之道：老虎是由他喂大，也常抚摸抚摸，但总不忘在桌上放一把子弹上膛的手枪。

只有玛娣儿特无法望见他眼神的时候，于连才听任自己沉溺于极度的幸福里。他恪尽职守，方寸不乱，不时扔出一两句硬话给她听听。

他很惊奇，发现玛娣儿特也颇解温柔。当女性的温情和极度的忠诚要侵夺他的自制时，他就有勇气骤然离去。

在玛娣儿特，是生平第一次懂得了爱。

生活对她一向慢如龟爬，现在却其快若飞了。

人的骄傲，总是借某种方式显现出来，玛娣儿特对这场爱情带来的危险，就敢于担当，毫无惧色。倒是于连谨小慎微起来。她平时都能将顺意志，唯有面临危险，才坚执不让半步。跟他是低首下心，迹近谦卑，但对府里上上下下的人，不管是尊长还是下人，倒更加傲慢无礼了。

晚上在客厅里，当着五六十个人，她会把于连叫过去交头接耳，倾谈良久。

一天，矮子唐博坐在他们近旁。玛娣儿特请唐博到藏书室取一本斯摩莱特关于一六八八年英国政变的书。唐博欲走不走，“倒没有什么事能让你急起来的！”她出语倨傲，大有侮慢的意味。这不啻是抚慰于连心灵的灵丹妙药。

“这小怪物的目光，您注意到没有？”于连问她。

“他大伯在这客厅当过十一二年差，否则我早叫人把他撵走了。”

玛娣儿特对匡泽诺、吕茨等人，表面上礼数周全，骨子里也够咄咄逼人的。她后悔向于连讲了许多与他们的事，尤其她不敢坦言：她对那几位表示的好感，其实都无伤大雅，只是她在叙说时添油加醋，张大其事罢了。

尽管决心很大，但基于女性的高傲，天天拦着她向于连说明：有一次，匡泽诺放在大理石桌面上的手碰到我，我一时心软，没把手马上缩回，后来之所以讲给您听，完全是因为这样讲讲，觉得好玩。

时至今日，他们几位中只要有人跟她说上一会儿话，她就会想出个题目来问于连，其实，不过是借口，以便把他留在身边。

她发现自己有了身孕，便欣欣然告诉于连。

“现在还怀疑我吗？这不是一个担保吗？您的妻子我做定了。”

听到这个宣告，于连深感震动，连自己的行为准则几乎都忘了。

“这可怜的姑娘为我舍弃了一切，我怎么能故意冷淡她，得罪她呢？”只要她看上去略有不适，即使理智还能叫他听从可怕的律令，他也没勇气说句刻薄话出来，虽然，依他的经验，冷言冷语为维系他们情爱所不可或缺。

一天，玛娣儿特对他说：“我得写信告诉我爸，他对我不只是父亲，更是一个朋友。欺瞒这样一个人，哪怕只是一分钟，于你我都是不光彩的。”

“天哪！您要干什么？”于连霍然而惊。

“这是我的本分。”她眸子里闪耀着快乐的光芒。

她觉得自己比她情郎更高尚。

“但是他会疾言申斥，把我撵走的。”

“那是他的权利，我们应当尊重。我会让您挽着我胳膊，在光天化日之下，一同走出大门去。”

于连骇然，求她延缓一个礼拜。

“这办不到。”她断然回绝，“此事跟荣誉攸关，是本分所在。应该这么办，而且要立即办。”

“那么，我命令您推迟一下，”于连最后只得这么说．“您的名誉现在还屏蔽无妨，我是您的丈夫，我们两人的处境，由于事关重大的这一步，将会发生翻天覆地的变化。我也有我的责任。今天是星期二；下星期二，是雷兹公爵宴请的日子。那晚，令尊大人回到府里，门房就会交给他一封倒霉的信……他一心想让您当公爵夫人，这一点我深信不疑。您想想他会多么痛苦！”

“您的意思是：该想到他会如何报复？”

“我可以矜怜我的恩人，为伤害他而深感歉疚，但是，怕，谈不上，现在不怕，将来也不怕。”

玛娣儿特只得让步。自从得知这新情况之后，于连还是第一次用强硬的口气对她说话。他从来没这样爱过她，他心坎里温情的一角，就借玛娣儿特这情况，力戒冷语伤人。然而，向拉穆尔先生供认一事，弄得他怔忡不宁。“会就此跟玛娣儿特分离吗？看我离去，不管心里多么难受，过了一个月，她还会想我吗？”

对侯爵义正词严的诘责，他几乎感到同样的恐惧。

晚上，他向玛娣儿特承认第二桩犯愁事，接着，受爱的炫惑，把第一桩也坦白了出来。

玛娣儿特脸色都变了。

“真的，”她问于连，“跟我分开半年，对您会是桩不幸？”

“那是大不幸呀！是天底下我最怕看到的。”

玛娣儿特深感幸福。于连用心周全，把他的角色扮得没话可说，以致使拉穆尔小姐相信，她在两人中得到了更多的爱。

决定命运的星期二终于到来。侯爵午夜回府，看到有他一封信，注明无人在侧时，由他亲自拆阅。

父亲大人：

我们之间一切的社会关系俱已中断，只剩下血缘关系了。除了我丈夫，你是——而且永远是——我的最亲。想到给你造成这样的痛苦，我止不住泪水涟涟。但是，为了我这桩有失名誉之事不至于闹开来，为了让你能从容考虑与处置，我理应向你承认的事，已不宜一拖再拖。父女之情，在你这方面，我知道是极深厚的；如能予我一份微薄的资财，我就和丈夫到你希望我们去的地方——比如说瑞士，去安身定居。我夫家的姓氏寂寂无闻，因此没有人会从维璃叶一个木匠的儿媳——索雷尔夫人的身上，认出你女儿来。写下这个姓氏，真觉十分难堪。我怕你对于连大发雷霆，虽则这种愤怒从表面看是天公地道的。公爵夫人的身份，与我无缘了，我的父亲。不过，此事我当初爱他之际就已了然，因为是我先爱上他，是我引诱他的。我从你身上秉承一颗高尚的灵魂，对庸碌之辈，或在我觉得是庸碌之辈，历来不屑一顾。为了取悦于你，我曾考虑匡泽诺先生，结果也属枉然。这要怪你，为什么把一个真正有价值的人置于我眼前？我从崖河回来，你亲口对我说：“这位年轻的索雷尔，是唯一令人愉快的人。”这封信给予你的苦痛，那可怜的小伙子至少跟我一样伤神。作为父亲，你会大光其火，这我拦不住，但求你永远像朋友那样待我。

对我，于连一向很尊重。他有时跟我说话，完全是由于见重于你而感恩图报。因为生性高傲，除了公务，他从不搭理地位比他高的人。他对社会地位的差异，有种天生的敏感。是我——我只好红着脸向我最好的朋友承认，而这样的自白也绝不会说给任何别人听——是我，有一天在花园里主动挽住他手臂的。

到了明天，你何必跟他怄气呢？我的过错已无挽回的余地。假如你还耿耿于怀，那就由我来转达他对你的深深敬意，和惹你生气的万不得已。他，你不会再见到了，我将到他所在之处跟他会合。这是他的权利，也是我的义务，因为他是我孩子的父亲。如果你出于善意，厚赐我们六千法郎维持生计，我将以感激的心情接受下来。否则，于连打算回贝藏松，去教文学和拉丁文，作为糊口之业。不管他起点多么低，相信他必会飞黄腾达。跟他在一起，不愁没出息。革命再起，他肯定会成头等人物。我的求婚者中，你敢对哪一位说这样的话？他们有的是良田美产！就凭这个条件，我看不出有什么值得钦佩。我的于连，即使在现今制度下，也有高位可期，假如身拥百万资财，又有家父庇护……

玛娣儿特知道，侯爵是凭一时冲动，迅即行事的人，所以把信特意写了长长八页。

侯爵读这封信的时候，于连正独自踯躅在深夜的花园里。

“怎么办？第一，我的职责在哪里？第二，我的利害又在何方？侯爵有大恩于我。没有他，我不过是个低三下四的坏蛋，但再坏，也坏不到遭人痛恨和迫害。是他栽培我成上等人。我少不得会干的混账事，首先，桩数会少得多，其次，卑鄙程度会轻得多。这比送我百万巨金还要好。全亏了他，我才得到十字勋章和外交差事，才给擢拔于同辈之上。

“如果他提笔为我的行为定规约，他会写什么呢……”

于连的思绪，被拉穆尔先生的老当差突然打断：

“侯爵立刻要见您，不管您现在是什么穿着。”

当差走在于连身边，低声补充说：

“侯爵大人火冒三丈，您得小心点儿！”

第三十三章　弱小者的苦难

笨拙的饰匠在琢磨钻石时，往往打去了最璀璨的光面。在中世纪，怎么说呢？即使在黎塞留统治下，法国人还是颇有魄力的。

——米拉波

于连碰到侯爵正在气头上。这位大贵人，也许生平还是第一次这样恶言恶语，凡溜到嘴边的粗话，都劈头盖脸朝于连扔去。我们的英雄只感到惊愕、无奈，唯感恩之情未尝稍减。“这位可怜的长者，长久以来心底存着多少美好的打算，眼看竟毁于一旦！我应该回嘴，闷声不响只会惹他气上加气。”达尔杜夫这伪君子，给他提供了现成的答案：

“想我也不是天使……我兢兢业业为大人办事，大人所给酬劳也很丰厚……我感激不尽，但我才二十二年纪……这公馆里，了解我想法的，只有尊大人和那可爱的姑娘……”

“恶魔！”侯爵咆哮道，“可爱！可爱！你发觉她可爱的那天，就该逃开。”

“我未尝没有试过。当时我求大人准我到朗格多克去。”

不胜痛苦的侯爵，怒气冲冲地走来走去，走累了，便倒进一把靠椅里。于连听到他低声自语：“人倒还不算恶劣。”

“的确，对大人我并不恶劣。”于连嚷道，跪倒在侯爵面前。但顿觉此举可鄙，立刻又站了起来。

侯爵真是气昏了头。看到于连跪下，又开始破口大骂，粗野得像马车夫。这类粗言鄙语，对侯爵不无新鲜之感，也许有种排遣作用。

“怎么，我女儿将来就叫索雷尔太太！怎么，我女儿当不成公爵夫人啦！”这两个念头一兜上心来，拉穆尔先生就像上刑一样难受，再也无法控制自己的情绪。于连害怕会挨打。

等脑子清醒过来，对这桩家门不幸开始习惯了点，侯爵的责难也比较明达。

“应该逃开，你这小子……你有义务逃开……你是最次的人了……”

于连走到桌边，急草数语：

很久以来，就觉得生活不堪忍受，现在就让生命结束吧。想我死在这里，必会关碍尊府；仅以不胜感恩之情，请侯爵先生体谅我这万般无奈。

写毕，他说：“烦侯爵大人费神看一下这便条。你亲自动手，或者叫当差杀我，都可以。现在凌晨一点，我到花园里去，在后墙那边走动。”

“滚到魔鬼那边去吧！”看他走开去，侯爵大声吼道。

“我明白了，”于连心里想，“也许他不高兴看到我死在他当差手里……那好吧，让他自己动手，得个痛快吧……可是，天啊，生命我也爱……我得为我儿子活着。”

独自徘徊的头几分钟，感到点危险。等为儿子而活的念头一涌上脑际，他整个心思就变了。

这层崭新的利害关系，使于连谨慎起来：“他这么暴躁，倒不好对付，有人能指点才好……他已失去理智，什么事都做得出来。傅凯又离得太远，而且，侯爵这种心情，他也未必理解。

“阿尔泰米拉伯爵……能保得定他永远守口如瓶吗？求人指点，不应多事，把我的处境弄得更糟。唉！算下来，只剩阴沉着脸的彼拉神父了……他是严格的詹森教派，心智狭窄……倒不如耶稣会的坏蛋，因为懂人情世故，对我更有用……一听我说出这桩罪孽，彼拉神父就会揍我的。”

达尔杜夫的机灵，又帮了于连的忙。“好吧，我跑去向他忏悔总可以吧。”他在花园里走了两小时，最后做出这个决定。突然挨枪子儿之类，也不想了，人已困得要死。

第二天一大早，于连离开巴黎已有十几里路，敲门要见那位严厉的詹森派教士。于连大为诧异，神父对他吐露的隐情似并不很感意外。

“也许我有该自责的地方，”神父的表情，是忧虑多于恼怒，“这份情爱，我早已料到……不幸的孩子，基于你我的交谊，我不曾警告她的父亲……”

“做父亲的会有什么反应呢？”于连忙问。

他此刻对神父很有好感。两人如言语碰僵，他会感到非常难过的。

“我看结局有三，”于连接着说，“第一，拉穆尔先生可能把我杀死。”他讲了给侯爵留下一封谈到死的信，“第二，叫诺尔拜伯爵跟我决斗：形格势禁，我只得放空枪。”

“这能接受吗？”神父拍案而起。

“等我把话说完，好吗？当然，我不会向恩人之子开枪。

“第三，他可能叫我离开此地。如果对我说，‘到爱丁堡去，到纽约去’，我准备听命服从。这样，拉穆尔小姐的情形就可以遮掩过去，但我绝不容许他们毁掉我儿子。”

“不用怀疑，这坏老头首先就会想到这主意……”

巴黎那边，玛娣儿特正陷于绝望之中。早晨七点钟，她见到父亲，父亲以于连的信见示。想到于连把结束生命当作一桩高尚事，便不寒而栗。“而且不经我的许可？”千金小姐想来痛心，说是痛心，实际上大有愤慨之意。

她对父亲说：“他要是死了，我也不会活下去。他真死了，唯你是问……你或许会幸灾乐祸……但是，我要向他的亡灵发誓：第一，我要戴孝，公开我索雷尔寡妇太太的身份，遍发讣告，你等着瞧吧……你会发现我既不畏缩，也不胆怯。”

她的爱情，已达狂态。现在倒轮到拉穆尔先生瞠目结舌了。

对眼前的事，侯爵开始能用几分理智来对待了。午餐桌上，玛娣儿特没有露面。看来她什么也没跟她母亲说，侯爵如释重负，甚至有点庆幸。

于连到中午才回来，马蹄哒哒走过院子。他刚下马，玛娣儿特就派人把他叫去，差不多当着贴身侍女的面，投入他怀里。这种感情用事，他并不很欣赏。与彼拉神父长谈之后，他变得圆滑起来，很有计谋了。他丰富的想象，由于考虑到各种实际可能，已大为减色。玛娣儿特泪人儿似的，说已看到他要自杀的信。

“我爸会改变主意的。就算讨我喜欢吧，你立即动身去微矶邺。赶快上马，趁他们还没离开饭桌，你先走出公馆。”

但于连不改他讶然漠然的神色，她急得直哭。

“这里的事，我会应付的，”玛娣儿特冲口而出，把于连紧紧抱在怀里，“你知道，这不是有意要和你分开。你的信，寄到我贴身女仆的名下，地址找别人写。我会给你写很长很长的信的。再见了！快逃！”

最后那两个字很伤人，但于连还是听从了。“真是要命，即使是待你好，他们这种人也有独得心传，教你难堪！”

玛娣儿特把父亲所提的谨慎方案，都顶了回去。协商的基础只能是：她名义上就叫索雷尔夫人，或者跟丈夫去瑞士过穷日子，或者仍住在巴黎父亲家里。私下分娩的计划，她根本不予理会。

“用这办法，就会把对我的诽谤和诋毁引开了头。结婚之后两个月，我要同丈夫出门去旅行，这样就比较容易设定，我儿子是在适当时候出生的。”

这一坚决的态度，起初引得侯爵怒不可遏，终于使他动摇起来。

有一次侯爵一时心软，对女儿说：“得！这里是一份一万年金的存折，快送给你的于连，他最好马上把钱取走，叫我无法追回来。”

于连知道玛娣儿特喜欢颐指气使，为了表示顺从，他跑了三百里冤枉路，去了微砚郷，料理了一下佃户的账目。侯爵的这一恩典，成了他回来的机缘。他借宿在彼拉神父处。他外出期间，彼拉神父成了玛娣儿特的得力盟友。侯爵每有垂询，神父总是力主：除非正式结婚，其他办法在天主眼里都是罪恶的。

神父补充说：“幸而在婚姻问题上，世俗之见与宗教仪规趋于一致。以拉穆尔小姐的急性子，连她自己都不肯守秘密，谁能保证这事不为外人所知呢？堂堂正正公开结婚这办法不取，那社会上对这段奇特的恶姻缘就有得议论了。应当来个一了百了，表面上或实际上，都不要弄得鬼鬼祟祟、神秘兮兮的。”

“不无道理，”侯爵吟哦道，“照此办理，三天后还有人议论，那就是没头脑家伙的唠叨了。不过最好借政府哪次反激进派的时机，把事情悄悄办了。”

拉穆尔先生的三两友人，所见与彼拉神父略同。在他们看来，最大的障碍，是玛娣儿特果决的性格。听了各种高见之后，侯爵内心深处仍不肯为女儿放弃召对赐座的希望。

他的记忆里，他的想象里，还充满着在他青年时代颇为奏效的诡诈做法和欺骗手段。屈服于时势，畏惮于法律，对像他这样身份的人来说，是荒唐而丢脸的。十年来，他对爱女的前途所做的种种美梦，如今却以高昂的代价结束了之。

“谁能料到呢？”他自言自语道，“这女孩子生性傲慢，天赋又高，我为自己的姓氏骄傲，哪知她比我更甚。此前，法国多少名门望族来求过亲！

“一切谨小慎微的想法，都该抛弃。这个世纪里，一切都乱了！我们正在走向乱世。”

第三十四章　工于心计的老人

省长大人骑马赶路，心里想：“我为什么不能当大臣、议长、公爵？看我怎么打仗……用这个办法，把所有新派人物都关起来。”

——《环球报》

十年美梦，积习相沿，还没有一种高论能破除得了。侯爵不认为生气是明智之举，但又不肯轻易饶恕了事。他有时暗想：“于连这小子要是出个事故，死于非命……”这种阴暗心理，倒给他幻奇荒怪的遐想带来些许安慰，但也影响到彼拉神父代为筹策的效验。这样，时间过了一个月，协商了无进展。

对家事，如同对政局一样，侯爵时有高明的见解，够他兴奋三天的。如果一套办法是根据正当理由推定的，他未必喜欢，只有那些理由，能支持他中意的方案，才会得到他青睐。三天里，他拿出一个诗人的全部热忱，凝神专注，把事情推进到一定地步，但到第四天，就丢下不再去想了。

起初，于连对侯爵这样迁延时日，感到迷惘。但几个礼拜一过，开始猜想，拉穆尔先生在这件事上可能尚无良策。

拉穆尔夫人和公馆里的人，都以为于连出门是到内地处理田产上的事。其实，他躲在彼拉神父的住宅里，几乎天天和玛婷儿特相会。玛婷儿特每天早上跟父亲一起待上个把钟点，但有时整个礼拜，几乎根本不提那桩揪心事。

一天，侯爵对她说："此人在何处，我不想知道。但你要把这封信送给他。"玛娣儿特看信里写道：

> 朗格多克的田产，岁入有二万零六百法郎。兹将一万零六百法郎赠予小女，另一万法郎馈赠于连·索雷尔先生。当然，连同产权一起赠予。请告公证人开具两份赠予证书，明天送来。尔后，彼此之间便再无任何关系。唉！这一切当初怎么想得到？
>
> 拉穆尔侯爵

"非常感激，"玛娣儿特欢快地说，"我们准备到蜂刺别墅去定居，在雅壤和麦芒德之间，那里的景色，据说秀丽一如意大利。"

这项赠予，大大出乎于连意外。"侯爵像换了一个人，不像早先领教的那样严厉而冷酷。"儿子的命运，先就占据去于连全部的心思。这笔意外之财，对他这个穷汉来说，就相当可观，简直富足骄人了。他看到，他妻子，或者说就是他，每年有三万六千法郎的年金。至于玛娣儿特，她的全部感情，都化作对丈夫的深情，出于傲气，她一直管于连叫"我的丈夫"。贵族千金最大的，也是唯一的愿望，是但求她的亲事能得到社会承认。把自己的命运与一个卓越人物联在一起，端在慎于择人，她时刻不忘夸大自己这点能耐。看重个人价值，在她是一个很时髦的观点。

于连以前那套欲擒故纵的计谋，现在因差不多一直两地暌隔，杂事纷繁，加上甚少时间谈情说爱，而收到良好效果。

久而久之，玛娣儿特对很少能见到她真心爱上的男人，感到烦躁不耐。

气恼之下，便给乃父去一函。信的开头，像《奥赛罗》里黛丝德梦娜的口气：

我宁要于连，而不取社会向侯爵小姐提供的恬适人生：我的选择，就表明了这点。地位与虚荣，在我眼里，不值一钱。我跟丈夫分开，已将近六周，这已足以表示我对父亲的尊重之意。到下星期四止，我将离家出走。承蒙厚赐，我们已感富足。我的秘密，除了可敬的彼拉神父，更无他人知晓。我就去神父那里，由他为我们主婚。婚礼之后一小时，我们即动身去朗格多克，除非有你的命令，不然，再也不在巴黎露面。最使我痛心的，是这一切会传为笑谈，诋毁你我。部分愚众这么说三道四，难道不会逼得正派的诺尔拜找于连寻衅决斗？到了这地步，我知道，我就拘束不住于连了。我们从他灵魂里，会发现一个反抗的平民。哦，父亲，我跪着向你恳求：下星期四，到彼拉神父的教堂来参加我的婚礼吧。恶意的笑谈将因此举而冲淡，你唯一的儿子和我丈夫的生命，亦从而能够保住……

侯爵看了这封信，觉得左右为难。可是到最后总得拿个主意呀。相沿成习的做法，一般往来的朋友，对侯爵都失去了影响。

在这特殊的境况中，青年时代的经历所形成的性格特点，恢复了全部的活力。苦难的流亡生活，造就侯爵思想活跃，想象丰富。早先曾有两年，他安享巨大的家产和朝廷的荣宠；是一七九〇年大革命的风暴，把他扔进流亡的苦海。严峻的一课，改变了一颗二十二岁的少年心。现在，他坐拥巨资，而不为财富所役。但正是这个使他免遭黄金销蚀的心眼儿，却沉湎于一种痴心的贪欲：企盼女儿能得到高贵的封号。

在过去的六个礼拜里，侯爵有时心血来潮，很想提携于连，让他小有资财。侯爵觉得，穷就是贱，说出去对他侯爵固然丢脸，对他女儿的丈夫更其不堪，于是，就不惜一掷巨万。第二天，他的心思走了另一条道：觉得他慷慨解囊没说出来的意思，于连应该懂得，自己去改名换姓，远遁美洲；再写信告诉玛娣儿特，说他已为她殉情而死。拉穆尔先生想象这封信已经寄来，注意此信对他女儿性情的影响……

老人家稚拙的梦想，为玛娣儿特这封实在的信所惊破。杀死或除去于连的念头，称心如意地想过之后，又考虑起如何替他安排一个锦绣前程。侯爵想把一块采邑的地名给于连作姓氏；再说，为什么不能让他承袭我的爵位呢？岳丈舒纳公爵自从独子在西班牙阵亡后，跟他说过几次，愿把爵位传给诺尔拜……

侯爵暗想："不能否认，于连有特殊的办事能力，有胆量，甚至有点闪光的东西……不过，其性格的深处，有点令人害怕的什么。他给周围的人留下这个印象，想必总是事出有因（这个因头越是难以捉摸，心思特多的老侯爵越是感到害怕）。

"我女儿有一次说得很乖巧（该信前面没有引用）：'于连不隶属任何沙龙，任何派别。'他倒不攀附任何势力做奥援，来跟我作对；他假如被我踢开，就会一筹莫展……但是，这点不正说明他对社会情况茫无所知？……我跟他说过两三次：'只有在沙龙里获得提名，该项任命才真实可靠'……

"不，他还不够精明狡诈，像讼师那样，不浪费一分光阴，不错过一个机会……绝不是路易十一那样诡计多端的性格。倒看出他奉行若干谨饬的训条……我简直弄不懂……这些训条，他屡屡自诫，难道是为了抑制自己的情感？

"此外，有一点特别突出：不能容忍别人的轻蔑。我就抓住他这个弱点。

"不错，他对出身高贵并不顶礼膜拜，尊敬我们也并非出于本性……这固然不对。但是，身为修道士，最难忍受的，莫过于缺钱少享受，而他却不然，唯有对别人的轻蔑，说什么也咽不下这口气。"

给女儿的信一逼，拉穆尔先生觉得需要急迫做出决断："总之，这才是关键所在：于连胆敢追求我女儿，是因为知道我爱女儿胜过一切，知道我每年有十万银洋的进项？

"玛娣儿特却不同意这看法……于连大爷[1]，在这一点上我不敢抱不切实际的幻想。

"会不会是一种突如其来的真正的爱，抑或是借此攀附的庸俗愿望？玛娣儿特有先见之明，她预感到，存着这个疑窦，于连在我这儿就通不过，所以她才承认：是她起意先爱上他的……

"这样高傲的女孩子，竟会忘掉身份，在形迹上做主动接近的表示！……借着夜色，在花园里抓住他胳膊，真不要脸！好像想不出其他得体一点的办法，让他知道她关垂之意？

"谁为自己辩护，等于自己认罪；玛娣儿特这说法，我很怀疑……"这天，侯爵的揣想，比平时更有结果。但是积习难除，他决定采取拖延战术，先作书一封，写给女儿。因为虽在同一公馆，彼此间还鱼雁频传。拉穆尔先生不敢跟女儿争，与女儿顶，怕突然一个退步，事情就此了结了。

去信

> 当心别干出新的蠢事来。现送达轻骑兵中尉委任状一份，请转交于连·索雷尔·特·拉尉耐骑士先生。我为他所尽心力，谅已察悉。希勿违拗，亦勿盘问。他应在二十四小时内动身，到该团所在地斯特拉斯堡报到。附上支票一纸，可去我的银号兑款。祈服从是幸。

玛娣儿特的爱心陡增，快乐无边。她要乘胜挺进，立即作复：

> 特·拉尉耐先生倘得知大人屈尊为他所做的一切，定会

1　原文为mons Jilie，1830年初版本就这样拼写。近代诸本，包括七星丛书本，以为讹字，径改mon Julien（我的于连）。殊不知mons乃Monsieurr（先生）的前四个字母，是旧时一种简略写法，略表嘲讽或贬损之意。

感激涕零，跪倒在你脚边。但是，行此慷慨之举，家严却置我于脑后；令爱的芳誉，正处境危殆。稍有不慎，即可造成终身之玷，那是两万埃居的年金也弥补不来的。除非允我下月在微矶邺公开举行婚礼，我才会把委任状送交特·拉尉耐先生。希勿逾期；过此期限，令爱就只能以特·拉尉耐夫人的名义在社会上抛头露面。谢天谢地，亲爱的父亲，你使我甩掉索雷尔这个贱姓……

复信倒是没料到的：

遵命而行，否则，就将收回成命。发抖吧，轻率的姑娘！我还不知道你的于连是何许人，而你知道得比我更少。着他速去斯特拉斯堡，宜按直道而行。我的决定将在半月内见告。

复信语气之坚决，使玛婢儿特不免暗暗吃惊。不了解于连一语，使她胡乱想了一阵，随即引起种种快意的假设，她相信这些假设不是没有根据的。“我的于连，他精神上并没裹上客厅里那身紧身制服，而我爸不相信他超群绝伦，恰恰因为事实证明他的确高人一筹……

“不过，假如不迁就父亲这一套，很可能会公开大吵一场，一吵，我在社会上地位就会下降，在于连眼里也不显可爱。吵过之后，就是受十年穷。而干出‘嫁汉嫁汉，只凭才干’这种没头脑的事，要不被笑话，除非你堆金积玉，富有四海。要是我跟父亲各自西东，到了他这年纪，很快就会把我忘了的。诺尔拜会娶来一位伶俐可爱的嫂子，路易十四晚年不是还受到孙媳勃艮第公爵夫人的引诱……”

玛婢儿特觉得还是服从为妙，但没把乃父的复信转致于连。以于连那种暴烈的性格，不干出什么傻事来才怪呢。

晚上，于连从玛婢儿特口中得知自己已是轻骑兵中尉，真喜不自胜。从他一生的抱负和现时对儿子的热诚中，我们不难想见他欣喜的程度。只是改换姓氏一事，他颇表讶异。

他想："总之，我的罗曼史到此结束。论功行赏，应当归功于我自己。"他看着玛娣儿特思忖："想我善自为谋，竟使这高傲的怪物爱上了我。没有她，她父亲活不成；没有我，她也活不成。妙哉妙哉！"

第三十五章　晴天霹雳

主啊，赐我以平庸吧！

——米拉波

他心有所思而神情不属，对玛娣儿特的热诚与情意，也爱理不理的。他坚守静默，脸色阴沉。在玛娣儿特眼里，从未显得这样伟大而值得崇拜，就怕触动他敏感的傲气而把局面搅乱。

几乎天天早晨，玛娣儿特都看见彼拉神父到公馆来。于连难道不能通过神父，对她父亲的意图有所窥知？侯爵本人，在陡起的一闪念中，不会给他写封信？喜从天降，而于连却神色严紧，该做何解释呢？她不敢问他。

她不敢，她，玛娣儿特小姐！从此刻起，她对于连的感情里，多了一份渺茫、难料，甚至恐惧的成分。她这颗枯索的心，现在感受到了一个在巴黎这种文明过度的环境中教养长大的人，所能感到的全部激情。

第二天一清早，于连已在彼拉神父的住宅里伫候。几匹驿马拖了从邻近驿站租来的一辆破车，走进院子。

“这种车马，已不合时宜了。”严厉的神父皱皱眉头说，“这里有二万法郎，是拉穆尔先生送的程仪，要你在年内花掉，但尽量少闹笑话。（把偌大一笔钱扔给一个年轻人，在神父看来，无疑是制造作孽的机会。）

“侯爵还说：这笔钱，于连·特·拉尉耐先生是得之于他父亲的，其生父的情况也不用多说了。特·拉尉耐先生或许认为该送一份礼给维璃叶的索雷尔老爹，承这位木匠师傅把他抚养成人……这份差使，由我去办吧。”神父又补充说，“我总算说服了拉穆尔先生，让他跟狡狯的弗利赖代理主教达成和解。弗利赖神父的声望，于我们大有用处。此人事实上控制着贝藏松，让他默认你的高贵出身，是此次和解状态心照不宣的一项内容。”

于连高兴得忘乎所以，拥抱起彼拉神父来：他的身份已得到承认。

“去！”彼拉神父把他一把推开，“这种尘世的虚荣，有何意义？至于索雷尔老爹和他两个儿子，我会以自己名义，支付他们每人五百法郎年金，只要他们的作为还差强人意。”

于连又已恢复冷然傲然的神情。他泛泛表示了一下谢意，不愿背任何人情债。他自语道：“威名赫赫的拿破仑放逐贵族之际，说不定我真是躲到汝拉山区某个大贵族的私生子？”这想法他越想越觉得不是不可能。“我之恨我爸，就是一个明证……有此一说，我就不是什么怪人了。”

这段独白之后没几天，陆军的精锐部队之一，轻骑兵第十五团，在斯特拉斯堡的校场进行演习。特·拉尉耐骑士，身骑全阿尔萨斯最漂亮的骏马，是他出资六千法郎购得的。他已被正式任命为中尉，其少尉的经历，只留在他从未听说过的某团的花名册上。

他不苟言笑的神态，凌厉而近乎恶意的目光，苍白的脸色，处惊不变的镇静，从第一天起，就为他赢得普遍的赞誉。他不经意中已露了一手刀枪剑戟的本领。没过多久，他周全合度的礼节，打枪击剑的技艺，使众人放弃了拿他取笑的打算。经过五六天的摇摆，团队的看法都倒向他这一边。连最爱挑剔的老军官也说：“这年轻人除了年轻，一切品德无不具备。”

于连在斯特拉斯堡给谢朗神父写了一封信，这位前任维璃叶本堂神父，现在已到了风烛残年。信的措辞如下：

时势所趋，敝家族使我顿时阔了起来，想你获悉后，必会高兴无疑。附上五百法郎，请悄悄分给像我从前一样的贫寒子弟，不用提我名字。毫无疑义，你会帮助他们，如同当年帮我一样。

于连大有踌躇满志之概，虽则仪表上花去了很多精力，却并不沉湎于浮华习俗。他的军装马匹，他仆人的号衣，都严整堂皇，足可以给一丝不苟的英国王公增光。仰仗恩宠，他才当了两天中尉，就在盘算，为了像所有伟大的将领，最晚在三十岁上已能统率千军，那么，二十三岁的他就不该只是中尉。他现在一心只想建功立业，只想他尚未出世的儿子。

正当他在得志猖狂的兴头儿上，看到拉穆尔府一个年轻脚夫给他送来一封信。信是玛娣儿特写的：

全完了。赶快回来。什么都可丢弃，必要的话，就开小差逃出来。一到，就租辆马车，到某街某号，等在靠近花园的小门旁。我出来有话跟你说，也许我可以把你领进花园。一切都完了，我担心已无挽回的余地。相信我吧，在患难中，你可以看出我的忠诚与坚定。我爱你。

几分钟后，于连已获得长官准假，纵马离开了斯特拉斯堡。他忧心忡忡，过了梅斯，已没力气继续策马赶路。便跳进一辆驿车，以令人难以置信的飞速赶到指定地点：拉穆尔府花园的小门旁。园门一开，玛娣儿特不顾别人会说什么，就投入他怀里。幸而这时才清晨五点，街上还空无一人。

“全完了，父亲怕看我的眼泪，星期四夜里就出门了。他的去向，也没人知道。这是他的信，你先看看。”她同于连一起上了马车。

一切都可宽惊，唯有见你有钱而来勾引你，最不可恕。不幸的女儿，且看这可怕的事实。我可以发誓：与此人的婚事，我决不同意。我可以担保给予一笔一万法郎的年金，只要他愿意远走他乡，离开法国国境，最好是去美洲。请看附信，这是我想了解底细而所得回音。这无赖自己要我直接致函瑞那夫人。你给我的信里，只要有一字涉及此人，我绝不看一眼。对巴黎，对你，我头痛已极。奉劝你对将发生的一切，绝对保守秘密。倘能与这无耻之徒一刀两断，你会重新获得一位父亲。

“瑞那夫人的信在哪里？”于连冷冷问道。

“在这儿，本想等你思想上有了准备再给你看的。”

来信

出于对道德与宗教的神圣职责，先生，我不得不走这痛苦的一步。此刻，一条决然无误的准则，责令我去折辱一位亲近者，以避免更大的秽闻。我深感责任重大，一己的痛苦理应克服。此事唯嫌其太真，先生，承询及那人实情，其言行，表面看来似不可索解，或者也属正大光明。此处宜把部分真相隐去或掩却，审慎与信仰都要我这样做。但是，你想了解的那人的行为，事实上，极应受谴责，甚至远过于我所能言说的程度。此人既穷又贪，虚伪到家，专门引诱软弱的不幸女子，借此谋得一个出身，成为一个人物。职责所在，虽觉难言，犹得补上一句：我不得不相信，于某对宗教毫无信念可言。我凭良心，不由得要想：他在大户人家得手的捷径，就是设法勾引最有脸面的女子。貌似潇洒倜傥，用小说词句伪为掩饰，其实他的一大目标，就是支配这家的主人及其偌大家产，而留给别人的是灾难无穷，是抱恨终身……

此信极长，字迹半为泪水漫漶，的确是瑞那夫人的手笔，甚至写得比平时还经心。

于连看完信后说：“我不能怪拉穆尔先生，此举是正派而慎重的。哪个做父亲的，肯把爱女送给这样一个人呢？再见吧！”

于连跳下出租马车，朝街口的驿车奔去。他好像已忘了玛娣儿特；玛娣儿特追了几步，但这时，相识的伙计掌柜，纷纷赶到店门口，在众目睽睽之下，她只得迅即返回自家花园。

于连动身直奔维璃叶。在疾驰的车途中，想给玛娣儿特写信也未成，手在纸上写出来的像鸟虫书，根本无法辨识。

到达维璃叶，是礼拜天的早晨。他走进当地一家兵器店，老板对他新近发迹大加恭维。此事在当地业已喧腾众口。

于连费了半天口舌，才使老板明白他是来买两把手枪的。店主按他的要求，把枪装上子弹。

大钟叮当叮当连响三声。钟声传信，在法国乡村，是大家一听就明白的。各类晨钟敲过之后，弥撒就要开始了。

于连走进维璃叶的新教堂。教堂里高高的窗户，都遮着红红的帷幔。于连在瑞那夫人凳后几步远处站定，发觉她正在热忱祈祷。看到这个曾极其爱他的女人，于连的手臂颤抖不已，以致一上来竟无法实施于自己的图谋。他低声自语：“真下不了手，手就不管用。”

这时，辅助弥撒的年轻执事摇响铃铎，宣告举扬圣体。瑞那夫人低下头去，一时里，脑袋几乎全埋在披肩的皱褶堆里。于连认不出是她了，便一枪打去，却没打中。再开第二枪，她颓然倒下。

第三十六章　可悲的细节

别指望我会有软弱的表现。我仇已报恨已泄。我身当死罪，谨此恭候。请为我的灵魂祈祷吧!

——席勒

于连木然站在那里，一无所见。等神智略清醒点儿，看到善男信女纷纷夺身逃离教堂，教士也已离开祭坛，便迈出缓慢的步子，跟着几个惊呼的妇女往外走。有个女的想逃得快一点，猛一撞把他撞倒在地，他的脚正好绊在给人群推倒的椅子里。待他爬起身来，感到脖子受勒：原来已给一个衣冠威严的宪警逮住。于连下意识地想拔手枪，但是又上来一个宪警，抱住了他胳膊。

他给押到监狱，关进牢房，戴上手铐，留下来独处一室，门上上了两道锁。这一切即刻办毕，他木然不觉。

"好啊，一切都结束了……"他警悟过来后，高声自语，"是的，过半个月上断头台……或者先期自杀。"

更远的事，也考虑不到了。他觉得头好像给牢牢钳住一般，他睁眼看看旁边，是否有人夹他脑袋。不一刻，就昏睡过去了。

瑞那夫人受的伤，还不至于死。第一颗子弹打穿她的帽子，她回过头来，第二枪响了，打中她的肩膀，但说来奇怪，子弹打碎她的肩胛骨，却给反弹出来，撞在一根哥特式的石柱上，崩落一大块石片.

经过长时间痛苦的包扎，为人持重的外科医生，对瑞那夫人说："我可以担保，你的生命，像我自己的一样没有危险。"她听了，非常悲伤。

很久以来，她就诚心想死。给拉穆尔先生的信，是她现任忏悔师逼她写的，正是这封信，给这位长期被不幸折磨得衰弱不堪的妇人以最后的打击。所谓不幸，就是于连的远离，她自己则称之为疚恨。她的灵修导师，是位从第戎新来的年轻教士，德行高尚，信念虔笃，情况摸得很准。

“像这样死去，又不是死于自己之手，就谈不上是罪孽，”瑞那夫人心里想，“主或许会饶恕我以猝死求一快。”她不敢把意思补足：“而死于于连之手，就最痛快不过了。”

外科医生将成伙儿来看望的友好给遣开后，她便唤来贴身女仆艾莉莎：

“监狱看守这人很凶，”女主人红着脸说，“必定会虐待他，以为这样做我会高兴……想起来，我就不好受。你能不能做得像你自己想去的那样，把这个小包，里面有几个路易，交给看守？你告诉他，信教就不允许虐待人……尤其要嘱咐，叫他别提起送钱的事。”

由于上述情况，于连在维璃叶监狱才得到好生看待。看守仍是那位恪尽职守的努瓦虎，我们早先已看到阿拜尔先生的光临曾把他吓得屁滚尿流。

有位推事来到监狱。

“我这杀人是预谋的，”于连对他说，“我是在一家兵器店买的手枪，装的子弹。刑法一三四二条写得清清楚楚，我该当死罪，等候发落。”

法官对这回答感到惊讶，故意多方盘问，想使被告答得前言不对后语。

“你没觉察到，我不是照你们的期望，招认了吗？”于连含笑问，“行啦，先生，你们追逐的猎物稳到手了。判我死刑的快事，归你啦！你，我不想多见，请便吧！”

“我还得尽桩讨厌的义务，”于连想，“应该给拉穆尔小姐写封信。”

信的内容如下：

我算出了口恶气。遗憾的是，贱名将披露报端，使我不得悄悄逃离尘世。不出两月，我就命归黄泉了。我这复仇，可谓残忍，正如与你生离死别一样悲痛惨切。从此刻起，你的名字，我不准自己再写再念。不要再提起我，即便是对我的儿子：沉默是纪念我的唯一方式。在常人眼里，我是杀人犯一个……在这生死关头，请允许我说句实话：你会把我忘掉的。这场飞来横祸，劝你对谁均勿言及，这几年光阴可除去你性格里太多的幻想和冒险色彩。生不逢时，你理应生活在中世纪的英豪之间；横逆其来，那你就拿出他们那种坚强的性格来吧。该发生的事，求其在暗中完成，但愿不致影响你的名声。似可以考虑用一个假名。心腹知交是不会再有的了；万一非要朋友帮助，我就把彼拉神父留给你。

不要对任何人说，尤其是你那阶级的人，如吕茨、凯琉斯辈。

我死后一年，你便可与匡泽诺结婚，我求你这样做，我以丈夫的资格命令你遵依实行。不必给我写信，写了我也不复。我自己觉得不像埃古那么坏，但我还要像埃古那样说："From this time forth l never will speak word."[1]

世人将不再听到我说话，看到我握笔。你得到的，将是我最后的话，最后的情。

于·索

信发出后，于连清醒了一点，才第一次感到自己非常不幸。野心激发的种种希望，被"此生休矣"这句感慨一一破除。在他看来，死

1 埃古，莎翁《奥赛罗》中一搬弄是非、两面三刀的反面人物。引语出自该剧第五幕第二场，意为：从今而后，我不再说一句话。

本身并不可怕。他的一生，不过是为大不幸做准备的漫长过程，当然不排除被视为人生最大不幸的死。

“怎么！”他自语道，“假如过两个月，要跟一个剑术高强的家伙过招，我会软弱到天天想不开，心里吓得要死！”

他花了一个多钟头，令自己把这档子事省识明白。

等他看清了自己隐秘的内心，当事情的真相像牢房里的柱子一样明显呈现在眼前的时候，他倒颇生悔意。

“为什么要悔恨？人家肆意侮辱我，我行刺杀人，罪不容诛，如此而已。我跟世人把账了了，死得干净。我没留下未了的事，对谁也不亏欠。我这死，唯一不光彩的，是死在刑具之下罢了。不错，光凭这一条，在维璃叶小市民的眼里，就会觉得我贻羞人间。但是，超然一点，还有什么比这看法更可鄙的呢？我倒有办法可以让他们看得起我：去刑场的路上，向围观的人群扔去大把大把的金币。这样，他们想起我来，就会与黄金联在一起，可谓辉煌极矣！”

过了一分钟，他觉得这道理最明白不过了。“世上已没有要我做的事了。”他自忖道，接着便沉沉睡去。

晚上九点钟，看守送晚饭进来，把他喊醒。

“维璃叶的人有什么议论？”

“于连先生，我承当这差事的第一天，曾在王家法院，面对十字架宣过誓，所以不便随便说话。”

他不说话，但也没走开。见此假惺惺的俗态，于连觉得有趣。“他想到手五法郎才肯出卖良心，”于连想，“得叫他多等一会儿。”

看守看于连把一顿饭吃完，也没做收买的暗示，便用又假又甜的口气说：

“于连先生，我对你的好感，逼得我非说不可，虽则别人会说这有悖于法庭利益，因为有助于你进行辩护……你先生心肠好，如果我说瑞那夫人伤势好多了，你一定会高兴的，是吧？”

“怎么！她没死！”于连陡地站了起来。

"怎么！你一点不知道？"看守一脸蠢相，接着就变成一副贪相，"先生你最好送外科医生点什么，他按照法律和公道准则，是不该开口的。为了向先生你讨个好，我上他家去过，他全跟我说了……"

"这么说来，受的伤不是致命的。"于连非常不耐烦，朝他走来，"你能用性命担保吗？"

看守虽是六尺大汉，看到来势也害怕起来，径朝门边退去。于连看出，自己急于弄清真相却走错了路，便坐下来，扔了一个拿破仑过去。

此人的叙述证实瑞那夫人的伤势不致有性命之虞。于连听着听着，感到眼泪就要夺眶而出，冷不防喝道：

"滚出去！"

看守乖乖顺从了。牢门刚刚关上，于连就狂呼："伟大的主，她没有死！"他跪下，止不住热泪滚滚。

到了最后关头，他一变而为笃于信仰。教士的伪善，有何关系？焉能有损于真理，有损于主的光辉？

理会到此，于连对所犯的罪，开始懊悔起来。这次从巴黎赶到维璃叶，一路上情绪愤激，处于半疯狂状态，到此刻才算止息，而悔悟这一机缘，又使他避免陷于绝望。

他的泪水像泉涌不竭，对等待他的是何判决，不存丝毫怀疑。

"这样，她会活下来，"他自语道，"活下来，可以饶恕我，可以怜爱我……"

第二天早上很晚了，看守才把他叫醒：

"于连先生，你胆子一定特别大。我已经来过两次，不忍心叫醒你。这里有两瓶好酒，是本堂神父马仕龙送的。"

"怎么！这坏蛋还在这儿？"于连问。

"不错，先生，"看守压低声音说，"别这么高声大气的，这样会于你不利。"

"到了我这份儿上，只有你老兄才会对我不利，如果你对我不再温和，不再关切……我会重重谢你的。”于连打住话头，拿出一副倨傲的神态，并气派十足马上扔去一枚银币。

努瓦虎把他所知有关瑞那夫人的情况，又仔仔细细重新讲了一遍，不过略去了艾莉莎来访一节。

此人的卑躬屈膝算到了家了。于连脑中闪过一念：谅这莽汉，收入也不过三四百法郎，因为牢里犯人并非川流不息。我可以答应给一万法郎，假如他肯跟我一起逃到瑞士去……难就难在教他相信我的诚意。想到要跟这样一个伧夫俗物长谈，心里先就起反感，便转而想别的事去了。

到了晚上，为时已晚。半夜里，开来一辆驿车把犯人带走。于连对伴送的宪警，倒很满意。天亮的时候，到达贝藏松监狱。这里的人很好心，把他安置在哥特式主塔楼的最高一层。他判断这是一座十四世纪初的建筑：结构典雅，峭拔轻盈，看来赏心悦目。两堵高墙夹峙一个深院，从墙与墙之间狭长的空际望出去，可以看到一角秀丽的景色。

第二天有过一次审讯。以后一连几天无事。他倒也心安神泰，觉得这案件再简单没有了：“我存心杀人，我理当处死。”

此事他就不去深究了。至于审判、过庭、辩护，他都看成是小小的不如意，这些讨厌的关节，事到临头再想不迟。连自己的死期，也拦不住他的思绪：等判决以后再考虑吧！生活倒也不烦闷。雄心已矣，他以新的角度来看待一切。连拉穆尔小姐，也难得想起。悔恨之情老是夹缠不清，使他常忆起瑞那夫人的身姿，尤其在夜深人静的时候。此外，只有塔楼顶上的白尾雕两声三声的叫声，扰乱他的清梦。

于连为瑞那夫人伤而未死感激上天。“真是咄咄怪事，”他自己思量，“原以为她给拉穆尔先生的信，会把我未来的幸福全毁了，想不到还不到半个月，当时苦心焦虑的事，现在连想都不想了……一年有两三千法郎收入，就可以安安生生在苇儿溪那样的山区过日子了……想那时候真是很快活……只是当时不知身在福中！”

在其他时候，他坐在椅子上会突然跳起来：“要是把瑞那夫人打死了，我也会把自己打死的……我该确信这一点，不然我对自己就会厌恶透顶。”

“把自己打死！这可是个大问题，”他沉吟道，“那些法官只知道等因奉此，揪住可怜的犯人不放，为了自己有块十字勋章可挂，不惜把最好的公民吊死……我要摆脱他们的淫威，不受他们的贬损，那种用蹩脚法文说的贬损之词，只有外省报纸才会称之为雄辩滔滔……”

“我大约还有五六个礼拜可活……”过了几天，他换了个想法，“自杀，凭良心说，我不干……拿破仑还忍辱负重，活了下来……

“再说，生活也还惬意，这儿很安静，心也不烦。”他不禁一笑。他开了一张条子，要人从巴黎给他送些书来。

第三十七章　在塔楼里

友人之墓。

——斯特恩

听到走廊里传来很大的响声，平日这时是没人上他牢房来的。白尾雕惊叫着飞了开去。牢门开处，德高望重的谢朗神父，颤巍巍地拄着拐杖，一见就扑进他怀里。

“啊！天哪！真有这种事，我的孩子……恶魔！我该这么说。”

善良的老人，再也说不出更多的话来。于连怕他跌倒，忙扶他坐进椅子里。时间的巨掌，已重重压在这个当年堪称刚强的汉子身上。在于连眼里，他只是他旧时的影子而已。

等老人缓过气来，才说：“我前天刚收到你在斯特拉斯堡发的信，外加你送给维璃叶穷人的五百法郎，是别人给我捎到鹂勿侣山坳的，我退居在那儿，我侄儿约翰家里。昨天，我才听说这桩祸事……啊，天哪！真有这种事？”老人已欲哭无泪，神态好像全无思绪，只喃喃说：“这五百法郎，你有需要，我给你带来了。”

“我需要的是看到你，我的神父，”于连大为动容，“钱我还剩下不少呢。”

但是得不到思路清楚的回答。谢朗神父不时溢出几滴眼泪，沿着脸颊默默往下掉。他望着于连，看于连拿起他手放在唇边吻，好像有点懵然不觉的样子。从前那张神采奕奕生气勃勃的脸，显耀出人类最高尚的情感，而今迟钝麻木以至于此！过了一会儿，有个庄稼汉模样的年轻人来接老人，对于连说：“别让他累着了。”于连明白，这后生就是神父的侄儿。探访的走了，却把于连留在惨痛的情绪里，连哭都哭不出来。这一切，令人怅然，无可安慰，他感到自己的心在胸膛里像冰一样冷。

此时此际，是他犯案以来最感惨痛的时刻。他刚跟死亡打了照面，看到了其全部的丑恶形状。伟大的心灵，慷慨的胸怀，这些绚丽的幻象，像彩云遇到暴风，都消逝得无影无踪。

这灰恶的心境，延续了几小时。精神委顿，倒用得着治病的药物和提神的香槟。于连认为求助于外物，是怯弱的表现。这可怕的一天，他尽在自己狭窄的塔楼里踱来踱去；白日向尽的时候，他号了出来："我莫非疯了？要是我跟别人一样的生老病死，看到这可怜的老人，引发痛切的愁绪，还情有可原。现在是正当英年，引刀一快，不是正可以免去悲怆的老境？"

不管怎么譬解，于连总觉得自己像胆小鬼，触绪伤怀。神父这次来访之后，情绪愈加不振。

他的身上再也找不到一点粗豪与恃傲的东西，更不要说罗马人的尚武精神。死亡显得嵬然巍然，好像非易于为事。

"这便是衡量我勇气的寒暑表，"他心里想，"今晚，比我上断头台所需的勇气低了十度。早晨倒还有这股子胆量。不过，有什么要紧呢！只要到紧要关头，拿得出勇气来就行。"寒暑表的想法颇有趣，不觉哑然失笑。

第二天早上醒来，很以昨夜的颓丧为耻。"这关系到我的心境，我的平宁。"他差不多决定要给检察官写信，恳求别再放人进来探监，"那傅凯呢？"他想，"要是他特意来贝藏松，看不到我会多失望！"

他没想傅凯，也许已有两个月。"在斯特拉斯堡的时候真浑，思虑所及，不出衣服领口。"他颇怀念傅凯，情动于衷，心潮起伏，绕屋徘徊，"我现在肯定比从容赴死的水平低二十度……再这么软弱下去，还不如把自己打死的好。如果我像孬种那样怕死，准让马仕龙和瓦勒诺笑话！”

傅凯来了。淳朴善良如他，伤痛得都有点神魂失措。他唯一的想法，如果他还有想法的话，是变卖全部家产，买通看守，救出于连·拉瓦莱脱[1]越狱的事，他跟于连说了半天。

“你的好心，反使我为难，”于连说，“拉瓦莱脱是无辜之辈，我是有罪之身。你言者无意，我却想到其中的不同……”

“但是，当真！怎么？你想变卖全部家产？”于连突然又变得辨析入微，信疑参半了。

傅凯看到好友终于对他根本之计做出反应，大为高兴，便把他每份产业能变换多少钱，详详细细算给于连听，总数上不会有一百法郎出入。

“对一个乡下业主，肯这样破家毁产，是够了不起的！”于连想，“他平时那么节俭，那么抠，我看了都觉得脸红，而今天肯统统为我牺牲！在拉穆尔府见到的那班公子哥儿，还算看过《勒内》这本感伤小说的，都不会干这种傻事，没一个人会干。除了那些特别年轻，轻易继承偌大财产，还不懂金钱之可贵的人不计，巴黎的漂亮人物，有谁肯做这样的牺牲？”

傅凯用语的毛病，粗俗的手势，都不见了，于连扑进他怀里。内地的乡风，比之于巴黎，还没受到这种更高的礼赞。傅凯看到他好友眼里流露出来的热诚，心里一喜，以为他同意出逃呢。

谢朗神父的衰年迟暮，令于连看了泄气；傅凯的一颗侠肠义胆，又使他鼓起勇气——他还很年轻，依我看，倒是一株好苗。他非但没像大多数人那样，由稚嫩变得圆滑，岁月会给他一颗恻隐之心，而且也会治好他多疑的毛病……哎，说这些空话，现在还有什么用？

尽管于连竭力反对，审讯的次数还是越来越多。他所有的回答，

---

1 拉瓦莱脱（1769—1830），拿破仑的副官，滑铁卢失败后被判死刑。行刑前夕，其妻探监，夫妇易服，得以逃出狱外。

力求把案子缩短："我杀了人，至少我想杀人，而且是蓄意的。"他翻来覆去，每次都这样说。但法官按部就班，非常刻板。于连的供认，非但没缩短审讯阶段，反使法官觉得有损尊严。于连蒙在鼓里不知道，他们曾打算把他迁到可怕的地牢去，全靠傅凯奔走，才让他依旧住在高踞一百八十级石级之上的上好房间里。

弗利赖神父，也属傅凯供应取暖木柴的要人之列。好心的商人想走门路，居然想到这位权势熏天的代理主教。使他大感快慰的是，弗利赖先生说：他对于连的品德和以前在神学院的言行深有了解，打算在法官面前为他说说情。傅凯看到营救有了一线希望。临走之前，他跪着恳求代理主教在做弥撒时，替他布施十个路易，祈求犯人能够获释。

他这就大错特错了：须知弗利赖，不是贪鄙的瓦勒诺。代理主教一口回绝，语言之间，使好心的乡民明白，钱他自己留着为好。看到要把事情讲清楚，难免会说出冒失的话来，弗利赖便劝傅凯把这钱施舍给穷苦的囚犯，他们倒真是要什么没什么。

"这于连真是个怪人，他的所作所为简直没法解释，当然，对我，不应有没法解释的事……"弗利赖神父暗想，"或者可以把他装成一位殉道者……总之，得把事情的底细弄清楚。或许得找个机会，对瑞那夫人吓她一吓，她对我们缺乏敬意，骨子里还在讨厌我……利用这桩纠葛，也许有办法跟拉穆尔先生漂漂亮亮讲和，侯爵似乎对这位小教士有种偏爱。"

诉讼案件的调解协议，几星期前已经签字。彼拉神父恰好在这倒霉虫到维璃叶教堂暗杀瑞那夫人的那天，离开贝藏松；行前，曾提到于连透着神秘的身世。

于连看到，死前还有桩不愉快的事，就是乃父要来探监。便想上书检察官免去一切探访，他将这个想法跟傅凯商量。厌恶见亲爹，尤其在这样的时刻，木材商以其安分守己、因循守旧的心理，也觉殊不可解。

傅凯自以为懂得了为什么那么多人厌恶他的好友。出于对不幸的敬畏，木材商把这感想藏在心底，只冷冷回答：

“不管怎么说，纵有密令不准探监，也不能用于尊大人身上呀。”

第三十八章　权势人物

可是，她的行止那么神秘，谁呢？
她的身材那么优美。她会是谁呢？
——席勒

第二天一清早，塔楼的门轰隆隆打开。于连猛惊醒过来，想：

“啊！天哪，我爸来了。这场面有多尴尬！”

就在这一刻，一个村妇打扮的女子投入他怀抱，叫人简直认不出：原来是拉穆尔小姐。

“坏东西，我收到你的信，才知道你在哪里。信中所说的罪行，不过是贵族式的报复，使我看到这胸膛里跳动的心有多高尚！这件事，我是到了维璃叶才知道的……”

成见归成见——而且心里未必承认，于连还是觉得拉穆尔小姐俏丽非凡。在她的言行中，昭然可见的是一种高贵的感情，不计利害，远远高出一般渺小庸俗的心灵？他依然相信自己爱着一位皇后。沉吟迟久，他才说话，其措辞和想法有种罕见的气度：

“未来的种种，在我眼前已勾勒得十分分明。我死之后，你再嫁给匡泽诺，匡泽诺娶到的，会是一位寡妇。这位俏寡妇，有着一颗高贵的、但带点罗曼蒂克的心。这桩离奇的、以悲剧告终的、对她显得无比重大的事件，她始而震惊，终而会回到以慎为贵的世俗信条，到了那一步，她才肯去了解那位年轻侯爵非常实在的价值。你以后会安于世人所说的幸福：身份，财富，地位……但是，亲爱的玛娣儿特，你这次到贝藏松来，万一引起别人猜疑，对拉穆尔侯爵会是个致命的打击，这样我就更不能饶恕自己了。我已经给尊大人惹了不少事。那位院士会说，侯爵用胸口窝暖了一条冻僵的蛇。”

“应当承认，我没料到你会搬出这么些冷静的说教，对未来会有这么多担忧，”拉穆尔小姐半嗔怪似的说，“我的贴身女仆差不多跟你一样审慎，她为此特地办了张通行证。我乘驿车，用的是米什蕾夫人的名义。”

“那么，米什蕾夫人凭什么能轻而易举来到我身边？”

“啊！你永远是我心目中的优秀人物呀。我去见审判官的书记，他说进塔楼是办不到的，我就先送上一百法郎。钱到手之后，这老实人叫我等等，又故意刁难，我想他还有无餍之求……”她打住不说了。

“后来呢？”于连问。

“别生气，我的小于连，”她一边吻他一边说，“我只好说出自己的名字，他当我是巴黎的小女工，爱上了美男子于连……我这里说的，都是他的原话。我向他发誓，说我是你的女人，这样，才得到允许，可以天天来看你。”

“瞧这疯劲儿，要拦也拦不住，”于连想，“说到底，拉穆尔先生是名震一时的重臣，他日年轻上校娶这位姣好的孀妇，舆论自会担待过去。再说我一死，什么都遮盖过去了。”他纵情于玛娣儿特的欢爱之中，无限销魂。此中有疯狂，有心灵的伟大，总之是最离奇不过了。贵族小姐还一本正经提出：要跟他一道去死。

经过最初那阵亢奋，饱尝相见情好之余，她心里突然萌发一种强烈的好奇，要好好打量她的情人，发觉他实在高出她想象之上。可谓博尼法斯·特·拉穆尔再世，只是更加英武。

玛娣儿特分别拜访当地第一流的律师，硬生生送人钱财，不免有点唐突，不过，他们最后都收了下来。

她很快得出这个看法：在贝藏松，举凡委决不下或关系重大的事，都要待弗利赖代理主教一言而决。

用米什蕾夫人这个卑微的姓氏，想见到圣公会的权势人物，其间的困难简直难以克服。这时，城里盛传：有位时装店的小娇娘，爱疯了头，特地从巴黎跑到贝藏松，来安慰年轻的教士——于连·索雷尔！

玛娣儿特行色匆匆，独自在贝藏松街上跑来跑去，她希望不至于被人认出来。不过，在市民百姓中有所影响，她不认为会无补于事。依她疯狂的念头，甚至想煽动百姓肇事，以解救走向死亡的于连。拉穆尔小姐自以为穿着朴素，切合丧痛的处境，事实上，她的华姿艳影，引得人人注目。

她在贝藏松已成众人关注的对象。这样，经过一个礼拜的奔走，才得到弗利赖神父的接见。

这位圣公会首领的权势和歹毒，在她头脑里是一而二、二而一的，所以不管她多么勇敢，要拉响主教宅邸的门铃，不免战栗起来。她一级一级，爬楼梯上他套房去的路上，几乎难以举步。房子大得像宫殿，空旷孤寂，她背脊直发冷。“很可能我坐进扶手椅，椅子一把抓住我胳膊，人就不见了。我的贴身侍女能去问谁要人？宪兵队长也不敢造次……我在这座大城市里真伶仃一人，孤苦无告！”

第一眼看到主教那套房间，她就心安神定了。首先，给她开门的当差，号衣奢华。教她等候召见的客厅，陈设高雅，器物精洁，与粗俗的排场大异其趣，就是在巴黎，也只有在少数上等人家才能见到。弗利赖先生这时慈眉善目地向她走来。一见代理主教，所有关于此人忍心害理、两面三刀的说法，都化为一缕轻烟。这张漂亮面孔上，甚至找不到那种霸道的、带点凶悍的、不受巴黎上流社会欢迎的性格标记。这位在贝藏松叱咤风云的教士似笑非笑，表明他是见过世面的体面人物，是教养上乘的神职人员，是精明强干的地方大员。玛娣儿特恍然觉得已置身巴黎。

弗利赖神父没用多大会儿，就使玛娣儿特乖乖承认，她就是他的劲敌拉穆尔侯爵的千金。

“我的确不是什么米什蕾夫人，”说话之间，她又恢复了高傲的神态，“承认我的身份，想必于我不致有多大损害，因为我是专程来讨教的，看看拉尉耐先生有没有越狱的可能。首先，他犯的罪，不过是一时糊涂；他开枪要打的那个女人，现在还活得好好的。其次，为买通下属，我可以立即出资五万，并且担保再出一个一倍数。最后，对于能营救拉尉耐先生的人，我本人和我全家出于感激，就没有办不到的事。”

弗利赖神父听到拉尉耐这个姓，不由得一愣。玛娣儿特便出示陆军大臣致于连·索雷尔·特·拉尉耐先生的多封函件。

“你可以看到，先生，家父正着意照应他的前程。我也已和他秘密结婚。这门婚姻，对一位拉穆尔家的小姐说来有点出格。所以，在公开宣布婚事之前，家父想先提拔他当高级军官。”

玛娣儿特注意到，弗利赖神父探悉这些重要细节后，脸上那种慈祥和悦的表情迅即消失，代之以虚伪狡猾、莫测高深的气象。

神父不无怀疑，把那几份文件又细细看了一遍。

“她吐露的隐情有点迥乎寻常，我从中能得到什么好处呢？”他暗忖，“顷刻之间，我跟菲华格夫人的女友搭上了关系。这位名倾一时的菲华格夫人，对她当大主教的叔公是予取予求、为所欲为的；而在法国想当主教，非得通过这位大主教不可。

“以前一直认为远哉遥遥的事，突然拉近到了我眼面前。因缘际会，把我径直引向梦寐以求的目的了。”

玛娣儿特单独和这位权势人物僻处一室，看到他脸色大变，起先很惊慌，但很快又想：“怎么？这位教士权势和享用都全了，如果对他的冷酷自私不能有所影响，岂不是我的厄运？”

看到登上主教宝座的捷径意想不到已经打通，真有目眩神移之感。弗利赖神父惊异于玛娣儿特的干练，一时之间竟失了方寸；拉穆尔小姐看他几乎要跪倒在自己面前，勃勃野心使他激动得索索发抖。

“一切都明朗了，”她想，“菲华格夫人的女友在这儿，就没有办不成的事儿。”虽然怀着不免非常痛苦的妒意，玛娣儿特还是鼓起勇气，说于连是元帅夫人的密友，几乎天天在元帅夫人府见到那位大主教。

“日后从本省德望俱隆的居民中，用抽签的办法抽过四五次，确定一张有三十六位陪审官的名单，”代理主教眼里闪着野心的光芒，一字一顿地说，“要是在这张名单上，数不出八九位朋友，而且是其中最有头脑的主儿，就算我不走运。敝人差不多总能包揽半数以上的票，多于比判罪所需的票。你看，小姐，我轻而易举，就可以使案子免诉……”

神父突然住口，好像被自己的话惊住似的：向不可与言的人说了不可与言的事。

不过，他也使出杀手锏，叫玛娣儿特发怵。代理主教告诉她，于连这桩奇情轶事，最使贝藏松人惊奇和感兴趣的，是他能激起瑞那夫人的痴情，而且彼此长期热恋不休。弗利赖神父不难觉察，他讲的情况引得对方心烦意乱。

“我算翻了本了！”他想，“这极有主见的小娘子，有办法对付了，我刚才还担心不能奏效呢。”在他眼里，贵族千金目空一切、不易摆布的神气，更增进了这位绝代美人的魅力，而这位小姐对自己采取一种近乎哀求的态度。这下完全恢复了镇静，不惜拿匕首在她心里绞。

他像闲闲说起似的：“总之，如果听到于连是出于嫉妒才向从前热恋的女人连开两枪，我不会感到惊奇。瑞那夫人并非没有姿色，最近还频频去第戎见一个叫马基诺的神父，一个不讲道德的詹森派教士，而所有詹森派教士都是一路货色。”

发现这个漂亮姑娘的弱点之后，弗利赖神父就称心如意地加以折磨。

“索雷尔先生何以选择教堂这个地点呢？”代理主教目光灼灼，盯着玛娣儿特，“还不是因为他的情敌这时正好在教堂里做弥撒！大家都认为，你保护的那个幸运儿，为人绝顶聪明，做事尤其谨慎。瑞那家的花园，他是熟门熟路的。躲藏在花园里，不是更简单吗？在那儿，把他忌恨的女人打死，几乎可以肯定是不会被人看到或抓住，甚至不会引起怀疑的。”

这个说法，乍听起来很有道理，把玛娣儿特气炸了。这颗高傲的、知所谨慎的心——这种生硬的谨慎，上流社会认为可以忠实反映一个人的心理——无法即刻体会到弃绝谨慎的快意，而这种快意，对于连这样火热的灵魂，感觉上只会更觉强烈。玛娣儿特生活的巴黎上流社会圈里，热情很少会不顾及谨慎，而从窗口跳下去的，都是住在六楼上的穷人。

谈话到最后，弗利赖神父确信，已把对方玩弄于股掌之上。他让玛娣儿特明白（显然是说大话）：向于连提起公诉的检察院，他可以随心所欲地加以摆布。

三十六位陪审官一经抽签决定，他拟亲自出马，至少向其中的三十位面授机宜。

玛娣儿特倘不是那么俏丽动人，说不定要到第五六次见面，弗利赖神父才肯讲得如此直白。

第三十九章　深谋远虑

加斯特尔，一六七六年——隔壁屋里，一位兄长杀了他妹妹，此人前已犯有一桩命案。其父向推事等人私下分送五百银币，救了他一命。

——洛克《法兰西纪行》

走出主教宅邸，玛娣儿特毫不犹疑，立刻派人给菲华格夫人送去一函，有损名誉这种担忧，片刻未能阻止她的行动。她恳求其情敌务必向主教大人讨得致弗利赖先生的亲笔信一封，甚至求元帅夫人亲自携函来贝藏松。对一颗嫉妒而骄矜的心来说，这也算得是种壮举了。

听从傅凯的劝告，拉穆尔小姐谨言慎行，绝不把奔走的情况告诉于连。单单她的光临，已搅得他够心烦的了。临近死亡，他变得更加至诚，不仅对拉穆尔先生深自愧疚，对玛娣儿特也同样觉得过意不去。

“怎么！我在她身旁，有时会心神不属，有时甚至感到厌烦，”他扪心自问，“她失身于我，得到的竟是这样的报答！难道我是坏蛋？”这种问题，换了他雄心万丈的时节，是根本不会放在心上的。那时，对他而言，壮志未酬，才是人生唯一的耻辱。

看到玛娣儿特，他的苦闷更觉深重了，因为他这时引发她一种非同寻常的、几近疯狂的痴情。她说来说去，尽是为营救他而愿做的种种不可思议的牺牲。

玛娣儿特为一种她引以为豪的、比骄傲更强烈的情绪所激励，不愿此刻生命中的分分秒秒，未做任何惊人之举就白白过去。与于连的长谈，充满了异想天开的，对她说来也是险象环生的计谋。那些狱卒，得了很多好处，任她在监狱里无法无天。玛娣儿特的想法，尚不限于牺牲名誉，即使里里外外的人看她腆着肚子，也不以为羞。跪在飞驰的御辇前替于连求情，为引起善心太子的注意而甘冒给车马压死的危险，不过是她勇敢而狂热的头脑里渺乎小哉的臆想。通过内廷方面的知交，她相信自己准能召赴圣克卢御苑，进入禁闱重地。

这般忠诚，于连自觉承当不起，说实在的，他对英雄行为已感倦怠。也许一种天真淳朴的、近乎羞怯的柔情，更能拨动他的心弦；但玛娣儿特却相反，她高傲的心魂，总需要公众和他人来烘云托月。

为情人的生命——她不愿在情人死后还苟活人世——而焦虑和担忧之际，她还怀有一种隐秘的愿望，想以自己极度的情爱和崇高的举动来震动公众。

见到这一桩桩英雄行为，于连对自己不为所动而感到生气。要是得知玛娣儿特向善良的傅凯，向他忠诚的，但非常理智、非常狭隘的头脑，灌输了多少疯狂的念头，不知会气到什么程度。

玛娣儿特的忠勇之举，傅凯不知道有什么可责备的，因为，只要能救出于连，他也肯牺牲全部财产，不惜侥幸行险。不过，看到玛娣儿特大把撒钱，着实吃惊不小。最初几天，她钱财上这样的大手大脚，真把他镇住了，他跟所有内地人一样，历来敬钱如神。

后来，傅凯发现拉穆尔小姐的方案经常在变。大感快慰的是，他终于找到一个词儿可以贬抑这种够呛的性格：女人家的变化无常。从这个形容词到内地最损的话：寻事吵闹，相隔也仅一步之遥。

一天，于连看玛娣儿特离开牢房，心里思量："真怪，她这份痴心，情意可感，我自己竟这样无动于衷！可是两个月前，我是那样喜欢她！我在哪里看到，说人之将死，对一切都提不起兴致来。但可怕的是，自己即便感到有负于人，至此已来不及痛改前非了。那么，我算是个自私家伙啦？"他为此自责不已。

在他心里，雄心已死，但是另一种感情却从死灰中冒出头来：谋杀瑞那夫人的悔恨之情。

事实上，他眷恋到了发狂的地步。当独居孤处、无人搅扰的时候，他整个身心浸沉在回忆里，想起从前在维璃叶或苇儿溪度过的开心日子，感到异样的幸福。那段飞快过去的时日，即使一些琐琐碎碎的事，都觉得清新扑面，横空而来，令人不胜牵萦。厕身巴黎后的春风得意，他从来不愿去想，甚至感到厌烦。

这种迅速发展的倾向，玛娣儿特的妒忌心已猜到几分。她清楚看到，得跟他的喜欢孤独苦苦争斗。有几次，她惴惴然说出瑞那夫人的名字，于连竟会战栗起来。他的情思，已弥漫得更无涯际了。

“他死了，我也跟着死去，”拉穆尔小姐似真是这样想的，“看到一个像我这样身份的姑娘，没头没脑地爱上一个注定要死的情人，巴黎的客厅会有何议论呢？这样的感情，直要追溯到英雄时代才能找到。在查理九世和亨利三世治下，正是这类爱情，激荡着那时代人的心。”

在最忘情的时刻，她把于连的头紧紧抱在胸前，不胜惊恐地想道：“怎么！这可爱的脑袋，就要给砍下来？”这时，她心里激扬着一种豪情，一种不无得意的豪情：“嗨，我的嘴唇此刻吻着这漂亮的头发，不出二十四小时，就会变得冰冰凉了。”

豪情胜慨、淋漓痛快的史事，牢牢萦绕在她记忆之中。自杀的念头，本身就会缠绕不休，原先还离得很远的，现在却钻进这颗骄矜之心，凌越其上了。玛娣儿特傲然想道：“不，祖先的热血，传到我身上，还没有变凉呢！”

“我向你讨个情，”一天，于连对她说，“把你的孩子寄养在维璃叶吧，奶妈和瑞那夫人会看管的。”

“这真是不情之请了……”玛娣儿特脸都气白了。

“真是，求你千万原谅。”于连从迷糊中惊醒过来，把玛娣儿特搂进怀里。

他替她擦干眼泪，思路又回到了原先的想法上来，不过这次要巧妙得多。他赋予谈话的内容，以一种忧郁的哲理色彩，谈起他那过早就要结束的前程。

“应当承认，亲爱的，激情只是人生中的插曲，而这类插曲只发生在高尚的灵魂之间……我儿子如果死掉，对保持贵家族的尊荣来说，未尝不是幸事，这一点，底下人以后自会猜度得出。等待这个蒙羞的不幸孩儿的，将是撇在一旁，无人照应……我希望，过一时期，我不想指定是何年何月，但我的勇气使我已能预见得到，你将能遵照我的遗愿：嫁给匡泽诺侯爵。”

“怎么，娶一个丢人现眼的女人！”

“丢人现眼，是不会和贵姓氏连在一起的。你不过是个寡妇，一个疯子的寡妇，如此而已。再进一步说，我作案杀人，动机不在钱财，就无所谓丢人现眼。也许，到你结婚之时，哪位有哲学头脑的法学家，能战胜同僚的偏见，使废除死刑的立法获准通过。那时，会有人用友善的口吻举例说：‘唉，拉穆尔小姐的第一个丈夫是疯子，但不是坏人、无赖。杀他的头，是冤枉的……到那时，我的名声，就跟耻辱不沾边了。至少，过了一段时间之后……你的社会地位，你的偌大家私，请允许我再说一句，你的才干，会使当你丈夫的匡泽诺先生有一番作为，而光靠他一人却成不了气候。他有的只是门第和勇武；单靠这两种品质，在一七二九年还可造就一个完人，但在一个世纪之后的今天，就显得落伍了，空端着自命不凡的架子而已。要想做法国青年的领袖，还需具备别的品格。

“你敢作敢为的坚毅性格，对你要尊夫婿加入的政党，就是一种襄助。抨击政府的投石党运动里，出了谢芙安茨和隆葛薇尔两位公爵夫人，你可以步她们的后尘……但是，到那时候，亲爱的，此刻激励着你的圣洁的火焰，就会冷了一点。”

说了这些铺垫的话，他才把意思补足：“请允许我这样说，过了十五年，你会把先前对我的爱，看作是一种狂态，虽说是可以饶恕的，但终究是一种狂态……”

他突然停住，悠然出神了……又想到使玛娣儿特不悦的念头：“过了十五年，瑞那夫人还在疼我的儿子，而你早把他忘了！”

第四十章　静退

正因为我那时疯疯癫癫，所以今天才这样规行矩步。哦，只能看到瞬间事物的哲人，目光是何等短浅！那你的眼睛就看不到在暗中涌动的激情。

——歌德夫人

这次谈话，给审讯打断了，接着得跟辩护律师商议。在他散淡无为、绮思缠绵的生活里，唯有面对司法程序才是最不愉快的时刻。

无论对法官，还是对律师，于连总是一个说法："这是桩杀人案，而且是预谋在先的。我很抱歉，先生，但事实如此。"他含笑补上一句，"这样一来，你们的差事就简便多了。"

一旦摆脱这两个家伙，心里便念叨："总之，我得是好样的，表面上要显得比他们两位还强。他们把这场导致可悲结局的斗法，看作是灭顶之灾，是'恐怖之尤'，而我，等事到临头之日，再好好考虑不迟。"

于连依然想着穷通祸福的问题："我之所以这样旷达，是因为有过更大的不幸。第一次去斯特拉斯堡的时期，感到自己见弃于玛娣儿特，那时的痛苦，真别是一番滋味……而且可以说，当时巴望的这种你怜我爱，今天得到之后，竟会觉得这么淡乎寡味……事实上，我一个人独自待着，比这美丽的姑娘来分去我的寂寞，更要感到快乐……"

律师是个按部就班、照章办事的人，以为于连疯了，他跟公众的见识一样，认为于连是出于嫉妒才拿起枪来的。一天，他试探着暗示于连：嫉妒之说，姑且勿论真假，是极好的辩护理由。但这位被告，转瞬之间，就变成一个情绪激烈、做事决绝的伙计了。

于连吼道："当心你的狗命，先生，记住不许再提这可恶的谎言。"谨言慎行的律师，一时里倒着了慌，害怕真要被他谋杀掉。

辩护词得准备起来了，因为关键的时刻很快在逼近。贝藏松和全省现在谈论的，就是这桩出了名的案件。这一情况，于连本人并不知道，他曾恳求别人不要再跟他谈这类事。

这天，傅凯跟玛娣儿特打算把外面的传闻告诉他：照他们两人的看法，这些街谈巷议倒给人若干希望。但于连听了个开头，就把他们拦住了。

"让我在这里爱怎么生活就怎么生活吧。你们那些明争暗斗，家长里短，我觉得不堪其扰，会把我从半空中拉回来。各有各的死法。我呢，要按我自己的方式去设想死。他人跟我有何干系？我与他人的关系，一刀下去就断了。求求你们，别再跟我说那些人了。光见见法官和律师，就够我受的了。"

他心里暗想："看来，我命里注定会在梦想中死去。像我这样一个无名之辈，不出半个月，就会给人忘得一干二净，何苦去演什么戏呢……

"不过，倒也奇怪，直要死到临头，我才知道该怎样享受人生。"

他在塔楼高头狭窄的平台上转踱，以消磨人生的最后几天。一边踱步，一边吸着玛娣儿特派人从荷兰买来的上等雪茄，根本没想到全城的望远镜都在翘盼他的出现。他魂牵梦萦，心系苇儿溪。他从来没跟傅凯提到瑞那夫人，但有两三次，这位朋友告诉他，说瑞那夫人康复得很快，这句话听得他心头一震。

于连的心思，差不多全沉湎于空想世界，而玛娣儿特却忙于实际事务，好像贵族小姐倒该在实务上操心似的。她把菲华格元帅夫人和弗利赖代理主教之间的直接通信，已推进到可以密谈的地步，主教职位这个要紧字眼业已提到。大主教德高望重，执掌着圣职的任免大权，一次给侄女的信上加了个附笔：可怜于连乃一时糊涂，仰即交回我们是盼。

看到这两行字，弗利赖神父真高兴得灵魂出窍。觉得救出于连，当无疑义。

抽签决定三十六名陪审官的前夕，他对玛娣儿特说："组成人数众多的陪审团，是雅各宾法令规定的，其目的纯为剥夺贵族的权势。要是没有这项法令，判决书就包在我身上了。N本堂神父的获释，就是我斡旋的结果。"

第二天，看到抽签决定的名单，弗利赖神父不觉一喜：属于贝藏松圣公会的有五位，非贝藏松人士中有瓦勒诺、穆瓦罗、肖仁等三人。他对玛娣儿特说："首先，这八位陪审官由我负责。前面五人是拨一拨动一动的机器人。瓦勒诺是我的耳目，穆瓦罗之有今日全靠我，肖仁是个事事害怕的蠢货。"

报纸把陪审官的名单传遍全省。瑞那夫人不顾丈夫莫名的惊恐，表示要亲临贝藏松。瑞那先生只得到她这一许诺：到了之后决不离开病榻，免得发生出庭作证之类的麻烦。

"我的处境，你有所不知，"维璃叶前市长对夫人说，"我现在成了他们所说的'转向'自由党的人了。毫无问题，瓦勒诺那坏蛋串通弗利赖，很容易借手检察官和审判官，做出使我难堪的裁决。"

瑞那夫人毫不留难，便向丈夫的命令做了让步。她自忖："如果我出现在审判庭，就会给人一种印象，好像我是去申冤报仇的。"

虽则对丈夫和忏悔师做了谨慎行事的承诺，瑞那夫人一到贝藏松，就给三十六位陪审官，每人写去一封亲笔信：

> 先生，审判之日，恕我缺席，因为我出庭，可能会不利于索雷尔先生一案。在这世界上，我唯一的殷盼，就是他能得救。请相信，一个无辜者因我而走上死路，这可怕的想法就会危害我的余生，缩短我的寿命。你们怎么能判他死

刑呢，我不是还活着吗？不，可以肯定，社会无权剥夺一个人，尤其像于连·索雷尔这样一个人的生命。在维璃叶，人人知道他有时神情恍惚。这可怜的年轻人，有不少劲敌，但是，即使是他的劲敌，（知有多少？）也不怀疑他冠绝时辈的才华和渊深精湛的学识。先生，你们要审判的，不是一个等闲之辈。近一年半的相处，我们知道他是一个虔诚、懂事、勤勉的人。但一年总有两三次，他会发忧郁症，神思迷离。维璃叶全城的人，我们消夏地苇儿溪的近邻，我们全家，以及专区长官本人，都可以证明他的虔诚堪为表率。整部《圣经》，他都能背得；一个不信教的人，会长年累月钻研这部圣书吗？现嘱稚子专程呈送此信，他们还不失赤子之心。阁下不妨屈尊垂询，他们当可面达详情；关于这可怜小伙子的底细，不可不知，会使你明白判他死刑是横暴无理的。果然如此，就谈不上为我报仇，适足以送我性命。

他的仇敌怎能回避这一事实？我的伤，不过是他一时神经错乱的结果，我孩子早已发现他们的家庭教师有这毛病；况且我伤势并不怎么危险，调养了不到两月，我已能驱车从维璃叶赶到贝藏松。要是得知你，先生，把一个罪不足死的人从蛮不讲理的法律开脱出来，还有丝毫游移，那我就将离开仅因遵守丈夫命令而羁留的病榻，跑来跪在你面前向你求情。

先生，敬请宣明：预谋杀人属不实之词。这样，阁下就不会因无辜者血溅刑台而受到良心责备。诸希亮察。

第四十一章　审判

这桩出名的案子，当地人长久都会记得的。众人对被告的关切，几至于激起骚动。因为他的罪行，虽则令人吃惊，却不算残虐。即算残虐，这小伙子也太漂亮了点。他锦绣般的前程。早早就要结束，更使大家软了心肠。女人家问相识的男人："会判他死刑吗？"她们脸色刷白地等着回答。

——圣勃甫

瑞那夫人和玛娣儿特不胜畏惧的一天，终于到来。

城里非同寻常的气氛，更增加了她们的惊恐，连坚毅如傅凯者，情绪上也不无波动。全省的人，都蜂拥而至贝藏松，要来看看怎样审理这件风流案子。

几天以来，所有客栈，都人满为患。刑事庭庭长处处受围，人人都索要旁听证。全城有身份的太太，都想亲临现场。街头巷尾的报贩，在叫卖于连的画像……

为这生死危急的时刻，玛娣儿特握有主教大人的一封亲笔信。这位统辖法国教会、委派各地主教的教长，不惜降尊屈贵，要求对于连做无罪判决。审判前夕，玛娣儿特携函求见势焰熏天的代理主教。

晤谈完毕，她辞别时不胜欷歔，弗利赖神父似乎受了感染，终于放下老谋深算的架势，说道："陪审团的表态，可以包在我身上。负责审查贵相知的罪状能否成立，特别是是否属于蓄意谋杀的，有十二人，其中六位是关心我进退的朋友。语言之间，我已暗示他们：我能否升迁主教，全系于他们此举了。瓦勒诺男爵，经我疏通已当上维璃叶市长，他完全能支配穆瓦罗和肖仁这两个下属。事实上，此案就碰到两位陪审官想法不怎么合拍，不过，尽管是极端自由党，大事上还是听命于我的，我已要他们跟着瓦勒诺投票。此外，已了解到，第六位陪审官是位非常有钱的实业家，极爱唠叨的自由党，暗中想供应一批货物给陆军部。毫无疑问，他也不想得罪我；我已向他授意，瓦勒诺先生的取舍，就是我最后的抉择。”

“那么，这位瓦勒诺先生是谁呀？”玛娣儿特不放心地问。

“假如你认识他，就不愁事情办不成了。这个家伙能说会道，胆子大，脸皮厚，粗声粗气的，生来就是统摄傻瓜的料。一八一四年的王政复辟，才使他脱出苦海。我有意栽培他当省长。别的陪审官倘不照他意思投票，他自有办法收拾他们。”

玛娣儿特听了，于心稍安。

当天晚上，还有另一场口舌等着她。于连为免得不愉快场面拖长，而结局在他看来已无可更改，所以决定到时不置一词。

“有律师为我辩护就够了，”他对玛娣儿特说，“我在那些对头面前挺尸的时间只嫌太长。我仰仗你而飞黄腾达，好像得罪了内地人什么似的，所以，请相信，他们中没人不愿意判我死刑的，虽然看到我押赴刑场也会傻哭起来。”

“他们存心看你倒霉受辱，这不假，”玛娣儿特答道，“但我不信他们都那么刻毒。我在贝藏松抛头露面，凄惶悲痛的样子，已引起所有女人关切起来，余下的事，要靠你的漂亮面孔了。你只要当着法官申辩一句，听众就会倒向你这一边的。”

第二天早晨九点，于连走出牢房，去法院的大厅。院子里人头攒动，法警费了好大劲，才拦出一条路来。于连一夜好睡，精神镇定。这帮眼红他的人，说他们残忍刻毒倒也未必，但都是来听他的死刑判决，准备拍手称快的。于连已很超脱，倒可怜起他们来。他在人群中滞留了一刻多钟。他不得不承认，他的出现引起众人一片怜惜之情，倒没听到什么不中听的话。他心里想："这帮内地人还不像我想象得那么坏。"

进入审判庭，他很惊异，发现建筑堪称华美。这是正宗的哥特式，无数漂亮的小圆柱，雕琢极精。他觉得自己仿佛已置身于英格兰。

但他的眼光，很快被十二三位艳丽女子所吸引。她们正好面对被告席，高居审判官和陪审官座席顶上的三个楼座。他转身朝向公众，看到梯形审判厅之上的环形旁听席挤满了名媛淑女，多半很年轻，好像都很漂亮：明眸善睐，充满关切。大厅的其余部分，也拥挤不堪。门口还有人吵着要进来，卫兵都无法维持场内安静。

一双双寻找的眼睛，待看到他的容貌，因为他坐在指定给被告的稍高一点的位置上，引起一阵喃喃低语，惊讶者有之，关情者亦有之。

这天，他看上去还不到二十岁：穿着朴素，但很有风采，头发和前额，是种可爱的模样；玛娣儿特曾亲自要帮他打扮来着。于连的脸色极其苍白。他刚坐下，就听到四面有人说："天哪！他多年轻！……还是个孩子呢……人比画像上还要俊。"

"你这位犯人，看见这楼座上的六位太太了吗？"坐在他右侧的法警，指着突出在陪审官上面的小看台对他说，"那位是省长夫人。旁边的是N侯爵夫人，她很喜欢你，我亲耳听见她向预审法官为你求情。再过去，是戴薇尔夫人……"

"戴薇尔夫人！"于连叫出声来，脸马上一红。他想："她一走出这儿，准会写信告诉瑞那夫人。"瑞那夫人到贝藏松一事，他还不知道。

证人的证词，很快听完了。检察官刚念起诉书，于连对面的小看台上，就有两位太太哭出声来。"戴薇尔夫人才不是这种容易动感情的人。"他想。不过，发现她脸颊绯红。

检察官用拙劣的法语，以夸张的词句，论证罪行的野蛮，于连注意到，戴薇尔夫人旁的几位太太脸上一副不以为然的样子。有的陪审官，看来认识这几位太太，跟她们攀谈起来，似乎在宽慰她们。“看来倒不失为好兆头。”于连想。

到这时为止，于连对所有来听审判的男人，都极为鄙视。检察官的口才，平庸沉闷，更增加了这种反感。于连拘谨的心态，面对种种关切的表示，渐渐消融开来。

他对辩护律师坚毅的神色，感到满意。看律师要开始发言，便低声嘱告：“别卖弄词句！”

“嗯。博舒爱好作夸大之词，他们偷得此法，用来攻击你，反倒帮了你忙。”律师答道。果然，律师开口说了还不到五分钟，几乎所有女太太手里都捏上了手帕。律师大受鼓舞，对陪审官说出几句极有分量的话。于连感到震撼，觉得眼泪就要夺眶而出了。“好啊！我的仇敌将何词以对？”

他快要心软了，幸好这时瞟见特·瓦勒诺男爵放肆的目光。

“这坏蛋眼底里简直要冒出火来，”于连低声自语，“对这卑鄙的灵魂，是多大的胜利啊！如果我犯罪，只引得他这样得意忘形，那我就要诅咒我的罪行。天知道，他会向瑞那夫人说我些什么！”

这个想法赶走了其他一切念头。不久，听众席上啧啧称是的声音，把他从迷惘中唤回来。律师刚结束辩护词。于连想起，应该与律师握手致谢。时间真过得飞快。

法警给律师和被告送来了点心。于连这时才注意到，竟没有一位妇女离开法庭，回家去吃晚饭。

律师说：“凭良心说，我真饿死了。你呢？”

于连道：“我也一样。”

“你瞧，省长夫人也收到了送来的晚餐，”律师指了指小看台，“拿出勇气来，一切都会顺利的。”

审判重新开始。

庭长在归纳两造论据时，午夜的钟声响了，于是只得暂停。在焦躁不安的寂静中，只听得当当当的钟声，在大厅里回荡。

“唉，我的末日到了。”于连想。过了片刻，职责攸关的念头使他感奋起来。此前，他一直控制自己情绪，抱定宗旨不发一言。但是，当法庭庭长问到他是否有什么话要补充，他倏地站了起来。看见对面的戴薇尔夫人，眸子在灯光照耀下显得亮晶晶的，他想：“莫非她哭过了？”

“各位陪审官先生，我之所以讲话，是怕受人轻蔑，我原以为死到临头，可以不去计较的。诸位先生，我此生无此荣幸，能隶属你们那个阶级；在你们看来，我不过是一个为自己出身卑微而敢于抗争的乡民。

“我不会向你们乞求任何恩典，也不抱任何幻想，”于连加重口气说，“等待我的将是死刑：这可以说是公道的。我曾想谋杀一位最值得尊重最值得敬佩的女子。瑞那夫人从前待我如同慈母一般。我犯的罪，是不齿于人的，是经过预谋的。所以，判我死刑，可算罪有应得。但是，我的罪即使没这么重，我看到在座各位，不会因我年轻而动恻隐之心，仍会杀一儆百，借我来惩戒来打击这个阶层的年轻人：他们出身低微，厄于穷困，但有幸受到良好的教育，敢于混迹阔佬们所号称的上流社会。

“这就是我的罪过，诸位，而惩罚也将更加严厉，因为事实上，审判我的，全是些非我族类的人。陪审官席上，连一位发家致富的乡民都没有，统统都是气我不过的有产阶级……”

于连用这种口气，讲了二十分钟，把压在心底的话统统说了出来。检察官想借此案向贵族阶级邀宠，坐不安席，几次跳起来。虽然于连这席话，使辩论带上了点抽象色彩，在场的妇女还是个个擦眼泪，戴薇尔夫人也用手绢掖着眼角。临末，于连又回过来谈预谋杀人，谈他的悔恨，以及在从前比较幸福的日子里，对瑞那夫人的尊敬之意和像儿子般的热爱之情……戴薇尔夫人尖叫一声，晕了过去。

陪审官退庭出去合议的时候，时钟正敲一点。无一妇女离庭而去，竟有几个男子眼里噙着泪水。起初，大家谈得很起劲；可是陪审团的裁决久候不至，众人情绪渐就懈弛，大厅这才肃静无哗。这一时刻，显得庄严凝重，灯光也不像原来那样亮晃晃的。于连深感倦怠，听到周围议论纷纷，猜这拖延是好兆抑或恶兆。他感到快慰，看到所有祝愿都向着他。陪审团还没回来，然而大厅里的妇女也没一个离开。

两点钟刚敲过，大厅里骚攘起来。陪审官房间的小门打开了。特·瓦勒诺男爵迈着威严的台步走在前面，其余陪审官跟在后头。他清清嗓子，然后宣布：根据天理良心，陪审团一致认为于连·索雷尔犯有杀人罪，而且是预谋杀人，这项罪名必然引出死罪的结论。死刑是略过片刻才宣布的。于连看看表，想起身陷囹圄的拉瓦莱脱，这时是二点一刻。“今天是倒霉的星期五了？”他想。

“是的，今天对瓦勒诺是好日子，来判我罪……只恨监视太严，玛娣儿特无法像拉瓦莱脱夫人那样来救我……这么说来，三天之后，在这同一时刻，我就会领教这大去茫茫……”

这时，听得一声惊叫，他的魂又给唤回到了尘世。周围的妇女呜呜咽咽，悲不自胜。他看到众人的脸都转向一个小看台，这看台十分隐秘，开在一根贴墙的哥特式半圆柱的顶饰部分。他事后才知道，原来是玛娣儿特躲在那里。叫声没有再起，大家又开始打量于连，这时法警正为他在人群中隔出一条路来。

“我得留神，别留下什么可以让瓦勒诺这坏蛋来笑话我，”于连想，“他宣布这性命交关的裁决时，装出明不由己的模样，真够假仁假义的。而那位可怜的庭长，虽然为官多年，在宣判我死刑时眼里倒含着泪水。从前为瑞那夫人争风吃醋，瓦勒诺这次得以挟嫌报仇，何其痛快！……我再也见不到她了……一切都完了……不能跟她最后诀别，我感到……我对自己的罪行深恶痛绝，假如能告诉她，心里就会松快得多！

“不过，还是这句话：判成这样，天公地道！”

第四十二章[1]

于连回监狱，被带进一间死囚室。平时明察秋毫的他，这次却没发现狱卒没要他重上塔楼。他是在考虑，如果死前有幸见到瑞那夫人，该说些什么。想必她会打断我，所以希望开口第一句话，就能把悔恨之情全部托出。“开枪打了她，怎么能使她相信，我就只爱她一人？毕竟，杀她，是出于想飞黄腾达，或者就出于对玛婕儿特的爱。”

躺到床上，才发觉床单很粗。他睁大了眼睛，自言自语道：“啊！关在地牢里，当作死刑犯。公道公道……”

“阿尔泰米拉伯爵曾跟我说到过：丹东在临刑前夕，拉开他的大嗓门嚷嚷：‘奇怪，斩首这个动词，不能换成各种时态来说。比如，可以说：我将被斩首，你将被斩首；但却不可能说：我已被斩首。’

“为什么不能说，假如有他世界呢？……”于连接着想，“真的，碰到基督徒的天主，就算我倒霉。他是个暴君，故而充满复仇的念头，他的《圣经》，讲来讲去，就是些酷虐的惩罚。我从来没喜欢过，也从来不信会有人真心喜欢他。他无情无义（这时记起几段《圣经》文字），会用狞恶的方式惩罚我……

“但是，倘若遇到费奈龙[2]的天主呢！他或许会对我说：你能得到极大宽恕，因为你深有所爱……

“我，深有所爱？啊！对瑞那夫人是深有所爱，但我的行为实在

1　译按：本书写到结末部分，斯当达为筹划下一步，欲在政府部门谋一职务，分移心志，以致书稿最后四章标题题词统付阙如。作者于一八三〇年十一月六日离开法国，去意大利，赴特里雅斯特领事任。行前曾委托出版社“偏劳代阅校样”，故原稿上的疏漏在校样阶段亦未能得到补正。

2　费奈龙（1651—1715），法国作家，康布雷大主教，宗教方面倾向寂静主义，所著《圣徒格言》被教廷禁绝。

恶劣。在这件事上，也跟其他事一样，为了追求耀眼的光华，却把纯良率真抛弃了……

“不过，那又是怎样的前程！……一旦有战事，就可出任骑兵上校；和平时期，派去公使馆当秘书，然后升大使……因为这点业务，很快就能谙熟……况且，即使我是笨伯一个，拉穆尔侯爵的女婿还会有什么可怕的劲敌？我干的所有蠢事，都会得到宽谅，甚至会看作是种能耐。我就是个有本事的人，在维也纳或伦敦过起最阔绰的生活……

“别太得意了。老兄，三天之内就得上断头台。”

于连对这自我调侃，不禁展颜一笑。他想：“的确，一身而存两人。见鬼，谁想到过这种歪理？”

“诚然！是歪理，老兄，等着三天后上断头台吧！”他反驳那个捣乱家伙，“肖仁先生要租窗口看行刑，费用和马仕龙神父对半分。那么，就租金而论，这两个道貌岸然的家伙，究竟谁占了谁的便宜？”

他突然记起罗特甫《文赛斯拉斯》一戏[1]中的对话：

拉迪斯拉斯：

……想我灵魂已有准备。

国王（拉迪斯拉斯之父）：

刑台安顿完毕，等着斩首服罪。

“回答得妙！”他想想就睡着了。

“怎么。时间到了！”于连惊慌中睁开眼睛，以为已落入刽子手之手。原来是玛娣儿特。“幸亏，她不知道我这感想。”脑子这么一转，人也恢复了镇静。他发现玛娣儿特像生过半年病，模样大变，简

1 罗特甫（1609—1650），法国剧作家，其诗剧《文赛斯拉斯》很得斯当达赏识。这段对话引自该剧第五幕第五场。本书上卷第十四章，“爱情造就平等，不用再把平等追寻”的引文，斯当达误记为高乃依，其实也出自该剧第二幕第四场。

直认不出来。

“我上了弗利赖这混账的当。”拉穆尔小姐绞着双手，气得欲哭无泪。

“昨天我讲话，很神气吧？”于连引开话题说，“我站起来就说，事先都没准备。此乃生平第一回，恐怕也是最后一回了。”

时到今日，玛娣儿特的性格，给他揣摩透了，玩于股掌之上，像熟练的钢琴家摸透了钢琴的脾气……“出身名门的殊荣，我固然没有，”他接着说，“但玛娣儿特高贵的襟怀，把她的情人也提到了相当的高度。你认为，博尼法斯·特·拉穆尔面对法官，会更加慷慨激昂吗？”

这天，玛娣儿特像住在六楼上的穷姑娘一样温柔，没有半点矫情。但从他嘴里，听不到一句直截了当的话。他自己没意识到，实际已把玛娣儿特从前对他的折磨，回敬了过去。

“尼罗河的源头大家都不知道，”于连心里想，“因为其始也，人的眼睛无法从一条普普通通的小溪里，看到河中之王；同样，人的眼睛也不会看到于连的怯弱，首先因为他并不怯弱。但是我的心，容易感动：一句极普通的话，只要说得真挚朴实，就能使我感动得语不成声，甚至流下泪来。有多少次，一些硬心肠的家伙，就为这个缘故而瞧不起我！他们想必以为我会求饶：这点恰恰不是我所能忍受的。

“据说丹东临上断头台，想起他的妻子，心中大为感动。但是他丹东使一个浮华成性的民族振奋起来，拒敌兵于巴黎城外……而我，只有我自己知道我能有何作为……对于旁人，充其量只以也许是个人物来看我。

“在这牢房里的，如果不是玛娣儿特，而是瑞那夫人，我能把握得住自己吗？我极度的失望与悔恨，在瓦勒诺和本地贵族看来，会笑我是孬种，怕死。他们看起来很神气，殊不知这些软弱的心，全靠金钱地位，才没给诱惑拉下水！穆瓦罗和肖仁刚判了我死刑，他们准会说：‘看一个木匠能生出什么儿子来！一个人可以变得博学，机灵，但是他的心……心的高贵是学不到的。即使跟这可怜的玛娣儿特在一起！’”看她哭红的眼睛，他想：“她现在这样痛哭流涕，说不定就要哭不成了……”他把她紧紧搂在怀里：面对这真正的悲戚，他忘了自己的瞎想……她也许已哭了一整夜，但是将来有一天，她回首往事，说不定会引以为耻！她会认为，这是她情窦初开时，受了一个平民卑劣根性的影响而进退失据……匡泽诺以其软弱的性格，是会娶玛娣儿特的，而且，凭良心说，他这样做是对的。玛娣儿特会把他调教成一个人物：

一种具有远大抱负的坚毅性格，
自能支配凡夫俗子的粗鄙头脑。

“啊！这倒有趣：自从得知死刑已成定局，生平念过的诗句都会陆续奔凑到脑中来，这是夕阳晚照的征候……”

玛娣儿特语声幽咽，翻来覆去说：“他在隔壁房里。”临末，于连才注意到这句话。他想：“她的声音一丝半气的，但口气仍不脱专横的习性。低声细语，是为了压住不发火。”

“谁在那里？”于连温言问道。

“律师，要你在上诉书上签字。”

“我又不要上诉。”

“怎么！不上诉，”她陡地站了起来，满眼怒火，“请问，为什么？”

“因为，此刻，我感到自己有股英锐之气，可以慷慨赴死，不致惹人嗤笑。谁敢担保，在这潮湿的地牢里关上两个月，我还有同样好的精神？见教士，见父亲，这都是预料中的事……世上再也没有比这更教人头痛的了。还不如让我就死吧。”

这出乎意外的对立态度，把玛娣儿特性格中的高傲成分唤醒了。贝藏松这地牢开门之前，她没能见到弗利赖神父，于是把满腔怒火统统发到于连头上。她固然疼于连，但有长长一刻钟工夫，责怪起他脾气太犟，恨自己爱错了人，于连从她的辞色里，再次发现早先在公馆藏书室频频飨他以侮慢之词的这颗高贵的灵魂。

"以贵家族的荣耀计，上天真该把你生为男子才对。"于连对她说。

"至于我，"他想，"如果还要在这讨厌的地方泡上两个月，受尽贵族老爷的侮辱诋毁[1]而以这疯婆子的咒骂为唯一的安慰．我真是犯贱啦……也罢，后天清晨，就得跟一个不动声色、特别灵巧的家伙拼个死活……'特别灵巧'，魔鬼一方这么说，'刀起头落，十拿九稳。'"

"也罢，就这样，好极了。（玛娣儿特滔滔不绝，还在劝说。）对不起，不，"他喃喃自语，"我决不上诉。"

一经决定，他又坠入漫无涯际的空想里……六点钟，邮差像往常一样路过，送来报纸；八点钟，瑞那先生看完报，艾莉莎轻手轻脚，走来把报纸搁在她床头。过一会儿她醒来，翻看报纸突然大惊失色，那秀美的手颤抖不已，原来看到了这几个字：十点过五分，他一命呜呼。

她哭得热泪纵横，我知道她的脾气。我曾经想杀她。算了，一切都会遗忘。只有这个我想要她性命的女人，才会真心真意哭我的死。

"啊！这倒是个对照！"于连心里想。玛娣儿特又数落了他一刻钟，他只默念着瑞那夫人，虽然还不时回答玛娣儿特的问话，他实在无法把自己的思念从维璃叶那间卧房移开。他见贝藏松报放在橘黄色的绸被上，那只白嫩的手像抽筋一般，一把抓起报纸……瑞那夫人默默流泪……他跟着每一滴眼泪，沿着这迷人的粉颊蜿蜒而下……

拉穆尔小姐眼看从于连身上逼不出什么，便把律师请了进来。所幸这位律师是参加过一七九六年征意战争的退伍上尉，跟马尼埃尔[2]并肩作过战。

1　听这口气，活脱是个雅各宾党徒。——原注

2　马尼埃尔（1775—1827），一七九二年入伍，参加过拿破仑意大利战役。一七九七年因伤退役，改习法律，充当律师。一八一八年当选为议员。一八二三年三月四日，因反对派兵西班牙而遭议会驱逐，引起六十二位议员集体退场的政治风波。斯当达对他的勇气甚表钦佩，故在书中特别提此一笔，以示崇敬。

按例行公事，律师把死囚犯的决定驳了回去。于连为了表示敬意，把自己的理由一一解释给律师听。

“凭良心说，我会跟你一样想法，”费力克斯·法诺最后这么说——费力克斯·法诺，是律师的名字，“你有整整三天可以提出上诉，我哪天都能来，这是我的职责。这两个月里，如果监狱底下火山爆发，你就得救了。你也可以病死的。”他看着于连说。

于连握着他的手：“多谢多谢，你是一个正派人。尊见我一定好好考虑。”

等玛娣儿特终于和律师一起退出，于连感到自己对律师，比对玛娣儿特，更要亲切几分。

第四十三章

一小时之后，浓睡中的他，感到有泪水滴在他手上，顿时醒了过来。“哎！又是玛娣儿特，”他迷蒙中想道，“她不肯放弃自己主张，想用温情来动摇我的决心。”想到又要重见这感天动地的场面，他深感厌倦，都懒得睁开眼来。这时，白费戈望妻而逃的诗句[1]，兜上心来。

忽听得一声叹息，有点特别：睁眼一看，原来是瑞那夫人。

“啊！死前还能见到你，不是做梦吧？”他扑倒在她脚前。

“但是，请饶恕我，夫人，”他神志略一清醒，连忙又说，“我在你眼里落得成个凶手。”

“先生，我是来求你提出上诉，我知道你不愿意……”她抽抽噎噎的，泣不成声。

“请你饶恕我。”

“要我饶恕，”她站起来，投身在他怀里，“那就立刻上诉，对死刑判决表示不服。”

于连连连吻她。

“这两个月里，你天天来看我吗？”

“我保证天天来，除非我丈夫出面禁止。”

“那我马上签字！”于连嚷道，“真的，你饶恕我了！怎么可能！”

他把她紧紧抱在怀里，高兴得都要疯了。她突然叫一声痛。

“噢，没什么，”瑞那夫人说，“你把我抱痛了。”

---

1 指拉封丹的叙事诗《白费戈》，描写撒旦派魔鬼白费戈到人间调查婚姻状况。白费戈撒泼使钱，才娶得一位古板女人回来。不意悍妻诟谇，家无宁日，婚后生活很不如意，魔鬼觉得还不如回地狱快活。

"是肩膀吗？"于连泪水涟涟，身子往后仰一点，用火热的吻印在她手上，"在维璃叶，你卧房里这最后一面，后来的事，谁能料到……"

"是呀，谁能料到我会给拉穆尔侯爵写出那封要不得的信？……"

"要知道，我永远爱着你，我只爱你一个。"

"是真的？"瑞那夫人也欢叫起来。她朝跪在面前的于连俯下身去，两人默默流泪，久久不动。

于连在他一生的任何阶段，都未有过这种感愧交并的时刻。

过了好久，能说得出话了，瑞那夫人讲起：

"那位年轻的米什蕾夫人，或者不如说，那位拉穆尔小姐，因为我当时真的相信这离奇的故事！"

"真也只真在表面上，"于连答道，"她是我的妻子，但不是我情妇……"

两人时时打断对方的话，好不容易才把彼此不知的隐情讲清楚。致拉穆尔先生的那封信，是由指导瑞那夫人灵修的年轻教士草拟，然后让她誊抄的。"教会教我造下多大的孽。信中最可怕的词句，我还改轻了不少……"

于连的欣喜和快活，可以见出对她原谅到了什么程度。他从来没有爱得这么疯疯癫癫的。

"我仍相信自己是虔诚的，"瑞那夫人在接下来的谈话里继续说道，"我真心诚意信仰天主。我同样相信——而且事实已经证明——我犯的罪是可怕的，但一看到你，即使你对我开了两枪……"说到这里，也不顾她反对，于连连连吻她。

"放手放手，"她接着说，"我要跟你说个清楚，怕以后忘了……我一见到你，什么做人的本分啦，全忘了。只剩下对你的爱，或者说，'爱'这个词儿，分量还太轻。我对你的感情，上可以对天主：崇敬，爱慕，顺从，都混在一起……真的，我说不出你引发我一种什么样的感情。你如果对我说，'给狱卒一刀子'，没等我考虑好，罪行就犯下了。今天我走之前，你帮我解释解释，让我能看明白自己的心。再过两月，我们就分开了……不过，我们能分得开吗？”她含笑问道。

“我要收回前言，”于连站起来说，“假如你想用毒药、刀枪、炭火或别的方法，来结束或危害你的生命，那我就不上诉。”

瑞那夫人一听，神色大变。缠绵悱恻的柔情，一变而为深不可测的痴想。

临了，她说：“咱们立即就死，怎么样？”

“谁知道那边的世界是怎么个情景？”于连答道，“也许是磨难，也许是空荡荡一片太虚。我们不能一起甜甜蜜蜜过两个月吗？两个月，有不少日子呢。我从来没像此时此刻感到这么幸福的！”

“你从来没像此时此刻感到这么幸福的？”

“从未有过，”于连欣然重复道，“我对你这么说，就像对自己说一样。主不允许我言过其实。”

“这个说法，也是对我的嘱告。”她羞涩地一笑，带点儿忧伤。

“就算吧！你得发誓，凭你对我的爱发誓，决不轻生，不管是用直截了当，还是间接的办法……你想想，你得为我的儿子活下去，玛娣儿特一嫁匡泽诺，孩子就丢给用人了。”

“这我可以发誓，”她冷冷说道，“不过，你得亲笔写份上诉书，并且签上名，由我带走。我要亲自去见检察官。”

“当心，这样会连累你的。”

“跑来探监，就使我在贝藏松和整个弗朗什－孔泰地区成为街谈巷议的娘们了，”她一脸愁容，“一跨过廉耻的界限……就成了一个玷辱门风的女人。真的，都是为了你……”

她的语气那么悲伤，于连抱着她，别有况味。这不是爱的陶醉，而是无上的感激。他第一次觉察到她牺牲之大。

一定是哪位好心人告知瑞那先生，说他夫人到于连牢里探监的时间太长了。因为第三天，瑞那先生就派马车来，要她立即回维璃叶。

这残酷的分离，对于连这天的生活，开了个坏头。两三小时之后，有人告诉他，有位城府很深的教士，但在贝藏松的耶稣会士中也没能显露头角，这天大清早，就在监狱外安营扎寨，鹄立街头。雨下得很大，此人大有要在此殉道之概。于连本来就心情不佳，对这桩蠢事怅触更深。

这天早上，他已拒见这位教士，但此人决意要感化于连，想讨得他几句肺腑之言，可以在贝藏松年轻妇女之间博个名声。

教士高声宣布，他将不舍昼夜，站在监狱门口："主派我来打动这叛教者的心……"下层百姓，喜欢看热闹的居多，在教士周围紧着围拢来。

"是的，弟兄们，"教士对众人说，"我要在这儿度过白昼，度过黑夜，度过以后所有的白昼，所有的黑夜。圣灵谕示我肩负有上界的使命：拯救索雷尔年轻的灵魂。请你们同我一起祈祷……"

于连最讨厌遇事生风，引起别人注意。他只想伺机悄悄离开世界，不过他还存一线希望，盼能与瑞那夫人再见一面，只为他爱得忘乎所以。

监狱的门，朝着一条热闹的大街。想到这个满身是泥的教士，招徕很多人在那儿起哄，他的灵魂就不得安宁。"无疑，他每时每刻都在念我的名字！"这光景真比死还要难过。

有个管钥匙的，对于连很忠心。于连一个钟头里要喊他两三次，去看看那教士是否还在监狱门口。

"先生，他双膝跪在泥水里，"管钥匙的总这么回禀，"他在高声祈祷，为你的灵魂念经……"

"讨厌的家伙！"于连想。这时，果然听到一片嗡嗡之声，因为祷词的最后一句需在场的人一起应和。最受不了的，是那管钥匙的，也蠕动双唇，念那几个破拉丁字。"外面开始流传，"那管钥匙的补充道，"说你是铁石心肠，才会拒绝这位圣徒的拯救。"

于连气得发狂："啊，我的祖国！你还这么不开化！"他自顾自大发议论，不管管钥匙的人在不在旁边。

“这个人想上报纸，他准能如愿以偿。

“啊！可恶的内地人！在巴黎，就不会受这种闷气。那里的人，搞招摇撞骗，要高明得多。”

临了，他额上直冒汗，对管钥匙的说：“去请那位圣徒进来吧。”

管钥匙的画了个十字，兴冲冲地出去了。

这位圣洁的教士，丑得可怕，浑身泥巴。这时冷雨淅沥，地牢里更显得阴暗潮湿。教士想要拥抱于连，跟于连还没说几句话，自己先就感动得不行。这种虚情假意，太低劣，太着痕迹了，于连还从来没生过这么大的气。

教士进来才一刻钟，于连已变成一个十足的懦夫。他第一次感到死的可怕，想到行刑后两天，尸体开始腐烂的情形……他快要露出怯态，再不就扑过去用铁链把教士勒死，正在这时，他想出一个主意，请这圣徒在当天为他做一台四十法郎的弥撒。

时间已近中午，教士才撤岗离去。

第四十四章

教士一走，于连就号啕大哭，大有痛不欲生之概。过了一会儿，他心里想：瑞那夫人要是在贝藏松，他说不定会向她承认自己的怯懦……

正当他为自己所爱慕的女子不在身边而抱憾不已之际，却听得玛娣儿特的脚步声。

“坐牢的大不幸，”他想，“是不能把自己囚室的门关上！”

玛娣儿特所告之事，只能使他更加生气。

她说：审判那天，瓦勒诺的口袋里已揣着自己的省长任命，所以才不把弗利赖放在眼里，才称心如意给于连定个死罪。

“‘你那位相好怎么会突发奇想，’弗利赖神父刚才对我说，‘去挑引和攻击贵族有产阶级的虚荣心？谈什么等级问题？这无异于向他们指明，为了自身的政治利益，他们该怎么办么！这些蠢货原没想到这问题，倒是准备了一把眼泪的。而阶级利益之所在，便蒙住了他们眼睛，就不怕毛骨悚然，去判人死刑。应当承认，索雷尔先生对付这类事还嫩着点。如果请求特赦还救不了他，那他的死等于是一种自杀……’”

玛娣儿特未及见到的事，当然无法相告：就是弗利赖神父看到于连已经无望，想自己倒可在玛娣儿特身边顶他的缺，于实现自己的野心不为无益。

心头火起而又无可奈何，加上种种不顺心的事，于连几乎控制不住自己，便对玛娣儿特说：“你去为我望一台弥撒，让我安静一会儿。”玛娣儿特对瑞那夫人的频频来访，本来就很妒忌，而且方才得知她已离去，不难明白于连发脾气的原因，就大放悲声，哭了起来。

她倒是真的伤心，于连看了，更加气上加气。他切盼能独自待一会儿，又怎样才能得到呢？

玛娣儿特想晓之以理，动之以情，试了半天，临了还是只得撇下他一人。但她前脚刚走，傅凯后脚就到了。

"我想独自待一会儿，"于连对这位忠心耿耿的朋友说，看到傅凯迟疑不去，便说，"我正在写请求特赦的呈文……还有……行行好，别再跟我谈死的事。如果我那天有什么特别的事要人帮忙，第一个就会想到你的。"

于连终于能独自清静点儿了，却觉得比刚才还要沮丧，还要怯弱。这颗大见衰弱的心魂，所剩得的一点力气，在向玛娣儿特和傅凯掩饰自己情绪时，已消耗殆尽。

到了傍晚，有个想法使他感到点安慰：

"今天早上，死亡向我毕露其丑态时，要是有人通知我立即行刑，公众射来的目光会像一根根针，刺激我的荣耀感，虽则身姿会有点发僵，像胆小鬼进豪华客厅一样。内地看客中倘有明眼人，当能猜出，但不会看到……我的怯懦。"

这样通前彻后想过之后，他的痛苦好像减轻了些。"我眼下是懦夫一个，"他吟唱似的重复道，"但却无人知晓，无人知晓。"

第二天，还有件更不愉快的事在等他。很久以来，他父亲便说要来探望，不料这天于连还没醒，白发苍苍的老木匠已经出现在牢房里。

于连自己感到心虚，等着听最难堪的责备吧。好像还嫌痛苦得不够似的，这天早晨，他对自己的不喜欢父亲，大为悔恨。

管钥匙的人在一旁打扫牢房，于连心里想："是老天爷把我们送到世上来，你挤我挨，彼此阴损，事儿几乎都做绝了。这不，在我将死未死之际，他来对我下这最后的一击。"

等到没有旁人了，老头儿就开始严斥不孝子。

于连忍不住掉下泪来。他发狠自责："多么没出息的软弱！他会到处宣扬，说我如何如何缺乏勇气。而对瓦勒诺，对称霸维璃叶的伪君子，又该是多大的胜利！他们这批人在法国很了不得，囊括了社会上所有的好处。到目前为止，我至少可以自诩：‘钱他们到手了，不假；所有荣誉，也接二连三降临他们头上。但，不才我，有的是高尚的心灵！’

“可是，这位是人人都会相信的见证人，他会向全维璃叶证实，而且不惜夸大其词，说我于连在死亡面前如何胆小！把我在这场大家关注的考验中描绘成一个软骨头！”

于连已经到了绝望的边缘，不知怎样才能把父亲打发走。虚与委蛇，瞒过这精明的老头，此刻真感到力不从心。

他在心里把各种可能迅速捋过一遍。

“我存着不少钱呢！”他猝然间迸出这句话来。

这句天才独到的话，改变了老人的脸色，也改变了于连的地位。

“这笔钱，怎么处理好呢？”于连又说，他心情平静多了。这句话的效果，足以把自己无足轻重之感一扫而空。

老木匠利欲熏心，想这笔钱可不能放跑，而于连好像要留出一部分给两个哥哥。老头儿劲道十足，唠叨了半天，于连现在可以带点揶揄的口气了。

“是呀！关于立遗嘱的事，主已给了我启示。两个哥哥，我每人给留一千法郎，其余的统统归你。”

老头儿说：“那太好啦。其余的就该归我。既然主已开恩，感化了你这颗心，那么，如果你愿意像一个善良的基督徒那样死去，就该把积欠的债都还清。你的膳食费、教育费，都是我垫付的，你却没想到……”

最后，于连得以独自一人静一静了，不禁悲从中来：“这就是父爱，这就是父爱！”

未几，狱卒走了进来。

“先生，亲属探监之后，我照例给我的上宾送上一瓶上好的香槟。价钱稍贵一点，六个法郎一瓶，但喝了叫人开心。”

“拿三只杯子来，”于连像孩子一样急切地说，“我听见走廊里有两个犯人在走动，把他们也请来。”

狱卒把他们领来，两人都是惯犯，正要给送回苦役监去。那是两个性情快活的亡命徒，他们的狡黠，大胆，遇事不慌，的确非同寻常。

其中一人对于连说：“你肯出二十法郎，我就把自己一生行事详详细细说给你听。的确够味儿。”

“你要是胡编乱造呢？”于连问。

“那绝不会，”这人答道，“我的伙伴在这儿，他就眼红这二十法郎。我要是胡说，他会当场戳穿的。”

他的故事真是骇人听闻。从中可以看出一颗敢作敢为的心。这颗心里只有一种贪欲，那就是捞钱。

他们走后，于连像换了一个人。自怨自艾的情绪，已烟消云散。瑞那夫人的离去，增强了他的怯意，因胆怯而更形剧烈的痛苦，现已化为一种悲天悯人的情感。

“只要不为表象所惑，就能看出，巴黎的客厅里多的是像我父亲一样的老实人，或者像那两个苦役犯一样的精明鬼。他们说得有道理，客厅里的那些主儿，每天清早起来，不会想到这揪心的问题：今天的晚饭，怎么解决？他们当然可以夸耀自己的廉洁！一旦入选陪审团，自可趾高气扬，穷光蛋偷套银餐具，就重重判刑，谁叫他饿得发昏的呢。

“但是，场景换成朝廷，事关一位大臣的去留，客厅里那些正人君子兴风作浪起来，也不会亚于这两个苦役犯为一口饭而犯的法……

“世界上根本就没什么天然法纪。这个词儿不过是古代传下来的无稽之谈，用在那天盯住我不放的检察官身上倒很合适，他的祖先就是在路易十四朝靠抄家发的财。所谓法纪，就是法律明文规定的犯禁事项，违者严惩不贷。有立法之前，合乎天然的，只有狮子的雄力和饿汉的需要，一言以蔽之，就是需要……不，受人尊敬的人物，不过是作案时幸而没被当场抓获的骗子罢了。社会派来对我提起公诉的那家伙，就是靠干卑鄙事儿才阔起来的……我犯了谋杀罪，定罪判刑自是公道，但审判我的瓦勒诺，除了没拿枪杀人，对社会的危害，更要大出百倍去。

“哎！除了吝啬，我爸比这些人要强得多。”于连有点伤心，但并不愤慨，“他从来没喜欢过我。我又要以这不名誉的死，丢他的脸，说来也有点过分。缺钱的恐惧，吝啬的恶习，使他在我留下的三四百路易上，获得一种神奇的安慰和安全的保障。哪个礼拜天，吃过晚饭，他把金币拿出来，给维璃叶的财迷看。他的目光好像是说：‘凭这个代价，换个上断头台的儿子，你们当中有谁会不乐意？’”

这点理儿，说到了点子上，但其实质，只会使人情愿去死。就这样，过了漫长的五天。看到玛娣儿特妒火中烧，愤激不已，他很客气，很婉转。有一晚，于连正儿八经想到要自杀。他心烦意躁：瑞那夫人走后，他陷于深切的痛苦。不论是现实生活，还是空想世界，竟无一当意者。缺乏活动，开始损及他的健康，他变得很激切又很虚弱，像德国的少年大学生一样。他已失却男子汉威风；这种男子汉气概，就是大喝一声，便能把不合时宜的恼人想法推开。

“我爱真理……但真理在哪里？……到处是尔虞我诈，至少是招摇撞骗，连最有德行的人、最伟大的人，也不能免俗。”他唇吻之间露出厌恶的表情……“是啊，人不能相信人。

“某夫人曾为贫苦孤儿募捐奔走，有一次告诉我哪位亲王捐了十枚金币，这纯属谎言。但是，我说什么了？拿破仑还给关在圣赫勒拿岛呢！……退位诏书里宣告让位于其子罗马王，也是藏奸耍滑。

“天哪！这样一个人物，尤其在大难临头，需要以本色立世[1]之际，尚且藏奸耍滑，对其余等而下之的人，还能指望什么呢？……

“真理在哪儿？在宗教里……”他苦笑一下，表示不胜轻蔑，“是

1 本雅明视翻译为救赎，为能彰显原文风华，转使原作新生。此处译作“以本色立世”（quand le malheur doit le rappeler sévérement au devoir）似较自由，然终亦无违原意也。翻译者，译而优则存，译而劣则亡。

的，在马仕龙、弗利赖、卡斯塔奈德之流的嘴上……也许在基督教的教义里，但今天基督教的传教士并不比当年的使徒有更好的酬报……圣保罗所得，无非是号召信徒，传播教义，广受称颂……

“啊！倘若有真正的宗教……我真是个傻瓜！只看到哥特式大教堂，嵌花玻璃窗，我脆弱的心把嵌花玻璃上的教士想象得十全十美……我的灵魂能理解他，我的灵魂需要他……而现实中找到的，却是个满头脏发的自负家伙……除了缺少点风采，跟博华西骑士没什么两样。

“但是一个真正的教士，一个马希荣，一个费奈龙……马希荣曾主持杜布瓦红衣主教的授职典礼。《圣西蒙回忆录》败坏了我对费奈龙的好感，但费奈龙毕竟是一个真正的教士……这样，所有仁慈的灵魂，在世上算有一个汇合点……我们并不孤独……这位善良的教士会给我们宣讲天主。但是，是什么样的天主呢？不是《圣经》里的天主，那个残忍的、一味寻求报复的小暴君……而是伏尔泰的天主，公正，慈爱，无与伦比……”

这部《圣经》，他已是背得滚瓜烂熟，想起其中的文字，心里却平静不了……“但是，居然讲三位一体，天主这个伟大的称谓，给教士糟蹋滥用之后，我们怎么还能相信？”

“孤独地活着……多折磨人啊！”

于连拍拍自己的前额：“我在发痴，变得蛮不讲理了。在这儿，在这地牢里，我是孤零零一个人；但活在世上的时候，并不孤单，我对人生的职责，有极强的识见……我为自己规定的职责，不论对错……就像暴风雨中可以依傍的大树，我有过动摇，受过颠簸。总之，我也是一个人……但我并没有给风暴卷走。

“是地牢里潮湿的空气，使我想到了孤独……

“为什么一面诅咒虚伪，一面还行事虚伪呢？对我说来难以忍受的，不是死刑，不是地牢，不是潮湿的空气，而是瑞那夫人的不在身旁。如果为跟她在维璃叶相会，得在她家的地窖里躲上几个礼拜，我也会抱怨不成？

“同代人的影响真是太大了，”他大声说道，不禁苦笑了一下，“独自个儿跟自己说话，而且离死已近在咫尺，尚且不脱虚伪习气……哦，可悲的十九世纪！

“……猎人在树林里打猎，飞禽从半空中跌落下来，他赶紧跑去捡。不意靴子踢了一个高耸的蚂蚁窝，毁了蚂蚁的公馆不说，还把蚂蚁和蚁卵踢得四散……即使最有哲学头脑的蚂蚁，也永远猜不透这黑咕隆咚的庞然大物——猎人的靴子——是什么东西；这可怕的黑家伙，以迅雷不及掩耳之势，捣毁了蚁群的巢穴，先听得轰然一声巨响，接着便火光冲天……

“……因此，生，死，永恒，对感官发达的生灵来说，原很简单……

“但对早晨九点生，傍晚五点死的蜉蝣，在日长夜短的夏季，怎么能懂得黑夜这词儿呢？

“让蜉蝣多活上五个小时，看到了黑夜，自然就知道何为黑夜了。

“我也一样，到二十三岁就死了。让我跟瑞那夫人一起再过上五年吧。”

他像魔鬼靡非斯特那样大笑起来。“讨论这些重大问题，真是发神经！

“首先，我很虚伪，就像旁边有人在偷听我说话似的。

“其次，我已为日无多，竟忘了生活，忘了爱……唉！瑞那夫人不在这儿，也许她丈夫不会让她再到贝藏松来丢人现眼了。

“我之所以感到孤独，原因在此，而不是缺了一位公正、善良、万能、不凶恶、不睚眦必报的天主。

“啊！要是真有这样的天主……唉！我一定跪在他脚下，会对他说：‘我罪该万死，但是，伟大的主，仁慈的主，宽宏大量的主，把我所爱的人奉还给我吧！’”

这时夜深人静。他安安静静睡了一两小时之后，傅凯来了。

于连像一个看清自己灵魂的人，感到坚强而果敢。

第四十五章

“我不愿作弄可怜的夏斯·裴纳神父，请他到这儿来，他会三天吃不下饭的，”于连对傅凯说，“不过，还得请你帮忙，替我找一位詹森派教士，最好是彼拉神父的朋友，而不是阴一套阳一套的人物。”

傅凯已等得要失去耐心，就等他开口说这句话。凡内地舆情认为该办的事，于连都不失体统，一一照办。虽则忏悔师所选非人，但仰仗弗利赖神父，于连在地牢还受到圣公会保护；假如脑筋活一点，说不定还能逃脱。但地牢里空气恶浊，影响所及，他的智力日见衰退。在此情形下，见瑞那夫人再度到来，他格外感到欢欣。

“在你左右，是我要尽的第一项本分事儿，”她吻着他说，“我这是从维璃叶逃出来的……”

于连对瑞那夫人无须面子，便把自己种种软弱的表现统统告诉了她。她善心待他，堪称亲昵。

晚上，一离开监狱，她便把那位缠住于连不放的教士，请到她姑母家。因为教士一心想赢得贝藏松上流少妇的信赖，所以瑞那夫人轻而易举，就礼聘他前去布雷-勒奥修道院，念一台“九日经”。

其间，于连真叫爱得过分，爱得发狂，几非语言所能形容。

瑞那夫人的姑妈，是有名的，而且是有钱的，虔诚苦修的信徒。仗着金钱的力量，利用甚至滥用这位姑妈的势力，瑞那夫人获准一天可见于连两次。

听到这个消息，玛娣儿特醋兴大发，说话都语无伦次了。弗利赖神父已向她摊牌：凭他的声誉，即使不顾一切仪制习俗，她与她相好的相会，也只能办到每天以一次为限。玛娣儿特派人去盯瑞那夫人的梢，好知道她的行踪，连一点儿小事都瞒不过去。弗利赖神父凭他机灵的脑袋，穷形极状，要向玛娣儿特证明：于连实属薄情，有负于她的一片深情。

尽管有这种种磨难，拉穆尔小姐反倒更爱他了，几乎每天跟他大闹一场。

于连希望直到最后，对这位姑娘都力求坦诚以待；他也别有苦衷，谁叫他连累了她的芳誉。但他对瑞那夫人一发不可收拾的狂热，时刻都占着上风。他的理由本不充分，当然无法使玛娣儿特相信，她那位情敌的狱中相会会是无伤大雅的。于连心下自忖："这场戏就要结束了。如果瞒而不紧，这也是可以得到原谅的一个理由。"

拉穆尔小姐这时得知匡泽诺侯爵的死讯。大阔佬特·泰磊先生，对玛娣儿特的久不露面，故意说三道四；匡泽诺找上门去，要他收回前言。特·泰磊出示他收到的匿名信，信里充满了精心编制的细节，使可怜的侯爵不能不看到事实真相。

特·泰磊还说了几句露骨的风凉话。匡泽诺又痛苦又气愤，非要他赔偿名誉损失，但百万富翁宁可选择决斗一途。得胜的是愚俗：一个最值得爱慕的巴黎青年，可怜还不到二十四岁，就此死于非命。

这个噩耗，对于连衰弱的心灵，产生一种颇怪的病态影响。

他对玛娣儿特说："可怜的匡泽诺对我们一向很开通很正路。早在令堂大人的客厅里，由于你的失慎，他本该忌恨我，可以挑起事端的：因为轻蔑在先恼恨在后，常会使人奋不顾身……"

于连为玛娣儿特的未来所做的种种设想，因匡泽诺一死而随之改变。他费了几天工夫向她证明，应该把特·吕茨列入考虑范围。"此人胆小，但不太虚假，无疑会加入追求者的行列。他的抱负，比起可怜的匡泽诺虽稍逊一筹，但更坚忍不拔，况且他家没有封地，娶于连·索雷尔的寡妇当无碍难。"

玛娣儿特冷冷答道："娶一个漠视一切伟大热情的寡妇！因为她也算活够了，才过了半年，就有幸看到她的情人不喜欢她而喜欢另一个女人，而推原论始，这个女人还是他俩一切不幸的祸根。"

“你这样说可不公平。瑞那夫人来探监，是为巴黎那位替我办特赦的律师，提供某种独特的说法；律师可拿谋杀犯受到被害人悉心照料一事做一番文章，这能产生相当的影响。有朝一日，你会看到我成了哪出戏里的主角……”

一种狂暴而又无法报复的妒忌，一种持续而又无望的厄运，（因为，即使于连得救，又何从赢得他的心？）一种眼见情人薄幸而又爱得更深的羞愧与痛切，使拉穆尔小姐陷于闷闷不乐、默默不语的境况；弗利赖神父大献殷勤也罢，傅凯直言不讳也罢，都无法使她脱出沉闷状态。

至于于连，除了陪玛娣儿特的时光以外，就完全生活在爱的氛围里，几乎不去想日后的事。这种极端的、毫无矫饰的痴情，自具一种奇效，使瑞那夫人也跟他一样无忧无虑，甜蜜快活起来。

于连对她说：“从前，我们一起在苇儿溪树林散步时，我本可以感到非常幸福的，但是我那勃勃野心把我的魂引向了虚无缥缈之境。你迷人的玉臂就在我唇边，可惜我非但没抓住，反让不着边际的憧憬把我引了开去。我一门心思想的，就是为创下偌大家业，该如何面对数不清的争斗……不，要是你不来探监，我到死都不会明白什么叫幸福。”

这种平静的生活，却为两桩事所搅扰。于连的忏悔师，虽然是方正的詹森派，也没能躲过耶稣会的诡谋，甚至不知不觉成了他们手中的工具。

一天，忏悔师来对于连说，除非堕入自杀这种可怕的罪过，否则他应竭尽所能，以获得恩赦。须知僧侣在巴黎的司法界很有势力，这里倒有个简便可行的办法：就是公然改换教派……

“公然！”于连紧叮了一句，“好啊！你的狐狸尾巴给我抓住了，我的神父，你也像传教士那样演戏……”

詹森派教士郑重其事地答道：“以你的年龄，你受之于天的动人仪容，你那甚至无法解释的犯罪动机，拉穆尔小姐为营救你所做的可歌可泣的努力，总之这一切，直至被害女子对你那份石破天惊的情谊，把你造就成为贝藏松年轻女子心目中的英雄。她们为了你，把什么都忘了，连政治都忘了……

“你改宗易教，会在她们心里引起强烈震动，留下深刻印象。这样，对教会就大有用处，难道因为耶稣会也会采取同样做法这样一个浅薄的理由，我就迟疑不决了？事实上，这个特殊的案例，即使逃过他们贪婪的魔掌，他们也还会节外生枝，从中作梗的！但愿事情不至于到这一步……你幡然改宗赢得的眼泪，足可抵消十版伏尔泰反宗教著作所产生的腐蚀作用。”

于连冷不丁儿答道：“我要是连自己都看不起自己，那我这个人还剩下什么呢？我曾有不可一世之概，我不愿责备自己，我那时的行为，是照那时的世风时尚。眼下，我只能活一天算一天，得过且过。总之，时到如今再做出什么低三下四的事来，我会不胜痛惜的。”

另外一桩事，使于连别有一番感慨，那是来自瑞那夫人的。不知是哪位充满想象的女友，居然劝动这天真而羞怯的妇人，说她有责任亲赴圣克卢宫，叩见查理十世。

瑞那夫人已跟于连有过一次分离，牺牲不可谓不小。有过这番经历，抛头露面的难堪已算不得什么，而换了别的时候，她会觉得比死还可怕。

“我要去觐见国王，我要傲然宣称：你是我的情人。一个人的生命，尤其像于连这样一个人的生命，应当超乎一切考虑之上。我会说，你是因嫉妒发作，才来谋害我性命的。已经有过好些先例，不少可怜的年轻人，犯了这类案子，由于陪审团法外施仁，或国王宽大为怀，而救得一命……”

“我不想再见你了，我要他们关上牢门不放你进来，”于连嚷道，“你如果不肯发誓，担保决不做出任何使我俩当众出丑的事，我明天就会在绝望之下自杀而死！到巴黎去，绝不是你自己的想法。告诉我，是谁给你出的主意……

“人生短暂，剩下的日子也已不多，还不快快活活的！把你我的存在隐蔽起来吧，再说，我的罪行也太彰明较著了。拉穆尔小姐在巴黎很有影响，应该相信，凡是人力所能办到的，她都已尽了力。在内地这里，所有有钱有势的人都跟我作对。你这样奔走下去，只会招惹他们，尤其是那些温和派，生活对他们原是轻易不过的……不要授人以柄，让马仕龙、瓦勒诺以及无数好心人，笑话咱们。”

地牢里空气恶劣，于连已觉得难以忍受。幸亏通知他行刑的那天，阳光灿烂，万物欣然，于连觉得胆气很足。露天里走过去，不无爽快之感，就像漂泊已久的海员重新踏上陆地一样。“来吧，一切都很好，”他心里想，“勇气，我一点儿也不缺。”

这脑袋里，从没像在将落之际那么充满诗意。从前在苇儿溪树林所领略到的那些美好瞬间，这时正挟持最后之力，朝他意识奔凑而来。

整个过程，简单而又得体，在他这方面也没有丝毫做作。

前夕之前夕，他对傅凯说：

“说到情绪，我无法担保。地牢这么丑陋，这么潮湿，关得我发躁发狂，神志不清。至于恐惧，不，我绝不会吓得面如土色。”

他事先已做好安排，请傅凯在最后一天的早晨，把玛娣儿特和瑞那夫人带走。

他特别叮嘱：“让她俩乘一辆车走。把驿马赶得风驰电掣，狂奔不止。不是夫人倒在小姐身上，两人抱成一团，就是小姐瞪着夫人，彼此不共戴天。不管是哪一种情形，都能分散这两个可怜女子的心思，不去想她们可怕的痛苦。”

于连曾先期要瑞那夫人发誓活下去，可以照料玛娣儿特的儿子。

“谁知道？说不定人死后还有知觉，”一天他对傅凯说，“俯临维璃叶的高山上有个小山洞，我挺乐意安息——姑且这么说吧——在那个山洞里。我曾跟你说过，有好几次，晚上躲在那里，远眺法兰西最富饶的省份，不禁壮怀激烈：那时，真是意气风发……总之，那个山洞，于我特别亲切。不容置疑：山高洞幽，连哲人的灵魂都会不胜歆羡……哎！贝藏松那批好心的圣公会教士，会把什么都用来换钱的。你倘善于办事，他们会把我的遗骸卖给你的……”

这桩伤心的交易，傅凯居然做成了。他在自己房里，守灵志哀，以度寂寞长夜。顿然间大惊失色，看见玛娣儿特走了进来。几个钟头之前，他刚把这位小姐留在离贝藏松几十里远的地方。拉穆尔小姐目光昏沉，神情迷惘。她说：“我要见见他。”傅凯既没勇气说话，也没勇气起立，只指了指地板上一件蓝色幔斗：于连的遗体就裹在里面。

她扑下去，跪在地上。博尼法斯·特·拉穆尔与玛葛丽特·特·纳瓦拉生死相恋的故事，无疑给了千金小姐超人的勇气。她双手微颤，去揭幔斗。傅凯赶忙别转眼睛。

他听到玛娣儿特在房里疾步走来走去。她点起几支蜡烛。等傅凯有胆量去看的时候，见她已把于连的头颅放在她面前一张大理石小几上，正吻着他的前额……

玛娣儿特伴送已故的情人，一直到他生前选定的墓地。棺木有众多教士护送过去，但无人知晓，她独自坐在披盖黑纱的马车里，膝上捧着一颗人头，那是她深爱者的。

半夜时分，一行人登上汝拉山一个高峰。小山洞里点着无数白烛，晶莹雪亮；二十名教士在做法事，追荐亡灵。送殡的行列途经好些小山村，村民被这古怪的丧仪所吸引，纷纷跟上山来。

玛娣儿特身穿长长的丧服，出现在众人之间。祈祷完毕，向人群抛撒了数以千计的五法郎银币。

她单独和傅凯留了下来，她要亲手埋葬情人的头颅。傅凯悲痛已极，几欲发狂。

这个荒凉的山洞，在玛娣儿特筹措下，不惜用重金购置意大利石雕，装点起来。

瑞那夫人信守诺言，没用任何方法自寻短见。但在于连死后三天，她搂着自己的孩子，离开了人间。

书后附识

舆论固然能推动自由，但其弊端往往在干预不相干的事，比如说，别人的隐私。英美各国亦为此犯愁。为了无涉隐私，作者虚构了一座小城——维璃叶；情节需要有主教、陪审团、重罪法庭时，便把这一切都置于贝藏松——一个作者从未去过的地方！

TO THE HAPPY FEW[1]

一九九三年二月　初译

二〇〇三年岁末　修订

二〇一二年十月　再核

1　献给幸运的少数人。译按：斯当达认为他的作品不会在同时代赢得众多的知音，只有少数天分高的幸运儿才能解悟。译成“献给少数幸福的人”“献给幸福的少数几个人”“献给少数幸福者”等等，恐未解其中味。这句铭文亦见于作者《罗马漫游》和《巴马修道院》书后。据有关学者考证，此语或出自莎士比亚《亨利五世》第四幕第三场：“We few, We happy few, We band of brothers.”方平译本作：“我们，是少数几个人，幸运的少数几个人，我们，是一支兄弟的队伍。”（见人民文学出版社 1978 年版《莎士比亚全集》第五册第三二四页。）

创美工厂 | 轻经典

出 品 人：许　永
出版统筹：林园林
责任编辑：许宗华
特邀编辑：王佳丽
封面设计：墨　非
印制总监：蒋　波
发行总监：田峰峥

投稿信箱：cmsdbj@163.com
发　　行：北京创美汇品图书有限公司
发行热线：010-59799930

创美工厂官方微博　　创美工厂微信公众号